从乡里到都城：

历史与空间变迁视野中的十六国北朝文学

◎蔡丹君　著

生活·讀書·新知三联书店

图书在版编目（CIP）数据

从乡里到都城：历史与空间变迁视野中的十六国北朝文学 / 蔡丹君著.
-- 北京：生活·读书·新知三联书店，2019.5
ISBN 978-7-108-06501-8

Ⅰ. ①从… Ⅱ. ①蔡… Ⅲ. ①中国文学－古典文学研究－五胡十六国时代②中国文学－古典文学研究－北朝时代 Ⅳ. ① I206.23

中国版本图书馆 CIP 数据核字（2019）第 040036 号

特邀编辑　卫　纯
责任编辑　朱利国
封扉设计　陶建胜
责任印制　卢　岳
出版发行　生活·讀書·新知 三联书店
（北京市东城区美术馆东街22号）
网　　址　www.sdxjpc.com
邮　　编　100010
经　　销　新华书店
印　　刷　北京隆昌伟业印刷有限公司
版　　次　2019年5月北京第1版
2019年5月北京第1次印刷
开　　本　710毫米×1000毫米　1/16　印张 25
字　　数　435千字
印　　数　0，001-3，000册
定　　价　98.00元
（印装查询：010-64002715；邮购查询：010-84010542）

国家社科基金后期资助项目出版说明

后期资助项目是国家社科基金设立的一类重要项目，旨在鼓励广大社科研究者潜心治学，支持基础研究多出优秀成果。它是经过严格评审，从接近完成的科研成果中遴选立项的。为扩大后期资助项目的影响，更好地推动学术发展，促进成果转化，全国哲学社会科学规划办公室按照“统一设计、统一标志、统一版式、形成系列”的总体要求，组织出版国家社科基金后期资助项目成果。

全国哲学社会科学规划办公室

目　录

序

傅　刚

长期以来，北朝文学没有到得研究者的重视。我们所熟悉的各种文学史基本上没有将其列为专题，北朝文学研究的得以开展，归功于先师曹道衡先生。据曹先生说，1982年中国社会科学院组织学者访问日本，日本学者向他问起北朝文学的研究情况，他虽略作回答，但开始意识到这是一必须要开展研究的领域，必须通过研究回答北朝文学的特质、成绩和造成独有现象的深层原因诸问题。从日本回来以后，道衡师开始展开对北朝文学的研究，在其后二十余年间，他对北朝文学的分期、性质、特征、代表作家作品、成就与局限，北朝文学与南朝文学间的关系等最基本的问题都作了荜路蓝缕的开辟工作。自此以后，北朝文学史才开始正式进入研究者视野。比如曹先生弟子吴先宁博士论文，以《北朝文化特质与文学进程》为题，对北朝文学具有的文化特质作了深入研究，其思路和研究方法即是沿着道衡师研究的方向拓展，其著作是继道衡师之后的北朝文学研究重要成果。

北朝文学研究为什么长期没有得到重视并深入开展呢？这与中国学者惯常以文学成就史作为文学史研究的视点有关。北朝文学与南朝文学相比，其文学成就一直被认为仅有北朝乐府可以略为重视以外，其余的便是庾信、王褒等由南入北的作家了。事实上，北朝文学从北魏以后渐渐形成了自己的文学特质，这也就是《隋书·文学传序》所说的“河朔词义贞刚，重乎气质”。曹道衡先生通过研究，提出了著名的论断：在南北朝后期，北朝文学是处于上升阶段而南朝文学则多少处于下降阶段。这个观点第一次对北朝文学的价值和地位作了科学的判定，是对既往南北朝文学研究结论的拨乱反正。北朝文学后期成就取得的原因，并不是仅向南朝文学学习的结果，而是北朝独特的社会、历史和文化条件所形成的，也就是说北朝在与南朝对峙的过程中，北人的生活场景、生活方式和文化教育形式养成了他们独特的气质，这些气质逐渐在他们的作品中得到表现并最终形成鲜明的文艺特征。因此，要研究北朝文学的发展，势必要研究北朝文学赖以发生的土壤——北朝社会，要从北人生活方式和文化教育形式中探究文学的发生、发展。对此，曹道衡先生开展了一系列有意义的探讨，他特别注意到动乱中的北朝人生活方式——坞壁对北人在文化教育中所起的作用和所造成的影响。尽管曹先生说这个方法受到陈寅恪和唐长孺历史研究的启发，但如何运用于文学史研究上，则是曹道衡先生的发明。他的这种研究突破了以往以文学成就高下作为文学史研究者关注对象的局限，而是将文学作为一种历史现象，研究它的发生、发展和成熟的过程，着眼点在这个现象产生的外部和内在的诸多历史条件。这个研究需要更多的历史学的观察，北朝文学从十六国开始，发展至北齐、北周以后文学才出现比较成熟的写作，但这种发展的过程是如何开始的？文学在怎样的环境中存在和发展？这些问题依靠以往的研究经验，即以作品分析展开研究的模式显然是无法进行的。因为十六国时期没有出现有成就的作家，当然也没有成熟的文学作品，显然无法开展深入的文学史讨论。但是若从历史现象考察，却能发现许多有价值的问题。比如在十六国之前的汉魏时期，文学，尤其是诗歌写作已经非常成熟，出现了建安文学、正始文学以及西晋文学一大批有成就的作家和作品，文学观念深入人心，文学理论也出现了《典论·论文》和《文赋》这样成系统的著作，为什么西晋末一场大乱，北方立刻进入大萧条。大乱中北方有一批士人南下，但仍然有很多士人和文人留下来。比如左思、潘岳、潘尼、挚虞等就没有南下，史书记载他们在乱中亡故，但是仍然说明像他们这样的文人还有不少滞留北方。他们受到过良好的文学熏陶和训练，那么是什么原因让他们没有开展文学写作呢？这说明北朝的社会环境和生活方式对这种现象的造成产生了影响。因此，曹道衡先生关注到北朝普遍存在的坞壁，对北朝文学出现这种状况产生了决定性的作用。曹道衡先生这一观点发表在他的《南朝文学与北朝文学研究》一书中，这个观点不仅为北朝文学研究开辟了新视角，也对当前中国文学史研究如何在方法上深入开拓作了示范。

曹道衡先生无疑是本时代最杰出的文学史研究家之一，他的这种出入文史、打通学科界域的观察和思考，超出了这个时代大多数学者的学术认知，因此，我所招收的研究生，给他们第一次讲话就表明，一定要认真研读曹道衡先生的著作，学习他的研究方法和对材料处理的手段。2009年蔡丹君以优秀的成绩考进北大随我攻读博士学位研究生，我也同样这样要求她。在不久的时间里，蔡丹君陆续便给我提交了几篇读书报告，我感到已经像模像样了，研究的方法和写作的语言也都比较向曹先生接近。蔡丹君在随我读博士之前，硕士阶段是孟二冬教授指导的，但不久因孟二冬教授病逝而转入杜晓勤教授门下。她当时选修过我的一些课，在一次她提交的读书报告中，我惊讶地发现，论文与曹道衡先生的思路和方法很相像，写作也很成熟，我甚至怀疑是不是对曹先生论文的改写，所以专门把她叫来仔细询问了一下，结果发现这的确出自她手，这让我对她刮目相看。后来，这篇文章经过杜老师的指导和推荐，发表在《文学遗产》上，因此蔡丹君在读博士学位研究生时，已经有了较好的积累和学术训练。因为这个原因，我特地与她合作写了一篇文章，《曹道衡先生文学史研究的成就与启示》，让她认真研习曹先生的著作，体会曹先生的研究方法和运用这种方法所取得的研究成就，她领会意图很快，文章很快就完成交给我。我们又讨论了几次，文章也修改了四五稿，最终发表在 2012 年第 4 期《中国典籍与文化》上。通过这次写作，蔡丹君自己也说对曹先生的研究有了很深入的理解和体会。如今，她认为这是很好的培养研究生的方法，也让她自己指导的硕士研究生撰写类似的方法性综述。有了这样的基础，我在给她布置博士论文选题时就引导她关注北朝文学。我最初的想法是，能否像陈寅恪先生撰写《隋唐制度渊源略论稿》一样，将北朝文学作为隋唐文学渊源进行材料梳理，这也是沿着曹先生的思路，认为北朝文学发展至后期，其所取得的成就逐渐胜于南朝，从而为隋唐文学的发展奠定了基础。但蔡丹君最终决定研究北朝文学发生、发展的社会空间和历史条件，也就是说研究北朝文学是如何存在、如何形成自己的特质的，她根据北朝社会结构的特殊性，选取了从乡里到都城这个空间界域中文人是如何生存以及如何开展文学活动，从而是如何形成北朝文学特质的写作的。这个思路是从曹道衡先生而来，尤其是曹先生对北朝坞壁生活状态下文学活动开展的研究，蔡丹君以之作为北朝文学研究的思考起点。

坞壁及聚族而居主要存在于十六国以及北朝初期，随着北魏孝文帝迁洛，北方逐步统一，政治中心和文化中心建立在洛阳，乡居的文人纷纷走向都市，因此文学活动渐多，文学写作渐成气候，由乡居到都城，北朝文化在北魏时期发生了大的变化。但是，由于这些活跃于都城的文人，大多数来自乡里，他们身上带有强烈而顽固的乡里文化的特质，因此北朝在北魏以后的文学发展，并不因为都市文明而洗掉乡里文化特性，事实上是经过这些由乡里走向都城的文人结合了乡里与都城两种文化要求重建的结果。这便是蔡丹君在掌握了大量材料后得出的结论。这个结论是在曹道衡先生研究成果基础之上进一步加深拓展，但又带有年轻一代学者更敏锐的朝气。我认为蔡丹君这本书，是继曹道衡先生以及他指导的博士吴先宁《北朝文化特质与文学进程》之后又一个突破性的研究成果。我在她毕业时给她论文写的评语中说：

> 蔡丹君同学的博士论文《从乡里到都城：历史与空间变迁视野中的十六国北朝文学》，是自曹道衡先生之后北朝文学研究最有价值的研究成果之一。首先，这篇论文选题角度新颖，它是从历史和社会空间变迁的角度，讲述晋末永嘉之乱到隋代统一南北这将近三百年中，文学的发展是在哪些历史条件下，从遭到巨大破坏的境地转入一个有序的发展机制的，又产生了哪些不同于南朝文学的特质。这篇文章深入到了北朝文学发生、发展的根源性问题，视野开阔，笔触深刻细腻；其次，研究方法上有很大的创新，它用历史研究的眼光来展开文学研究，而告别了过去的“文学成就史”的写法。其中对于北朝历史文献和出土文献都加以了充分的利用，也大量使用了一些墓葬考古材料。另外也十分重视前人研究，将从陈寅恪、唐长孺、周一良、田余庆、曹道衡到吴先宁、罗新、侯旭东等诸位文史学家的研究加以梳理，每章、节都有专门的文献综述。文后附录的《北朝文学史事编年》，对将来的研究者能提供实际的帮助。基于这样较为充实的文献基础，这篇论文在展开具体叙述时言必有据，常常深入到具体的问题中的细节中去，体现了一切从史料出发的良好学风，所得出的结论也是客观可靠的。第三，从文章的章节结构和逻辑展开来看，从“乡里”到“都城”的模式叙述，线索清晰，脉络分明。作者认为北朝文学是从乡里社会的土壤中获得恢复和发展，继而在北朝末期的都城中接受南来新风而获得提升，在这个过程中，北朝文学发展的内在生机始终与来自乡里社会的乡里士人紧密相关。这个逻辑结构其实不但展现了乡里士人文学能力成长之历史条件，而且也展现了北朝文学发展空间的迁徙、变化，而这本身就是和南朝文学产生旨趣差异的根本原因。第四，文章中新见迭出，创新点很多。例如关于坞壁和文学发展关系、十六国胡族政权和乡里士人之间的关系的讨论，凉州乡里社会的发展、“乡论”社会与北朝文学的价值观念、北朝乡里私学的发展与文学“学者如牛毛”这种局面的形成、北朝后期两个都城环境对文学产生的不同影响、抄撰机制的建立和意义等，都是北朝研究中新鲜的议题。

今天重读蔡丹君这本经过修改后的样书，这种体会愈加深刻。此文被评为北京大学优秀博士论文，我以为她是当得起这个优秀的。

蔡丹君博士毕业后又进入中国社会科学院文学研究所从事博士后研究，出站后进入中国人民大学文学院工作，几年来她又连续主持了几个科研项目，发表了十多篇有分量的学术论文，引起了学术界关注，被认为是当前年轻一代最富朝气的古代文学研究者之一。我为她的成功感到高兴，更为她的拼搏和努力感到欣慰。中国学术界的女学者所承受的压力与男性学者不同，她们要承担家庭重担，家务、儿女教育，这些重担往往让许多非常优秀的女性学者磨去了锐气和志气。我目睹很多原本非常有前途的女学者就这样默默隐退掉，这是非常可惜的！好在丹君有一位理解她的先生，为她分担了家务，默默地支持着她。丹君是一位有志气有理想的学者，希望本书是她学术征程上一个起点，在这个不错的起点上不懈努力、进取，取得更好的成绩。这是我的期待，也是我乐意作序的原因之一。

2019 年 4 月 26 日于北京大学　选斋

绪论

一

晋末永嘉丧乱之后，中国文学发展的空间与秩序出现了一些重要的转折。从十六国时期到北魏前期，城市反复遭到破坏，虽然北方地区有过几个政治中心，但并不持久和安定。“还居乡里”是当时史料中的一个高频词，它意味着人们从城市中退出，回到乡里社会的生存空间之中。退还到乡里社会中的人们，仍然会自发地从事一定的文化活动，如私学讲授、校订文籍等；而另一些此前一直居于乡里社会的中下层士人，则通过与胡族政权合作，走到历史舞台的幕前，成为推动历史与文化发展的新的主体。十六国时期大部分政权定都的时间都不算太长，且往往动荡难安，政权更迭频繁，因此与胡主合作的乡里士人主要以乡里宗族为倚靠，在“官场”与“乡里”之间进退回旋。在与胡族政权进行政治合作所附带的一些文化活动中，他们往往深刻保留并显示出乡里社会所赋予的文化气质。文学力量在乡里社会中的休养生息、乡里士人与胡族政权之间产生的文学互动，对重塑整个北方地区的文学面貌产生了重要作用。从西晋末年到十六国时期，乡里社会这一生活空间以及与之相关的社会秩序，展示出了与南方文学截然不同的、具有“特质”意味的文学特点。

太和十八年（494）孝文帝迁都洛阳之后约四十年的时间里，北朝文学以乡里社会为基础的发展秩序出现了新的变化。其间，北方地区政权逐渐统一，都城洛阳繁荣安定、规模可观，于是吸引了士人从乡里社会向都城集中，在此从事文化、文学活动。都城洛阳的重建和恢复为文学发展带来了新的社会空间。这对于原来休养生息于乡里社会的文学力量而言，意义重大。与洛阳复都相随的是，一个冲突与融汇、学习与整合等特点并存的文学进程逐步展开。

这一“变化”在北魏分裂为东魏和西魏后更为明显。东魏和西魏分别以邺城和长安为都，后来又分别为北齐、北周所取代。尤其在北齐、北周和南朝这一“三国鼎立”（543—581）时期，各政权之间政治关系不断深化，文化交流变得更为频仍和丰富。虽然北齐、北周在文化发展方面差别极大，但是它们都从南北文化交流中获取了文化发展的经验，在原来基础上创建了新的文化发展平台，例如模仿南朝建立了官方图书抄撰机制等。以城市为平台的文化发展机制不断走向成熟，加速了文学力量从乡里到城市的集中。与此同时，乡里社会之中的文化传承并没有中断，它仍然是朝廷发生政治动乱、军事政变等不安定事件之后的“还居”之地，也是向城市输送人才的根据之地。纵观整个北朝文学发展的进程，北朝的特殊政治、文化环境使得乡里社会始终是北朝文学发展的栖息地。南朝文学发展的社会空间则是相对集中于城市。南方地区政治、经济环境远比北方地区稳定，因而文学发展的外在环境也甚为优容。虽然南朝政权几度更迭，但建康作为都城的地位从未改变，长江沿岸的雍州、江陵等地的城市也在梁代中后期成为新的、仅次于建康的文学发展中心。南朝士人依托于集中性较强的文学发展机制，在城市之内形成了文人集团。他们在文人圈子之内进行文学创作，生成文学思想。可以说，文学发生、发展的社会空间和历史条件，对于南北文学发展差异的形成具有重大意义，这甚至是一个根源性的问题。下面来详细说明这个问题。

自西汉时起，文学发展的主要社会空间是城市。长安是诸多文人的集结之地，也是重要文学作品的产生之地或描述对象。描写京都的著名赋作，常常被人们争相模仿和传诵，于是这一题材经历数世而不衰。东汉之后，洛阳的繁荣使得城邑生活的场景，在民歌和文人诗中占据了重要的分量。《古诗十九首》中游子与洛阳城的巍峨宫观、衣冠贵人的距离感，是不可企及的城市生活所带来的痛苦；游子在洛阳城中对乡里故人的思念，也是由城市到乡里的漫长距离所引出。两汉发达的乐府歌辞，其内容大多基于城邑生活环境。如《妇病行》《东门行》反映了城市贫民生活的艰难，《孤儿行》等作品则反映了城市生活伦理中的凉薄与无奈。城市生活的种种景象以及它所交织出来的繁复人物关系，曾经是东汉至西晋这段时间内文学作品非常重要的主题。在曹魏时期，邺城一度成为文人高度集中之地。曹氏麾下集结了当时北方地区最为优秀的文人，他们虽然并非专门从事文学创作，但在文化资源和思想氛围非常得宜的情况下，通过相互模仿、唱和，写出了大量文学作品。邺中诗人群能够得以产生，是因为在这个才华横溢的文学圈内，人们同时是优秀的作者，也是优秀的读者，彼此共同推进了文学艺术水平的提高和作品数量的增长。西晋时期，都城洛阳是颇有文化积淀的地域中心，也是很多文人的成名之地。来到此处的人们常能够借这里优越的传播环境，使自己的作品誉达四方。张华在此奖掖后进；“二陆”兄弟从吴入洛，在此追求声名；左思《三都赋》风靡一时，造成“洛阳纸贵”；居于并州的匈奴五部贵族刘渊，先后两次质于洛阳，与帝子曾相与赋诗等。这些繁荣的文学景象背后，存在一个对于文学发展产生作用的运转机制。所谓机制，就是建立在城市经济繁荣基础上的一系列社会制度。它使得来自于四面八方的文学士人产生了更为频繁的文学交流和对话。① 当时，无论是太学制度，还是官僚选任制度，又或者是门客招引的常规途径等，都引起乡里士人向发展稳定的城市集中，使得城市成为文学发展和传播的空间与载体。尤其是长安、洛阳和邺下等一度经济繁荣的都城②，都曾当之无愧地成了那时文学发展的中心。

但是，一场持续了十六年的“八王之乱”以及紧随其后的“五胡乱华”结束了文学在北方地区的城市发展之路。太安二年（303）是文学史上非常重要的一年，它标志着西晋文学史进入尾声。这一年，伴随着城市的沦陷和被摧毁，曾经聚居城市的文人纷纷死去或者逃亡。河间王司马颙（？—306）的前锋张方（？—306）率领精兵七万占领洛阳，烧死长沙王司马乂，继而纵兵大掠。除了造成洛阳“杀伤满于衢巷”的惨景之外，他还挟持晋惠帝和成都王司马颖，并“大掠洛中官私奴婢万余人，而西还长安”。③ 至此，西晋政局急转直下。这一年，对于文学史而言具有转折意义。贾谧集拢的“二十四友”④ 在“八王之乱”中最早发生流散。永康元年（300），潘岳等人已经见杀于东海王越。⑤ 太安二年，陆机（261—303）、陆云（262—303）为成都王司马颖（279—306）所害，西晋文学最著名的两

① 芒福德认为“对话”是城市生活的最高表现形式之一：“城市发展的一个关键因素在于社交圈子的扩大，以致最终使所有人都能参加对话。不止一座历史名城在一次决定其全部生活经验的对话中达到了自己发展的极限。”参见［美］刘易斯·芒福德著，倪文彦、宋俊岭译《城市发展史——起源、流变和前景》，中国建筑工业出版社，1989 年，第 41 页。

② 何兹全曾经说：“战国秦汉时期的城市，有着繁荣的城市经济生活，一个城市就是一个地区的经济中心，它的经济势力可以操纵一个广大地区的农村经济生活和农民的命运。魏晋南北朝的城市只不过是一个地方政府的所在地或一个军事要地。”（《汉魏之际封建说》）“武帝以后一直到东汉中期，城市经济虽然有时遭到破坏，但大体上是维持着它的地位和繁荣的。”（《汉魏之际社会经济的变化》），《读史集》，上海人民出版社，1982 年，第 13、73 页。

③ 《晋书·张方传》，中华书局，1974 年，第 1644 页。

④ 《晋书·贾充传附孙谧传》：“渤海石崇并欧阳建、荥阳潘岳、吴国陆机陆云、兰陵缪征、京兆杜斌并挚虞、琅邪诸葛诠、弘农王粹、襄城杜育、南阳邹捷、齐国左思、清河崔基、沛国刘瑰、汝南和郁并周恢、安平牵秀、颍川陈眕、太原郭彰、高阳许猛、彭城刘讷、中山刘舆刘琨皆附会于谧，号曰‘二十四友’。”第 1173 页。

⑤ “夏四月辛卯，日有蚀之。癸巳，梁王肜、赵王伦矫诏废贾后为庶人，司空张华、尚书仆射裴頠皆遇害，侍中贾谧及党与数十人皆伏诛。”《晋书·孝惠帝纪》，第 96 页。

颗明星陨落[①]。而诗人孙拯（？—303）受此牵连，被收狱中，之后死去。[②]左思（约250—305）因避张方之劫，携眷远避冀州。[③]而又有在这期间称疾而归者如张载（生卒不详），在长沙王司马乂请为记室督之后即“归还乡里”，其弟张协（？—307）则因避乱而屏居草泽，“属咏自娱”[④]。至如其他文人如王嘉、郭文等，在这一年前后选择隐逸于山中。刘琨则从此聚集流民，据于离石附近，抵抗匈奴，虽然间或有所创作，但实际上告别了过去的文坛。文人相继从西晋文坛消失的例证，皆集中地出现在这一年前后。这一年虽然只是永嘉之乱的先声，但事实上，文学史的发展在此时已经出现了短期内无法回逆的转折。

永嘉之乱中，文人的流散更为严重和普遍。永嘉元年（307），司马炽（284—313）为东海王司马越拥立为帝，是为晋孝怀帝。晋孝怀帝讨伐司马越，但继而在不断征伐“五胡”的过程中战败。[⑤]永嘉五年（311）四月，元帅王衍（256—311）与前赵石勒（274—333）战于宁平城，晋军全军覆没[⑥]。六月，“京邑大饥，人相食，百姓流亡，公卿奔河阴”[⑦]，王弥和匈奴刘曜的军队遂攻入洛阳。“（刘）曜等遂焚烧宫庙，逼辱妃后，吴王晏、竟陵王楙、尚书左仆射和郁、右仆射曹馥、尚书闾丘冲、袁粲、王绲、河南尹刘默等皆遇害，百官士庶死者三万余人。帝蒙尘于平阳，刘聪以帝为会稽公。”[⑧]洛阳可谓遭到彻底的摧毁。永嘉七年（313），晋孝怀帝在被刘聪羞辱之后，遭毒酒杀害；与他一同遇害的，还有不少从洛阳逃亡而来的旧臣和拥立者，结局凄惨。[⑨]建兴元年（313），晋孝愍帝在长安建都时，长安十分凋败：“帝之继皇统也，属永嘉之乱，天下崩离，长安城中户不盈百，墙宇颓毁，蒿棘成林。”[⑩]许多大臣及其家族成员在这个过程中死去。例如曾经日食万钱仍云无下箸处的何劭一族，夷灭殆尽。[⑪]潘尼避乱于成皋坞

---

① 《晋书·陆机传》，第1480、1485页。

② 《晋书·陆机传附孙拯传》，第1481页。

③ 《晋书·文苑传·左思传》，第2377页。

④ 《晋书·张载传附协弟亢传》，第1518、1519页。

⑤ 《晋书·孝怀帝纪》，第115—125页。

⑥ 《晋书·孝怀帝纪》，第122页。

⑦ 《晋书·王弥传》，第2611页。

⑧ 《晋书·孝怀帝纪》，第123页。

⑨ 《晋书·刘聪载记》：“正旦，聪宴于光极前殿，逼帝行酒，光禄大夫庾珉、王俊等起而大哭，聪恶之。会有告珉等谋以平阳应刘琨者，聪遂鸩帝而诛珉、儁。”第2663页。

⑩ 《晋书·孝愍帝纪》，第132页。

⑪ 《晋书·何曾传附子劭、遵传》，第998—1000页。

壁之后病死。[①] 挚虞“转入南山中”，流落荒野，捡拾橡果充饥，最后悲惨死去。[②] 而幸存下来的文人，或者从此销声匿迹，或者隐没于更为偏远无闻之处。故而，晋末之后的洛阳，号为荒土。[③] 东晋桓温曾动议迁都洛阳，孙绰上疏非之，谓：“自丧乱已来六十余年，苍生殄灭，百不遗一，河洛丘虚，函夏萧条，井堙木刊，阡陌夷灭，生理茫茫，永无依归。”[④] 因此，随着西晋王朝的倾塌，曾作为西晋文学中心的洛阳，它过去汇聚起来的文学力量逐渐流散和消失了。

关于这些文学力量流散的方向，人们以往更多关注的是南渡之“中州士女”，这部分人口据《晋书·王导传》说达到人口总数的“十之六七”。[⑤] 其提到的“中州”，应该并非指全国，而是指以洛阳为中心的司州地区。仅就这一个区域而言，这一人口迁徙的比例，的确是十分可观的。而文学史更多关注南渡者，是因为在这批有避难能力的士大夫当中，有着较多的文学精英。然而，虽然如今已经无法考证究竟有多少人口参与了南渡，但起码可以知道的是还有相当一部分人留在了北方。谭其骧在概括此时的侨流情况时说：“永嘉丧乱后引起的民族迁徙是多方面的，岂只有北人南渡而已？至少还有不少中原人或东徙辽左，或西走凉州。”[⑥] 留在北方的人们，在北方范围之内发生过较大规模的迁徙。当时，在辽左、凉州等较为偏远的边郡，统治者为流民设置了侨郡。还有一些为胡族统治者或区域统治者所占领的地带，人们聚集宗族、筑建坞壁以自全，而文人亦有委身其中者。战争带来的“流民”“难民”或者“遗民”所组成的“共同体”[⑦]，完成了从城市到乡里的转移。或者，人们是从城市周边地带，迁徙到更为偏远的乡里社会中去。人们留在北方的原因有很多，最主要的是南渡资费不菲、路途艰难，也有少数人是由于重土难迁、具有“恋坟垄”的思想[⑧] 等。在这种情况下，长安、洛阳等文化中心无法再如盛时那般凝聚文学力量。

那么，留在北方的人们究竟在何处栖身呢？经过战乱的摧毁，北方城

---

① 《晋书·潘岳传附从子尼传》，第 1516 页。

② 《晋书·挚虞传》，第 1426 页。

③ ［北魏］杨衒之撰，范祥雍校注：《洛阳伽蓝记》卷二，陈庆之语梁武帝：“自晋宋以来，号洛阳为荒土。”上海古籍出版社，2011 年，第 117 页。

④ 《晋书·孙楚传附子绰传》，第 1545 页。

⑤ 《晋书·王导传》：“俄而洛京倾覆，中州士女避乱江左者十之六七。”第 1746 页。

⑥ 谭其骧：《晋永嘉丧乱后之民族迁徙》，《燕京学报》，1934 年第 15 期，第 19 页。

⑦ ［日］谷川道雄著，马彪译：《中国中世纪社会与共同体》，中华书局，2002 年，第 6—7 页。

⑧ 《晋书·孝友传·王裒传》：“及洛京倾覆，寇资蜂起，亲族悉欲移渡江东，裒恋坟垄不去。贼大盛，方行，犹思慕不能进，遂为贼所害。”第 2279 页。

市凋敝，绝大部分土地为少数民族所占领并建立新的政权。有学者形容说，在社会结构及意识形态上，北方少数民族的南下，将秩序井然的小农社会撞成了碎片。[①] 这个比喻恰如其分。从制度及其实践上看来，西晋时期乡里社会的体系井然有序。《晋书·职官志》在介绍地方行政编制时，透露了乡里社会管理的基本方式。[②] 这个体系承袭自汉代以来郡县制的基本框架，是一个相对稳定的乡里社会管理结构——在较长的历史过程中，它可能会在人员上有所增减，吏员设置上有所变化，但总体上应该是相对稳定的。这些地方行政编制所对应的，是一个相对有序的乡里社会结构。然而，晋末战乱极大破坏了这一稳定的地方行政编制和乡里社会体系。在十六国分裂局面最为深化的时期，甚至可以说，北方十六国除在个别地区有官方乡里体系的影子，绝大多数的乡里组织已为坞壁所取代。有相当一部分人们从此在一个个独立的坞堡里避乱，过起了自给自足的生活，并且拥有一定的防御性武装，独立于地方行政体系之外。根据《晋书·地理志》可知：永兴元年（304），刘元海僭号于平阳，于是并州之地皆为元海所有。永嘉之后，司州沦没于刘聪。惠帝之末，兖州、冀州阖境沦没于石勒。石勒太兴二年（319）僭号于襄国，称赵。刘曜徙都长安，其平阳以东等地区尽入石勒[③]。这些地区长期处于战乱、割据的状态中，其社会发展极为不稳定。当时，只有坞壁能够为北方战乱地区的人们带来生存的空间。《水经注》中提到的县城、镇、乡、聚、村、戍、坞、堡等聚落接近4000处，小型城邑与都会达3000处[④]。陈寅恪说："那时北方城市荒芜不发达，人民聚居田野、山间，唯依坞以务农自给，坞由此得以占据北方社会最重要的位置。南朝商业与城市都较发达，北朝则重同姓，重宗法，坞以宗族乡党为单位。这反映了当时南北社会组织形式的不同，经济形式的不同。"[⑤] 因此，从晋末开始，乡里坞壁与宗族乡党就成为北方社会十分重要的构成要素。随着社会形势的发展，北方的坞堡在后来又逐渐形成了大大小小的村落。这些村落是乡里社会人们相对稳定的栖息地。

与北方这类以村落为形式的乡里社会组织不同的是，南方的乡里社会，更多表现为地主庄园经济。大量山泽被占领并集中于南方地主手中，大量

---

① 韩昇：《魏晋隋唐的坞壁和村》，《厦门大学学报》（哲学社会科学版），1997年第2期，第99—105页。

② 《晋书·职官志》，第746—747页。

③ 《晋书·地理志上》，第406—428页。

④ 陈桥驿：《水经注研究》，天津古籍出版社，1985年，第17、164页。

⑤ 陈寅恪著，万绳楠编：《魏晋南北朝史讲演录》，黄山书社，1987年，第139—140页。

的奴婢产生等情况，这和北方的乡里社会经济特征有着明显的区别。[①] 北朝乡里社会中自耕农的大量存在，是一个产生乡里士人的重要优势条件。唐长孺曾对此进行了详细分析，并在举例十六国时期前燕人口数据的变化之后总结道："永嘉乱后大量北人南迁，按理说黄河南北人口应该大大减少，但在十六国的前燕境内却仍然有不减于西晋太康初相当地域的户口数。太康时期户口数的寡少主要是由于大土地所有制的发展，前燕时虽然由于坞壁的大户苞荫以及军营荫户的存在，但著籍户口却仍然远比南方多，可见作为封建私属的户口比南方少，换句话说，也就是国家控制下的自耕农要多于南方。"[②] 这些自耕农家庭，能够具备利用当地乡里私学或者其他教育形式的条件，可以培养子弟成为知识分子。而寒人的崛起，自当是建立在北方更为普遍的自耕农经济之上。北方乡里社会的分散性，其实也体现在这里。这种情况，越到北朝后期越是明显，因为太和年间孝文帝改革所推行的"三长制"对豪族强占荫蔽户口产生了一定的破坏作用，同时加深了这种分散的自耕农经济的局面。不像南方，越到后来，依附于地主庄园经济的人口就越多。北方寒人之崛起往往是建立在这种具有相对自由度的经济体制基础上。而北方的宗主督护制度，是通过宗族力量来形成一个"百家为党族"[③] 的"大户"，与南方"父母在而兄弟异计，十家而七矣"[④] 的"小户"截然相反。在北方，"大户"的管理者即宗族首领，并非是宗族财产的所有者，而仅仅是宗族的管理者。在这样的管理之下，北朝乡里社会中的文化教育更容易拥有有序性。

那么，那些"还居乡里"的士人，主要是些什么人？陈寅恪曾经分析了南方地区的阶级层次，说："南来的上层阶级为晋的皇室及洛阳的公卿士大夫，而在流向东北与西北的人群中，鲜能看到这个阶级中的人物。中层阶级亦为北方士族，但其政治社会文化地位不及聚集于洛阳的士大夫集团，除少数人如徐澄之、臧琨等外，大抵不以学术见长，而以武勇善战著称。下层阶级为长江以北地方低等士族及一般庶民，以地位卑下及实力薄弱，不易南来避难。"[⑤] "流向东北与西北"的人群，即留在北方的人们。他们更接近社会阶级的中下层，其文化修养和文学素养，和南渡的上层士大夫阶级不同。这就意味着，北方地区文学的发展将由这些中下层阶级的士人承

① 唐长孺：《南朝的屯、邸、别墅和山泽占领》，《山居存稿》，中华书局，1989 年，第 1—25 页。

② 唐长孺：《魏晋南北朝隋唐史三论》，武汉大学出版社，1993 年，第 82—154 页。

③ 《魏书·临淮王谭传附昌子孝友传》，第 422 页。

④ 《宋书·周朗传附兄峤传》，第 2097 页。

⑤ 陈寅恪著，万绳楠编：《魏晋南北朝史讲演录》，第 116 页。

担，而非像过去由那些集中于洛阳的文学精英承担。这个非精英组成的作家群体，往往是原本一直居于乡里，或者是从都城"还居乡里"的。他们大体上可以化为两类人：一是乡里宗族或豪族中学养较深的士人，他们往往有机会获得统治阶级的认可，因此有了一些场合之作，同时也有少数个人的文学作品；二是普通村民，他们的文学创作主要是口头的民歌、谣谚，也可能是湮没无闻的墓志铭或造像记。

留在北方的士人和南渡士人在文化层次、阶层结构上都深有区别，这也导致他们有着不同的文学价值和审美判断。"永嘉之乱"爆发时，玄学刚刚在洛阳及其周边地区兴起，彼时的北方中下层阶级士人尚未来得及接触玄学，便很快陷入"永嘉之乱"带来的颠沛流离中。当"中州士女"带着玄学南渡之后，北方则只是留下了一些玄学发展的残留痕迹。乱世背景之下，经学的"时用"价值愈加获得统治者和乡里宗族的重视。何启民根据侨姓、郡姓与民族酋长三者之间的学术、文化倾向的异同，分析了汉人与其他民族合作的原因："胡酋对汉魏之际的新思潮，以及所带来新兴的一切都不感兴趣，都没有好感。他们于经学，不仅涉足，也学有所承……这对于重经学、讲传统，保守的中原旧门第来说，自然有一种特殊意义，具备一种特殊的吸引力"，"（这些旧家族中的人）能有机会来施展他们的抱负，重建天下，其兴奋和热衷，是可以想象得到的"[①]。的确，北方士人大多有经学教育背景，甚至往往接受乡里社会的私学教育，他们所拥有的价值观念，与传统经学密切相关。这使得北朝在文化发展上成为一个重乎时用的"经学社会"。与经学发展相同步的是传统方术、佛教和道教，在这一时期，这些宗教信仰在乡里社会中得到广泛发展。乡里社会中的社邑组织，广泛发起造像活动或者其他宗教活动。这些活动中也存在一些颇有价值的宗教文学形式。

乡里社会是培育北方文人、文学的丰厚土壤。然而，乡里士人并非固定于其中，而是常常发生流动。流动的主要途径有两种：一是士人负笈游学；二是士人入仕，即通过特定的选举制度和仕宦渠道成为官僚。一些士人在中央或其他城市任职，从乡里走向了都城。不过从晋末到十六国时期，由于政局动荡等多种因素，都城往往难以维系较长时间，乡里士人也只能在城市中维持短暂的集中。北魏之后，随着北方地区的统一，政治制度趋于相对稳定，北方士人进入到城市的方式和途径更为多样和成熟，因此这

① 何启民：《五胡乱华时期中的中原郡姓》，《台湾政治大学学报》，1975 年第 32 期，第 136 页。

个时期的城市开始逐渐吸纳更多的乡里士人。然而，由于来自不同地域的乡里士人，在学术背景和艺术倾向上往往不同，因此即便是在场合性作品中，他们一方面保持着突出的个性，注重个人情感的表达；另一方面却也因为共同的经学教育背景，有着普遍相似的文化价值观念和文学观念。

从晋末到十六国时期以及北魏前期，城市不发达，故而对文学发展难以产生凝聚力。这个时期之内，乡里社会对文学发展所占据的主导影响是不难看出的。而这种影响，并没有在北魏中晚期城市走向恢复和繁荣之后骤然消失，城乡二元的关系一直存在并且产生新的张力。随着北方逐渐统一，长安、邺城和洛阳地位的逐渐稳定，这里重新成为聚纳文人的中心。承担这个重建过程的主体基本上是乡里士人，他们具备乡里社会所赋予他们的文化特点。北朝中后期之后，北方各政权军事力量强大，通过聘问或者政治逃亡的方式从南方北渡而来的士人越来越多。再加上后来的"侯景之乱"以及隋统一全国，北方政权通过俘虏人口的方式，将大量的南方士人迁往北方，从此沦为耕田养马之皂隶者有之，道死者更是无数。对于这番景象，唐长孺引了孙元晏《淮水》诗"文物衣冠尽入秦，六朝繁盛忽埃尘"[①] 来感叹之。之所以南朝文化遭到破坏的速度和程度都如此激烈，正是因为南朝社会高度发达的文明是集中于城市的，易于迅速沦落。"特别是脱离了宗族乡里根基的以王谢为代表的侨姓高门，几乎倏然从江南消失。"[②] 而北渡成功的士人的确带来了南方的文学、文化，南北文学的交流逐渐变得广泛和实质化，引起了北方士人对于南方文学的接受、评论和模拟。但是，此时北方文学发展的"质"已经在其前期的文化发展体制中形成，城市社会空间的出现，南北文学交流的增强，只是在这种"质"的基础上进一步丰富了北朝文学的面貌。也就是说，北朝文学在艺术水平上的提高，不是在北齐时北方文人开始大规模向南方学习诗歌创作之后横空出世的，而是经历了一个漫长的重建过程。而从另外一个角度来讲，只有北朝社会的文化发展到了一个相对繁荣的局面，南北双方的对话和交流才更为频繁，一个能够将南北特征"合其两长"[③] 的契机方才能够出现。北朝末年和隋初产生的文学成就，充分证明了北方以乡里社会为基础、以城市社会为交流空间的文学发展秩序所具备的优越性。北朝文学在其后期迎来"由衰转盛"的局面，其根源正在于此。

---

① 唐长孺：《魏晋南北朝隋唐史三论》，第163—164页。
② 唐长孺：《魏晋南北朝隋唐史三论》，第163页。
③《隋书·文学传序》，第1730页。

从十六国时期开始，北方历史就在其政局混乱和秩序颠倒的表面之下，逐渐建立起新的秩序和新的文化传统。经历了一百多年的整合之后，北方历史的发展重新纳入到华夏历史的主流轨道上来，并在此后相当长的历史时期内继续成为华夏历史的重心和动力之源[①]。前人对此已经有过丰富的研究。钱穆曾谈到过"北朝胜于南朝"："（北朝）到底很快便建立起一个统一政府来。而且这一个政府，又不久便创设了许多极合传统理想的新制度……将来全都为隋唐政府所效法与承袭"；"隋唐复兴，大体即建基于均田、府兵的两个柱石上"[②]。基于宏观的把握，田余庆在《东晋门阀政治》"后论"曾提出：中国历史发展的主流"在北而不在南"。他说，"从宏观来看东晋南朝和十六国北朝全部历史运动的总体，其主流毕竟在北而不在南"。这一观点，是他"放眼南北、后顾前瞻"，即鸟瞰4—6世纪南北中国的全部历史运动，并觇望"沙石澄清、尘埃落定的隋唐时期"之所得。[③]阎步克将北朝的强盛归结为体制的力量，又将体制的进步活力"最终归结于北方的独特历史道路"。他认为，正是循此蹊径，北朝才成为走出"门阀士族政治"、步入"重振的隋唐大帝国"的"历史出口"。他所谓北朝体制的进步活力，主要指北朝"强劲的官僚制化运动"，包括选举、职官、考课、监察、法制、户籍、学校等制度的建立及其有效运作，也包括均田制、三长制等重大改革的推行及完成[④]。而这些都与北朝社会的发展有着密不可分的关系。

那么，文学史发展的主流，是否和制度史、政治史发展的主流一样，也是"在北而不在南"呢？对于这样的提问，是必须以谨慎的态度回答的。乍看之下，肯定的回答，一定会遭到诸多反对，因为它看似完全背离了我们过去对于南北朝文学的理解。过去一般认为北朝文学是"衰落"的，它是通过对南朝文学的"模仿"，并且通过军事力量吸纳了南来士人，才逐渐转向兴盛的。从北方相对凋零的文学作品生产来看，北朝前期的文学发展的确可以称为"衰落"，北方君臣对南方诗歌艺术争相模拟——所

---

① 罗新：《十六国时期的政治形势和民族整合》前言，北京大学博士学位论文，1995年，第3页。

② 钱穆：《国史大纲》，商务印书馆，1991年，第341、399页。

③ 田余庆：《东晋门阀政治》，北京大学出版社，1996年，第356页。

④ 阎步克：《变态与融合——魏晋南北朝》，吴宗国主编：《中国古代官僚政治制度研究》，北京大学出版社，2004年，第125—131页。

谓“学者如牛毛”[1]也是事实，北方文学的进步也确实得益于北朝后期的南来士人在北方所形成的文学风气。而南方文学发展的成果对于北方文学发展的促进作用，一向被视为北方地区文学发展的最为重要的因素之一。在这种南北双方的文学作品数量对比悬殊的情况下，过去的文学史研究一般“重南而不重北”，且一般认为是南方地区文学主导了北方地区文学的发展方向，影响了其后来居上的文学成就。而事实上，北方地区的历史发展遵循了它自身的道路。在历史变迁之中所形成的北朝文学发展局面，与南朝截然有别。北朝文学史发展的巨大价值，正是在于它在近三百年的民族融合和历史变革过程中，产生了能够使文学延续发展的发展机制。这个发展机制的内涵中有从魏晋文学中汲取的传统，也有从时代变革中激发出的新的质素。它逐渐形成，逐渐发展，也逐渐成熟，又逐渐演进。“乡里社会”这一特殊的地理 / 文化空间为北方文学所带来的特质，仍然是所有造成北方文学发展形态的因素中最值得重视的，也是最需要重新审视的。可以说，在将近三百年的漫长历史变迁之中，北朝文学的发展空间经历了这样的折返：在城市遭到摧毁之后，文学的发展从上层社会渗透到更为广阔的乡里社会中，文学发展的使命，也随之从上层世族文人的手中转到中下层士人的肩上。乡里社会源源不断地产生优秀的文人，文学在“乡里社会”中得到传承和创新。随后，乡里所产生的文人又向重建的城市聚拢、回归。这种在乡里社会中繁育出的巨大文化再生力量，使得北朝文学的发展秩序，可以适应战乱，适应异族统治，适应意识形态的变化而不断获得存续和重生。而在南朝，南方地区城市虽然一贯稳定，但人才过于集中，一旦无法抵抗来自于北方地区的军事压力，那么以城市为基础的文学发展体制也就随之崩溃。南朝末年，士人北徙，南朝文学的发展无可挽回地进入了衰退期。这些事实导致南北朝文学发展的主流从属于南北朝历史发展的主流。最终，是北朝文学发展的影响力甚于南朝，更大程度地为隋唐历史所继承。

总之，从社会发展变迁这个视角来看北朝文学的发展，将引出一系列的问题。比如，建立在乡里社会基础之上的北朝文学发展机制究竟具有怎样的特点？乡里士人是如何在战乱的夹缝中从事文学创作，又拥有怎样的作品类型和艺术旨趣？他们和当时胡族统治下的国家政治、宗教信仰和社

---

① 《魏书 · 文苑传 · 温子昇传》，第 1869 页。

群组织之间又会发生怎样的关系？而这些复杂的问题一旦被提出，乡里社会就不再作为问题讨论的背景存在，而是它本身也将是被讨论的对象。在历史变迁和社会空间发展等历史条件下研究北朝文学史，不仅可以更为深入地呈现北朝文学发展的历史进程，也能更好地揭示南北朝文学差异产生的根源，也能更为深刻地理解，从西晋末年以来遭到严重破坏的北方文学发展结构，究竟是如何在“还居乡里”之后重建了它的发展秩序，成为通向隋唐文学发展的关键一环。

二

乡村社会是生成中国文学的土壤，是中国文学史发展的基本环境。《诗经》中的农事诗，陶渊明躬耕南山的悠然之辞，唐人描写京畿近郊隐逸生活的诗文等等，都说明乡里社会中基本的生活、生产场景，曾是文学热衷反映的内容，而乡村风景甚至在关于“方之内外”的想象中被升华为一种生活境界，被文人赋予精神栖居的意义和价值。从社会意义上讲，乡村中的土地与人口、聚落与宗族、民户家庭、思想与信仰、民风民情，乃至乡村的控制与管理及乡村自然生态环境等，都是关系文人及其文学创作的重要方面。当讨论到乡村社会中与人相关的问题时，“乡里社会”这个概念更能突出“乡村”的社会属性。乡里社会的基本思想和民间宗教信仰，是文人的精神生活环境之所在。乡里宗族关系则是文人社群活动的重要依据。一言概之，乡村社会是文学发生、发展的土壤，又是文学乐于表现和反思的对象。马新说：“乡村社会是中国古代社会的基点，也是中国古代物质文化与精神文化的重要源泉。打开中国历史，一幅是城市中国，一幅是乡村中国。……中国古代社会，尤其是汉唐时代，并不存在一个完整的城市社会，城市只是政权、军事权和统治权的释放点，它统治着乡村社会，主宰着乡村社会，却无法改变乡村社会的本来。相反，中国古代的城市，恰恰是乡村社会的伴生物，是乡村社会的城市。”[①] 可以说，中古时期，相较于乡村而言，城市的存在反而是不够稳定的。在为文学发展提供基本环境的过程中，乡里社会的地位、功能和意义皆不可忽视。

乡里社会是相对于城市社会而存在的。考诸前史，秦汉各代无不建

---

① 马新：《两汉乡村社会史》，齐鲁书社，1997年，第1—2页。

立乡里制度。作为物质形态的空间，乡里社会本身存在的形态十分多样，例如村、坞、落、丘等等。那么，北朝时期的乡里社会和之前的乡里社会，有什么最主要的区别呢？在西晋末年之前，汉魏乡里制度和具有整体性、一贯性的地方基层行政制度是相联系的。汉魏乡里士人们从乡里到都城，往往通过一系列明确的社会制度来实现。而在西晋末年之后，社会发生了很大的变化，乡里社会制度遭到极大的破坏，甚至失去了过去依附在地方基层行政机制之上的乡里编制，中央政权不再有能力实现对地方户口和人数的控制，乡里士人们也难以通过明朗的选举制度或其他渠道大量进入都城——即权力中心的所在地。这意味着，从晋末十六国到北魏前期，整个乡里社会的社会形态在历史上是非常独特的，它经历了一个从混乱、独立的状态恢复到被重新编制、被集权的过程。北魏太和十七年（493）之后，北方的乡村中开始出现乡里编制，这反映在大量的墓志中。[①] 这些墓志透露了墓主的籍贯是属于乡里编制的。根据这些情况，侯旭东认为：反映乡村中乡里情况的墓志的时间，自北魏后期起一直延续到北朝末，表明在北朝的大部分时间里农村存在着乡里制。由墓主的籍贯、葬地的具体位置看，北朝境内多数地区的乡村设立了“乡里”，仅北齐一朝邺城周围即京畿地区似乎无此类编制。[②] 乡里编制的大量出现，意味着乡里社会的社会组织形式获得良性发展，也就意味着乡里社会的日常生活具有稳定性。北方乡里社会的社会组织形式与南朝大地主所有制有着极大的不同。国家直接控制的自耕农人口数量远在南朝之上，南朝经济体制下控制了大量奴婢人口。自耕农人口具有更大的阶级流动性，它们是产生普通乡里士人的一个重要阶层。北朝乡里社会经济的发展与乡里编制有着密切的关系。甚至北朝末年最为重要的经济改革——均田制的展开也是在此基础上进行，而此时的乡里编制事实上是由官方所划定的。从三国至于唐初，大概经过了数百年时间，村落方才完成了一种社会组织格局的定型。《通典》卷三《食货三·乡党》对此有较为明确的记载。[③] 直到今日，“村”仍是地方行政敏感的神经末梢。由于北朝时期尚未形成真正的“村”，“村作为村落称呼的明确记载在中国法令中是从唐代开

① 侯旭东：《北朝乡里制与村民的生活世界——以石刻为中心的考察》，《历史研究》，2001年第6期，第16页。

② 侯旭东：《北朝乡里制与村民的生活世界——以石刻为中心的考察》，第16页。

③ ［唐］杜佑撰：《通典》卷三《食货三·乡党》，中华书局，1988年，第54页。

始的”[①]，因而我们在单独谈论北朝时，仍然沿用史籍记载，称之为“乡里社会”。

乡里社会的宗族是构成乡里社会的主体，乡里社会本质上就是宗族社会。乡里社会内部的人际关系，以及乡里社会和国家政治之间产生的联系，会让乡里社会的主体，产生特定族群认同和国家认同。这种“认同”的实质是一种精神联系，是乡里社会特有的精神特质。日本学者谷川道雄提出了“社会共同体”这个概念，他指出，维系这个“共同体”的，不仅是物质生产关系，也包括了精神联系。因此，乡里社会不仅仅是一种可以在方舆地志中找到的空间形态，也是人心之中存在的一个精神归属，而且恰恰体现于文字表达或者说文学表达之中。现实生活中北朝统治者不仅为乡里取蕴含儒家思想的嘉名，还经常用为乡里改名的办法来弘扬儒家观点，推行教化，亦即所谓的“宜赐美名，以显风操”[②]。如《北史·李灵传附李谧传》载：北魏延昌四年（515）李谧卒，朝廷“表其门闾，以旌高节”于是“表其门曰文德，里曰孝义”[③]。北朝乡里社会中的主体，和文学之间发生关系的，主要是乡里士人。他们往往会根据乡里日常生活需要，来进行创作。乡里士人生活在乡里宗族社会之中，他们受到“乡论”社会的规范和约束。“乡论”与乡里士人的选举、出仕都紧密地联系在一起。而促进同乡士人出仕之后，对于其原居地仍然能够产生较大的影响，比如乡里士人的出仕和文学群体的结成。特别是他们的宗族亲属，往往能够通过依赖他们而获得更多的利益。这些社会关系推动了社会流动和社会主体人格的塑造，也维系着北朝文人群体的精神核心。这些都是乡里社会精神层面之属性。

与乡里社会相对应的是“城市社会”。“城市社会”的内涵包括了两个层面，首先是“城市中的小社会”，即关于城市是什么样子，城市中有些什么人，他们如何生活，遵循怎样的管理方式和思想伦理等等；其次是多个城市组成的整个社会，即由于这众多城市的存在，整个社会呈现出怎样的面貌和特征。比如，城市对于其周边地区而言承担怎样的角色、城乡结构如何。在本书中，“城市社会”其实主要是指城市中的“人文社会”。城和

① ［日］宫川尚志：《六朝时代的村》，《日本学者研究中国史论著选译》第4卷，中华书局，1993年，第67页。

② 《魏书·列女传》，第1981页。

③ 《魏书·隐逸传》，第1939页。

城市是不一样的。在传统的观念里，即便没有城墙，而只有围墙等防御设施，中古时期的人们仍然将之称为城。宫崎市定将凡是有城墙的都看作是都市，而他同时又认为居住在城市中的主体居民是农民，因此这样的都市又被他认为是“农民都市”。这一点与传统的观点极为不同[①]。这一类的“城”，其实更接近于“坞”。或许是受日本学者的影响，马新在其《两汉乡村社会史》一书中，对乡村和城市的区别同样不甚严格——或许这样的区分本身就是极为困难的，因为汉代的城市中的确居住着大量的农民，尤其是在全书后半部分论及宗族、婚姻与家庭、信仰、谣谚等问题上，论述范围其实包括了城市。这样就造成了讨论过程中出现了一些界限过于模糊的情况。而限于文学发展的特殊性，普通城市往往无法具有对文学力量的凝聚之力，而一般只有都城才具有吸纳文学力量的能力。所以本书在谈到城市社会的时候，一般情况下其实更为偏重都城，以便于对中古时期的城市和乡村做出更为明确的区分，从而有利于展开对社会空间与文学发展之关系的集中论述。[②] 侯旭东则认为，在北朝，“官方场合”也是与乡里社会相对应的一个概念。在北朝史的讲述中，“乡里”固定化为一种所指，频频出现于官方场合，表示与官场相对的原居地。这些具体的乡里划分在普通人生活中起何种作用，他们是否接受、运用官方的地域概念，并利用它们去组织日常活动，既涉及官方制度在乡村的具体运作，也包含民众对官方设计的态度，从中可以透视朝廷、官府与村民的关系[③]。于是，在大部分的情况下，所谓的“还居乡里”其实具有两个层面的意味：既是从城市中退出，也是从官场中退出。

由于种种原因，北朝乡村社会研究一直是历史研究中的薄弱环节，乡村社会甚至曾被研究者称为“被遗忘的世界”。[④] 而从“乡里社会”的角度来看待北朝文学的发展的前贤研究成果，更是十分稀少。如果要构建“乡里社会”与“北朝文学”之间的关系，则必须同时切入这两个范畴。魏晋南北朝乡村社会研究，正是本书研究的基础。近现代以来，乡村社会研究从单薄走向逐渐成熟，已经形成了一定的研究体系，按照研

① ［日］宫崎市定：《中国聚落における形体の变遷について》《中国における村制の成立》等论文，见收于《アジア史論考》中卷，东京，朝日新闻社，1976年，第3—30、56—156页。

② 张继海：《汉代城市社会研究》，北京大学博士学位论文，2002年。

③ 侯旭东：《北朝乡里制与村民的生活世界——以石刻为中心的考察》，第34页。

④ 侯旭东：《北朝村民的生活世界——朝廷、州县与村里》，商务印书馆，2005年，第3页。

究的对象大概分为乡村形态研究，乡村制度研究，乡村经济研究，乡村宗族、宗法关系研究，乡村生活史研究等，目前已经积累了丰富成果[①]。日本学者对乡村研究的推动之力十分重要[②]。国内史学界对于乡里宗族的

---

① 自1990年以来，通论性成果如孙达人《中国农民变迁论》（中央编译出版社，1996年）、白纲《中国农民问题研究》（人民出版社，1993年）、仝晰纲《中国古代乡里制度研究》（山东人民出版社，1999年）、赵秀玲《中国乡里制度史》（社会科学文献出版社，1998年）、冯尔康、常建华《中国宗族社会》（浙江人民出版社，1994年）等等。断代研究的成果则多集中在唐代以后尤其是明清时期，对于唐代以前乡村社会的研究则显得相对薄弱。侯旭东的《五、六世纪北方民众佛教信仰》（中国社会科学出版社，1998年）论述了五至六世纪北方民众佛教信仰的内涵及活动特点，考察了普通民众的信仰及其与佛教教义与佛教思想之间的互动关系，折射出当时民众的基本心态。侯旭东《北朝村民的生活世界——朝廷、州县与村里》（商务印书馆，2005年）一书，从现象学胡塞尔的“生活世界”的概念出发，深入关注了与北朝村民相关的乡村社会的各个方面。郑州大学历史系吴海燕博士学位论文《魏晋南北朝乡村社会及其变迁研究》（2003年），概述了魏晋南北朝乡村社会中的一些基本情况，对于村民的生活本身加以了留意，因而专门设置了乡村自然灾害等章节。高贤栋《南北朝乡村社会组织研究》（山东大学出版社，2008年），贾小军《魏晋十六国河西社会生活史》（甘肃人民出版社，2011年）有部分章节专就河西地区乡里坞壁中的民众生活加以了讨论，主要结合了河西地区的墓葬壁画等。涉及魏晋南北朝时期乡村基层机构的著作有严耕望《中国地方行政制度史》（荣泰印书馆，1963年）和黄惠贤《中国政治通史（第四卷·魏晋南北朝）》（人民出版社，1996年）。高敏《北魏“宗主督护”制的始行时间试探——兼论此制废除后的社会影响》（载《庆祝何兹全先生九十岁论文集》，北京师范大学出版社，2001年），李凭《北魏平城时代》一书的附录三，研究了北魏的宗主督护制（上海古籍出版社，2011年）。类似研究，还有周一良《从北魏几郡的户口变化看三长制的作用》，见收于《魏晋南北朝史论集》（北京大学出版社，1997年）。郑欣《北朝均田制散论》《门阀地主的形成、特点、作用及崩溃》《南朝的租调制度》《南朝的杂调》《南朝的徭役制度》等文章，见收于《魏晋南北朝史探索》（山东大学出版社，1989年）。韩昇《南北朝隋唐士族向城市的迁徙与社会变迁》一文研究了士族的乡村根基以及士族向城市迁徙的状况（《历史研究》2003年第4期）；《魏晋隋唐的坞壁和村》一文，着重探讨了坞壁和村落的关系（《厦门大学学报》，1997年第2期）。张承宗、魏向东《魏晋南北朝时期的宗族》一文认为，魏晋南北朝时期的宗族组织分为士族地主经营的封建庄园、以宗族为核心的流民集团、由族长控制的武装坞壁。宗族观念有三个特点：重门第轻才德、重宗族轻个人、重孝悌轻复仇（《苏州大学学报》，2000年第3期）。

② 日本学者是中国乡村研究的推进者。宫川尚志《六朝时代的村》，收入《日本学者研究中国史论著选译》（第4卷，中华书局，1992年）；谷川道雄《中国中世社会与共同体》，有不少关于北朝乡村中的“名望家”、北朝宗族等内容的研究等等（马彪译，中华书局，2002年）；宫崎市定《六朝时代的村》（1950年发表），宫崎市定《中国村制的成立——古代帝国崩坏的一面》（1960年发表），见收于《宫崎市定论文选集》（商务印书馆，1963年）。这些论著已经构成了魏晋南北朝乡村社会研究的基本格局。其他具有启发性的同类文献还有：越智重明《里から村へ》（《九州大学东洋史论集》一，1973年）；《汉魏晋南朝の乡·亭·里》（《东洋学报》第53卷第1号，1970年）；《东晋南朝の村と豪族》（《史学杂志》第79编第10号，1970年）。爱宕元《唐代前半期华北の村落の一类型——河南修武周村の场合》（《人文》25号，1979年，收入《唐代地域社会史研究》，同朋舍，1997年）；《两京乡里村考》（同上）。东晋次《后汉时代の政治と社会》（名古屋大学出版会，1995年）；福岛繁次郎《北周の村落制》，收入《中国南北朝史研究》（增订本，明筑出版，1979年）；《北齐の村落制》，同上。堀敏一《魏晋南北朝时代の“村”をぬぐって》，《中国古代の家と集落》（汲古书院，1966年）。《魏晋南北朝隋代の行政村と自然村》，同上；江头广《姓考——周代の家族制度》（风间书房，1980

研究，颇为着力，研究成果十分宏富[①]。

随着出土资料的逐渐增加，近十多年来，北朝乡里社会研究开始关注乡里社会的宗教信仰或精神生活。其中，侯旭东的系列成果颇值得关注：《五、六世纪北方民众佛教信仰——以造像记为中心的考察》系统地利用造像记材料解读了五六世纪北方民众佛教信仰状态；《十六国北朝时期战乱与佛教发展关系新考》[②] 则是对十六国时期的民众信仰做了一定的反思和了解；《北朝村民的生活世界——朝廷、州县与村里》，以北朝“村落史”作

年）；旗田巍《中国村落と共同体理论》（岩波书店，1973 年）；伊藤正彦《乡村制の性格——理论的再检讨》，第 1 回中国史学国际会议研究报告集《中国の历史世界——统合のシスラムと多元的发展》佐藤佐治《北朝の市》，见收于《魏晋南北朝社会研究》（八千代出版，1998 年）。佐藤智水《北朝造像铭考》（《史学杂志》第 77 卷第 10 期，1977 年）。

① 研究宗族较早者如徐复观《中国姓氏的演变与社会形式的形成》，收入《周秦汉政治社会结构之研究》（新亚研究所，1972 年），吕思勉《吕思勉读史札记》（上海古籍出版社，1982 年）。宗族研究的对象，在时间跨度上很早，而研究者一般以汉代为第一个突出阶段。马新《两汉乡村社会史》（齐鲁书社，1997 年）。吕绍纲、张羽《释“九族”》，《东南文化》1999 年第 1 期。王崧兴《汉人的家族制——试论“有关系、无组织”的社会》，收入《“中央研究院”第二届国际汉学会议论文集 · 民俗与文化组》（台湾“中央研究院”，1989 年）；邢义田《从战国至西汉的族居、族葬、世业论中国古代宗族社会的延续》（《新史学》第 6 卷第 2 期）。林耀华《义序的宗族研究》（生活 · 读书 · 新知三联书店，2000 年）。林甘泉《汉帝国的民间社区和民间组织》，收入所著《中国古代政治文化论集》（安徽教育出版社，2004）。另外还有一些个案研究也有启发性，如黄应贵《土地、家与聚落——东埔社布农人的空间现象》，收入他主编的《空间、力与社会》（“中央研究院”民族研究所，1995 年）。关于魏晋南北朝时期的宗族研究，对本书有重要启发的主要有谷川道雄《六朝时代的名望家支配》，收入《日本学者研究中国史论著选译》第二卷（中华书局，1992 年）；《六朝时代城市与农村的对立关系——从山东贵族的居住地问题入手》，载《魏晋南北朝隋唐史资料》（第 15 辑，武汉大学出版社，1997 年，牟发松译）；劳榦《北魏州郡志略》，《台湾“中央研究院”历史语言研究所集刊》第 32 本，收入《劳榦学术论文集》甲编，上册，艺文印书馆，1976 年；朱绍侯《魏晋南北朝土地制度与阶级关系》（中州古籍出版社，1988 年）。唐长孺《北魏的青齐土民》，《魏晋南北朝史论拾遗》（中华书局，1983 年）；《魏晋南北朝隋唐史三论》（武汉大学出版社，1992 年）；《读颜氏家训后娶篇论南北嫡庶身份的差异》（《历史研究》，1994 年第 1 期）。周一良《从北魏几郡的户口变化看三长制的作用》（《社会科学战线》，1980 年第 4 期，收入所著《魏晋南北朝史论集》北京大学出版社，1997 年）；《〈博陵崔氏个案研究〉评介》，（《社会科学战线》，收入所著《魏晋南北朝史论集》，北京大学出版社，1997 年）等。还有一些研究乡里社会的国家认同的论文也很值得注意，科大卫、刘志伟《宗族与地方社会的国家认同——明清华南地区宗族发展的意识形态基础》（《历史研究》，2000 年第 3 期）。Cary G. Hamilton 著，张维安等译《天高皇帝远：中国的国家结构及其合法性》，收入所著《中国社会与经济》（联经出版事业公司，1990 年）。另外还有一些个案研究也有理论上的启发性，如黄应贵《土地、家与聚落——东埔社布农人的空间现象》，收入他主编的《空间、力与社会》（“中央研究院”民族研究所，1995 年）。韩昇《南北朝隋唐士族向城市的迁徙与社会变迁》一文研究了士族的乡村根基以及士族向城市迁徙的状况（《历史研究》，2003 年第 4 期）。

② 侯旭东《十六国北朝时期战乱与佛教发展关系新考》一文的结论是：“十六国北朝时期战乱对佛教发展的作用是局部的，不应估计过高。佛教之所以影响日盛，更主要的是其说教对民众具有吸引力。”《中国史研究》，1998 年第 4 期。

为主题，从村落研究的理论问题，到北朝村落的分布与结构、村落宗族问题、村落中的北朝国家体制延伸及村落中的观念结构等等，做了细致而深入的探讨。而这其中也有相当一部分是涉及乡村造像等宗教信仰的，而这些研究是建立在对乡村形态、制度考察之上的，因而显得更为完整和精细。侯旭东的研究思路，较为着力于通过史料实现对"生活世界"的还原，因而能够在认识北朝基层社会结构和底层群体等方面获得一些较为稳妥的意见，尤其是较为关注他们的宗教信仰生活的状态。侯旭东曾经翻译过太史文（Stephen F. Teiser）《幽灵的节日：中国中世纪的信仰与生活》[①] 等著作。利用石刻资料探讨乡民信仰，自是近些年研究北朝史最为注目的风潮。其他成果如刘淑芬撰写的《五至六世纪华北乡村的佛教信仰》[②] 同样是利用石刻文献分析了一个地区的信仰问题。她的另一篇文章《北齐标异乡义慈惠石柱——中国佛教社会救助的个案考察》[③] 则深入到了更为具体的"村落视野"中，对中古的乡村组织结构及其功能进行更加微观的剖析。王青《魏晋南北朝时期的佛教信仰与神话》[④] 则是在"思想史"这个领域内对"民俗佛教思想和信仰"的比较全面的研究，虽然并不是基于乡村社会和底层生活世界的，但较多地顾及了民俗等底层社会活动对于宗教传播的影响。刘淑芬《从民族史看太武灭佛》[⑤]、卢建荣《从造像铭记论五至六世纪北朝乡民社会意识》[⑥] 等论文，都是拓展底层社会与佛教信仰传播等精神生活的重要研究成果。另外，近些年关于僧侣群体和宗教邑社或其他类型组织的研究成果也比较多。关于北朝乡村基层组织和以寺院为中心的佛教组织的考察，这方面的成果主要有宁可《述社邑》[⑦]、郝春文《东晋南北朝佛社首领考略》[⑧]、王素《高昌至西州寺院三纲制度的演变》[⑨] 等论文。这一系列文章，在利用石刻文献和敦煌文书的基础上，由讨论佛教组织入手，逐步扩大到

---

① ［美］太史文著，侯旭东译：《幽灵的节日：中国中世纪的信仰与生活》，浙江人民出版社，1999年。

② 刘淑芬：《五至六世纪华北乡村的佛教信仰》，见收于林富士主编《礼俗与宗教》，中国大百科全书出版社，2005年。

③ 刘淑芬：《北齐标异乡议惠慈石柱——中国佛教社会救济的个案研究》，载梁庚尧、刘淑芬主编《城市与乡村》，中国大百科全书出版社，2005年。

④ 王青：《魏晋南北朝时期佛教信仰与神话》，中国社会科学出版社，2001年。

⑤ 刘淑芬：《从民族史看太武灭佛》，《台湾"中央研究院"历史语言研究所集刊》第72本，第1分册，台湾"中央研究院"，2005年。

⑥ 卢建荣：《从造像铭记论五至六世纪北朝乡民社会意识》，《历史学报》，1995年第23期。

⑦ 宁可：《述社邑》，《北京师范学院学报》，1995年第1期。

⑧ 郝春文：《东晋南北朝佛社首领考略》，《北京师范学院学报》，1991年第3期。

⑨ 王素：《高昌至西州寺院三纲制度的演变》，《敦煌学辑刊》，1985年第2期。

对乡村日常生存状态、村落与国家之间的关系、村落中国家势力的扩张等问题方面，可以说在一定程度上是以“村落视野”的“小历史”为出发点，不断地集点成面，试图构建中古社会“大历史”的这样一个过程。郝春文《从冲突到兼容——中国中古时期传统社邑与佛教的关系》[①] 一文，从几篇石刻文字的具体内容入手，探讨了“佛教社邑”在中古文化融合中的功能性作用和意义，对本土文化与外来文化冲突与融合进行了分析，即是这类研究的代表性作品。此外，僧侣也是底层社会精神生活的重要角色。关于中古基层社会中信徒的研究十分丰富，季羡林《商人与佛教》[②]、侯旭东《十六国北朝时期僧人游方及其作用述略》[③] 以及陈寒《东晋南北朝时期印度来华僧人与汉地佛教》[④] 等论文。此外，谢重光、白文固《中国僧官制度史》也颇有参考价值[⑤]。除了这些宗教信仰研究领域，在经学研究领域，也有较多涉及乡里社会与经学发展关系的研究成果。如焦桂美《南北朝经学史》[⑥] 对于北朝学术研究中的乡里传承，做了很清晰的分析和梳理。施拓全于2009年出版的博士论文《北朝学术之研究》[⑦] 在这方面谈得更为具体，通过讨论“春秋三传”在北方的传承等具体事例，建构了乡里社会学术发展的基本印象。日本学者吉川忠夫《六朝精神史研究》[⑧] 中的一些章节，对于由北入南之后又由南入北的颜氏一族做了深刻的分析，其中也有一些内容其实与颜氏的乡居生活深刻相关，特别是在解释颜之推与《颜氏家训》、“文林馆”等之间的关系方面，有很多值得借鉴的观点。以上这些研究是北朝史研究中和文化发展关系较为密切的部分成果，它们给予了本书在研究方法和文献利用上的启发。

文学史研究领域，直接关注乡里社会与文学发展之关系的研究同样不多。在文学史领域的研究中，“社会”这一复杂论题，一般情况下，仅仅作为一种背景性质的内容，认为它与文学之间所发生的关系，最多是到“影响的层次”，并不作为研究对象而存在。而且，这种“影响的层次”往往也被理解为大而化之的影响，并不深究其具体影响。北朝文学研究的奠基

---

① 此文见收于牟发松主编：《社会与国家关系视野下的汉唐历史变迁》，华东师范大学出版社，2006年。

② 季羡林：《季羡林文集》第七卷，江西教育出版社，1998年，第177—197页。

③ 侯旭东：《十六国北朝时期僧人游方及其作用述略》，《中国史研究》，1997年第1期。

④ 陈寒：《东晋南北朝时期印度来华僧人与汉地佛教》，《佳木斯师专学报》，1997年第4期。

⑤ 谢重光、白文固：《中国僧官制度史》，青海人民出版社，1990年。

⑥ 焦桂美：《南北朝经学史》，上海古籍出版社，2008年。

⑦ 施拓全：《北朝学术之研究》，花木兰文化出版社，2009年。

⑧ ［日］吉川忠夫著，王启发译：《六朝精神史研究》，江苏人民出版社，2010年。

人曹道衡，是最早甚至可以说是唯一真正研究过乡里社会与北朝文学发展之具体关系的研究者。他的一系列研究是本书的研究基础。其中，《南朝文学与北朝文学研究》第八章题为“北方的生活情况与文化的衰落”，集中提到了十六国北魏时期文学发展与当时人们生活之间的关系。他说：“文学作为一种意识形态，归根结底必然是人们社会生活的反映。文学的兴衰及其内容的变化，归根结底也必须从人们的社会生活中去探索其原因。我们如果要探讨北朝文学不同于南朝的原因，显然也无法离开当时北方人民在各族入侵和混战下所形成的特殊的生活方式和条件。在这里，我们首先应该注意的是当时聚族而居以及结成坞堡的情况……坞堡中的人既要生产，又要随时准备作战以保卫自己的生存，因此内部必然要有一定的组织和制度，才能维持下去……这种坞堡的组织显然是以封建宗法制为基础的。”[①] 而这种封建宗法制度导致北方地区出现更保守的社会风气，这种社会风气深刻影响了北方地区文学发展的特征。

在讨论北朝文学在后期逐步赶上南朝文学的历史过程时，曹道衡认为，发生这种变化，从文学发展内部的原因来讲，是因为北朝文人采取了南朝诗的形式和技巧，而在内容方面却跟梁中叶以后的南朝诗人不太一样。北方人吸收了南方的长处，但是没有失去自我，仍然保留着北方文学特有的“质”；而从文学外部的因素来说，“侯景之乱”对南方的冲击很大，这是南方文化受到摧毁的重要原因。他说：“王、谢、刘、萧的衰落，又与‘侯景之乱’有密切关系。我又把‘侯景之乱’后南方的高门士族的情况和尔朱荣的‘河阴之难’后北方高门士族的情况作了比较，就知道‘河阴之难’对北方士族的打击远比‘侯景之乱’要轻，这和北方士族多乡居而南方士族多城居自然有很大关系。另外，尔朱荣发动的‘河阴之难’，矛头似乎主要是指向那些移居洛阳而汉化了的鲜卑贵族，而对汉族士大夫的打击则很小。至于‘侯景之乱’，则对长江下游的破坏要大得多，因此其影响所及亦非‘河阴之难’所可比拟。”[②] 这里同样强调了“城居”和“乡居”所带来的文学发展之别。

在 1991 年，曹道衡指导博士生吴先宁完成了《北朝文化特质与文学进程》。从论文完成时间来看，它实际上是我国第一部专门以北朝文学为研究对象的理论专著。它主要以“门第士族”为“中介环节”，“把这一

---

① 曹道衡：《南朝文学与北朝文学》，《曹道衡文集》，中州古籍出版社，2018 年，第 468—469 页。

② 曹道衡：《困学纪程》，辽宁教育出版社，2001 年，第 181 页。

时期的政治、经济、思想意识和社会习俗、心态与文学联系起来，从而提纲挈领，找出纷纭复杂的现象中带根本性的东西。”[①] 其中，吴先宁讨论北朝人聚族而居的生活方式、北朝儒学的传统、南风北渐和北人的接受和选择等问题时，都深受曹道衡影响。其中部分研究讨论了北朝乡里士人的民族认同、在乡里社会之中的自我发展，以及与国家政治之间的复杂关系。自东汉时起，胡族迁徙到中国内地，由此开始了广泛的胡汉融合。乡里社会对于胡族统治的接受，胡汉统治对于乡里社会的依赖，是胡汉融合的重要环节。“在汉代，胡族与汉族的关系由于种族及文化的不同而时常发生对立，而到了北朝，中国社会克服并超越了这种不同，开始从单一同种（homogeneous）的社会转化成异族混成（heterogeneous）的社会。”[②] 在建立新的统治集团过程中，汉族士人与胡族政权之间发生了广泛的联系和深刻的渗透。陈寅恪曾说：“当时中国北部之统治权虽在胡人之手，而其地之汉族实远较胡人为众多，不独汉人之文化高于胡人，经济力量亦远胜于胡人，故胡人之欲统治中国，必不得不借助于此种汉人之大族，而汉人大族亦欲借统治之胡人以实现其家世传统之政治理想，而巩固其社会地位。此北朝数百年间胡族与汉族互相利用之关键，虽成功失败其事非一，然北朝史中政治社会之大变动莫不与此点即胡人统治者与汉人大族之关系有关是也。”[③] 而吴先宁在这方面的考虑和分析是细致的，他谈到了士人们在面对胡族统治时“惧讥畏祸、谨慎内敛”的心态，并且认为，在这种心态的支配下，“北朝士族文人对老庄的态度与南朝士大夫就显得大异其趣。他们接受老庄思想的角度，不是在放荡不羁、遗落世事的反社会层次上，也不是在南朝士大夫养情怡性追求形上智慧的层次上，而是主要倾向于接受老庄思想中以阴柔求胜的处世态度和方法。顺便提一句，对于佛教，也多在其因果报应、自求多福的层次上加以接受，对于佛学义理并不措意。所以北朝对于老庄思想最核心处的‘虚、静、明’的艺术心灵，并没有能够真正触摸到”。[④] 乡里士人和胡族政权的关系，影响了乡里士人在精神信仰方面的选择；吴先宁还十分强调国家认同对于文风的影响。由于乡里宗族生活在较为保守的社会，因此在文学追求方面相当保守和传统，在“儒家

---

① 吴先宁：《北朝文化特质与文学进程》，东方出版社，1997 年，第 4 页。

② ［日］谷川道雄：《试从社会与国家关系看汉唐之间的历史变迁》，牟发松主编：《社会与国家关系视野下的汉唐历史的变迁》，第 7 页。

③ 陈寅恪：《崔浩与寇谦之》，《金明馆丛稿初编》，生活·读书·新知三联书店，2001 年，第 142 页。

④ 吴先宁：《北朝文化特质与文学进程》，第 42 页。

文艺”观念的引导下，他们更为热忱地关注“世道人心”[①]。这些着力于寻找北朝文学发展“内在生机”的讨论是很有启发性的。所谓“内在生机”，其实也是指向北朝文学发展的机制或曰秩序这一问题。

研究北朝文学史，通常有几个重要的着眼点或者说切入点，如“家族”“地域”“民族”和“宗教信仰”等等。在这些方面，过去一些优秀的研究成果，给予了本研究诸多启示，如：1996年杜晓勤所著《齐梁诗歌向盛唐诗歌的嬗变》一书对于文学发展的地域整合问题十分关注[②]；1999年葛晓音指导了姜必任的博士论文《论关陇、山东文化圈的嬗变及其文学创作》，关注了从北朝到唐代的地域文学线索。2000年，曹道衡与刘跃进合著的《南北朝文学编年史》一书[③]，虽然是一部文学编年史体例的文学史著作，但其研究视角中有很多特别之处。这是第一部将佛经翻译列入文学史撰著的论著。六朝僧侣对于文学的发展具有极大的推动与融合作用，这在过去的一些论著中也有所体现，但落实到佛经翻译上来则是较为鲜见。之后，刘跃进撰写了《六朝僧侣：文化交流的特殊使者》一文，主要是从四个佛教文化发展的中心讨论了僧侣对于文化传播的意义[④]。宋燕鹏《籍贯与流动：北朝文士的历史地理学研究》比较重视北朝文士内部的地理区分[⑤]。2010年出版的高人雄《北朝民族文学叙论》一书[⑥]，其体例主要是分民族来讲述各民族的文学作品，包括文书、碑铭和口头史诗等。因此该著在利用材料方面很有开拓性。而且，高人雄还在其《试论北朝文学研究的框架与视角》一文中曾提出要看到北朝文学不是一种“精英文学”，而且要对于民族演进与文学之间的关系更为注意[⑦]。

北朝文学研究近十多年来取得巨大突破的领域，是墓志文献和文本、文体研究。程章灿《从碑石、碑颂、碑传到碑文——论汉唐之间碑文体演变之大趋势》[⑧]一文以“行为方式和文本方式相结合”为线索全面考索中古

---

① 吴先宁：《北朝文化特质与文学进程》，第180页。

② 杜晓勤：《齐梁诗歌向盛唐诗歌的嬗变》，台北商鼎文化出版公司，1996年。

③ 曹道衡、刘跃进：《南北朝文学编年史》，人民文学出版社，2000年（后收入《曹道衡文集》卷十）。

④ 刘跃进：《六朝僧侣：文化交流的特殊使者》，《中国社会科学》，2004年第6期，第180—191页。

⑤ 宋燕鹏：《籍贯与流动：北朝文士的历史地理学研究》，河北大学出版社，2011年。

⑥ 高人雄：《北朝民族文学叙论》，中华书局，2010年。

⑦ 高人雄：《试论北朝文学研究的框架与视角》，《文学评论》，2010年第6期，第193—196页。

⑧ 程章灿：《从碑石、碑颂、碑传到碑文——论汉唐之间碑文体演变之大趋势》，《唐研究》第13卷，北京大学出版社，2007年。

碑志文的演变历程。在详细讨论墓志文体的传承变迁时，深入分析了相关历史政治背景、丧葬观念等因素对碑志文演变的作用，改变了过去就墓志而论墓志的单一文体考察视角。这种研究方法也体现在程章灿的《墓志文体起源新论》[①]《墓志铭的结构与名目——以唐代墓志为例》[②]《论“碑文似赋”》[③] 等多篇文章中。北朝墓志文学研究的其他优秀成果还有：黄金明《汉魏晋南北朝诔碑文研究》[④]、马立军《北朝墓志文体与北朝文化》[⑤]、张鹏《北朝石刻文献的文学研究》[⑥]、魏宏利《北朝碑志文研究》[⑦] 等。

目前北朝文学研究虽然已经有了诸多成果，但是在方法上还有很多可以超越和突破之处。关于乡里社会和北朝文学发展之关系的论题，不应该仅仅是“补余”而已，有些论题也需要得到更为清晰、深入的论证。北朝文学的研究真正所需要突破的，正是其视野和方法，除了细节考证之外，也需要重新对之进行宏观把握。“乡里社会与北朝文学”是一个建立在传统的北朝文学研究基础上的专题研究，在研究方法上则希望和过去的研究既紧密联系，又有所区别，尝试实现文学史研究的多种可能。[⑧]

三

文学史学科发展已经百年有余，人们不断反思和摸索文学史撰著的方法。传统的中国文学史研究，大部分其实是“文学成就史”研究。即按照历史发展的时间顺序和基本背景，展开对经典作家和作品的集中描述。由于某些朝代经典作品及其作者相关知识的基本呈现，已经足以让读者构建关于那个时代的文学史的总体印象，于是我们就往往对真正呈现文学发展的“史”的脉络较为疏忽，其直接后果之一，就是我们对于那些没有产生大量著名作家、作品的文学史低潮期，缺乏深刻而细腻的讲述。由此也引发了一个关于文学史研究性质认识上的困惑：文学史应该是作为历史学的分支，以“历史研究”的面目存在，着力于呈现一个发生、发展的过程，

---

① 程章灿：《墓志文体起源新论》，《学术研究》，2005 年第 6 期。

② 程章灿：《墓志铭的结构与名目——以唐代墓志为例》，《古籍整理研究学刊》，1997 年第 6 期。

③ 程章灿：《论“碑文似赋”》，《东方丛刊》，2008 年第 1 期。

④ 黄金明：《汉魏晋南北朝诔碑文研究》，人民文学出版社，2005 年。

⑤ 马立军：《北朝墓志文体与北朝文化》，中国社会科学出版社，2015 年。

⑥ 张鹏：《北朝石刻文献的文学研究》，中国社会科学出版社，2015 年。

⑦ 魏宏利：《北朝碑志文研究》，中国社会科学出版社，2016 年。

⑧ 刘跃进：《回归中的超越：文学史研究的多种可能性》引言，凤凰出版社，2011 年，第 2 页。

还是和艺术史、美术史等学科一样，是一种按照时间顺序排列的“对象研究”？这个问题或许很难有答案，因为在触及不同阶段的文学史时，自然有不同的写法。“文学成就史”的写作方法，在过去已经被证明，在叙述文学繁荣时代的文学史时，它是十分高效的。然而，这种“文学成就史”的写法，或许偏偏不适合北朝文学研究。

何以这样讲？首先是因为北朝文学的作家和作品数量不丰富。在曹道衡《十六国文学家考论》一文整理出六十九位文学家之前，十六国时期北方究竟有哪些作家和作品这样的轮廓都还没有被学界描绘出来，而这之后十六国文学研究的诸多成果所呈现的理解，也基本没超出曹道衡所论之范畴。由于十六国时期文学材料很少，所以人们关注北魏之后或许会更多一些，但最耳熟的是温子昇、邢劭、魏收等本土文学家，其次就是由南入北的作家如颜之推、庾信和王褒等。少数的北朝民歌作品如《木兰辞》《敕勒歌》等广为流传，但也不似南朝乐府发展那样有体系可循，因此相关研究成果就显得较为集中。胡旭《20 世纪北朝文学研究综论》[①] 一文最能说明这一点。这篇文章回顾了百年以来的北朝文学研究，也主要是围绕“北朝三才”、“北地三书”、北朝乐府民歌等方面的研究情况来进行归纳。这种归纳方法和这些研究成果的集中分布，都体现了过去的文学史研究方式——讲述文学成就史。由于北朝文学作品稀少，很不利于研究的突破，我们过去也基本上是限于北朝文学的成就本身在谈论北朝文学。在这种形势下，近年来的研究趋势是将“文学”概念的外延扩大，比如扩大到一些文化形式方面。但是文学史毕竟不同于文化史，文学史不能由文化史来替代。围绕一些文学史发展的边边角角来讨论北朝文学，终究冷落了对其核心价值的挖掘，也就并没有开拓文学史研究本身。

第二个原因是，北朝文学与南朝相比，成就并不卓著。特别是十六国时期和北魏前期，“戎狄交侵，僭伪相属，士民涂炭，故文章黜焉”[②]。倘若客观地看待北朝文学，不难看出它在语言艺术、文学价值方面，在很长一段时间内都并没有超越南朝文学。当时，南朝人在文学艺术上有着极大的心理优越感。徐陵出使北齐，魏收赠之以自己的诗文集，盼其流传于南方，而徐陵却在登舟之日投之于江，称是“为魏公藏拙”[③]。于是，南朝文学发展成就的繁荣局面，常常成为单独讨论北朝文学时的巨大阴影。撰写“北

---

① 胡旭：《20 世纪北朝文学研究综论》，《信阳师范学院学报》（哲学社会科学版），2003 年第 1 期，第 89—92 页。

② 《周书·王褒庾信传论》，第 743 页。

③ ［唐］刘悚撰，程毅中点校：《隋唐嘉话》，中华书局，1979 年，第 55 页。

朝文学成就史”，总是不免陷入这样的尴尬：有的作者通过主观拔高北朝文学的艺术价值，为其“藏拙”，以此来获得对研究意义的肯定。而这当然是不客观的。但是，需要注意的是，南朝文学并非在任何时候都是比北方更为繁荣。曹道衡就有一个著名观点：北朝文学到了元宏迁洛以后逐步繁荣起来，而南朝文学到梁中叶以后却出现了衰落的趋势。[①] 而“到了南北朝后期，情况又有所不同。北朝温子昇的作品传到南方，得到了梁武帝的赞赏，比之曹植、陆机，邢劭的文学才能也颇为南方人所知。……至于南方人到北方的，如王褒、庾信、颜之推、诸葛颖、萧悫等人，都无不有作品传世，像庾信最有名的作品，大抵都产生于入北以后，并且他的文集还是以北周藩王宇文逌所编的本子为基础。这种情况说明了北方的创作环境不但不同于南北分裂之初，也比魏孝文帝迁洛前后有重大的改善。”[②] 北方文学在后期在南方所引起的反响越来越大，曹道衡论证道：“南北朝后期的文学是北方赶上并超过南方。看来此说不误。因为，庾信晚年确曾称赞过北方文人。据《北史》载，卢思道、阳休之和颜之推都作过《听鸣蝉篇》，而庾信看后认为卢作最善。”同时，他也不忘强调：“自然，从主要倾向来看，当时南方文学还是比北方繁盛，南方对北方的影响，也多于北方对南方的影响，这也无可否认。”[③] 因此，北朝文学艺术水平的提高是具有阶段性的，其总体发展有先抑后扬之势。徒以成就史来论，那么几乎只能以北魏后期、北齐为起点来讲述北朝文学史，这就使得这样的文学史论述并不完整和体系化。

第三个原因是，在专门研究之外的人们对于北朝时期的历史，尚未形成如隋唐、宋元那般印象鲜明的历史认知。北朝历史本身发展的复杂性、曲折性和多变性，决定了在进入到文学史研究之前，要从事较为艰难的史料准备工作。这造成了北朝文学史作为成就史来研究、撰著之艰难。在旧史学中，十六国时期曾经长期被视为闰统，不为人们关心和注意。在与北朝相关的研究中，虽然近些年不断有新的考古发现，但这些新的资料，相比于研究其他段落的史料库而言，其储备仍是支离破碎的。如果用“文学成就史”来写北朝文学，那就需要首先拥有一个为大众共同接受的北朝史的认知，如此才可以只将这种共同认知简化成三言两语的背景交代，而其余的笔墨全部放在对于文学文本的分析之上即可。然而对于北朝文学研究而言，历史梳理是相当复杂的工作，如果以一笔带过，必然导致很多重要

① 曹道衡：《试论北朝文学》，《曹道衡文集》卷一，第 92 页。
② 曹道衡：《南朝文学与北朝文学研究》，《曹道衡文集》卷五，第 274 页。
③ 曹道衡：《东晋南北朝时代北方文化对南方文学的影响》，《曹道衡文集》卷一，第 120 页。

的相关问题阐释不明。北朝历史和北朝文学史是裹挟在一起的，这导致不能撇开北朝历史的具体内容来论及北朝文学。

那么，成就少、艺术水平低和历史发展曲折的北朝文学，其价值和魅力究竟何在？北朝文学史究竟应该如何写？北朝文学史的体系常常难于寻觅，如果我们以社会环境的转变为基本的考察视角，来将零碎的材料加以整合与理解，或许能形成一些更为清晰的基本印象。在这方面，曹道衡的研究方法值得借鉴。北朝文学史的研究，首先是要从史料出发，重视从文学史实中展现其发展的脉络和规律，挖掘北朝文学发展的"质"——也即其核心价值所在。这就要求研究者告别过去的"成就史"的体例。曹道衡《南朝文学与北朝文学研究》作为一部拒绝"文学成就史"写作模式的文学史著作，极大创新了文学史撰著体例，是本书在研究方法上主要学习的对象。曹道衡在与沈玉成合作写完《南北朝文学史》之后，一直感到它在体例上仍然存在局限：虽然它在史料和专题两个方面都有诸多可以称道之处，但是在"史"的脉络上其实叙述得并不流畅，这不利于完整地呈现文学史的发展进程。因此《南朝文学与北朝文学研究》建立在这反思的基础上，寄意于更清晰地展现文学史的各因素及其相互关联。他说："长期以来，我们的文学史研究工作，常常着眼于作家和作品的分析和评述。这当然是很有必要，而且这一学科开始兴起的时候，也不免要有一定的探索过程。……在笔者看来，文学的发展正像其他意识形态一样，并不是直线上升的，总有许多曲折、停滞甚至倒退。但从整个历史的发展过程来看，这样的过程，却只是前进中的一个环节，有时在某些看来是停滞或倒退的现象后面，却酝酿着后来繁荣的枢机。研究者的目光不能局限在某些传诵之作，或名气极大的作家身上，还应注意到某些产生作家和作品较少的年代，研究和探索其衰落的原因，及这个时代在整个历史发展中的作用。"[①] 因此，在这部著作中曹道衡以历史过程为讨论对象，以探究社会存在对社会意识的决定性影响为目的，分析影响文学史发展的多个因素——尤其是社会经济生活、地域和学术思潮之变迁，与文学发展之间的关系，最终完整地呈现了南北文化传统的形成、变迁、对比，以及相互融合的过程。正如曹道衡自己说："如果我们站在'史'的角度来考察南北朝文学，便不能把眼光局限于盛衰的现象，更要着眼于盛衰的原因。"[②] 探索一段文学史发展的盛衰之由，并不是简单的事情。曹道衡本人是酝酿了十余年之后方才下笔："早在

---

① 曹道衡：《南朝文学与北朝文学研究》,《曹道衡文集》卷五，第512—513页。
② 曹道衡：《南朝文学与北朝文学研究》,《曹道衡文集》卷五，第286页。

《南北朝文学史》脱稿之初，我就颇觉意犹未尽，应该把自己的那些浅见提出来向大家请教。但限于自己的水平，又觉得‘兹事体大’，要涉及文学、史学、经学、哲学以至宗教的广泛领域，同时还要上溯先秦汉魏，下及唐代。对这些知识领域来说，我的学力就显得很不够了。因此多年以来，迟迟不敢下笔。”[①] 其中涉及的很多问题，也来源于曹道衡多年的思考和酝酿。如关于其中探讨的汉人《易》学与道教的关系：“当我在阅读道教典籍《太平经》时，深感其中思想和汉代的《易》学颇有关系。后来读了宋人朱震的《汉上易传》和近人尚秉和的《焦氏易诂》，更加深了这种印象。”[②] 再如“坞堡”与文学关系的解读，是曹道衡发前人所未发的一个论题。曹道衡自称来自于多年前看陈寅恪《〈桃花源记〉旁证》的启发，之后通过阅读《宋书·王懿传》《魏书·王播传》才加深了解决这个问题的信心。[③] 这些讨论都是需要靠长期的知识积累和学术锻炼才能实现，绝非得自于一朝一夕。正由于建立在如此深厚的积累之上，《南朝文学与北朝文学研究》在体例上的尝试和探索是十分成功的。这种体例本质上是一种研究方法，它打破了过去孤立关注文学文本、作家本身的研究方式，而是以历史研究的眼光，从更为深细之处探索文学发生、发展的缘由，这种研究方法，哪怕二十多年过后的今天来看，仍然是十分新颖和深刻的。而且，需要强调的是，无论我们从何种角度来讨论北朝文学史，最后都是要落实在作家作品之上的。强调史的脉络，并不为了抹杀作家和作品的存在，放弃对它们加以更为深入的了解。[④]

站在前贤的研究基础上，本书希望以新的研究方法和角度来重写十六国北朝文学史。

首先是提倡告别过去历史背景与文学史阐述的“两张皮”式写法，不是在简单的历史背景交代之后，再单纯对作家、作品加以罗列，而是去深入讨论它们产生的根源，正视文学史发生的历史条件。“历史条件”不等于“历史背景”，前者是和文学主体、文学作品紧密关联的，而后者往往是可以大而化之的，它通常在文学史著作中只有一句话、一段话的交代，这对于一些文学史问题的解决明显是远远不够的。

其次也要尊重传统文学史研究中的基本考订、艺术价值研究等方法。

---

① 曹道衡：《南朝文学与北朝文学研究》，《曹道衡文集》卷五，第533—534页。

② 曹道衡：《南朝文学与北朝文学研究》，《曹道衡文集》卷五，第540页。

③ 曹道衡：《南朝文学与北朝文学研究》，《曹道衡文集》卷五，第535页。

④ 傅刚、蔡丹君：《曹道衡先生文学史研究方法与启示》，《中国典籍与文化》，2012年第4期。

本书所涉及的历史年代、作家生平，都是经过了详细的考订和推敲的，不是直接从原始的历史材料中加以引用的。然而本书终究是要解决文学史发展的问题，因此讨论文学史内涵的问题至关重要，这就需要通过研究作品的艺术成就来加以解释。在这个过程中，研究者要有对文学作品的发现之眼，着眼过去文学史中的全部作品，并从中找到有经典价值的，置于文学史的阐述之中。除此之外，也要分析当时作家的一些基本状态。由于北朝作家数量很少，所以有作品存世的，就算作是本书所讨论的“文化士人”，如果这类士人是起自乡里，那么他就是“乡里士人”。同时也会采用历史分析的方法，对当时文人群体的一些基本状态做出分析。这些基本状态主要是指当时文人的社会交游、思想交流方式等，它们呈现了文人个体和当时的文人群体之间究竟存在哪些社会关系。北朝文人并非是在城市社会中成长，他们的文学经验来源主要是乡里社会，乡里社会对乡里士人的精神塑造起到很大的作用。本书十分重视从社会史研究出发，关注文人在社会中的成长。“社会”不等同于“国家”，历史学家曾指出，“中国古代的国家和社会处于胶合、同构状态，国家覆盖了社会”[①]。以“国家”的角度来看待文学史，往往是一种大文学史的角度，会掩盖地域差别和人群之间的差别，也会导致研究者往往将目光放在关注精英文学之成果方面，而社会视野之下的文学史研究更为关注社会中的文学主体对于文学成果和文学发展进程的共同贡献。

第三是在具体写法上，本书对各章节的布局采用了“互现法”来平衡内容，并实现历史时间线性上的首尾呼应。北朝文学研究中有很多不可回避的议题，例如文学发展的地域性，北朝思想文化发展的复杂性，北朝文学发展的分期问题，等等。本书对这些问题的思考，其实是贯穿始终的，在各章之中各有不同程度的偏重和“互现”。例如，阐释北朝文学发展地域性特点的部分，读者可以在第一章讲述凉州文化，第二章讲述关中文化，第三章讲述凉州文化迁入平城、青齐地区后的文化特点，第四章中讲述洛阳文化的形成和第五章中讲述邺城、长安的新风气等章节中找到；而关于思潮相关之研究，读者可以从第一章讲述凉州佛教，第二章讲述“乡论”社会、“谶纬”思潮、以《苻子》为代表的《老》《庄》思想，第三章中讲述乡里私学之经学发展，第四章中讲述洛阳名理之学的复兴等内容中找到；同时，本书作为专题性质的文学史研究，还极为重视文学史的分期。在这

① 牟发松：《传统中国的“社会”在哪里？——代前言》，《社会与国家关系视野下的汉唐历史变迁》，第2页。

一点上，本书的观点和前人有所不同，那就是认为十六国时期是文学发展的“西晋文学滞留期”，并非北方文学发展之最低谷，其证据皆在第二章中呈现。第三章中重点阐释了崔浩案与“北方文学低谷”形成之关系，认为这是北朝文学发展的一次重大转折。第四章、第五章则展示了北朝文学在文学力量向都城集中的过程中不断繁荣并最终迎来“由盛转衰”的局面。总之，全部章节并不是彼此孤立的，它们彼此的主体内容能够在其他章节找到呼应之处。例如“乡里坞壁”几乎是贯穿北朝前期的一种社会组织形式，它在第二章和第三章之中都会继续被延伸。第二章所谈到的“乡论”则是贯穿整个北朝乡里社会的一种舆论模式，乡里选举制度也是在多个时期有不同的呈现，在之后的章节中也会提到。

第四，在材料使用上，本书以传世文献为基础，同时重视参考与乡里社会相关的考古、石刻、墓葬资料。北朝墓葬资料较为丰富，在九个主要的地区皆有发现，即洛阳、邺城、云代、幽蓟、定冀、并州、青齐兖徐、关中、河西[①]，这些地区在魏晋北朝时期分别是不同时期、不同政权的政治核心，墓葬中的墓室图像、随葬品等都是可以用以参考的重要资料。北朝时期有大量的石刻文字材料出土，包括墓志、碑文和造像题记等，能够提供诸多有关乡里社会之信息作为参考。本书主要参考了：赵万里《汉魏南北朝墓志集释》[②]，赵超《汉魏南北朝墓志汇编》[③]，罗新、叶炜《新出魏晋南北朝墓志疏证》[④]，毛远明《汉魏六朝碑刻异体字典》[⑤]《汉魏六朝碑刻校注》[⑥]等。但是因本书的性质是专题性的文学史研究，因此这部分资料使用的比重比传世文献所占比重相对要小。本书作者目前正在进行《北朝石刻文献与文学》（暂名）的写作，在此书中将会把石刻文献视为主要研究对象。

总之，这本书就是着力于探讨西晋末年之后，文学发展的空间与秩序是如何从破坏走向重建的。它不是历史研究，也不是文学艺术价值研究，它是一种新的文学史研究，希望让文学史研究本身拥有更为丰富的内涵，可以让文学史在历史、文献、思想史等多个维度中展开讨论。另需说明的是，为了行文避免繁冗，书中引用学林前辈成果时，皆未敬称“先生”，不恭之处，请多原谅。

---

① 李梅田：《魏晋北朝墓葬的考古学研究》，商务印书馆，2009年，第3页。
② 赵万里：《汉魏南北朝墓志集释》，科学出版社，1953年。
③ 赵超：《汉魏南北朝墓志汇编》，天津古籍出版社，1992年。
④ 罗新、叶炜：《新出魏晋南北朝墓志疏证》，中华书局，2005年。
⑤ 毛远明：《汉魏六朝碑刻异体字典》，中华书局，2014年。
⑥ 毛远明：《汉魏六朝碑刻校注》，线装书局，2008年。

第一章 “还居乡里”：西晋末年文人、文学的存续

从晋惠帝太安二年（303）年起，西晋政权遭受了连续的军事和政乱冲击，最终在建兴四年（316）覆亡，这段短暂的时期即为“西晋末年”。伴随着城市被摧毁，曾经聚居城市的文人大多死去或者逃亡。中原地区战乱频繁，如钱穆所说：“晋室南渡，五胡纷起，燕、赵在东，秦、凉在西，环踞四外，与晋、蜀对峙，譬如一环，而恰恰留下一个中心点洛阳，大家进退往来，弃而勿居。”[①] 在洛阳及其周边地区的坞壁，确实很难实现文学、学术方面的交流。北方地区的士人迁离洛京一带，前往各地，甚至远至辽东、凉州等相对边远的地区。于是，文学发展力量随着这种人口迁徙，实现了从中心城市向乡里坞壁和僻远边郡的转移。文人转居乡里避乱，往往依附具有军事防御功能的乡里坞壁或者流民坞壁以自全。这类坞壁，为文人、文学的存续提供了可能性。晋末乡里坞壁与文学发展之间的关系，是了解十六国北朝文学的起点。

第一节 西晋末年北方坞壁中的文人与文学

晋末大乱，战祸连绵，劫掠横行，又常发生饥荒灾疫[②]，故而生灵涂炭，十不存五[③]。当时，不但西晋中央政权覆亡，地方基层社会也遭到巨大冲击。北方地区的士人在流亡、避乱过程中，往往选择聚于坞壁以实现宗族自保。坞壁又分为若干种，主要的形式是乡里坞壁和流民坞壁等。乡里坞壁一方面是军事性的防御组织，另一方面也是经济性的生产组织，有时甚至成为临时性的行政组织。而流民坞壁一般是集中在最为动乱的时期出现，存在

---

① 钱穆：《国史大纲》，第235页。

② 《晋书·食货志》：“至于永嘉，丧乱弥甚。雍州以东，人多饥乏，更相鬻卖，奔迸流移，不可胜数。”第791页。

③ 《魏书·食货志》：“晋末天下大乱，生民道尽，或死于干戈，或毙于饥馑，其幸而自存者盖十五焉。”第2849页。

时间较为短暂，一般很快为别的军事力量吞并。[①] 在华北和中原、关中等地区，坞壁分布广泛，数量极多："永嘉大丧乱，中夏残荒，堡壁大师帅，数不盈册，多者不过下四五千家，少者千家五百家。"[②] 前赵所降陷的垒壁数量在梁、陈、汝、颍之间即达"百余"[③]，齐、鲁之见亦有四十余所，其分布概况大致可以由此窥见。《资治通鉴》载"张平据新兴、雁门、西河、太原、上党、上郡之地，壁垒三百余，夷、夏十余万户"。对此胡三省注曰："壁垒，盖时遭乱离，豪望自相保聚所筑者。"[④] 石勒陷冀州郡县堡壁百余，众至十余万，又集衣冠人物为"君子营"[⑤]，后又在黎阳附近陷三十余壁，并置守宰以加管理。[⑥] 直到前秦统治时，关中仍有堡壁三千余所[⑦]。"这时河南、山东的堡壁很多，降于石勒的'夷楚'必然包括这些堡壁。""不但徐、兖、司、豫诸州在黄河以南的堡坞继续存在，甚至在定居襄国之初，冀州壁垒也没有被消灭。"[⑧] 这些数据足以说明北方坞壁长期林立的基本情况。历史学界对于乡里坞壁的历史演变、性质、形态，以及它在军事、政治和社会方面所扮演的功能等，都已经有过充分研究。[⑨] 以往研究一般认为，乡里坞壁在晋末保存了地主经济的实力，是汉族文化相对稳定的栖息地。

社会大动乱的局面导致文人的文学活动难于进行，作品难于保存，故而以往的文学史研究对这段历史几乎是避而不谈的。事实上，虽然坞壁对于文人、文学只是一种较为间接的保全作用，但是这种社会空间也引出了南北朝时期北方地区文学的一些基本特点的形成。关于坞壁与文学之间关系的研究并不多。陈寅恪、唐长孺曾经就《桃花源记》与坞壁之间关系的问题，先后做过探讨，彼此意见不太一样[⑩]。唐长孺还曾对《李波小妹歌》

---

① 《晋书·王弥传》："与刘曜、石勒等攻魏郡、汲郡、顿丘，陷五十余壁，皆调为军士。"第2610页。

② ［清］吴士鉴、刘承幹注：《晋书斠注》卷六《元帝纪》，中华书局，2008年，第98页。

③ 《晋书·刘聪载记》："遣粲及其征东王弥、龙骧刘曜等率众四万，长驱入洛川，遂出轘辕，周旋梁、陈、汝、颍之间，陷垒壁百余。"第2658页。

④ 《资治通鉴》卷一百《晋纪》二十二，中华书局，1959年，第3166页。

⑤ 《晋书·石勒载记》，第2711页。

⑥ 《晋书·石勒载记》，第2711页。

⑦ 《晋书·苻坚载记》，第2926页。

⑧ 唐长孺：《晋代北境"变乱"的性质及五胡政权在中国的统治》，《魏晋南北朝史论丛》，生活·读书·新知三联书店，1955年，第173、172页。

⑨ 周一良：《乞活考——西晋东晋间流民史之一页》，《魏晋南北朝史论集》，北京大学出版社，1997年，第15—32页。

⑩ 陈寅恪《桃花源记旁证》，原载《清华学报》，1936年第1期，第79—88页，后收入《金明馆丛稿初编》，生活·读书·新知三联书店，2001年，第188—200页。唐长孺《〈读桃花源记旁证〉质疑》，《魏晋南北朝史论丛续编》，生活·读书·新知三联书店，1959年，第163—174页。

的坞壁背景也有所涉及[①]。二位先生的这些文章具有史证性质，集中地分析单篇作品的产生背景。曹道衡在他的多篇论文中曾提到坞壁的存在与文学发展的关系，其中论述篇幅最长的是《北朝社会环境对学术和文艺的影响》[②]一文。曹道衡是以文学史观来看待坞壁这种社会形式的文学史影响的。他认为：“北方士人长期蛰居‘坞壁’之中，对他们的思想意识以及学风、文风都产生了很大的影响。”[③]他指出，由于坞壁是一种相对封闭的社会组织，故而北方文人在文学交流方面不如南方通畅，所读之书甚少，也没有形成活跃的互相批评、赏鉴的风气，不太能接受他人对自己创作的批评——这正是《颜氏家训》中极力劝导子弟不要在人前显才、评论他人文学作品的深层根源之一[④]。这些研究很有启发性，本书希望能在其基础上，尽量全面地呈现当时坞壁中文学发展的面貌。

一、晋末乡里坞壁及其文化功能

坞壁在汉代之前是纯粹的军事组织，是从垒演变而来的。由居延汉简可知，至迟在西汉昭帝始元三年时（前84），西北边塞就有坞的存在了。王国维考证认为，“坞”即“亭燧”，与边塞上的“亭”是同物[⑤]。虽然坞等于亭的说法未必人皆赞同，劳榦就曾提出反对[⑥]，但坞壁在当时以军事功能为主是大家都认同的。坞壁之后逐渐由纯粹的军事防御组织，演变为具有农牧业生产功能的军事防御组织。王莽末年，西羌寇边，继而居于塞内，马援为抵抗羌人，曾携武威中的金城客民返回旧邑，在金城一带“缮城郭，起坞堠，开导水田，劝以耕牧，郡中乐业”，章怀太子注引《字林》曰：“坞，小障也，一曰小城，字或作隖。”[⑦]可见马援作为坞主，为长期与西羌斗争，重视坞壁内的生产活动，以满足坞内基本所需。这种坞壁内的生产，可以视为一种屯田策略。边塞坞堠之后又如何发展为内地乡里坞壁？据严耕望的研究，汉代在“亭”与“里”之间还有“聚”。“聚”是王莽时代设立学

① 唐长孺：《读李波小妹歌论北朝大族骑射之风》，殷宪、马志强主编：《北朝研究》第一卷，北京燕山出版社，1989年。

② 曹道衡：《北朝社会环境对学术和文艺的影响》，《周口师范学院学报》，2005年第1期，第1—9、24页。

③ 曹道衡：《北朝社会环境对学术和文艺的影响》，第4页。

④ 曹道衡：《北朝社会环境对学术和文艺的影响》，第4—6页。

⑤ 罗振玉、王国维编著：《流沙坠简》，中华书局，1993年，第152页。

⑥ 劳榦：《居延汉简·考释之部》，《台湾“中央”历史语言研究所专刊之四十》（下册），1986年，第44—45页。

⑦ 《后汉书·马援传》，中华书局，1982年，第836页。

校所划分的乡村组织，是一种邑落，也是汉代教育行政的基层单位。[①]在这些“聚”中居住的人们，多以同姓宗族为基础，彼此间有密切的血缘关系。由于平时要防盗，战时要保家，遂有了武装组织。因此，将战斗体系的“坞”和这种防御体系的“聚”结合起来，就成为坞壁的雏形。[②]西汉末年农民起义以及其他形式的战乱是内地坞壁产生的根本原因，它使得汉代乡里行政制度遭到严重破坏，而大族强宗纷纷筑壁自全。天凤元年（14），北方大饥，次年戍守在代郡的军队因粮食不济而发生兵变，随之各地盗贼蜂起，在天凤四年（17）、天凤五年（18），绿林、赤眉起义相次而起，其间豪右纷纷筑壁自全。当时对于这种社会集团的称呼不一，故有命名为“坞”“壁”或“垒”，亦有称之为“坞堡”“坞壁”或“壁垒”者，但通常惯称为“坞壁”。[③]在两汉之后，坞壁逐步从边塞往内地发展，成为一种地方势力，独立于行政政治力量之外。杜正胜认为内地乡里坞壁都坐落在险峻之地，且一般是在县城以外的城堡。[④]由于坞壁是地方豪强自力营建的，范围无法与县城相比，我们虽然没有精确的资料可以推测其大小，但一个县城之外又诸多营壁，营壁当比县城小。而诸盗贼也有坞壁，如东汉初年颍川“盗贼”屯居于山道险厄处[⑤]，可能就建有坞壁，但这类坞壁鲜有乡里社会组织的特征，是盗贼而非宗族之聚，因此不在本书考察范围之内。

在战乱的巨大破坏力之下，西晋末年以后较长的一段时期内，北方的地方行政体系陷入崩溃状态。随着北方人口的大幅度减少，可以说大部分人都是居住在坞壁之中的。在多个地区，统治政权开始承认坞壁作为地方行政和社会基层组织职能，从中收取赋税，但并不简括户口，允许其原有的人身依附关系继续存在。故而坞壁有似乱海之中的孤岛，成为当时对抗胡族政权、保全宗族性命的有效社会组织形式之一。在如此不稳定的情况下，如陈寅恪所总结的：“坞在当时的北方，地位实际比城更为重要。”[⑥]胡族统治占领了当时的城郭都市，汉族人被迫散居在城市之外。宫崎市定对此曾经有过十分精辟的分析：“在战乱的时候，越是中央就受害越甚，越是地方受害就可以稍轻。若是逃到山间偏僻的地方，就永远不会受到中央战

---

① 严耕望：《中国地方制度史》上篇，“（3）里、聚、落”条，《台湾“中央”历史语言研究所专刊》之四五，1961年，第66—67页。

② ［韩］具圣姬：《两汉魏晋南北朝时期的坞壁》，北京民族出版社，2004年，第11页。

③ ［韩］具圣姬：《两汉魏晋南北朝时期的坞壁》，第10页。

④ 杜正胜：《城垣发展与国家性质的转变》，收入《高晓梅先生八秩大庆论文集》，正中书局，1991年，第16页。

⑤ 《后汉书·郭伋传》，第1092页。

⑥ 陈寅恪著，万绳楠编：《魏晋南北朝史讲演录》，第139页。

事的波及。这也是我们在这次战争里所体验到的。人民开始从京都到郡、从郡到县，疏散开了。然而，县以下几乎已经没有昔日那样的乡亭了。于是他们便开始过从前异民族所过的那种部落生活。到了这时中国人才和遗留在郊外的异民族开始真正地杂居起来。这就是村的生活。而且，有的时候是豪族的聚居，有的时候是豪族统治下的庄园。”① 这种聚居之处或者庄园其实都是以坞壁的形式存在，因为它们都具有相对封闭的特点，并且具有军事防御功能。

当时坞壁与胡族政权之间存在较为复杂的关系。一方面，坞壁与胡族政权之间的战争和对抗十分激烈，如石勒曾经在“武德坑降卒万余”，以震慑屯于彼处的晋怀帝之冠军将军梁巨，并罪而害之，此举令“河北诸堡壁大震，皆请降送任于勒”。② 但是另一方面坞壁力量又和胡族政权存在合作关系。刘渊建立汉政权后，派石勒攻陷魏郡、顿丘诸垒壁，他之所以能够“简强壮五万为军士，百姓安堵如故”，靠的就是原来“垒主将军”和“都尉”的力量。此处所谓都尉，亦即刘聪设置的统治一万居民的地方长官。这种做法，实际上是意味着把每个垒壁作为一个统治地方居民的基层社会组织，由垒主们担任地方军政长官，负责征发壮丁、补充兵源，并向不必充军而安堵如故的老弱征课摊派，以完成向该政权贡纳的义务。③ 只要能从坞壁中获得征调，十六国政权大概不干预坞壁内部事务，一切听之任之，因此坞壁在当时往往具备事实上的合法性。在十六国政权中，汉、前赵未见实行赋役制度，后赵在石勒称王之前，“以幽、冀渐平，始下州郡阅实人户，户赀二匹、租二斛。”④ 坞壁与胡族政权之间的羁縻关系，在晋末之后的十六国时期不断增强，坞壁往往还被利用于政权之间的斗争。例如苻坚与慕容冲之间的战争，也得到关中坞壁的支持，“关中堡壁三千余所，推平远将军冯翊、赵敖为统主，相率结盟，遣兵粮助坚。”⑤ 这些都说明坞壁在战争夹缝中生存的基本样态。

乡里坞壁往往能够在战争的夹缝中获得稍许安宁，这就为它的文化、教育功能的发挥创造了先决条件。自汉魏以来，乡里社会中一般是自带教育体制的。这些文化存续功能在晋末的坞壁中同样得到传承。《四民月令》

---

① ［日］宫崎市定：《中国村制的成立——古代帝国崩坏的一面》，《宫崎市定论文选集》，商务印书馆，1963年，第44页。

② 《晋书·石勒载记》，第2711页。

③ 唐长孺：《晋代北境“变乱”的性质及五胡政权在中国的统治》，《魏晋南北朝史论丛》，第172页。

④ 《晋书·石勒载记》，第2724页。

⑤ 《晋书·苻坚载记》，第2926页。

是博陵郡望族崔寔逐月列记各家应做的全年定例活动，其中提到过一些关于乡里教育体制的内容：“（正月）农事未起，命成童以上入大学，学五经；师法求备，勿读书传。砚冻释，命幼童入小学，学篇章。”[①]“（十月）农事毕，命成童以上入大学，如正月焉。”[②]“（十一月）砚水冻，命幼童读孝经、论语篇章，入小学。”[③]宫川尚志在《六朝时代的村》中说：“大概聚是春秋时代已能见到的小邑称呼，多是自然形成的聚落。虽然没有列入自治组织乡亭里的序列，但承认它的存在。在设置教育机构时，也把它作为一个地域集团对待乡亭聚里的连称，并见于《论衡·书虚篇》。”[④]这样的旧制在避乱宗族中所构成的坞壁之中亦可能存在。由于宗族聚居，故而乡里坞壁的功能除了保障坞壁内人们的安全以外，也充分考虑文化传统的延续。三国时期的田畴所立之坞壁是探讨坞壁之内完整社会体系时最为常见的例子。《三国志·魏志·田畴传》载田畴得北归，率举宗族附从数百人入徐无山中，“营深险平敞地而居，躬耕以养父母。百姓归之，数年间至五千余家”。在这个庞大的坞壁体系之中，田畴立法明礼，“兴举学校讲授之业，班行其众，众皆便之，至道不拾遗”[⑤]。对于田畴在坞壁中的积极经营，曹操还曾专门撰表表彰[⑥]，并试图赋予其地方行政官职，“封亭侯，邑五百户”，但田畴遁逃不就，其坞壁仍旧是独立在当时基层行政体制之外的。这一坞壁中的“五千余家”，相当于西晋太康时最为繁荣的司州地区一个县以上的人口[⑦]，而在人口尚少于西晋的东汉末期，这个数字其实更为可观。从史书描述看来，田畴坞壁之中的社会组织井然有序，而最为重要的是其中甚至有独立的教育体系，是为所谓“兴举学校讲授之业”，如此才可以保证教育体制的运转和文化的传承。

具有道德、文化素养的坞主，是保证文化在坞壁之中存续的关键因素。唐长孺论及坞主时说：“从东汉以至魏晋最基本的统治势力是地方大族，由地方大族中孕育出来的两类人物构成统治阶级中的当权分子。一是以强宗豪族为核心的地方武装集团，就是堡坞主，当晋末乱时，这种地方武装在

---

① ［东汉］崔寔撰，石声汉校注：《四民月令校注》，中华书局，1965年，第9页。

② ［东汉］崔寔撰，石声汉校注：《四民月令校注》，第68页。

③ ［东汉］崔寔撰，石声汉校注：《四民月令校注》，第71页。

④ ［日］宫川尚志：《六朝时代的村》，《日本学者研究中国史论著选译》第4卷，中华书局，1992年，第69页。

⑤ 《三国志·田畴传》，中华书局，1959年，第341页。

⑥ 《三国志·田畴传》，第343页。

⑦ 参见葛剑雄所撰《西晋太康初年分郡国户口统计》，见收于《中国人口史》第一卷《导论、先秦至南北朝时期》，复旦大学出版社，2002年，第540—542页。

北方普遍建立；二是具有高度文化水平，熟谙封建统治术的士大夫。二者也常常合而为一，即是以士大夫而兼为堡坞之主。”[①] 因此，坞主本身其实就是具有一定文化素养的乡里士人。坞民选择依附坞主，不但形成了双方“救济与感恩”等人际关系，而且也对所推举的坞主提出道德上的要求。在流民坞壁中，“坞主”则被称为“行主”，同样一般是由有德望和经济实力的人来担任。而人们对被推举者最为主要的考察，是针对其道德方面。家族成员的德行，是为人们十分重视的一笔可以代代相传的声誉遗产。救济的行为和其他礼仪，正是这些乡里名族用以维持家族声誉的方式。

西晋末年的坞主力求远避胡人，保全乡里，故而在聚义之事上十分热忱。例如，西晋末年，郗鉴将所得分给宗族及乡曲孤老，故而乡里对其评价很高，皆愿归附，称：“今天子播越，中原无伯，当归依仁德，可以后亡。”郗鉴于是凭此声誉被推为坞主，“举千余家俱避难于鲁之峄山”。[②] 郗鉴能够成为坞主，是由于他具备“归依仁德”的气节，以及对宗族的保全之力。相似的例子还有庾衮。自八王之乱开始，庾衮从洛阳回到家乡，并且因为时势而“逾年不朝”，之后他们带着家族迁入到“林虑山”，将这里视为第二故乡，并十分注重经营德行，“言忠信，行笃敬”。[③] 起初，庾衮只是乡人中的一员。他能够成为坞主，完全是受到乡人之推举，这和他的道德声誉颇有关系。在晋惠帝迁往长安、西晋社会陷入更大的混乱之后，庾衮乃与乡里宗族共同迁往大头山。庾衮所领导的壁垒，被称为“禹山坞”。在他的领导下，这个坞壁除了修建防御工事，还建立了一些礼仪制度和一些相应的管理编制[④]。庾衮自身也有一定的文化修养，在坞壁中也完全履践儒家思想，由此获得了乡人宗仰。史称：“衮学通《诗》《书》，非法不言，非道不行，尊事耆老，惠训蒙幼，临人之丧必尽哀，会人之葬必躬筑，劳则先之，逸则后之，言必行之，行必安之。是以宗族乡党莫不崇仰，门人感慕，为人树碑焉。”[⑤] 庾衮所撰写的《保聚垒议》二十篇，晁公武《郡斋读书志》一四《兵家类》有著录。[⑥] 这本结集应该包括了一些讨论如何在堡壁之中生存的文章，而且应该就写于坞壁之中。

① 唐长孺：《晋代北境各族“变乱”的性质及五胡政权在中国的统治》，《魏晋南北朝史论丛》，第168页。

② 《晋书·郗鉴传》，第1797页。

③ 《晋书·庾衮传》，第2283页。

④ 《晋书·庾衮传》：“于是峻险厄，杜蹊径，修壁坞，树藩障，考功庸，计丈尺，均劳逸，通有无，缮完器备，量力任能，物应其宜，使邑推其长，里推其贤，而身率之。”第2283页。

⑤ 《晋书·庾衮传》，第2283—2284页。

⑥ ［北宋］晁公武：《郡斋读书志》一四《兵家类》，江苏古籍出版社，1988年，第416页。

虽然这是属于兵家类的书籍，可能文学价值不高，但是它的存在说明在坞壁之中同样可以进行文章创作。

此外值得注意的是，从目前一些残存作品来看，一些武将出身的坞主在戎马之间也体现了一定的文学才能。如与郭默同时、在今荥阳、新郑一带建立坞壁的坞主李矩，在非常严峻的战斗形势之中，也有一定的文学创作。李矩在刘渊攻陷平阳之后，为乡人推举为坞主，"东屯荥阳，后移新郑。"[①] 在与胡羯相持的若干年中，李矩处于优势地位的时候并不多，最后在试图带领残部南渡的过程中坠马而死、"众皆道亡"。[②] 这位生平经历十分曲折的坞主，今有两则短文存世，皆为戎旅间所作。一为书信《敕郭诵》，只存数语："汝识唇（一作存）亡之谈不？迎接郭默，皆由于卿。临难逃走，其必留之。"[③] 这几句言简意赅，概因军旅文辞，无意于辞藻雕琢；另一为四言祷辞《祷子产祠》，云："君昔相郑，恶鸟不鸣。凶胡臭羯，何得过庭。"[④] 这仅存的十六个字透露的是作者在借子产来言说对现实的郁愤。虽然用词直露无文，但亦见一位将才出身的坞主在言语表达上的慷慨之气。这篇祷文的撰写背景是东晋建武二年（318）李矩打算夜袭刘聪从弟刘畅，但士卒有所恐惧，于是让巫师在子产祠中祷告，欲借"东里有教，当遣神兵相助"，以振士气。[⑤] 李产所撰写的祷告之辞，虽然言语质朴，但音节铿锵，符合它所产生的背景。

在当时的情况下，宗族越大，越有利于建造坞壁自保。河东蜀人薛氏所建立的坞壁，声誉较为突出。《魏书·薛辩传》载："其先自蜀徙于河东之汾阴，因家焉。祖陶，与薛祖、薛落等分统部众，故世号三薛。父强，复代领部落，而祖、落子孙微劣，强遂总摄三营。善绥抚，为民所归。历石虎、苻坚，常凭河自固。"[⑥] 他们直到姚秦时代才开始出仕，也就是说，在晋末以及之后相当长一段时期内，他们保持了筑建坞壁以自保的状态，同时也与胡族政权保持一定的羁縻关系。河东薛氏之后亦从一个乡里坞壁的规模发展为当地强宗，历代皆能人辈出，影响深远。他们

---

① 《晋书·李矩传》："属刘元海攻平阳，百姓奔走，（李）矩素为乡人所爱，乃推为坞主。"第1706页。

② 《晋书·李矩传》，第1709页。

③ ［清］严可均：《全上古三代两汉魏晋南北朝文》之《全晋文》卷一百九，中华书局，1977年，第2086页。

④ ［清］严可均：《全上古三代两汉魏晋南北朝文》之《全晋文》卷一百九，第2086页。

⑤ 《晋书·李矩传》，第1707页。

⑥ 《魏书·薛辩传》，第941页。

与当时的政权之间大都是羁縻关系。[1] 关于河东薛氏避乱乡里，自备武装以抵御的情况，清初的思想家往往赋予其更多的民族意义。王夫之《读通鉴论》评价道：“永嘉之乱，中原沦陷，刘琨不能保其躯命，张骏不能世其忠贞，而汾阴薛氏，聚族阻河自保，不仕刘（渊）、石（虎）、苻（坚）者数十年。”[2] 顾炎武《顾亭林诗文集》卷五《裴村记》同样提到：“汾阴之薛凭河自保于石虎，苻坚割据之际，而未尝一仕于其朝。”[3] 这些评论带有褒扬性质，但薛氏在晋末并不出仕于刘、石，也是因为刘、石的主要势力范围当时并不在汾阴地区。薛氏在此地势力庞大，他们对于州郡文化的保存之功，至少延续到北魏太武帝太平真君年间。薛辩之子谨“容貌魁伟，颇览史传”，始光年间，太武帝诏奚斤讨赫连昌，以之为前锋乡导，“既克蒲坂，世祖以新旧之民并为一郡，谨仍为太守，迁秦州刺史，将军如故。”[4] 这其中的“新旧之民”，应该有很多本身就是薛氏坞壁之荫户。薛谨在此承担了文化首领的任务，和薛氏居于河东、抵抗群胡时的坞主身份有所类。但是，北魏朝廷对于这些乡里坞壁终究是十分防备，“真君元年（440），征还京师，除内都坐大官。”[5] 可见，河东坞壁存在的时间，竟然赫赫百年有余。而这类将近维持百年坞壁并不多见。早在晋末之时，华北地区大多数宗族所建立的坞壁并不能实现自保，在来自胡族政权的摧毁之力面前，或者被攻破，或者选择投降。史载：“元海授勒安东大将军、开府，置左右长史、司马、从事中郎……使张斯率骑诣并州山北诸郡县，说诸胡羯，晓以安危，诸胡惧勒威名，多有附者。进军常山，分遣诸将攻中山、博陵、高阳诸县，降之者数万人。”[6] 博陵、高阳皆是冀州地区大姓居所，这些人选择投降，以此来获得宗族保全。

总之，从西晋末年到十六国时期，坞壁能够维持小范围社会的相对稳定，对于维护社会秩序，保全华夏文化做出了一定的贡献。在乡里坞壁之中，乡里宗族的私学教育和坞主的文化影响等因素能够为这个小型社会带来文化的延续。坞壁因为是军事防御组织，要考虑到内部安全，是具有一定的封闭性的。这种封闭性也的确影响了它的文化功能的发挥，尤其是无益于文学交流，因此坞壁之中很难进行文学创作和保存文学作品，然而，

---

① 毛汉光：《中国中古政治史》，台北联经出版公司，1990 年，第 125—126 页。
② ［清］王夫之：《读通鉴论》，中华书局，1975 年，第 386—387 页。
③ ［清］顾炎武：《顾亭林诗文集》，中华书局，1959 年，第 101 页。
④ 《魏书·薛辩传附子谨传》，第 941—942 页。
⑤ 《魏书·薛辩传附子谨传》，第 942 页。
⑥ 《晋书·石勒载记》，第 2710—2711 页。

坞壁之中所具有的一些基本的文化传承机制，对于文化、文学的存续而言具有深远的意义。

二、文人避乱、抗争于坞壁的一些情况

晋末大乱，诸多文人逃亡乡里。同时，也有一些具有文学才能的士人，领导晋人抗争避乱于坞壁。

首先来看西晋著名文人左思避乱的情况。太安二年（303），张方占领洛阳之后，居住在“宜春里”的著名文人左思，在一片混乱中携眷出逃，移居冀州。[①] 左思本是齐国临淄人，冀州当然并非是他的乡里。《全晋文》卷一百四十六录有《左思别传》，云“余意度之，当是谧诛去官，久之遭乱客死，而云归乡里，非也”[②]，即是其意。晋武帝时，左思因为妹妹左棻（约253—300）入选宫中而入居洛阳，并在之后成为贾谧“二十四友”之一。之后，他创作的《三都赋》实现了“洛阳纸贵”的佳话。而此时逃离都城，则是乱离背景之下的自全之策。由于妹妹左棻在永康元年（300）即已经离世，故而左思所携带的眷属，很可能主要包括他的父亲、妻子和子女，他们的名字都曾出现在左棻的墓志之上[③]。然而，左思为何要去冀州呢？由于材料缺乏，这个问题很难得到笃定的答案。但从晋末大势来看，冀州地区在当时所具备的基本条件，能够符合作为一个战争流民的左思的选择。

太安中，各地发生饥乱和蝗灾，冀州的灾害可能程度稍轻，因此成为流民前往的目的地之一。《晋书·石勒载记》云：

> 太安中，并州饥乱，勒与诸小胡亡散，乃自雁门还依宁驱。北泽都尉刘监欲缚卖之，驱匿之，获免。勒于是潜诣纳降都尉李川，路逢郭敬，泣拜言饥寒。敬对之流涕，以带货鬻食之，并给以衣服。勒谓敬曰：“今者大饿，不可守穷。诸胡饥甚，宜诱将冀州就谷，因执卖之，可以两济。”[④]

---

① 《晋书·文苑传·左思传》，第2377页。

② ［清］严可均《全上古三代两汉魏晋南北朝文》之《全晋文》卷一百四十六，第2302页。

③ 《左棻墓志》阴面文字曰：父熹，字彦雍，太原相弋阳太守。兄思，字泰冲。兄子髦，字英髦。兄女芳，字惠芳。兄女媛，字纨素。兄子聪奇，字骠卿，奉贵人祭祠。嫂翟氏。有关研究参考徐传武《左棻墓志及其价值》，《文献》，1996年第2期，第92—99页。

④ 《晋书·石勒载记》，第2708页。

这说明，当时冀州相对于群胡并起的并州和洛阳而言，稍稍安定，可以前往就食。因此，左思在太安中选择前往冀州，应该是因为那里具备暂避饥饿的可能。这种局面一直维持到刘聪统治时，当时石勒已经潜结曹嶷，占据河北，与刘聪形成“鼎峙之势”。“河东大蝗，唯不食黍豆。…… 司隶部人奔于冀州二十万户。”① 这说明冀州因为在粮食方面相对安全，所以在较长一段时期内都是司隶地区人口主要的投奔之所。

而左思前往冀州的另外一个可能原因是那里坞壁林立，相比于当时的洛阳而言要安全很多。冀州在晋太康初年（280）时，各郡县平均户口是三千九百二十八户，仅次于当时的司州。因此，“司隶部人奔于冀州者二十万户”，并不是一个小数目，相当于有百万人口。这些人口到了冀州之后如何安顿？除了一部分为石勒所控制，另外一部分应该就是投靠冀州地区的各类坞壁。关于冀州在太安年间的坞壁数量，史无记载。但数年后，石勒发迹于冀州，攻灭了大量坞壁，可窥一斑：“进军攻钜鹿、常山，害二郡守将。陷冀州郡县堡壁百余，众至十余万。”② 石勒大量攻破坞壁，以掌控对河北的统治。在中山、博陵一带，大姓居者甚多，这些地区的人们以投降之策来保命。石勒其后又进入到河内地区：“勒驰如武德（今河南境内），坑降卒万余，数梁巨罪而害之。王师退还，河北诸堡壁大震，皆请降送任于勒。”③ 从这些相关数据来看，在石勒攻灭这些坞壁之前，冀州地区的坞堡大量存在，且聚拢了大量人口。而且，冀州的坞壁在战乱时期仍然保证了一定的粮食生产，胡主常前来劫掠。④ 有些坞壁甚至以此与石勒进行交易。这与他们的“请降送任”的保命之策性质相同，他们与少数民族政权之间是一种羁縻关系。石勒在冀州横扫坞壁⑤，广有战果，而此时距离左思逃往冀州不过数年。

左思前往冀州郡县，应该也是因为当时此地有能够让其家族存续下来的可能。遗憾的是，左思晚年并无作品存世。这有两种可能，一是他晚年在冀州坞壁之中没有创作，二是可能他从事创作了，但是作品没有得到保存。无论是何种情况，左思离开洛阳，其实宣告着一个文学时代的结束。洛阳再也无法成为吸引人们为之歌颂的城市，它在战乱之中无可挽回地成为废墟。曾经停留在这里的人们都被迫转入到更为基层的社会中去，去谋

① 《晋书 · 刘聪载记》，第 2673 页。
② 《晋书 · 石勒载记》，第 2710—2711 页。
③ 《晋书 · 石勒载记》，第 2711 页。
④ 《晋书 · 石勒载记》，第 2710—2718 页。
⑤ 《晋书 · 石勒载记》：“于是冀、并、幽州、辽西以西诸屯结皆陷于勒。”第 2738 页。

求最为基本的生存条件。

随着五胡乱华局面的深入，人们向坞壁发生转移的情况更为常见。永嘉五年（311），匈奴刘聪占据洛阳，西晋面对的战乱形势加剧。这一年，潘尼离开洛阳，携眷东归原籍中牟（今河南郑州附近），行至成皋（今河南荥阳地区附近）一带，被乱军所阻，病死于坞壁[①]。潘尼所奔往的成皋地区，当属于大坞主李矩的统辖范围。李矩在永嘉五年（311）刘聪之乱以前，就已经开始经略这一地带。阳城、成皋在当时属于河南郡，靠近首都洛阳，坞壁分布极多。荀、华二人部曲为盗贼所食，场面骇人，却是晋末实况。百姓保命，只能屯聚于坞壁之中。[②]潘尼止于成皋之坞并避乱其中，也是顺应当时的大势。及刘曜将攻河南，遂“进攻李矩于荥阳，矩遣将军李平师于成皋，曜覆而灭之。矩恐，送质请降。”[③]李矩投降之后，成皋坞壁也就走向其终点。

当时司州地区坞壁繁多。成皋县就是位于洛水之西。《水经注 · 洛水》中提到了檀山坞、金门坞、一合坞、云中坞等[④]。此地之坞壁，多属于山城形式，较为坚固。如一合坞高二十丈，三面为峭壁，起初为魏该所占拒[⑤]，在西晋末年见证了当时多个坞壁之间联合抵抗刘曜的血腥历史。[⑥]直到东晋哀帝兴宁二年（364），成皋地区仍有坞壁。“燕太宰恪将取洛阳，先遣人招纳土民，远近诸坞皆归之，乃使司马悦希军于盟津，豫州刺史孙兴军于成皋。”[⑦]这里的“土民”即是坞壁中的乡民。这些坞壁的情况，说明即便战火燎原，洛阳地区的附近仍然有避乱之人的存在。有人烟之处即有文学，那么洛阳周边地区依然能够产生歌谣是不奇怪的。而这些地方能够吸引像潘尼这样的文人前往避乱，也不奇怪。

坞壁中的名流，还有刘隗之子刘畴值得一提。《晋书 · 刘隗传》载曰：

> （刘隗）子畴，字王乔，少有美誉，善谈名理。曾避乱坞壁，贾胡百数欲害之，畴无惧色，援笳而吹之，为《出塞》《入塞》之声，以动其游客之思。于是群胡皆垂泣而去之。永嘉中，位至司徒左长史，

---

① 《晋书 · 潘岳传附其侄潘尼传》：“道遇贼，不得前，病卒于坞壁，年六十余。”第1516页。

② 《晋书 · 李矩传》，第1706页。

③ 《晋书 · 刘聪载记》，第2668页。

④ ［北魏］郦道元撰，陈桥驿校注：《水经注校注》，中华书局，2007年，第366页。

⑤ ［北魏］郦道元撰，陈桥驿校注：《水经注校注》，第366页。

⑥ 《晋书 · 魏浚传附族子该传》，第1713页。

⑦ 《资治通鉴》卷一百〇一《晋纪》二十三，中华书局，1956年，第3196页。

寻为阎鼎所杀。司空蔡谟每叹曰：“若使刘王乔得南渡，司徒公之美选也。”又王导初拜司徒，谓人曰：“刘王乔若过江，我不独拜公也。”其为名流之所推服如此。[①]

刘畴的文艺才华为人所推重，故而才有吹奏乐府，即令“群胡皆垂泣而去”的传说。而王导认为刘畴如果在世，那么他的政治地位是要与自己“分功并列”的。这番评价，已经超出了对其文艺才华的肯定。那么，王导为何要给一个在坞壁中避乱的文人如此高的评价？通过考证刘畴的身份，或许可以理解文人避乱坞壁的更多的情况。

杀害刘畴的阎鼎是天水人，曾屯居许昌，“聚西州流民数千人于密，欲还乡里。”[②] 这位流民坞壁的首领很快获得一个发展契机，那就是密县一度成为秦王出奔时期的“行台”。[③] 这些王子大臣本来是奔向刘畴所建立的坞壁。而游荡在密县的阎鼎所率领的“西州流民”被刘畴收编了。同时，刘畴的坞壁也吸引了其他一些人：“司徒左长史刘畴在密为坞主，中书令李晅、太傅参军驺捷刘蔚、镇军长史周顗、司马李述皆来赴畴。”[④] 刘畴与阎鼎之间产生矛盾，是从阎鼎决定西迁秦王，离开密县，以建功于“西土乡里”开始的。这个决定当时还得到过傅畅的支持。傅畅是北地人，秦雍之地近于其乡里，所以他对秦王西迁之事表示支持不足为怪。但是，“畴等皆山东人，咸不愿西入，荀籓及畴、捷等并逃散。鼎追籓不及，晅等见杀，唯顗、述走得免”。[⑤] 刘畴就是死于这一次逃亡。阎鼎挟秦王抵达长安之后，扶持其登基，“总摄百揆”[⑥]。其后又与梁综等人争权，杀害了一批大臣，其后又为梁综弟梁肃等人所逐，最终死于氐窦首之手。刘畴与阎鼎之间的矛盾说明，坞壁内部存在合作关系，也存在利益分歧。而从这一事件可以看出，当时即便是皇孙贵胄也需要依赖坞壁的力量来自全。愍帝政权是在刘畴、阎鼎等人领导的流民坞壁一路保护、护送之下方才抵达长安登基的。王导对于刘畴的推重，应该也是基于他在密县担任坞主时，对秦王及一干晋室大臣的保护。由于历史材料有限，因此很难看到有关刘畴更多与文学相关的材料。目前仅仅能够知道他是一个具有文学才能的人，在坞壁之中

---

① 《晋书·刘隗传附讷子畴传》，第1841页。
② 《资治通鉴》卷八十七《晋纪》九，第2765页。
③ 《资治通鉴》卷八十七《晋纪》九，第2765页。
④ 《晋书·阎鼎传》，第1647页。
⑤ 《晋书·阎鼎传》，第1647页。
⑥ 《晋书·阎鼎传》，第1647页。

发挥了重要的作用。

晋末的社会大动乱中，虽然很多流亡者已经无法得知，但仍有西晋末年文学之翘楚为史所载。如大诗人刘琨以及与之有着唱和往来的卢谌，皆是在流民坞壁之中从事反抗活动的。刘琨自永嘉元年（307）被封为“并州刺史”之后，一直在北方地区，以流民坞壁为载体进行反抗活动。《晋书·刘琨传》记录了他在并州地区招纳流民的事迹[①]，可见他和祖逖一样，具有流民坞壁坞主的特点。刘琨以城门为战场，百姓耕战结合，这正是流民坞壁的特点。这一地区与胡族相距甚近，可谓四面楚歌、形如入瓮，战争威胁与反抗斗争是最为激烈的。刘琨在当时不但以流民坞壁来保全和争取仍在北方的晋人之生存空间，也主动承担了为晋王朝收复失地、抵抗夷狄的责任。刘琨的战争取得过非常明显的成效，曾震惧敌胆，刘曜一度将刘琨及其流民坞壁作为心腹大患，将其放在战略首位。[②]

刘琨所带领的流民坞壁，先是辗转于晋阳一带。永嘉六年（312），刘粲、刘曜攻陷晋阳，刘琨逃奔常山，后拓跋猗卢来救，收复晋阳。这期间，刘琨的侄子卢谌自刘粲处投奔刘琨。次年，石勒败刘琨将，克并州。刘琨逃奔段匹磾于蓟城。刘琨作《赠卢谌诗》，卢谌作答诗。卢谌又有《答魏子悌诗》，当作于此时。《晋书》对刘琨诗歌的评价，更为注重其深远之托意：“琨诗托意非常，摅畅幽愤，远想张陈，感鸿门、白登之事，用以激谌。”[③]其外甥卢谌追随刘琨，与之赠答往来。他们的诗歌多能反映即使在极为动荡的流民坞壁之中，也还存有诗歌创作。

刘琨在《重赠卢谌》[④]中的序言中慨叹“今是而昨非”，反思少壮志时“远慕老庄”“近嘉阮生”时的虚无，如今则在“国破家亡，亲友雕残”的现实面前，“块然独坐，则哀愤俱至”。序文中提到自己“不复属意于文，二十余年矣”。二十余年的时间对于一个诗人而言是很漫长的，或是因为客观的战乱环境所致，或是因为战乱时期主观上不再有诗兴——其中原因虽然杂陈，但无不与乱离相关。尤其需要注意到，刘琨的思想是西晋末年的乱离社会所塑造的。他对于现实的体认，对于玄远之学的疏离，都是从流民坞壁的经历中直接获得的。刘琨在流民坞壁之中所做出的这些反思，实际上直接关系到南北朝文学的分野。北朝文学因为文人这类对于玄虚精神

---

① 《晋书·刘琨传》：“琨募得千余人”，第1681页。

② 《晋书·刘聪载记》，第2666页。

③ 《晋书·刘琨传》：“琨密遣离间其部杂虏，降者万余落。元海甚惧，遂城蒲子而居之。在官未期，流人稍复，鸡犬之音复相接矣。”第1687页。

④ 逯钦立编：《先秦汉魏晋南北朝诗》，第851页。

生活的反思和挥别，而开始着力于对于现实的深切关注。而南朝文学则是继续在玄思的道路上探索，沉溺于陌生、毓秀的南方山水给他们带来的惊奇。刘琨在《重赠卢谌》中写到"去家"亡国，落魄独行，饱受穷途与迷茫之苦，全篇甚有《离骚》之风致。在结尾，诗人甚至称这首"歌"中所谈论的经历过分悲伤，而不能再忍心吟唱全部的、漫长的篇章。这首诗，是西晋末年流民坞壁首领的流落征战生涯以及亡国的迷茫心境的真实写照。"资粮既乏尽，薇蕨安可食""揽辔命徒侣，吟啸绝岩中"等，画面感很强，皆还原征战经历中历历在目的艰苦卓绝。

虽然刘琨的流民坞壁在御敌过程中多有败绩，但是他的外甥、时年二十九岁的卢谌仍然在《答魏子悌诗》[1] 这首诗歌中流露了乐观的情绪。诗文之中充沛的情感，因为末世世乱而有着无法掩饰的慷慨之气，其情怀境界较为高迈。特别是诗歌中谈到坞壁乡曲之恩义，落笔时情感深重："恩由契阔生，义随周旋积。岂谓乡曲誉，谬充本州役。"然而，卢谌虽然沐浴战火，但并没有完全洗净西晋的贵族文人之气。诗歌末尾中写道："乖离令我感，悲欣使情惕。理以精神通，匪曰形骸隔。妙诗申笃好，清义贯幽赜。恨无随侯珠，以酬荆文璧。"这体现了流民坞壁复杂斗争形势给当时文人带来的情感冲击。建武元年（317），刘聪杀愍帝于平阳，北方的形势变得更为复杂，刘琨的《劝进表》即是作于此时。太兴元年（318），刘琨被杀，部将皆投降于石勒，卢谌后来同样是在石勒政权中立足，直到永和六年（350）卒于战乱。卢谌有集十卷，后来应该是由他的子孙带到了江南。[2]

刘琨长期生活于并州，因此深受胡地文化的影响。刘琨世代为乐吏，精通音律，他所创作的胡笳琴曲曾作退敌之用："在晋阳，常为胡骑所围数重，城中窘迫无计，琨乃乘月登楼清啸，贼闻之，皆凄然长叹。中夜奏胡笳，贼又流涕歔欷，有怀土之切。向晓复吹之，贼并弃围而走。"[3] 这样的传说能够说明刘琨在作为流民坞主的过程中，身犯险境乃是常事，而刘琨在这种乱世窘迫之中，仍然能够从事某些文艺活动。但是可惜的是《胡笳五弄》已经遗佚，无法展开对这个问题的讨论。还有值得一提的是刘琨与胡族政权往来的一些书信类文章，这些文章反映了他作为一个政治家、军事家的谋略。在此限于篇幅，不再详述。

从以上所列情况可以看出，在西晋末年有一大批文学士人，随着北方

---

① 逯钦立编：《先秦汉魏晋南北朝诗》，第 884 页。

② 《三国志·魏书·卢毓传附谌传》裴松之注："永和六年，卒于胡中，子孙过江，妖贼帅卢循，谌之曾孙。"第 653 页。

③ 《晋书·刘琨传》，第 1690 页。

地区流亡潮流，逃亡乡里。这些文人既是整个西晋文学时代的句号，也是下一个文学时期的开始。文学发展转移到乡里社会，是文学史发展的一次重大转折，这意味着文学力量不再集中，也意味着文学所表达的内容和情感将发生一定的变化。

三、从民歌来看坞壁中的人际关系与社会生活

西晋末年产生了大量的民歌，这些民歌中有相当一部分与坞壁这种社会环境颇有关联，且影响深远。民歌在此时得到充分发展，并非偶然。这个时代的人们关心时事，是因为此时的时政与自身的存亡密切相关。这些民歌表达了在特定社会环境之下人们对于生活本身的基本诉求和感受，或者是对于生活环境的基本描述。

坞壁作为人们避乱的场所，具有军事防御组织的形式。为了抵抗生存威胁，因此具有强烈的尚武精神。如《隔谷歌》就是一首反映这种生存状况的民歌，曰：

> 兄在城中弟在外，弓无弦，箭无括。食粮乏尽若为活？救我来！救我来！[①]

坞壁因为是小城形制，故而一旦封闭起来便与外界不易沟通。《隔谷歌》所谓的“隔谷”很可能就是坞壁所在的山谷。逃亡过程中，骨肉分离，且面临一些外在侵略的威胁，需要起身反抗。“救我来，救我来”的哀号，反映了这位困在城中、弹尽粮绝的兄长的绝望与恐惧。前赵时期，困死坞壁是较为多发之事，《隔谷歌》所描写的情况正是当时史实。《十六国春秋》载有王广故事：“王广，永嘉之乱聚族避世，仕刘聪为西扬州刺史，被蛮贼梅芳围百余日，外救不至，粮食罄绝，鸡犬雀鼠靡有孑遗，将士泣曰：‘将军忠于本朝，故有今难，岂有背将军理哉’，芳攻陷扬州，而广被杀，众相枕而死者五千人。”[②] 这种惨烈的场景，几乎和这首民歌所展示的情况别无二致，可作为史实以相互参证。

五胡乱华之后，流民坞壁之中有一些重要的首领人物领导了反抗活动。人们将乱世中的尚武精神，熔铸在了歌颂反抗将领的诗歌之中。对陇上壮

---

① 逯钦立编：《先秦汉魏晋南北朝诗》，第 2157 页。

② ［北魏］崔鸿撰，［清］汤球辑补：《十六国春秋辑补》（上），商务印书馆，1937 年，第 65—66 页。

士陈安的歌颂，即是其中一例。陈安带领乞活坞壁中的人们，反抗刘曜，取得了一些战果。永昌元年（322）刘曜围叛将陈安于陇城，败之。陈安逃至陕中，为刘曜将呼延青人所杀，民间为作《壮士之歌》，对他加以歌颂。《晋书·刘曜载记》载曰：

> 安善于抚接，吉凶夷险与众同之，及其死，陇上歌之曰："陇上壮士有陈安，驱干虽小腹中宽，爱养将士同心肝。骣骢父马铁瑕鞍，七尺大刀奋如湍，丈八蛇矛左右盘，十荡十决无当前。战始三交失蛇矛，弃我骣骢窜严幽，为我外援而悬头。西流之水东流河，一去不还奈子何！"曜闻而嘉伤，命乐府歌之。[①]

这首为陈安所作的《陇上歌》以七言写成，描写了陈安作战的全过程，甚至对他的兵器和战法，都有十分清晰的交代，以吁嗟语气出之，风格悲壮。

当时的坞壁之中存在一定的人际关系，即谷川道雄所总结的坞主与坞民之间“救济与感恩”的关系[②]。“忠义”观念在当时的文化语境中，不但是指向对晋王室的忠贞，一般也指对于坞壁中乡党利益的保护。在当时的环境下，北人坞主对于前来投奔者一概收容不拒。如果一旦出现不纳流人的情况，那么坞主的名声将极大受损。当时，很多民歌歌颂这种人际关系和以“忠义”为特征的君父观念。对于这类民歌的分析过去是比较轻视的，一般认为它们仅仅是在歌功颂德。然而，如果联系史料来看，会深刻感受到，这种歌功颂德的背后是血淋淋的真实历史。如刘沈的事迹可堪代表。刘沈是燕国蓟人，“世为北州名族。少仕州郡，博学好古。太保卫瓘辟为掾，领本邑大中正。敦儒道，爱贤能，进霍原为二品，及申理张华，皆辞旨明峻，为当时所称。”[③] 在八王之乱中，刘沈“奉诏驰檄四境，合七郡之众及守防诸军、坞壁甲士万余人，以安定太守卫博、新平太守张光、安定功曹皇甫澹为先登，袭长安”。[④] 虽然最后战败并以慷慨义辞激怒司马颙，被先鞭打后腰斩，但其“忠义”精神是凝聚当时安定、新平等郡县坞壁军事力量的重要因素。

---

① 《晋书·刘曜载记》，第2694页。
② ［日］谷川道雄著，马彪译：《中国中世纪社会与共同体》，第194页。
③ 《晋书·忠义传·刘沈传》，第2306页。
④ 《晋书·忠义传·刘沈传》，第2306页。

祖逖在北伐过程中集结了大量流民，活动于河表地区，曾一度收复黄河以南大片土地。他的军事队伍其实质更接近于一个流民坞壁，因此他本人也被称为“行主”。《晋书·祖逖传》称其：

> 躬自俭约，督课农桑，克己务施，不畜资产，子弟耕耘，负担樵薪。又收葬枯骨，为之祭醊。百姓感悦。尝置酒大会，耆老中坐流涕曰：“吾等老矣！更得父母，死将何恨！”乃歌曰：“幸哉遗黎免俘虏，三辰既朗遇慈父。玄酒忘劳甘瓠脯，何以咏恩歌且舞。”其得人心如此。[①]

可见，祖逖所领导的流民坞壁之中所酝酿的文化精神包括了基于反抗意识的“尚武”精神，与乡民之间的“救济和感恩”的关系，以及对于收复晋王室失地的“忠义”之情。因而，当时的百姓作《豫州歌》来歌颂他。

在这首民歌中，百姓将自己免于为胡人俘虏之功，归于首领祖逖，甚至比为父母之恩。由此可以看到，在北方地区战乱环境中，由于在防御、抵抗生存威胁时需要相互依赖，使得人们之间的关系更为深厚、密切。

坞壁之中的社会生活特点也反映在民歌之中。坞壁以求生为最直接目标，因而男女共处，形成了与南方截然不同的生活观念。男女共处、共同劳动以获得生存空间的行为，是自西晋末年以来便已具备的民间风俗，并且在民歌中悉数反映。民歌《捉搦歌》[②]正是产生于坞壁环境中的妇女之自陈：

> 粟谷难舂付石臼，敝衣难护付巧妇。男儿千凶饱人手，老女不嫁只生口。
>
> 谁家女子能行步，反着夹衫后裙露。天生男女共一处，愿得两个成翁妪。
>
> 华阴山头百丈井，下有流水彻骨冷。可怜女子能照影，不见其余见斜领。
>
> 黄桑柘屐蒲子履，中央有丝两头系。小时怜母大怜婿，何不早嫁论家计。

这首诗歌中反映了战争时代残酷的现实，男子在战争中容易成为他人

---

① 《晋书·祖逖传》，第1696—1697页。

② 逯钦立编：《先秦汉魏晋南北朝诗》，第2158页。

刀下之物。北方的女性承担大量田野劳作，是为战时环境提供物质后盾的主要力量。《颜氏家训·治家篇》对南北地区女性在家庭中的不同作用，颇有感慨。北方女子在家中的地位，是极为重要的，而且，她们几乎承担与男子一样的家庭责任：“邺下风俗，专以妇持门户，争讼曲直，造请逢迎，车乘填街衢，绮罗盈府寺，代子求官，为夫诉屈。”[①] 这种情况和江左妇女保守的家居生活完全相左，“江东妇女，略无交游，其婚姻之家，或十数年间，未相识者，惟以信命赠遗，致殷勤焉”。[②] 但这种女子当家局面的形成并非一朝一夕。颜之推认为是“恒、代之遗风”，实则是战乱时期以来男女共同承担家庭责任的传统。在一切依仗自给的条件下，妇女的劳动成为家庭生活的支柱。在生存成为头等大事的情况下，妇女自身的情感和被赋予的情感都显得粗糙很多。

坞壁妇女还往往还承担军事任务，并且也保留了坞壁之中尚武、尚忠义的精神风貌。如坞主刘遐，时人比为张飞、关羽，另一坞主邵续以女妻之。刘遐与邵氏在河济建立坞壁，她亦是能冲锋陷阵之人：

> 遐妻骁果有父风，遐尝为石季龙所围，妻单将数骑，拔遐出于万众之中。及田防等欲为乱，遐妻止之，不从，乃密起火烧甲仗都尽。[③]

在这种基础上，我们不妨来简略地重读著名的《木兰辞》[④]，来重新理解“木兰”这个女性形象。《木兰辞》在过去常被理解为木兰对于战争的一种反抗，但是整首民歌似乎并没有此类激烈的情感。木兰在接受为父从军的事实时可以说是平静的：

> 阿爷无大儿，木兰无长兄。愿为市鞍马，从此替爷征。

从全篇末尾所说的“阿姊闻妹来，当户理红妆；小弟闻姊来，磨刀霍

---

① ［北齐］颜之推撰，王利器集解：《颜氏家训集解·治家篇》（增补本），中华书局，1993年，第48页。

② ［北齐］颜之推撰，王利器集解：《颜氏家训集解·治家篇》（增补本），第48页。

③ 《晋书·刘遐传》，第2131页。

④ 《木兰诗》原文见逯钦立编《先秦汉魏晋南北朝诗》，第2160—2162页。关于《木兰辞》的创作时间，众说纷纭，意见不一。本书较为倾向于《木兰辞》是十六国时期作品的说法。《乐府诗集·横吹曲辞》云：“多叙慕容垂及姚泓时战阵之事。”《木兰辞》整篇叙述了木兰参战的前后过程，其文牵涉到的时代背景或许也与“慕容垂及姚泓时战阵之事”相关。还有专家考证认为，《木兰辞》是十六国时期陕北地区的民歌，参见李雄飞《〈木兰辞〉是十六国时期陕北地区的民间叙事诗》，《西北民族学院学报》（哲学社会科学版），1999年第1期。

霍向猪羊”来看，木兰的家中，并非无子，但只是还十分年幼，而木兰也并非是长女，家中还有一位还没有出嫁、当户理红妆的“阿姊”。因此，木兰大约是家中次女。木兰面对的家庭问题是，老父已老，弱弟甚弱，因此代父出战，承担兵役。北方人的长序概念，在战争时代已经变得模糊不清，所有的家庭成员都可能承担重要的责任。木兰一步步安排和准备战争所需要的武器和装备——这也反映了北朝征兵役要求人们自带装备，坦然地与父母告别。全篇之中完全没有对于战争的怨恨和对战争凄惨之状的描写，而是流露出女扮男装参加战争、以报君父的荣誉感。全篇的描写轻松流畅，将故事交代得明朗自然。这首民歌在其结尾问出“安能辨我是雌雄”这样略带喜剧性的问题，更让全篇内容与传统意义上沉重的战争描写完全不同。《木兰辞》超越于战争的轻松的艺术表现，是十分奇特的。如果用一些传统的字眼如“乐观精神”“浪漫主义”来形容那也无妨。然而，这种轻松平易的战争感觉，实际上是因为在北方地区坞壁林立、军事防御战争频繁的局面下，武力已经司空见惯，反而让此际的诸多战争题材的乐府民歌并没有刻意去体现血腥的杀伐之气。《木兰辞》虽然并不一定是产自坞壁，但也是以北方地区长期的战争环境为背景的。其中的尚武精神，以及参与武力以报君父的观念，在整个北朝时代并不稀见。溯其根源，就在于西晋末年以来坞壁所面临的战争环境塑造了北方妇女的这种品性。

民歌《李波小妹歌》产生于北魏晚期，就描述了一个身着戎装的北方女子形象，其辞云：

> 李波小妹字雍容，褰裙逐马如卷蓬。左射右射必叠双。妇女尚如此，男子安可逢。[①]

这首民歌影响深远，晚唐诗人韩偓作《后魏时相州人作李波小妹歌疑其未备因补之》，即是延续其义，但此诗以香奁体出之，完全脱离了原民歌的英雄气，语言风格香艳，距离民歌的原意非常遥远：

> 李波小妹字雍容，窄衣短袖蛮锦红。未解有情梦梁殿，何曾自媚妒吴宫。难教牵引知酒味，因令怅望成春慵，海棠花下秋千畔，背人撩鬓道匆匆[②]。

---

① 《魏书·李孝伯传附祥子安世传》，第1176—1177页。

② ［清］彭定求等编：《全唐诗》卷六百八十三，中华书局，1960年，第7383页。

历来的读诗人对这首《李波小妹歌》，虽不曾生出韩偓这样夸张的联想，但一般其认识也停留在字面意义上。他们多局限于对这个北方女子英姿飒爽的赏爱之情，并且推究北方女子大略如此，认为可以与《木兰辞》相参证等等。

事实上，李波小妹这个妇女形象，在最初的历史记载中，是当时乡里坞壁首领受到政府杀伐之后的一个牺牲品。史书对此之记录可谓鲜血余腥尚在。韩偓所续写的诗句这般香艳，其实与原来的人事无丝毫干系。《魏书·李孝伯附李冲传》[①]载：

> 初，广平人李波，宗族强盛，残掠生民。前刺史薛道摽亲往讨之，波率其宗族拒战，大破摽军。遂为逋逃之薮，公私成患。百姓为之语曰：“李波小妹字雍容，褰裙逐马如卷蓬，左射右射必叠双。妇女尚如此，男子那可逢！”安世设方略诱波及诸子侄三十余人，斩于邺市，境内肃然。

材料中“残掠生民”之语可能是史家站在官方立场所加的罪名，未必确凿，但也说明李波及其宗族具备军事功能，能与当地刺史相抗衡并且获胜。

李波和他的宗族居于乡里并以武力自强，所结成的这种组织，正是具有军事功能的乡里坞壁。曹道衡因此说：“《李波小妹歌》，常为文学史家们引用作为北人尚武的例子。其实她这种强悍的性格，是长期生活于‘坞壁’之中和少数民族劫掠者斗争中形成的，不过在力量壮大之后不免从自卫而变成劫掠者。这种风气一直延续到北朝后期犹未尽除。”[②]这首民歌虽然没有在语言上明确表示出对李波小妹的表彰，但是其中对于武力的崇尚，对于李波小妹的赞赏，都和当时乡里坞壁所负有的军事防御功能莫不相关。而当地百姓肯为这样一位女子讴歌，正也说明他们之间的人际关系可能并非像史书上所说的那样是对立的关系，而与之相反，是相互协助的关系。在南方，涉及女子的民歌，往往是一些讲述男女之情的作品，和北方的妇女形象大相径庭。曹道衡曾讲述了南方和北方民歌出现根本不同的原因，他认为北方重伦理，民歌所反映的内容同样是重伦理，这是由于坞壁所带

① 《魏书·李孝伯传附祥子安世传》，第1176页。

② 曹道衡：《北朝社会环境对学术和文艺的影响》，第4页。

来的宗族聚居环境所决定的。[①] 因此，坞壁作为一种战乱模式下的社会空间组织，对于人际关系、社会观念等方面的塑造产生了一定的影响。了解民歌和史实之间的关系，能够让人们对于民歌所反映的思想内涵有着更为深刻的理解。民歌作为一种艺术形式，它能够广泛流传，并不在于它的形式本身，而更是因为它的思想魅力。

坞壁中的人大多亲身经历战争与逃亡之苦，在当时环境中乱离生活触目可见，因此对于这种战乱所带来的痛苦，有着深透的表达。《陇头歌》在其传播过程中也往往被赋予了新的历史内涵，具有较高的研究价值，它呈现了当时坞壁之中人们生活的一些基本状态。逯钦立《先秦汉魏晋南北朝诗》所录的两首《陇头歌》[②] 其文如下：

> 郭仲产《秦州记》曰：陇山东西百八十里，登陇，东望秦川四五百里，极目泯然，墟宇桑梓，与云霞一色。其上有悬溜，吐于山中，汇为澄潭，名曰万石潭。流溢散下皆注乎渭。山东人行役升此而瞻顾者，莫不悲思，故其歌曰："陇头流水，流离四下，念我行役，飘然旷野。登高望远，涕泪双堕。"
>
> 同前：辛氏《三秦记》曰："陇渭西关，其阪九回。不知高几许，欲上者七回。上有水，可容百余家。上有清水四注下"。俗歌云："陇头流水，鸣声呜咽。遥望秦川，肝肠断绝。"

但是，逯钦立对第二首《陇头歌》并没有引录完整，其部分文字和《三秦记》《秦州记》中的原文有多处差别。刘纬毅《汉唐方志辑佚》以王谟《汉唐地理书钞》为底本，将两首歌记录如下：

辛氏《三秦记》[③]：

> 陇西开其坂九回，不知高几里。欲上者，七日乃越。高处可容百余家，下处数十万户。上有清水四注。俗歌曰："陇头流水，鸣声幽咽。遥望秦川，心肝断绝，去长安千里，望秦川如带。"又：关中人上陇者，还望故乡，悲思而歌，则有绝死者。

郭仲产《秦州记》：

---

① 曹道衡：《南朝文学与北朝文学研究》，《曹道衡文集》卷五，第 470 页。

② 逯钦立编：《先秦汉魏晋南北朝诗》，第 1020 页。

③ 刘纬毅：《汉唐方志辑佚》，北京图书馆出版社，1997 年，第 3 页。

> 陇山东西百八十里，登山岭，东望秦川四五百里，极目泯然，墟宇桑梓，与云霞一色。其上有悬溜，吐于山中，汇为澄潭，名曰万石潭。流溢散下皆注乎渭。山东人行役升此而瞻顾者，莫不悲思，故其歌曰：“陇头流水，流离四下，念我行役，飘然旷野。登高望远，涕泪双堕。”北人升陇歌曰：“陇头流水，鸣声呜咽。遥望秦川，肝肠断绝。去长安千里，望秦川如带。”

两种文本对比之下可见，逯钦立所记录的，漏掉了辛氏《陇头歌》中的末两句“去长安千里，望秦川如带”及以下的文字说明内容。而更大的分歧在于，关于两首《陇头歌》的产生时代，看法不一。逯钦立将这两首分别从郭仲产《秦州记》和辛氏《三秦记》中的民歌放置在晋代的杂谣歌辞之中，默认它们皆是西晋末年的作品。逯钦立认为：“郭仲产，晋人，辛氏较郭氏更晚，列入汉诗似不妥。”[①] 自清代乾隆时期的学者王谟以来，辛氏《三秦记》通常被认为是汉代的地理志。王谟在其《汉唐地理书钞》中云：

> 按隋、唐《志》俱不著录此书，然自《三辅黄图》及刘昭《后汉书志》注，郦道元《水经注》，贾思勰《齐民要术》，宗懔《荆楚岁时记》，凡六朝人著书，已相承采用，且所记山川、都邑、宫室，皆秦汉时地理故事，并不及魏晋，此书必汉人所著。辛氏在汉本陇西大姓，特失其名为可惜耳。[②]

这其中最为关键的是《三辅黄图》的成书时间问题。这个问题也是一个经典问题，历代对此有争论者甚多。何清谷对诸家说法作了分析，认为“应如陈直先生所言，成书于‘东汉末曹魏初’”。[③] 王谟也是如此认为的，他尤其强调《三秦记》不录魏晋之事，故而应该是汉时作品。根据王谟的考证，史念海推断《三秦记》“当出于汉时人士手笔”[④]。刘跃进基于史念海对《三秦记》产生年代的推断，认为《三秦记》在“成书于汉魏之际的《三

① 逯钦立编：《先秦汉魏晋南北朝诗》，第1020页。
② ［清］王谟：《汉唐地理书钞》，中华书局，1961年影印本，第365页。
③ 何清谷：《〈三辅黄图〉的成书及其版本》，《文博》，1990年第3期，第28页。
④ 史念海：《古长安丛书总序》，收入辛德勇《隋唐两京丛考》，三秦出版社，1991年，第1页。

辅黄图》及梁代刘昭《续汉书·郡国志》注、郦道元《水经注》皆有所征引"，故而《陇头歌》亦当是彼时的作品，是很有根据的。[①] 王晓玲认为这两首诗风格很相近，估计可能出于同时期，保守推断它们至少产生于晋代以前，即汉魏的作品。她的依据是魏晋时期人们针对这两首民歌出现了大量的仿作[②]。因而学界对于这两首《陇头歌》的看法，主要是倾向于它是汉魏民歌，甚至是汉代民歌。

那么，是什么原因造成逯钦立认为《陇头歌》应是西晋民歌呢？这主要是因为《陇头歌》在西晋末年以及之后仍然具有较强的流行性，尤其是在梁陈之后出现了模拟的高潮，仍然符合于当时社会生活中的一些基本情况。从文辞上看，这两首民歌描述的是乱离时期的关陇地区，而陇山即是当时人们逃亡的一个去处。

郭仲产和辛氏为两首民歌所加的小序包含了一些被忽略的史实。在郭氏所录《陇头歌》小序中提到的史实是"山东人行役升此而瞻顾者，莫不悲思，故其歌曰"，山东人何由行役至陇西？而且"行役"二字说明他们并非主动迁徙，而是背负了一定的行役之责。他们的悲思是身世之伤，感慨的是无休止的被动迁徙带来的"飘然旷野"的无所皈依之感。在此歌之后，他方才引录北人的《升陇歌》，内容与辛氏所录《陇头歌》一样。因此，这首歌很可能是基于《升陇歌》而重新改写的作品。郭氏所录《升陇歌》与这首《陇头歌》的主题并不相同，它所记录的是关中人远避战祸，逃亡四、五百里开外的陇首，他们的思乡是指向关中的，"去长安千里，望秦川如带"之中是强烈的故国之思。因此，这两首歌的吟唱者，在郭、辛二人的著录中并不一样，一是行役之山东人，一是迁往此处之关陇人。相比于陇头歌本身而言，辛氏和郭氏在那段"诗歌说明"中所谈及的内容，似乎更耐琢磨。

从郭仲产《秦州记》如今残留的全部内容来看，他所集中反映的就是这一时期秦州地区的情况，可谓将《三秦记》中所提及的历史地点充分具体化。例如对于仇池山的记录，言及其地势有利于坞壁却敌，云："壁立千仞，自然楼橹却敌。分置均调，竦起数丈，有如人力也。"[③] 对三秦与河西交界的垒壁加以描述："抱罕城西有麻垒，垒中可余万众。"[④] "山东人行役

① 刘跃进：《〈陇头歌〉为汉人所作说》，《文学评论》，2003 年第 6 期，第 84 页。

② 王晓玲：《汉魏六朝诗文中的"陇首"意象及其文学意蕴》，《中南大学学报》（哲学社会科学版），2012 年第 2 期，第 140—143 页。

③ 刘纬毅：《汉唐方志辑佚》，第 265 页。

④ 刘纬毅：《汉唐方志辑佚》，第 266 页。

至陇西”这条有关陇山的材料，也对应了晋末战争带来的流民史实。从晋末以来，为了攻取关陇，八王之乱中的东海王司马越起兵于山东，众至十万[①]，前来攻掠的少数民族首领如刘聪、刘曜等人，也都从山东地区征发了大量流民以充行役。这些流民很有可能又在战争中展开新的逃亡。陇头正是在关中与西北的连接之处，地势险要[②]，这种地方一般聚集了大量流人，极易形成坞壁。“山东人行役至陇西”所生发正是末世流离之叹，是当时流民坞壁之中的普遍情感。

辛氏在《三秦记》中对此处地形分析时，格外指出了其人口布局：“陇西开其坂九回，不知高几里。欲上者，七日乃越。高处可容百余家，下处数十万户。”陇坂甚有高度，山脚之下有民户聚集，山顶也可“容百余家”。这种地形和民众聚居，非常类似于坞壁。“山东人行役至陇西”与关中坞壁至于高险之处及“高处可容百余家”的规模，非常类似于晋末的历史实况。这番记载让辛氏所录《陇头歌》也存在是晋末民歌的可能。到石季龙乱长安时，关中才出现较大的混乱，包括前文提到的王嘉等关中之人，方才往外迁徙。长安地区的人们，从太安二年（303）张方之乱开始，就一直罹患于战祸。《晋书·张方传》记载了他在霸上的惨败：“帝至长安……方屯兵霸上，而刘乔为虓等所破。颙闻乔败，大惧，将罢兵，恐方不从，迟疑未决。”[③]刘聪、刘曜等人对长安的人口进行了洗荡式的掠夺。根据陈寅恪的统计，刘曜驱掠长安“士女八万余口退还平阳”。次陷“三渚”，又曾迁“二万余户于平阳县”。刘聪所设的左右司隶，“各领户二十余万”；单于左右辅，“各主六夷十万落”。其中绝大多数都是从其兵力所及地区驱掠而来的汉族编户与六夷部落。司隶部人曾有二十万因为平阳饥饿与石赵的招诱，出奔冀州。[④]在这样的时代动乱之下，人们纷纷四散逃亡，逃到“遥望秦川”之处，是很有可能发生的事。

也许正是因为这样的地形特点，造就了这一地区在末世避乱过程中的重要地位。因此从辛氏《三秦记》到郭仲产的《秦川记》都对这一民歌加以了著录。关中坞壁的发达造就了《陇头歌》在漫长历史时期之内的流行，也成就了它浓厚的现实关怀和史诗气质。

这首北方民歌在南北朝时期十分流行，南方诗人的广泛模拟加速了这一汉代民歌在南朝的经典化。陈代人智匠《古今乐录》中记录《梁鼓角横

① 《晋书·张方传》，第1645页。
② 史念海：《黄河流域诸河流的演变与治理》，陕西人民出版社，1999年，第34页。
③ 《晋书·张方传》，第1645页。
④ 陈寅恪著，万绳楠编：《魏晋南北朝史讲演录》，第130页。

吹曲》中有《陇头流水》之外，还有《陇头》等，大部分是自北方地区传来的民歌，这些民歌，大部分都是南渡之后产生的新的北方民歌，或者是被新著录的民歌。从《升陇歌》变为《陇头歌》，已经存在一定的模拟关系。这两首歌除了被晋人郭仲产著录，在梁代之后，还出现了一个被模拟的高潮。逯钦立编《先秦汉魏晋南北朝诗·梁诗》卷二九《梁鼓角横吹曲》中有《陇头流水歌》(三曲)、《陇头歌辞》(三曲)[①]，其词曰：

陇头流水，流离西下。念吾一身，飘然旷野。西上陇阪，羊肠九回。山高谷深，不觉脚酸。手攀弱枝，足逾弱泥。

陇头流水，流离山下。念吾一身，飘然旷野。朝发欣城，暮宿陇头。寒不能语，舌卷入喉。

陇头流水，鸣声幽咽。遥望秦川，心肠断绝。

逯钦立认为“此歌与上《陇头流水》皆改用古辞”[②]，梁人的仿写，虽然径直使用了辛、郭所录《陇头歌》的原句，但过分强调登于陇首所带来的生理上的痛苦，诸如体劳手酸、极度酷寒，其实严重弱化了原歌浑厚哀伤、情思深远的意蕴。其主要的原因就在于南人模拟边塞诗，大多基于对边塞的想象，而没有基于历史实录的情感。这种情感是在历史大动乱时期人们的流离之伤，是在和平年代中生活的人们所无法切实感受到的。

除此之外，明确以“陇头流水”“遥望秦川”这种伤离情绪为典故的文人诗，也是相对滞后地爆发于梁陈时期。而在魏晋之初，十分少见。虽然言及“陇首”的诗歌自张衡开始即已有之，西晋张华亦有其句，“陇坂”“陇首”意象十分常见，但“陇头流水”以及下注之渭水或曰秦川的意象，却是在较晚的时期出现。当庾信来到关中后，他大量开始使用这一意象，如在《周柱国大将军纥干弘神道碑》中说：“陇头流水，延望秦关。”[③] 在《周故大将军赵公墓志铭》改为：“秦川直望，陇水分飞。”[④] 在《周大将军崔说神道碑》又云：“陇坻路遥，秦川望远。”[⑤] 萧纲与陈叔宝都有《陇头水》等等，不胜枚举[⑥]。以“陇头流水”为主要意象的民歌《陇头歌》，并没有流行于

① 逯钦立编：《先秦汉魏晋南北朝诗》，第2515—2517页。
② 逯钦立编：《先秦汉魏晋南北朝诗》，第2517页。
③ [清]严可均：《全上古三代两汉魏晋南北朝文》之《全后周文》卷十四，第3951页。
④ [清]严可均：《全上古三代两汉魏晋南北朝文》之《全后周文》卷十七，第3966页。
⑤ [清]严可均：《全上古三代两汉魏晋南北朝文》之《全后周文》卷十三，第3946页。
⑥ 同题乐府计有：梁元帝一首，车皋一首，陈后主二首，徐陵、顾野王、谢燮各一首，张正见二首，江总二首。

魏晋时期。它的产生或者说广泛被流传的年代，没有早至汉魏。台湾学者王文进曾论及南方边塞诗，认为边塞诗实则起源于南朝，源于他们对于北国的想象[①]。实际上，这些想象的蓝本，正是当时流入南朝的北方民歌。它们的内容，往往是对北方社会生活场景的高度浓缩，这其中的一种场景就是流民坞壁所承载的乱离之殇。

李德芳曾说："北朝民歌，正是中古时期我国北方各族人民的思想感情、生活习俗和民族历史的一个'储存处'。"[②]北方民歌储存了北方人民的感情，而北方的乡里坞壁在战乱时期储存了北方民歌。总之，本节主要阐释了晋末社会中乡里坞壁所发挥的文化存续功能。作为一种避乱空间，乡里坞壁完全有能力保存文人、文学，甚至可以应时而生，产生新的文学。从现存材料来看，这类文学的形式较为多样，有一部分文人诗和民歌。西晋末年文学发展的残败与挣扎都存在一个过程。在这个过程之中，它的发展形式以及文学人才向基层社会的下移，都为十六国北朝时期的文学发展奠定了一个社会空间意义上的基础。而在乡里坞壁中产生的民歌，和社会生活联系极为紧密，也很大地影响了之后北朝民歌发展的整体趋势。

第二节 凉州地区的乡里著姓及遗民文学

西晋末年，北方逐渐陷入混乱，洛阳、长安等城市被摧毁，人们纷纷"还居乡里"。游学、游宦于京师的河西人，也在时乱将起时，回到了他们的故乡。然而，与北方其他地区流民遍野的情况相比，此时的河西地区却有着相对安定繁荣的景象。凉州刺史张轨取得针对鲜卑人的战争的胜利之后，"大城姑臧"[③]，扩建了都城。太宁三年（325），张骏又徙陇西、南安民二千余家于姑臧。[④]可见其人口得到了充实。同时，凉州郡县在晋末大乱中得到了新的整合。例如因为"中州避难来者日月相继，（张轨）分武威置武兴郡以居之"。[⑤]武兴郡在凉州与关中地区交界之处。至张骏统治时，河西全境在行政区划上的整合规模更大："分武威等十一郡为凉州"，"分兴晋等

---

① 王文进：《南朝边塞诗新论》，台北，里仁书局，2000年。

② 李德芳：《北朝民歌的社会风俗史研究》，《北京师范大学学报》（社会科学版），1984年第5期，第52页。

③ 《晋书·张轨传》，第2222页。

④ 《资治通鉴》卷九十三《晋纪》十五："张骏畏赵人之逼，是岁，徙陇西、南安民二千余家于姑臧。"第2943页。

⑤ 《晋书·张轨传》，第2225页。

八郡为河州”，“分敦煌等三郡及西域都护三营为沙州”[①] 这些举措，不仅使得凉州地区的社会发展免于战乱的巨大破坏，而且使其人口得到更好的安置。在晋末这一段时间之内，凉州不但扩建城池、开辟郡县，凉州统治者甚至亲耕籍田，劝课农桑，在面对战时混乱的货币体系，采取“立制准布用钱”[②] 等办法，保证商品交易的进行。从表面上看，凉州地区的政策和经济发展景象，与其他地区普遍发生的城市崩溃、人民大量流亡的情况截然不同。当时，有一首广受征引的民谣，可以精辟概括在战争汪洋中伫立如孤岛的凉州形象：“先是，长安谣曰：‘秦川中，血没腕，唯有凉州倚柱观。’及汉兵覆关中，氐、羌掠陇右，雍、秦之民，死者什八九，独凉州安全。”[③] 以上所谈及的这些情况，使得凉州成为晋末乱世中一个十分特殊的地区。

西晋末年河西地区相对来讲“独安全”的社会发展状态，一直延续至北凉时期，贯穿了整个“五凉”时代。这种暂安的社会环境，对河西文化的发展方式颇有影响。从汉魏以来，河西地区的人们主要以游学的方式在京师获取学养，继而传播于此地。但这种从河西出发前往京师的求学方式，在战乱环境下遭到改变，河西人从京师回归乡里，在乡里讲学、著述和进行文学创作。这是当时河西地区文化发展的基本状态。由于境内安全，河西士人的文化活动非常活跃。他们的集中，助推了河西地区文化中心的营建。当时的姑臧、敦煌、酒泉等地，汇聚了大量的文化士人，产生了很多文化成果。这些文化成果，甚至成为与当时文化发展水平较高的南朝进行外交的载体。西晋末年凉州社会的诸多改变，已经为凉州地区在这段时期的发展埋下种种伏笔。从这种河西一境内部的文化发展角度来讲，从西晋末年到十六国时期，不但不是河西地区政治、经济和文化的衰落期，反而是它的历史上升期。

由于凉州地区在晋末存续文化之实绩卓著，故治六朝史者，皆知凉州地区文化研究之价值。前辈学人尤其重视凉州地区与其他地域之间的文化关系，以及凉州地区因于地理位置的特殊性所形成的独特文化风格[④]。曹道

---

① 《资治通鉴》卷九十七《晋纪》十九，第 3068 页。

② 《晋书 · 张轨传》，第 2226 页。

③ 《资治通鉴》卷九十《晋纪》十二，第 2842 页。

④ 陈寅恪在《隋唐制度渊源略论稿》中十分肯定河西地区文化，认为它与河朔、南朝并立为隋唐制度的三个地域性渊源之一（《隋唐制度渊源略论稿》，生活 · 读书 · 新知三联书店，2001 年，第 4 页）；唐长孺关注到凉州地区文化对南朝的影响，在其《北凉承平七年写经题记与从凉州去建康的道路》一文（《魏晋南北朝史研究资料》，武汉大学历史系编，第 1 辑，第 1—7 页），关注到两个看似隔绝地区之间所存在的文化联系。史念海在其《河西与敦煌》（上、下）二文（《中国历史地理论丛》，1988 年第 4 期，第 56 页；1989 年第 1 期，第 1—32 页）中对河西地区的地理特征、疆界形成以及与周边国家和民族之间存在的文化交流之关系做了详细的梳理。

衡对凉州地区文学发展的历史过程和主要贡献进行了论证，并且对所产生的文学作品进行分析，得出一个客观的结论：当时的凉州文学、文化水平实际上是高于北魏的[①]。这些研究颇有意义。然而，长期以来，学界对于凉州文化发展主体的认识存在一定偏差。《资治通鉴》云“凉州自张氏以来，号为多士”，胡三省认为这个“多士”是指晋末来凉州避乱之人：“永嘉之乱，中州之人士避地河西，张氏礼而用之。子孙相承，衣冠不坠，故凉州号为多士。”[②] 陈寅恪继承了这个看法：“西晋永嘉之乱，中原魏晋以降之文化转移保存于凉州一隅，至北魏取凉州，而河西文化遂输入于魏，其后北魏孝文、宣武两代所制定之典章制度遂深受其影响，故此（北）魏、（北）齐之源其中亦有河西之一支派。”[③] 诸如此类的表述都让人们以为中原文化在永嘉之时随着移民活动的进行，骤然转移到了河西。

事实上，“一定数量的学术人才的移入，是能够在短期内达到区域学术突进效果的，但是，五凉时期移民并不是河陇学术繁荣的主要原因”。[④] 同样，对于文学发展而言，河西文学的主体也并非晋末避乱到河西的中原士人。现存凉州地区的文学作品，绝大部分是河西本地人的创作。从姓族来看，这些人大多是“河西著姓”（或称西州大姓、凉州大姓）。武守志曾经有过定义：“所谓西州大姓，即凉州地区的世族地主阶级集团，包括河西土著世族，久染汉化的河西蕃姓世族，寓居河西的凉州世族和流播河西的中州世族。”[⑤] 具体地讲，“河西著姓”是指除了“五凉”政权统治者之姓族以外，还有索氏、宋氏、氾氏、阴氏、令狐氏、宗氏、段氏、麹氏和宗氏等。关于凉州大族的形成和发育过程，中外学者已经有许多很好的研究。[⑥] 曹道衡《十六国文学家考略》共录有凉州地区文学家十六人[⑦]，占其所录六十九人中的相当一部分，其中大多是属于“河西著姓”中的人物。从现存凉州地区文学家及其作品来看，在永嘉之乱以后迁往此地的实属少数。凉州

① 曹道衡：《东晋南北朝时代的凉州文化》，《中古文学史论文集续编》，文津出版社，第108页。曹道衡《“五凉”文化的历史地位》，《文史知识》，1997年第6期。

② 《资治通鉴》卷一二三《宋纪》五，第3877页。

③ 陈寅恪：《隋唐制度渊源略论稿·绪论》，第4页。

④ 李智君：《五凉时期移民与河陇学术的盛衰：兼论陈寅恪“中原魏晋以降之文化转移保存于凉州一隅”说》，《中国史研究》，2006年第1期。

⑤ 参见武守志《五凉时期的河西儒学》《五凉政权与西州大姓》二文，见收于《一字轩谈学录》，甘肃人民出版社，1993年，第155—171、97—109页。

⑥ 刘光华：《汉代西北屯田研究》，兰州大学出版社，1988年；尤成民《汉代河西的豪强大姓》，《敦煌学辑刊》，1991年第1期；[日]白须净真《在地豪族·名族社会——1—4世纪河西》，《敦煌历史》，大东出版社，1981年。

⑦ 曹道衡：《十六国文学家考略》，《曹道衡文集》卷一，第328—392页。

文学发展的主体是河西本地人。在这个民族成分极为复杂的地区，河西著姓虽然相对凉州全部人口来说人数并不多，但是在前凉时期，“凉州各胡族在社会发展水平上，比起关陇和并州的胡族，要低得多，特别是与并州匈奴五部比起来，相差更远。落后的社会发展阶段，分散的、互不统属的部落关系，决定了凉州胡族暂时难以对汉族构成严重的政治威胁。关西人士看好凉州的最主要的依据，乃是由于凉州地区明显具有优势的汉族势力及其深厚的潜力，而代表汉族势力的，主要是凉州各郡的世家大族”。[①] 凉州各郡的世家大族，“是从汉代凉州豪强发展而来的”[②]，主要是在凉州地区的乡里社会中存在。因此，真正实现河西文学之存续的，正是此地由“河西著姓”构成的、较为稳定的乡里社会。

一、兼资文武：河西著姓的乡居生活和文化特点

凉州地区远在西陲，又可称为“河右”“西州”等，约包括今河西走廊、河湟地区及内蒙古西部地区，地理自然风貌独特。虽然早在《禹贡》中即有所记载，但较为明确的历史，是从汉武帝建河西四郡开始的，“四郡”即武威、张掖、酒泉和敦煌。后来又增设了金城郡。这几个建置较为稳定的郡，呈一字形纵深排列：金城为门户，与关陇地区接壤，往后依次是姑臧、张掖和酒泉，而敦煌是其最深之腹地，敦煌的玉门之外即是西域鄯善。“四郡逶迤相连，大体成为中间稍微向北突出的弧形。”[③] 凉州地区与其周边的关陇、天水和北地等地区接壤，有些研究著作中也将之统称为“河陇地区”，这几个地区之间的人们往来频繁。凉州地区作为西域和内地的连接地带，地理位置优越。[④] 此地各民族杂居[⑤]，故而凉州地区的社会生活常体现出杂糅的民族特征[⑥]。宫崎市定曾举例分析过金城郡是如何被汉族以外的其他民族包围的过程；而《三国志》卷十六《苏则传》注引魏名臣奏议说，金城郡遭韩遂之乱后户不满百，后来张既招集离散，户口增到一千多，又招怀杂种羌三千余落，归郡管理。由此可以看出边缘地方汉人和异民族是怎样地替换了。自是，乡亭衰败了的中国郡县，就这样被异民族所包围而

---

① 罗新：《十六国时期中国北方的政治形势与民族整合》，第 59 页。

② 罗新：《十六国时期中国北方的政治形势与民族整合》，第 59 页。

③ 史念海：《河西与敦煌》（上），《中国历史地理论丛》，1988 年第 4 期，第 54 页。

④ 《大唐慈恩寺三藏法师传》：“凉州为河西都会，襟带西番、葱右诸国，商旅往来，无有停绝。”贾二强校注：《大唐慈恩寺三藏法师传》，巴蜀书社，1990 年，第 9 页。

⑤ 《汉书 · 西域传》，第 3902 页。

⑥ 刘纬毅：《汉唐方志辑佚》，第 168 页。

失去根基。[1]于是，多年之后的发展，使得这里的汉族人口十分稀少。[2]但是，由于文化方面具有优越性，汉族人口不多，却仍然在凉州地区占据了一定的地位。

由于需要长期抵抗氐、羌和鲜卑等民族的侵犯，也受地形和农牧业生产条件的约束，在河西生活的大姓宗族，并没有显示出集中于城市的状态，他们大多是一些乡居者，而且其中一部分宗族也拥有自己的坞壁。从居住形式上看，凉州地区的"乡里著姓"大多居住在稳定的村坞之中。《魏书·释老志》曰："敦煌地接西域，道俗交得其旧式，村坞相属，多有塔寺。"[3]这里的"村坞相属"这种乡居特点，其实由来已久。中原以及华北地区之坞壁，有相当一部分是在西晋末年忽然林立的。但是，边郡地区由于民族战事频繁，这里的坞壁分布是较为稳定的，维持时间较长。这样的乡居特点，从汉代时期中原士人开始迁入河西时，就已经存在。这些坞壁是在汉代经营河西所建立的边塞基础上所修筑的。高荣《先秦汉魏河西史略》一书中专门概况了河西的边塞防御组织系统，包括城、障、亭、燧等等，河西地区不但是坞壁的起源之地，也是分布最为稠密的地区[4]。西汉末年，窦融任张掖属国都尉，史称他"既到，抚结雄杰，怀辑羌胡，甚得其欢心"[5]。这里的"雄杰"主要指河西的豪强大姓。东汉马援来到凉州地区之后，也演变为乡里豪强。马援在凉州地区的附近——"北地"，经营了部曲，"役属数百家"，有畜牧产业和农田，"牛、马、羊数千头，谷数万斛"，可以视为坞主[6]。

战乱环境中容易生成具有军事实力的地方豪族。汉献帝时，"凉州数有乱，河西五郡去州隔远，于是乃别以为雍州"。[7]在这样的动乱之中，当时凉州地区的郡县治理几乎荒废，豪族遍布乡里，如敦煌郡"郡在西陲，以丧乱隔绝，旷无太守二十岁，大姓雄张，遂以为俗……旧大族田地有余，而小民无立锥之土"。[8]他们大多同时拥有私属的部曲和农牧业经济，所建立的居住范围即是具有军事防御功能的坞壁。河西的军事力量历来为中央

① ［日］宫崎市定：《中国村制的成立——古代帝国崩坏的一面》，《宫崎市定论文选集》上卷，商务印书馆，1963 年，第 43 页。

② 罗新：《十六国时期中国北方的政治形势与民族整合》，第 60 页。

③ 《魏书·释老志》，第 3032 页。

④ 高荣：《先秦汉魏河西史略》，天津古籍出版社，2007 年，第 119 页。

⑤ 《后汉书·窦融传》，第 796 页。

⑥ 《后汉书·马援传》，第 828 页。

⑦ 《晋书·地理志》，第 433 页。

⑧ 《三国志·仓慈传》，第 512 页。

朝廷所重视，如在曹魏时，“昔伐蜀，募取凉州兵马、羌胡健儿，许以重报，五千余人，随艾讨贼，功皆第一”。[①] 当时带领这支兵马的，是河西著姓段氏子弟段灼。又如金城麹氏是从汉代迁徙而来，《三国志·袁绍传》裴松之注引王粲著《英雄记》所录麹义事迹时云：“麹义，凉州金城人也。汉平原麹谭之后，其子避难，改曰麹氏，世为金城著姓。义少好弓马，结羌中豪帅，晓习羌斗，所部宗兵以骁锐闻。”[②] 这里谈到麹氏长期囤聚于乡里，并且有自己的部曲，号曰“宗兵”。因为长期与羌人征战，故而十分骁勇。至西晋末年时，金城麹氏产生了著名的将领麹允。“麹允，金城人也。与游氏世为豪族，西州为之语曰：‘麹与游，牛羊不数头。南开朱门，北望青楼。’”[③] “南开朱门，北望青楼”所意味着的建筑规模非常大。虽然没有直接证据表明，这样的聚居之地就是坞壁，但是，麹氏确实是拥有自家宗兵的。西晋末年，麹允参与了对晋愍帝政权的扶持，抗击刘曜入侵，名垂青史。而其所率军队之中，自家“宗兵”应不在少数。而且，他对参战的村坞头领也加以利用，“村坞主帅小者，犹假银青、将军之号，欲以抚结众心”。[④] 麹氏将领还有麹陶，“是时刘曜寇北地，轨又遣参军麹陶领三千人卫长安”。[⑤] 除了麹氏以外，河西乡里著姓大多拥有军事才能，如协助张轨平定鲜卑之乱、张镇之乱的宋氏、汜氏和阴氏，都曾经作为军队统帅，驰骋疆场[⑥]。这些人的军事才能，其实应该是他们在民族关系复杂的凉州地区长期生活所习得的基本经验。

在这种军事环境下，凉州地区的坞壁分布也很寻常、普遍，敦煌石室发现的《西凉建初十二年（416）敦煌郡敦煌县西宕乡高昌里籍》残卷中记载的八户人家均载明其籍贯为“敦煌郡、敦煌县、西宕乡、高昌里”，皆居“赵羽坞”[⑦]。在凉州地区出土的墓葬壁画中，有很多反映坞壁生产、生活的场景。[⑧] 所以到魏晋十六国时期，凉州地区的坞壁已由汉代的军事机构转变为人民进行生产生活的一种地方基层组织了。故而，虽然名为坞壁，

---

① 《晋书·段灼传》，第1340页。

② 《三国志·董二袁刘传》，第193页。

③ 《晋书·忠义传·麹允传》，第2307页。

④ 《晋书·忠义传·麹允传》，第2308页。

⑤ 《晋书·张轨传》，第2226页。

⑥ 《晋书·张轨传》：“于时鲜卑反叛，寇盗从横，轨到官，即讨破之，斩首万余级，遂威著西州，化行河右。以宋配、阴充、汜瑗、阴澹为股肱谋主，征九郡胄子五百人，立学校，始置崇文祭酒，位视别驾，春秋行乡射之礼。”第2221—2222页。

⑦ 《西凉户籍残卷》，郝春文主编《英藏敦煌社会历史文献释录》第一卷，科学出版社，2001年，第183—189页。

⑧ 张宝玺：《嘉峪关酒泉魏晋十六国墓壁画》，甘肃人民美术出版社，2001年。

实则类似于村这样的聚落。而凉州地区基本的乡里行政设置，仍然与内地是相一致的。[1]于是曾经作为坞壁首领的坞主，实际上已经转化为乡里豪强。考古学家分析墓葬壁画中的坞壁后认为，“世族门阀制度是魏晋南北朝时期封建政权的社会阶级基础。这在壁画中有广建坞壁，强迫部曲从事生产和自给自足的自然经济面貌而得到充分的证明”。[2]

由于河西著姓自身实力强大，故常与中央派遣的地方官相争衡，争夺本地控制权。晋武帝咸宁二年（276），有凉州刺史杨欣与敦煌著姓令狐氏争权之事:《晋书·武帝纪》载:“初，敦煌太守尹璩卒，州以敦煌令梁澄领太守事，议郎令狐丰废澄，自领郡事。丰死，弟宏代之。至是，凉州刺史杨欣斩宏，传首洛阳。”[3]令狐氏在争权成功之后，甚至希望通过世袭，来继续守住这一职务。令狐氏乃是敦煌著姓，在有限的河西史料中，记载了多位令狐氏士人在凉州地区任有职务。如在令狐丰之后，凉州大族张镇的外甥令狐亚曾担任张轨政权中的太府主簿[4]（令狐亚身为张镇外甥的身份，也说明河西大族之间的联姻关系较为密切），令狐浏担任过治中[5]等。与河西著姓之间的关系，凉州刺史一般也需要小心对待，这是因为他们的军事才能和地域威望，都是不可小觑的。

河西著姓对于中央政权派遣官员地位的冲击之力，在西晋末年只增不减。永宁初年，张轨的凉州刺史之职，也曾受到本地势力的威胁。张轨永宁初成为凉州刺史来到河西，平定了鲜卑动乱。“羌戎之和”历来是凉州刺史所需要面对的头等大事[6]，一旦不能平息民族矛盾，便无法在河西立足，而张轨因此深获朝廷信任、河西拥戴。晚年张轨因患有风疾，暂交儿子张茂理事，一度松弛了权柄。晋昌郡之凉州大族张镇及其弟弟梁州刺史张越，为了据有河西，联合了身为张轨别驾的麹晁，邻郡的秦州刺史、天水人贾龛，上表京师，称轨废疾，希望取代张轨。事虽不果，但可见在河西社会内部，凉州大族力量强大，他们可以有足够的资本发起对张轨政权的冲击。不过，作为一个地方官，张轨在凉州的统治权，仍由西晋中央来裁判，说明当时河西著姓虽然强大，但还不至于凌驾于中央政权之上。

张轨获得胜利后，加强了与中央政权之间的联系，也加强了与河西著

① 唐长孺 :《从吐鲁番出土文书中所见的高昌郡县行政制度》,《文物》，1978 年第 6 期。
② 甘肃文物考古研究所编 :《酒泉十六国墓壁画》，文物出版社，1989 年。
③ 《晋书·武帝纪》，第 66 页。
④ 《晋书·张轨传》，第 2222—2223 页。
⑤ 《晋书·张轨传》，第 2226 页。
⑥ 《晋书·马隆传》，第 1554 页。

姓之间的关系，[1] 将这一场政变危机，转化为了争取河西本土势力支持，也为河西社会内部在中原大动乱即将展开之前赢得了发展的时间。在张轨死后，乡里著姓的权力仍然很大："轨卒，州人推寔摄父位。"[2] 这里值得注意的是这个"推"字。在张轨去世之后，张寔并非名正言顺地成为凉州刺史，还需要得到"州人"之拥戴或推举。这说明，张氏此时的"父死子替"，并不是理所当然的，而是在获得了凉州地区乡里著姓的支持后，方才能够实现。另一方面，冲击或争夺凉州统治权的势力仍然长期存在。张氏政权和凉州大族之间的摩擦，可谓从未停止。"凉州大姓贾摹，寔之妻弟也，势倾西土……茂以为信，诱而杀之，于是豪右迹屏，威行凉州。"[3] 贾摹是武威贾氏，为张寔之妻弟，说明张轨曾为了争取本地大姓支持而与之有了联姻关系，贾氏势力坐大，"势倾西土"，则说明张轨统治时期保证了他们在凉州地区的利益。但这种形势在张氏末年有所改变：宋混兄弟擅权，玄靓虚坐而已，结果导致了宋氏族灭[4]。又"安定黎景、敦煌刘肃并以门胄，总角与天锡友昵"[5]，亦被诛杀。后凉吕隆并不像张轨那样倚重乡里著姓，到境后"杀豪望，以立威名"[6]。这些情况也都说明了河西门阀势力坐大，从而对地方政权产生举足轻重的影响。直到北凉时，河西著姓之间仍然需要相互支持，达成"共治"，你中有我，我中有你。黄烈曾云："沮渠氏成为在河西的一股举足轻重的政治势力，正由于他已不是部落酋长而成为地方豪强，这样就可能打破民族界限，取得卢水胡以外各族，包括汉族在内的拥护。"[7] 但越到后期，河西著姓的凝结之力，越是不如前凉时期。吕思勉高度评价了前凉时期的这种"德化"，认为这种"夙尝树德于河西""颇知治体"是它能够优越于其他四凉政权的重要原因。[8] 如罗新所说："张氏前凉统治的关键，并不是在军事上压服少数部族，而是在政治上笼络河西世族，取得河西世族的合作。"[9] 凉州大族和凉州政权之间的关系主要是由于凉州地区不断发展变化的民族形势决定的。

凉州地区的乡里著姓虽然军事力量强大，但这并非他们在当地社会

① 《晋书·张轨传》，第 2224 页。
② 《晋书·张轨传》，第 2226 页。
③ 《晋书·张轨传》，第 2232 页。
④ 《晋书·张轨传》，第 2249 页。
⑤ 《晋书·张轨传》，第 2251 页
⑥ 《晋书·吕隆载记》，第 3069 页。
⑦ 黄烈：《中国古代民族史研究》，人民出版社，1987 年，第 313 页。
⑧ 吕思勉：《两晋南北朝史》，上海古籍出版社，2005 年，第 225 页。
⑨ 罗新：《十六国时期中国北方的政治形势与民族整合》，第 59 页。

拥有威望的最根本。内藤湖南曾经指出六朝的贵族形成于地方的“名望家”。[①] 所谓“名望家”，一般是指具有名望的历代官僚之家，“他们是以儒学为背景登上历史舞台的”。[②] 从可供稽考的材料来看，敦煌索氏、氾氏和令狐氏，应该就是这样一种因为“累世官族”而在地方上负有盛名的“名望家”。如敦煌人索靖，即是出身“累世官族”，“少有逸群之量，与乡人氾衷、张甝、索纨、索永俱诣太学，驰名海内，号称‘敦煌五龙’。”[③] 在这里，“氾衷、张甝、索纨、索永”皆是被称作为索靖的“乡人”，其中索纨、索永是否与索靖有一定的血缘宗亲关系是不得而知的，更可能的是较宗亲关系要松散一些的同乡关系。但即便是同乡关系，在京师士人的河西群体中也深受重视。索靖书法技艺甚高，深得傅玄、张华赏识。然而真正对他有举荐之功的，是其同乡张勃：“太子仆同郡张勃特表，以靖才艺绝人，宜在台阁，不宜远出边塞。武帝纳之，擢为尚书郎。与襄阳罗尚、河南潘岳、吴郡顾荣同官，咸器服焉。”[④] 索靖所任的“尚书郎”甚是清要，号为大臣之副。索靖的几位同僚，皆是晋时名臣，可见索靖在当时的地位和声誉是较高的。索靖的重要性是在太安末年得到发挥，“太安末，河间王颙举兵向洛阳，拜靖使持节、监洛城诸军事、游击将军，领雍、秦、凉义兵，与贼战，大破之，靖亦被伤而卒”。[⑤] 索靖被赋予带凉州兵的责任，说明河间王颙所利用的正是他在河西乡人中的影响力。索靖曾经被封过“驸马都尉”，则很可能他和晋皇室也有姻亲关系，但是这一点如今已经无法考证。王仲荦《敦煌石室地志残卷考释》中考证索氏，得到如下材料：“河平元年（前 28），自济北卢县，徙居敦煌，代代相生，遂为敦煌望族。孝廉绝世，声誉有闻。”[⑥]

敦煌氾氏子弟，亦多人豪，同样是“兼资文武”。张轨来到凉州所得到的支持力量中，就有氾氏重要人物氾瑗。“氾瑗，字彦玉，晋永平令宗之孙也。父族有经学。……瑗少刚果有壮节，州辟主簿、治中、别驾从事，举秀才。三王兴戈，惠帝复祚，相国齐王专权失和，瑗切谏不从，自诡（轨）

---

① ［日］内藤湖南：《支那近世史》第一章《近世史意义》，《中国近世史》（弘文堂书房，1947 年），后收入《内藤湖南全集》第十卷，参见夏应元选编并监译《中国史通论》上，社会科学文献出版社，2004 年，第 323—324 页。

② ［日］谷川道雄：《试从社会与国家关系看汉唐之间的历史变迁》，牟发松主编《社会与国家关系视野下的汉唐历史的变迁》，第 3 页。

③ 《晋书·索靖传》，第 1648 页。

④ 《晋书·索靖传》，第 1648 页。

⑤ 《晋书·索靖传》，第 1648 页。

⑥ 王仲荦：《敦煌石室地志残卷考释》，中华书局，2007 年，第 178 页。

为护羌长史，来西，凉武王轨与语，不觉膝之前席。瑗出，王谓左右曰：'此真将相才，吾当与共济世难。'遂周旋帷幄，公干心膂。"[①] 从这条材料可以看出，氾瑗是以其政治主张折服张轨的。而后在平定鲜卑等民族叛乱中，氾瑗被尊为"股肱"之臣。之后，氾氏又有氾昭为张寔深器重之，在选择"十部从事"这一督查官时，将"十郡之首"的武威托付之，评价氾昭"刚毅雅亮，有二鲍之风。"氾昭在当地起到了克制豪强发展的作用："视事，豪杰望风栗服。"[②] 张骏时，氾氏又有氾渟，其上书云："臣闻嘉有生之形，遭有事之会，曾不能曾主建勋，没无休声，以遗后世，非人豪也。每惟齐客以羸粮佐命始末，未曾不夙宵慨叹，有怀高风。往遇殿下，应其革运，开辟四门，剖砾求珠，含瑕访玉。臣得危言于初祚之际，邀福于九天之上。"[③] 见此壮词丽语，张骏大悦，"擢为儒林郎中，亲窥管要"。[④] 氾渟的这封上书，反映了当时河西乡里著姓的一种昂扬的精神面貌。在天下大乱和凉州独安之际，这里的一些士人表现出了对于政治机遇的敏感和以立功业的抱负。

从以上的材料还可以看出，河西乡里著姓以敦煌人居多，阴氏、宋氏、氾氏、令狐氏、索氏等诸大姓，皆为敦煌人。所谓"乡里著姓"只能说明这个姓氏的庞大，但它并不等于北方地区的"宗族"，它们分布零散，而且可能并没有在实际过程中发挥作用的血缘关系。大姓多居于敦煌，这首先与此地的地形有关。敦煌地区本是地僻人荒，气候严寒，《沙州记》云："国人年五十以上，四齿皆落。将由地寒多障气也。"又云："以六月二十六日发龙涸，昼夜萧萧常寒，不复得脱襦裤也。"而且，敦煌多沙漠，越往西，沙漠和戈壁的影响就越大。"浇河西南一百七十里有黄沙，沙南北一百二十里，东西七十里，西极大杨川，望黄沙，犹若人委干粮于地，都不生草木，荡然黄沙，周回数百里。沙州于是取号焉。"[⑤]《资治通鉴》记载了此地多戈壁，胡三省注云："自洮、强、南北三百里中，地草皆是龙须而无樵柴，谓之强川。"[⑥] 因此，敦煌郡虽然面积广大，但它的六个县，"绝大部分是集中在籍端水和氐置水的下游。"[⑦] 这样使得敦煌地区的人口容易相对集中。"自汉以来，敦煌文化极盛，其地为西域与京洛出入必经之孔道，实中西文化交

① 王仲荦：《敦煌石室地志残卷考释》，第 183 页。
② 王仲荦：《敦煌石室地志残卷考释》，第 182 页。
③ 王仲荦：《敦煌石室地志残卷考释》，第 181 页。
④ 王仲荦：《敦煌石室地志残卷考释》，第 181 页。
⑤ 刘纬毅：《汉唐方志辑佚》，第 263 页。
⑥《资治通鉴》卷一百一十四《晋纪》三十六，第 3580 页。
⑦ 史念海：《河西与敦煌》（上），第 60 页。

流之枢纽。”[①] 而在前凉时期，敦煌的乡里著姓多是本地人，而非中州移民。之后，因为李暠担任了敦煌太守的关系，敦煌得到了充分的巩固和扩大，使得此处人才聚集程度更高。“玄盛乃修敦煌旧塞东西二围，以防北虏之患，筑敦煌旧塞西南二围，以威南虏。”从内地向敦煌这类腹地发生大规模移民，是在苻坚取得凉州统治权之后。[②] 一时之间，敦煌成为一个人口成分更为复杂的地区。敦煌地区的文化应该是高于其他地区的，这里就有地方学官，吸引河西其他地区的人前来就学。如酒泉人祈嘉，“西至敦煌，依学官诵书，贫无衣食，为书生都养以自给，遂博通经传，精究大义”。[③] 这条材料说明敦煌有本地“学官”，并且可以有途径让贫寒士子实现“自给”。姑臧在立学校方面，很可能是晚于敦煌的，直到张轨时期才在此“立学校”“征胄子五百人”。这种在乡里社会存在的文化传承机制，让河西著姓之间也会形成师承关系。如“氾祎(之)…… 少好学，事师司空索静[④]，通《三礼》《三传》《三易》《河洛图书》，玄明究筭历”。[⑤] 氾祎从少时起即求学于司空索靖，可见河西乡里著姓之间关系良好。史称他因狂傲而遭到马模弹劾。氾氏向索氏求学还有一个例子：“氾昭，字嗣先，处士之孙也，昭弱冠从贤良同郡索袭受业。善属文，与武威段遐论圣人之道，甚有条理。”[⑥] 氾氏也向当地令狐氏求学：“氾绪…… 为西域长史洋之曾孙也。敦方正直，尝于当郡别驾令狐富授《春秋》《尚书》。……卒以清廉著闻，莫敢有交私者。”[⑦] 又有“氾咸，字宣合，为侍御史辅之玄孙也。咸弱冠从苍梧太守同郡令狐溥受学，明通经纬，行不苟合[⑧]”。这些说明敦煌著姓在当地已经形成相互教授的风气，虽然这些乡里著姓居住分散，甚至其宗族聚居之处还有兵户居住，但这些不影响此地乡里著姓之间的文化往来。

前凉时期的凉州社会，正是通过这种宗族聚居以及相互往来，形成了一个相互传承的文化发展机制。在晋末乱世到来之时，这个体制不但没有打破，而且因为一些士人自京师返回凉州乡里，而得到了进一步加强。如索靖的同乡索纨少游京师，受业太学，“善术数占侯”，“知中国将乱，避

---

① 陈垣：《跋西凉户籍残卷》，《陈垣学术论文集》第二集，中华书局，1982 年，第 432 页。

② 《晋书 · 凉武昭王李玄盛传》，第 2263 页。

③ 《晋书 · 隐逸传 · 祈嘉传》，第 2456 页。

④ “静”当作“靖”，是索靖。

⑤ 王仲荦：《敦煌石室地志残卷考释》，第 179 页。

⑥ 王仲荦：《敦煌石室地志残卷考释》，第 182 页。

⑦ 王仲荦：《敦煌石室地志残卷考释》，第 182—183 页。

⑧ 王仲荦：《敦煌石室地志残卷考释》，第 181 页。

世而归。乡人从统占问吉凶，门中如市。”[①]“门中如市”说明他回到乡里，能够给乡里社会中的文化带来一定的影响。又有敦煌人氾腾，“举孝廉，除郎中”，所任职务，与索靖相似，“属天下兵乱，去官还家……散家财五十万，以施宗族，柴门灌园，琴书自适。”[②]氾腾回到河西之后，得到凉州统治者的注意，“张轨征之为府司马”，但他对此加以拒绝。这些返回凉州地区的士人，隐居乡里，对于乡里社会中的文化传承起到了一定的积极影响。魏收在《隋书·地理志》中称河西人“其于性犹质直，然尚俭约，习仁义，勤于稼穑，多畜牧”[③]。百姓之“习仁义”，应当和这类文化的乡里传承有一定的关系。

由于境内和平，凉州地区正是在这个文化体制之下，源源不断产生着一些乡居士人。他们勤于私学讲授，颇有风操，是河西文化得以存续的主体。如敦煌人宋纤隐居于酒泉南山。“明究经纬，弟子受业三千余人。不应州郡辟命，惟与阴颙、齐好友善。”[④]关于“阴颙”“齐好”，史书没有其他相关记载，从“阴”姓大部分是在敦煌来看，这两位当中的“阴颙”应该也是本地名士。《晋书》载宋纤“注《论语》，及为诗颂数万言”。张祚后遣使者征召，宋纤喟然叹曰：“德非庄生，才非干木，何取稽停明命！”[⑤]至姑臧迁太子太傅后，又上疏曰：“臣受生方外，心慕太古。生不喜存，死不悲没。素有遗属，属诸知识，在山投山，临水投水，处泽露形，在人亲土。声闻书疏，勿告我家。今当命终，乞如素愿。”[⑥]遂不食而卒，谥曰玄虚先生，年八十二。宋纤自称“受生方外”，颇有魏晋风度。由于张祚政权是通过政变得来，因而在当时的河西人眼中是一个伪政权。宋纤因为拒绝征召，绝食而卒，在河西人看来，是高洁之举。而这篇给张祚的上疏，多以四言为之，这说明河西乡里士人的文风颇尚矜重。“弟子三千”的私学讲授规模，让宋纤在当地的影响很大，其身没之后，当地人为之建阁。在凉州地区威望颇高、被称为“高尚之士”的酒泉太守马岌，来到此阁，叹曰：“名可闻而身不可见，德可仰而形不可睹，吾而今而后知先生人中之龙也。”并铭诗于石壁曰：“丹崖百丈，青壁万寻。奇木蓊郁，蔚若邓林。其人如玉，

---

① 《晋书·艺术传·索紞传》：“少游京师，受业太学，博综经籍，遂为通儒。明阴阳天文，善术数占侯。司徒辟，除郎中，知中国将乱，避世而归。乡人从紞占问吉凶，门中如市。”第2494页。

② 《晋书·隐逸传·氾腾传》，第2438页。

③ 《隋书·地理志》，第805页。

④ 《晋书·隐逸传·宋纤传》，第2453页。

⑤ 《晋书·隐逸传·宋纤传》，第2453页。

⑥ 《晋书·隐逸传·宋纤传》，第2453页。

维国之琛。室迩人遐，实劳我心。”[①] 张祚时，太守杨宣画其象于阁上，并作颂曰：“为枕何石？为濑何流？身不可见，名不可求。”[②] 河西社会对于这类崇尚情操的名士的钦重，说明魏晋以来崇尚高远、清逸的士人风气在此地仍然得到延续。此类例子还有敦煌人郭瑀以及他的老师郭荷等。乡里社会中的文化环境，使得河西士人能够获得良好的教育。再如前凉末期的敦煌人索绥，绥字士艾，父戢为司徒。“绥家贫好学，举孝廉，为记室祭酒，母丧去职。后举秀才，著《凉春秋》五十卷。又作《六夷颂》符命、传十余篇，以著述之功封平乐亭侯。”[③] 他虽然家贫，但仍然能够从凉州乡里之中获得一定的教育，继而举孝廉，并有著述。可以说，敦煌人物辈出，与它的这种文化传承机制不无关系。凉武昭王李暠《手令诫其诸子》中说：“此郡世笃忠厚，人物郭雅，天下全盛时，海内犹称之，况复今日，实是名邦，正为五百年乡党婚亲相连”，“五百年乡党婚亲。”[④] 正是对凉州地区乡里社会中错综复杂的宗族关系以及文化上存在互相传承关系的概括。这种传承，使得凉州地区文化积累极厚。这种建立在乡党基础之上的文化机制，使得即使乡里士人乃至宗族遭受巨大困厄，也仍然能够利用它实现文化的复兴和延续。

在这种建立在乡里社会基础文化机制中，河西著姓无论贵贱，自上而下皆有贵重经籍之风。“（李）暠好尚文典，书史穿落者亲自补治，（刘）昞时侍侧，前请代暠。暠曰：‘躬自执者，欲人重此典籍。’”首先是不乏个人藏书者，敦煌人宋繇在“门户倾覆”之后，随妹夫彦至酒泉，“追师就学，闭室诵书，昼夜不倦，博通经史，诸子群言，靡不览综”。[⑤] 他“家无余财，雅好儒学，虽在兵难之间，讲诵不废。每闻儒士在门，常倒屣出迎，停寝政事，引谈经籍”。[⑥] 经长期积累，官方积攒了一部分藏书。“沮渠蒙逊平酒泉，于繇室得书数千卷，盐米数十斛而已。”[⑦] 河西士人中，也有在典校经籍方面卓有贡献者，即敦煌阚骃，“骃博通经传，聪敏过人，三史群言，经目则诵，时人谓之宿读。注王朗《易传》，学者藉以通经。撰《十三州志》，行于世”。沮渠蒙逊十分重视其才能，于是以其为首，成立了凉州地区当

① 《晋书·隐逸传·宋纤传》，第 2453 页。
② 《晋书·隐逸传·宋纤传》，第 2453 页。
③ ［北魏］崔鸿撰，［清］汤球辑补：《十六国春秋辑补》卷七，第 223 页。
④ 《晋书·凉武昭王李玄盛传》，第 2262 页。
⑤ 《魏书·宋繇传》，第 1153 页。
⑥ 《魏书·宋繇传》，第 1153 页。
⑦ 《魏书·宋繇传》，第 1153 页。

时规模最大的刊校小组："给文吏三十人，典校经籍，刊定诸子三千余卷。"[①]北凉亡后，阚骃被迁往平城，"家甚贫敝，不免饥寒"。平城的文化环境远不能和凉州相比，阚骃之才华没有得到北魏赏识。

凉州地区以乡里宗族为基础的文化机制具有较大的影响力。受其影响，前凉时期的著名文人谢艾同样具有"兼资文武"的特点。时石勒政权之异姓大将麻秋率兵压境，凉州司马张耽言于（张）重华，推荐了书生谢艾为将，称："主簿谢艾，兼资文武，可用以御赵。"谢艾请兵七千而破赵[②]，战果赫赫[③]。谢艾身为将领，同时又多有文学作品存世。《隋书·经籍志》著录其有《谢艾集》八卷，今已亡佚。谢艾通《春秋》，张重华时，"有司议遣司兵赵长迎秋西郊。谢艾以《春秋》之义，国有大丧，省蒐狩之礼，宜待逾年"。[④]关于谢艾文学才能的评价，《文心雕龙·熔裁》曰："昔谢艾、王济，西河文士，张骏以为'艾繁而不可删，济略而不可益'，若二子者，可谓练熔裁而晓繁略矣。"[⑤]可惜谢艾现存的作品，都并不完整，他在奏疏方面的这一特点，无从分析。而河西人士，竟能享誉南朝，当并非徒有虚誉。建立西凉的李暠亦是兼资文武。《资治通鉴·隆安四年》："初，陇西李暠好文学，有令名。尝与郭麐及同母弟敦煌宋繇同宿。"[⑥]郭麐乃是当时著名的乡里私学教授者。之后，李暠开始出仕，"及孟繁为沙州刺史，以暠为效谷令；宋繇事北凉王业，为中散常侍。孟敏卒，敦煌护军冯翊郭谦、沙州治中敦煌索仙等以暠温毅有惠政，推为敦煌太守。"[⑦]经过与索嗣争夺敦煌地区控制权的斗争之后，李暠获胜，段业"进暠都督凉兴已西诸军事、镇西将军"。李氏虽为将军，但并非武夫之流，登位之后尤爱召集文学集会。

总之，从十六国时期乡里著姓的军事力量、文化特点以及在河西社会中的实际影响力看来，他们的性质其实类似于乡里豪族，在河西社会中势力强大。这种势力包括了军事势力、政治势力，也包括了文化的影响力。他们是河西文学发展的主体，也是河西政治和历史的推动者。河西文化经过了这段文化"还居乡里"时期的深厚累积，产生了十分可观的文化成绩。但是，北魏平凉之后，这些文化发展的优秀成果，受到了很大的冲击。关

① 《魏书·阚骃传》，第1159页。

② 《资治通鉴》卷九十七《晋纪》十九，第3071页。

③ 《晋书·张轨传附张重华传》，第2242页。

④ 《晋书·张轨传附张重华传》，第2242页。

⑤ ［南朝梁］刘勰撰，范文澜注：《文心雕龙·熔裁》，人民文学出版社，1958年，第544页。

⑥ 《资治通鉴》卷一百一十一《晋纪》三十三，第3071页。

⑦ 《晋书·凉武昭王李玄盛传》，第2257页。

于这一点，第三章还会继续深入地讨论。

二、凉州地区乡里著姓的遗民特点对其文学的影响

西晋末年，河西士人纷纷回到故土凉州，而此时凉州在战略地位上远胜从前，这意味着河西士人面临着不同的历史机遇。孤悬西北的河西地区，在当时实际上是一个由各“河西著姓”联合“自治”的遗民社会。但是，在秦王来到关中之后，河西人一度积极参与了对秦王也就是晋愍帝政权的扶持，曾经出现过产生门阀政治的可能。凉州乡里著姓的确在这个历史发生剧烈动荡之时，希望通过对晋愍帝政权的扶持，从居于乡里的“名望家”，成为真正与皇权相联系的门阀世族。

秦王出奔之后，本为天水人阎鼎所挟。但阎鼎到达关中之后，为凉州金城人麹允取代。[①] 面对如此局势，张轨采取了顺应的态度。“（永嘉六年）凉州主簿马魴说张轨：‘宜命将出师，翼戴帝室。’轨从之，驰檄关中，共尊辅秦王，且言：‘今遣前锋督护宋配帅步骑二万，径趋长安；西中郎将寔帅中军三万，武威太守张琠帅胡骑二万，络绎继发。’”[②] 在这件史事所涉及的名单中，早先参与过张轨政权戡乱活动的一些人物再次受到重用，如宋配、张琠等，这说明张轨与河西著姓之间的关系更为稳定。张轨曾在发兵关中时撰檄，称：“凡我晋人，食土之类，龟筮克从，幽明同款”[③]，可谓是高举义旗。但是，麹允、索綝等人因为入朝更早的缘故，此时更容易成为晋愍帝的股肱之臣。前文提到过晋末太安之乱中，中央政权对于索靖的任用主要是以他在河西人中的影响力，来将领当时从秦、雍、凉各地汇聚而来的义兵。其实，此时晋愍帝政权对麹允、索綝的重用，仍然是看重了他们与凉州势力之间的联系。

晋愍帝称帝之后，刘曜进逼长安，紧靠关中地区的边陲之地凉州，成为西晋王朝的托付顾命之地。晋愍帝先后两次下书凉州刺史张轨，又手诏其子张寔，敦促其引兵救援。如建兴二年（314）《下张轨诏》中希望张轨能够“万里星赴”陇中，以“协力济难，恢复神州”，并且在诏书中加封张轨为“西平郡公”，索綝为“卫将军领太尉特进”。[④] 之后又有《授索綝卫将军领太尉特进诏》，语言极为恳切，“播越宛楚，爰失旧京”之痛，并

---

① 《晋书·忠义传·麹允传》，第2307页。
② 《资治通鉴》卷八十八《晋纪》十，第2778页。
③ 《晋书·张轨传》，第2225页。
④ ［清］严可均：《全上古三代两汉魏晋南北朝文》之《全晋文》卷七，第1504页。

称“军国之事，悉以委之”于索綝。[①] 建兴四年（316），受刘曜包围数月之后，长安城内“粮尽人穷”，晋愍帝在《手诏张寔》中，进张寔为“大都督、凉州牧、侍中、司空，承制行事”。[②] 并在这篇诏书中承认了琅琊王的宗庙地位。从晋愍帝《授张寔策书》的内容看，凉州乡里著姓及其军事力量，几乎成为晋皇室最后的依靠[③]。张轨死后，张寔继位，仍然奉行这样的策略，“[建兴三年（315）]十二月，凉州刺史张寔送皇帝行玺一纽。”[④] 胡三省认为张轨政权的成功是因为他“一心向晋”[⑤]，但事实上，“一心向晋”也是张轨在此后维持他和他的家族在河西社会中的威望的有效办法。张氏政权不断强调自身的晋人身份，其实也是为了在道义和人格上树立自身的良好形象。

凉州人保卫晋愍帝政权的过程曲折而悲壮。“曜攻陷长安外城，麹允、索綝与公卿退保长安小城以自固。内外断绝，城中饥甚，米斗直金二两，人相食，死者大半，亡逃不可制，唯凉州义众千余，守死不移。太仓有曲数十饼，麹允屑之为粥，以供帝，既而亦尽。”[⑥] 可见，保护晋愍帝到最后的是这些凉州地区的乡兵，即被称之为“凉州义众”者。刘曜接受了愍帝的投降之后，将愍帝及其臣子迁往平阳，授以官职。然而，朝堂之上，晋愍帝稽颡于刘聪之前，对此景象，麹允“伏地恸哭，扶不能起”，之后自杀。刘聪又以索綝不忠，“戮之于都市”。[⑦] 晋愍帝朝廷中的尚书梁允、侍中梁浚、散骑常侍严敦、左丞相臧振黄门侍郎任播、张伟、杜曼及诸郡守，之后为刘曜所杀。至是，凉州人所拥立的晋愍帝政权彻底覆灭。虽然凉州人失败了，但他们参与扶持晋愍帝政权一事，给凉州人带来了非常深刻的影响，从精神层面来讲，它是促成凉州人形成强烈的遗民意识的原因之一。

前凉统治者以晋臣自居[⑧]，但又十分注意和东晋政权保持距离。张茂疾病，执世子骏手泣曰：“吾家世以孝友忠顺著称，今虽天下大乱，汝奉承之，不可失也。”[⑨] 希望他“谨守人臣之节，无或失坠”[⑩]。张骏即位后，虽然被刘曜拜为凉州牧、凉王，但在太宁元年（323），他犹奉愍帝年号称建兴十二

① 《晋书·索靖传附子綝传》，第 1651 页。
② 《晋书·张轨传附子寔传》，第 2228 页。
③ ［清］严可均：《全上古三代两汉魏晋南北朝文》之《全晋文》卷七，第 1505 页。
④ 《晋书·孝愍帝纪》，第 129 页。
⑤ 《资治通鉴》卷八十四《晋纪》六，第 2650 页。
⑥ 《资治通鉴》卷八十九《晋纪》十一，第 2834 页。
⑦ 《资治通鉴》卷八十九《晋纪》十一，第 2835 页。
⑧ 《晋书·张轨传附子寔传》，第 2228 页。
⑨ 《资治通鉴》卷九十三《晋纪》十五，第 2922 页。
⑩ 《晋书·张轨传附张茂传》，第 2232 页。

年，又称藩于李雄、石勒。至咸和八年（333）犹称建兴二十一年。至永和二年（346），即建兴三十四年卒，在位二十三年[①]。太宁元年（323），右长史氾祎曾建议改年号，骏不从。咸和七年（332），即建兴二十年，凉州僚属劝张骏称凉王，领秦、凉二州牧，置公卿百官如魏武、晋文故事，为张骏拒绝：“骏曰：‘此非人臣所宜言也。敢言此者，罪不赦！’然境内皆称之为王。”[②]数年之后，张骏所统治的凉州地区达到全盛，遣将杨宣伐龟兹、鄯善，于是西域诸国焉耆、于阗之属，皆诣姑臧朝贡。张骏于姑臧南作五殿，官属皆称臣。史称“时骏尽有陇西之地，士马强盛，虽称臣于晋，而不行中兴正朔。舞六佾，建豹尾，所置官僚府寺拟于王者，而微异其名。”[③]直到咸和八年（333），张骏在给蜀主李雄的书信中，仍然称西晋年号“建兴二十一年”[④]，无视东晋正朔（晋元帝在建康登基，是在晋愍帝被俘虏到平阳的第一年，即公元317年，年号为建武）。故史称“凉州不忘旧义”[⑤]。张祚一度政变称帝，三年即覆亡，其原因是称帝导致了政权内部统治权力分配的失衡。不称帝，其实也是为了维持境内其他宗族的地位不被改变。一旦称帝，河西著姓沦为“凉州刺史”之臣，这是他们所不能接受的。最后，“祚既失众心，莫有斗志，于是被杀。”[⑥]张玄靓立，取消帝号，自号大都督，废和平之号，复称“建兴四十三年”，将凉州政权的性质重新归属为晋王朝之一隅，以西晋遗民自处。前凉张氏的这种行为，其实更有利于他们在河西地区树立威望，更为有利于他们和地方豪强之间实现对于河西的共治。罗新曾论曰：“张氏以外来士人的身份，凌驾河西世族之上，依靠的不是军事强力（张轨初入凉州时也不具备这一条件），而是西晋朝廷的任命。放弃对晋室的效忠（哪怕这种效忠仅仅停留在字面上），就等于断绝了张氏在凉州进行统治的合法性的源泉。”[⑦]张氏效忠西晋，对于张氏统治集团而言，正是时势使然。

前凉虽不奉东晋为正朔，但在与之建立外交关系方面不遗余力。起初，东晋与凉州道路不得通，流落于南方的敦煌人希望回到凉州，也是十分不易。长安沦亡之后，敦煌计吏耿访从汉中入江东，屡次上书希望东晋政权派遣使者抚慰凉州。东晋以耿访守治侍书御史，选陇西贾陵等十二人配耿

---

① 《晋书·张轨传附张茂传》，第2240页。
② 《晋书·张轨传附张骏传》，第2235页。
③ 《晋书·张轨传附张骏传》，第2237页。
④ 《晋书·张轨传附张骏传》，第2236页。
⑤ 《晋书·张轨传附张骏传》，第2236页。
⑥ 《晋书·张轨传附张祚传》，第2248页。
⑦ 罗新：《十六国时期中国北方的政治形势与民族整合》，第59页。

访前往凉州，经梁州，道不通，贾陵等人诈为贾客以达之，拜张骏镇西大将军。这是前凉政权与东晋政权的第一次通使。为谋求前往东晋的道路，张骏政权希望通过假道巴蜀而前往建康。为说服李雄同意假道，张骏政权使者所采用的策略，便是利用这种晋遗民的身份加以说服。[①]张骏遣使通往建康的主要目的，是联合东晋军事力量联合抗胡。张骏遣参军麴护上疏，情辞恳切，表达了"宗庙有《黍离》之哀，园陵有殄废之痛"[②]。晋穆帝永和九年（353），前凉张重华命将军张弘、宋修会王擢伐前秦，又有《上疏请伐秦》。[③]虽然凉晋合力复国的期望最后还是因为种种原因而落空了，但是，即便是这类请战之公文，也因为充满了凉州遗民的充沛情感，而文采盎然。从这篇上书来看，它虽然字句精短其描写自身对于孤悬西北的忧虑，对于外敌侵略威胁之愤懑，皆是从凉州地区一贯的民族情绪中来。"瞻云望日，孤愤义伤，弹剑慷慨，中情蕴结"[④]这段文字，更是将一个壮志难酬的遗民之心，写得怅然悲壮。张骏时期的外交努力，为之后凉州地区和东晋、南朝之间的文化交流开辟了道路。这些通使活动，可能也顺便带来了一些文学方面的交流。前文提及的谢艾的文才，为《文心雕龙·熔裁》所称誉。谢艾现存的作品中，有《献晋帝表》之残句，曰："登三纬地，乘六御天。靖扫妖氛，广清异类。"[⑤]虽然从这一作品无法得知谢艾是否亲自去过东晋，但他也参与了这一次外交行动，其作品当是以这种方式进入到了南方，并且为之后的刘勰所知。

在前凉时期，孤悬西北的凉州一直将自己定位为晋王朝的一部分，而与北方地区其他少数民族政权无涉。即便"前凉虽然为前秦所灭，但凉州的文化传统并未遭到破坏。值得注意的是前秦派去征服前凉的将领，就是一位汉化极深的氐族人梁熙"。[⑥]前秦对凉州刺史的派遣，应该考虑到了河西文化发展的特点，对此加以抚接。但是，客观地讲，河西地区因为孤悬西北，事实上在晋末十六国之后很长一段时间内，其文化发展的情况不是十分为人了解。时河西著姓宗敞上表姚兴，姚兴向吕超打听同是河西人的宗敞的文才，吕超回答说："敞在西土，时论甚美，方敞魏之陈、徐，晋之

---

① 《资治通鉴》卷九十五《晋纪》十七，第2992页。

② 《晋书·张轨传附寔子骏传》，第2239页。

③ 《资治通鉴》卷九十九《晋纪》二十一，第3132页。

④ 《晋书·张轨传附张重华传》，第2244页。

⑤ ［清］严可均：《全上古三代两汉魏晋南北朝文》之《全晋文》卷一百五十四，第2353页。

⑥ 曹道衡：《五凉文化的历史地位》，第93页。

潘、陆。”姚兴便“以表示超曰：‘凉州小地，宁有此才乎？’”[①] 从姚兴对宗敞的任命过程可以看出，人们对于相对封闭的凉州其实不太了解。张天锡到达东晋之后，南方士人也表示了对于河西地区的好奇[②]。

北魏人评价凉州是“自张氏以来，号有华风”[③]。“华风”所指代的应该就是西晋的华夏文化。张氏的晋遗民口吻，在当时的一些公文书信中随处可见。由于这些文字往往产生于国难之时，因而用词大多苍凉、厚重。在凉州政权初期，张轨在《遗韩稚书》中说：“伐木之感，心岂可言”，“当与卿共平世难也。”[④] 其《遗令》以“报国”为念，亦语言简朴、稳重：“吾无德于人，今疾病弥留，殆将命也。文武将佐咸当弘尽忠规，务安百姓，上思报国，下以宁家。素棺薄葬，无藏金玉。善相安逊，以听朝旨。”[⑤] 张寔在位期间，南阳王保闻愍帝崩，一度自称晋王，却同时受逼迫于流民坞主、氐羌和刘曜军队，张寔多次引兵救援。张寔《遗南阳王保书》中，表达了对于西晋残留势力的支持，仍尊之为“朝廷”[⑥]。南阳王保死后，“其众散奔凉州者万余人”。[⑦]

由于乡里著姓的文化传承体系在晋末前凉时期皆未遭到破坏，加上遗民意识的存在，因而此地士人延续了西晋甚至更早时期的文学传统。此时在东晋悄然兴起的“老庄告退，山水方滋”的玄言风气，并未在这个遗民之地产生。现存河西文学作品之中，除却场合公文，主要的文体是诗和赋。这些诗赋的内容紧密地与晋末到十六国时期河西社会的现实相关，在艺术旨趣上也深具“遗民特质”——即反映了一种流连于传统的美学倾向。《周书·王褒庾信传论》在概述北朝文学发展时称之为“永嘉之遗烈”[⑧]，其实这种情况最为适用于凉州地区。这种遗民意识不仅仅体现在对故国的哀悼中，更体现在对晋朝种种风习的主动沿袭和流传。前凉时期所奠定的这种文化特点，在凉州地区一直顽固地延续。罗新曾说：“在某种意义上，西凉是前凉的继续。十六国一百多年的历史中，西凉是在胡族统治占据优势的背景

---

① 《晋书·姚兴载记上》，第 2988 页。

② 《晋书·张轨传附靓叔天锡传》：“天锡少有文才，流誉远近。及归朝，甚被恩遇。朝士以其国破身虏，多共毁之。会稽王道子尝问其西土所出，天锡应声曰：‘桑葚甜甘，鸱鸮革响，乳酪养性，人无妒心。’”第 2252 页。

③ 《魏书·胡叟传》，第 1150 页。

④ 《晋书·张轨传》，第 2222 页。

⑤ 《晋书·张轨传》，第 2226 页。

⑥ 《晋书·张轨传附子寔传》云“会闻朝廷倾覆”，第 2229 页。

⑦ 《晋书·张轨传附子寔传》，第 2230 页。

⑧ 《周书·王褒庾信传论》，第 744 页。

上奋扬挺立的一个特例。”[①] 西凉与前凉之间虽然时代有隔，但是它们之间的文化却具有很强的一致性，这是由这两个政权的民族性所决定的。

河西士人所留存的诗歌作品并不多。现存张骏两首乐府诗《薤露》和《东门行》，被收录于《乐府诗集》[②]。张骏撰写这两首诗歌的时间已经无从稽考，史书上说他“十岁能文”，那也距离永嘉之乱已经有一段时间了。但《薤露》一诗仍然充满了对这段末世的总结和反思，说明了河西人对于晋末乱世记忆深刻。这首诗直接模拟了曹操的《薤露》，内容感愤，从惠帝到刘聪占领洛阳的过程，其中谈到凉州人“义士扼素腕，感慨怀愤盈。誓心荡众狄，积诚徹昊灵”，正是凉州人以义兵救晋的历史写照。张骏的另外一首《东门行》描绘的则是春日之游所遇的景象。诗中与“毒卉敷荣”相类似的意象，在刘琨（271—318）的诗歌中也曾出现，但和这首诗歌相距时代不远，说明这些都是西晋诗风留下的艺术遗产[③]。曹道衡曾分析《东门行》时说：《东门行》诗歌中的典故很多，“比起同时一些玄言诗人的‘淡乎寡味’之作，却丝毫不见逊色，尤其是诗中用了不少典故，说明作者对古代的典籍颇为熟悉，说明当时凉州地区的学术、文艺水平，都已达到相当高度”。[④] 事实上，《东门行》中描绘的春游之乐，和东晋玄言诗人的诗没有可比性，因为它并不具备玄言诗的哲学理路。从其繁缛的辞藻来看，它甚至还停留在太康时期的诗风特点上。河西文学的遗民特质，也体现在这种艺术特征发展的滞后性上。

现存的河西文学作品中，赋的数量是较为可观的，这是较为特别的现象。河西地区的赋或者骈文艺术水平突出，这也是河西文学传统中十分重要的一个部分。晋末敦煌人索靖所写的《草书状》，不仅仅是一篇十分优秀的书法作品，也是一篇文辞上乘的赋。这篇《草书状》内容十分生动形象，以自然万物来比拟草书之势，本质上是一篇咏物赋，其中偏重比喻堆砌的艺术手法，正是西晋赋作的特点。前文已经提到过的张骏通使东晋时遣参军麴护的上疏，也在骈俪艺术方面水平高超[⑤]。后凉吕光统治时期，“著作郎段业以光未能扬清激浊，使贤愚殊贯，因疗疾于天梯山，作表志诗《九叹》《七讽》十六篇以讽焉。光览而悦之”。[⑥]《九叹》《七讽》这样的文学形式，

---

① 罗新：《十六国时期中国北方的政治形势与民族整合》，第 59 页。

② 逯钦立编：《先秦汉魏晋南北朝诗》，第 876—877 页。

③ 逯钦立编：《先秦汉魏晋南北朝诗》，第 851 页。

④ 曹道衡：《五凉文化的历史地位》，第 92 页。

⑤ ［清］严可均辑《全上古三代两汉魏晋南北朝文》之《全晋文》将之视作是张骏本人的作品，但这种辞令之文很可能并非亲手所为，是使者麴护所撰也未可知。

⑥《晋书·吕光载记》，第 3059 页。

是汉赋传统，在同时期已经很少有人用这样的形式进行创作。

西凉王李暠是在后凉混乱的政治时势中登上历史舞台的，他现存的赋作数量很多。李暠被推为敦煌太守，之后立西凉，前后在位二十四年[①]。这二十四年中，他饱受内外忧困，诚如临终时对自己的这番总结：“吾少离荼毒，百艰备尝，于丧乱之际，遂为此方所推，才弱智浅，不能一同河右。今气力惙然，当不复起矣。死者大理，吾不悲之，所恨志不申耳。”[②]因而他的文学作品十分偏重于对于时代和政权未来的反思与寄情。史书概括其著述之事，云：“先是，河右不生楸、槐、柏、漆，张骏之世，取于秦陇而植之，终于皆死，而酒泉宫之西北隅有槐树生焉，玄盛又著《槐树赋》以寄情，盖叹僻陋遐方，立功非所也。亦命主簿梁中庸及刘彦明等并作文。感兵难繁兴，时俗喧竞，乃著《大酒容赋》以表恬豁之怀。”[③]在其死后，大约留下诗赋数十篇，这个数量也是十分可观的。他的《述志赋》长达近千字，写于李氏政权内外交困之时[④]。曹道衡曾经评价这篇赋说：“文字比较古奥，尤其后面一段多少有些艰涩，用我们今天的眼光来看，自然称不上佳作……但其中引用了不少典故和比喻，说明作者的学术修养很高，也显示了西凉时代人们对典籍的熟悉。”[⑤]擅长使用典故，是河西文学的一个普遍特征。从这篇赋的文本内容看来，它所具有的思想性和艺术性其实要高于这个评价。这篇赋实际上气概雄长、顿挫，辞藻壮丽，可以看出深受“兼资文武”的河西文化特点之影响。这篇赋其辞可分为六个部分，从自己早年“游心上典，玩礼敦经”的经历说起，描述幼时志节清高，感慨青年时代的浮沉、迷惘，而对于时代乱离的总结，是厚重的咏史哀叹：“张王颓岩，梁后坠壑，淳风杪莽以永丧，搢绅沦胥而覆溺。……哀余类之忪懞，邈靡依而靡仰；求欲专而失逾远，寄玄珠于罔象。”抚迹而倍感辛酸，在“榛棘交横，河广水深，狐狸夹路，鸮鵄群吟”的绝境之中，抒发新的志向和希望。这个转折，以一句“休矣时英，茂哉隽哲”为起点，以“信乾坤之相成，庶物希风而润雨”为终点，气势磅礴。全篇最后是对这番志向实现过程的承诺：“表略韵于纨素，托精诚于白日。”因此，作者在这篇赋中陈

---

① 立西凉事见《晋书·凉武昭王李玄盛传》，第 2258 页。又第 2271 页：“玄盛以安帝隆安四年立，至宋少帝景平元年灭，据河右凡二十四年。”

② 《晋书·凉武昭王李玄盛传》，第 2267 页。

③ 《晋书·凉武昭王李玄盛传》，第 2267 页。

④ 《晋书·凉武昭王李玄盛传》：“玄盛以纬世之量，当吕氏之末，为群雄所奉，遂启霸图，兵无血刃，坐定千里，谓张氏之业指期而成，河西十郡岁月而一。既而秃发傉檀入据姑臧，且渠蒙逊基宇稍广，于是慨然著《述志赋》焉。”第 2265—2267 页。

⑤ 曹道衡：《五凉文化的历史地位》，第 95 页。

述的志向，并非是凭空而起，而是因为幼时的文化修养，和之后人生中经历的历史风云，以及种种挫折和迷惘所铺垫而成。《述志赋》中“拯凉德于已坠”一句，尤其重要，正是接续了前凉张轨政权时候就已经提倡的“凉州不忘旧德”之“德”。这说明，河西士人在文化和思想继承方面，从晋末之后开始的这将近一百多年中体现出一种完整性。这种思想意识的核心，就是以晋人自居，以维持和保护凉州这种对西晋文化承续为任。又，西凉大儒刘昞撰写《酒泉颂》，曾被《周书·王褒庾信传论》评价为“区区河右，而学者埒于中原，刘延明之颂酒泉，可谓清典”[①]。《酒泉颂》这篇作品没有流传下来。“清典”之评，应该也是对河西赋作艺术风格厚重的肯定，它是对于河西赋作的基本印象。

由于“凉州不忘旧德”的遗民特征，以及河西士人对自身名节的砥砺，因此在河西地区士人对外界相交聘的过程中，他们常被誉为“凉州君子”，从多个例子看来，这似乎是十六国时期北方地区较为流行的舆论。如张骏派遣参军王骘聘于赵，王骘因其大义凛然之言辞，为刘曜称作“此凉州之君子也”。[②] 张天锡时的大臣索泮曾出为武威太守，“政务宽和，戎夏怀其惠，天锡甚敬之。苻坚见而叹曰：‘凉州信多君子！’既而以泮河西德望，拜别驾”。[③] 吕光自西域还，归路为梁熙所截，遂克姑臧，索泮固郡不降，为其所杀。索泮行刑之前还击吕光的一段话，值得回味：“将军受诏讨叛胡，可受诏乱凉州邪？寡君何罪，而将军害之？泮但苦力寡，不能固守以报君父之仇，岂如逆氐彭济望风反叛！主灭臣死，礼之常也。”[④] 从此可以看出，“君子”之誉往往是从道德大义出发所做的评价，而凉州地区如此根深蒂固的君父思想，正是前凉以来自统治者而下，皆奉行“孝友忠顺”的余风，是其遗民意识的延伸。这种遗民意识的存在让凉州士人在文化心理上也较其他地区的人更有优越感，而北方地区其他的士人对他们的这种心理优越感也表示了一定程度的认可。

凉州长期与中原以及南方地区在地理与心理上都保持了一定的距离，因此出身凉州地区的文人，本地意识反而十分强烈。北凉时期时任姚秦政权之凉州别驾的宗敞，写有一篇著名的《理王尚疏》[⑤]。在这篇上疏中，宗敞此疏的出发点虽然是关于王尚“坐匿吕氏宫人，擅杀逃人薄禾等”罪责，

---

① 《周书·庾信传》，第743页。
② 《资治通鉴》卷九十三《晋纪》十五，第2932页。
③ 《晋书·符登传》，第2954页。
④ 《晋书·符登传》，第2954页。
⑤ 《晋书·姚兴载记上》，第2987页。

但实际上全篇带有浓烈的地域情感，其落脚点是以凉州人的身份来发出一些思想上的呼吁。这封上疏还有几位联合署名的人物，即治中张穆、主簿边宪、胡威等，皆是凉州地区之人。从宗敞这篇上疏来看，凉州人以自己的凉州身份为傲。这种骄傲，其实是对自身文化传承处于正统一脉上的自信。宗敞的文才引起了姚兴的重视，而姚兴在了解到“敞在西土，时论甚美，方敞魏之陈、徐，晋之潘、陆”之高评，却说：“凉州小地，宁有此才乎？”[①]这说明当时人们对于凉州地区的文学发展是较为漠视的。而吕超则劝服姚兴说：“臣以敞余文比之，未足称多。琳琅出于昆岭，明珠生于海滨，若必以地求人，则文命大夏之弃夫，姬昌东夷之摈士。但当问其文彩何如，不可以区宇格物。”[②]这种回应也反映了凉州在当时十六国政权之中不太受到重视。凉州文学的发展显得沉寂而不易为人所知，以至于宗敞在上疏中也反复强调“荒裔”“远役遐方”等语，说明这个地区在当时和北方其他地区的文学交流是较为迟钝的。但是，从事实上看，凉州这个远僻之地，始终是晋末之后文学获得存续和发展的有利空间，凉州文学在当时也获得了很高的评价。

到五凉政权后期，凉州地区文学发展优越于北魏政权的趋势逐渐明显。曹道衡曾写按语：“宗钦作品见于《魏书》所载者，文学价值不能算很高，但从他赠高允的诗来看，文采比高允要好些。”[③]他还提到过崔浩为太武帝代作的《册封沮渠蒙逊为凉王》[④]，是他毕生唯一一篇骈文文章。而他在撰写此篇文章时对凉州文学具有仰望心理，因此下笔用语斟酌，典雅非常。这同样是凉州地区文明程度较高所赋予时人的印象。凉州文化士人迁入平城之后，崔浩对之大加提拔，除了笼络等政治因素之外，也出于对凉州文化的仰慕心理。那些迁入到平城甚至之后去往洛阳的凉州人以及他们的后代，往往对家族在凉州时候的经历念念不忘，特别是得自凉州的官爵或者凉州籍贯，皆书于墓志。比如，“张略是从北凉入魏的，墓志所记张略历官封爵，应当都得自北凉。张略籍贯属于西平郡阿夷县，阿夷当作安夷，音近致讹……张略就是被徙至和龙的北凉旧人……虽然很多年过去了，当他在献文帝皇兴二年（468）去世以后，家人给他刻写墓志，还是详记他所历北凉职官”[⑤]。宋绍祖称自己为“敦煌公”。这种得封本郡的荣耀，

---

① 《晋书·姚兴载记上》，第2988页。
② 《晋书·姚兴载记上》，第2988页。
③ 曹道衡：《十六国文学家考论》，《曹道衡文集》卷一，第359页。
④ ［清］严可均：《全上古三代两汉魏晋南北朝文》之《全后魏文》卷二十二，第3623页。
⑤ 罗新、叶炜：《新出魏晋南北朝墓志疏证》，第48页。

在魏初的宋氏中十分少见。一种猜测是，“这一爵位来自河西时代，是宋氏得自沮渠政权的，宋繇的后人出于虚荣而在墓中刻铭时援引了往日的爵号。”[①] 因此，回到北凉时期宗敞所写的那篇上疏，他对于凉州身份的反复强调，反映了凉州地区在长期孤悬西北之后所产生的强烈而鲜明的地域心理。这种心理正是这个遗民社会所催生的。

胡阿祥曾说：“河西文学的身价正是借着中原的残破荒落而提起来的。”[②] 他认为凉州地区因为其荒僻，成就了其文学发展过程的相对稳定，而中原残破之后，这里的文学发展仿佛水落石出，其价值得到体现。[③] 然而，凉州地区文学地位在晋末之后骤然提高，不仅仅是因为处地僻远而已，还因为它以此有利条件，积极跻身于当时的历史舞台，使其文学发展能够获得充分展现。了解凉州的历史局势和乡里社会对此的积极回应，对于理解凉州地区文学在这一时期的发展特征具有至关重要的作用。总之，凉州乡里著姓及乡里士人所呈现的文学成就，延续了西晋时期的文学传统。凉州文化之所以能够存续，正在于它具备一个乡里传承机制，保证文化发展的生生不息。这个机制自汉代以来一直处于发展之中，没有因为战乱的到来而断裂。独特的地理位置、历史际遇，造就了河西乡里社会文学发展的一些基本形态。

三、凉州佛教在乡里社会的传播及其对文学的影响

佛教是河西地区所处的丝绸之路上最主要的宗教。[④] 西晋时期，在敦煌就已经居住了一些来自于西域的高僧。如月支人竺法护，“世居燉（敦）煌郡”，曾“随师至西域，游历诸国”，通“外国异言三十六种”，后来又“自燉煌至长安。沿路传译，写为晋文”，“所获《贤劫》《正法华》《光赞》等一百六十五部”，为中华汉译佛经之事做了诸多贡献，“后立寺于长安青门外。精勤行道。于是德化遐布，声盖四远，僧徒数千，咸所宗事。及晋惠西奔，关中扰乱，百姓流移，护与门徒避地东下，至渑池，遘疾而卒”。[⑤] 凉州

① 罗新、叶炜：《新出魏晋南北朝墓志疏证》，第 51 页。

② 胡阿祥：《魏晋本土文学地理研究》，南京大学出版社，2001 年，第 122 页。

③ 胡阿祥：《魏晋本土文学地理研究》，第 122 页。

④ ［日］井口泰淳：“在一步一步考察丝路上的荣枯和变迁时，我们会发现其中最为显著的是回教化以前，佛教为这里的文化所带来的影响。经过丝路从西方传播到东方的宗教，除了佛教以外还有袄教，摩尼教、景教等，而其中佛教所产生的影响其范围之广大，时代之悠久，遗品、遗迹之浩繁却不是其他任何宗教所能比拟的，这表示了佛教是丝路上的主要宗教。”《丝路与佛教文化》之《丝路出土的佛典》，台北，业强出版公司，1987 年，第 150 页。

⑤ ［南朝梁］慧皎撰，汤用彤校注、汤一玄整理：《高僧传》，中华书局，1992 年，第 22—23 页。

本地也有一些高僧。河西人由于居住在西域、羌胡杂居之地，因此语言天赋极高。如凉州人竺佛念，“家世西河，洞晓方语，华戎音义，莫不兼解”。[①]在汉译佛经的发展过程中，东汉为翻译期之初，而“六朝可说是翻译佛经最为兴盛、鼎沸的时期，所翻译的数量高达六百余部，占现存佛经约三分之一”。[②]凉州的译经正是中古时期汉译佛经的重镇之一。凉州高僧深得统治者的信任和利用，成为凉州地区官方出经的主体。凉州地区是当时中国北方的译经重镇。早在咸和三年(328)即已经开始组织僧人进行佛经翻译。梁僧祐《出三藏记集》卷七《首楞严后记》载：

> 咸和三年，岁在癸酉，凉州刺史张天锡，在州出此《首楞严经》。于是有月支优婆塞支施客，手执胡本，支博综众经，于方等、三昧特善，其志业大乘学也。出《首楞严》《须赖》《上金光》《如幻三昧》。时在凉州，州内正厅堂湛露轩下集。时译者龟兹王世子帛延善晋胡音，延博解群籍，内外兼综，受者常侍西海赵潇、会水令马奕、内侍来恭政。此三人皆是俊德，有心道德。时在坐沙门释慧常、释进行。凉州自属辞。辞旨如本，不加文饰，饰近俗，质近道，文质兼唯圣有之耳。[③]

凉州的汉译佛经工作十分强调对于文字表达的拿捏把握。从这则材料看来，翻译佛经者往往通晓至少两种语言，而且对于翻译文字的要求，重质而不重文饰，强调“文质兼唯圣有之耳”。这是从晋末以来就贯彻在凉州佛经翻译中的传统。而这样做的目的，应该主要是为了有利于佛经文意的传播。事实上，这种重质不重文的翻译风格，深受西晋时期的凉州高僧竺法护的影响。《出三藏记集》《高僧传》皆云其内典外学的涵养俱深，“凡所译经，虽不辩妙婉显，而宏大欣畅，特善无生，依慧不文，朴则近本”。[④]这些其实是与文学思想相通的。竺佛念从凉州前往长安之后，参与了大量的译经工作，《高僧传》所载：“自世高、支谦以后，莫逾于念。在苻姚二代为译人之宗，故关中僧众，咸共嘉焉。后续出菩萨璎珞、十住断结及出曜、

---

① ［南朝梁］释僧祐撰，苏晋仁、萧炼子校：《出三藏记集·卷十五·佛念法师传第五》，中华书局，2008年，第572页。

② 王晴慧：《六朝汉译佛典偈颂与诗歌之研究》，台北，花木兰出版社，2006年，第32页。

③ ［南朝梁］释僧祐撰，苏晋仁、萧炼子校：《出三藏记集·卷第七·首楞严后记》，第271页。

④ ［南朝梁］慧皎撰，汤用彤校注、汤一玄整理：《高僧传》卷一《晋长安竺昙摩罗刹传》，第24页。

胎经、中阴经等，始就治定，意多未尽，遂尔遘疾，卒于长安。”[①] 这些高僧极为重视传教，常深入乡里，故而凉州地区的佛教传播有着较好的乡里基础。“五凉”时期，凉州最为著名的高僧，分别是后凉时期的鸠摩罗什和北凉时期的昙无谶。但是，鸠摩罗什一度困守姑臧，他的佛经翻译事业主要还是在姚秦时期的长安完成的。后来，在姚兴的大力资助下，鸠摩罗什翻译了许多经典，而大乘论部亦因此传入中土，所译《中论》《十二门论》《百论》，不仅丰富了《般若》性空之学，亦成为隋代三论宗的理论基础。罗什译经，译语简练，故经典之翻译常以罗什为一划时代之代表。天兴六年（403）后凉吕隆不堪南凉、北凉的攻伐，上书后秦乞迎，姚兴遣齐难、姚洁、乞伏乾归、赵曜率兵迎吕隆至长安，后凉亡。本年四月二十三日，鸠摩罗什于逍遥园译《新大品经》二十四卷。翌年成。鸠摩罗什的译经极为严谨，《出三藏记集·大品经序》云：“胡音失者，正之以天竺；秦音谬者，定之以字义。不可变者，既而书之。是以异名斌然，胡音殆半。斯实匠者之公谨，笔受之重慎也。”[②]

北凉时期的佛教发展格局中，出现了新的领军人物昙无谶。在昙无谶的影响之下，北凉佛教发展最盛，被称为“弘化护法”之国[③]。永兴四年（412）昙无谶入姑臧，凉王沮渠蒙逊留之。此时，沮渠蒙逊迁于姑臧，即西河王位，改元玄始。昙无谶在北凉，习小乘，风气染至姑臧。《大涅磐经》前分十二卷，及《菩萨戒经》《菩萨戒本》等。泰常五年（420）昙摩谶译《方等大集经》二十九卷。法勇、僧猛、昙朗等二十五人西游求法。始兴三年（426）四月二十三日，昙摩谶在河西译《优婆塞戒经》[④]。延和元年（432），北魏李顺至凉，凉沮渠蒙逊不为礼，顺斥之。魏征沙门昙无谶，沮渠蒙逊不遣，魏始怒凉。昙无谶学语三年，方译写初分十卷。[⑤] 由于他亦善于咒术，道武帝欲迎，而西凉刺之于往西域求《涅磐经》后半部分的途中，年方四十九。北凉境内设立了译场，凝聚了昙摩谶、浮陀跋摩、道泰、道龚等一批中外僧人，组织了一支道俗数百人参加的译经队伍。其所译佛经，据《开元释教录》卷四载：“北凉沮渠氏，初都张掖，后徒姑臧，自蒙逊永安元年（401）

---

① ［南朝梁］慧皎撰，汤用彤校注、汤一玄整理：《高僧传》卷一《晋长安竺佛念传》，第40页。

② ［南朝梁］释僧祐撰，苏晋仁、萧炼子校：《出三藏记集·卷第八·大品经序》，第293页。

③ 杜斗城：《北凉佛教研究》，台北，新文丰出版公司，1998年。

④ ［南朝梁］释僧祐撰，苏晋仁、萧炼子校：《出三藏记集·卷第九·优婆塞戒经记第十一出经后记》，第340—341页。

⑤ ［南朝梁］慧皎撰，汤用彤校注、汤一玄整理：《高僧传》卷二《晋河西昙无谶传》，第77页。

辛丑，至茂虔（牧犍）承和七年（439）乙卯，凡经二主三十九年，缁素九人所出经律论等，并新旧集失译诸经，总八十二部，合三百一十一卷。”[①]其中,《大毗婆娑论》百卷，被称为是“盖是三藏之指归，九部之司南。”[②]北凉的译经可以和后秦长安译场相媲美，堪称“佛教入中华以来，译经最多”。而且，北凉本土僧人不辞劳苦西去西域，南下江南，做出了很多贡献。[③]

北凉时期，佛教对于文学的影响是具体而深刻的。首先必须引起关注的是北凉时期所出的《贤愚经》。在凉州所出佛经中,《贤愚经》所产生的文学意义，曾经深受关注。元嘉二十二年（445）乃是北凉高昌时期之末年,《贤愚经》始成。《出三藏记集》卷九中对其译写情况作过介绍。[④]刘守华所撰写的《〈贤愚经〉与中国民间故事》概括了《贤愚经》与中国民间故事之间的母题关联。他说，“该书‘例引故事以阐经义’，却又饱含文学性与世俗性”。它曾在西北边陲广为流传，书中的“巧媳妇解难题”“贤明国王巧判连环案”“王子兄弟入海取宝”和“无道国王自取灭亡”等故事，曾对中国各族民间故事的演变产生巨大影响。[⑤]凉州地区的佛经翻译工作，较为在意适应民间的欣赏趣味，因此凉州所出经书故事性较强，这对于叙事文学的发展具有十分重要的意义。

凉州汉译佛经十分发达，故而在五凉时期，凉、晋之间在汉译佛经交流方面尤其成果显著。唐长孺在《北凉承平七年写经题记与从凉州去建康的道路》一文中对此已经做过讨论。北凉覆亡之后，有一些凉州人选择历尽艰险逃亡到南方而不是归顺北魏。如河西王沮渠蒙逊之从弟沮渠京声，就在北凉末年逃往荆州，梁僧祐《出三藏记集》卷十四《沮渠安阳侯传》说他“志强疏通，敏朗有智鉴，涉猎书记，善于谈论”[⑥]。太延五年（439），北魏拓跋焘攻灭凉州，沮渠京声南奔于刘宋。他初出《弥勒》《观世音》二《观经》，丹阳尹孟𫖮见之，称善。及与相见，即雅崇爱。乃设供馔，厚相优瞻。后有竹林寺比丘尼慧浚，闻京声诵禅经，请其翻译，沮渠京声仅以十七日，

① 《开元释教录》,《大正藏》第55册，第519页。

② ［南朝梁］释僧祐撰，苏晋仁、萧炼子校：《出三藏记集·卷第八·大品经序》，第383页。

③ 刘跃进：《六朝僧侣：文化交流的使者》,《中国社会科学》，2004年第5期，第179—191页。

④ ［南朝梁］释僧祐撰，苏晋仁、萧炼子校：《出三藏记集·卷第八·大品经序》，第351页。

⑤ 刘守华：《〈贤愚经〉与中国民间故事》,《民间文学研究》，2007年第4期。

⑥ ［南朝梁］释僧祐撰，苏晋仁、萧炼子校：《出三藏记集·卷十四·沮渠安阳侯传》，第551页。

即出五卷。后又在钟山定林上寺出《佛母泥洹经》一卷。直到宋大明末年（464），遘疾而卒。[①]

由于宗教传播在乡里社会的广泛渗透，凉州地区塔寺的建造和抄经这两项相关的文化活动十分普及。《魏书·释老志》称凉州“村坞相属，多有塔寺”[②]，绝非虚言，而且其中大多塔寺属于乡里著姓私人建造。这一点，在北凉高昌时期高昌地区最为明显，唐长孺在高昌时代的吐鲁番文书中发现：“几乎一切佛寺都冠以高昌的大姓，张、马、阴、索、阚等高昌大姓无不有寺，若干所寺院也称为某某王寺，似应为麴氏国王所建高昌豪族不但支配政权，同时也支配宗教。”[③]明确冠以姓氏的佛寺有阴寺、史寺、冯寺、善都寺、康寺、许寺、杨寺、侯寺、赵寺、韩寺、白寺、苏寺、张寺、索寺、麴寺、令狐寺等将近四十余寺。[④]

在这种风气之下，凉州乡里著姓往往参加了一些经书的抄写工作。敦煌写经题记[⑤]保留了这部分的内容。从这些题记上看，敦煌的乡里著姓或者是普通百姓，皆有抄写经书的习惯。如其中有“押衙索绍员书写记”，是为敦煌索氏。[⑥]如《佛说无量寿宗要经》题为“令狐晏儿写、氾子昇写”，令狐氏与氾氏皆为敦煌乡里著姓。[⑦]令狐氏是较早接触到佛经抄写的一个姓族。北凉承阳二年（429）令狐飒在酒泉为供养人马德惠所造石塔抄写《增一阿含经·结禁品》[⑧]。又如出土于吐鲁番的《妙法莲华经·方便品》题记载：“岁在己巳六月十二日，令狐岌为贤者董毕狗写讫校定。”[⑨]还有《佛说首楞严三昧经》题记载：“维太缘二年（436）岁在丙子四月中旬，令狐广

---

① ［南朝梁］释僧祐撰，苏晋仁、萧炼子校：《出三藏记集·卷十四·沮渠安阳侯传》，第551页。

② 《魏书·释老志》，中华书局，1974年，第3032页。

③ 唐长孺编：《新出吐鲁番文书发掘整理经过及文书简介》，《东洋学报》第54期，1982年，第94页。

④ 参见唐长儒《吐鲁番文书》，文物出版社，1981—1986年。

⑤ 胡适曾经评价说，“敦煌写经题记共收四百多条，是一组最有趣味又最有历史价值的材料。”并引用了一些比较有趣的材料：“杂件之中，我且钞两首写书手的怨诗作此序的结束。一个写书人说：写书不饮酒，恒日笔头干。且作随宜过，即与后人看。又一个写书人说：写书今日了，因何不送钱！谁家无赖汉，回面不相看。（十分贫穷。）”许国霖《敦煌石室写经题记与敦煌杂录》上辑，商务印书馆，1937年，第1—4页。

⑥ 许国霖编：《敦煌石室写经题记与敦煌杂录》上辑，第5页。

⑦ 许国霖编：《敦煌石室写经题记与敦煌杂录》上辑，第14页。

⑧ 张宝玺：《甘肃佛教石刻造像》，兰州：甘肃人民美术出版社，2001年，第42页，图版9。

⑨ ［日］礒部彰编集：《台东区立书道博物馆所蔵中村不折旧蔵禹域墨书集成》卷下，文部科学省科学研究费特定领域研究《東アジア出版文化の研究》，2005年，第3页。

嗣于酒泉劝助为优婆塞史良奴写此经。”[①] 两个月后，令狐广嗣又为供养人程段儿所造石塔抄写《增一阿含经·结禁品》[②]。令狐氏家族的女子，同样有抄写佛经的经历。如敦煌写经题记在《大般涅槃经》下记载“佛弟子清信女令狐陀咒，正光三年（522）正月八日，翟安德所写《涅槃经》一部所供养”[③]。又有《妙法莲华经》，题为“天保一年比丘法常诵，大中七年莫高窟乡人阴人衷所宝”。[④] 这些材料说明当时的乡里著姓对于佛经抄撰之热衷，也可以由此想见当时佛教的普及情况。

五凉时期有一文学现象非常特殊：那就是在凉州地区文人的诗文赋中很少能见到佛教对于这类文学作品的直接影响，特别是公文创作中几乎完全看不到佛教影响的影子。但这并不意味着凉州佛教的传播和普及，对于文学没有丝毫渗透。除了本身具有文学意味的《贤愚经》等汉译佛经之外，还有一些碑铭能让人感受到凉州地区佛教传播的有力影响。

关于北凉《沮渠安周造寺碑》，前人对其来源、文字已经有过诸多考证。[⑤] 此碑作者夏侯粲生平已经难于考证，但是从姓氏来看，他的籍贯并非在凉州及其周边地区，他很可能是前来凉州避难的中土人士。而且，根据碑文中所收的“爰命史臣，载籍垂训”可以推知，他大约是沮渠氏的史官，撰写此碑，是直接代表王意的。另外，碑文中还提到“法恺”是监督建筑造像者，“索宁”是负责全部工程之人。从这三个人负责立碑全部事宜的阵容来看，当时沮渠氏对于此次立碑非常重视。由于碑文残缺，而残留之文字十分费解，故而迄今虽然有许多大学者对其文学价值十分推崇，但很少有人真正解开其中具体的文意。池田温《高昌三碑略考》中《凉王大且渠安周功德碑》[⑥] 部分，只是列出了碑文，但没有加以解释，他们认为这篇是高昌三碑中最为难读的。其中的用词，浸透了佛教的意旨，或者是直接来自于佛经的。贾应逸说，原碑文夹杂着丰富的佛典用语，又是洗练的骈

---

① 黄文弼：《吐鲁番考古记》，中国科学院出版社，1954 年，第 26—27 页。

② 殷光明：《北凉石塔研究》，台湾觉风佛教艺术文化基金会，2000 年，第 36—38、356 页。

③ 许国霖编：《敦煌石室写经题记与敦煌杂录》上辑，第 24 页。

④ 许国霖编：《敦煌石室写经题记与敦煌杂录》上辑，第 19 页。

⑤ 蒋文光：《谈清拓孤本（北凉且渠安周造佛寺碑）》，《社会科学战线》，1979 年第 4 期。蒋文光《孤本（北凉且渠安周造佛寺碑）研究》，《新弧文物》1984 年第 2 期；池田温《高昌三碑略考》，《敦煌学辑刊》总第十三、十四期；贾应逸《〈且渠安周造寺功德碑〉与北凉高昌佛教》，《西域研究》，1995 年第 2 期。

⑥ ［日］池田温撰，谢重光译：《高昌三碑略考》，《敦煌学辑刊》，1988 年第 1、2 期，第 146—161 页。

文，因而不易解释。[①] 因此，他曾借助工具书对其中的一些佛教用词加以了解释。

虽然碑文残缺，但其实这篇碑文的主体内容具有明显的层次区分。由此入手，是比较好理解的。一般来说，碑文构思，是先写对于佛理之感悟，算是交代立碑之缘起。直到碑文的中间，才开始交代其内容，即其所云之："凉王大且渠安周，诞妙识于灵府，味纯而漱独咏。虽统天理物，日日万机，而謶讥之心不忘。"北凉统治者十分提倡佛教的发展。转关一句，即"目睹盛美，心生随喜，嗟叹不足，刊石抒怀"。然后，依次交代了立碑的具体事宜。这是碑记写法的一种转型，渐次脱去其纯粹论及佛法的特点，转向记事、论佛兼而有之。但是即便如此，佛教义理仍然繁复，导致碑文内容会显得非常艰深。这之后的碑记，则更向纯记事发生转变了。如其后梁代之《头陀寺碑文》，则在义理上则是要相对浅显一些，而且对于立碑之事的记述文字，也更为详细[②]。这篇碑文最大的特点，是通篇采用了骈文的写作手法。凉州地区的文学发展在骈文方面，贡献极大，从这篇碑文中也可以看出一二。其对仗之工整，用词之舒徐典雅，气度非凡。例如这其中表彰僧侣游徙传法，说的是："爰有含灵独悟之士，转日月于方寸，具十号以降生，顾尘海之飘滥。"提到沮渠立碑弘法之信心，说的是："崇不终旦，有蔚其丽，有炳其焕，德輶难举，克在信心。"这样的句式，齐整铿锵，雅重而不生涩。

另外，夏侯粲在语言上的冲淡平和、秀丽轻逸之感，和汉译佛经中简朴平实的文字风格差别很大。他的某些句子非常洗练，其实十分类似于玄言的表达。如这句"名以表实，像亦载形。虚空无际"，则是有玄学本体论在涉及宇宙讨论之时，常常喜欢经营出来的宇宙虚渺之感。再有"应供虚矜，冲怀莫契，古亦犹今"，这其中的"虚矜""冲怀"也与玄理有一定的相似之处，也可能是直接借用于玄理的。凉州地区一直具有玄学传播的传统，因此碑文中融入这些玄学发展的语言特征，也是在情理之中的。北凉时期已经是十六国时期的晚期，从前凉时期到此时，文学发展已经有了很深的积累和进步。夏侯粲在历史上并不著名，而他却能在一篇碑文中展现如此高超的文学水平，这不得不让人想见当时凉州地区文化水平发展之盛。

---

① 贾应逸：《〈且渠安周造寺功德碑〉与北凉高昌佛教》，《西域研究》，1995年第2期，第35页。

② 李乃龙：《头陀寺碑文的佛理表达及其策略》，《钦州学院学报》，2009年第2期，第13—17页。

本章小结

在晋末动乱到十六国时期这一历史阶段内，人们疲于保命，避难流亡于战争夹缝之间。从社会空间的意义上讲，“夹缝”就是指乡里坞壁。乡里坞壁是晋末之后作为文学发展的存续空间，在北朝社会中长期存在。它保证了战乱时期北方地区人们生活的延续，也就保证了北方地区文学发展的存续。但不得不承认的是，在生存追求优先于生活追求的历史条件下，文学发展显得格外艰难。这个时期文学发展主要体现在两个方面，一是西晋时期残留在北方坞壁之中的士人所创作之文学，二是从底层社会中产生的民歌。在十六国统治局面完全形成之前，西晋末年前后这一短暂的历史阶段之内，文学的发展开始显示出向魏晋传统回溯的特征，而不是太康以后的西晋文学发展特征。这是因为这段时期内的文学发展主体，来自于乡里社会者居多，他们尚未接受到来自上层阶级的文化熏染。这一特点我们在下一章中还要继续讲到。这番文学史发展的“回溯”特征，为北朝文学发展具有相对保守和重乎“气质”的特点埋下了伏笔。乡里社会组织中所崇尚的人际关系、道德标准和学风追求，都是从晋末社会就已经开始有其雏形的，而这些最终都反映在文学的思想内涵之中。在以往关于坞壁与文学发展关系的研究方面，前贤十分重视讲述坞壁这种社会空间对于士风的影响。一般认为，是封闭的坞壁环境带来了北方地区相对保守、闭塞的士风，于是这影响到坞壁之间的文学交流不畅，这一特征也深刻烙印于北朝文学的发展之中。关于这一点，下一章还将深度阐述。

第二章　十六国时期的胡族政权与乡里士人

十六国时期胡族不断内迁之后，建立了各自的政权[1]。留在北方的汉族士人，成为胡族政权所笼络和倚靠的对象。在这段时期内，几乎所有的华北地区乡里宗族都曾与胡族政权有过合作。其中一部分人虽然曾经仕晋，但“他们在晋朝官位一般都不高，属于世族地主的中下层”。[2] 可以说，胡族政权的到来，直接造成了北方地区乡里士人或者乡里宗族作为政治新贵之崛起。他们往往根据于乡里，和胡族政权保持若即若离、时密时疏的关系。北方社会发展的秩序由此得到重建。对于文学史发展而言，这些加入或者暂时依附到新政权中的乡里士人及其宗族共同体，意味着全新的文学主体的产生。这一文学主体的阶层特点和他们所拥有的时代氛围和创作环境，都对他们的文学创作产生了影响。

第一节　十六国胡主与乡里士人之间的文学互动

在战争带来的乱离和秩序重建的历史背景下，进入胡族政权的乡里士人，或是乡党耆旧，或是俘虏降人，又或是郡县所举荐者，身份不一，然大部分是来自于北方乡里社会。他们在阶级地位上也各有差别，或是来源于地方宗党大族，或为不知名的寒素士人。他们在西晋社会原属于中下层，并非是西晋时期的一流门族，也从来不是文学发展的主要力量，而胡族政权对于他们的启用，极大地影响了北方地区文学发展力量的阶级构成。十六国时期文学主体，与西晋时期的文坛相比其实完全被更新了。

一、汉赵胡主及其并州乡党

晋末以来的胡族政权及其军队，对于一些汉族乡里士人而言并非天外

---

① 田余庆说：“八王之乱演而为永嘉之乱，永嘉之乱演而为‘五胡乱华’，其终极原因在于百余年来各胡族社会的逐渐封建化、农业化和各胡族逐渐内徙，而东汉、魏、晋政权又无力阻止这一内徙的历史趋势。”《东晋门阀政治》，北京大学出版社，2005 年，第 29 页。

② 邹礼洪：《论中原士大夫对前燕慕容氏封建化的影响》，《新疆师范大学学报》（哲学社会科学版），1985 年第 1 期，第 1 页。

来兵，相反，他们与汉族人之间有着漫长的杂居史，彼此较为熟悉。因此，有些汉族乡里士人进入胡族政权极早，是在胡主获得统治权之前就已经与之产生联系的，甚至在乡里与胡主有过共同生活的经历，是同乡或世交。汉赵政权中的乡里士人与胡族政权之间的关系就属于这一类。

刘渊本是并州新兴屠各，却掩饰自己的民族本源，对外号称匈奴嫡裔、汉武帝之甥。对于刘氏这种冒称民族出身的原因，历来有很多分析。屠各本是杂胡，但也可能此时和南匈奴之间有所融合，这种冒认也并非完全没有来由。但从这种冒认所产生的实际效果来看，其原因不外乎利用匈奴与汉族更近的关系为旗帜，以号令天下。“该集团的主要特征之一，则是利用对匈奴族群、文化的记忆，构建出地缘乃至血缘的关系，形成特殊的内部凝聚。”[①] 刘渊自己也说，“晋人未必同我。汉有天下世长，恩德结于人心”[②]。刘渊正是以此来弥合上党匈奴、屠各以及汉人之间的关系。文学史研究中，常常征引赵翼《廿二史札记》卷八“僭伪诸君有文学”[③] 其谈论刘渊父子文学修养等语。这说明刘氏文学修养较高这个特点，已是公认。钱穆也谈到“五胡”次序：“诸胡中匈奴得汉化最早，如刘渊、聪曜父子兄弟一门皆染汉学，故匈奴最先起。”[④] 然而很有必要重新梳理的是刘氏政权中的主要人物获得文学才能的过程，而这个过程正是和并州乡党深有关系。

刘渊生于魏齐王嘉平中，元帝咸熙中（264—265）为任子在洛阳[⑤]，晋武帝泰始十年（275）后返回五部接任左部帅。其时，刘渊已经超过二十岁，他在洛阳的任子生涯，也已超过十年。[⑥] 因此，他大约是在十几岁的时候离开并州前往洛阳，并在那里生活了十多年。陈序经说，刘渊“本人为质子，可见他在匈奴中的地位是很重要的”。[⑦] 此时，其父刘豹势力强大，引起了西晋的戒心。刘豹统一五部是在司马师辅政之初，大致在嘉平三四年（251、252）间。此后并州屠各取代南匈奴，成为五部一带新的政治中心。由于匈奴过分强大，于是，江统《徙戎论》：“咸熙之际，以一部太强，分为三率。”[⑧] 陈勇认为，刘渊任子和匈奴分为三率“这两件事并非巧合，应

---

① 陈勇：《汉赵论史稿——匈奴屠各建国的政治史考察》，商务印书馆，2009 年，第 1 页。
② 《晋书 · 刘元海载记》，第 2649 页。
③ ［清］赵翼著、王树民校正：《廿二史札记校正》（订补本），中华书局，1984 年，第 164 页。
④ 钱穆：《国史大纲》，商务印书馆，1991 年，第 261 页。
⑤ 《晋书 · 刘元海载记》，第 2646 页。
⑥ 陈勇：《汉赵论史稿——匈奴屠各建国的政治史考察》，第 123 页。
⑦ 陈序经：《匈奴史稿》，中国人民大学出版社，2007 年，第 425 页。
⑧ 《晋书 · 江统传》，第 1534 页。

该都是司马氏抑制并州屠各计划的一部分”。[①]

刘渊幼年到成为任子之前，其学养之获得主要是在乡里完成的。刘氏宗族部落“虽分居五部，然皆居于晋阳汾涧之滨”[②]。从种种情况来看，并州六郡中胡人人口数量不少，而且与汉族的融合程度较高。晋阳离上党郡很近，因此刘渊自幼在上党游学，所受的教育是来自上党地区的私学讲授者崔游。[③]钱穆评价说：“刘渊父子皆粗知学问，渊师事上党崔游，习《毛诗》《京氏易》《马氏尚书》，皆是东汉的旧传统。”[④]“东汉的旧传统”也说明了当时乡里所流行之学问，相对古旧而不新颖。在这样的私学教育之中，刘渊的基本思想其实和普通乡里士人别无二致。刘渊在崔游门下，还结交了两个同窗，他曾经议论汉时人物，对同门朱纪、范隆说：“吾每观书传，常鄙随陆无武，绛灌无文。道由人弘，一物之不知者，固君子之所耻也。二生遇高皇而不能建封侯之业，两公属太宗而不能开庠序之美，惜哉！”[⑤]这说明刘渊所接受的是和汉族乡里士人基本一致的乡里私学教育。刘渊虽然是屠各杂胡，但实际上就是晋阳乡人，他获得文化教养的经历其实和这个地区的普通乡里汉族士人没有太大区别。在为刘渊所任命的士人中，有一位是匈奴后部人陈元达，“常躬耕兼诵书，乐道行咏，忻忻如也”[⑥]。刘渊尚是左贤王时，就已经知道陈元达，招之不至。此人从事农耕，不与人交通，类似隐士。入仕后，好谏诤，后因直谏而死于刘聪之手。可见其行为方式和文学修养方面都已经彻底被汉化，这也说明了并州匈奴汉化程度之深，他们对于汉族的隔阂应该是较小的。陈元达的例子也可以作为刘渊在并州地区的生活已经让他与汉族士人极为接近之旁证。刘渊的文学才能在这一时期内拥有了初步基础。

崔游、朱纪、范隆等汉族士人因为与刘渊早年有所交往，而成为刘氏所立前赵政权中的第一批文人。朱纪、范隆虽并非乡里大族，但因为与胡主之间存在的同窗、同乡的关系，而在前赵政权中深受重用，因此也远离了晋末乱离，获得了存续、发展文化的机会。在这段历史中，朱纪、范隆

---

① 陈勇：《汉赵论史稿——匈奴屠各建国的政治史考察》，第119页。

② 《晋书·刘元海载记》，第2645页。

③ 《晋书·刘元海载记》：“幼好学，师事上党崔游，习《毛诗》《京氏易》《马氏尚书》，尤好《春秋左氏传》《孙吴兵法》，略皆诵之，《史》《汉》、诸子，无不综览。”第2645页。

④ 钱穆：《国史大纲》，第280页。

⑤ 《晋书·刘元海载记》，第2645—2646页。

⑥ 《晋书·刘聪载记附陈元达载记》，第2679页。

常常联袂出现。朱纪后被封为太傅，他的女儿也入了后宫，因此和刘氏产生了姻亲关系。朱纪后来还担任过刘聪太傅，与之存在师承关系。刘聪是元海第四子，“幼而聪悟好学，博士朱纪大奇之。年十四，究通经史，兼综百家之言，《孙吴兵法》靡不诵之。工草隶，善属文，著述怀诗百余篇、赋颂五十余篇”。[①] 这些文学创作方面的成绩，除了因为刘聪本人天资出众，也与后来的学养有关。而学养的形成，大概和这位太傅的影响也有关系。而且，他的主要文学创作体裁是“述怀”之诗与赋颂，这与当时西晋时期主流的诗歌风气是相吻合的。范隆本是雁门人，“与上党朱纪友善，尝共纪游山”，“博通经籍，无所不览，著《春秋三传》，撰《三礼吉凶宗纪》，甚有条义”，“后与纪依于刘元海，元海以隆为大鸿胪，纪为太常，并封公。隆死于刘聪之世，聪赠太师。”[②]

刘渊的文学才能也来源于他的任子经历。刘渊在洛阳深度结交的，实为在朝的并州乡党。刘渊先后在洛阳担任过两次“任子”。第一次是在“咸熙中，为任子在洛阳，文帝深待之”。[③] 之后他回到了五部，成为左贤王。此时，并州地区的乡党开始有意结交刘渊。屯留崔懿之和襄陵公师彧等人，皆是并州乡党，但并非刘渊的布衣之交，应该是相识较晚一些。二人皆善相人，“及见元海，惊而相谓曰：‘此人形貌非常，吾所未见也。’于是深相崇敬，推分结恩。太原王浑虚襟友之，命子济拜焉”。[④] 从这条材料紧凑的表述来看，刘渊应该也是通过这批乡党，较早结识了王浑。并州太原王浑（223—297），乃太原名士、灭吴功臣王昶之子。此时应该是刘渊已经屯居上党，力量较为壮大，而吸引了这些并州乡党前来依附。史书称太康末他成为左贤王之后，“幽冀名儒，后门秀士，不远千里，亦皆游焉”。[⑤] 这可能是一种较为美化的说法，从实际的情况来看，当时从幽、冀远道而来的文人还是极为鲜见的，主要为其政权所汲引的，仍是其并州乡党。刘渊政权给汉族士人所留的职位，基本悉属其并州乡党。“以右贤王宣为丞相，崔游为御史大夫，左于陆王宏为太尉，范隆为大鸿胪，朱纪为太常，上党崔懿之、后部人陈元达皆为黄门郎，族子曜为建武将军；游固辞不就。”[⑥] 另外还有在刘聪时期担任过太中大夫的公师彧，但因为修史之事见杀，与

---

① 《晋书·刘聪载记》，第 2657 页。

② 《晋书·儒林传·范隆传》，第 2352—2353 页。

③ ［宋］李昉等：《太平御览》卷一一九《偏霸部三》之“前赵刘渊”条，中华书局影印本，1960 年，第一册，第 574 页下栏。

④ 《晋书·刘元海载记》，第 2646 页。

⑤ 《晋书·刘元海载记》，第 2647 页。

⑥ 《资治通鉴》卷八十五《晋纪》七，第 2702 页。

其一起被杀的还有其他六人。[①] 这些士人在刘渊政权的壮大以及汉政权的建立过程中发挥了一定作用。总之，由于刘渊父子有很好的汉文化修养，汉国初建时又笼络了相当一批并州士人，使汉国的制度和面貌颇有些中原王朝的气息。

通过太原王浑，上党屠各刘渊和西晋之间建立了密切的关系，进一步壮大了自己的力量。“泰始之后，浑又屡言之于武帝。帝召与语，大悦之。”[②] 刘渊在晋廷的地位和声望得到了提高。王浑甚至曾经救过刘渊的性命。刘渊时为齐王攸所间，言于帝曰：“陛下不除刘元海，臣恐并州不得久宁。”[③] 而王浑则为之向晋帝进言保下。王浑还曾见过和评价过刘渊的儿子刘聪。刘聪同样是“弱冠游于京师”，“太原王浑见而悦之，谓元海曰：‘此儿吾所不能测也。’”，“名士莫不交结，乐广、张华尤异之也。”[④] 弱冠之人而得见名臣乐广、张华，这其中应该也少不了王浑的引荐。刘聪在京师中交游时，已经有较好的文学才华作为交游之资凭，史称其“年十四究通经书百家之言，孙吴兵法靡不诵之，工草隶书，尤善属文，著述怀诗百余篇，赋颂五十余篇”。[⑤] 刘聪的文学创作在数量上是可观的。在俘虏了晋帝之后，刘聪曾经回忆早年曾经造访时为豫章王的晋帝的经历。“卿为豫章王时，朕尝与王武子相造，武子示朕于卿，卿言闻其名久矣。以卿所制乐府歌示朕，谓朕曰：‘闻君善为辞赋，试为看之。’”[⑥] 刘聪今有存题之赋《盛德颂》，应该就是作于元康元年（291）或者之前，可以视为他“善为辞赋”的表现。这里的“王武子”就是指王浑的次子王济[⑦]。因王浑长子早卒，嗣位的是王济。王浑、王济等人雄踞乡里、盘踞朝廷。西晋初年，王濬曾与王浑争平吴之功，所上自理表云：“然臣孤根独立，朝无党援，久弃遐外，人道断绝，而结恨强宗，取怨豪族……今浑之支党姻族，内外皆根据磐互，并处世位。”[⑧] 从这里可以看到王氏在朝中的地位。由于刘渊长期屯居于上党，身在朝廷的上党李憙、太原王浑这两位“乡曲”都曾向朝廷表示了他们对于刘渊军事实力和才能的了解，在从太康中爆发的边疆民族危乱中，不断推荐启用刘渊平乱。

---

① 《晋书·刘聪载记》：“聪临上秋阁，诛其特进綦毋达，太中大夫公师彧，尚书王琰、田歆，少府陈休，左卫卜崇，大司农朱诞等，皆群阉所忌也。”第 2671 页。

② 《晋书·刘元海载记》，第 2646 页。

③ 《晋书·刘元海载记》，第 2647 页。

④ 《晋书·刘聪载记》，第 2657 页。

⑤ 《晋书·刘聪载记》，第 2657 页。

⑥ 《晋书·刘聪载记》，第 2660 页。

⑦ 《世说新语》中皆称之为“王武子”，如《言语》篇：王武子、孙子荆各言其土地人物之美。

⑧ 《晋书·王濬传》，第 1213 页。

晋武帝咸宁五年（279），树机能攻陷凉州，上党李熹主张“发匈奴五部之众，假元海一将军之号，鼓行而西”。[①] 从这里可以看出刘渊和李熹之间的关系。齐王攸主张杀刘渊，而王浑进曰：“元海长者，浑为君王保明之。且大晋方表信殊俗，怀远以德，如之何以无萌之疑杀人侍子，以示晋德不弘。”[②] 刘氏结交政治影响力强劲的太原王氏，正是为了自己在西晋朝廷中的利益。这种情况，几乎为刘渊的后代刘宣、刘聪所复制。刘渊的长子刘宣，和刘渊一样游学于乡里私学。刘宣“好学修洁。师事乐安孙炎，沉精积思，不舍昼夜，好《毛诗》《左氏传》”。[③] 孙炎对他的评价很高。刘宣学成而返，同样是受到太原王氏提携：“并州刺史王广言之于武帝，帝召见，嘉其占对。”[④] 从这里可以看出，刘渊一族与晋阳王氏一门三代之间的关系深厚。刘氏通过并州乡党中的大族，和朝廷之间建立了一定的联系。

总而言之，两次在洛阳作为任子且与汉族士人长期交相往来的经历，使得刘渊的文学才能应该也不仅仅是来自早年在乡里私学中的储备，而是更多地来自于在洛时期和其他汉族士人之间的交流。其子刘聪甚至提到了早年和晋怀帝之间的诗赋交流。而这些交流的实现，其实都是以并州乡党为桥梁的。

然而，汉政权成立之后，刘渊在政治上并不十分依靠汉族士人。谷川道雄说：“在两赵政权中，体现塞外匈奴国家骨骼的不是大单于制，而是以中国式官制为基础的帝国军事组织，这就是新建的匈奴国家所具有的特异性。”[⑤] 而这种单于制与魏晋时期的五部制“颇有相通之处”。[⑥] 以刘渊寝疾之后所立的托孤大臣为例，其中主要是以太宰刘欢乐等刘氏宗室为主，刘殷、王育、朱纪等几个老臣随附于名单之尾。军事权柄更是全在刘氏宗室之手，其中安昌王盛、安邑王钦、西阳王璿皆领武卫将军，分典禁兵，最为重要。[⑦] 陈仲安、王素曾对刘氏政权的结构加以研究，提出汉赵国内有“三个相对独立的不同族属的集团”——刘聪“本族”“汉族人民”及“六夷部落”，其中刘聪本族的军队是其核心力量。[⑧] 吕一飞提出，汉赵国的政

---

① 《晋书·刘元海载记》，第 2646 页。

② 《晋书·刘元海载记》，第 2647 页。

③ 《晋书·刘元海载记附刘宣载记》，第 2653 页。

④ 《晋书·刘元海载记附刘宣载记》，第 2654 页。

⑤ ［日］谷川道雄著，李济沧译：《隋唐帝国形成史论》，上海古籍出版社，2004 年，第 40—41 页。

⑥ ［日］谷川道雄著，李济沧译：《隋唐帝国形成史论》，第 38 页。

⑦ 《资治通鉴》卷八十七《晋纪》九，第 2749 页。

⑧ 陈仲安、王素：《汉唐职官制度研究》，中华书局，1993 年，第 67 页。

治结构由三部分组成，“核心力量”是“南匈奴五部之众”，“准核心力量”是“其他胡族”，外围是“晋人”（汉族）。[①] 刘氏政权十分突出匈奴贵族的利益，实行胡汉分治，而将汉族士人置于较低的位置。永嘉三年（309，刘渊河瑞元年），刘渊迁都平阳，其本部的屠各与陆续归汉的六夷及汉族人口，随之移居该地。汉国单于台设于平阳西郊，六夷二十万落也应在附近。周一良对其政治体制之民族构成，曾有如此案语：“近郊指平阳西之单于台，十万劲卒则兼苞匈奴及以外诸种姓也。”[②] 刘曜带入关中的并州屠各，反映了汉赵国的族群划分，以及当时通行的族际观念。刘渊称帝，“宗室以亲疏为等，悉封郡县王。”[③] 因此，刘氏政权更类似一个军事制政权。在刘氏政权中，真正手握权柄的还是匈奴五部贵族，如呼延氏等汉族士人主要担任的，并非要害职务，一般都是文化类职务。这个时期内，这支政权也俘虏并且启用了一些文人。《资治通鉴》记载永嘉六年（312）八月：“粲、曜送尚书卢志、侍中许遐、太子右卫率崔玮于平阳。”又载：“九月，聪以卢志为太弟太师，崔玮为太傅，许遐为太保。”[④] 卢志被俘后，被任命为皇太弟刘乂的太师。但这些士人因为与亲族离散，失去了宗族的庇护，所以在胡族政权中地位尴尬，他们的才能并没有得到很好的发挥，更没有在这支政权中发展出强大的势力。

汉族士人在汉赵政权中的入仕途径说明，胡主和晋末其他汉族起义领导者一样，十分重视乡曲。与前赵同时起兵的山东人王弥，在洛阳歼灭百官，而刘暾因为是王弥东莱掖县的同乡而且是“乡里宿望”[⑤] 而独不被杀。其后，刘暾出仕于王弥，为其建言献策。王弥之叛，给晋王朝带来的毁灭之力，不在屠各刘氏之下。《晋书》评之曰：“王弥好乱乐祸，挟诈怀奸，命俦啸侣，伺间候隙，助悖逆于平阳，肆残忍于都邑，遂使生灵涂炭，神器流离，邦国轸《麦秀》之哀，宫庙兴《黍离》之痛，岂天意乎？岂人事乎？何丑虏之猖狂而乱离之斯瘼者也！”[⑥] 但即便是这样具有摧毁性的人，曾在西晋身居御史中丞等要职的刘暾仍然愿意为之出力。这其中的原因，除了战乱时期受制于人的不得已，还有就是他和王弥之间的同乡关系。可见乡曲关系远重于民族关系。这种对乡曲关系的看重，正是汉族士人文化中非

---

① 吕一飞：《匈奴汉国的政治与氐羌》，《历史研究》，2001年第2期。

② 周一良：《乞活考——西晋东晋间流民史之一页》，《魏晋南北朝史论集》，北京大学出版社，1997年，第28页脚注1。

③ 《晋书·刘元海载记》，第2651页。

④ 《资治通鉴》卷八十八《晋纪》十，第2783页。

⑤ 《晋书·刘毅传附子刘暾传》，第1282页。

⑥ 《晋书·列传第七十》，第2638页。

常重要的一个特点，而它已经渗透到久居晋阳、上党的匈奴人的意识中了。可以说，在十六国时期的某些特定情况下，胡主和汉族士人的政治立场考量中，乡曲关系优先于民族关系。

另一方面，愿意出仕汉赵政权的汉族文人还是偏少。汉赵政权作为袭破洛阳、长安的第一支胡族政权，被汉族士人视为仇寇，因此拒不出仕。而汉赵政权本身自起兵之初，亦对西晋政权进行了全盘否定。刘渊《即汉王位下令》中所声称的“大耻未雪”远溯到董卓、曹氏父子所造成的汉室之辱[①]。晋室之亡令中原士人各怀哀痛，而汉赵刘氏这样对待晋室的否定态度，在当时的情况下很容易让他们失去一些人心。因此，当时即便是一些与世无争的隐士，刘氏政权也往往征而不至。如弘农人董景道，博学精究[②]，隐居商洛山，“刘元海及聪屡征，皆碍而不达”，至刘曜时，“征为太子少傅、散骑常侍，并固辞”[③]。即便是一些强征而来的士人，也往往二三其心。如刘聪时期归于政权的大儒刘殷，是并州新兴人，他“弱冠，博通经史，综核群言，文章诗赋靡不该览。性倜傥，有济世之志，俭而不陋，清而不介，望之颓然而不可侵也。乡党亲族莫不称之。郡命主簿，州辟从事，皆以供养无主，辞不赴命。司空、齐王攸辟为掾，征南将军羊祜召参军事，皆以疾辞”。[④]刘殷娶同郡富人、并州豪族张宣子之女为妻，可以算是刘氏政权的同乡。永嘉之乱，没于刘聪，担任过侍中、太保、录尚书事。由于刘聪暴虐，刘殷于是常常告诫子孙不要直谏。作为早期参与到胡族政权中的汉族乡里士人，刘殷感到处理胡汉关系是重要而艰难的。“在聪之朝，与公卿恂恂然，常有后己之色。”[⑤]因此刘殷的主要精力还是放在维系其乡里生活上：“有七子，五子各授一经。一子授《太史公》，一子授《汉书》，一门之内，七业俱兴，北州之学，殷门为盛。竟以寿终。”[⑥]此时的文人以保命为上，即使进入胡主朝廷，也不敢过分出力。即便身处战乱之夹缝中他们依然是以自己的乡居生活为重心。

刘曜统治时，迫于军事压力和战略需要，前赵政权迁都长安。早在刘聪麟嘉二年（317）二月，太史令康相即上疏《言文》以天象谈及当时紧

① 《晋书·刘元海载记》，第2649—2650页。

② 《晋书·儒林传·董景道传》：“明《春秋三传》、《京氏易》、《马氏尚书》、《韩诗》，皆精究大义。《三礼》之义，专遵郑氏，著《礼通论》非驳诸儒，演广郑旨。”第2355页。

③ 《晋书·儒林传·董景道》，第2355页。

④ 《晋书·孝友传·刘殷传》，第2288页。

⑤ 《晋书·孝友传·刘殷传》，第2289页。

⑥ 《晋书·孝友传·刘殷传》，第2288页。

迫的时势。[1]由于石勒势力和慕容鲜卑势力的不断扩大，已经建成包围平阳之势，一旦这些势力联合，则刘氏政权将无法抵抗。迫于此，刘聪死后，刘曜将前赵政权的中心迁往了长安。但是，这也就意味着在这一支政权中的并州乡党，离其属地更为遥远，其流散、式微之势已是不可阻挡。这些并州乡党同时包括了汉族士人和匈奴五部。这一次迁都是造成前赵政权埋下远虑走向覆灭的原因之一。

今存刘曜《下书追赠崔岳等》[2]一文，颇有文采，用情亦深，并可见其与并州乡党之关系：

> 盖褒德惟旧，圣后之所先，念惠录孤，明王之恒典。是以世祖草创河北，而致封于严尤之孙，魏武勒兵梁宋，追恸于桥公之墓。前新赠大司徒、烈愍公崔岳，中书令曹恂，晋阳太守王忠，太子洗马刘绥等，或识朕于童龀之中，或济朕于艰窘之极，言念君子，实伤我心。《诗》不云乎："中心藏之，何日忘之！"岳，汉昌之初虽有褒赠，属否运之际，礼章莫备，今可赠岳使持节、侍中、大司徒、辽东公，恂大司空、南郡公，绥左光禄大夫、平昌公，忠镇军将军、安平侯，并加散骑常侍。但皆丘墓夷灭，申哀莫由，有司其速班访岳等子孙，授以茅土，称朕意焉。

从这份追赠名单中可以看出，这些人都是并州乡党之仕刘者。"或识朕于童龀之中，或济朕于艰窘之极"，正是在晋末乱离之后乡党社会中所结成的一种相互协助的人际关系。这些人当中，有一些人是死于刘聪暴政的。如中书令曹恂是死于反对刘聪纳后之事。《晋书·刘聪传》载，"中常侍王沈养女年十四，有妙色，聪立为左皇后。尚书令王鉴、中书监崔懿之、中书令曹恂等谏"，刘聪览之大怒，皆斩之。[3]因为纳后事件而斩杀大臣，其实只是一个借口。真正的原因在于，众大臣与宦官王沈之间矛盾日深。现存多篇前赵时期之谏诤文字皆是因此事而起。刘聪之子太宰刘易《谏用宦官王沈等表》，称王沈"知王琰等忠臣，必尽节于陛下，惧其奸萌发露，陷之极刑"。[4]刘聪不但不纳，而且将此表示之王沈，刘易虽然未遭杀害，但亦因谏不被刘聪所用忿恚而死。刘聪时期的暴政使得刘氏最初与并州乡

① 《晋书·刘聪载记》，第 2674 页。
② 《晋书·刘曜载记》，第 2687—2688 页。
③ 《晋书·刘聪载记》，第 2676—2678 页。
④ 《晋书·刘聪载记》，第 2672 页。

党之间结成的深厚关系遭到巨大破坏。因此，刘曜上台后所进行的这一次追赠也是他对乡党、旧臣所做的补偿，从而对刘聪暴政拨乱反正。这种微妙的变化体现在刘曜时期对汉族文人频繁的褒扬和奖赏之中。刘曜另外一篇《下书封乔豫和苞》[①]表彰乔豫、和苞二人对自己纳谏之诚恳，其举亦是对刘聪暴政的否定。这两封下书语言上不似西晋时期愍怀下书之深沉典重，文中引用《诗经》中常见之语，亦是家常之至，可见刘氏军事政权之中，殆尚语言平易之文，而不吝直抒深重之情。毕竟，刘氏的文学才能主要是在乡闾之中养成，故无台阁气。

总之，刘氏政权之体制仍是匈奴的大单于制为主，即便是入关中后，具有强烈政治象征意义的"五部匈奴"之名，亦没有被放弃，而是在关中得到重建[②]。作为军事色彩浓厚的政权，适逢战乱，故而刘氏并不会主观、有意地去经营文学。这一时期的文学作品较少，除了以上谈到过的一些公文文字之外，赋颂和诗歌并没有留下它们的具体篇名和内容。因此，由于作品留存太少，前赵政权中文学传统的延续性线索不是十分清晰。但是可以肯定的是，刘氏诸王成长于西晋时期以来的乡里社会，加之拥有在洛阳的任子经历，这使得他们在乡里获得了正统的儒学教育，吸取了都城中深厚的文学修养。刘氏政权大量启用了并州乡党中的寒素汉人，开辟了这一时期胡汉士人合作的源头，而产生合作的基础是乡党关系。

二、石赵政权中的"晋人"与"旧族"

和刘氏政权大量依靠并州乡党相比，石勒的创业显得要艰难很多。作为被贩卖到并州境内的羯人，他原是没有乡党基础的。石勒政权无部族基础，是因其个人才干而成就了一番霸业。[③]羯人是五胡之中地位最低者，相貌类似西域胡人，高鼻深目[④]。关于羯族的来源历来有多种说法，[⑤]唐长孺

---

① 《晋书·刘曜载记》，第 2689 页。

② 聂溦萌：《从"匈奴五部之众"到"五部领屠各"——对汉赵族群演变的考察》，《中国中古史研究》（第三卷），中华书局，2013 年，第 145 页。

③ 罗新：《十六国时期的政治形势和民族整合》前言，第 35 页。

④ 太子詹事孙珍之"深目"的外貌特征，被戏谑为类胡。《晋书·石季龙载记》，第 2776 页。

⑤ 关于羯族的种族说法有三种：一曰匈奴苗裔或一支，即以上所说；二曰入塞北狄十九种中羌渠和力羯的后裔（万绳楠《魏晋南北朝史论稿》，安徽教育出版社，1982 年，第 140 页）；三曰羯人疑是氐羌与匈奴混血种，羌渠之胄，即是羌中渠帅之子孙（顾颉刚：《从古籍中探索我国古代民族——羌族》，《社会科学战线》，1980 年第 1 期）；四曰西域胡占主要成分，或谓即西域胡之一种，或谓与小月氏有渊源关系（唐长孺：《魏晋杂胡考》，《魏晋南北朝史论丛》，第 419—420 页。姚薇元《北朝胡姓考》，中华书局，1962 年，第 386 页。）

曾分析羯胡为匈奴别种，其主要成分是西域胡。[①] 而所谓“匈奴别种”，其中相当一部分是由被匈奴征服、统治的民族组成的，在匈奴社会中地位很低，近于奴隶。他们从外观上最容易被分辨族属，因而与汉人较难融合。《晋书·石勒载记》记载并州饥乱，北泽都蔚刘监欲缚卖羯胡。[②] 北泽当作“北部”，刘监当属屠各刘氏。也就是说，匈奴人也贩卖过羯族人。羯胡大量被掠卖到冀州，其后果之一就是冀州境内有了相当数量的羯人。冀州境内的羯人力量分散，如石勒“其先匈奴别部羌渠之胄，分散居于上党羯室，因号羯胡，祖耶奕于此”。[③] 这类“分散”而居的胡人群体完全不可能像并州边境上的匈奴五部一样有着成熟的军事体制。但他们身份卑贱，是最底层、受到压迫最深的，对统治者有着深刻的仇恨心理，因此在动乱时会乘时而起，会依靠强烈的民族认同感而汇聚到一起。《资治通鉴》提到一个细节，祖逖有胡奴王安，在雍丘时，欲投于石勒。祖逖“谓安曰：‘石勒是汝种类，吾亦无在尔一人。’厚资送而遣之。安以勇干，仕赵为左卫将军。”[④] 王安是一个普通胡奴，在石勒所举的大旗之下，其归去之心不可阻挡，这说明羯胡在当时有着很强的民族凝聚力和民族认同感。这些羯胡汇聚到一处后，反抗活动遂多。《晋书·丁绍传》载丁绍为冀州刺史，“时境内羯贼为患，绍捕而诛之，号为严肃”。[⑤] 可见其镇压也是十分残酷。“太安中，并州饥乱，（石）勒与诸小胡亡散，乃自雁门还依宁驱。”[⑥] 后来被贩卖到冀州。他早年起兵所倚靠的“十八骑”，原是其所依附的坞主汲桑之羯胡。其后石勒依附刘渊、刘聪，军事力量不断发展壮大。“这些羯胡，是作为奴隶被从并州贩卖到冀州的，星散于冀州各郡，晋末扰乱时所在为寇，后来逐渐聚集到石勒的大旗下，成为石赵立国的支撑力量。没有长期以来散布于河北地区的羯胡族众，石勒的‘僭伪’事业就很难成功。”[⑦] 后来由羯人建立的石勒政权对于汉族士人屠杀最多，他们对西晋官吏的仇恨和杀戮[⑧]，可谓是十六国胡族政权中最甚的。因此，有学者总结说石勒的复仇，“是带有民族斗争色彩的一场阶级斗争”[⑨]。直到石赵灭亡时，这种积压起来

---

① 唐长孺：《魏晋杂胡考》，《魏晋南北朝史论丛》，第 414—427 页。

② 《晋书·石勒载记上》，第 2708 页。

③ ［北魏］崔鸿撰，［清］汤球辑补：《十六国春秋辑补》，第 73 页。

④ 《资治通鉴》卷九十四《晋纪》十六，第 2796 页。

⑤ 《晋书·良吏·丁绍传》，第 2337 页。

⑥ 《晋书·石勒载记上》，第 2708 页。

⑦ 罗新：《十六国时期的政治形势和民族整合》，第 18 页。

⑧ 如苦县宁平城（今河南郸城东北）之屠戮，见《晋书·东海王越传》，第 1625 页。

⑨ 王洪信：《石勒与北方士族》，《邢台师范高专学报》，1996 年第 1 期，第 47—50 页。

的尖锐的胡汉矛盾，仍然十分突出。冉闵《颁令斩胡》，号召“内外赵人，斩一胡首，送凤阳门者，文官进位三等，武职悉拜牙门”[①]，掀起斩胡狂潮，而韦谀在《启谏冉闵》中称“胡、羯皆我之仇敌”“请诛屏降胡”等等[②]，都可以由羯胡在魏晋时期的历史经历和民族特性得到部分的解释。这些民族性的根本问题，决定了胡羯与汉人的合作过程是曲折和复杂的。

石赵政权主要经历了两位统治者：石勒和石虎，他们在用人政策上并不十分一致。而石勒本人在其统治的前后期，也有不同的态度和表现。他们的政策立场和决策，深刻地影响了这个时期汉族士人在文学方面的发挥。汉族士人在石勒政权中，因其阶级来源与出仕待遇的差别，主要分为两类人：一种是普通寒素士人，一种是曾在西晋有一定地位的旧族士人，而前者一般是起自乡里的，后者有一部分是从都城之中转移到乡里的。《晋书斠注》引敦煌石室本《晋纪》将之命名为“晋人”和“旧族”，是比较精辟的概括：“晋人则程遐、徐光、朱表、韩揽、郭敬、石生、刘瞻；旧族见用者，河东裴宪、颍川荀绰、北地傅畅、京兆杜宪、乐安任播、清河崔渊。”[③] 那么，“晋人”与“旧族”和石赵政权之间产生了何种文学方面的互动，造成了石赵政权中文学发展怎样的特点呢？以下联系石赵政权本身的历史特点加以分析。

石赵政权中的“旧族”主要是来源于乡里坞壁或者周边其他规模略小的割据政权之战争降虏。石勒政权南征北战，从依附刘渊时起，他们已经在华北地区占领了大量土地，招降诸胡，并攻破了大量坞壁。石勒所展开的军事路线是不断往西、往南发展。永嘉二年（308），“元海命勒与刘灵、阎罴等七将帅众三万寇魏郡、顿丘诸郡垒壁，多陷之，假垒主将军、都尉，简强壮五万为军士，老弱安堵如故，军无私掠，百姓怀之。”[④] 永嘉三年（309），石勒渡河，横扫河北，攻冀州诸郡，夏四月勒“进军攻巨鹿、常山，害二郡守将。陷冀州郡县堡壁百余，众至十余万”[⑤]。永嘉四年（310）克王弥，攻仓垣，“渡河攻广宗、清河、平原、阳平诸郡县，降勒者九万余口。”[⑥] 继而又在武德坑降卒万余，退还，河北诸堡壁大震皆请降。[⑦] 之后，石勒又平王如之乱，一度屯兵江西，东晋为之大震。

---

① 《晋书·石季龙载记下》，第2791—2792页。
② 《资治通鉴》卷九十八《晋纪》二十，第3019页。
③ ［清］吴士鉴、刘承幹注：《晋书斠注》，中华书局，2008年，第211页。
④ 《晋书·石勒载记上》，第2710页。
⑤ 《晋书·石勒载记上》，第2710—2711页。
⑥ 《晋书·石勒载记上》，第2711页。
⑦ 《晋书·石勒载记上》，第2711页。

带着阶级、民族仇恨而起义的石勒，在其征伐过程中好杀王公贵族。永嘉五年（311），“执太尉衍、襄阳王范、任城王济、武陵庄王澹、西河王喜、梁怀王禧、齐王超、吏部尚书刘望、廷尉诸葛铨、豫州刺史刘乔、太傅长史庚铨等”，石勒问孔苌此辈人是否可留，孔曰：“彼皆晋之王公，终不为吾用。”于是排墙杀之。[①] 唐长孺曾发现：“在杀戮之中，第一流高门名士位居三公的王衍虽然无耻地劝勒称帝仍被排墙压死。像王衍那种人，凭着他高门名士的领袖身份是大可利用一下的，然而石勒不加考虑，这就可见此时还不想争取旧统治者的合作。”[②] 这种情况的出现，其主要原因是此时的石勒军团更具有流民起义的性质，尚无立国之意，其破坏性远远大于其建设性。同时也是因为羯族“胡性”甚重，汉化较浅。钱穆曾论曰：“惟其淫酗，故政治不上轨道；惟其残忍，诸胡间往往反复屠杀，迄于灭尽。”[③]

石勒的军队更为接近流民性质，故而刘琨给石勒的书信称他是“周流天下而无容足之地，百战百胜而无尺寸之功”[④]，正是一语中的。直到葛陂之战以后，石勒的大军面临极大危机，此时张宾向石勒进献了具有重要战略意义的计谋：“邺有三台之固”，劝谏他在此建立自己的根据地[⑤]。建兴元年（313），石虎“攻邺三台”，“将军谢胥、田青、郎牧等率三台流人降于勒，勒以桃豹为魏郡太守以抚之”。[⑥] 三台地区的获得，为之后石勒建立一个稳固的根据地创造了条件。直到此时，石赵政权方才获得了一个稍微安宁的机会，“司冀渐宁，人始租赋。立太学，简明经善书吏署为文学掾，选将佐子弟三百人教之”。[⑦] 到建兴三年（315），石勒已经具备了和辽西慕容氏前燕政权争夺流民的条件，有意于加强郡县的安定：“勒巡下冀州诸县，以右司马程遐为宁朔将军，监冀州七郡诸军事……时司、冀、并、兖州流人数万户在于辽西，迭相招引。”为使百姓安业，张宾建议“班师息甲，差选良守”，以静幽冀之寇，使辽西流民将相率而至。[⑧] 石勒逐渐占领了几乎整个河北地区之后，采取了一些强行聚集的方式加以收拢，“君子营”便是俘虏而来的“衣冠人物”的集中之所：

---

① 《资治通鉴》卷八十七《晋纪》九，第2761页。

② 唐长孺：《晋代北境各族“变乱”的性质及五胡政权在中国的统治》，《魏晋南北朝史论丛》，第169页。

③ 钱穆：《国史大纲》，第262页。

④ 《资治通鉴》卷八十七《晋纪》九，第2769页。

⑤ 《晋书·石勒载记上》，第2716页。

⑥ 《晋书·石勒载记上》，第2719页。

⑦ 《晋书·石勒载记上》，第2720页。

⑧ 《晋书·石勒载记上》，第2726页。

[永嘉三年（309）]元海授勒安东大将军、开府，置左右长史、司马、从事中郎。进军攻钜鹿、常山，害二郡守将。陷冀州郡县堡壁百余，众至十余万，其衣冠人物集为君子营。乃引张宾为谋主，始署军功曹，以刁膺、张敬为股肱，夔安、孔苌为爪牙，支雄、呼延莫、王阳、桃豹、逯明、吴豫等为将率。使其将张斯率骑诣并州山北诸郡县，说诸胡羯，晓以安危。诸胡惧勒威名，多有附者。[①]

这条材料中，石勒集衣冠人物为“君子营”，应当就是这些被降服地区的上层阶级。对于“君子营”中的“衣冠人物”到底是什么人，人们历来有所猜测。钱穆《国史大纲》中将其中人物默认为旧族人物：“勒军中特有‘君子营’，集衣冠人物为之。史称：‘卢谌、崔悦、荀绰、裴宪、傅畅并沦陷非所，虽俱显于石氏，恒以为辱。’”[②]从实际的情况看来，钱穆所举之人物正是当时石勒政权中最受看重的人物，他们也经历了被俘虏的时期，很有可能确实曾在这类“君子营”中有过短暂的停留。唐长孺认为这些“君子营”仍是军事性质的临时组织，其存在时间不会十分长久。而且，他还认为，“我们现在还不能全面了解其措置，就某些迹象看来，在一些国家中曾以北边部族中的封建制结合中国此时的部曲制，实行以军事组织管理及分配人口”。[③]虽然说这种君子营有利于上层文化人物的聚集，但他们也随时面临着极大的危险，这危险主要是石勒政权可以对他们进行生杀予夺：

永嘉末，（邓攸）没于石勒。然勒宿忌诸官长二千石，闻攸在营，驰召，将杀之。[④]

这条材料中石勒“闻攸在营”的“营”，很可能是“君子营”。从邓攸险些被杀一事可见，即便是“衣冠人物”，在为石勒控制时，也可能不保性命。后来虽然邓攸短暂归附，但也旋即逃走，“至新郑，投李矩”。[⑤]这仍然说明，虽然号为“君子营”，但石勒对他们并不加以笼络，这些士人也有性命之虞。

石勒政权与乡里屯聚于坞壁中的世族之间是一种羁縻关系。石虎等人

① 《晋书·石勒载记上》，第2711页。

② 钱穆：《国史大纲》，第280页。

③ 唐长孺：《晋代北境各族“变乱”的性质及五胡政权在中国的统治》，《魏晋南北朝史论丛》，第158页。

④ 《晋书·良吏传·邓攸传》，第2339页。

⑤ 《晋书·良吏传·邓攸传》，第2339页。

在联名所上的《上石勒疏劝进》中，透露了当时石勒所掌控的地区和人口："请依刘备在蜀、魏王在邺故事，以河内、魏、汲、顿丘、平原、清河、钜鹿、常山、中山、长乐、乐平十一郡，并前赵国、广平、阳平、章武、渤海、河间、上党、定襄、范阳、渔阳、武邑、燕国、乐陵十三郡，合二十四郡、户二十九万为赵国。封内依旧改为内史，准《禹贡》、魏武复冀州之境，南至盟津，西达龙门，东至于河，北至于塞垣。以大单于镇抚百蛮。罢并、朔、司三州，通置部司以监之。伏愿钦若昊天，垂副群望也。"[①] 这些地方的乡里坞壁在石勒统治时期依然存在，如上一章提到过的范阳、汲郡、顿丘等地。这些屯聚于坞壁之中的乡里宗族拒绝出仕石赵者甚多。如前面一章我们所提到的河东薛氏，以壁垒屯居于汾阴，拒不出仕。但是，他们之间保持着羁縻关系。石勒也以这种羁縻政策，保证税赋的收取。当时货币经济十分低迷，甚至于国家所颁布之钱，在境内都无法流通。[②]

太和二年（329），石虎破上邽，杀汉刘熙、刘胤及其王公卿校三千余人，徙其台省文武、关东流民、秦雍大族九千余人于襄国，并徙氐羌十五万落于司、冀二州。建平四年（333），石虎徙秦、雍民及氐、羌十余万户于关东。这部分人口中，有相当一部分是以姚弋仲为代表的、包括氐羌在内"六夷"，他们主要被安顿于司冀地区："（石）虎表洪监六夷诸军事，弋仲为六夷左都督，徙氐、羌十五万落于司、冀二州。"[③] 但也有一部分是秦雍二州之望族。这部分被迁徙到石赵政权都城周边的秦雍人士待遇如何呢？从王擢在《表免雍秦望族戍役》来看，似乎并不优越。表曰："雍、秦二州望族，自东徙已来，遂在戍役之例，既衣冠华胄，宜蒙优免。"[④] 可见石勒时期较为关注的是这些地区的世族能否提供足够的赋役。石勒对于秦雍世族并没有十分优待。而关中豪杰苻、姚双双被迁出关中而置于邺下，也是石氏有意要让二者彼此互监，以达到对其控制的目的[⑤]。这说明他对于这些士人不但不曾优待，还心存戒备。石虎末年，为了镇压爆发于关中地区的梁犊起义，石虎启用了苻、姚的军队。随着后赵政权的瓦解，这些军队相继回到关中建立了新的政权。

石勒逐渐意识到有必要请一部分西晋旧族公卿来参与政事，是在他获

---

① 《晋书·石勒载记》："石季龙及张敬、张宾、左右司马张屈六、程遐文武等一百二十九人上疏。"第2730页。

② 《晋书·石勒载记下》："钱终不行。"第2738页。

③ 《资治通鉴》卷九十四《晋纪》十六，第2971页。

④ 《晋书·石季龙载记上》，第2770页。

⑤ 史念海：《十六国时期各割据霸主的迁徙人口》，《中国历史地理论丛》，1992年第2期。

得邺城之后。此时，他听取了张宾的建议。“勒谓张宾曰：‘邺，魏之旧都，吾将营建。既风俗殷杂，须贤望以绥之，谁可任也？’宾曰：‘晋故东莱太守南阳赵彭忠亮笃敏，有佐时良干，将军若任之，必能允副神规。’勒于是征彭，署为魏郡太守。”[①] 这里，石勒对于这个魏旧都“风俗殷杂”的考虑，使他自己开始接受征用这些旧臣来担任重要城市的地方官。但是，赵彭以不事二姓为名，对石勒加以了拒绝。石勒只好倚靠石虎镇守三台，而“勒以石季龙为魏郡太守，镇邺三台，季龙篡夺之萌兆于此矣”。[②] 出于稳固统治的考虑，石勒对于旧族的需求得到唤醒。当时，有一批旧族进入到石勒政权的中央层。其中一些甚至深受倚重，参与了典章朝仪的制定。如河东裴宪，“出为长乐太守。及勒僭号，未遑制度，与王波为之撰朝仪，于是宪章文物，拟于王者。勒大悦。”[③] 再如北地傅畅，“勒以为大将军右司马。谙识朝仪，恒居机密，勒甚重之。作《晋诸公叙赞》二十二卷，又为《公卿故事》九卷。”[④] 裴宪等名族确实在石勒政权中曾经担任要职，成为石勒在太兴二年（319）之后称王的权臣基础。但是，他们并不是石勒最为信任的亲信。从《晋书》的记载来看，裴宪在此功之后，便再无政绩，“宪历官无干绩之称，然在朝玄默，未尝以物务经怀。但以德重名高，动见尊礼。”[⑤] 可谓徒见虚礼，其实应该是遭到了石勒的弃用。当时，石勒最为信任的亲信是一些寒素士人。

> 太兴二年，勒伪称赵王。……改称赵王元年。始建社稷，立宗庙，营东西宫。署从事中郎裴宪、参军傅畅、杜嘏并领经学祭酒，参军续咸、庾景为律学祭酒，任播、崔浚为史学祭酒。中垒支雄、游击王阳并领门臣祭酒，专明胡人辞讼，以张离、张良、刘群、刘谟等为门生主书，司典胡人出内，重其禁法，不得侮易衣冠华族。号胡为国人。遣使循行州郡，劝课农桑。加张宾大执法，专总朝政，位冠僚首。署石季龙为单于元辅、都督禁卫诸军事，署前将军李寒领司兵勋，教国子击刺战射之法。命记室佐明楷、程机撰《上党国记》，中大夫傅彪、贾蒲、江轨撰《大将军起居注》，参军石泰、石同、石谦、孔隆撰《大单于志》。

---

① 《晋书·石勒载记上》，第 2720 页

② 《晋书·石勒载记上》，第 2720 页。

③ 《晋书·裴秀传附楷子宪传》，第 1051 页。

④ 《晋书·傅玄传附傅畅传》，第 1333 页。

⑤ 《晋书·裴秀传附楷子宪传》，第 1051 页。

自是朝会常以天子礼乐飨其群下，威仪冠冕从容可观矣。[①]

除了以上名单中所涉及的名流，在石勒所收的名流中，还有清河张氏中的张跃，史书上称他是一个“雅善清谈”的人，应该是在冀州玄风流行时期已经成名的人物。归于石赵之后，石勒委任他为负责外交往来的“卫军长史”，并“敕世子弘曰：‘张长史人之表范，汝其师之。’”[②]石勒定都之后，这些官僚及其家族被迁徙到襄国：“徙朝臣掾属已上士族者三百户于襄国崇仁里，置公族大夫以领之。”[③] 石勒政权将起自乡里的汉族士人重新集中，以构成他们在都城集中居住的面貌。之后，“（石）勒巡行冀州诸郡，引见高年、孝弟、力田、文学之士，班赐谷帛有差”。[④] 这种对于乡里士人的引见，也是重视司、冀乡里政局的表现，客观上能对乡里社会起到一些巩固作用。

石勒政权前期通过战争在当时所产生的破坏性很大，对汉族士人多加以杀戮、迫害。因而当时一些乡里宗族并不愿意出仕，对于石勒政权缺少认同感。石勒攻略郡县，最主要的目的是希望从稳定的乡里社会中获得物质支持。石勒进据襄国之后，从张宾计策，“分命诸将攻冀州，郡县壁垒多降，运其谷以输襄国；且表于汉主聪，聪以勒为都督冀、幽、并、营四州诸军事、冀州牧，进封上党公。”[⑤] 襄国周边的郡县壁垒成为石勒军资的供给之源头。而其后灾年亦如是，石勒军队甚至强行收割粮食，被百姓号为“胡蝗”[⑥]。这些攻克郡县坞壁的行为持续进行。西晋建兴二年（314），“石勒始命州郡阅实户口，户出帛二匹，谷二斛”。[⑦] 太宁三年（325），“后赵将石生屯洛阳，寇掠河南，司州刺史李矩、颍川太守郭默军数败，又乏食，乃遣使附于赵。”[⑧] 根据于司州的李、郭坞壁遂从此一败涂地，于是“司、豫、徐、兖之地，率皆入于后赵，以淮为境矣”。[⑨] 这些行为大概也是屯聚于坞壁之中的西晋旧族不肯与之真正合作的原因。直到咸康八年（333），石虎为征江南，仍旧是从这些地区中征收兵士，下制曰：“征士五人出车一乘，

---

① 《晋书·石勒载记》，第2735—2736页。

② ［北魏］崔鸿撰：《十六国春秋》（又称《别本十六国春秋》），影印文渊阁四库全书，第463册，第493页。

③ 《晋书·石勒载记》，第2737页。

④ 《晋书·石勒载记》，第2745页。

⑤ 《资治通鉴》卷八十八《晋纪》十，第2782页。

⑥ 《晋书·孝愍帝纪》，第131页。

⑦ 《资治通鉴》卷八十九《晋纪》十一，第2817页。

⑧ 《资治通鉴》卷九十三《晋纪》十五，第2935—2936页。

⑨ 《资治通鉴》卷九十三《晋纪》十五，第2936页。

牛二头，米十五斛，绢十匹，调不办者斩。”[①] 这些做法戕害吏民，也严重妨碍到坞壁之中的乡里宗族之利益。在其统治后期，石勒开始重视洛阳地区文化的恢复：“（石）勒以成周土中，汉晋旧京，复欲有移都之意，乃命洛阳为南都，置行台治书侍御史于洛阳。”[②] 而荥阳郑氏应该就是在此时才开始出仕石勒的。如北魏郑道昭所撰《郑文公碑》叙及先祖，提到荥阳郑氏为石勒所征：“值有晋弗竞，君道陵夷，聪曜虔刘，避地冀方。隐括求全，静居自逸。属石氏勃兴，拨乱起正。征给事黄门侍郎，迁侍中尚书，赠扬州刺史。”[③] 这说明在后期石勒的统治开始有所改善。晋永和六年（350）冉闵杀胡起义，仍旧希望利用这种对胡族统治不认同的心理：“吾属故晋人也，今晋室犹存，请与诸君分割州郡，各称牧、守、公、侯，奉表迎晋天子还都洛阳，何如？”[④] 但是，这种心理似乎在普通乡里士人心中并不十分深刻，尚书胡睦进就加以了反对。这说明，在当时胡汉矛盾并不是独立存在，甚至它其实不如同时存在的阶级矛盾那么激烈。

石氏政权中鲜有西晋名族，一方面是由于西晋名族往往以仕羯胡为耻，甚至将之定义为叛晋行为，另一方面是石勒、石虎等人不善于或者不屑于对西晋名族加以笼络。在名家世族进入到石勒政权中发挥较大作用的人员较少的情况下，石勒政权中的寒素士人占到了更大的比例。石勒虽曾身为奴隶，目不识丁，却在早年到过洛阳，对汉族文化有一定的了解。当权之后，石勒也对所征服地区的士人表示了一定关注。石勒在所征服之处，对于一些士人常加以就地任命，如李产初附祖逖、祖约，永嘉之乱后“乃率子弟十数人间行还乡里，仕于石氏，为本郡太守”[⑤]。石勒破王浚之后，枣嵩、裴宪和荀绰等旧族士人皆被俘虏。石勒克蓟城之后，问枣嵩曰：“幽州人士，谁最可者？”[⑥] 枣嵩于是推荐了刘翰和阳裕。石勒还从俘虏中获得了上党人续咸，他早年师事京兆杜预，“专《春秋》《郑氏易》，教授常数十人，博览群言，高才善文论。又修陈杜律，明达刑书。永嘉中，历廷尉平、东安太守。刘琨承制于并州，以为从事中郎。后遂没石勒，勒以为理曹参军。持法平详，当时称其清裕，比之于公。著《远游志》《异物志》《汲冢古文

① 《资治通鉴》卷九十七《晋纪》十九，第3036页。

② 《晋书·石勒载记下》，第2748—2749页。

③ 《郑文公碑》之下碑，全名《魏故中书令秘书监使持节督兖州诸军事安东将军兖州刺史南阳文公郑君之碑》。［清］陆增祥《八琼室金石补正》第十四卷作《兖州刺史荥阳文公郑羲下碑》第十四卷，文物出版社，1985年，第79页。

④ 《资治通鉴》卷九十八《晋纪》二十，第3101页。

⑤ 《晋书·慕容儁载记附李产载记》，第2844页。

⑥ 《晋书·慕容皝载记附阳裕载记》，第2828页。

释》，皆十卷，行于世。”[①] 京兆人韦谀是石勒从前赵政权中获得的。韦谀先仕刘曜，为黄门郎，后遂仕于石勒、石虎，署散骑常侍，历守七郡，皆以清化著名。韦谀善于切谏，“著《伏林》三千余言，遂演为《典林》二十三篇。凡所著述及集记世事数十万言，皆深博有才义。”[②] 石勒时期的名臣徐光，被石勒部将王阳俘虏时才十三岁，为其喂马，“光但书马柳屋柱为诗，不亲马事”[③]。文才显露之后，逐渐为石勒所识，被委任为记室参军。史书提到“（石）勒雅好文学，虽在军旅，常令儒生读史书而听之，每以其意论古帝王善恶，朝贤儒士听者莫不归美焉”。[④] 徐光应该曾经担任过类似的职务，因而在援引典故方面深受石勒信任。其后迁中书令，领秘书监，石勒命其与宗历、傅畅等撰《上党国志》《起居注》《赵书》等。曹道衡曾提到：“《赵书》是记载后赵史事较早的材料，比崔鸿《十六国春秋》早得多”[⑤]。《隋书·经籍志》：“《赵书》十卷，一曰《二石集》，记石勒事，伪燕太傅长史田融撰。”[⑥] 但无法知道这部《赵书》和徐光《赵书》之间是否存在一定联系。徐光从十三岁被俘，到此后登上高位，应该说是石勒政权给予了他文化水平的提升空间。可惜徐光的仕途并不平坦，中途因劝石勒杀石虎而得罪，一度被下狱，妻子皆遭幽禁，遂在狱中“注解经史十余万言”。[⑦] 总之这些进入到石勒政权中的乡里士人，能够拥有发展文化、文学的机会和成果。

除了这些被俘虏的士人，石赵政权还出现了一些自荐的乡里士人，同样是出身寒门而非大族。张宾是普通的乡居者，西晋时毫无名气，也未曾任职。“八王之乱”时，石勒为刘渊的辅汉将军，与诸将攻占山东，张宾便对亲属说“吾历观诸将多矣，独胡将军可与共成大事”，于是“提剑军门，大呼请见”[⑧]。石勒起初对张宾并不看重，最后却“乃引张宾为谋主”[⑨]，一度列为百官之首，史称其“机不虚发，算无遗策，成勒之基业，皆宾之勋也”[⑩]。石勒立赵之后，“清定五品，以张宾领选”，之后又“复续定九品”。[⑪] 张宾在石勒政权中的地位和作用不可小觑。再如桑虞，乃魏郡黎阳人。石勒攻

① 《晋书·儒林传·续咸传》，第 2355 页。
② 《晋书·儒林传·韦谀传》，第 2361 页。
③ ［唐］欧阳询编：《艺文类聚》卷五十六，第 418 页。
④ 《晋书·石勒载记下》，第 2741 页。
⑤ 曹道衡：《十六国文学家考略》，《曹道衡文集》，第 309 页。
⑥ 《隋书·经籍志》，中华书局，1973 年，第 962 页。
⑦ ［唐］徐坚等编撰：《初学记》卷二十《政理部》，中华书局，1980 年，第 493 页。
⑧ 《晋书·石勒载记下附张宾载记》，第 2756 页。
⑨ 《晋书·石勒载记上》，第 2711 页。
⑩ 《晋书·石勒载记下附张宾载记》，第 2756 页。
⑪ 《晋书·石勒载记下》，第 2737 页。

破了黎阳地区数十个坞壁之后，收纳了此地不少士人，故“虞诸兄仕于石勒之世，咸登显位”。但是，桑虞“耻臣非类，阴欲避地海东，会丁母忧，遂止”。[①] 从这里可以看出，当时的士人认为慕容氏政权并不是胡族政权。五年之后，石勒以之为武城令。桑虞欣然出任，是因为此地“密迩黄河，去海微近”。[②] 从此桑虞为石氏政权所重，于石虎时卒于官，史书对他的评价是“虽历伪朝，而不豫乱，世以此高之”。[③]

石勒政权的寒素士人对于柔化石赵政权的“胡性”，起到了一定的作用。咸和六年（331），上党续咸因谏反对营建邺宫事，触怒石勒，险为其所杀。中书令徐光反复劝谏而止之，并使石勒“赐咸绢百匹，稻百斛。又下书令公卿百僚岁荐贤良、方正、直言、秀异、至孝、廉清各一人，答策上第者拜议郎，中第中郎，下第郎中。其举人得递相荐引，广招贤之路。起明堂、辟雍、灵台于襄国城西”。[④] 这些寒素士人往往和石勒来自于同一或相近的阶级，故而他们在各项事务上，能以浅近的故事和语言实现与胡主的有效沟通。例如在处理石弘之事上。由于这批寒素士人在石勒时期颇为见用，因此构成了石勒政权当时文学发展的主力。

汉族士人在石勒统治后期政治地位不断提高，这与刘渊时期汉族士人在朝中地位截然有别。匈奴五部贵族普遍较高的汉文化修养，使得他们在汉赵政治运作中充当主体，而汉族士人只是点缀。石勒的后赵虽然以胡羯武人为其支撑性政治基础，但这些胡羯将领文化水平极低，政治水平十分有限，在治国方面完全不足倚靠。“正因如此，石勒中后期的后赵，有一种相当有趣的现象：汉族官僚几乎掌握了所有重要的政治职务，胡羯旧人在后赵朝廷中反而成了一种点缀。这种情形甚至在军队中也扩散开来。”[⑤] 例如石勒甚至引汉人入石氏宗室。石瞻、石聪也是出自汉族而为石勒养子，石生、石堪情况亦然。然而，虽然石勒政权中的寒素士人地位已经盛极，但仍然忌惮石虎的力量，一度通过与石勒构建密切关系，而使石虎遭到弃用，一时“严震之权过于主相，中山王虎之门可设雀罗矣”。[⑥] 石虎于是不悦，与这批汉族士人矛盾深结。但是，这种极端局面又不是石勒所希望看到的，他希望在胡汉之间实现某种力量的平衡。故而，对于寒素文人谏杀石虎之

① 《晋书·孝友传·桑虞传》，第 2292 页。

② 《晋书·孝友传·桑虞传》，第 2292 页。

③ 《晋书·孝友传·桑虞传》，第 2292 页。

④ 《晋书·石勒载记下》，第 2748 页。

⑤ 罗新：《十六国时期的政治形势和民族整合》，第 36 页。

⑥ 《资治通鉴》卷九十五《晋纪》十七，第 2983 页。

事，石勒并不以为然。石勒死前召石虎入宫，委以周、霍之重，便是希望石虎与程遐等人维持势力平衡，共同维系后赵朝廷的统治。[①]石虎夺位以后，在减少对汉族人士信任的同时，对氐羌等部族上层的信任和倚赖远远超过了石勒。石虎和氐羌上层的这种特殊关系，可能与他早年统兵征伐有关。如苻洪和姚弋仲，都与石虎征关中时与之结成特殊关系。因此，胡汉关系可谓在石赵统治后期有了不一样的发展状况，这无疑冲击了汉族士人的地位，继而影响到他们的文学创作。

石虎登位之后，对于原来为石勒所用的汉族士人加以打压和排挤。支持石虎的申钟以《谏任石宣石韬》宣告了这场对抗的开始，他建议道："庆赏刑威，后皇攸执，名器至重，不可以假人。皆以防奸杜渐，以示轨仪，太子国之储贰，朝夕视膳而不及政也。庶人邃往以闻政致败，殷鉴不远，宜革而弗遵。且二政分权，鲜不及祸，周有子颓之衅，郑有叔段之难，此皆由宠之不道，所以乱国害亲，惟陛下览之。"[②]不久程、徐等人皆死于石虎之手。但这并不意味着由旧族和晋人所构成的汉族士人在石赵政权中的绝迹。咸康八年（342），青州发现城北一座石虎，"一夜中忽移在城东南善石沟"，遂有人上言曰："济南平陵城北石兽，一夜中忽移在城东南善石沟，上有狼狐千余迹随之，迹皆成路。"石虎认为是"天意将使朕平荡江南"的吉兆，于是群臣庆贺，"上《皇德颂》者一百七人"。[③]这一百零七人中，当有相当一部分是汉族士人。但是，有关作品至今一篇无存。

石赵政权尤爱奇士。石勒政权突然横行幽冀、中原，曾经吸引了投机者天竺人佛图澄。此人通道术，永嘉四年（310）来到洛阳，"及洛中寇乱，乃潜草野以观变"[④]，后投石勒大将郭黑略家，逐渐被发现道术才能，得到重用。从他身上可以看到，"潜草野以观变"这种行为其实是当时一些士人"还居乡里"的另外一种目的。而佛图澄真正得到重用是在石虎朝，石虎以之为国师。石虎征伐关中，一心希望征得天水杨轲和京兆辛谧。天水杨轲"少好易，长而不娶，学业精微，养徒数百，常食粗饮水，衣褐缊袍，人不堪其忧，而轲悠然自得，疏宾异客，音旨未尝交也"[⑤]，汉赵之时，刘曜屡征不至，石虎使人征之。京兆辛谧，"及长安陷没于刘聪，聪拜为太中大夫，固辞不受。又历石勒、季龙之世，并不应辟命。虽处丧乱之日，颓

① 罗新：《十六国时期的政治形势和民族整合》，第 37 页。

② 《晋书·石季龙载记上》，第 2776 页。

③ 《晋书·石季龙载记上》，第 2773 页。

④ 《晋书·艺术传·佛图澄传》，第 2485 页。

⑤ 《晋书·隐逸传·杨轲传》，第 2449 页。

然高迈，视荣利蔑如也。”[①] 但是，他对待旧族尚不如对待这些隐士这般热情。石虎后期从段氏政权中获得了一些早年逃往辽东的旧族。咸康四年（338），辽左右长史刘群、卢谌、崔悦等封府库请降。其后，又有阳裕诣军门降。虽然，平辽之后，“虎入令支官，论功封赏各有差。徙段国民二万余户于司、雍、兖、豫四州；士大夫之有才行，皆擢叙之”。[②] 但是这批旧族并没有得到较为重要的任用。这些人在石勒、石虎统治时期各怀去就，如卢谌便常以仕石为辱。卢谌本来是身在汉赵政权之中的，其后，“（刘）琨徙居阳曲，招集亡散。卢谌为刘粲参军，亡归琨，汉人杀其父志及弟谧、诜”。[③] 卢谌的反复逃亡和不得不栖身胡族政权之下的经历，说明了此时汉族士人生存环境之难。这些士人似乎在石虎政权中也并没有得到重视。由于长期深深缔结的胡汉矛盾，后来在冉闵之乱中，石虎司徒申钟、司空郎闿等四十八人皆被杀，此二者，应该也是石赵政权中的寒素士人。此番杀戮，使得原本已经遭受晋末大乱、中原士女流离所剩无几的情况，更显严峻。

石赵政权中较为复杂的胡汉关系，是造成这些乡里士人在胡族政权中的地位无法获得延续和壮大的根本原因。但是，从石勒时期开始，后赵政权重视启用寒素文人，不避出身，这是值得表彰的。这些寒素文人也的确为石赵汉族士人的构成带来了不一样的面貌。石赵政权中中央与地方之间的关系，同样复杂。两晋之际胡族在河北地区遭到激烈而持久的抵抗，石勒对郡县堡壁不得不采取威恩兼施的策略。石勒后来虽然稳定了在河北的统治，但并没有改变河北世家大族在河北社会中的基本作用，相反，石勒不得不倚靠世家大族（有些也许只能算是豪强），来维持对基层社会的控制，以保证赋役的征发。总之，石赵虽然在名目上保持了魏晋的郡县制度，但其实质却颇有不同。

由于石勒重用寒素士人，其本身地位也较为低微，因而在石勒政权之中所体现的文学发展水平并不高。石勒之书令，绝似口语，一般在篇幅上都较为短小。如《下令论功》已经算是篇幅较长，全篇十分平易、简单：“自孤起军，十六年于兹矣，文武将士从孤征伐者，莫不蒙犯矢石，备尝艰阻，其在葛陂之役，厥功尤著，宜为赏之先也。若身见存，爵封轻重，随功位为差，死事之孤，赏加一等，庶足以慰答存亡，申孤之心也。”[④] 又如《获

① 《晋书·隐逸传·辛谧传》，第2447页。
② 《资治通鉴》卷九十六《晋纪》十八，第3016页。
③ 《资治通鉴》卷八十八《晋纪》十，第2785页。
④ 《晋书·石勒载记下》，第2736页。

黑兔下令》云:“案记，应白兔为瑞。此黑兔何祥？外检旧典。”[①] 这主要可能是因为石勒并不识字，而这些文章是由士人根据其口述而整理的。而他周围的文学侍从，主要是一些寒素文人，在文学方面作品鲜有存留。旧族之中，有文学作品存世者极少。其中，卢谌应该在入邺之后创作过《登邺台赋》,《艺文类聚》卷六十二收其残句曰:“显阳隗其颠隧，文昌鞠而为墟，铜爵陨于台侧，洪钟寝于两除，奚帝王之灵宇，为狐兔之攸居。”[②] 所描述的景象十分荒残，并有吊古之意，说明其登台时间应该是在石勒入邺之初，但应该是个人咏怀，而无关场合应制。卢谌之作，之后由其子带入南方,《隋书·经籍志》录为《晋司空从事中郎卢谌集》十卷，又曰“梁有录一卷”[③]。这些作品中，应该有一部分是在石赵政权中所创作的。裴注《三国志·魏志》卷二十二《卢毓传》注引《谌别传》记载:“永和六年，卒于胡中，子孙过江。妖贼帅卢循，谌之曾孙。”[④] 不过，卢谌的文学创作也仍然属于西晋文学力量在北方的残留，他并不是后赵政权中产生的文学士人。

三、慕容氏诸燕政权与华北大族

从当时历史来看，乡里宗族在投靠诸种军事力量以作为乱离时期的庇护时，一般首先考虑的是西晋汉族旧臣，其次才是称臣于晋的少数民族政权，而最可能不情愿出仕的便是参与破坏西晋政权的胡主。乡里宗族名士，对于这项名誉之所以十分看重，是因为在从东汉以来深受“乡论”控制的乡里社会中，家族声誉一向是这些宗族所看重的政治遗产，这是他们所认为的“长远之计”。例如范阳李产，因为祖约有可能脱晋自立，便对宗族讲:“吾以北方鼎沸，故远来就此，冀全宗族。今观约所为，有不可测之志。吾托名姻亲，当早自为计，无事复陷身于不义也，尔曹不可以目前之利而忘久长之策。”[⑤] 于是率领子弟大概十多人从小路回到乡里。又如邵续一度依附石勒，为王浚评价为:“凡立大功，必杖大义。君，晋之忠臣，奈何从贼以自污乎！”[⑥] 之后，邵续竟然弃子在石赵而归段匹磾。[⑦] 可见晋末的乡里宗族对于自身的政治立场是极为敏感的。在晋末诸胡建立政权、

① ［清］严可均 :《全上古三代两汉魏晋南北朝文》之《全晋文》卷一百四十八，第2313页。

② ［唐］欧阳询 :《艺文类聚》卷六十二，第661页。

③ 《隋书 · 经籍志》，第1064页。

④ 《三国志 · 魏书 · 卢毓传附谌传》裴松之注，第653页。

⑤ 《资治通鉴》卷九十一《晋纪》十三，第2889页。

⑥ 《资治通鉴》卷八十九《晋纪》十一，第2815页。

⑦ 《资治通鉴》卷八十九《晋纪》十一，第2815页。

无所依托的无奈环境中，频失其主的乡里宗族最终选择投靠慕容氏政权。在当时的舆论环境中这样的选择有利于他们保护家族的政治声誉。首先是因为慕容氏在晋末之后有着振恤河北的传统，其次因为慕容氏政权对中原地区没有发动破坏性的战争，且在西晋败亡之后仍以晋臣自居、承认东晋政权的合法性。不过，最重要的原因是，当时的汉族坞主无力支撑流人大量归附的局面，慕容鲜卑成为人们不得已的最终选择。

最初拥有往北流人最多的本是王浚。“游邃、逄羡、宋奭，皆尝为昌黎太守，与黄泓俱避地于蓟。”但是，“刑政不修，华、戎离叛”。[①] 由于刘琨与段氏关系密厚、歃血同盟，故而一批汉族士人在离开王浚之后，又往归段氏，如“宋该与平原杜群、刘翔先依王浚，又依段氏，皆以为不足托，帅诸流寓同归于廆”。[②] 又如“王浚从事中郎阳裕，耽之兄子也，逃奔令支，依段疾陆眷”。[③] 段氏覆后，阳裕归于慕容氏。史载：

> 时二京倾覆，幽冀沦陷，廆刑政修明，虚怀引纳，流亡士庶多襁负归之。廆乃立郡以统流人，冀州人为冀阳郡，豫州人为成周郡，青州人为营丘郡，并州人为唐国郡。于是推举贤才，委以庶政，以河东裴嶷、代郡鲁昌、北平阳耽为谋主，北海逄羡、广平游邃、北平西方虔、渤海封抽、西河宋奭、河东裴开为股肱，渤海封弈、平原宋该、安定皇甫岌、兰陵缪恺以文章才俊任居枢要，会稽朱左车、太山胡毋翼、鲁国孔纂以旧德清重引为宾友，平原刘赞儒学该通，引为东庠祭酒，其世子皝率国胄束脩受业焉。廆览政之暇，亲临听之，于是路有颂声，礼让兴矣。[④]

从这个名单可以看出，当时前燕慕容氏麾下人物彬彬，堪称十六国聚集乡里宗族士人之景象最盛者，特别是前后仅有十数位“旧族”入仕的石赵政权所不可比拟的。

而且，这些士人中的一部分人，甚至还有着除了避乱之外的更高政治追求。河东裴嶷在西晋末曾任荥阳太守，携乡里宗族投靠慕容廆之后，帮助他收纳安抚流人。起初，裴嶷的宗族应该是不太愿意前往辽东而倾向于南下的，而裴嶷向他们表明南下不易，而前往辽东则是可成进退的。裴嶷

① 《资治通鉴》卷八十八《晋纪》十，第 2798 页。
② 《资治通鉴》卷八十八《晋纪》十，第 2798 页。
③ 《资治通鉴》卷八十九《晋纪》十一，第 2814 页
④ 《晋书·慕容廆载记》，第 2806 页。

到达慕容氏境内时，适逢“时诸流寓之士见廆草创，并怀去就”[①]，正是人心不稳之时。而“嶷首定名分，为群士启行。廆甚悦之，以嶷为长史，委以军国之谋”。[②]之后，裴嶷除了为慕容氏政权提供军事方略之外，还成为改变东晋和慕容氏关系的重要人物。在裴嶷抵达东晋之前，“朝廷以廆僻在荒远，犹以边裔之豪处之”。[③]而由于“嶷既使至，盛言廆威略，又知四海英贤并为其用，举朝改观焉”。[④]裴氏曾是西晋大族、“中朝名臣”，他作为“长史”来到南方后，引起了东晋对于慕容氏前燕政权的重视。晋元帝一度希望留住裴氏在江东，但为裴嶷所拒绝。作为流亡士人，裴嶷的确实现了他最初归附慕容氏政权时的两个目标：“高可以立功名，下可以庇宗族。”[⑤]他在流亡经历中，显得较为积极和主动，重视慕容氏政权所提供的机遇。而这番出使南朝的经历，也无疑提高了他和他的家族在南方的声誉，而这反过来又能促进裴氏在北方地区政治地位的提高。

早期前来仕燕者，仍有强烈的不安之心，但慕容氏善于抚接和笼络他们。燕黄门郎明岌临死前，“诫其子曰：‘吾所以在此朝者，非要贵也，直是避祸全身耳。葬可埋一圆石于吾墓前，首引之云：晋有微臣明岌之冢。以遂吾本志也。’”[⑥]与明岌心态一致的，还有渤海高瞻。永嘉之乱后，高瞻先是归还乡里，希望携父老依附王浚，之后又改依崔毖，随毖前往辽东。慕容廆对高瞻的到来十分重视，而高瞻却一直称病。慕容廆在探疾之时，说他“奈何以华夷之异，有怀介然”[⑦]，可谓道出心病。这话也说明慕容廆对中原文化有尊重、自卑之心。他吸引汉族乡里士人最为重要的理由是，他宣称要“与诸君匡复帝室”，是以晋朝为正统的。慕容氏高举“晋”旗，与刘氏政权高举“汉”旗截然不同，蒋福亚指出这种变化是二赵以后民族矛盾激剧化的表现，而实际上也是因为他需要招抚的大量士人皆是原来晋时旧人，需要获得他们的认可。[⑧]

从高瞻的例子还可以看出，慕容氏政权也收纳了一些原本依附在其他政权中的流亡士人，这其实本质上是战争时期争夺人口和文化资源的表现。

---

① 《晋书·慕容廆载记附裴嶷载记》，第 2811 页。

② 《晋书·慕容廆载记附裴嶷载记》，第 2811 页。

③ 《晋书·慕容廆载记附裴嶷载记》，第 2812 页。

④ 《晋书·慕容廆载记附裴嶷载记》，第 2812 页。

⑤ 《资治通鉴》卷八十八《晋纪》十，第 2798 页。

⑥ ［唐］虞世南：《北堂书钞》卷一百六十引《三十国春秋》，天津古籍出版社，1988 年，第 2021 页。

⑦ 《晋书·慕容廆载记附高瞻载记》，第 2813 页。

⑧ 蒋福亚：《刘渊的“汉”旗号与慕容廆的“晋”旗号》，《北京师范学院学报》，1979 年第 4 期，第 86—91 页。

如韩恒也在崔毖失败后进入到慕容氏政权。韩恒是灌津人，居于昌黎，少能属文，师事同郡张载，博览经籍，无所不通。永嘉之乱，避地辽东[①]，在慕容氏政权中政治经历较为曲折，慕容儁对其评价曰："此二傅一代伟人，未易继也。"[②]

慕容氏确实通过这些乡里宗族的支持，获得了东晋政权对其一定程度上的认可。如"宋该劝廆献捷江东，廆使该为表，裴嶷奉之，并所得三玺诣建康献之"。[③]永昌元年（322），"后赵王勒遣使结好于慕容廆，廆执送建康"[④]。当时有一部分没于辽东的旧族希望能够还江东，东晋太常贺循甚至曾经建议："且鲜卑恭命，信使不绝。自宜诏下辽东，依刘群、卢谌等例，发遣令还，继嗣本封。"[⑤]早期的慕容氏政权为亲好于江东，因此对于旧族尤为看重，对于东晋的这种要求，恭命顺从。东晋政权于是给予了慕容氏政权多次册封。[⑥]慕容廆时期汉族士人几乎占据了朝廷的诸多要职，"任居枢要"[⑦]，这一点是刘氏汉赵政权中的士人所不能比拟的。因此慕容氏从一个边地部族迅速变成一个建置相对完整的政权。

大量文人在前燕政权的集中，意味着此处文学创作队伍阵容庞大，使得此地的文学发展程度高于其他政权。史载："廆使者遭风没海。其后廆更写前笺，并赍其东夷校尉封抽、行辽东相韩矫等三十余人疏上侃府。"[⑧]封抽、韩矫等三十多位士人为一疏，说明慕容氏麾下文人之盛。这篇《与陶侃笺》质量上乘，"已带有骈文的气息"[⑨]。慕容氏前燕政权利用这些乡里宗族的知名度，以这些乡里士人作为行聘人员，成为第一个和东晋取得外交往来的政权。故而，他们在行事作风乃至笔墨行文方面，与此时东晋的文风尚不是十分疏远。此疏即是文采宏富，代表了当时北方流亡士人的文学水平。这封笺疏中，陈亡国之痛甚深，字字潸然，更是代表了当时北方流寓士人的普遍情感。其中，慕容氏政权对自己的定位十分谦卑，对于胡羯之侵伐，深表自责："猥以功薄，受国殊宠，上不能扫除群羯，下不能身赴国难，仍纵贼臣，屡逼京辇。……廆于寇难之际，受大晋累世之恩，自恨绝域，无

① 《晋书·慕容儁载记附韩恒载记》，第2842页。
② 《晋书·慕容儁载记附韩恒载记》，第2843页。
③ 《资治通鉴》卷九十一《晋纪》十三，第2875页。
④ 《资治通鉴》卷九十二《晋纪》十四，第2911页。
⑤ 《晋书·安平献王孚传附望子河间平王洪传》，第1087—1088页。
⑥ 《资治通鉴》卷八十八《晋纪》十，第2798页。
⑦ 《晋书·慕容廆载记》，第2806页。
⑧ 《晋书·慕容廆载记》，第2810页。
⑨ 曹道衡：《十六国文学家考略》，《曹道衡文集》卷一，第347页。

益圣朝，徒系心万里，望风怀愤。”[①] 其批判南朝此时的政治风气，也是较为委婉柔和的，“王司徒清虚寡欲，善于全己，昔曹参亦崇此道，著画一之称也。庾公居元舅之尊，处申伯之任，超然高蹈，明智之权”。[②] 其实是在斥责王导事不关己，以谈玄之名而避国难之急。称庾冰“超然高蹈，明智之权”这句话，也是委婉地表达对其手持权柄而不肯救国的批评。这类外交辞令之中，慕容氏政权中的文人用语客气、谦逊，同时对于双方联合抗胡有一定期待。但是，这种文风语气，在之后慕容皝的《与庾冰书》一文中荡然无存。因这封亦是外交书信，曹道衡认为，《上晋成帝表》《与庾冰书》等，文体华美，可能是别人代笔。[③]。而代笔之人应该就是流亡至此的乡里宗族士人。这种外交的文字往来，其实可以视作是南北分裂之后最初的文化交流。《与庾冰书》语气强烈，在斥责庾冰之不作为之后，继而又夸耀了慕容氏在军事扩张方面的成果：“吾虽寡德，过蒙先帝列将之授，以数郡之人，尚欲并吞强虏，是以自顷及今，交锋接刃，一时务农，三时用武，而犹师徒不顿，仓有余粟，敌人日畏，我境日广，况乃王者之威，堂堂之势，岂可同年而语哉。”[④] 这封书信中燕国急于表示抗胡的能力和决心，毫无顾忌，说明通过慕容氏政权多年经营和笼络，在北方士人心目中，南北双方的政治声望的对比，发生了明显变化。而在这批来源于乡里宗族的、有一定文化基础的士人的支撑之下，慕容氏政权中的文学水平显现出较于二赵政权更高的水平。虽然存疑为代笔之作的甚多，但是，慕容鲜卑贵族本身的文学才能应该从中受到一定的影响而获得提升。只是这个过程应该较为缓慢。

与此相应，辽东地区的儒学风气也忽然转盛，而且在慕容氏所创造的侨郡环境下，文化更加有利地迅速获得重建和传播。慕容氏朝廷重视图籍经义之事。如安定人皇甫真，慕容廆时拜之为辽东国侍郎，“后从慕容评攻拔邺都，珍货充溢，真一无所取，唯存恤人物，收图籍而已”。[⑤] 另外一方面，学校、考试制度也进一步完善。“（慕容皝）赐其大臣子弟为官学生者号高门生，立东庠于旧宫，以行乡射之礼，每月临观，考试优劣。皝雅好文籍，勤于讲授，学徒甚盛，至千余人。亲造《太上章》以代《急就》，又著《典诫》十五篇，以教胄子……皝亲临东庠考试学生，其经通秀异者，

---

① 《晋书·慕容廆载记》，第 2808—2809 页。
② 《晋书·慕容廆载记》，第 2809 页。
③ 曹道衡：《十六国文学家考略》，《曹道衡文集》卷一，第 348 页。
④ 《晋书·慕容皝载记》，第 2821 页。
⑤ 《晋书·慕容暐载记附皇甫真载记》，第 2860—2861 页。

擢充近侍。”[①] 这些考试制度，使得慕容氏政权中的汉族士人开始拥有正常的向上渠道。因此，慕容廆时第一代流亡士人的后代，又继续在这个政权中出仕。在后赵建武三年（337）年，慕容皝建立前燕政权时，进一步仿照中原官制，建立了一个更新的官僚体系。他“以封弈为国相，韩寿为司马，裴开、阳骛、王寓、李洪、杜群、宋该、刘瞻、石琮、皇甫贞、阳协、宋晃、平熙、张泓等并为列卿将帅”[②]。这一部分人中，有一些是慕容氏最早收纳的士人的后代。

前燕时期的乡里士人和胡族政权之间合作密切，他们带去了大量的经济人口和耕作技术，形成了一个经济开发区，为慕容鲜卑引进了新的农耕文明。这个经济开发区主要位于慕容氏所设置的侨郡及其周边地区。前燕立郡来统治流人，与东晋侨置郡县以居流人大致相似，但是与南朝稍有不同的是，前燕十分重视维持这些宗族原本的一些聚居特点。陈寅恪说：“流向东北慕容氏治下的人民，在阶级上有士民、庶民；在籍贯上，有冀、豫、青、并等州人。慕容廆分别为之立郡以统之，并从中选拔自己所需要的辅佐。”[③] 这些流民有一部分本身就是汉族士大夫迁徙时率领的宗族、乡里、部曲和佃客，如渤海高瞻“与叔父隐率数千家北徙幽州”[④]。慕容廆从流人中大批启用中州士人为谋主、股肱，这对前燕的建国与推行魏晋屯田旧法，对东北地区的开发，都起了重要的作用。[⑤] 前燕部落解散早，比前、后赵起步早，也与此有关。由于短时间之内慕容氏政权聚集人口骤然增多，“九州之人，塞表殊类，襁负万里，若赤子之归慈父”，当时“流人之多旧土十倍有余，人殷地狭，故无田者十有四焉”。[⑥] 为了扩充土地面积，“南摧强赵，东灭句丽，开境三千，户增十万”[⑦]，并颁布了“私牛而官田者与官中分”[⑧] 的耕地政策，以为了保证流人骤增之后前燕境内的稳定。

自建兴二年（314）之后，前来逃亡的人不断增加：“会稽朱左车、鲁国孔纂、泰山胡母翼自蓟逃奔昌黎，依慕容廆。是时中国流民归廆者数万

① 《晋书·慕容皝载记》，第 2826 页。
② 《晋书·慕容廆载记》，第 2818 页。
③ 陈寅恪：《魏晋南北朝史讲演录》，第 115 页。
④ 《晋书·慕容廆载记附高瞻载记》，第 2812 页。
⑤ 陈寅恪：《魏晋南北朝史讲演录》，第 116 页。
⑥ 《晋书·慕容皝载记》，第 2823 页。
⑦ 《晋书·慕容皝载记》，第 2823 页。
⑧ 《晋书·慕容皝载记》，第 2824 页。

家。”[①] 这样就导致了慕容氏政权土地变得更为有限。至慕容皝时，前燕政权为这些流人，重新设置了县郡，“以勃海人为兴集县，河间人为宁集县，广平、魏郡人为兴平县，东莱、北海人为育黎县，吴人为吴县，悉隶燕国”。[②] 这些举措其实也极大地保证了流亡而来的乡里宗族仍然可以按照之前的方式聚居。由于慕容氏仍然保留了原来的乡里社会结构，这样一来，前来避乱的士人，就可以仍然保留原来在乡里社会中生活的样式。这种情况，使得慕容氏政权中集体迁徙而来的乡里宗族，能够形成自己的根据之地，在发展的延续性上，超过了刘氏政权中的那些并州乡党。在这样迅速形成的“侨郡”环境下慕容氏政权具备吸纳这其中的普通士人入仕的可能。因此，慕容氏政权较早地开始重视本政权文化教育制度的完善，以保证汉族士人加入到政权中的渠道的畅通。慕容氏诸多政策都几乎是按照西晋时的旧法，因此华北地区的乡里士人对于他们所设置的乡里制度是较为适应的，这也无疑加强了他们对于前燕社会的认同感。在慕容氏政权中仍旧保持聚居状态的宗族，在其后的迁徙中也能保证宗族不发生大规模的流散[③]。

从以上这些表面情况来看，前燕政权麾下似乎一派祥和，但事实上，慕容鲜卑与前来投奔的乡里宗族之间似乎并没有达成利益上充分的相互满足。于是，在慕容皝时期，石虎来伐，这些侨郡之中发生了一次较大规模的叛乱，这些在前燕侨郡中定居的乡里宗族纷纷改投石赵。而在“燕成周内史崔焘、居就令游泓、武原令常霸、东夷校尉封抽、护军宋晃”[④] 之中，崔、游、封、宋，皆是在慕容氏政权中任职较高的乡里宗族之代表人物，尤其是封抽颇受重用。面对石赵之招诱，这些人马上发生了立场的转变。这其中一部分宗族，应该是恐惧于石虎强大的军事力量。石虎大军一时席卷华北，使前燕存亡牵于一线，慕容皝险些决定投降。经过封弈的谋略，其“意乃安”[⑤]。但是，如果细细追求起来，这其中主要的原因，恐怕是这些人在前燕的某些利益没有满足，如“冀阳流寓之士共杀太守宋烛以降于赵。烛，晃之从兄也”。[⑥] 说明当时这些流寓人士内部存在不平。慕容氏的侨郡策略，一方面对这些流亡而来的乡里宗族有安顿作用，一方面也因为土地资源的分配等问题容易产生不公。

---

① 《资治通鉴》卷八十九《晋纪》十一，第 2814 页。
② 《晋书·慕容皝载记》，第 2826 页。
③ ［韩］朴汉济：《侨旧体制的展开与东晋南朝史》，《北朝研究》，1995 年第 4 期。
④ 《资治通鉴》卷九十六《晋纪》十八，第 3018—3019 页。
⑤ 《资治通鉴》卷九十六《晋纪》十八，第 3020 页。
⑥ 《资治通鉴》卷九十六《晋纪》十八，第 3019 页。

前燕政权的侨郡政策，确实容易导致一部分乡里宗族受到优待的情况，原籍靠近辽西的渤海封氏、乐浪王氏即是其例。慕容氏与渤海封氏之间渊源颇深。永嘉五年（311）之后，东夷校尉封释无力克制众鲜卑之乱，最后依赖慕容氏政权，寝疾时，“属其孙弈于廆”[①]，为家族完成了与慕容氏合作的交接。封氏从此成为慕容氏重要盟友。封释卒，“释子冀州主簿悛、幽州参军抽来奔丧”。[②] 由于封释一族势力及于幽、冀，慕容氏政权也加以百般拉拢。旋即幽、冀为石勒所乱，返道不通，二人“皆留仕廆，廆以抽为长史，悛为参军”[③]。封氏正是慕容氏最早合作的乡里宗族。建兴元年（313）是慕容氏在境内建立侨郡之开始。“乐浪王遵说统帅其民千余家归廆，廆为之置乐浪郡，以统为太守，遵参军事。”[④] 为一姓而建“乐浪郡”，且由其本姓出仕，基本实现了这一宗族的行政自治。在若干年的存续壮大之后，封氏、王氏都迅速成为地方土豪。在前燕时，他们的地位几乎是不容动摇的。慕容皝时期“渤海人逄约因赵乱，拥众数千家，附于魏，魏以约为渤海太守。故太守刘准，隗之兄子也；土豪封放，弈之从弟也；别聚众自守。闵以准为幽州刺史，与约中分渤海。燕王儁使封弈讨约，使昌黎太守高开讨准、放。开，瞻之子也”。[⑤] 当逄约因乱而占据了之前封氏、高氏在渤海的地位，他马上遭到了反对。最后，封弈设计，要挟赚取了逄约。而渤海太守的土豪之职责仍旧归于封氏：“儁以放为渤海太守，准为左司马，约参军事。”永和八年（352）“燕群僚共上尊号于燕王儁，儁许之。十一月，丁卯，始置百官，以国相封弈为太尉，左长史阳骛为尚书令，右司马皇甫真为尚书左仆射，典书令张悕为右仆射；其余文武，拜授有差”。[⑥] 封氏等大族的地位进一步得到巩固。可以说，华北大族的形成与慕容氏前燕政权的侨郡政策所导致的宗族集聚和养息深有关系。

从一些材料看来，在慕容氏政权中较为得志的，主要是原来在华北地区，也就是幽、冀地区的士人。那些在石勒时期迁往邺城的秦雍及其周边地区之士人，无法形成庞大的乡里宗族，不能对慕容氏政权产生真正的影响力。如皇甫真在慕容氏政权中并不得志。“皇甫真，字楚季，安定朝那人也。弱冠，以高才，廆拜为辽东国侍郎。皝嗣位，迁平州别驾。时内难

---

① 《资治通鉴》卷八十七《晋纪》九，第2773页。
② 《资治通鉴》卷八十七《晋纪》九，第2774页。
③ 《资治通鉴》卷八十七《晋纪》九，第2774页。
④ 《资治通鉴》卷八十八《晋纪》十，第2799页。
⑤ 《资治通鉴》卷九十九《晋纪》二十一，第3116—3117页。
⑥ 《资治通鉴》卷九十九《晋纪》二十一，第3131页。

连年，百姓劳瘁，真议欲宽减岁赋，休息力役。不合旨，免官。”[①]皇甫真因为谏诤而遭到弃用。因此，前燕末年，王猛入邺，皇甫真便“望马首拜之”，继而“从坚入关”。[②]皇甫真是安定人，他应该就是前文提及的石勒时期王擢所说的秦、雍世族中的一位。秦雍世族在邺者，并没有发挥出太多作用，一旦时机来临，他就要求迁回到离安定更近的关陇地区。这也就意味着，慕容氏政权之中能够来到文学发展舞台之上，留存其作品的，主要是当时活跃在政权中心的华北乡里宗族，而非这些别地旁支。

随着慕容氏政权国土面积的扩大以及势力的增长，依附在其羽翼之下的乡里宗族也在不断壮大。由于慕容氏政权对于这些乡里宗族开始的时候实行的政策过于宽松，因此，当这些乡里宗族壮大为地方土豪之后，他们的户口不再容易被控制。朝廷纳税与户口不实的矛盾，渐次在慕容氏的军需不断扩大之后暴露无遗。兴宁之后，“燕王公、贵戚多占民为荫户，国之户口，少于私家，仓库空竭，用度不足。尚书左仆射广信公悦绾曰：‘今三方鼎峙，各有吞并之心。而国家政法不立，豪贵恣横，至使民户殚尽，委输无入，吏断常俸，战士绝廪，官贷粟帛以自赡给；既不可闻于邻敌，且非所以为治，宜一切罢断诸荫户，尽还郡县。’燕主暐从之，使绾专治其事，纠擿奸伏，无敢蔽匿，出户二十余万，举朝怨怒。绾先有疾，自力厘校户籍，疾遂亟。冬，十一月，卒”。[③]前秦灭燕之后，简括州郡户口，数字已经较前燕初年归附人口大大增加。东晋太和五年（370）前燕为前秦所灭，“诸州牧守及六夷渠帅尽降于秦，凡得郡百五十七，户二百四十六万，口九百九十九万。”[④]这其中除了杂夷之外，绝大部分是属于乡里宗族的人口户数。之后，秦王坚“徙关东豪杰及诸杂夷十万户于关中，处乌丸杂类于冯翊、北地，丁零翟斌于新安，徙陈留、东阿万户以实青州。诸因乱流移，避仇远徙，欲还旧业者，悉听之[⑤]”。而留在原籍、“欲还旧业者”就包括了一些不仕前秦、留于本籍地的士人，如屡次拒绝苻坚、王猛、苻丕等邀请的高泰及其宗族[⑥]。

慕容垂在前秦建元二十年（384）叛秦自立并发起复国运动。这个过程中，留在原籍的河北士人再次成为慕容氏政权争取的对象。宫崎市定发

---

① 《晋书·慕容暐载记附皇甫真载记》，第2860页。
② 《晋书·慕容暐载记附皇甫真载记》，第2862页。
③ 《资治通鉴》卷一百一《晋纪》二十三，第3211页。
④ 《资治通鉴》卷一百二《晋纪》二十四，第3238页。
⑤ 《晋书·苻坚载记上》，第2893页。
⑥ 《资治通鉴》卷一百三《晋纪》二十五，第3259—3260页。

现，后燕慕容垂复国之时，虽然有不少的鲜卑和乌桓麇集于大河以北一带，但其主要的郡众不是鲜卑，而是中原的汉人。[①]《资治通鉴》曰："于是农驱列人居民为士卒，斩桑榆以为兵，裂襜裳为旗。"[②]此"列人居民"，除少数乌桓外，多数仍为汉族。慕容绍之在辟阳，曰："鲜卑、乌桓及冀州之民，本皆燕臣，今大业始尔，人心未洽，所以小异；唯宜绥之以德，不可震之以为威。""于是鲜卑、乌桓及坞民降者数十万口。"[③]此所谓"坞民"即指大多数在坞壁中的汉人而言。但是考虑到邺城战略的长期性，冀州郡县多认为慕容垂不会获得成功，采取观望态度。当时反燕或无所行的汉族士人有渤海封懿、封孚、封劝，清河崔玄伯、崔逞、崔宏、崔荫，阳平路纂，新兴张卓。慕容氏复国运动中很少看到汉族士人，倒是慕容氏在幽州、平州地区建立了婚姻关系的可足浑氏，兰氏和段部、宇文部等诸鲜卑、乌丸，屠各，丁零等诸少数民族占主力。[④]最后，参加了复国运动的汉族士人有汲郡赵秋，燕郡王腾，燕国平睿、平幼、平规，荥阳郑豁，参军太原赵谦，渤海封衡、封孚等。除了荥阳郑氏和太原赵氏未尝合作前燕，其他皆是在前燕时期就已经在华北地区壮大的乡党。北魏攻占中原时期，河北士人的基本态度是反魏慕燕。这与前燕灭亡过程中特别现实的河北士人的反应显然不同。很多士人随着慕容帝王的移动，有的是去了辽西，有的是南渡到了青齐地区。慕容氏政权始终意欲改变乡里宗族势力过分庞大、与朝廷争夺户口的局面，也是造成宗族离散的主要原因之一。后燕政权末期，"燕主宝定士族旧籍，分辨清浊，校阅户口，罢军营封荫之户，悉属郡县。由是士民嗟怨，始有离心"。[⑤]慕容盛时期，辽西太守李郎在郡长达十年，"威制境内"，"累征不赴"，"以母在龙城，未敢显叛，乃阴引魏军，将为自安之计，因表请发兵以距寇。"[⑥]被慕容盛发现之后灭族。这也是一次乡里宗族对于慕容氏政权的离心之举。但是，仍不排除一些乡里宗族并不愿意出仕北魏。渤海封懿入魏后，对魏太武帝态度不逊，"应对疏慢，废还家"。[⑦]广固之战中，昌黎韩范和渤海封融皆被处死[⑧]，正是北魏对于这些倨傲的乡

---

① ［日］宫崎市定：《中国村制的成立——古代帝国崩坏的一面》，《宫崎市定论文选集》上卷，商务印书馆，1963 年，第 41—42 页。

② 《资治通鉴》卷一百五《晋纪》二十七，第 3321 页。

③ 《资治通鉴》卷一百五《晋纪》二十七，第 3326 页。

④ 《资治通鉴》卷一百八《晋纪》三十，第 3428 页。

⑤ 《资治通鉴》卷一百八《晋纪》三十，第 3428 页。

⑥ 《晋书·慕容盛载记》，第 3102—3103 页。

⑦ 《魏书·封懿传》，第 760 页。

⑧ 韩树峰：《青齐士族在南北朝的变迁》，《国学研究》第五卷，1998 年，第 408 页。

里宗族的打击。但是这些打击也并没有改变整个华北尤其是乡里宗族聚居的关东地区的整体社会面貌。于是北齐时期的《关东风俗传》中才有了一幅这样的宗族聚居的图景："至若瀛、冀诸刘，清河张、宋，并州王氏，濮阳侯族，诸如此辈，一宗将近万室，烟火连接，比屋而居。献武（高欢）初在冀郡，大族猬起应之。侯景之反，河南侯氏几为大患，有同刘元海、石勒之众也。"[①] 如果要追溯这幅图景的来源，那么其最为重要的事情便是慕容氏政权对于这些乡里宗族的扶持，他们的力量是在慕容氏所设置的侨郡中复原、发展和壮大的。这些乡里宗族与胡主之间有着长期合作的经历，而且在慕容氏政权之下得到了庇护并从此发展壮大。十六国时期频繁的战乱局面，不但没有冲散这些乡里宗族，反而给予了他们较强的生存能力。北魏建国后，大部分士人是来源于后燕。他们具有较强的整体性，由于数量上很有优势，因此也容易形成一个作家群体。这种情况在河北地区成为典型，主要就是因为诸燕政权对于河北乡里宗族所采取的政策所决定的。值得注意的是，慕容氏政权自身的一些特点，其实和北方乡里宗族结构内部具有一致性。宫崎市定说："在胡族的国家中，主权者就是其宗族的代表人，国家并不是主权者的私有物，而是宗族全体成员的共有物。因为这种思想浓厚，所以对于国家的政治，宗族的发言权很大。在这种情况下，如果宗族团结，发挥其异常强大的力量，就会建成广大的国度；但这个团结一旦破裂，宗族中的强有力者各自企图成为主权者，就会招致无穷的分裂。慕容氏的燕就是最典型的例子。"[②] 慕容氏政权几度发生四分五裂，最后被北魏所吞灭。从某种角度来讲，这些胡族政权本身，其实也是较为复杂的乡里宗族。

总之，来自幽、冀地区的乡里宗族是慕容氏政权的主体。由于慕容氏政权对于东晋政权的一度依赖，这类乡里宗族颇受重视。慕容氏政权最早设立的侨郡制度，与南朝的一概安置流人颇为不同，而是以郡县、宗族为单位。这番安置为乡里宗族的休养生息和发展壮大，创造了前提。乡里宗族因为拥有较为雄厚的文化发展基础，在文学上多有作为。而慕容氏政权与他们的这样一批合作者之间亦相互影响，因此慕容氏政权统治下的文学发展显示出了较高水准，这一点，从前面谈到的《与陶侃书》《与庾冰书》，皆可以窥其一斑。但是，由于战乱原因，今存作品极少，甚至其中还有一

---

① ［唐］杜佑：《通典》卷三《食货典·乡党》引宋孝王《关东风俗传》，中华书局，1988年，第62—63页。

② ［日］宫崎市定：《九品官人法的研究（节译）》，《宫崎市定论文选集》上卷，第81—82页。

些是伪作，或是并不能十分确定是慕容氏诸燕政权统治时期的作品。[①] 曹道衡认为："前后燕的文学水平较高，因此这时河朔地区已成了北方的文化中心。"[②] 这些观点是正确的。而通过本段分析，我们更能了解，慕容氏政权统治下的河朔地区，为何成为北方的文化中心；如此也不难理解钱穆为何说"慕容氏于五胡中受汉化最深"。[③]

四、前、后秦胡主与关陇地区乡里士人的复兴

关于苻、姚二氏中贵族文人较高的文学水平，《晋书》《十六国春秋》等史料对此多有记载，因而也有一些专门研究谈及他们的文学成就，本节对此就不加赘录了。以下将主要偏重于分析他们在乡里社会中的求知经历，也即其文学才能的养成过程。苻氏"祖洪，从石季龙徙邺，家于永贵里"。[④]"永贵里"应该是邺城中的一个片区。苻坚八岁，"请师就家学"[⑤]。这与刘氏政权中求学于乡里不太一样，苻氏应该是在家庭氛围之中滋养其文学才能的。而这种家庭氛围又是在何种历史条件下形成的呢？这是值得分析的。

前秦和后秦政权的早期经历具有十分相似的一面，他们是在十六国时期经历了长期汉化之后方才获得北方大部或者局部领土控制权的。石虎征关中时，这两支势力就已经取得了和石虎之间的密切联系，他们之后被双双迁徙到了关东地区，分别居住在枋头和滠头，前后长达十八年。在石虎统治后期，由于要排挤汉人，因此苻洪所代表的氐族和姚弋仲所代表的羌族势力之地位获得了提高。他们在平定关中梁犊起义的过程中，得到石虎的重用，发挥了作用，壮大了实力。由于关东地区汉族的人口数量较多，因此加快了这些来自关中的氐羌的汉化速度。氐、羌在十六国历史上较为著名的一些豪贵，几乎都是在关东出生的，"与苻生兄弟、苻坚兄弟、吕光等同时先后在枋头出生、成长起来的一代氐族豪贵，是后来前秦、后凉的霸业支柱"[⑥]。"关东十八年"对于苻、姚的部族文学素质而言具有关键性

---

① 由于时势原因，应用文创作在当时占有绝大比例，不容易向我们透露当时文学发展的更多情况。如曹道衡发现《全晋文》卷一四九载有慕容儁短文三篇，"全系应用文，前两篇出今本《十六国春秋》，此书《四库全书总目提要》已指为伪书。后一篇见《初学记》卷二六、《太平御览》卷六八四，但亦无文学价值。"曹道衡：《十六国文学家考略》，《曹道衡文集》卷一，第345—355页。

② 曹道衡：《南朝文学与北朝文学研究》，《曹道衡文集》卷五，第449页。

③ 钱穆：《国史大纲》，第280页。

④《晋书·苻坚载记上》，第2883页。

⑤《晋书·苻坚载记上》，第2884页。

⑥ 罗新：《十六国时期的民族形势与社会整合》，第47页。

的意义，这是他们在文化、文学等方面充分获得汉化的一个时期。

自晋愍帝政权灭亡前后，大量的关陇士人纷纷流散到凉州边境、巴蜀等地区，而长安城内一时仅有百余户。在十六国早期，关陇地区和司隶地区一样，是文学力量发展受到极大打击的地区。但是经过长期修复，苻坚、姚苌政权先后在这里定都之后，对于关陇及其周边之乡里士人加以重用，重新振兴了关陇地区的文化凝聚之力。围绕在苻氏家族的朱彤、赵整等人，有类于文学侍从。如苻坚之弟苻融，“时人拟之王粲。尝著《浮图赋》，壮丽清赡，世咸珍之。未有升高不赋，临丧不诔，朱彤、赵整等推其妙速”[①]。其中可以确切知道的是，赵整也是略阳人，算是苻坚之同乡。而前秦政权中最为著名的士人王猛，本是北海郡剧县靠贩卖畚箕为生的乡里士人，在晋末大乱之后却到西部隐居于华阴山，因此也可以视作是关中士人。他号称的隐居其实是自高之举，史称其“怀佐世之志，希龙颜之主，敛翼待时，候风云而后动”。[②] 永和四年（348），东晋桓温入关，王猛曾“被褐而诣之，一面谈当世之事”[③]，桓温问:“江东无卿比也，秦国定多奇士，如生辈尚有几人吾欲与之俱南。”王猛于是推荐了河东蜀人薛氏薛强，“强闻之，自商山来谒，与猛皆署军谋祭酒。”[④]

上一章曾提及的“河东蜀薛”这支宗族，在十六国时期以他们坚固的坞壁和不仕石、刘的气节而闻名。薛强的父亲薛陶与薛祖、薛落等分统部众，当世号称“三薛”。到薛强时，因薛祖、薛落的子孙衰微，于是他统摄三营，凭借黄河天险自固[⑤]，成为到关中地区发展的各政权均不容忽视的地方政治势力。深居于坞壁之中的薛氏并没有因此而隔绝了与外界的交流，相反，他们时刻关注时局的变化，并寻找恰当的时机进入到历史发展的主流之中。如薛强就与王猛关系非常密切，史书称他“幼有大志，怀军国筹略，与北海王猛，同志友善”。[⑥] 他们虽然一度同时参与了桓温政权，但对桓温并不满意。薛强是反对南下的，王猛也逐渐放弃了与桓温合作的想法，而是认定“在此自可富贵”[⑦]。薛强和王猛缔结友谊关系的时间应该是在这段隐居于关中群山的过程中。前文提到薛强是自商洛山投奔桓温，商洛山在秦岭东段南麓，华阴山同样是南依秦岭，二者相去不远。而他们在此交游的还

---

① 《晋书·苻坚载记下附苻融载记》，第2934页。
② 《晋书·苻坚载记下附王猛载记》，第2930页。
③ 《晋书·苻坚载记下附王猛载记》，第2930页。
④ 《北史·薛辩传》，第1323页。
⑤ 《魏书·薛辩传》，第941页。
⑥ 《北史·薛辩传》，第1323页。
⑦ 《晋书·苻坚载记下附王猛载记》，第2930页。

有其他一些士人，例如氐族吕婆楼父子。吕婆楼即是后凉创建者吕光的父亲，他是向苻坚推荐王猛的人。在苻坚发动对苻生的政变之前，希望获得吕婆楼的帮助，而吕婆楼自认为不可胜任，并推荐了王猛："仆，刀环上人耳，不足以办大事，仆里舍有王猛，其人谋略不世出，殿下宜请而咨之。"[①]吕氏也是略阳人，他与苻氏之间关系十分深厚，故而王猛得举。而王猛在当时地位并不高，似乎更类似于吕婆楼的清客。王猛与吕氏关系密切，他们之间的相识，应该可以往前追溯较长的时间。因为王猛曾经在吕光十岁左右的时候，就已经见过他，并评价曰："时人莫之识也，惟王猛异之，曰'此非常人'。"[②]可以说，王猛得举，主要是依靠他早年在关中地区所缔结的这些关系，亦即他自己所谓的"三秦豪杰"[③]。而这些"三秦豪杰"之间内部关系彼此勾连，他们在共同等待政治上能够有所作为的机会。而苻坚也乐于得到这些在关中地区颇有影响力的乡里士人和氐族贵族的帮助，来扶持其在前秦政权中的势力。

关中地区政治上最为不稳定的因素是关中坞壁。根据洪亮吉《十六国疆域志》记载，在前秦统治下境内就有许多这样的壁垒，如成貳堡、千户固，姚武壁、野人堡坞、新罗堡、胡空堡、徐高堡、姚奴堡、帛蒲堡、段氏堡等坞壁[④]。王猛在安定这些坞壁的过程中发挥了作用，薛辩在淝水之战以后仍然保持的中立态度，也有利于苻坚后方的安全。

姚氏政权从姚苌时期开始与苻氏政权相对抗。这个过程中，姚氏政权吸引了一些希望在政治上能够实现抱负的关陇及其周边地区的乡里士人，其中一些甚至是在苻坚时期郁郁不得志者，尹纬就是其中的重要一位。他对于姚氏政权在关中的安定，起到了重要作用。"尹纬字景亮，天水人也。少有大志，不营产业。身长八尺，腰带十围，魁梧有爽气。每览书传至宰相立勋之际，常辍书而叹。苻坚以尹赤之降姚襄，诸尹皆禁锢不仕。"[⑤]从这里也可以看出，苻坚政权对于关陇士人的态度并不是很开放。但是，这并不妨碍尹纬一直颇有抱负，他曾对姚兴说，"臣实未愧古人。何则？遇时来之运，则辅翼太祖，建八百之基。及陛下龙飞之始，翦灭苻登，荡清秦雍，生极端右，死飨庙庭，古之君子，正当尔耳。"[⑥]"及姚苌奔马牧，纬

① 《资治通鉴》卷一百《晋纪》二十二，第3163页。
② 《晋书·吕光载记》，第3053页。
③ 《晋书·苻坚载记下附王猛载记》，第2930页。
④ ［清］洪亮吉：《十六国疆域志》，第10页。
⑤ 《晋书·姚兴载记下附尹纬载记》，第3004页。
⑥ 《晋书·姚兴载记下附尹纬载记》，第3005页。

与尹详、庞演等扇动群豪，推苌为盟主，遂为佐命元功。”[①] 这里的“扇动群豪”所提到的“群豪”，应该也是在这一时期前后不断向关中地区回迁的秦雍流民，扶持姚氏政权在关陇地区与苻坚争霸的，仍然是这些本地乡里宗豪。而且，在这之后，尹纬还吸引了一些其他地区的关中流民回到长安。“纬友人陇西牛寿率汉中流人归兴”。[②] 由于姚氏政治清明，流亡士人向长安回流的情况在之后也只增不减。后秦政权在反对前秦苻登的过程中逐渐取得了优势之后，甚至于一些早年流亡到南方的关中士人，也开始谋求机会回到长安：“京兆韦华、谯郡夏侯轨、始平庞眺等率襄阳流人一万叛晋，奔于兴。”[③] 这三个流民队伍的首领中，韦华和庞眺其实都是关中人。此时的士人在政治选择上，华夷之别不再作为最重要的标准，而是更多地留心政化。姚兴统治之时，正是东晋末年他问及此三人南方风化，韦华答曰：“晋主虽有南面之尊，无总御之实，宰辅执政，政出多门，权去公家，遂成习俗。刑网峻急，风俗奢宕。自桓温、谢安已后，未见宽猛之中。”[④] 兴闻之大悦，拜华中书令。随着东晋的不断衰微，正朔之论其实逐渐转冷，很多汉族士人不在意华夷之别，而是选择政治更为清明的政权作为依归之所。

在苻、姚前后相继的文化繁荣政策之下，长安作为文化发展中心的地位得到一定程度的恢复。宫崎市定曾总结说：“华北自五胡时代以来，有两个政治中心发达了起来。一个是三国魏篡汉之前魏王国国都所在的邺，以后成为慕容氏前燕的都城。邺的发展与中国东北部的开发有关。另一个是前汉的都城长安，长安在五胡时代曾经是前秦、后秦两代的国都，其繁荣与西域的贸易有关。”[⑤]《苻坚时关陇人歌》云：“长安大街，夹树杨槐。下走朱轮，上有鸾栖。英彦云集，诲我萌黎。”[⑥] 这首歌谣产生的背景，就是在“关陇清晏，百姓丰乐，自长安至于诸州，皆夹路树槐柳”[⑦]。长安的繁荣，促进了关陇地区士人的发展和复兴。基于此，《隋书 · 经籍志》对苻、姚政权的文化发展给予了很大的肯定，曰：“其中原则战争相寻，干戈是务，文教之盛，苻、姚而已。”[⑧] 需要看到的是，支撑苻、姚政权文教发展的，主要

① 《晋书 · 姚兴载记下附尹纬载记》，第 3004 页。
② 《晋书 · 姚兴载记下附尹纬载记》，第 3005 页。
③ 《晋书 · 姚兴载记上》，第 2980 页。
④ 《晋书 · 姚兴载记上》，第 2980 页。
⑤ ［日］宫崎市定：《九品官人法的研究（节译）》，《宫崎市定论文选集》上卷，第 90 页。
⑥ 《晋书 · 苻坚载记上》，第 2895 页。
⑦ 《晋书 · 苻坚载记上》，第 2895 页。
⑧ 《隋书 · 经籍志》，第 907 页。

是关陇本地士人。

苻、姚政权之中，胡主与乡里士人之间的文学互动十分密切。梁熙遣使西域之后，朝献者送来马匹，"坚曰：'吾思汉文之返千里马，咨嗟美咏。今所献马，其悉返之，庶克念前王，仿佛古人矣。'乃命群臣作《止马诗》而遣之，示无欲也。其下以为盛德之事，远同汉文，于是献诗者四百余人。"[①]又，太元七年（382），"坚飨群臣于前殿，乐奏赋诗。"[②]参与这场诗会的，有秦州别驾天水姜平子，因为这次诗会而被苻坚擢为上第。至姚兴政权最为鼎盛之时，这个政权的中坚阶层，都是出自关陇各地乡里的士人们。《晋书》载曰：

> （姚）兴留心政事，苞容广纳，一言之善，咸见礼异。京兆杜瑾、冯翊吉默、始平周宝等上陈时事，皆擢处美官。天水姜龛、东平淳于岐、冯翊郭高等皆耆儒硕德，经明行修，各门徒数百，教授长安，诸生自远而至者万数千人。兴每于听政之暇，引龛等于东堂，讲论道艺，错综名理。凉州胡辩，苻坚之末，东徙洛阳，讲授弟子千有余人，关中后进多赴之请业。兴敕关尉曰："诸生谘访道艺，修己厉身，往来出入，勿拘常限。"于是学者咸劝，儒风盛焉。[③]

此外，还有"给事黄门侍郎古成诜、中书侍郎王尚、尚书郎马岱等，以文章雅正，参管机密"[④]。

这些人大多皆有文学才能，参加过胡主所主持的诸多讲论。长安作为文化中心的恢复，不仅仅是因为它在经济发展方面获得了成功，也因为它形成了一个吸纳乡里士人前来出仕的平台。这对于长安地区晋末永嘉之乱以来长安文化局面的恢复，具有非常重要的意义。

姚兴最后在对待赫连勃勃对策上的失误，以及对于秃发傉檀的轻信，导致了后秦失去了在凉州的统治基地，因此不久在受到南朝军队威胁之后无地撤退，迅速覆亡。[⑤]但是，他们的文化影响十分深刻，特别是对于长安及其周边地区文化的恢复而言具有十分重要的意义。

---

① 《晋书·苻坚载记上》，第2900页。
② 《晋书·苻坚载记下》，第2909页。
③ 《晋书·姚兴载记上》，第2978页。
④ 《晋书·姚兴载记上》，第2979页。
⑤ 左华明：《刘裕北伐后秦考》，《武汉理工大学学报》（哲学社会科学版），2007年第2期，第213—216页。

五、十六国时期乡里选举制度的恢复和文学影响

从刘氏政权到苻、姚政权，胡族政权与乡党之间的关系虽然呈现出缓慢发展的特点，但人才的引入逐渐稳定化，而且在数量上不断增加。北方每逢战乱稍息之时，胡族政权通过逐步恢复选举制度从乡里社会中网罗人才，以保证其发展的延续性。西晋大乱之前的文化教育制度和选举制度是他们十分重视的途径。这样的选举制度，对于引纳乡里社会中的文学人才具有十分重要的意义，有利于乡里社会与胡族政权之间产生文学互动。但是，乡里选举制度、学校制度的恢复经历了漫长的时期，它本身也是胡汉融合的一个重要方面，具有较为明显的渐进性。关于十六国时期对魏晋九品官人法的吸收，前人已经有过很多讨论，但大多是从制度本身的角度来谈。本节主要讨论它对于选拔具有文学才能的乡里士人方面的影响。

首先有必要回顾一下胡族政权在乡里选举制度方面的情况。直到刘曜迁都长安之后，前赵才开始立学校。在从刘聪所居之平阳，到刘曜定都长安的过程中，并州乡闾流散是不能改变的事实。“曜立太学于长乐宫东，小学于未央宫西，简百姓年二十五已下十三已上，神志可教者千五百人，选朝贤宿儒明经笃学以教之。”[①] 这种在城市中集中文化力量的行为，之所以出现得稍晚，恐怕还是因为前赵政权在人才吸纳上不够充分所致。但另一方面，从史家的叙述来看，“简百姓年二十五已下十三已上，神志可教者”，似乎对学生的遴选标准宽松，因此应该是匆忙之举。但之后，刘曜也有“临太学，引试学生之上第者拜郎中”[②]。唐长孺曾推测说:“这些学生虽然泛称‘百姓’，但可以推测必然以他本族豪贵子弟与汉士族为主，而秦雍大族的被俘正因为他们在刘曜朝身任官职之故。”[③] 这个结论虽然应该较为客观，但也是较难得到证实的，由于史料残缺，很难找到刘氏从太学中发现士人的例子。但公卿之举荐在当时仍未遁迹。如台产，“善图讖、秘纬、天文、洛书、风角、星算、六日七分之学”，擅言灾异，为刘曜赏识。[④] 这个人就是由“司空刘均”从乡里直接推举而来的。[⑤]

相比之下，石勒政权在发展学校、选举等相关体系方面举措更为细密。石勒虽然出身低微，但较为重视文化。立国之后，不但在首都设立了“大

---

① 《晋书 · 艺术传 · 台产传》，第 2503 页。

② 《晋书 · 刘曜载记》，第 2692 页。

③ 唐长孺 :《晋代北境各族“变乱”的性质及五胡政权在中国的统治》，《魏晋南北朝史论丛》，第 172 页。

④ 《晋书 · 刘曜载记》，第 2698 页。

⑤ 《晋书 · 刘曜载记》，第 2698 页。

小学”[①]，也将学官制度的设计普及到郡国这一层面，教育体系更为完备，吸纳乡里士人更多："命郡国立学官，每郡置博士祭酒二人，弟子百五十人，三考修成，显升台府。于是擢拜太学生五人为佐著作郎，录述时事。”[②]同时，对于这些从乡里吸纳而前来襄国就学的年轻士人，石勒颇为关注，“勒亲临大小学，考诸学生经义，尤高者赏帛有差”。其后，“勒增置宣文、宣教、崇儒、崇训十余小学于襄国四门，简将佐豪右子弟百余人以教之，且备击柝之卫。置挈壶署，铸丰货钱”[③]。这些行为与刘曜政权设立学校，几乎是同一时期发生的。当时，的确存在一些士人是从乡里所设置的官方教育选举体制中获得出仕的。阎步克认为石赵政权的制度基本上是沿袭魏晋之法："按石赵政权汉化诸制，如清定九品、计吏拜郎、太学试经等等，大抵承自魏晋之法，察举制亦当如此。‘秀异’当即秀才或‘秀才异等’，‘至孝廉清’当即孝廉。其所令岁荐科目与西晋通行之科相同……估计其贤良秀孝之策试，并依上、中、下三等区别等第，分别拜授议郎、中郎、郎中之法，恐怕不是凭空产生，颇有可能是直接沿用了晋朝成规。”[④]可见后赵石勒时所举贤良、秀才、孝廉诸科，以及太学生试经等选官仕途，也应分别具有与之相应的乡品，即与两晋时期相同。

石虎政权对于石勒时期的选举制度多有继承。石虎也是出身武将，文化水平低，但是对于经学颇为崇慕。《晋书》云："季龙虽昏虐无道，而颇慕经学，遣国子博士诣洛阳写石经，校中经于秘书。国子祭酒聂熊注《穀梁春秋》，列于学官。”[⑤]“下书令诸郡国立五经博士。初，勒置大小学博士，至是复置国子博士、助教。”除此以外，石勒政权也很重视选举体制的完善。石勒有《下书招贤》："令公卿百僚岁荐贤良、方正、直言、秀异、至孝、廉清各一人，答策上第者拜议郎，中第中郎，下第郎中。其举人得递相荐引，广招贤之路。”[⑥]咸和九年（334），石勒又命王波典秀孝之制度。从石勒末期开始，郡县之中的选举较为混乱，石虎加以了整治："时豪戚侵恣，贿托公行，季龙患之，擢殿中御史李矩为御史中丞，特亲任之。自此百僚震慑，州郡肃然。”[⑦]另外，石勒时期不太重视与大族之间的合作，而石虎时期则较为注意对乡里宗族的安抚。他在统治期间，扩大了汉族士人的特权。而且，

① 《晋书·石勒载记下》，第2741页。
② 《晋书·石勒载记下》，第2751页。
③ 《晋书·石勒载记上》，第2729页。
④ 阎步克：《察举制度变迁史稿》，辽宁大学出版社，1997年，第136页。
⑤ 《晋书·石季龙载记上》，第2774页。
⑥ 《晋书·石勒载记下》，第2748页。
⑦ 《晋书·石季龙载记上》，第2769—2770页。

这种特权的扩充，从地域上看，从原来的河北、中原地区进而扩大到了关中地区。据《石季龙载记》曰："镇远王擢表雍、秦二州望族，自东徙已来，遂在戍役之例，既衣冠华胄，宜蒙优免，从之。自是皇甫、胡、梁、韦、杜、牛、辛等十有七姓蠲其兵贯，一同旧族，随才铨叙，思欲分还桑梓者听之；其非此等，不得为例。"[①] 前文引过王度对于秦雍士人所负之赋役的上疏，这封上疏说明当时秦雍士人尚无特权。唐长孺也指出了这种前后的变化："雍秦大族是平刘曜时的俘虏，此时也和东方大族一样享受免役与选举特权"，这表明"刘曜及石勒称赵王以后直至灭亡大体上沿用魏晋九品官人之法及学校之法，对于士族特权予以肯定"[②]。

石虎所颁布的《下书清定选制》进一步明确了选举和考绩的一些细则，并声称沿用西晋九流"旧制"："三载考绩，黜陟幽明，斯则先王之令典，政道之通塞。魏始建九品之制，三年一清定之，虽未尽弘美，亦缙绅之清律，人伦之明镜，从尔以来，遵用无改。先帝创临天下，黄纸再定。至于选举，铨为首格，自不清定，三载于兹。主者其更铨论，务扬清激浊，使九流咸允也。吏部选举，可依晋氏九班选制，永为揆法。选毕，经中书、门下宣示三省，然后行之。其著此诏书于令。铨衡不奉行者，御史弹坐以闻。"[③] 关于"清定"，前人多有研究。张旭华认为，"清定工作的主体，应该是中正。石勒在清定九品的同时，也应建立起州郡中正组织。"[④] 这就说明，很可能石勒政权在其乡里社会中设置了这样的职位。"三年一清定"乃是魏晋以来的选举旧制，而"清定"一词，则是与中正定品密切相关的专有名词，其意盖指中正铨衡人伦，评定九品。前著石勒"清定五品"，即是沿用此意。又"黄纸"一词，也是和九品中正制密切相关的专用名词，特指中正定品簿册[⑤]。但是，在石虎统治时期，这种乡里选举制度的最大获益者却并非是当时的寒素士人。《晋书·石季龙载记上》称："季龙以吏部选举斥外耆德，而势门童幼多为美官，免郎中魏奂为庶人。"[⑥] 所谓"势门童幼"，即权势高门子弟；"多为美官"，即起家迁转多为清官。这依然是沿袭西晋"上品无

---

① 《晋书·石季龙载记上》，第 2770 页。

② 唐长孺：《晋代北境各族"变乱"的性质及五胡政权在中国的统治》，《魏晋南北朝史论丛》，第 171、172 页。

③ 《晋书·石季龙载记上》，第 2764 页。

④ 张旭华：《后赵九品中正制杂考》，《许昌学院学报》，2003 年第 6 期，第 52 页。

⑤ 唐长孺：《九品中正制度试释》："中正品第用黄纸写定，藏于司徒府。""黄纸就是注明品第的册子。"《魏晋南北朝史论丛》，第 117—118 页。

⑥ 《晋书·石季龙载记上》，第 2769 页。

寒门，下品无势族"[1]的风气。之后，石虎虽然免去吏部郎中魏奂之职，但仍无法扭转这种风气。但是从客观上看，完善教育体制、培养文化士人是十六国时期文化走向恢复的重要一步，对当时文学士人力量的培养还是有诸多积极意义的。

前燕时期，慕容氏诸燕政权之胡主，皆慕经学，比较重视宗室的经学教育。"（慕容）儁雅好文籍，自初即位至末年，讲论不倦，览政之暇，唯与侍臣错综义理，凡所著述四十余篇。"[2]前燕时期重视对乡里大族子弟的铨选和擢用，这些往往是族中有人在朝廷中出任官僚者，他们享有和慕容氏贵族子弟同受教育的机会，其出仕途径也很好："赐其大臣子弟为官学生者号高门生，立东庠于旧宫，以行乡射之礼，每月临观，考试优劣。皝雅好文籍，勤于讲授，学徒甚盛，至千余人。"[3]而慕容皝的亲信官僚也是从这样一个体系中产生："皝亲临东庠考试学生，其经通秀异者，擢充近侍。"[4]进入到慕容氏中央统治层面的文人如皇甫真，"攻拔邺都，珍货充溢，真一无所取，唯存恤人物，收图籍而已"[5]。这些情况在过去的研究中已经多有提及。虽然慕容氏政权发展多种针对地方乡里宗族的选举制度，但这些制度在落实方面却仍然存在重重问题。

当时乡里士人对于选举制度的恢复反应强烈，热衷指摘时弊，申绍为尚书左丞时所撰《上疏陈时务》，其文反对朝廷地方官选任的制度有所缺失，而大量委任于拥有部曲宗兵之兵将。从文中"今之见户，不过汉之一大郡"[6]来看，当时慕容氏政权实际上所统治的地方组织，是以宗户为单位，而实际上舍去了"郡"。其所选之地方守宰，应该大多是拥有宗兵部曲之坞主首领，这些人"非但无闻于州闾，亦不经于朝廷，又无考绩，黜陟幽明"[7]。因而造成了民生凋敝。而且这些乡闾官员，往往名号繁复，人员众多。因此，慕容氏在中央政权层面所设置的选举制度，并没有得到真正落实。虽然如此，乡里士人对这些制度转化为现实仍然抱有期待，他们应该是有别于那些地方乡里宗族等既得利益者的寒素士人。关于申绍生平，缺乏文字记载，他的出身应该并不是华北地区之高门士族。

在前燕选举相关的公文文字中，有一篇《上言祖父未葬者权宜铨选》

---

① 《晋书·刘毅传》，第1274页。
② 《晋书·慕容儁载记》，第2842页。
③ 《晋书·慕容皝载记》，第2826页。
④ 《晋书·慕容皝载记》，第2826页。
⑤ 《晋书·慕容暐载记附皇甫真载记》，第2860—2861页。
⑥ 《晋书·慕容暐载记》，第2855页。
⑦ 《晋书·慕容暐载记》，第2855页。

值得重视。这篇上疏，提到燕之立国，主要的方面皆是仿照魏晋旧式，而且在官员铨选方面坚持一条重要的准则，那就是祖父未葬者不可获得官职。但是，战乱造成燕国人口空疏，“孤孙茕子，十室而九”，且有父子各在异邦者，父死子不能葬，“招魂虚葬”者甚多，故而不容法令如此苛刻，否则无人可选。[①] 这篇文章一方面反映了慕容诸燕对魏晋选举制度中的传统规定十分恪守，而另一方面也的确反映了慕容氏的选举制度实施之难。这说明晋末所发生的大乱以及它所造成的诸多问题，一直是以非常缓慢的速度在获得解决。而乡里宗族各拥一方的局面，是诸燕政权始终不能深度展开对于乡里社会的了解和建设之主要原因。

前秦是在这几个主要的胡族政权之基础上，实现对于学校和选举制度的完善和恢复的。“坚广修学官，召郡国学生通一经以上充之，公卿已下子孙并遣受业”[②]，反映的正是当时来自郡国的乡里士人，可以前往长安官学中就学的情况，而同时还有一部分学子乃是公卿子弟。将来自乡里的文化士人，以较低标准进行收录，非常有利于长安地区的文化繁荣。但也必须看到，当时的文化水准并不甚高，“问难五经，博士多不能对”[③]。因此，为了加强对于学校教育的管理，苻坚采取了一月一临的监管方式。这项政策在苻坚统治时期得到了较长时间的坚持，成效显著，而且，它是与前秦时期的乡里统治政策相配合而实施的：

> 复魏晋士籍，使役有常，闻诸非正道，典学一皆禁之。坚临太学，考学生经义，上第擢叙者八十三人。自永嘉之乱，庠序无闻，及坚之僭，颇留心儒学，王猛整齐风俗，政理称举，学校渐兴。[④]

可以说，苻坚时期已经实现了对于乡里士籍、学校制度和选举制度的全面修复。而且，苻坚重视从太学之中选拔人才，引文中提到一次性擢用八十三人之数是较多的。这种人才选举得到全面复兴的局面是苻坚之前的多个政权所未能实现的。长安地区在这种较为清明的政策引导之下，其经济和文化面貌皆开始繁荣，已经不是晋愍帝据长安时仅有百余户之时可比。[⑤] 苻坚对于学校教育的热情，比年有增，“中外四禁、二卫、四军长上

① 《晋书·慕容儁载记》，第 2838 页。

② 《晋书·苻坚载记上》，第 2888 页。

③ 《晋书·苻坚载记上》，第 2888 页。

④ 《晋书·苻坚载记上》，第 2895 页。其中“闻诸非正道”，第 2906 页校勘记（九）注曰：“‘闻’字属上、属下皆赘，疑是衍文或字讹。”

⑤ 《晋书·苻坚载记上》，第 2895 页。

将士，皆令修学。课后宫，置典学，立内司，以授于掖庭，选阉人及女隶有聪识者署博士以授经。”[①] 尽量地扩大了接受教育的层面。而这其中最为受益的仍然是那些曾经缺少机会到达中央统治层的普通乡里士人。

由于苻坚朝廷之中文士众多，因而长安地区发生的宫廷文学集会显得人才济济。因梁熙获得西域宝马，“群臣作《止马诗》而遣之，示无欲也。其下以为盛德之事，远同汉文，于是献诗者四百余人”[②]。这比之于石虎时期作《盛德颂》者之一百零七人，在数字上大有增加。苻坚统治时期，宫廷诗文集会中，也有来自乡里的底层官僚士人参与赋诗。[③] 苻坚的宫廷诗文集会，其实是一个人才擢用的平台，而文学的风尚渐渐通过这种将人才集拢的平台而显得更为流行。

自苻坚时期开始的对学校、选举制度的大力恢复，对于乡里士人来到长安重新形成文学中心而言，意义极为重大。这些举措使得当时能够在乡里士人之中形成一种求学风气，并且提供更为开放的出仕途径。韦逞及其母亲的个例，最能说明丧乱之中普通乡里士人对于文化存续的意义。韦母宋氏，家世以儒学称，幼年时父亲曾授以《周官》音义，“属天下丧乱，宋氏讽诵不辍。其后为石季龙徙之于山东，宋氏与夫在徙中，推鹿车，背负父所授书，到冀州，依胶东富人程安寿，寿养护之”[④]。“逞遂学成名立，仕苻坚为太常。坚尝幸其太学，问博士经典，乃悯礼乐遗阙。时博士卢壶对曰：‘废学既久，书传零落，比年缀撰，正经粗集，唯《周官礼》注未有其师。窥见太常韦逞母宋氏世学家女，传其父业，得《周官》音义，今年八十，视听无阙，自非此母无可以传授后生。’…… 于是就宋氏家立讲堂，置生员百二十人，隔绛纱幔而受业，号宋氏为宣文君，赐侍婢十人。《周官》学复行于世，时称韦氏宋母焉。”[⑤] 这个历史小事件中最为关键的内容，其实并非是宋氏通《周官》，而是韦逞在苻坚朝，可以因为出仕苻坚为太常，而得为人知。宋氏也是因为她的儿子能够出任太常，故而可以闻名，苻坚政权对学成名立之人的吸纳，能促使此时的文化存续方式更为常态化，而不仅仅是维系在部分乱离士人身上。这种例证说明，一个由底层乡里士人向上发展的道路即将展开。

姚苌建立后秦，对于前秦的诸多制度，不但未改，而且有所深化。“立

---

① 《晋书·苻坚载记上》，第 2897 页。
② 《晋书·苻坚载记上》，第 2900 页。
③ 《晋书·苻坚载记下》，第 2909 页。
④ 《晋书·列女传·韦逞母宋氏传》，第 2521 页。
⑤ 《晋书·列女传·韦逞母宋氏传》，第 2522 页。

太学，礼先贤之后。”[①] 姚兴据有长安时，文化兴盛程度有过之而无不及。“(姚)兴令郡国各岁贡清行孝廉一人。”[②]“天水姜龛、东平淳于岐、冯翊郭高等皆耆儒硕德，经明行修，各门徒数百，教授长安，诸生自远而至者万数千人”[③]，和刘曜时期在长安立学校“简百姓年二十五已下十三已上，神志可教者千五百人”[④] 相比，已是不可同日而语。姚兴的周围还产生了一批作赋以讽谏的文人：“兴性俭约，车马无金玉之饰，自下化之，莫不敦尚清素。然好游田，颇损农要。京兆杜挻以仆射齐难无匡辅之益，著《丰草诗》以箴之，冯翊相云作《德猎赋》以讽焉。兴皆览而善之，赐以金帛，然终弗能改。”[⑤] 这些人从籍贯上看，多为关陇地区士人。在后秦全盛时期，乡里社会较为稳定。姚兴“班命郡国，百姓因荒自卖为奴婢者，悉免为良人……始平太守周班、槐里令李□皆以黩货诛，于是郡国肃然矣。”[⑥] 这样导致从乡里社会中能够进入到长安地区的士人更多。这种全盛的状况对于发展文化确实有利，但是奇怪的是，姚氏政权中并没有产生著名的文人，这主要是因为他们当时的文化形式是仿照魏晋时期的清谈，即“讲论道艺，错综名理”[⑦]，并不勤于著述。故而王镇恶破长安，所收图籍不过四千卷，其中多有古老而文字难于辨识者。崔浩曾评价姚兴说：“昔姚兴好养虚名，而无实用”[⑧]，大约也是对这种文化发展形式有所不屑。

本节讨论了十六国时期乡里士人出仕胡族政权的一些基本情况。“五胡”和汉族士人之间具有一定的乡党关系，或者在十六国时期开始之前就与汉族士人有了较深的民族融合。在这种情况下，乡里士人通过出仕胡族政权，获得了与国家政治产生联系的机会。乡里士人的出仕，不但因为这一政治环境影响其自身的文学创作，也影响了胡族统治者的文学创作。十六国胡主之间，由于自身素质参差不齐，受身边乡里“旧族”、士人之影响也不一，因此各政权文学发展的层次也呈现了一些差异。首先，受到战乱的影响，洛阳地区长期出现文化的真空局面，而文学发展的主要力量，主要分布在河西和辽东。在建立过程中一度“周流天下”的石勒政权，在十六国时期属于文学发展水平较低的政权；其次，在十六国后期，乡里社

① 《晋书·姚苌载记》，第 2968 页。
② 《晋书·姚兴载记上》，第 2977 页。
③ 《晋书·姚兴载记上》，第 2979 页。
④ 《晋书·艺术传·台产传》，第 2503 页。
⑤ 《晋书·姚兴载记上》，第 2983 页。
⑥ 《晋书·姚兴载记上》，第 2979—2980 页。
⑦ 《晋书·姚兴载记上》，第 2978 页。
⑧ 《魏书·崔浩传》，第 810 页。

会之中的文学力量逐渐走向修复，他们进入到胡族政权之后，提升了胡族政权的文学发展水平。这在后秦时期关陇士人向长安地区的回迁过程中，体现得尤其明显；第三，乡里社会之中，学校和教育制度的逐步恢复，产生了联系乡里士人与胡族政权之间的正常通道，这对于乡里社会之中文化、文学的恢复，以及胡族政权和汉族士人之间的文化互动，都具有重要的意义。他们之间的文学、文化互动成绩，正可用钱穆所云之"是五胡虽云扰，而北方儒统未绝"[①]来概括。但是，"五胡"之中，尤其是慕容氏诸燕政权和关陇地区之苻姚政权，在发扬北方之儒学、文学传统上最有贡献："时河、洛一带久已荒残，山西亦为东西交兵之冲，石虎之乱，屠割尤惨，故东方惟慕容，西方惟苻、姚，为北方文化残喘所托命。"[②]而他们之所以能实现北方文化之延续，与他们善于拔擢这两个地区乡里士人来到胡族政权中出仕有关。

第二节 "乡论"社会与文学复古

西晋遗留在北方地区的旧族勋贵进入到十六国政权之中者很少。进入到十六国政权中的主要是胡族之乡党、战争降虏，或是避乱之乡里宗族。十六国时期的文学发展是以这些乡里士人为主体的。源自乡里的士人，其本身的思想具有极大的保守性。他们对于政权更迭、朝代变换的看法，有别于曾经在西晋时期的上层士人，也有别于南朝城市中所集中的世代勋贵。十六国时期的文人对于晋末大乱，皆有反思，对于新时代的到来也独具敏感。这些在思潮方面的细微变化，往往通过文学形式来表达。曾经生活在文化保守地域的乡里士人，一旦开始与胡族政权相联合，遂产生了与西晋时期完全不同的文化发展效应。

乡里社会相对保守的思想文化面貌，对于这些士人的文学创作或者其他文学活动都有深刻的影响。而这种保守性的形成与乡里社会中的舆论环境极为相关。这个舆论环境，就是本节所说的"乡论"。狭义地讲，"所谓乡论，当然是各地的舆论，再具体地说，就是在各地进行的人物评论，主要是甄别、支持当地的贤者、有德者。"[③]川胜义雄说："3世纪亦即魏晋之际华北贵族制社会的理想型，是一种乡论环节的重层社会，同时也是建立在这种

---

① 钱穆：《国史大纲》，第280页。

② 钱穆：《国史大纲》，第281页。

③ ［日］川胜义雄著，徐谷芃、李济沧译：《六朝贵族制社会研究》，上海古籍出版社，2007年，第43页。

社会之上的社会体制。”“不过，‘乡’显示的范围并非那么明确。乡村或县一级单位的舆论固然是‘乡论’，在更为广阔的地区，如包含数县的郡一级，其舆论也可称作‘乡论’，此后进一步扩大到州，此时形成的舆论也可视为‘乡论’。也就是说，‘乡论’实际上是针对民间舆论的一个较笼统的称呼，在那里，根据舆论形成地域的规模大小，舆论犹如圆圈一样重叠在了一起。”[①]“乡论”社会容易因为舆论而产生较为趋同的社会价值观念，这类社会观念又会反映在文学方面。

一方面，“乡论”社会中的总体舆论取向是“趋古”的，对新生的思想和文化形式接受和消化得较为缓慢。曾经在北方司隶地区流行一时的玄学此时被基本否定，而经学发展在汉末断层之后重新成为社会思想的主流。这种思潮发生的趋势已是众所周知，但它在文学创作上的反映，还有待进一步充分揭示；二是“乡论”社会之中人们对于预见、评论政治时局，颇有热情，因此自汉代以来的谶纬歌谣在此时十分流行，直接评论时事的杂歌谣辞也较为常见。在“乡论”社会中，强大的社会观念凌驾于文学发展观念之上，产生了特殊的文学发展效果。南、北文学发展主体的思想差异，是导致南北朝文学形成巨大差异的重要原因之一。

一、“乡论”社会中的文学价值观念

北方乡里士人较低的文学水平与西晋太康文人如“三张”“二陆”等人的文学才华几乎无法相比，但他们恰好能够很好地迎合早期十六国胡族统治者的需要。这种需要并非指向文辞，而是思想。也就是说，北方乡里士人在进入到十六国政权之后，通过文学的形式所表达的思想，其实才是十六国胡主所看重的，这也正是十六国文学发展中较为持续的一种经世致用的文学价值观念。这种观念植根于由“乡论”所控制的社会文化舆论之中。所谓“乡论”，其直接的意思应该就是乡里社会之舆论。但它并非是一般的舆论，而是在汉末社会重视人物品评，产生出清流、浊流两种派别之后，继而又顺应“九品官人法”对于品评人物的需求所形成的针对乡里士人的评价模式。十六国时期，选举制度在不同的政权中曾仍然有着程度深浅不一的存在。

关于“乡论”，以往学者曾经做过很多研究。由于“乡论”往往是在乡里豪族之间产生，谷川道雄将之简称为“名望家支配”。他说，“汉代乡里制瓦解的结果，人们便以所谓豪族的特定之家为媒介，并以新的地域结

① ［日］川胜义雄著，徐谷芃、李济沧译：《六朝贵族制社会研究》，第43页。

合为目标。依附于豪族的民众，经常是以所谓宗族、乡党的用语来表现，也就是说，在这种结合中，血缘和地缘的关系成为媒介。他们与豪族所蓄奴婢、佃客那样的隶属民有所不同，基本上是自由民。一方面身份自由，一方面却又依附于豪族且在其强烈影响之下，这种乍看似是矛盾的关系，正是豪族共同体的特征。”[①]“豪族对于宗族、乡党所行社会的行为以及由此产生的强大影响力，拟使用名望家支配一语来称呼，不过在此名望家支配之中占有最重要位置的，则是在生活物质缺乏时所实行的赈恤行为。”[②]冈崎文夫则认为这些道德具备一个伦理基础，而这个伦理基础是由经学来赋予的：“要之，于后汉之时，作为家族之德的孝义，对宗族、乡党的友义，对上司的节义，这些德由经学而赋予伦理的基础，终于成为支配后世的文明基础。”[③]以儒家道德为媒介而结合的家族、宗族、乡党及上司与个人的关系，是后汉以后才形成的。内藤湖南说：“这一时代的中国的贵族，不是在制度上，由天子授予领土与人民，而是由于其门第，作为地方名门望族延续相承的传统关系而形成的。当然这是基于历来世代为官所致。”[④]因此，从求仕意义上讲，“乡论”对于乡里士人来说，极为重要。宫崎市定曾通过九品官人法的全面性研究发现，当时决定各个贵族任官资格的，首先是“乡品”“家格”，而不是皇帝。[⑤]乡里士人必须通过乡里舆论的鉴定和品评并且通过之后，方才进入到受州郡中正推举的名单之中。“乡论”社会之成立，与九品中正制的建立深有关系。关于从曹魏到西晋时期的九品中正制度，可以从卫瓘、庾亮等人的上疏中得窥一二。晋武帝时，“（卫）瓘以魏立九品，是权时之制，非经通之道，宜复古乡举里选”[⑥]，遂与太尉亮等上疏。其中尤其提到魏晋时期的“乡论”一节：“其始造也，乡邑清议，不拘爵位，褒贬所加，足为劝励，犹有‘乡论’余风。中间渐染，遂计资定品，使天下观望，唯以居位为贵，人弃德而忽道业，争多少于锥刀之末，伤损风俗，其弊不细。”[⑦]卫氏希望改变这种情况，但仍然重视乡论的作用，

---

① ［日］谷川道雄：《六朝时代的名望家支配》，《日本学者研究中国史论著选译》第2卷，中华书局，1993年，第156页。

② ［日］谷川道雄：《六朝时代的名望家支配》，《日本学者研究中国史论著选译》第2卷，第157页。

③ ［日］冈崎文夫：《魏晋南北朝通史·内编》，平凡社“东洋文库”506，1989年。

④ ［日］内藤湖南：《近世史的意义》，《中国近世史》第一章，《中国史通论》上册，社会科学文献出版社，2004年，第323页。

⑤ ［日］宫崎市定：《九品官人法的研究（节译）》，《宫崎市定论文选集》上卷，第123—129页。

⑥ 《晋书·卫瓘传》，第1058页。

⑦ 《晋书·卫瓘传》，第1058页。

他希望改变的是州郡的权责："如此，则同乡邻伍，皆为邑里，郡县之宰，即以居长，尽除中正九品之制，使举善进才，各由乡论。然则下敬其上，人安其教，俗与政俱清，化与法并济。"晋武帝善之，却终未能改。[①] 于是，终晋之世，"乡论"与"计资定品"共同决定了乡里士人在精神方面的诸般追求。士人即使居于乡里不出仕，也能因为可以得到"乡论"的肯定，而在精神上树立自身的存在价值。这种精神价值的追求，也往往渗透于他们对于文学的看法之中。"乡论"社会对于文学发展所产生的最大影响，即在于此。十六国时期，虽然西晋政权不复存在，但是它所遗留的这种"乡论"社会模式在当时的北方基层社会中广泛存在，在相当长一段时期内，仍然是左右北方乡里士人文学创作之追求的重要因素。这种追求就是对于文学作品思想性的追求，大过对其形式之追求。而其"思想性"之体现，主要是对传统经学社会的普世价值之体认。

从西晋以来，无论是出于何种目的，"乡论"社会皆强调士人精神、品德的重要性。乡里士人对于道德声名的重视，是自西晋以来就在乡里社会中牢固树立的风气。过去的研究比较强调西晋社会假借声名而获利的浮妄行为，但事实上，的确有一部分人谨遵恪守、砥砺名节，乡里士人对于道德的追求并不虚假。弘农王濬虽然颇有家世，"博涉坟典，美姿貌"，但因为"不修名行，不为乡曲所称"，故而起初并不能出仕，"晚乃变节"，最后"州郡辟河东从事……后参征南军事，羊祜深知待之"[②]。身为中正者，并非皆是鄙薄无行、假公济私者。如华恒，"初，恒为州大中正，乡人任让轻薄无行，为恒所黜。及让在峻军中，任势多所杀害，见恒辄恭敬，不肆其虐。……恒清恪俭素，虽居显列，常布衣蔬食，年老弥笃。死之日，家无余财，唯有书数百卷，时人以此贵之"[③]。又如刘毅虽然深居乡里，但因为"乡论"最终被举为青州大中正。司徒推举刘毅为青州大中正，"尚书以毅悬车致仕，不宜劳以碎务"，陈留相乐安孙尹上表说"臣州茂德惟毅，越毅不用，则清谈倒错矣"，于是青州自二品以上如光禄勋石鉴等人共同上奏："佥以光禄大夫毅，纯孝至素，著在乡闾。忠允亮直，竭于事上，仕不为荣，惟期尽节。正身率道，崇公忘私，行高义明，出处同揆。故能令义士宗其风景，州闾归其清流。虽年耆偏疾，而神明克壮，实臣州人士所思准系者矣。"[④] 如此云云，"由是毅遂为州都，铨正人流，清浊区别，其所

---

① 《晋书·卫瓘传》，第1058页。
② 《晋书·王濬传》，第1207页。
③ 《晋书·华表传附廙子恒传》，第1263页。
④ 《晋书·刘毅传》，第1278—1279页。

弹贬，自亲贵者始”[①]。对中正的选拔，除了要考虑到他们必须公允地推荐人才，还考虑到他们对于乡里社会本身的示范作用，包括对于州郡之治理，需要起到“整风俗，理人伦”[②]的作用。何攀为梁、益二州中正的时候，“巴西陈寿、阎乂、犍为费立皆西州名士，并被乡闾所谤，清议十余年。攀申明曲直，咸免冤滥。攀虽居显职，家甚贫素，无妾媵伎乐，惟以周穷济乏为事”[③]。作为州正，能够起到维持乡里社会稳定的作用。因此，也有一些人利用乡里舆论，来满足自己求官求爵的需求。如有拒绝出仕而在乡里自高者，“（魏舒）年四十余，郡上计掾察孝廉。宗党以舒无学业，劝令不就，可以为高耳”[④]。又如，长乐冯恢的父亲为弘农太守，冯恢为了让小儿子冯淑承袭父亲的爵位，在父丧期满之后故意“还乡里，结草为庐”，做了诸多道德上的粉饰，“（冯）淑得袭爵位”，此事旋即被崔洪揭发。[⑤]这种行为代表了当时一部分为了实现利益而刻意制造乡论的人，他们的行为反映了在乡里社会之中，德行孝行始终是考量士人的正面的价值取向。而个人在道德方面的表现，逐渐为一个宗族所习染，渐次成为门第精神。钱穆《国史大纲》曾经谈道：“门第精神，维持了两晋二百余年的天下，他们虽不戮力世务，亦能善保家门。名士清谈，外面若务为放情肆志，内部却自有他们的家教门风。推溯他们家教门风的来源，仍然逃不出东汉名教礼法之传统。”[⑥]

刘氏汉赵政权重视乡闾关系，这一点和他们是乡里社会中的一员颇为相关。而乡里士人之间所重视的乡闾关系，还包括了座主与门生、故吏等类型关系。咸宁时期“刘颂，字子雅，广陵人，汉广陵厉王胥之后也。世为名族。同郡有雷、蒋、谷、鲁四姓，皆出其下，时人为之语曰：‘雷、蒋、谷、鲁，刘最为祖。’”[⑦]当时还有还家教授者，即后来在十六国北朝时期十分流行的乡里私学讲授者之前身。元康时，鲁国邹人唐彬对于乡里处士颇为倾慕，为雍州刺史时，招处士皇甫申叔、严舒龙、姜茂时、梁子远等，四人皆到。[⑧]这四位处士在乡里社会中颇具声望，亦是“乡论”所致。

---

① 《晋书·刘毅传》，第1279页。

② 《晋书·和峤传》：“和峤，字长舆，汝南西平人也。祖洽，魏尚书令。父逌，魏吏部尚书。峤少有风格，慕舅夏侯玄之为人，厚自崇重。有盛名于世，朝野许其能风俗，理人伦。”第1283页。

③ 《晋书·何攀传》，第1291页。

④ 《晋书·魏舒传》，第1186页。

⑤ 《晋书·崔洪传》，第1287—1288页。

⑥ 钱穆：《国史大纲》，第267页。

⑦ 《晋书·刘颂传》，第1293页。

⑧ 《晋书·唐彬传》，第1219—1220页。

在“乡论”社会中，乡里士人即使不出仕，也能够找到自身存在的价值。十六国时期因为战乱而潜藏于乡里的士人，其文学才能、精神追求，并不会因为遁于乡里而遭到阻碍，他们在乡里社会中同样可以拥有文化和文学上的建树。他们即便处于经济层面的社会底层，也仍然能在由“乡论”社会中构建的文化舆论中追求到自身的价值。不妨以西晋末年名士皇甫谧和王裒为例，来谈一谈这种现象。皇甫谧少时“就乡人席坦受书”、“居贫，躬自稼穑，带经而农，遂博综典籍百家之言”[①]。这正是当时乡里士人的普遍情况。之后他长期隐居不仕，皆因其“沉静寡欲，始有高尚之志，以著述为务”。[②] 皇甫谧居于乡里，“著《礼乐》《圣真》之论。后得风痹疾，犹手不辍卷。”[③] 又“所著诗赋诔颂论难甚多，又撰《帝王世纪》《年历》《高士》《逸士》《列女》等传、《玄晏春秋》，并重于世”[④]。故而从他身上可以看出，乡里士人的文学创作有相当一部分是在于墓志铭诔等文体方面。今人所见出土的墓志铭，应该有相当一部分是这类乡里处士所书。而皇甫谧居于乡里的另外一类活动，就是培养士人：“门人挚虞、张轨、牛综、席纯，皆为晋名臣。”[⑤] 皇甫谧隐逸于乡里，躬自耕作，不亲政要。“城阳太守梁柳，谧从姑子也，当之官，人劝谧饯之。谧曰：‘柳为布衣时过吾，吾送迎不出门，食不过盐菜，贫者不以酒肉为礼。今作郡而送之，是贵城阳太守而贱梁柳，岂中古人之道，是非吾心所安也。’”[⑥] 这体现了乡里士人较为重视维护个体的存在价值，是经学所赋予的一种独立于世俗的情怀。但他并非是一个纯粹的儒者，而是带有诸多玄风色彩。他一些落拓不羁的行为，也引起了当时上层人物对他的注意。“岁余，又举贤良方正，并不起。自表就帝借书，帝送一车书与之。谧虽羸疾，而披阅不怠。初服寒食散，而性与之忤，每委顿不伦，尝悲恚，叩刃欲自杀，叔母谏之而止。”[⑦] 有人劝皇甫谧修名广交，他说“非圣人孰能兼存出处，居田里之中亦可以乐尧、舜之道，何必崇接世利，事官鞅掌，然后为名乎”[⑧]。皇甫谧所写的《玄守论》，几乎可以视作是陶渊明隐逸思想中“形影之论”的先导：“谧曰：‘苟能体坚厚之实，

---

① 《晋书·皇甫谧传》，第1409页。
② 《晋书·皇甫谧传》，第1409页。
③ 《晋书·皇甫谧传》，第1409页。
④ 《晋书·皇甫谧传》，第1418页。
⑤ 《晋书·皇甫谧传》，第1418页。
⑥ 《晋书·皇甫谧传》，第1411页。
⑦ 《晋书·皇甫谧传》，第1415页。
⑧ 《晋书·皇甫谧传》，第1409—1410页。

居不薄之真，立乎损益之外，游乎形骸之表，则我道全矣。'" [1] 皇甫谧又撰有《笃终》，谈到人死之后，精歇形散，形神无知，故而不应厚葬，认为节葬才是能够使得"形骸与后土同体，魂爽与元气合灵，真笃爱之至也。" [2] 这类节葬观念虽然披着玄学理论的外衣，但事实上却是乡里社会中较为流行的俭恪之德。皇甫谧的学生张轨之《遗令》，同样是宣扬这样的节葬观念。皇甫谧这样居于乡里、不曾出仕的乡里士人，虽然没有出仕，但仍然能够影响乡里社会中的士人。

与皇甫谧一样，王裒博学多能，"隐居教授，三征七辟皆不就"。[3] 他可谓是赤贫之人，"家贫，躬耕，计口而田，度身而蚕。或有助之者，不听"[4]。他的门徒人数可能达到千余人[5]。这些乡里士人虽然身位不高，但是实际上却能够起到较为重要的文化影响作用。他们的门人，有大多数应该是在永嘉之乱以后没有逃亡或者死去的，可以继而成为新的文化火种。而最为重要的是，这类乡里名士所树立的道德、文化之典范，可以不断传承下去。

皇甫谧、王裒等乡里士人在经济层面应该只属于北方地区的自耕农民，而在他们之外有的乡里士人甚至是佣耕农民。"乡论"社会对于道德和经学的提倡，能够为这类农民提供一条获得教育的渠道。他们通过对于此二者甚至更多方面的文化追求，来提升自身所处的阶层。这一点在十六国时期的乡里社会，乃至于北朝时期一直都存在。而与此相反，"在江南的基层社会中，自营农民并没有得到有效的培养，因此植根于共同体意识的"乡论"在他们那里并没有盛行，相反倒是容易产生大土地所有，可以说是处于一种落后的、仍留有古代残余的状况之中。"乡论"主义从北方引进，作为意识形态不用说是从上从外推行于江南社会之中的，但是受到以吴、会的姓族为中心的若干土著名族的积极接纳，逐渐成为江南乡论的代表。尽管经历了一些曲折，"乡论"主义渐具规模，后进的江南社会并没有取而代之的公共秩序管理，因此只有慢慢予以容纳"[6]。"乡论"社会的重要性便在于对于社会各阶层的广泛接纳，这使得在战乱之后，乡里社会仍然具有文化上的自我恢复能力的关键因素。

曹道衡曾对比分析南北士人与底层民众关系有亲疏之别："北朝的士大

---

① 《晋书·皇甫谧传》，第1410页。
② 《晋书·皇甫谧传》，第1418页。
③ 《晋书·孝友传·王裒传》，第2278页。
④ 《晋书·孝友传·王裒传》，第2278页。
⑤ 《晋书·孝友传·王裒传》，第2278页。
⑥ ［日］川胜义雄著，徐谷芃、李济沧译：《六朝贵族制社会研究》，第185页。

夫在生活中和下层人民距离，似乎较之南朝要小。《颜氏家训·音辞》：‘易服而与之谈，南方士庶，数言可辨；隔垣而听其语，北方朝野，终日难分。’这里当然涉及南方士人喜用洛阳语音，而普通白姓则通用吴语的问题。但另一方面，北方的士大夫长期接触普通老百姓，从事各种官职；而南方士大夫则享受着优厚的待遇，事实上很少接触下层，只是生活在本阶层的小圈子中。因此他们与下层人民的生活和语言是隔膜的。因此在北朝现存的作品中，还可能找到像卢元明《剧鼠赋》那样的俗赋，而在南朝则似乎未见有人做过这种尝试。”[①] 这主要是因为北方士人多居住于乡里社会，躬自耕作甚至需要参加战争，与乡里社会之间保持密切的人际关系，这种人际关系是基于宗法关系而非阶级关系。北方大多数乡里士人有过躬耕经历，这是生活所迫，也是“乡论”社会中北方士人寻求自身存在价值的一种基本表现。

十六国时期留在北方的人们当中，其中相当一部分是在西晋朝“存重儒教”者的后代，他们除了有道德德行方面的要求，对于经学本身也有追求。如傅咸之父傅玄，“少时避难于河内，专心诵学，后虽显贵，而著述不废。撰论经国九流及三史故事，评断得失，各为区例，名为《傅子》，为内、外、中篇，凡有四部、六录，合百四十首，数十万言，并文集百余卷行于世”[②]。汉赵政权中的刘殷的事例更具有普遍性。刘殷极孝，“弱冠，博通经史，综核群言，文章诗赋靡不该览。性倜傥，有济世之志，俭而不陋，清而不介，望之颓然而不可侵也。乡党亲族莫不称之。郡命主簿，州辟从事，皆以供养无主，辞不赴命”[③]。刘殷在“乡论”社会中的立足，正是通过其德行上的声名和经学上的才能来获得的。而他也通过这种方式，使得他的家族能够始终以经学为依傍，在战乱之中同样屹立不倒，在乡里社会中占据一席之地。“在聪之朝，与公卿恂恂然，常有后己之色。士不修操行者，无得入其门，然滞理不申，藉殷而济者，亦已百数。有七子，五子各授一经，一子授《太史公》，一子授《汉书》，一门之内，七业俱兴，北州之学，殷门为盛。竟以寿终。”[④] 刘氏一门以经学成就来树立门第形象。可见，西晋以来所产生的这个“乡论”社会中，德行与经学成为乡里士人基本的人生价值取向。于是，十六国时期文学作品并不是以形式、艺术取胜，而是重在阐释传统道德思想或者是经学思想。乡里士人所代表的经学发展方向

① 曹道衡：《南朝文学与北朝文学研究》，《曹道衡文集》卷五，第474页。
② 《晋书·傅咸传》，第1323页。
③ 《晋书·孝友传·刘殷传》，第2288页。
④ 《晋书·孝友传·刘殷传》，第2289页。

是十六国胡主较为看重的。如章权才所云："北方少数民族统治者接受经学，是因为中原汉族文化较他们先进。史实表明，北方少数民族统治者进主中原后，由于社会发展的阶段差异以及中原一带经学的固有特点，他们接受经学，首先是接受经学中的以郑学为代表的章句训诂之学，而后才是接受经学中的带有玄学色彩的义理之学。他们接受经学的目的，一是在于使自己进入正统。"[①] 因此，无论是从传统的延续还是从现实的需要来考虑，经行明修仍然是乡里社会的普遍追求，也是"乡论"社会中对士人进行评价的重要标准。

在西晋以来"乡论"社会中，那些处于社会中下层阶级的乡里士人之文学创作，已经预示了十六国时期文学创作的一些特点。一个典型的例子就是阳平广城人束皙。束皙大约生于魏景元二年（261），卒于晋永康元年（300），也就是刚好在太安之乱来临之前去世。束皙少游国学，之后"还乡里，察孝廉，举茂才，皆不就。璆娶石鉴从女，弃之，鉴以为憾，讽州郡公府不得辟，故皙等久不得调"[②]。于是，束皙有了一段较为漫长的乡里生活。这段时期内，他从事了一些与乡里社会生活相关的社会活动，例如他曾"为邑人请雨"，三日乃降。这番活动引来乡人为其作歌，虽然歌词朴实无华，但也说明这类乡里士人对于乡里社会而言的价值。其歌曰："束先生，通神明，请天三日甘雨零。我黍以育，我稷以生。何以畴之？报束长生。"[③] 束皙本人也创作了一些层次不高的文学作品。"尝为《劝农》及《(汤)饼》诸赋，文颇鄙俗，时人薄之。而性沉退，不慕荣利，作《玄居释》以拟《客难》。"[④]《劝农》及《饼》诸赋以及《玄居释》都是围绕束皙本人的乡居生活。《玄居释》是借助与门人之间的对话，来表达自己一些成熟的乡居思想。这些思想并非是隐逸高论，而是一些较为切实的论及乡居生活之价值的观点："存道德者，则匹夫之身可荣；忘大伦者，则万乘之主犹辱。将研六籍以训世，守寂泊以镇俗，偶郑老于海隅，匹严叟于僻蜀。"[⑤] 从这段话中也可以看出，乡里士人最为看重的一方面是道德大伦之典范的树立，另一方面则是有关"六籍"的经学研究。石鉴死后，束皙为张华所辟，开始了一段出仕生涯。这段时期之内，他亦因"时欲广农"而上疏。他根据自身在乡里社会中长期生活的经验，指出造成"关右饥穷"局面的，并非

① 章权才：《魏晋南北朝隋唐经学史》，广东人民出版社，1996年，第7—8页。
② 《晋书·束皙传》，第1427页。
③ 《晋书·束皙传》，第1427页。
④ 《晋书·束皙传》，第1428页。
⑤ 《晋书·束皙传》，第1430页。

是因为土地开垦过少，而是因为课田太少："今天下千城，人多游食，废业占空，无田课之实。较计九州，数过万计。可申严此防，令监司精察，一人失课，负及郡县，此人力之可致也。"[①] 他所提出的办法其实是一个有关人口迁徙的政策，"又昔魏氏徙三郡人在阳平顿丘界，今者繁盛，合五六千家。二郡田地逼狭，谓可徙还西州，以充边土，赐其十年之复，以慰重迁之情。一举两得，外实内宽，增广穷人之业，以辟西郊之田，此又农事之大益也。"[②] 他还指出乡里豪强大族各占山泽以牟利。这类文字是在束皙所提出的两个基本价值取向基础上的"经世致用"之文。束皙还有一些文学作品是为经学而作。他的《补亡诗》其实是对于《诗经》中有义无辞《南陔》《白华》等六篇加以补作。其序曰："皙与同业畴人，肄修乡饮之礼。然所咏之时，或有义无辞，音乐取节，阙而不备。于是遥想既往，存思在昔，补著其文，以缀旧制。"[③] 因此，束皙在这里也很清晰地表达了一种观念，文学并不是为文学而作，文学乃是为经学而作，是为"乡饮之礼"而作的"补著"。这几篇诗歌，句式模拟《诗经》，而语言上更为繁复，这种繁复不是表现在对于意象的形容上，而在意象本身的罗列方面。这正是西晋时期繁缛诗风的表现。关于这类补亡诗曾经有人认为它代表了一种"补亡精神"[④]。束皙的补亡诗，让人联想到陶渊明的一系列模拟《诗经》的四言诗如《停云》等。它们其实是乡里士人之乡居生活的反映。这些诗歌的艺术水平在西晋诗坛中并不能算是一流上乘。而从这样的六篇诗作中，也可以看到当时乡里士人文学创作的价值取向，而它本质上也体现了乡里士人的文学观念，那就是文学的功用性目的，是高于艺术呈现之目的的。周一良《魏晋南北朝史札记》中对束皙的主要创作已经有过一些总结，提及了他所作的《饼赋》《贫家赋》等，认为他"描绘寒士生活，颇尽委曲。修《晋书》之封建史家从地主阶级立场出发，抱有偏见，故目此类文字为鄙俗，因特为表而出之"[⑤]。

束皙才识博通，其后参与了汲冢竹简的整理，这一点在很多前贤研究中都被着重提及。而他作为一个乡里士人更为重要的核心特点，仍然是他对于道德伦理的恪守和对于经学传承的关注，这种关注直接渗透在他流传至今并不多的作品中。八王之乱开始之后，他也返回乡里，重操旧业，"教

① 《晋书·束皙传》，第 1431 页。

② 《晋书·束皙传》，第 1432 页。

③ 逯钦立编：《先秦汉魏晋南北朝诗》，第 639 页。

④ 曹辛华：《论中国诗歌的补亡精神——以〈文选〉补亡诗为例》，《文史哲》，2004 年第 3 期。

⑤ 周一良：《魏晋南北朝史札记》，第 63 页。

授门徒”，年四十而卒，“晳才学博通，所著《三魏人士传》《七代通记》《晋书》纪、志，遇乱亡失。其《五经通论》《发蒙记》《补亡诗》、文集数十篇，行于世云”[①]。从这个著作可以看出束晳在经史方面的成绩。束晳并非是西晋一流文人，也并非是西晋统治阶级中的上层士族，他更多体现的是中下层阶级乡里士人的特点，即爱尚经学，并将经学观念渗透于文学。从这个个案可以看到，在西晋时期的乡里社会，文学发展的面目与洛阳城中的玄风高唱、繁缛诗风有着极大的区别。这种区别，源于乡里社会本质上是由经学思想牢固占领的地区，文学发展于这样的社会基础之上，实际上是经学社会的从属，其主要功能是完成经学对于文学所规定的那些功能，比如经世致用、有助风教。这就是西晋以来“乡论”社会中的文学价值观念，是西晋社会留给北方地区人们的一笔精神遗产。这笔精神遗产在它产生的当下，并没有产生左右西晋文坛的巨大力量，而在十六国时期，当乡里士人进入到胡族政权之后，这种精神价值取向也就被带到了这些政治新贵云集的上层社会之中。

赵翼《廿二史札记》云：“盖自汉末郑康成以经学教授，门下著录者万人，流风所被，士皆以通经绩学为业……故虽经刘、石诸朝之乱，而士习相承，未尽变坏。”[②]事实上，“未尽变坏”的不仅仅是经学传承，也更在于经学所引导的一系列价值观念。从目前存留的作品看来，十六国文坛中的乡里士人所体现的文学创作价值取向与西晋时期乡里士人的取向并无二致。这一方面是因为十六国时期社会虽然在上层结构上发生了很大变化，胡族政权开始统治汉族士人，但是文化发展的内在尤其是对于相对封闭和滞后的乡里社会而言，诸多文化发展的核心特点并没有因为时代剧变而受到影响。虽然其中一些文人进入了十六国政权的上层阶级，然而，这些身处中下层阶级的乡里士人对西晋时期上层阶级玩赏文学之好是十分疏离和陌生的，他们的创作仍然表现出对于经学所赋予的责任感的承担。因此，十六国文人的作品，大多与传统经学中的伦理、风教观念相关。

“乡论”社会崇尚经学，而经学对于文学功能性的期待和需求，是大过于对其艺术性的期待和需求的。这种情况贯穿整个十六国时期之始终，在此可以试举一些例子。封裕的《谏慕容》几乎涉及慕容氏多个国策，而它们多是来源于最传统的思想价值观念。首先是关于屯田政策中的赋税比例问题，封裕建议降低原来的高税政策，批评说“魏晋虽道消之世，犹削

① 《晋书·束晳传》，第1434页。

② ［清］赵翼著、王树民校正：《廿二史札记校正》（订补本），中华书局，1984年，第312页。

百姓不至于七八，持官牛田者，官得六分，百姓得四分，私牛而官田者与官中分，百姓安之，人皆悦乐。臣犹曰：‘非明王之道，而况增乎！’”[①] 其次，慕容氏的侨郡政策很可能是在封裕的建议下完成的。在这篇文章中，封裕主张人口大迁徙的背景下，需要将地缘与宗族相结合，进行统一布置。封裕在文章中提到：“句丽、百济及宇文、段部之人，皆兵势所徙，非如中国慕义而至，咸有思归之心。今户垂十万，狭凑都城，恐方将为国家深患，宜分其兄弟宗属，徙于西境诸城，抚之以恩，检之以法，使不得散在居人，知国之虚实。”[②] 这样的宗族聚居政策很快由这些被迁徙到河北的辽地之人，贯彻到了慕容氏统治范围之内的其他流亡宗族，是影响诸燕政权之后发展道路的重要决策。第三是封裕提出了一种二元化的人才策略，即为政为农之二途，非此即彼。“一夫不耕，岁受其饥……其有经略出世，才称时求者，自可随须置之列位。非此已往，其耕而食，蚕而衣，亦天之道也。”[③] 最后他还提出主上应该善于纳谏于人臣。这篇谏文，始终强调的即是农本思想，以及基于农本思想基础上的人才选任政策，并为因为谏诤而得罪的大臣辩护。他总结说：“四业者国之所资，教学者有国盛事。习战务农，尤其本也。百工商贾，犹其末耳。宜量军国所须，置其员数，已外归之于农，教之战法，学者三年无成，亦宜归之于农，不可徒充大员，以塞聪俊之路。”[④] 虽然这是一篇用来陈时务的奏疏文章，似乎是文学艺术性不足，但是，它强烈反映了此时的文章写作主要是为了经世致用。它们的语言特色是字字直接、未有雕饰，甚至连典故都不加列举。这种文章形式的呈现，与乡里士人在思想上的价值取向深深相关。这篇上疏所产生的实际功用也的确是巨大的。池培善《就封裕上书论前燕慕容皝政权时期的经济政策》认为慕容皝吞并高句丽和宇文部后，政策重点转向国内，在经济、制度等各个方面全面推行汉制。[⑤]《资治通鉴》所载封弈对答慕容皝、慕容儁的两段话，可能是封弈当时奏章原文[⑥]。严可均、汤球都没有收录这篇文章。而慕容氏政权中申绍的《陈时务疏》也是同类文章。如今关于申绍的生平已经难以确知，仅知道他是慕容儁时期的尚书左丞。这篇文字谈及当时天下时势，内容上皆切中时弊，涉及慕容氏政权的诸多政策在提倡节俭方面，尤其见其传统

---

① 《晋书·慕容皝载记》，第2823—2824页。

② 《晋书·慕容皝载记》，第2824页。

③ 《晋书·慕容皝载记》，第2824页。

④ 《晋书·慕容皝载记》，第2825页。

⑤ ［韩］池培善：《就封裕上书论前燕慕容皝政权时期的经济政策》，《文史哲》，1993年第3期。

⑥ 曹道衡：《十六国文学家考略》，《曹道衡文集》卷一，第350页。

价值观念之取向。从艺术上看，这篇文字优于封裕的《上慕容皝》，文字典雅有力，气度从容舒徐，多有四六骈句，韵律节奏分明，文气通畅淋漓，又偶有典故铺陈，而终以理路服人。

苻坚时期（338—385）的名臣赵整有一些歌谣作品存世，主要是体现对苻坚末年政治之讽谏的。赵整乃略阳清水县人，略阳是氐族聚居之处，因此他很可能是氐族人。曹道衡认为赵整“当系氐族”，虽然也只是推测，但这并不妨碍我们也将之定义为乡里士人。[①] 他少习儒业，以此得进。赵整出仕于苻坚朝，任著作郎，迁黄门侍郎，历官武威太守。他能够进谏的时期，应该就是在担任黄门侍郎这样的郎官时期。根据逯钦立整理，“苻坚末年，宠惑鲜卑。惰于治政。”因此赵整援情作歌二章以讽：“昔闻孟津河，千里作一曲。此水本自清，是谁搅令浊。北园有一树，布叶垂重阴。外虽饶棘刺，内实有赤心。”[②] 讽谏此事的还有一首《谏歌》中的残句：“不见雀来入燕室，但见浮云蔽白日。”[③] 又因苻坚及其宠臣爱好喝酒，于是赵整有《酒德歌》云：“地列酒泉，天垂酒池，杜康妙识，仪狄先知。纣丧殷邦，桀倾夏国，由此言之，前危后则。”[④] 前秦建元十六年（378），苻坚送苻丕于灞上，群氐哀恸，赵整于是作歌曰：“阿得脂，阿得脂，博劳旧父是仇绥，尾长翼短不能飞。远徙种人留鲜卑，一旦缓急语阿谁！”[⑤] 赵整的这一系列谏歌，突出体现的现实内容其实是氐族与慕容鲜卑之间的深刻矛盾。赵整以作歌的方式来直陈这一矛盾，说明苻坚时文人仍然习惯于将文学用在讽谏方面。赵整如今所留存的这些四言、七言和杂言诗句，如果以西晋的艺术水准来分析，并非佳作。但是，它们语意质朴，所使用的诸如浮云、白日、伯劳等意象，似乎是向魏晋时期诗歌特点的回溯。其四言诗也写得并不典重，甚至可谓“无文”，却是言简意赅，有利于讽谏意思的传达。这类语言，应该就是和束皙早年在乡里写作所产生的作品一样，西晋人以之为俗者也。赵整的诗歌极富民歌气质，语言特点上多有民间口语，而作歌方式也是民歌所常见的比兴之法。他常常使用民歌中较为常见的意象，如“孟津河”是黄河津渡，在今河南省孟津县东北，经常作为起兴意象在民歌中出现。北朝时期的《折杨柳》也是以孟津河为起兴的：“遥看孟津河，杨柳

① 曹道衡：《十六国文学家考略》，《曹道衡文集》卷一，第363页。
② 逯钦立编：《先秦汉魏晋南北朝诗》，第926页。
③ 逯钦立编：《先秦汉魏晋南北朝诗》，第926页。
④ 逯钦立编：《先秦汉魏晋南北朝诗》，第925页。
⑤ 逯钦立编：《先秦汉魏晋南北朝诗》，第927页。

郁婆娑。我是虏家儿，不解汉儿歌。”[1] 文人而作民歌，这在同时期的东晋时期被视为不齿，时人曾吟唱“吴声西曲”，也被视作“淫哇”[2]。但是在北方，文人直接利用民歌以登大雅之堂的情况似乎并不鲜见，这一方面是因为北方地区的士人大多起自乡里，十分熟悉这种文学创作方式，第二方面是因为这种方式更有利于他们实现文学的讽谏功能。

赵整利用歌谣讽谏时事，在前秦时期并非孤立事件。在苻坚统治末年，出现了大量反映人们对于苻坚宠幸慕容鲜卑之看法的歌谣。这些歌谣大多没有确切的题名，但都反映了人们对于苻坚时期政治和民族矛盾的一些看法。苻坚统治前期，政治尚较为清明，因而出现了一些表彰性质的歌谣，如前文提到的《苻坚时关陇人歌》，还有《苻坚时凤凰歌》：“凤凰于飞，其羽翼翼。渊哉圣后，龄万亿。”[3] 但是，对于苻坚末年政治行为的批判性歌谣也很多。《苻坚时长安谣》“凤凰凤凰止阿房”正是对慕容冲在长安势力不断膨胀的不满。“（慕容）冲，泓弟，小字凤皇，封中山王，年十二而燕亡，苻坚纳其姊清河公主，姊弟专宠，后为平阳太守。坚败起兵，及泓被杀，嗣立为皇太弟，据阿房，以晋太元十年僭即皇帝位，改元更始，都长安，为其下段木延等所杀。”[4] 由于苻坚宠幸慕容冲姐弟。长安因此作歌曰：“一雌复一雄，双飞入紫宫。”[5] 于是王猛切谏，苻坚方才遣出慕容冲。长安又谣曰：“凤皇凤皇止阿房。”[6] 阿房是慕容冲居住之地。“坚以凤皇非梧桐不栖，非竹实不食，乃植桐竹数十万株于阿房城以待之。冲小字凤皇，至是，终为坚贼，入止阿房城焉。”[7] 而慕容冲后来就是慕容鲜卑复国运动中建立西燕政权者，打败了苻坚。这些杂歌谣辞表明，苻坚时期乡里社会乃至整个朝廷中舆论空气较为活跃。总之，“乡论”社会对于乡里士人品格和经学修养的期待，影响了这批长期居住于乡里的士人对文学价值的理解，形成了独特的文学价值观念。这种习惯并非是在十六国时期一朝一夕之内形成的，而是自西晋以来就长期存在于乡里的文化风气。虽然这些产生于乡里社会环境或者乡里士人之手的文学作品，在艺术水准上显得相对平庸，但是它们代表着文学发展的存续，它们将魏晋以来经学社会中的传统文学价值观念重新反映出来，这对于北方地区文学价值观念的塑造有着

---

① 逯钦立编：《先秦汉魏晋南北朝诗》，第 2158 页。
② 蔡丹君：《荆雍地域与宫体诗的兴起》，《文学遗产》，2010 第 1 期。
③ 逯钦立编：《先秦汉魏晋南北朝诗》，第 1018 页。
④ ［清］严可均：《全上古三代两汉魏晋南北朝文》之《全晋文》卷一百五十，第 2325 页。
⑤ 逯钦立编：《先秦汉魏晋南北朝诗》，第 1019 页。
⑥ 《晋书·苻坚载记下》，第 2922 页。
⑦ 《晋书·苻坚载记下》，第 2922 页。

十分强烈的影响。

二、复古思潮与谶纬学说影响下的文学形态

在谈到十六国时期文学发展所具有的一些特点时，曾经有一些论证提及了十六国文学所具有的复古倾向。周建江曾说后秦、后燕“是中原文化的全盘继承者……文学风气属于建安文风的遗响，文学语言属于秦汉之际的风采，文章程式为战国纵横家的模范。[①]这些评价其实都对十六国时期文学所具备的传统文化特征，加以了体认。王玫认为周建江评价过高，但是她能够接受的是“建安遗风应该说还是可以见其仿佛”[②]。无论认为十六国时期的文学发展特点与哪个前代相似，可以确认的一点是，大家都能够感受到这一时期的文学发展具有复古的意味。而这种复古的倾向究竟是从何产生，其具体表现又是什么，都是值得深度分析的。

从史书上看，从胡主到寒素士人在这个时期都存在一种模拟前代尤其是汉代的倾向。这种情况不仅仅存在于他们的日常言语、文学活动之中，也表现在当时器物、墓室的制作上，甚至在年号的使用上[③]，也向汉代看齐。可以说，在十六国时期社会中存在普遍的复古思潮。这种复古思潮，与乡里社会中文化发展较为保守的形态相配合，共同影响了这一时期文学的发展。文学方面所产生的复古倾向只是整个社会思潮发生复古倾向的一个反映。

有关十六国胡族政权的历史记载中，有很多时人以汉代故事自比的言论。如前赵刘宣，他的老师孙炎评价他说“宣若遇汉武，当逾于金日磾也。”而刘宣自己本人并不以胡人自拟，“每读《汉书》，至萧何、邓禹《传》，未曾不反复咏之，曰：‘大丈夫若遭二祖，终不令二公独擅美于前矣。’”[④]可见是直追萧何、邓禹。胡主刘曜，少时“常轻侮吴、邓，而自比乐毅、萧、曹，时人莫之许也，惟聪每曰：‘永明，世祖、魏武之流，何数公足道哉！’”[⑤]石勒虽不识字，但颇爱知书，“尝使人读《汉书》，闻郦食其劝立六国后，大惊曰：‘此法当失，何得遂成天下！’至留侯谏，乃曰：‘赖有此耳。’其

---

① 周建江：《北朝文学史》，中国社会科学出版社，1997年，第72页。

② 王玫：《建安文学在十六国及北朝的接受状况》，《沈阳师范大学学报》，2006年第3期，第107页。

③ 张俊飞：《从年号看十六国政权之文化与政治取向》，《江苏教育学院学报》（社会科学版），2007年第1期，第80—82页。

④ 《晋书·刘元海载记附刘宣载记》，第2653页。

⑤ 《晋书·刘曜载记》，第2683页。

天资英达如此。”[①] 同时，他也十分喜欢讨论后赵政权的历史定位，曾询问大臣，“朕方自古开基何等主也？”大臣阿谀，称“自三王已来无可比也，其轩辕之亚乎”，而石勒对此不以为然，说：“人岂不自知，卿言亦以太过。朕若逢高皇，当北面而事之，与韩彭竞鞭而争先耳。脱遇光武，当并驱于中原，未知鹿死谁手。”[②] 因此仍是以汉初时为追尚。石勒能够从这种历史比拟中获得精神安慰。他曾对曹操、司马懿提出了批评，认为是“欺他孤儿寡妇，狐媚以取天下也”，而对自己的定位则是“当在二刘之间耳”[③]。石勒之子石弘成为太子之后，“虚襟爱士，好为文咏，其所亲昵，莫非儒素。”这种柔弱之风，让石勒对其表示了担忧：“大雅愔愔，殊不似将家子。”而徐光的安慰仍然是借助于汉代历史：“汉祖以马上取天下，孝文以玄默守之，圣人之后，必世胜残，天之道也。”于是石勒大悦。[④] 而石勒本人将其家乡武乡郡比作“吾之丰沛”[⑤]，亦是俨然以汉室作为比拟。又有前秦权臣称苻坚“有汉祖之风”，把王猛比为汉之霍光。[⑥] 时逢大乱，一些投奔胡主的寒素士人亦多有萧曹之志者。如石勒统治时期的重要谋臣张宾，“少好学，博涉经史，不为章句，阔达有大节，常谓昆弟曰：‘吾自言智算鉴识不后子房，但不遇高祖耳。’”[⑦] 在石勒时期建立功勋之后，张宾竟被称呼为“右侯”[⑧]，这是对他本人的评价。而后秦姚氏统治时期的重要谋臣尹纬，殷切希望一展才志，史称其“性刚简清亮，慕张子布之为人”[⑨]。姚苌因宠幸冯铿，而遭到尹纬的反对，双方就此争论时，再次提到尹纬仰慕汉时人物这一点。[⑩] 这些例子都能说明，十六国胡主和这些出仕其中的寒素士人在民族认同上与早期投奔而来的乡里宗族中的部分士人是不太一样的，他们并不在历史文化的追根溯源方面强调自己的异族身份，而是认为自己亦是身处中原历史一脉之中。产生这种历史感受的主要原因之一，应该是由于十六国时期政权动荡，国家亟盼统一，故而在历史感受上偏向于集体比拟汉初历史。而更有可能存在的一种原因是，汉代历史此时在民间已经被“演义”化了，它们普遍存在于闾巷之间。当时，人们对于汉代历史的精神消费十

---

① 《晋书·石勒载记下》，第 2741 页。
② 《晋书·石勒载记下》，第 2749 页。
③ 《晋书·石勒载记下》，第 2749 页。
④ 《晋书·石勒载记下附子弘载记》，第 2752 页
⑤ 《晋书·石勒载记下》，第 2739 页。
⑥ 《晋书·苻坚载记上》，第 2886 页。
⑦ 《晋书·石勒载记下附张宾载记》，第 2756 页。
⑧ 《晋书·石勒载记下附张宾载记》，第 2756 页。
⑨ 《晋书·姚兴载记下附尹纬载记》，第 3004 页。
⑩ 《晋书·姚兴载记下附尹纬载记》，第 3004 页。

分平常，例如石勒听侍臣读史，尹纬“每览书传至宰相立勋之际，常辍书而叹”[①] 等等。人们对于汉代故事的理解已经不是存留于对其一般史实的了解，而是转化为一种文学层面的了解，即将历史史实加以故事化。而史实的故事化，主要在乡里社会中存在，它是文化在底层社会流行之后的一种通俗状态。这一种对于历史记忆的分享，一方面是属于这个时期的历史感，而另外一个方面是为新的政权寻找政治依据。这类对比历史所做的人物评论，同样是源自“乡论”社会品评人物的一种习惯。

这种状态不仅仅是存在于乡里社会的意识形态之中，也表现在一些器物使用和随葬品方面。根据韦正对关中地区墓葬的考证，我们更能发现当时对于汉代文化的崇尚是十分突出的。其中诸多与汉魏相同的器物说明了当时的复古风尚。[②] 西安北郊经济技术开发区的 M217 可信为一座北魏早期的墓葬，这座墓葬中既出土鲜卑装束的骑马鼓吹俑，又出土了未在咸阳平陵和草场坡墓的排箫俑和乐器难辨的伎乐俑，韦正谈到，“这种伎乐俑在关中地区存在一个世纪以上，贯穿整个十六国时期。在关中地区为数不多的其他北魏墓和西魏北周墓葬中，再也没有发现这种伎乐俑。看来，北魏控制关中地区之后，这个地区的音乐文化发生了较大的变化。汉族音乐文化在北方地区的断绝大概是从北魏开始的，北魏与十六国政权虽然都是少数民族，他们对待汉族音乐文化的态度看来存在较大的差异。”[③] 这种差异即在于关中地区少数民族汉化程度较深，而北魏则是较晚来到中原的少数民族，汉化程度不如关中地区的少数民族，而在对待音乐的这种态度的基础上，非常容易发起对历史的追溯和新的复古。

十六国时期对于汉代历史的理解和崇尚，使得当时的文学和文化发展，具有一定的复古倾向。其中最为典型的例子，就是前秦时期的一些场合制作。前面已经提到过，梁熙遣使西域之后，朝献者送来马匹，苻坚命群臣作《止马诗》献诗者四百余人。因西域宝马赋诗的行为被认为是要“远同

---

① 《晋书·姚兴载记下附尹纬载记》，第 3004 页。

② 韦正：《关中十六国考古的新收获——读咸阳十六国墓葬简报札记》，具有汉代特色而魏晋墓中尚未发现的一些器物在十六国墓中出现了，如多枝灯和陶仓，多枝灯在西安草场坡、长安县韦曲、咸阳平陵墓中都有出土。咸阳文林小区前秦墓葬的陶器面貌似乎比魏晋时期还要原始，还要接近汉代。牲畜井雄仓厨明器与东汉魏晋几乎完全相同。这些现象有力地说明关中地区汉魏十六国以来经济生活的连贯性，世家大族的经济基础和生产方式没有因政权的更迭而发生剧烈的变化。《考古与文物》，2006 年第 2 期，第 63 页。

③ 韦正：《关于十六国考古的新收获——读成阳十六国墓葬简报札记》，《考古与文物》，第 63 页。

汉文”，以称颂盛德[①]。事实上，《天马来》等汉代郊祀歌中的作品，应当是汉武帝时期的，这类作品的创作，根据余嘉锡《汉武伐大宛为改良马政考》的分析，和西汉时期的马政是相关的。[②]慕容氏政权在当时也有这类比对历史，而产生的文学创作。[③]《燕颂》的产生与慕容盛的历史追忆紧密相关。“谈宴赋诗，赐金帛各有差。”[④]胡主对于华夏历史的溯源，其实是一种汉化，但是它也带来了文化上的复古倾向。

十六国时期政权更迭频繁，因此对于历史发展走向，通常会产生较多的猜想和议论。这个过程中，除了一些历史故事的重新阐释起到一定的心理预示作用，谶纬也可以提供政治预言。谶纬思想拥有诸多表达形式，其中以谣谚、石刻文等形式发布，是最为常见的。它最为重要的功能，是为着验证十六国胡族政权的合法性。谶纬思想在十六国文学作品中出现的频率，远远超过了此前西晋时期，主要出现在诏令、奏疏和杂歌谣辞等文体形式中。由于西晋以来在上层社会中所实现的思想之发展，在还未渗透到中下层阶级之前，就已经南渡或者在北方逐渐被中下层阶级思想包围以至于消亡，而在北方地区重新被谈论的汉代故事、汉代谶纬，以及重新开始流行的“春秋公羊学”、术数之学等等，使得这一时期的十六国文学似乎并没有完全沿着西晋时期文学发展的道路继续前进，而是具有复古气质。

胡族政权入主中原之后，有诸多士人是因为其谶纬之学得进。从现今存留的史料上看，进入到十六国时期之后，一大批在西晋时期并不著名的乡里士人参与了这类政权合法性的论证，他们大多曾是散居于乡里的寒素文人，而且其中有一些士人兼具术士的特点。例如在诸燕政权中，这类人物中最具有代表性的是黄泓，其他还有申胤、赵秋、高羽和丁进[⑤]。这批士人虽然阶级层次较低，但是他们对于谶纬学说的利用，也影响到当时处于流亡状态中的乡里士人之人心向背。《晋书·黄泓传》中，说服高瞻前往慕容氏政权的，即是谶言“真人出东北”[⑥]之说。申胤在前燕政权中担任的是给事黄门侍郎，今存《上言定冠冕制》一文，多言魏晋礼制，强调“辨章贵贱”[⑦]。从中可以看出，乡里士人在试图以谶纬的方式引领胡主来进入礼制社会。

---

① 《晋书·苻坚载记上》，第 2900 页。
② 余嘉锡：《余嘉锡论学杂著》，中华书局，1963 年，第 175—180 页。
③ 《晋书·慕容盛载记》，第 3100 页。
④ 《晋书·慕容盛载记》，第 3102 页。
⑤ 《资治通鉴》卷一百一《晋纪》二十三："方士丁进有宠于燕王暐"，第 3184 页。
⑥ 《晋书·艺术传·黄泓传》，第 2493 页。
⑦ 《晋书·慕容儁载记》，第 2836 页。

在这种情况下，当时诸多来自胡主的敕令诏书，内容大多有关于对灾异的看法和应对方式。如石虎时期，因为“时白虹出自太社，经凤阳门，东南连天，十余刻乃灭”的灾异，石虎遂下书。[①] 由于重视灾异，胡族政权也变得更为注意礼仪形式。再如当时慕容氏政权中的下书求雨之文，曰：“朕以寡德，莅政多违，亢阳三时，光阴错绪，农植之辰，而零雨莫降。其令有司彻乐，大官以菜食常供祭奠。”[②] 这类祈雨之类的文字，和前文提到过的西晋束晳的祈雨祷辞应该有一定的相似之处。

无论胡主是如何利用谶纬，他们最终的关注点都是为了巩固自身统治，并对于政权发展的未来有所预见。这些思想，促成了一些在西晋时期上层阶级中不是十分流行的文学形式，重新变得活跃。献玉器是谶纬的一种表达方式，十六国时期的玉版文，一般都是一些歌谣。刘曜时期，终南山崩，获白玉，其上有文字云：“皇亡，皇亡，败赵昌。井水竭，构五梁，咢酉小衰困嚣丧。呜呼！呜呼！赤牛奋靷其尽乎。”[③] 群臣认为这是将灭石赵之征，于是刘曜大悦。这类被制造出来的、具有谶纬效应的歌谣，其实应该是出自乡里士人的手笔。石虎攻入长安之后，曾搜策华山，亦得玉版文。“岁在申酉，不绝如线。岁在壬子，真人乃见。”[④] 石虎时期《因获玄玉玺又劝进》[⑤] 的创作目的，同样是为了获得政权，而争取舆论上的优势。苻坚时期，来自京兆灞上的术士王雕提出将来会在新平出现玉器，其《临刑上疏》对此颇有形容。[⑥] 王雕是从石赵时期开始学习图记之学，而他的老师是京兆刘湛。这是一位典型的乡里士人。但是，因为王猛反对谶纬图记之学，王雕因此面临极刑。而若干年后，新平郡果然献玉器。[⑦] 这些玉器的献纳，与王雕之前所预言的相同。但是，此时因为王猛反对任用这样的术士，王雕已经被杀，于是苻坚以雕言有征，追赠光禄大夫。

从这里也可以看出，苻坚和王猛对待图谶之学的态度不太一样。苻坚对于图谶之学其实是较为欢迎的，而王猛等人文化层次相对又要较高，因此对于此类图谶并不支持。而苻坚十分依赖于谶纬所带来的政治预见，他

---

① 《晋书 · 石季龙载记上》，第 2775 页。

② ［清］严可均：《全上古三代两汉魏晋南北朝文》之《全晋文》卷一百四十九，第 2320 页。

③ 《晋书 · 刘曜载记》，终南山崩，长安人刘终于崩所得白玉，方一尺，有文字云云，第 2690 页。

④ 《晋书 · 慕容儁载记》：“初，石季龙使人探策于华山，得玉版。”第 2834 页。

⑤ 《晋书 · 石季龙载记上》，石虎称大赵天王之时，“武乡长城徙人韩强获玄玉玺，方四寸七分，龟纽金文，诣邺献之。拜强骑都尉，复其一门。夔安等又劝进。”第 2765—2766 页。

⑥ 《晋书 · 苻坚载记下》，第 2910 页。

⑦ 《晋书 · 苻坚载记下》，第 2910 页。

对于王嘉的任用即是看重这一点："坚遣鸿胪郝稚征处士王嘉于到兽山。既至，坚每日召嘉与道安于外殿，动静咨问之。"[①] 这似乎是氐族统治者一直具有的一种信仰传统。如自苻洪时期即已经受到任用的京兆灞城士人王堕亦擅言谶。[②] 另外还有星官、史官在当时也特别受到重视。苻坚信任谶纬，其主要原因是诸多预言得到印证。符命之说，在此时还配合着其他方术。佛图澄及其弟子僧朗等人所受到的重视就充分说明了这一点。因为这些僧侣无法被定义为乡里士人，故而在此就不展开详细论述了。但是需要看到的是，在十六国时期的谶纬、符命以及其他方术手段，其本质其实都是一致的。这种文化特点也深深影响了之后北方文学发展特点的形成。塚本善隆讲到在这一问题上的南北差别时说："在东晋时代的北中国，有不同于南地佛教的佛教流派发展着。一是汉以来神仙方术式佛教，重整旗鼓，广泛流布于社会。当时北方汉族知识阶级大多离散，在文化素养甚低的汉族和几乎没有文化的胡族居住的社会中，重咒术的佛教和善于咒术的僧侣受到尊敬，乃是当然的事。"[③]

苻坚统治时期是谶纬思想在文学中开始渗透的高峰时期，当时的民间歌谣经常参与到对于时事的直接评论之中。《苻生时长安谣二首》："初，生梦大鱼食蒲，又长安谣曰：'东海大鱼化为龙，男便为王女为公。问在何所洛门东。'东海，苻坚封也，时为龙骧将军，第在洛门之东。生不知是坚，以谣梦之故，诛其侍中、太师、录尚书事鱼遵及其七子、十孙。时又谣曰：'百里望空城，郁郁何青青。瞎儿不知法，仰不见天星。'于是悉坏诸空城以禳之。金紫光禄大夫牛夷惧不免祸，请出镇上洛。生曰：'卿忠肃笃敬，宜左右朕躬，岂有外镇之理。'改授中军。夷惧，归而自杀。"[④] 这类政治事件本来是属于上层统治阶级中的内幕故事，却由民间谶谣来加以概述。

苻坚统治末年，由于他过度宠幸慕容氏姐弟，导致氐族贵族和鲜卑贵族之间矛盾突出。在这之前，对于苻坚任命慕容垂为京兆尹，慕容冲为平阳太守，苻融上疏于苻坚，表示了担忧，曰："臣闻东胡在燕，历数弥久，逮于石乱，遂据华夏，跨有六州，南面称帝。陛下爰命六师，大举征讨，劳卒频年，勤而后获，本非慕义怀德归化。而今父子兄弟列官满朝，执权履职，势倾劳旧，陛下亲而幸之。臣愚以为猛兽不可养，狼子野心。往年

① 《晋书 · 苻坚载记下》，第 2924 页。

② 《晋书 · 苻生载记附王堕载记》，第 2880 页。

③ ［日］塚本善隆：《魏晋佛教的展开》，《日本学者研究中国史论著选译》第七卷，中华书局，1993 年，第 245 页。

④ 《晋书 · 苻生载记》，第 2878 页。

星异，灾起于燕，愿少留意，以思天戒。臣据可言之地，不容默已。《诗》曰：'兄弟急难'，'朋友好合'。昔刘向以肺腑之亲，尚能极言，况于臣乎！"[①]这其中也是多次提及星异之变。苻坚回应曰：

> 汝为德未充而怀是非，立善未称而名过其实。《诗》云："德輶如毛，人鲜克举。"君子处高，戒惧倾败，可不务乎！今四海事旷，兆庶未宁，黎元应抚，夷狄应和，方将混六合以一家，同有形于赤子，汝其息之，勿怀耿介。夫天道助顺，修德则禳灾。苟求诸己，何惧外患焉。[②]

这一番大义凛然之词，反映了当时政治与图谶之间的关系，是合则用，不合则弃。

与此同时，在乡里社会或者长安闾巷之间，也开始不断产生有关慕容氏对于氐族政权产生威胁的谶谣。这些谶谣内容皆关乎苻坚政权最为看重的利害关系，甚至于关乎其生死存亡，在所反映的内容上与赵整所制作吟唱的歌谣有极大的相似之处。乡里社会对于苻坚政权在其末年的实力，不断产生置疑。《苻坚初童谣》："阿坚连牵，三十年，后若欲败时，当在江湖边。"[③]苻坚在位一共三十年，所谓"江湖边"之后被认为是指败于淝水。那些在事件发生当下产生的童谣，多有谶谣意味，其本质是对于苻坚统治后期政治走向的评论。这类童谣在当时还有多首，内容皆与此相似。[④]如《苻坚时童谣》："鱼羊田斗当灭秦。"《苻坚时长安谣》："长鞘马鞭挈左股，太岁南行当复虏。"《苻坚国中谣》："谁谓尔坚，石打碎。"[⑤]《长安为苻坚语》云："欲得必存，当举烟。"[⑥]这类谶谣都是对苻坚政权的预言，它们出现的频率在当时非常高。苻坚死时，也有一些谶谣获得了证实："每夜有周城大呼曰：'杨定健儿应属我，宫殿台观应坐我，父子同出不共汝。'且寻而不见人迹。城中有书曰《古符传贾录》，载'帝出五将久长得'。先是，又谣曰：'坚入五将山长得。'坚大信之，告其太子宏曰：'脱如此言，天或导予。今留汝兼总戎政，勿与贼争利，朕当出陇收兵运粮以给汝。天其或者正训予也。'于是遣卫将军杨定击冲于城西，为冲所擒。坚弥惧，付宏以后事，将中山

① 《晋书·苻坚载记上》，第 2896 页。
② 《晋书·苻坚载记上》，第 2896 页。
③ 逯钦立编：《先秦汉魏晋南北朝诗》，第 1027 页。
④ 逯钦立编：《先秦汉魏晋南北朝诗》，第 1027—1029 页。
⑤ 以上二句，见逯钦立编：《先秦汉魏晋南北朝诗》，第 1029 页。
⑥ 逯钦立编：《先秦汉魏晋南北朝诗》，第 1036 页。

公诜、张夫人率骑数百出如五将，宣告州郡，期以孟冬救长安。宏寻将母妻宗室男女数千骑出奔，百僚逃散。慕容冲入据长安，从兵大掠，死者不可胜计。”[①] 有些政治预言很可能是事后炮制的，但它们都说明了当时社会对于舆论的重视。

《晋书》的记载十分强调王嘉在谶纬方面对十六国胡主的影响，这也导致人们认为王嘉是一个方士[②]。《资治通鉴·晋孝武帝太元九年》中的记载，则反映了他对关中坞壁影响很深：

> 陇西处士王嘉，隐居倒虎山，有异术，能知未然，秦人神之。秦王坚、后秦王苌及慕容冲皆遣使迎之。十一月，嘉入长安，众闻之，以为坚有福，故圣人助之，三辅堡壁及四山氐、羌归坚者四万余人。[③]

可见王嘉入长安对于关中堡壁中的人们来说是件大事。由于周边地势奇险的缘故，陇西地区坞壁一直很多。先是，“关中堡壁三千余所，推平远将军冯翊、赵敖为主，相率结盟，遣兵粮助坚。”[④] 王嘉作为一个当地方士，声名远播，说明坞壁在文化方面并非完全与世隔绝，对坞壁中的人们深有影响。而且，这个地区的人们对方术的信任和追随有着极大的热情，除了早年在“隐于东阳谷，凿崖穴居，弟子受业者数百人，亦皆穴处”之外，其后“苻坚累征不起，公侯已下咸躬往参诣，好尚之士无不师宗之”[⑤]。因此，争取到了王嘉，就可以利用其在方术方面的文化影响力，加强对乡里地区的影响和控制：“众闻之以为坚有福，故圣人助之，三辅堡壁及四山氐羌归坚者四万余人。”[⑥] 这样庞大的人口规模，在当时是较为可观的。因为三辅地区在晋太康时雍州地区县均人口也不过两千多户，以一户四口计，三辅堡壁及四山氐羌归附的四万余人，几乎相当于五个县的人口。而且事实上在战乱时期关中人口流散极为严重，这批人口在当时所意味的，绝非是五个县而已。因此王嘉的思想与文化行为，对乡里社会的民众信仰之渗透是相当可观的。而事实上能够让人们趋之若鹜的，是王嘉对于时事的预言和判断。《魏书·徒何慕容廆传附从孙永传》记录了王嘉歌之残句：“凤皇凤皇，

---

① 《晋书·苻坚载记下》，第2928页。
② 《晋书·艺术传·王嘉传》，第2496—2497页。
③ 《资治通鉴》卷一百五《晋纪》二十七，第3337页。
④ 《晋书·苻坚载记下》，第2926页。
⑤ 《晋书·艺术传·王嘉传》，第2496页。
⑥ 《晋书·艺术传·王嘉传》，第2496页。

何不高飞还故乡？无故在此取灭亡！”[①] 这首歌，很可能是王嘉收录而非他创作的，但这同样可以说明王嘉对于当时时政议论的关注。慕容冲事件在苻坚统治时期的关中社会，其传播程度之广，通过多篇这样类似的民歌可以反映出来。王嘉乃是藏身坞壁的隐士，而他仍然可以获得这样的社会信息，这说明当时的民间仍然存在一定的信息集散渠道，这些社会信息引起人们的评价，于是产生了一些相关的时政歌谣。

王嘉最为主要的作品是影响后世很深的《拾遗记》。这是一部小说集，长期以来，人们对于《拾遗记》的作者、著述性质、体裁和内容等等关键问题的理解是存在分歧的。有研究称它是“兼具神话、传说、志怪、轶闻、野史的综合体”[②]。究其缘由，与《拾遗记》假史体、史笔大有关系。然则作者借鉴经史原则之余，一方面追摹规仿示以信实，一方面因事制宜暗变其弦，一方面也陷于不自觉的经史意识。[③]《拾遗记》原本产生于关中乡里坞壁社会之中，符合当时乡里士人文化传承之需要。《拾遗记》的文学成就很高。限于篇幅，举其一例：如《拾遗记·少昊》是关于少昊之母皇娥与帝子相遇，泛于海上之后，双双咏歌的故事。从文中所记能感受到，仙人所处的神秘海上世界被表现得光怪陆离、华丽虚渺。所咏之对歌，都是以七言写成，穿插在王嘉对于少昊之母与帝子相遇的叙述段落之中，能够增强故事叙述的表现力，具有极强的画面感，仿佛从文字中传出了歌声。而诗歌中抵达仙境终极之时的喜悦之情，尤其获得了渲染，这其实是在宣扬方术之乐。《拾遗记》中还有《采药诗》等，同样属于宣扬游仙、长生之乐。谶纬与方术往往是紧密结合的，而这些思想潮流，能够影响到当时的文学表现形式。

在十六国时期，苻坚统治时期是谶谣大量涌现的时期，这类谶谣不应说基本上是政治斗争的产物，是由士人故意为之，它们其实是产生于“乡论”社会。这个“乡论”社会不仅仅看重对于人物的品评，也会对于政治发展的动向加以关注。这类谶谣的广泛流行，和北方地区乡里士人之间的文学创作相互影响。从现存作品看来，北方乡里士人似乎比之于南方士人有着更大的参政热情，这种热情来源于“乡论”社会评论人物、时事的习惯，表现为他们对于时事的批判性评论和预见。这种习惯也一直延续在北方社

---

① 《魏书·徒何慕容廆传附从孙永传》，第2064页。

② 吴俐雯：《王嘉〈拾遗记〉研究》，台北，花木兰出版社，2009年，第2页。

③ ［马来西亚］郭思韵：《假经史以骋思，稽经史以征实，补经史之阙失——由经史角度论《拾遗记》的著、录与接受》，胡月霞主编：《2008年中国古典文学国际学术研讨会论文集》，2009年，第106—133页。

会之中。北齐之后，社会上时政谣谚更为流行，同样是出自民众之口，表达了普通民众对政治事件、重要人物和社会现实的看法与态度。谣谚的流行对当时的政治社会产生了深刻的影响。[①] 究其根源，这仍然是来自于“乡论”社会中人们所拥有的强烈的社会批判意识和参与意识。

三、复古思潮背景下《老》《庄》思想的文学表达——以《苻子》为中心

十六国时期由乡里士人作为文化发展的主体，其复古倾向和保守的文化心态具有一致性。十六国胡主和士人十分崇尚前代，而代表西晋末期之后新思潮的玄学之发展，在北方一度遭到强烈反对。在永嘉之乱造成的上层王公贵族“南渡”之后，玄学在北方始终没有再发展起来。在十六国早期，西晋刚刚覆亡，社会上尚残留了一些能够谈玄的士人，他们大多来自高门大族，而人数极少。如“（卢）谌字子谅，清敏有理思，好《老》《庄》，善属文”[②]。卢谌应该是在晋武帝时期已经因其擅长《老》《庄》而著名的。石勒统治时期，以及前凉统治时期，人们对于玄学发展所带来的风气，并没有加以明显拒绝，当时仍有一些好尚玄风的士人在朝廷之中居职。如前文提及过的石勒政权中的清河张跃，也是能够谈玄的少数士人之一。但是，如果想让玄风在北方复振，这些士人明显不足以承担这样的使命。这首先是因为，掌握玄学的高门大族即便有少数士人留在北方，但也势单力薄。当时社会中的文化中坚层已经不再是高门大族，而是处于中下阶层的乡里士人。而这些乡里士人深居乡里，大多与曾经流行于中上层阶级中的玄谈风气相隔绝，其文化和理论素养不足，甚至未曾接触过玄学理论，从未有过清谈经历；其次从深层原因来讲，玄学理论本身与十六国胡族政权开国时期所需要的经世致用之学是相违背的。自魏晋以来玄学中所展示的一些疏慢、轻狂的特征，是传统经学所扎根的乡里社会所不能接受的。

当乡里社会的价值观念进入到统治阶级的文化政策中，玄学以及与之相关的《老》《庄》思想的发展明显被压抑了。从苻坚统治时期开始，北方社会一度明令禁止《老》《庄》、图谶之学。当时，王猛还处置了一些与传统价值观念相违背的术士。如“王雕，新平人，仕苻坚为太史令，王猛以为左道惑众，劝坚诛之”[③]。苻坚诛杀了他之后，因为他的一些话得到了

---

① 邵正坤 :《民间谣言与北朝政治》，《陕西师范大学学报》，2007年第5期，第55页。

② 《晋书·卢钦传附志子谌传》，第1259页。

③ ［清］严可均 :《全上古三代两汉魏晋南北朝文》之《全晋文》卷一百五十二，第2340页。

应验，之后又“追赠光禄大夫”[①]。这也体现了苻坚时期对于图谶之学虽然明令禁止，但也存在一些犹疑的态度。这种对于学风的约束，之后也渗透到北朝社会中去了。可以说，玄学在北方的式微，正是这种从乡里社会中的彻底清除开始的。这种清除方式，除了客观上的制度因素，例如恢复魏晋时期的九品中正、乡里选举，以经学德行为凭据等等，也有着类似于排斥老庄图谶的主观上的摧毁。而在关陇地区的乡里社会，明显有着较之华北地区更为深刻的复古倾向，对于北方地区违背经学道统的行为，都加以打击和禁止。姚兴时期，对于玄风的反对到达高潮。“时京兆韦高慕阮籍之为人，居母丧，弹琴饮酒。诜闻而泣曰：‘吾当私刃斩之，以崇风教。’遂持剑求高。高惧，逃匿，终身不敢见诜。”[②]北方地区对于违背传统风教的行为几乎是不容忍的。“（古成）诜风韵秀举，确然不群，每以天下是非为己任。”[③]“以天下是非为己任”的思想制约着十六国时期的乡里士人，使得他们对于自身思想、精神的表达并不刻意趋新，而是以保留传统为傲。前文提到的尹纬的例子，也可以用在说明这一点上。“冯翊段铿性倾巧，苌爱其博识，引为侍中。纬固谏以为不可，苌不从。”经过一番辩论，姚苌终于不得不接受尹纬的看法，“乃出铿为北地太守”[④]。这些情况都说明《老》《庄》思想在北方存续之难。但也从反面说明，关中地区仍有老、庄之学发展的余绪。姜必任曾提到：“永嘉南渡之后，在中原，谈玄论道之风寥寥无几。这可以说是丧乱不已的现实和胡族尚实风气造成的。但在关中仍留有少许玄风余绪。……这反过来说明当时关中地区老庄风仍存在，有些汉族世家仍崇尚道家，其魏晋世家的传统就这样保存和传承下来。”[⑤]

由于玄学在北方沉寂是显而易见的，因此学界很少就与之相关的一些文化情况再做详细的了解和审视。从表面上看，根源于乡里社会的复古思潮压抑了玄学在北方地区的发展，但十六国时期的上层士人对于玄学仍然有着一定的追求。十六国胡主、贵族对于西晋士大夫的生活是向往的，因此竭力保存汉文化的一些特征，这从当时墓葬中大量出土的牛车即可以看

① 《晋书·苻坚载记下》，第2910页。
② 《晋书·姚兴载记上》，第2979页。
③ 《晋书·姚兴载记上》，第2979页。
④ 《晋书·姚兴载记下附尹纬载记》，第3004—3005页。
⑤ 姜必任：《关陇山东文化圈的文学创作》，北京大学博士学位论文，1999年，第12页。

出[①]。而对《老》《庄》思想的哲学追求，一直是魏晋以来士大夫精神追求中的重要部分，并不会因为统治者政策的变化而彻底与之隔绝。在当时，仍然存在一些类似于与乡里社会中文学价值观念相对抗的文学发展形态，也是值得加以关注的。前秦贵族苻朗的作品《苻子》即是一个例子。

被苻坚称为"吾家千里驹"的苻朗乃是其从兄之子。史称苻朗"有若素士，耽玩经籍，手不释卷，每谈虚语玄，不觉日之将夕；登山涉水，不知老之将至"，并评价他的作品是"亦老庄之流也"[②]。关于《苻子》，有过一些优秀的专题研究[③]。但是这些研究，一般是孤立地对之进行讨论，没有联系到当时整体的社会环境和文学思潮。因此重新探讨其产生的背景和缘由以及内在特点，是很有必要的。

关于《苻子》的产生时间到底是苻朗在前秦时还是投降东晋之后所作这一点上，学界的意见有分歧。一种认为它是苻朗在东晋时所著，如胡道静认为，《苻子》大约是在晋太元十年至十四年（公元385至389年）之间、他投降东晋之后成书的。袁敏也将苻子的成书定为在东晋时，称："东晋苻朗所著的子书《苻子》，便是这个时期学庄的代表。"[④]但是，另外有一种看法是这书是五胡十六国时期的作品，如周建江《北朝文学史》称它"产生在我们认为文学无甚可观的五胡十六国时期"[⑤]。曹道衡《十六国文学家考略》"苻朗"条，对《苻子》的成书年代没有加以具体讨论，但是他对《资治通鉴》中记载《苻子》内容的来源进行了考证。[⑥]苻朗降东晋的时间，《资治通鉴》定在晋孝武帝太元九年（384），即前秦建元二十年（384），苻朗卒年约为公元389年。也就是说，苻朗在东晋所居住的时间不过是五六年。在这个五六年的时间中，他有可能完成《苻子》的创作。《苻子》很可能是成书于东晋时期，这是因为，较早著录《苻子》的是南朝梁咨议参军庾仲容《子钞》。其书亡佚，宋人高似孙《子略目》卷

---

① 韦正：《关中十六国考古的新收获——读咸阳十六国墓葬简报札记》：牛车普遍出现于十六国墓葬之中，有些牛车相当华丽，车厢还画上花叶状纹饰，较西晋牛车有过之无不及。这个现象值得注意，牛车是士大夫身份标志之一，西晋以清谈误国，士大夫难辞其咎，时人已有此认识，但十六国时期对牛车似情有独钟，这个现象与文献记载颇能吻合。前秦着力保持汉文化传统，堪为十六国之最，第62页。

② 《晋书·苻坚载记下附苻朗载记》，第2936—2937页。

③ 胡道静：《晋代道家书〈苻子〉成书年代考》，《文史哲》，1984年第3期。袁敏：《东晋氐族苻朗及其寓言体子书〈苻子〉》，《民族文学研究》，2010年第2期。

④ 袁敏：《东晋氐族苻朗及其寓言体子书〈苻子〉》，《民族文学研究》，2010年第2期。

⑤ 周建江：《北朝文学史》，第49页。

⑥ 曹道衡：《十六国文学家考略》，《曹道衡文集》卷一，第359—360页。

一录《子钞》之目云："《苻子》二十卷，苻朗。"[①] 如果这是著录《苻子》的最早目录，那么说明较早接触到《苻子》的是南朝人。以上是曹道衡的推论。但是，《苻子》所体现的思想应该并非短短五六年所形成的。苻朗所具备的老庄思想，应该仍然是他尚在北方地区时就已经形成了。因此《苻子》的内容所充分反映的，应该是北方地区《老》《庄》思想的存在状态。

《苻子》之内容的辑佚主要集中在清代，清人周广业、严可均、马国翰、顾观光、王仁俊等人都有过一定的整理经历。周广业《意林附编》辑录《苻子》四十六则，收入贵池刘世珩校刊《聚学轩丛书》第五集，很可能是今存最早的《苻子》辑本。该本每条下注有出处，但不录原书卷次，偶有周氏校语、案语。周氏案称："《苻子》早入《道藏》，其书在明世宜尚有存者。"[②] 马国翰《玉函山房辑佚书》收《苻子》四十八则。[③] 较之严氏，阙"老氏之师""晋之相者桓氏""夏王使羿射于方矢之皮"三则，多出"楚成王生太子商臣"一则。严可均辑《全上古三代秦汉三国六朝文》之《全晋文》卷一五二辑有《苻子》五十则[④]。今人袁敏又从唐人文集中辑录出一则[⑤]。关于此书的性质，《隋书·经籍志》始将之置于子部道家类："《苻子》二十卷，东晋员外郎符朗撰。"[⑥] 唐人马总《意林》卷六："《苻子》二十卷，名朗。"[⑦] 然而一直保持在二十卷之数的《苻子》，在《旧唐书·经籍志》中被著录为："《苻子》三十卷，符朗撰。"[⑧] 宋代之后的目录沿袭了"三十卷"的说法，如《新唐书·艺文志》："《苻子》三十卷，苻朗。"[⑨] 宋郑樵《通志·艺文略》："《苻子》二十卷，东晋员外郎符朗撰。"[⑩] 因此，这些在卷数上有所波动，五代十国时期增加出十卷，不知是否掺杂了一些伪造的内容。例如，晚唐李匡乂《资暇集》卷中，有《苻子》佚文一则："《苻子》云：'齐有好卜者，十而中五。

---

① ［清］高似孙：《子略》，《丛书集成初编》第19册，中华书局，1985年，第62页。

② ［唐］马总撰，［清］周广业辑《意林》，清光绪二十九年（1903）贵池刘氏聚学轩刻本，北京大学图书馆藏。

③ ［清］马国翰辑：《玉函山房辑佚书》子编道家类，续修四库全书子部第1204册，上海古籍出版社，1995年，第286—292页。

④ ［清］严可均：《全上古三代两汉魏晋南北朝文》之《全晋文》卷一百五十二，第2335—2338页。

⑤ 袁敏：《东晋氐族苻朗及其寓言体子书〈苻子〉》，第40页。

⑥ 《隋书·经籍志》，第1002页。

⑦ ［唐］马总撰，王天海：《〈意林〉全译》，贵州人民出版社，1997年，第1050页。

⑧ 《旧唐书·经籍志》，中华书局，1975年，第2029页。

⑨ 《新唐书·艺文志》，中华书局，1975年，第1516页。

⑩ ［宋］郑樵撰：《通志·艺文略》，中华书局，1995年，第1609页。

邻人不好卜，常反之，亦十中五。与不卜等耳。'"[①] 这一则内容之前不为人所注意，马、严二人皆未收录，这说明《苻子》在晚唐时为文学士人所留意过，并不是一本完全沉寂的著作。以上著录《苻子》书名多有作《符子》者，应当属于书写讹误。不过，《道藏索引》并不录《苻子》[②]，或许是因为不承认《苻子》为道家之书。严可均判断《苻子》为道家作品：

> 谨案：道家祖黄老，盖三皇五帝之道也，变而为列御寇庄周，则杨朱之为我也，又变而房中术，而金丹，而符录，而斋醮，每降益下，而道家几乎熄矣。于是乎秦汉以来，未有著书象《道德经》者，其象《列子》《庄子》，仅有苻朗。苻朗者，秦苻坚之从兄子也。《隋唐志·苻子》三十卷，宋不著录，《路史》征引，皆取诸类书，非有旧本流传。盖亡于唐末。余从类书写出八十一事，省并复重，得五十事，定着一卷，备道家之一种。就中有云："至人之道也如镜，有明有照，有引有致。"又云："为道者日损而月章，为名者日章而月损。"又云："荆山不贵玉，鲛人不贵珠。"又云："木生烛，烛盛而木枯，石生金，金曜而石流，三复其言，具有名理，本传称老庄之流，非过许也。"嘉庆丁丑岁秋九月九日，严可均谨叙。[③]

严可均所叙是较为客观的。从《苻子》的内容可以看出，它与东晋玄学的抽象义理截然不同，而是模仿《庄子》所创作的短篇寓言，间杂一些直抒胸臆的思想，其思想表达方式都是较为具体的。因此，《苻子》虽然成书于南朝，但其主体思想应该是形成于十六国时期，仍然可以将之看作是北方地区的作品，虽然它很可能受到了南朝玄学较为深刻的影响。而其特别之处也正在于，前秦时期统治者对于"老庄"及其相关思潮的抵制，并没有影响到这一时期的贵族文人在玄学方面的追求。而另外一位《苻子》的辑录者可能对它的性质产生了一些误解，马国翰辑本《苻子·序》中说："文笔颇似《抱朴子》，据本书有'朗弃千金之剑把，苻子而趍。抱朴子趋谓曰：何夫子弃大而存小'之语。似抱朴，朗之门人也。"[④] 这个猜测恐难成立。严氏早已指出二者年代不同，"不相值"[⑤]，葛洪也绝非是苻朗门人。

① ［唐］李匡乂：《资暇集》，中华书局，2012 年，第 185 页。

② ［法］施舟人原编，陈耀庭改编：《道藏索引——五种版本道藏通检》，上海书店，1996 年。

③ ［清］严可均：《全上古三代两汉魏晋南北朝文》之《全晋文》卷一百五十二，第 2335 页。

④ ［清］马国翰辑：《玉函山房辑佚书》，续修四库全书子部第 1204 册，上海古籍出版社，1995 年，第 286 页。

⑤ 严可均案："此抱朴子非葛洪也，葛洪与苻朗不相值。"［清］严可均：《全上古三代两

《苻子》文笔颇似《抱朴子》似乎也讲不通，因为后者是有关成仙之内容的。马国翰之所以会将之联系到《抱朴子》，可能是因为《苻子》中有一段这样的自命之语："苻朗弃千钧之剑，抱朴子趋而进□□'夫千金利剑，剖割之所存焉。苻子之书，大道之所居焉。何夫子弃大而存小乎？'苻朗不应。"[①] 从文中的意思来看，"抱朴子"应该是苻朗门人，他称苻朗为"夫子"。马国翰明显将此人之名理解为葛洪的《抱朴子》一书。对于苻子，他们认为乃是"大道之所居焉"。苻子认为自己所申明的，是"大道"。这本质上与玄学所探讨的本体论是有一定区别的。从苻朗所呈现的内容来看，他其实关注得更多的是人与人、与社会之间的关系，而并非是玄学对"有无关系""物我关系"，或者是对物本身之"物理"的探索。《苻子》借鉴了《庄》《老》的文学形式，也表达了一些对于方外的向往和思考，力求能够树立类似于老庄的逍遥之观念。《苻子》最大的特点，就是它对于道家经典《道德经》《庄》《列》的模仿。

而之所以能断定《苻子》中所涉及的思想内容并非是在苻朗到达南方地区之后方才拥有，是因为《苻子》在内容上与南方地区所流行的玄学思潮，在内涵本质上并不是一回事。《苻子》更为具体的思维展露，有别于玄妙的玄理探求，这体现了南北地区文人在哲学思维上的差异和分野。周建江对《苻子》在思想上的成就评价非常高，认为它"表现出常人所思不及的哲学思想"[②]，但事实上这似乎有些过誉，它并没有超越那个时代最为一流的玄学理论成果。《苻子》的主要思想仍然是宣扬《庄子》中几种基本的哲学观念。虽然北方地区一直存在玄学的残留，如我们前面提到石勒政权中的清河张跃是善玄谈者，但是具有一定水平的谈玄者还是较少的。北方地区的玄学一直没有发展起来，和当时文学力量的分散以及统治者对于老庄思想传播的抵制，都是有关系的。《苻子》绝非是产生于众人清谈辩理的环境中，而更像是文人对于《老》《庄》等经典的模仿。

而《苻子》并非说明北方存在"老庄"思想复古回潮的孤例。凉州地区是一个思想较为开放的社会，这里的"老庄"之学同样是较为流行的，也有谈玄之风。

《魏书·程骏传》载：

(程)骏少孤贫，居丧以孝称。师事刘昞，性机敏好学，昼夜无倦。

汉魏晋南北朝文》之《全晋文》卷一百五十二，第2335页。

① ［清］严可均：《全上古三代两汉魏晋南北朝文》之《全晋文》卷一百五十二，第2335页。

② 周建江：《北朝文学史》，第49页。

……骏谓昞曰:“今世名教之儒,咸谓老庄其言虚诞,不切实要,弗可以经世,骏意以为不然。夫老子著抱一之言,庄生申性本之旨,若斯者,可谓至顺矣。人若乘一则烦伪生,若爽性则冲真丧。”昞曰:“卿年尚稚,言若老成,美哉!”由是声誉益播,沮渠牧健擢为东宫侍讲。[①]

从这番对话可以看出,大儒刘昞对程骏对待玄学的看法是较为肯定的。北凉学术中,确实保存着玄学思想的余绪。刘昞本人也并非是纯粹的儒家,他在史学、军事学等多个方面皆有论著,这一点在前面一章中也有所触及。[②]刘昞自身学术之杂,能从侧面反映当时凉州地区文化环境之宽容。这种宽容的文化环境中,曾经在中原遭受过争议的玄学方才有它的一定受众。陈寅恪曾提到过河西保存着中原旧壤已不复存在的玄学思想风尚。[③]对于程、刘的对话,陈寅恪有论云:“程骏与刘昞之言,乃周孔名教与老庄自然合一之论,此说为晋代清谈之焦点,王阮问答,所谓‘将无同’三语,即实同之意,乃此问题之结论,而袁宏后汉纪之议论,多为此问题之详释也。自晋室南渡之后,过江名士尚能沿述西朝旧说,而中原旧壤久已不闻此论,斯又河西一隅之地尚能保存典午中朝遗说之一证也。”[④]陈寅恪在《隋唐制度渊源略论稿》中说:“刘昞之注《人物志》,乃承曹魏才性之说者,此亦当日中州绝响之谈也。若非河西存其说,则今日亦无以窥见其一斑矣。”[⑤]才、性问题正是正始玄学的关键问题之一。除了刘昞、程骏,在河西,又有阚骃“注王朗《易传》,学者借以通经”[⑥],宋繇“诸子群言,靡不览综”[⑦]等等,这些人的学术范围宽广,都表明当时凉州地区文化环境的宽容,保留了一些在中原不再流行的学术思想。另外一个例证是《吐鲁番文书》中的《西凉建初四年秀才对策文》。吐鲁番哈拉和卓九一号墓,出有文书多件,其中一件首尾文字残缺,可辨部分为古代选举的策问及其三人的对策,经

---

① 《魏书·程骏传》,第1345页。

② 刘景云:《西凉刘昞注〈黄石公三略〉的发现》,《敦煌研究》,2009年第2期,第82—87、123页。

③ 陈寅恪在《清谈与清谈误国》的讲演中,对此说得更为明确:“降至东晋末,清谈之风稍戢。惟北朝河西,仍存西晋遗风。盖由其地较为安全,故西晋名士之未能南渡者,多乐往归焉。”张为纲记录,原刊于《星岛日报》1949年1月26日,参见《陈寅恪文集·讲义及杂稿》,生活·读书·新知三联书店,2002年,第451页。

④ 陈寅恪:《隋唐制度渊源略论稿》,第44—45页。

⑤ 陈寅恪:《隋唐制度渊源略论稿》,第44页。

⑥ 《魏书·阚骃传》,第1159页。

⑦ 《魏书·宋繇传》,第1152页。

整理收入《吐鲁番出土文书》第一册[①]。这件文书具有很高的史料价值，它的出土证明了公元5世纪初远在西陲之地的西凉政权曾经实行过秀才选举制度。而这封对策文保留了三位秀才的回答，他们所表达的思想中就含有黄老思想的内容[②]。

《苻子》虽然表现出对于老庄的模仿，但它并非像玄学一样，执着于对本体论的抽象讨论。它采取的是具体的寓言方式，借助具体的文学形象来表达自己的思想。这其中对于场景、人物的设置，都是十分具体的。《苻子》的文学价值也体现在这里，它具有很强的叙事性，是对寓言体的充分运用。如其《方外》一则："太公涓钓于隐溪，五十有六年矣，而未尝得一鱼。鲁连闻之，往而观其钓焉。太公涓跪石隐崖，不饵而钓，仰咏俯吟。及暮而释竿，其膝所处之崖皆若臼，其跗触崖若路。鲁连曰：'钓所本以在鱼，无鱼何钓？'太公曰：'不见康王父之钓邪？念蓬莱钓巨海，摧竿投纶，五百年矣，未尝得一鱼，方吾犹一朝耳。'"[③]《苻子》中常有设置第一人称的内容，这同样是模仿老庄中的人物设置方式。如："苻子观于龙门，有一鱼，奋鳞鼓鬐而登乎龙门，而为龙。又一术士，凌波激流而不陷，挂铃行歌，飘浪于龙门，而终日栖迟而不化。苻子曰：'彼同功而事异，迹一而理二，夫何哉？无乃鱼以实应，而人以伪求乎。'"不过，《苻子》在行文之中，有一些表达十分精湛，如这一则："领人谓展禽曰：'鲁聘夫子，夫子三黜，无忧色何？'禽曰：'春风鼓，百草敷蔚，吾不知其茂，秋霜降，百草零洛（落），吾不知其枯。'"[④]这里所表达的是达然物外之感。而其句式对仗工整，极为流畅，因此文意显得回味悠长。

关于《苻子》在文学方面的艺术价值，前贤的研究认为它语言质朴，其中的寓言具有战国诸子文章的风格等等。事实上，《苻子》在体例和语言上很有可能受到了当时十分流行的一些志人或者志怪的子书的影响。《苻子》中具有这类"志"的性质的小故事非常多，多为寓言，如"郑人逃暑"："郑人有逃暑于孤林之下者，日流影移，而徙袵以从阴。及至暮，反席于树下，及月流影移，复徙袵以从阴，而患露之濡于身，其阴逾去，而其身逾湿，是巧于用昼，而拙于用夕，奚不处曜而辞阴，反林自露，此亦愚之至也。"[⑤]这仍然是以具体之事来说理，而并非追求玄学之理。因此，《苻

---

① 《吐鲁番出土文书》第一册，文物出版社，1981年，第113—119页。

② 李步嘉：《一份研究西凉文化的珍贵资料——建初四年秀才对策文书考释》，《武汉大学学报》，1990年第6期，第114页。

③ ［清］严可均：《全上古三代两汉魏晋南北朝文》之《全晋文》卷一百五十二，第2335页。

④ ［清］严可均：《全上古三代两汉魏晋南北朝文》之《全晋文》卷一百五十二，第2335页。

⑤ ［清］严可均：《全上古三代两汉魏晋南北朝文》之《全晋文》卷一百五十二，第2337页。

子》更为类似《庄子》，接近道家之学，而并非是玄学之学。道家之言具体，玄学之言抽象，这是二者之间的根本区别。而后者在思维方面其实水平更高。[①]《苻子》之中也有一些内容努力塑造苻子悠然淡泊的形象，同样是以具体思维出之："苻子登乎太山，下临千仞之渊，上荫百尺之松，萧萧然神王乎一丘矣，言不出乎耒耜，心不过乎俗人，其犹木大守脂。"[②]这些内容其实更为接近魏晋士人对自身风神气度的要求。而这些文字在具体的呈现上，很类似于《庄子·大宗师》这一篇。

前秦时期苻氏家族内部曾经为了争夺权力进行了血腥的斗争，苻坚正是通过非常手段从苻生手中获得统治权的。《苻子》中的思想如果是在前秦建元二十年（384）之前（淝水之战前后）就已经开始形成，那么它的内容是否和前秦时期的现实内容有关？这或许很难定论，但是在《苻子》中的确有多处内容表达对于权力名位的淡泊态度，如"许由谓尧曰：坐于华殿之上，面双阙之下，君之荣愿，亦已足矣夫。翘曰：'余坐于华殿之上，森然而松生于栋，余立于棂扉之内，霏焉而云生于牖。虽面双阙，无异乎崔嵬之冠蓬莱。虽背墉郭，无异乎回峦之萦昆仑，余安知其所以荣。'"[③]这分明是一种齐物之论。综合以上来看，《苻子》作为对《老》、《庄》的模拟和伸张，并不是玄学，也不是单纯对战国文风的模拟，它更类似于汉代的黄老之学。《苻子》之中具有对魏晋风度的模拟，也有黄老思想之表达，但不是对玄学关于"本无"的本体理论之探索。

因此，可以说，这个时期的《苻子》代表了《老》《庄》思想在北方的存在状态，它和其他一些类似的文学作品一样，也是基于复古思潮而出现的。这种复古思潮，属于这个由乡里社会中下层士人阶级所支撑的社会。北方地区的中下层士人阶层，没有经历过抽象化的思维训练，故而文学作品之艺术风格较为质朴古拙。这种质朴古拙的艺术特点，是北方地区文学的重要特征之一。南方地区的人们却因为经历了玄言诗的阶段，文学思维变得更为深曲、细密。举例来说，南方文学是从玄学的抽象思维中理出头绪、获得超越于玄言诗的艺术水平的，其中的代表人物莫过于陶渊明。关于陶渊明文学艺术能够超越于其时代的原因，朱自清曾在为萧望卿《陶渊明批评》所作的序中说："陶诗显然接受了玄言诗的影响。玄言诗虽然抄袭《老》《庄》，落了套头，但用的似乎正是'比较接近说话的语言'……他之所以超过玄言诗，却在他摆脱那些《老》《庄》的套头，而将自己日常生活化

① 汤用彤：《〈言意之辨〉说》，《汤用彤学术论文集》，中华书局，1983年，第214页。
② ［清］严可均：《全上古三代两汉魏晋南北朝文》之《全晋文》卷一百五十二，第2338页。
③ ［清］严可均：《全上古三代两汉魏晋南北朝文》之《全晋文》卷一百五十二，第2335页。

人诗里。”[①] 陶渊明其实并不能算是南方地区某个文学集团中的文人，他始终与那些热闹的圈子有所疏离，而作为一个辞官躬耕之文人，他来往的对象多为地方上的中下层官僚或者文人。陶渊明能够摆脱《老》《庄》的玄学“套头”，其实正是因为他也是处于乡里社会中的士人之缘故。正因此，他不易受到当时最为流行的文风之影响，而能保持个性之独立。

本章小结

十六国时期的文化发展，意义十分重大。十六国胡主在这个过程中发挥了极大作用。陈寅恪曾论云：五胡十六国于掠夺易主，政权屡变，而儒学“将尽”之时，往往可见深受汉化之胡主于动荡时局中，犹能兴学重儒，尊中原文化为正统，以为夷夏辨别之依据[②]，且能借用汉儒才干，采用儒学典章以礼谋国，作为抗衡群雄之凭依。虽十六国短祚，难见持续推兴之功，但其影响仍及于北朝。

而通过本章可以了解到，十六国时期进入到胡族政权的乡里士人，对于当时的文化、文学发展而言，意义十分重大。这部分人大多曾是西晋时期社会中的中下层阶级。胡族政权与这些乡里士人之间关系密切而深厚，文学互动频繁，故而这一时期的文学发展尚能具有永嘉之乱以前的一些特征。十六国时期由社会的中下层发展起来的乡里士人，对于推动北方地区文化的修复具有重大的意义。中下层阶级得到了胡族政权的关注，其自身的修复和自我培养能力很强，人才源源不断地从乡里社会之中产生。他们在“乡论”社会中存在，对于文化、文学的价值观念，多受“乡论”社会的影响。他们在思想上趋古而不趋新，重视思想表达而忽视发展文学形式。十六国时期文学发展，并不是对西晋时期洛阳地区文学发展特征的延续，而是与之相比更为滞后和保守。而南朝社会的文学人物一直是以南渡者以及他们的后代等上层士人为主体。文学的发展，在这个上层社会中开花结果，没有深入到乡里社会中的下层阶级中去。文化阶层中的中下层阶级没有得到培养，因而被高度集中起来的上层士人群体很容易因为战争的到来而走向覆灭。

---

① 朱自清：《日常生活的诗——萧望卿〈陶渊明批评〉》，原载天津《民国日报》，1946年，后收入《朱自清古典文学论文集》，上海古籍出版社，1981年。

② 陈寅恪：《隋唐制度渊源略论稿》：“北朝胡汉之分，不在种族，而在文化，其事彰彰甚明，实为论史之关要。”第29页。

第三章　北魏的乡里制度变革与文学发展

孝文帝迁洛之后，随着汉化政策的推行，文学发展逐渐有了起色，不但民间多有习文者，甚至出现了诸多鲜卑文士，但从艺术价值上看，其成就并不是十分显著，《魏书·文苑传》概括北魏末年（肃宗以后）文坛是“文雅大盛，学者如牛毛，成者如麟角”[①]。从晋末到十六国时期，文学士人从堪称稀有到其人数逐渐增多，经历了漫长的时间，但是，为何在魏末会出现一个“学者如牛毛”的景象？这是一个十分值得思考的问题。且不管他们是否成功——魏收站在北齐文学发展的角度来回望，得出“成者如麟角”的结果，明显是说成功者很少，但是学者甚众，起码当时出现了一个具有规模的文坛。这就是文学史发生的重要变化。究其原因，从粗线条上讲，当然可以将之归功于孝文帝迁都、南北文化交流频繁等等大环境，但是否还存在一些更深层的社会原因呢？

随着北魏统一北方的脚步不断加快，北方地区的中央集权化越来越加强[②]。过去一般认为，北魏文学在其末期的复苏主要得益于孝文帝的“汉化”以及相关政策，而北魏政权“中央集权化”的实现给北魏文学发展带来的作用恐怕也是不可忽视的。[③]在中央集权不断增强的过程中，明元帝、太武帝时期的乡里征士、“新民”之迁徙等活动，为朝廷汇集了大量文化人才。在崔浩“国史案”前夕，北魏的文学发展曾有过一次良好的机遇。而崔浩“国史案”等一系列政治事件造成了乡里征士的中断，也导致北方世族在政治运动中受到重大打击。孝文帝改革之后，在三长制推行的背景下，北方那种一宗万室的豪族家庭，开始瓦解。[④]这样的制度和“均田制”的配合进行，有利于自耕农阶层的产生。而大量的寒门士人，即是从这个阶层中产生。“学者如牛毛”时代的到来，除了依靠北魏初年的文化基础之外，北魏献文帝、孝文帝时期乡里制度的变革也是十分重要的促成因素。自北魏开始，刘芳、

① 《魏书·文苑传》，第1869页。

② 张甫荣：《北魏中央集权过程研究》，中国社会科学院研究生院博士学位论文，2002年。

③ 高敏：《论北魏的社会性质》，《魏晋南北朝史发微》，中华书局，2005年，第178页。

④ 高贤栋：《北朝豪族家庭规模结构及其变迁》，《许昌学院学报》，2003年第3期，第44页。

崔光、温子昇等著名的文化士人，大多出身贫寒之孤门而非世家大族他们都是从乡里私学中获得培养的。这些来自乡里的文化士人，多有文学才能，是北魏文学发展的主体。他们借助北魏后期改革中形成的新的乡里社会体制，成为历史舞台幕前的活跃者。

本章将对北魏时期发生的乡里制度变革与文学发展之间的关系做出重新梳理，以便理解北魏末期文学逐渐繁荣的现象是建立在怎样的社会基础之上。

第一节　平城政权、崔浩案与北方文学低谷时期的形成

学界一般把北魏建都在盛乐及平城这段时间称为北魏前期，即从北魏道武帝登国元年（386）至孝文帝太和十九年（495）迁都洛阳这百余年。李凭称这段时间为“北魏平城时代”[①]。北魏平城时代对于整个北魏历史而言，确实是辉煌的。这是北魏逐渐实现北方统一的时期，总体政局相对稳定。平城在这段时间内，也迅速从一个边地荒镇，兴起为一个人口约有一百五十万的大都市。在这个都市之中，拓跋鲜卑的人口并不是最为主要的，分布在京畿地区的新民占了绝大部分。

从表面上看，曾经分散于乡里的文学力量应该在北魏前期赫赫百年的时间里汇集于平城，于是人们赋予了它文化繁荣发展的想象：“以邺洛、长安、河西等为中心的文化区自然消灭，文化前后集中于平城和洛阳。”[②]如果从历史的表面来看，平城作为一个文化中心，似乎证据充足。李凭曾讨论认为平城是当时政治、经济和文化的中心[③]。但是，曹道衡从当时平城地区文学发展的状况分析，认为平城并没有成为一个人文荟萃之地。他的观点，或许是更为接近于实际情况的。平城政权虽然是北魏统一北方之象征，但是，受限于拓跋鲜卑贵族较低的文化水平和文化需要，集结于此的文化士人之才能并没有得到全面发挥。而且，由于在平城接连发生了多次政治运动，文化士人遭到屠杀者甚多。总之，诸多因素造成了在崔浩案这个席卷规模最大的政治事件发生之后，北魏文学发展彻底进入低谷时期。曹道衡曾把整个北朝文学以孝文帝迁都洛阳为界划分为前后期[④]，这是正确的，而从北魏文学发展的内部过程来看，崔浩“国史案”的文学史意义也值得

① 李凭：《北魏平城时代》，上海古籍出版社，2011 年，第 1 页。
② 姜必任：《论关陇、山东文化圈的嬗变及其文学创作》，第 21 页。
③ 李凭：《北魏平城时代》，第 265 页。
④ 曹道衡：《试论北朝文学》，《曹道衡文集》卷一，第 92 页。

重视，它同样具有标志性意义。

一、平城政权的文化特点

天兴元年（398），北魏迁都平城，并确定了“东至代郡，西及善无，南极阴馆，北尽参合，为畿内之田”[①]的都城范围。而在此之前的一年，即皇始二年（397），北魏灭后燕，占有今山西和河北两省的大部分地区。第二年，道武帝迁都平城。雁北从荒僻的边郡之地变成了北魏王朝的政治中心和经济上重点经营的京畿地区，从此以后大量的移民涌入雁北。[②]关于这座城市的面貌，李凭在其《北魏平城时代》一书中有较为详细的考证，认为“定州大道与并州大道的出现，充分体现了平城的交通枢纽地位。偏僻的边地小城，飞跃成为占据北魏全境交通中心的大都市，这真是翻天覆地的变化”[③]。然而，这些变化只是城市硬件的变化，作为一个典型的移民城市，平城在短时间内迅速被建立起来，被强制迁徙而来的各民族缺少磨合，其文化的发展之路注定并不平坦。

构成平城政权之主体，以民族来划分，即鲜卑人和其他族人。拓跋鲜卑偏居塞北，在十六国北朝时期进入中原地区较晚，在定都盛乐之前，与中原人民缺少共同生活和融合的经历。由于文化蛮荒落后，故而他们对于汉族士人的依赖程度实际上要高于之前十六国胡族政权，而他们对于中原文化的陌生感也是很深的。他们主要依靠狩猎、畜牧为生，不像慕容鲜卑那样已经具有了农业发展的特点，史称其民族日常是“畜牧迁徙，射猎为业，淳朴为俗，简易为化，不为文字，刻木纪契而已”[④]。因为与中原地区的居民并没有发生杂居，和中原政权的接触也相对较晚，故而“始均之裔，不交南夏，是以载籍无闻焉”。[⑤]北方地区气候变化的影响，这支部族不断南迁。约在汉末魏初，抵达今山西北部，并定都于定襄之盛乐。至曹魏时期拓跋鲜卑始与魏和亲，并在魏景元二年（261）遣文帝沙漠汗如魏，且观风土，这是拓跋鲜卑与中原政权的最早接触。晋咸宁二年（276），文帝从洛阳回到定襄之盛乐。而这次归来，文帝的装束、举动引起朝野震动。[⑥]这些部落老臣对风俗变化、新奇之物表示恐惧，称并州以北为“南

① 《魏书·食货志》，第2850页。

② 李凭：《北魏平城时代》，第270—276页。

③ 李凭：《北魏平城时代》，第365页。

④ 《魏书·帝纪一》，第1页。

⑤ 《魏书·帝纪一》，第1页。

⑥ 《魏书·帝纪一》，“太子风彩被服，同于南夏，兼奇术绝世，若继国统，变易旧俗，吾等必不得志，不若在国诸子，习本淳朴。”第4页。

夏”。而此时在中原地区，五胡与汉民族杂居已久，在风俗方面虽然存在差异，但不会产生如此之大的隔阂与不理解。沙漠汗所使用的弹弓，被认为是“晋人异法怪术，乱国害民之兆”①。之后，沙漠汗被视为异端，竟然因此被害。这些情况说明，这一支居处僻远的鲜卑民族比居住在辽东一带的慕容鲜卑更为原始和保守，甚至可以说是愚昧。

在西晋末年至十六国初期，拓跋鲜卑主要扮演的是军事角色。起初他们作为晋臣，支援刘琨讨伐刘聪。但当时在并州一带，“匈奴杂胡万余家，多勒种类”，拓跋鲜卑力量不强，于是一度中止了讨聪之计。② 晋愍帝时，拓跋氏被尊为代王，“置官属，食代、常山二郡”。其目的也仍然是以这支军事力量对抗石勒、刘聪。晋愍帝旋即为刘曜所害，拓跋氏于是始有进军中原之志。“(帝)顾谓大臣曰：‘今中原无主，天其资我乎？’”③ 翳槐当政时期，又与石赵政权产生外交关系，遣其弟昭成皇帝如襄国，从者五千余家。“烈帝出居于邺，石虎奉第宅、伎妾、奴婢、什物。”④ 这也加速了这支部族的汉化。但在当时，与代国在外交方面关系最为密切的是慕容氏诸燕政权，他们之间通婚较为频繁⑤，而且，他们不久就迁都于“云中之盛乐宫”⑥，这里是距离慕容氏所占据之幽、冀地区更近的地方。在石勒灭亡之后，拓跋鲜卑虽然有机会进攻中原，但诸部大人认为应该保持观望之势。这一年，苻健建立了前秦。在前秦统治期间，拓跋鲜卑一直臣服于其下。而在中原地区长期驻留的“五胡”已经有了一定的汉化程度，但代国之鲜卑部族却还是十分蛮荒。苻坚曾经非常鄙夷他们采用的是流民游击作战的方式，且武器十分落后⑦。苻坚平凉后讨代王什翼犍(又作涉翼犍)，什翼犍战败，“其子翼圭缚父请降”。“坚以翼犍荒俗，未参仁义，令入太学习礼。”“坚尝之太学，召涉翼犍问曰：‘中国以学养性，而人寿考，漠北啖牛羊而人不寿，何也？’翼犍不能答。”⑧ 苻坚是以中国人自居的，而且认为“以学养性”是中原人的特点。当时的漠北之人，还处在十分蛮荒的状态，诚如什翼犍所说：“漠北人能捕六畜，善驰走，逐水草而已。”⑨ 这反映拓跋鲜卑是

① 《魏书·帝纪一》，第4—5页。

② 《魏书·帝纪一》，第8页。

③ 《魏书·帝纪一》，第9页。

④ 《魏书·帝纪一》，第11页。

⑤ 《魏书·帝纪一》：“十二月，慕容元真遣使朝贡，并荐其宗女”，即与慕容氏通婚，而后“皇后慕容氏崩”，第12、14页。

⑥ 《魏书·帝纪一》，第12页。

⑦ 《魏书·燕凤传》，第609页。

⑧ 《晋书·苻坚载记上》，第2898—2899页。

⑨ 《晋书·苻坚载记上》，第2899页。

当时进入到中原的少数民族中文化发展较为落后的部族之一。苻坚对当时的北方少数民族进行了规模浩大的迁徙，妄图加强统治，但是拓跋鲜卑在这个过程中没有被大规模迁徙，保存了实力[①]。因此苻坚败亡，北方重新陷入分裂之后，代国实力却保持完整。慕容鲜卑当时在文化上也是优越于拓跋鲜卑的。拓跋觚本是道武帝早年近侍，武力超群，使于慕容垂。[②]拓拔觚在慕容氏政权中“留心学业，诵读经书数十万言”[③]，为其国人所重，说明这里的文化氛围要优越于北魏。另外一个更有名的例子是贺狄干[④]，因为出使长安，居留数年，而习染儒风，归国之后因此被杀。逯耀东认为北魏前期统治者对于汉族文化是多方面加以吸收的，但是“对于中国文化的吸收，只是为了如何利用这种文化力量巩固他们的政权……对于各方面都没有深刻的了解，也不求深刻了解，只是建筑在现实需要上，既无远大的理想，也没有长久的计划，更没有放弃他们原有的文化，完全投入中原文化长流的意念”[⑤]。

人口极为有限的鲜卑贵族，人才也少，因此无法实现对这些地区的直接控制，只能委托给汉族士人。以拓跋为中心的云中，鲜卑集团才数万户。[⑥]或许这在拓跋自身的历史上，人数已经算得上是很多了。但与当时其他少数民族，如氐、羌、匈奴或慕容鲜卑相比，人数并不占优势，更不要说和汉族相比了。崔浩反对迁都于邺，就是针对拓跋族人丁稀少的劣势提出来的。明元帝表示了认可。周一良在《札记》中有“晚有子”条，提及拓拔鲜卑有早婚习俗，都很早生子，都是针对人丁稀少之弊[⑦]。在这种情况下，北魏无法像人口众多的匈奴一样实现民族自治，而需要大量吸收地方上的汉族士人。张恂曾劝道武帝说：“今中土遗民，望云冀润。宜因斯会，以建大业”[⑧]，迎合了北魏的人才需求。北魏对于人才的取用，在表面上看似乎漫无标准，也可以称之为“兼容并包”。[⑨]事实上，平城文化这种兼容并包

---

① 《魏书·太祖纪第二》：“苻坚遣将内侮，将迁帝于长安，既而获免。”第19页。

② 《魏书·昭成子孙列传·秦王翰传附秦王觚传》：“垂末年，政在群下，遂止觚以求赂。太祖绝之。觚率左右数十骑，杀其卫将走归。为慕容宝所执，归中山。垂待之逾厚。觚因留心学业，诵读经书数十万言，垂之国人咸称重之。”第374页。

③ 《魏书·昭成子孙列传·秦王翰传附秦王觚传》，第374页。

④ 《魏书·贺狄干传》，第685页。

⑤ 逯耀东：《从平城到洛阳——拓跋魏文化转变的历程》，联经出版事业公司，1981年，第50—51页。

⑥ 严耀中：《北魏前期政治制度》，吉林教育出版社，1990年，第14页。

⑦ 周一良：《魏晋南北朝史札记》，第310页。

⑧ 《魏书·良吏·张恂传》，第1900页。

⑨ 周一良：《魏晋南北朝史札记》，第351页。

的特点，在其墓葬文化中也得到过体现。有学者通过对平城时期墓葬壁画中魏晋墓葬壁画因素的初步分析，认为平城时期墓葬壁画直接取材于东北、河西魏晋墓葬壁画，同时与南方魏晋墓葬壁画相互交流借鉴。北魏拓跋入主中原后，随之而来的是一系列的战争与大规模的移民。在此过程中，不同地域之间的文化相互交流与融合，同时兼具东北、河西、南方魏晋文化以及大量的西域佛教文化元素的多元化特点。但是，其中最为主要的文化特点，仍是彰显鲜卑文化。①

拓跋鲜卑在之后的征伐中，先是东进消灭了慕容宝和慕容德的军事力量。皇始元年（396）八月“大举讨慕容宝”②，九月北魏轻松地取下并州地带。“帝初拓中原”③的军事胜利，为统治中原打下了基础。随后不久，魏军占领了信都，并最终征服了后燕的首都中山，从而占据了现今河北广大地区。天兴元年（398），卫王仪攻下邺。④北魏的政治势力继在山西之后，扩张至河北带。

在逐步攻灭慕容氏势力的过程中，落后的拓跋鲜卑实现了文化实力上的迅速膨胀，“获其所传皇帝玺绶、图书、府库、珍宝，簿列数万”⑤。慕容德退居到滑台，之后连连败退。天兴二年（399）三月，“甲子，初令《五经》群书各置博士，增国子太学生员三千人。是月，氐人李辩叛慕容德，求援于邺行台尚书和跋。跋轻骑往应之，克滑台，收德宫人府藏；又破德桂林王镇及郎吏将士千余人。”⑥“国子太学生员三千人”的主要来源是什么？邺、中山和信都破后，大量曾经出仕慕容氏政权的华北士人皆前来归附，北魏政权对其加以委任，他们的子弟纷纷进入到国子学或者是中书学中，这里的“三千人”很可能是一个较为准确的约数。基于文化实力的增长，北魏开始有意改变文化发展的现状是在皇始四年（354），“集博士儒生，比众经文字，义类相从，凡四万余字，号曰《众文经》。是岁，慕容盛死，宝弟熙僭立”⑦。《众文经》应该就是配合国子学、中书学等官方教育机构的需要而编纂的。

当然，拓跋鲜卑继承慕容鲜卑汉化之功，也主要是通过他们在诸燕政

---

① 李垚：《北魏平城时期墓葬壁画研究》，中央民族大学硕士学位论文，2010年，第47页。

② 《魏书·太祖纪第二》，第27页。

③ 《魏书·太祖纪第二》，第27页。

④ 《魏书·太祖纪第二》，第31页。

⑤ 《魏书·太祖纪第二》，第31页。

⑥ 《魏书·太祖纪第二》，第35页。

⑦ 《魏书·太祖纪第二》，第39页。

权中吸纳到的汉族士人。钱穆认为，拓跋鲜卑主要是受到慕容鲜卑之影响：“元魏先受慕容氏影响，自拓拔珪时已立太学，置五经博士，初有生员千余人，后增至三千。”[①] 皇始元年（396），道武帝“初建台省，置百官，封拜公侯、将军、刺史、太守，尚书郎已下悉用文人。帝初拓中原，留心慰纳，诸士大夫诣军门者，无少长，皆引入赐见，存问周悉，人得自尽。苟有微能，咸蒙叙用”[②]。天兴元年（398），“冬十月，起天文殿。十有一月辛亥，诏尚书吏部郎中邓渊典官制，立爵品，定律吕，协音乐；仪曹郎中董谧撰郊庙、社稷、朝觐、飨宴之仪；三公郎中王德定律令，申科禁；太史令晁崇造浑仪，考天象；吏部尚书崔玄伯总而裁之”。[③] 而且，第一批入魏士人的子弟颇为受到重用：“神䴥二年，诏集诸文人撰录国书，（崔）浩及弟览、高谠、邓颖、晃继、范亨、黄辅等共参著作，叙成《国书》三十卷。”[④] 这其中，崔氏兄弟是崔宏之子，邓颖乃是邓渊之子。

这些人虽然被征，但正式到达京师应该是在稍后的时间。如北魏初年的名臣张衮，“皇始初，迁给事黄门侍郎。太祖南伐，师次中山”[⑤]。这说明他当时一直住在中山直到“天兴初，征还京师”方才进入平城，晚年上疏乞葬还乡。[⑥] 早征士人对于其乡里故人往往加以推荐，张衮就先后推荐了崔逞和卢溥。而他甚至没有见过崔逞本人，只是根据乡论传言：“闻风称美。”[⑦] 从这一点可以看出，北魏初年的乡里士人，仍然是按照十六国时期乡里士人投靠、归附胡主的方式来出仕的，而“乡论”社会的影响仍然十分深刻。再如崔玄伯是道武帝从常山所征，“慕容垂以为吏部郎、尚书左丞、高阳内史。”“太祖征慕容宝，次于常山。玄伯弃郡，东走海滨。太祖素闻其名，遣骑追求。执送于军门，引见与语，悦之，以为黄门侍郎，与张衮对总机要，草创制度。”[⑧] 但是，崔玄伯并没有因此而迁往京师，而是一直停留在邺。“太祖幸邺……适遇玄伯扶老母登岭。”[⑨] 这种情况反映，征士不一定发生迁徙，而往往可能是先赐名号。崔玄伯为人谨慎，虽然“势倾朝

① 钱穆：《国史大纲》，第 281 页。
② 《魏书·太祖纪第二》，第 28 页。
③ 《魏书·太祖纪第二》，第 33 页。
④ 《魏书·崔浩传》，第 815 页。
⑤ 《魏书·张衮传》，第 613 页。
⑥ 《魏书·张衮传》，其辞曰：“昔子囊将终，寄言城郢；荀偃辞晗，遗恨在齐。臣虽暗劣，敢忘前志，魂而有灵，结草泉壤。”第 614 页。
⑦ 《魏书·张衮传》，第 614 页。
⑧ 《魏书·崔玄伯传》，第 620 页。
⑨ 《魏书·崔玄伯传》，第 621 页。

廷。而俭约自居，不营产业，家徒四壁”[①]，而最为重要的是，他因此而放弃了全部的文学创作。“玄伯自非朝廷文诰，四方书檄，初不染翰，故世无遗文。”[②] 事实上，崔玄伯并非无文，流落期间他曾撰写了一些感伤之诗，但不为世人所知，直到崔浩被诛，高允方才发现了这些诗，其孙高绰后来将之录于高允文集。[③] 崔玄伯不在道武帝时显文才，这应是惧祸的缘故。此时的拓跋鲜卑胡主，与十六国时期的胡族具有很大相似性。一个十分有趣的巧合就是他们对于《汉书》的态度。“太祖曾引玄伯讲《汉书》，至娄敬说汉祖欲以鲁元公主妻匈奴，善之，嗟叹者良久。是以诸公主皆厘降于宾附之国，朝臣子弟，虽名族美彦，不得尚焉。”[④] 崔玄伯大约相当于石勒时期的徐光、苻坚时期的王猛，甚至荣宠过之。道武帝“赐玄伯爵白马侯，加周兵将军，与旧功臣庾岳、奚斤等同班，而信宠过之”[⑤]。而当时也有一些士人，在与拓拔鲜卑合作的过程中表现出了轻视的态度。如清河崔逞。崔逞是一位典型的乡里士人，他和他的祖上都曾出仕胡族政权，他本人也曾教授于乡里，之后出仕慕容氏政权和苻坚政权。后因数度触怒太祖而被杀。“逞之内徙也，终虑不免，乃使其妻张氏与四子留冀州，令归慕容德，遂奔广固。逞独与小子赜在平城。及逞之死，亦以此为谴。”[⑥] 当时，一些从南向北逃亡的士人，多是先去姚泓处。之后北魏是从关中获得了这批士人，如王慧龙、袁式、司马文思等[⑦]。因此，司马休之奔广固其实也是基于类似的考虑。总之，道武帝时期所征的士人，大部分来自河北，他们出仕的途径和待遇，与十六国时期胡主对待汉臣的方式十分相似。

然而，拓跋鲜卑自身文明的落后与对人才的极大需求这一深刻矛盾，却成为道武帝时代屠杀公卿的政治运动的伏笔：“天赐六年，天文多变，占者云‘当有逆臣伏尸流血’。太祖恶之，颇杀公卿，欲以厌当天灾。”[⑧] 这些情况和拓跋鲜卑本身的民族性是有关系的。李凭曾专就道武帝一朝被诛杀之士人列表，其中鲜卑人、汉族人一并共二十六位，这些士人皆位列公卿，堪称一时名人，而受牵连者亦是甚众[⑨]。崔逞建议以桑葚佐军粮，太武帝认

① 《魏书·崔玄伯传》，第 621 页。
② 《魏书·崔玄伯传》，第 623 页。
③ 《魏书·崔玄伯传》，第 624 页。
④ 《魏书·崔玄伯传》，第 621 页。
⑤ 《魏书·崔玄伯传》，第 621—622 页。
⑥ 《魏书·崔逞传》，第 758 页。
⑦ 《魏书·袁式传》，第 880—881 页。
⑧ 《魏书·昭成子孙列传·秦王翰传附子卫王仪传》，第 372 页。
⑨ 李凭：《北魏平城时代》，“附表二：道武朝杀黜臣僚表”，第 73—76 页。

为他十分辱慢。崔逞最后被杀，竟然其实和太武帝不懂得南北外交往来时所使用的客套之词有关。太武帝不解崔逞为何在致南人之书信中称其为“贤兄”，称南主为“贵主”[①]，于是认为崔逞心存叛意，故而杀之。此事虽然荒谬，但也可见当时的鲜卑贵族野蛮之气未尽，而在汉族文化方面殊无所得。[②]正是因为崔逞被杀一事极为荒谬，所以天兴五年（402）司马休之等人不愿投靠拓跋鲜卑而北奔。[③]

为了更好掌控原后燕所在地区，自道武帝之后，北魏陆续强制将后燕的旧官吏和民众十万人以上迁移到首都平城周边进行管理。而在后燕旧地，北魏施行以鲜卑兵为中心的军政统治体制。其中最为突出的一项举措，就是在邺与中山设置了两个行台。这两个行台其实是当时真正意义上的文化中心。周一良《魏晋南北朝史札记》“中山邺信都三城”条中指出：“近百年中，北魏统治者对于山东冀定相三州特别重视。”[④]曾行幸多次，并在饥荒之年分民前往就食。北魏统治者所以重视冀定相三州，因其地自汉以来即为经济较发达之地区，而襄国、中山、邺等地，又为石赵、慕容前后燕建都所在，较之幽并，远为繁荣。[⑤]山东富庶繁荣，文化因而比较发达。而典以这三城为中心的地区相比，“北魏虽已于430年夺得关中，其重要性谅不足与山东相比，故特意加以绥抚”[⑥]。周一良所说，属于实情。以邺为中心的河北地区，是自石勒以来重要的文化发展中心，其周边栖居着大量的乡里宗族，因此李凭论著中的“附表二：道武朝杀黜臣僚表”所反映的情况，能够说明当时乡里宗族对于北魏政权的向背。一是河北地区，邺、中山和信都等地，是北魏主要汲引人才的地区，从这些地区进入到北魏政权中的汉族士人甚众。高允所作《征士赋》言及三李时称“赵实名区，世多奇士”[⑦]，正是指此地人才颇为丰富的情况。二是北魏初年文化格局的形成，是在平后燕之后。从地域上讲，这一时期的文学群体是以河北人为中心的，他们大多有过仕慕容氏政权的经历。作为第一批进入到北魏政权中的士人，他们大多获得了一定的官职或者其他优待。北魏通过中书学这个机构，给予了其中一些士人或者他们的子弟晋身官僚的途径——中书学是其重要的官员储备之地。而这些人大多被迁徙至平城。

---

① 曹道衡：《南朝文学与北朝文学研究》，《曹道衡文集》卷五，第450—451页。
② 《资治通鉴》卷一百一十一《晋纪》三十三，第3494页。
③ 《魏书·崔逞传》，第758页。
④ 周一良：《魏晋南北朝史札记》，第307页。
⑤ 周一良：《魏晋南北朝史札记》，第307页。
⑥ 周一良：《魏晋南北朝史札记》，第307页。
⑦ 《魏书·高允传》，第1083页。

平城政权建立之初，中原士人多不愿前往为官，除了拓跋鲜卑好杀之外，也因为平城荒远，谋生不易，加之北魏前期没有俸禄，而数量众多的吏，其实是被奴役的劳动力。[①]北魏前期是没有俸禄的，不要说下属，就是刺史太守等主官也没有。维持如此众多地方属吏的秘密在于：第一，地方中高级官吏皆由士望豪强出任，他们担任这些职务不是为了俸禄，而是为了维护家族的势力和利益。对他们个人来说，日后还可以作为进身之阶；第二，数量众多的吏，其实是被奴役的劳动力。如果不是强制迁徙，汉族士人多不喜前往平城。“太宗以郡国豪右，大为民蠹，乃优诏征之。民多恋本，而长吏逼遣。于是轻薄少年，因相扇动，所在聚结。西河、建兴盗贼并起，守宰讨之不能禁。”[②]这说明当时从被征服地区迁徙人民前往平城，其实遇到了相当大的阻力。

在当时人心目中，平城是一个荒凉的地方。如王肃所作的《悲平城》，就体现出一幅萧条荒漠的景象；再加上北魏早年的官员，并无俸禄，高允入仕北魏已经有二三十年，尚极贫困，“时百官无禄，允常使诸子樵采自给”[③]。直到高允在显祖登基的过程中立功，司徒陆丽也十分清楚“高允虽蒙宠待，而家贫布衣，妻子不立”[④]的实际状况。这种情况，很难吸引汉族士人到平城去做官。由于平城经济落后，平城也就难以成为一个文化荟萃之中心，难以一改之前乡里文学分散的状态，北魏初年的文学发展脚步也只能较之十六国反有逊色。孝文帝所以竭力要迁都洛阳，这也是一个很重要的原因。[⑤]

平城的战略地位和地理面貌决定了它绝非汉族士人乐于聚居之地。平城位于自然地理上的蒙古高原与山西台地相交错的断层地带，此地周边有一些牧场，而农业开垦刚刚起步，京畿虽然对新民加以“计口授田”[⑥]，但是土地紧张。“神瑞二年（415），秋谷不登，太史令王亮、苏垣因华阴公主等言谶书国家当治邺，应大乐五十年，劝太宗迁都。”[⑦]这些提倡迁都到邺的其实主要是河北士人。而关于平城之出产，崔浩说的是：“至春草生，乳酪将出，兼有菜果，足接来秋。若得中熟，事则济矣。”[⑧]这些出产并非是农

① 严耀中：《北魏前期政治制度》，第 82 页。
② 《魏书·魏收传》，第 622 页。
③ 《魏书·高允传》，第 1076 页。
④ 《魏书·高允传》，第 1076 页。
⑤ 曹道衡：《南朝文学与北朝文学研究》，《曹道衡文集》卷五，第 454 页。
⑥ 《魏书·食货志》，第 2850 页。
⑦ 《魏书·崔浩传》，第 808 页。
⑧ 《魏书·崔浩传》，第 808 页。

业种植之产物，说明平城当时的农业并不发达。原后燕的士人不愿意迁往平城，也是因为在原地区家业渐大，无法撇下已有生活之保障。北魏前期许多过去百口千丁的大族不时受到饥荒的困扰，处境窘迫，“诸士流涉远止，率皆饥寒”[①]。

平城作为一个荒远新城，南方人对之不甚了解。西河人张济曾一度出使襄阳，他回来后太祖问他江南之事，张济提到南人对平城一无所知，就充分说明了这一点。[②]直到《南齐书·魏虏传》载义熙中（405—418）仇池公杨盛上表云：“妃妾住皆土屋。婢使千余人，织绫锦贩卖，酤酒，养猪羊，牧牛马，种菜逐利。”[③]平城的北魏后宫有大量奴婢，同样都投身于自营之劳动中。这些情况同样可以说明，“拓拔国家中有大量奴隶存在”[④]，他们的社会制度其实仍然是较为落后的。平城的周边设置了平凉郡和平齐郡，二郡的解散是在迁都洛阳的时候。平齐郡是在平城之西北，《读史方舆纪要·山西六》“大同府大同县条”对此也有记载：“平齐城，府西三十里，汉平城县地。《宋志》：泰始五年（469），魏人徙升城、历城民望于桑干，因立平齐郡以处之。”[⑤]说明这其实是京畿之郡县。此外还有义州。在汲郡、河内二界扶风之地设立义州，置关西归款户。所谓城民，就是州城、郡城、边城、镇城、戍城之内的人们，其实充当戍守边疆之地的军役。谷川道雄认为就是“诸州镇军士”。[⑥]唐长孺《北魏南境诸州的城民》[⑦]对此也有过详细的分析。

不断向京畿地区遣送新民，是北魏前期社会政治生活的一项经常性内容。新民如山东六州迁往平城的汉人，生活于鲜卑部落体制内，因此鲜卑化程度很深。在这种情况下，平城的汉化很难进行，而原来的汉族士人在诸多观念、行为方面反而鲜卑化了。他们主要以应对鲜卑贵族的需要为主，在文学方面也努力适应鲜卑贵族相对较低的文化水平。例如崔玄伯对于文学创作甚至采取了回避的态度，“自非朝廷文诰，四方书檄，初不染翰，故世无遗文”[⑧]。而此时的文学作品，在艺术上也乏善可陈。曹道衡在谈及北魏初年汉族士人文学艺术水平不高时说，“这不是他们才华的减退，而

---

① 《魏书·高允传》，第1089页。

② 《魏书·张济传》，第787页。

③ 《南齐书·魏虏传》，中华书局，1972年，第984页。

④ 唐长孺：《拓拔国家的建立及其封建化》，《魏晋南北朝史论丛》，第206页。

⑤ 顾祖禹：《读史方舆纪要》，中华书局，1955年，第1836页。

⑥ ［日］谷川道雄著，李济仓译：《隋唐帝国形成史论》，第140页。

⑦ 唐长孺：《山居存稿》，第100—113页。

⑧ 《魏书·崔玄伯传》，第623页。

是当时平城的环境，很难成为一个人文荟萃之地。因为当时居住在平城的，多数是鲜卑族人，他们对汉族文化很少了解。入仕北魏的士人，留居平城的为数不多。这里既无大量的藏书，北魏政府也没有对文化事业注意提倡。汉族士大夫们大多不想去平城。”[①] 而士人们不想去平城的更大缘由，恐怕是因为太武帝好杀公卿。上文提及崔逞被杀的直接原因是，他在给郗恢的信中，称呼晋帝为“贵主”、郗恢为“贤兄”，引起太武帝大怒。曹道衡说，这场文字冤狱产生的影响是很深的。“这更使执笔者寒心，因此北魏初期有不少公文越加显得鄙拙无文，显然是为了怕拓拔族统治者看不懂而产生误解。现在《魏书》中所载魏初公文，大约已经史官们修改润饰，并不一定是当时的真面目。相反地，《宋书· 索虏传》所载魏太武帝给宋文帝的信，纯属口语，恐怕更近于北魏朝廷中通用文体的原貌。”[②]

从盛乐到平城的过程中，拓跋鲜卑对于汉族士人才能的取用是较为功利的，这些士人并没有发挥其更高水平的价值。在进入中原之前，北魏曾从代地获得一些士人，如来自代国本地的燕凤、许谦等人。进入中原之后，他们获得汉族士人的途径，和过去十六国胡族政权主要从流人、俘虏中获得文人，是差不多的，如崔玄伯等人是在战乱之后的南迁过程中为北魏所获的。这批士人具有一个共同点，那就是他们在文化方面的特长，与拓跋鲜卑当时的文化需求和层次是相吻合的。他们在阴阳术数方面较为精通，能够提供一些占卜和预测工作，还能为制度草创提供一些基本的意见。汉族士人对于北魏统治者而言，其主要价值在于以经学“补王者神智”[③]。可以说，北魏政权在这个阶段对于北方乡里文化士人的需要，和十六国早期的统治者如出一辙。对于崔浩，统治者也是依赖其“智”[④]，即在重大事件上获得其谋略。上一章提到崔浩对于姚氏父子发展文治是有所鄙薄的，认为他们是“尚虚”，其实这恰恰是因为崔浩所处的政治环境是胡族汉化之初级阶段的缘故。在拓跋鲜卑没有完成政权统一和巩固，以及实现自身的汉化之前，这种“尚虚”的局面都不会到来。因此，在河北士人不断前往平城的过程中，邺和中山作为文化中心的地位，受到一定程度的削弱，而北魏初期平城的文学发展并没有因此而繁荣起来。

总之，虽然拓跋鲜卑在其统治前期从北方各地区获得了大量的文化资

---

① 曹道衡：《南朝文学与北朝文学研究》，《曹道衡文集》卷五，第468页。

② 曹道衡：《南朝文学与北朝文学研究》，《曹道衡文集》卷五，第451页。

③ 《魏书 · 李先传》，第789页。

④ 《魏书 · 长孙道生传》：帝命歌工历颂群臣，曰：“智如崔浩，廉如道生。”第646页。

源，但是他们从中取用的部分其实很小。拓跋鲜卑本身相对落后的民族性质和特点，决定了他们的汉化程度很低，对中原文化接受起来也比较缓慢。但这种冲突在北魏的发展之路上不断减少，而更为倾向于兼容并包。这种态度，“与南朝统治之偏隘态度大不相同。北朝终于灭南朝而统一全国，此种情况当亦有关”[①]。

二、乡里控制权的争夺与崔浩案的爆发

随着政权进一步巩固，北魏政权开始重视对乡里社会的控制，而其着手点，就是在乡里社会中征士。太武帝神䴥四年（431）共三十五人，是诸多征士活动中规模较大者。这三十五人，是其所在州郡名望大族的代表。张金龙《从高允〈征士颂〉看太武帝神䴥四年征士及其意义》[②]对北魏政府此番征士的动机和特点作了详细的分析。所涉三十五人中，除了京兆杜铨、韦阆之外，大部分是今山东、河北、山西等地区之人，即主要来源于后燕。而其中有十五人是在中央机构中担任中书郎、秘书监、中书侍郎等职务，而其余二十人中有绝大部分仍在其乡里任职，其中担任郡太守者十人，担任州主簿、郡功曹和郡功曹史者三人。由于北魏征士活动主要是出于加强中央集权的考虑，需要借用这些乡里宗族以控制地方，因此，这种官职的委任方式并不奇怪，而这其实也是十六国时期胡主的做法。

征士活动更像是表示与乡里宗族亲好的一种策略。在本质上，北魏政府认定那些被迁徙到平城的人，是“郡国豪右，大为民蠹”[③]。征诏之后，一些人并不愿意离开乡里出仕于京师，故而竟然出现“民多恋本，而长吏逼遣”[④]的尴尬局面。应该是为了安抚这些地方上的士人，北魏政权开始在地方名望家中委任了一批中正。诚如陈寅恪所指出：

> 当时中国北部之统治权虽在胡人之手，而其地之汉族实远较胡人为众多，不独汉人之文化高于胡人，经济力量亦胜于胡人，故胡人欲统治中国，必不得不借助于此种汉人之大族，而汉人之大族亦欲藉统治之胡人以实现其家世传统之政治理想，而巩固其社会地位。此北朝

① 周一良：《魏晋南北朝史札记》，第353页。

② 此文原载《北朝研究》1993年第2期，收入《北魏政治与制度论稿》，甘肃教育出版社，2003年，第10—27页。

③ 《魏书·崔玄伯传》，第622页。

④ 《魏书·崔玄伯传》，第622页。

> 数百年间胡族与汉族互相利用之关键，虽成功失败其事非一，然北朝史中政治社会之大变动莫不与此点即胡人统治者与汉人大族之关系有关是也。[①]

因此，这番征士活动，除了为北魏注入人才之外，也具有更好地控制基层社会之意图，是为了促进中央政府的管辖力量深入到基层民众的统治方式。这一点是不难理解的。而其中十分值得注意的一点是，三十五人当中，留任为地方郡守者甚多，且被委任为中正。如《魏书·儒林传》载："世祖时，(张伟)与高允等俱被辟命，拜中书博士。转侍郎、大将军乐安王范从事中郎、冯翊太守。还，仍为中书侍郎、本国大中正。"[②]"中正"一职在此时开始逐渐被放权到地方，是北魏政权加强乡里社会控制和强化双方合作关系的一个重要信号。在这之前，担任地方中正职务的是鲜卑人。同时也意味着太武帝的汉族官僚系统在不断扩增，而崔氏一族曾"权倾朝廷"的局面将有所改变。

从吴廷燮《元魏方镇年表》来看，任州刺史的多为鲜卑贵族，汉族任职的很少，在重要的州更少，比如司州，就全是由鲜卑贵族担任要职。而另外一种在地方能够起到影响力的官职，是北魏任命的州中正。这类中正有两种，一种是由中央任命、由中央官兼任的州（大）中正，主品第人物和评定姓族，另一种是由州府辟任的州都，是州佐之一，主郡县僚吏的选用。世家大族长期担任其宗族聚居地的中正，对其宗族在地方上的发展有重要影响。从客观上讲，河北士人能够成为州中正是此时汉族士人地位有所提高的表现。在这之前，担任类似地方中正职务的是鲜卑人。黄惠贤曾总结说："北魏初建国，注重从鲜卑贵族中选拔官员。道武帝天赐元年（404）十一月，由于'姓族难分'，令宗室置'宗师'，八国置'大师''小师'，州郡置'州师'、'郡师'，其职能是'辨其乡党，品举人才'。魏收认为'宗师'等人'比今之中正'。"[③]周一良在《札记》中有"宗师"条：以后孝文帝设立宗师，"专主宗制，纠举非违，不在品举人才矣。"[④]这是因为品举人才之事，已经为中正所分去。"盖北方汉人重宗族，甚于南朝，加以鲜卑氏族部落旧习，故宗师、宗正等具有一定权力。据《晋

---

① 陈寅恪：《崔浩与寇谦之》，《金明馆丛稿初编》，第141—142页。

② 《魏书·儒林传·张伟传》，第1844页。

③ 白纲主编、黄惠贤撰：《中国政治制度通史》第四卷《魏晋南北朝卷》，人民出版社，1996年，第379页。

④ 周一良：《魏晋南北朝史札记》，第330页。

书·职官志》，宗正之官渡江后哀帝时省并，南朝遂不设也。皇室以外，大族亦有宗正，盖犹族长之类。”[①] 但是周一良所指的，应该是“宗师”在孝文帝时期在其性质上发生的一些改变[②]。黄惠贤指出：“太武帝拓跋焘继位（423），以长孙嵩为司州中正，这是《魏书》中任中正一职的最早记载。”[③]《魏书·长孙嵩传》载：“太宗寝疾，问后事于嵩，嵩曰‘立长则顺，以德则人服。今长皇子贤而世嫡，天所命也，请立。’乃定策禁中。于是诏世祖临朝监国，嵩为左辅。世祖即位，进爵北平王，司州中正。”[④] 但是，当时有一位河北士人也享有担任地方中正的殊荣，那就是道武、明元和太武帝三朝宠臣崔浩。他在太武帝登基初年，即已经早于其他河北士人获得这一地位。《魏书·穆崇传》载孝文帝追忆前朝语，“司州始立，未有僚吏，须立中正，以定选举。然中正之任，必须德望兼资者。世祖时，崔浩为冀州中正，长孙嵩为司州中正，可谓得人。”[⑤] 崔浩与长孙嵩同时任中正，极有可能起因俱是对太武帝登基有功。中正在当时是有一定职权的。周一良曾说，“北方社会经济落后，更趋向于保守，因而对于魏晋以来旧制改革不如南方之多。南朝多侨州郡县，人士流移，而北方无此情况，当亦是北朝中正犹多少能行使职权之一因。”[⑥]

无论崔浩成为中正的原因为何，他成为中正的意义其实是与长孙嵩是不一样的。因为崔浩在北方地区容易获得宗族基础，中正职务因此也能在乡里社会中发挥实际的作用。其最为极端之事，莫过于操纵了这一时期郡守的选拔。《魏书·高允传》：

> 初，崔浩荐冀、定、相、幽、并五州之士数十人，各起家郡守。恭宗谓浩曰：“先召之人，亦州郡选也，在职已久，勤劳未答。今可先补前召外任郡县，以新召者代为郎吏。又守令宰民，宜使更事者。”

---

① 周一良：《魏晋南北朝史札记》，第330页。

② 周一良：《魏晋南北朝史札记》，有“北朝之中正”条，云：“北魏时中正职权似亦与南朝同样衰落，成地方长官之下属，主要以为推荐州郡僚佐。……高显之拜高丽国大中正，显系虚名而已。高丽不可能有多人仕于魏朝，而显亦不可能了解其人加以推荐也。”“北魏孝文帝模仿汉族制度，采取各种措施，以加强王权，中正名望虽高，职权趋于衰落，似亦自此而益甚。”第364—366页。

③ 白纲主编，黄惠贤撰：《中国政治制度通史》第四卷《魏晋南北朝卷》，第379—380页。

④ 《魏书·长孙嵩传》，第644页。

⑤ 《魏书·穆崇传附罴弟亮传》，第668页。

⑥ 周一良：《魏晋南北朝史札记》，第367页。

> 浩固争而遣之。允闻之，谓东宫博士管恬曰："崔公其不免乎！苟逞其非，而校胜于上，何以胜济？"[①]

这其实就是崔浩与鲜卑贵族在争夺基层社会控制权方面所产生的争夺。崔浩甚至希望自己对于地方行政的影响力高过于恭帝。崔浩以中正身份干涉地方官员选拔，已经远远超过了他本来的身份和所辖地域范围。而这无疑损害到了鲜卑贵族在地方事务上的影响力，妨碍了北魏政权加强中央集权。而值得注意的是，崔浩所推荐的"新人"，与恭帝所谈的"先召之人"明显并不是同一拨人，后者应该是较早受到征召的乡郡之人，他们代表的是北魏初年这批从河北地区进入到北魏政权中的士人的利益。而崔浩所选拔的"新人"则是他希望构建的一个在自身影响之下的个人集团。这些情况说明，"中正"在北魏初年地位重要，而且是具有一定实权和影响力的。这个曾在汉族士人之中专属于崔浩的职位，在太武帝神䴥四年（431）之后得到改变，这意味着太武帝的官僚系统中汉族士子在不断扩增，而崔氏曾"权倾朝廷"的局面将会有所改变。《魏书》载曰："恭宗季年，颇亲近左右，营立田园，以取其利。"[②]这说明恭帝自身亦有其党羽，二者相争，必然有利益之冲突。故而，向太武帝主张杀崔浩之最力者乃是恭帝。

随着崔浩在朝中势力坐大，他不但严重影响到了皇室和鲜卑贵族的权威和利益，而且也与华北士人产生了摩擦。"世祖即位，左右忌浩正直，共排毁之。世祖虽知其能，不免群议，故出浩，以公归第。"[③]太武帝之"左右"应该包括了受到宠用的鲜卑和汉族士人等多股势力。而太武帝对于任用崔浩是带有矛盾心理的。在汉人之中，崔浩与之矛盾最深的当属李顺。李顺是"神䴥征士"，是北魏初年赵郡诸李中地位较受北魏皇帝荣宠者。"初顺与从兄灵、从弟孝伯并以学识器业见重于晨，故能砥砺宗族，竞名修尚。灵与族叔诜、族弟熙等俱被征。"[④]李顺地位的提高与他最后的失败，都是因为平凉一事。"平凉既平，其日宴会，世祖执浩手以示蒙逊使曰：'所云崔公，此是也。才略之美，当今无比。朕行止必问，成败决焉，若合符契，初无失矣。'"[⑤]太平真君五年（444）"总录要机，内外听焉"[⑥]的穆寿、崔浩、

---

① 《魏书·高允传》，第1069页。
② 《魏书·高允传》，第1071页。
③ 《魏书·崔浩传》，第815页。
④ 《魏书·李顺传》，第843页。
⑤ 《魏书·崔浩传》，第821页。
⑥ 《魏书·穆崇传》，第665页。

古弼、张黎等位列"四辅"，崔浩始终是最为得宠的汉族士人。崔浩可谓已经习惯了自己在北魏政权中的宠臣身份。然而，从太延三年（437）开始出使凉州之后，李顺地位提高，"宠待弥厚，政之巨细无所不参。崔浩恶之。""顺凡使凉州十有二返，世祖称其能。"[①] 李顺被杀和崔浩有很大关系，其中一些罪名被视为是崔浩构陷的：一是收受贿赂，默认沮渠蒙逊杀西域沙门昙无谶而非听命送往京师，二是对凉州安抚不力，遭到告发："凉土既平，诏顺差次群臣，赐以爵位。顺颇受纳，品第不平。凉州人徐桀发其事。"[②] 崔浩在此时加以谗毁，是为了报当时争论之睚眦，故而旧事重提，称当年讨论是否伐凉州，李顺宣称"凉州无水草，不可行师"，几乎耽误国事，乃是因为收受蒙逊贿赂所致。[③] 于是，太平真君三年（442），太武帝下令刑李顺于城西。在杀李顺一事上，崔浩后来被太武帝追认为主要责任者。太武帝所言或许有夸张成分，但崔浩当时地位显赫，他主张杀李顺的意见估计也确实对太武帝产生过一定的压力。崔浩之所以坚决主张要杀李顺，是因为他希望自己作为第一汉臣的地位不受到威胁。李顺与崔浩之间亦为姻亲关系，"初浩弟娶顺妹，又以弟子娶顺女，虽二门婚媾，而浩颇轻顺，顺又弗之伏也"[④]。李顺与崔浩这番争斗并没有给崔浩造成好的影响。除此之外，崔浩对河北士人之刻薄，还有诸多表现。如"（崔）模长者笃厚，不营荣利，颇为崔浩轻侮，而守志确然，不为浩屈。"[⑤] 而同时崔氏一族之人，如曾在西晋末年逃往河西的崔宽还京之后却受到了崔浩"浩与相齿次，厚存抚之"[⑥] 的优厚待遇。崔浩对于本地士人的刻薄，与对于异地士人的提携，形成鲜明反差，颇为让人费解。如果加以揣测的话，可能是因为他是自居为西晋末年以来遗落在北方之"高门"，而不屑于与其他门第较低者来往的。崔玄伯之祖崔悦与范阳卢谌在河北有并称之美。崔、卢两家世为姻亲，来往甚密，"浩母卢氏，谌孙女也。"[⑦] 作为河北高门，卢氏子孙有一批在十六国时期实现了南渡，而崔氏一度也有这样的愿望："始玄伯因苻坚乱，欲避地江南，于泰山为张愿所获。"[⑧] 而崔浩一直对南土心存向往，甚至择南来高门王慧龙为姻亲，屡称其大鼻为贵种以至于鲜卑贵

① 《魏书·李顺传》，第 832 页。
② 《魏书·李顺传》，第 833 页。
③ 《魏书·李顺传》，第 833 页。
④ 《魏书·李顺传》，第 829 页。
⑤ 《魏书·崔玄伯传附崔模传》，第 627 页。
⑥ 《魏书·崔玄伯传附崔宽传》，第 625 页。
⑦ 《魏书·崔浩传》，第 827 页。
⑧ 《魏书·崔玄伯传》，第 624 页。

族不满，其实和他自认为在北方士人中高人一等的贵族心态皆是一致的。这种贵族心态，其实是由于崔氏入朝最早、势倾朝廷的政治地位所致。对于同时入朝者，崔浩贬抑起来也毫不留情，他如此评价与之有所争论的张渊，“渊等俗生，志意浅近，牵于小数，不达大体，难与远图”[①]。而太武帝后来又极度助长了崔浩的这种气焰，他甚至曾“乃敕诸尚书曰：‘凡军国大计，卿等所不能决，皆先谘浩，然后施行。’”[②] 由于崔浩为人倨傲不和，因此他在河北士人中实际的地位是较为孤立无援的。

崔浩被杀，也被认为与他提倡恢复西周五等封爵制有关，他“希望北方的世家大族能够对鲜卑统治者保持独立的统治地位”。[③]“神䴥四年，辟召儒俊，以（卢）玄为首，授中书博士。司徒崔浩，玄之外兄，每与玄言，辄叹曰：‘对子真，使我怀古之情更深。’浩大欲齐整人伦，分明姓族。玄劝之曰：‘夫创制立事，各有其时，乐为此者，讵几人也？宜其三思。’浩当时虽无异言，竟不纳，浩败颇亦由此。”[④] 有学者认为，崔浩的五等封爵与其说像周制，还不如说其似晋制。[⑤] 而它首先得罪的是鲜卑贵族：“如果崔浩的五等封爵制得以实施，拓跋国家在中国北方大部分地区的统治将形同虚设。这当然是拓跋统治集团所不能容忍。”[⑥] 五等爵制一旦得到实施，可以覆盖当时北魏的士族大姓。王夫之论曰：“拓跋氏诏举逸民，而所征皆世胄，民望属焉，其时之风尚然也。江左则王、谢、何、庾之族显，北方则崔、卢、李、郑之姓著，虽天子莫能抑焉，虽夷狄之主莫能易也。”[⑦] 而一旦实现五等封爵，那么这些大姓几乎可以和鲜卑贵族平起平坐，也可以在北方地区凌驾于其他门族之上。而在崔浩的算盘中，到底哪些人能够有资格进入到这五等爵之中，也是很难讲的。一些与之有政见分歧或者芥蒂的姓族是有可能对此感到担忧的。因此，崔浩提出的“分明姓族”这一政治构想也并非能够沾溉当时所有门族，其本质不但是针对鲜卑贵族政权来做出重新划分，从其实际效果上看，应该也是与已有的河北士人权力和地位之格局做出重新划分。

崔浩分明姓族的思想并非他的自创，而是受之前诸燕政权的一些政策影响和启发。由于汉族地主与鲜卑贵族在劳动力的占有问题上发生矛盾，

---

① 《魏书·崔浩传》，第 816 页。
② 《魏书·崔浩传》，第 816 页。
③ 程应璆：《南北朝史话》，北京出版社，1979 年，第 63 页。
④ 《魏书·卢玄传》，第 1045 页。
⑤ 严耀中：《北魏前期政治制度》，第 186 页。
⑥ 严耀中：《北魏前期政治制度》，第 186 页。
⑦ ［清］王夫之：《读通鉴论》卷十五，中华书局，1975 年，第 477 页。

因此，诸燕政权一直在推行打破原来军事化人口占有方式的制度，主要的方式就是检校户口。第二章曾提及这些内容。《晋书·慕容宝载记》："遵垂遗令，校阅户口，罢诸军营分属郡县，定士族旧籍，明其官仪。"[①] 关于此事，《资治通鉴》记载道："燕主宝定士族旧籍，分辨清浊，校阅户口，罢军营封荫之户，悉属郡县。"所谓军营封荫之户，胡三省注云"盖诸军庇占以为部曲者"[②]。其结果是，"而法峻政严，上下离德，百姓思乱者十室而九焉"[③]。因为，"这种措置对于冒称士族者（大概很多是由军功出身的将佐）大为不利，但很明显的尊重旧大族的特权"[④]。同时，这也确实将其中一些贵族所隐匿的户口暴露出来，激化了中央政权与乡里社会之间的矛盾。唐长孺说，关于军事化的人口占有方式，在前后燕最为显著。"太宰是慕容恪，当他执政之时，就是以允许军营封户的扩大以消除内部矛盾，所以获得贵族们的拥护。"[⑤] 太宰慕容恪一度出户二十余万，朝野震惊，"举朝怒怨"[⑥]。事实上，核定旧族之事，在前后秦也有发生过，但并不妨碍旧族之利益。《晋书·苻坚载记》："复魏晋士籍，使役有常闻。"[⑦]"一面尊重旧族免役特权，另一面取缔冒称士族以扩大征发徭役对象"。[⑧] 灭燕之后，前秦立刻就录用"关东士望"，这与石勒灭前赵，俘虏关中大族的政策大为不同。此种政策目的在于巩固其在新征服地区的统治，让这些"士望"经历羯胡、鲜卑、氐族三次的征服，依然保存他们的固有地位。崔浩的提议让卢玄感到颇有危险，因为这会波及众多乡里宗族之利益。

为了维持从乡里社会选拔人才的控制权，崔浩排斥异己，并对南来士人和河西士人热情接纳，希望培养新的集团。这些士人的到来，冲击了河北士人原有的地位。北魏经略关中、河西等地，是从太武帝时期开始的。北魏始光三年（426）太武帝派奚斤率兵攻夏，占领了弘农（今河南灵宝），蒲坂（今山西永济县），及占领长安，"秦雍氐、羌皆叛昌诣斤降。武都氐王杨玄及沮渠蒙逊皆遣使内附"。[⑨] 北魏成功地夺取了关中一带地域。紧接着，始光四年（427），太武帝率领十万大军进攻统万，获得夏文武官员、

---

① 《晋书·慕容宝载记》，第 3093 页。

② 《资治通鉴》卷一百八《晋纪》三十，第 3428 页。

③ 《晋书·慕容宝载记》，第 3093 页。

④ 唐长孺：《晋代北晋各族"变乱"的性质及五胡政权在中国的统治》，《魏晋南北朝史论丛》，第 178 页。

⑤ 同④，第 164 页。

⑥ 《资治通鉴》卷一百一《晋纪》二十三，第 3211 页。

⑦ 《晋书·苻坚载记上》，第 2895 页。

⑧ 同④，第 179 页。

⑨ 《魏书·太祖纪第二》，第 72 页。

后妃、宫人数万，马三十余万，牛羊数千万头，还有府库珍贵。[①]神䴥三年（430）九月，夏派使臣去刘宋，“约合兵灭魏”[②]。太武帝派遣军队攻占了平凉，于是“夏长安、临晋、武功守将皆走，关中悉入于魏”[③]。夏国被灭，关中地区归入北魏的统辖之下。盘踞河东的坞壁也多被清除，其中著名的薛氏垒壁，也不得不归附北魏。[④]北魏使在地坞主继续担任地方官，但又适当使之迁出其原来所在地区，加强了对地方基层社会的改造。这类坞主也十分乐享身份的改变：“谨自郡迁州，威惠兼备，风化大行。时兵荒之后，儒雅道息。谨命立庠，教以诗书，三农之暇，悉令受业，躬巡邑里，亲加考试，于是河汾之地，儒道兴焉。”[⑤]被收编之后的薛谨，于“真君元年，征还京师，除内都坐大官”[⑥]。北魏以这种方式基本结束了北方地区长期坞壁林立的历史局面。

随着西部地区逐渐被征服，从太延元年（435）开始，就不断有士人从西部被迫迁徙到京师平城。太武帝征服夏之后，强制地迁移了那些拒绝归附的旧夏官吏，并在其旧都统万置镇，派遣统万将军实行军政统治。平定北燕和北凉时，也采用类似政策来巩固北魏的统治支配。北魏所占领地区的军政组织是，在旧敌国的要地设置镇，在其下设“戍”，“北魏镇戍遍四境，而以北面西北面及南面诸镇为重”[⑦]。这个人口迁徙政策和崔浩对太武帝提供的“不徙其民，案前世故事”建议是相反的，造成了河西地区文化的迅速衰落。[⑧]“太延元年……诏长安及平凉民徙在京师，其孤老不能自存者，听还乡里。”[⑨]太延五年（439），“冬十月辛酉，车驾东还，徙凉州民三万余家于京师。”由于迁徙的都是核心劳动力，故而新附后的河西地区经济迅速凋敝，致使“凉州土广民稀，粮仗素阙，敦煌、酒泉，空虚尤甚”。[⑩]

---

① 《魏书·太祖纪第二》，第72—73页。

② 《资治通鉴》卷一百二十一《宋纪》三，第3820页。

③ 《资治通鉴》卷一百二十一《宋纪》三，第3826页。

④ 《魏书·薛辩传附子谨传》，第942页。

⑤ 《魏书·薛辩传附子谨传》，第942页。

⑥ 都坐大官（三都大官）是“四部大人”在北魏立国后的延续。在《魏书》中出现的五十二位三都大官中，拓跋皇室的子孙就有十九个，超过了总数的三分之一，其他绝大多数也都带着王、公、侯等爵，他们完全具有以往作为各部大人的资格。后来汉人担任此官越来越多。王宪、王嶷父子就先后出任过三都。《魏书·薛辩传附子谨传》，第942页。

⑦ 周一良：《北魏镇戍制度考及续考》，《魏晋南北朝史论集》，第237页。

⑧ 《魏书·崔浩传》，第825页。

⑨ 《魏书·世祖纪第四上》，第84页。

⑩ 《魏书·袁翻传》，第1542页。

河西士人和从其他地区迁徙到平城周边的人们一样，被朝廷视作“新民”。到平城后，除北凉宗室以及大批士人受到优待和任用外，其他人口均按“强者补兵，弱者入户”的惯例，被编为佃户、杂户、隶户，从此“子孙沉屈，未有禄润”[①]。在崔浩被诛之前，北凉士人甚至被提高到一个中原士人都不曾有过的地位。连自己亲戚、优秀的寒人刘芳都不肯接见的崔浩，却表彰、提拔了多位凉州士人。如对待北凉来的乡里私学讲授者张湛：“浩注《易》，叙曰：‘国家西平河右，敦煌张湛、金城宗钦、武威段承根三人，皆儒者，并有俊才，见称于西州。每与余论《易》，余以《左氏传》卦解之，遂相劝为注。故因退朝之余暇，而为之解焉。’其见称如此。湛至京师，家贫不粒，操尚无亏，浩常给其衣食。每岁赠浩诗颂，浩常报答。”[②] 再如阴仲达也是受崔浩提拔的，“司徒崔浩启仲达与段承根云，二人俱凉土才华，同修国史。”[③] 在这之前，著作郎的职位主要被河北大族垄断。因为著作郎之地位，本是极为清要的。因此，河西士人挤占修史职位严重妨碍了之前河北士人在朝中势力的稳固。

崔浩之所以扶持河西士人，与他和河北士人之间存在矛盾是有关系的。其实这一时期，崔浩在河北士人心目中的地位，已经受到一定的质疑或否定了，这主要是他所做的“分定姓族”一事，触及并损害了诸多中原士族旧家的利益。史家认为，这是失去了世族大家支持之基础的崔浩最后在太平真君十一年（450）被诛灭的一个原因：“浩大欲齐整人伦，分明姓族。（卢）玄劝之曰：‘夫创制立事，各有其时，乐为此者，讵几人也？宜其三思。’浩当时虽无异言，竟不纳，浩败颇亦由此。”[④] 崔浩很可能是希望通过提高北凉士人的地位成就自己新的势力范围。而随着崔浩被诛，河西士人迅速沦落。如金城宗氏，武威段氏、阴氏等族士人因受崔浩举荐而修史，在“国史之狱”中惨遭灭门。这是河西士人在平城遭受的致命打击。他们入朝时间短，尚未来得及获得实际的政治地位。当时出路较好的是李氏一家，李宝少子李冲后来官位较高。但其他均为著作郎等卑微之职。阴世隆，迁平城，掠为奴。敦煌氾氏，沦为酒肆沽卖之人。刘昞的孙辈沦为城民、皂吏[⑤]。从凉州到平城的这段时间中，河西士人发挥的影响和作用是十分有限的。陈寅恪对入魏之后河西文化影响中原文化之事是肯

① 《魏书·刘昞传》，第 1161 页。
② 《魏书·张湛传》，第 1154 页。
③ 《魏书·阴仲达传》，第 1163 页。
④ 《魏书·卢玄传》，第 1045 页。
⑤ 《魏书·刘昞传》，第 1161 页。

定和表彰的，但张金龙对他的看法提出了商榷[①]。入魏之后，只有陇西李氏受到了重用。河西之文化对于北魏的影响，其实也是极为有限的。通过第一章的分析我们其实已经充分了解到，河西文化的最为繁荣时期正是在五凉时期。在这之后，不但凉州本土的文化迅速衰落和中空，而迁徙到平城之后的文化士人也迅速凋零，这种情况和崔浩案这一事件有着密切的关系。另外，河西士人受到重用的不多，这恐怕和太武帝对新民殊无好感有一定关系："世祖大悦，谓公卿曰：'吾意决矣。亡国之师不可与谋，信矣哉。'"[②]

崔浩意欲结党，故而也就有小人前来趋奉，埋下隐患。著作令史闵湛、郄摽皆性巧佞。[③]在崔浩与鲜卑贵族、汉族士人的矛盾积累到一定程度之后，太武帝以国史案为名义对崔浩进行了处置。太平真君十一年（450）六月崔浩被杀，"清河崔氏无远近，范阳卢氏、太原郭氏、河东柳氏，皆浩之姻亲，尽夷其族"[④]。其中一些受牵连者，甚至被流放到极远的地区。[⑤]周一良《魏晋南北朝史札记》之"崔浩国史之狱"条：仍然认为崔浩《国书》之"备而不典"是一个重要的导火索。[⑥]太武帝利用"国史案"发起的其实是对整个河北大族势力的清洗，虽然从这场屠杀中逃离的汉族士人颇有其人，但这场政治运动给整个北方士族带来了极大的震慑和恐惧。

由于这是一场文字狱，因此它首先就导致了文学创作的凋零。高允对文字狱一事看得十分清楚，认为它并非崔浩被诛之主要原因。他区分了崔浩被杀之主次原因："浩以蓬蒿之才，荷栋梁之重，在朝无謇谔之节，退私无委蛇之称，私欲没其公廉，爱憎蔽其直理，此浩之责也。至于书朝廷起居之迹，言国家得失之事，此亦为史之大体，未为多违。"[⑦]高允是崔浩案的亲历者，他的话是可信的。而高允没有在崔浩案之中受到更大的牵连，也与他的不党伐深有关系，他也将这种谨慎延续始终。"及高宗即位，允颇有谋焉。司徒陆丽等皆受重赏，允既不蒙褒异，又终身不言。其忠而不伐，

① 张金龙：《河西士人在北魏的政治境遇及其文化影响》，《北魏政治与制度论稿》，甘肃教育出版社，2003年，第135—138页。

② 《魏书·崔浩传》，第817页。

③ 《魏书·高允传》，第1069页。

④ 《魏书·崔浩传》，第826页。

⑤ 《魏书·王慧龙传附子宝兴传》"及浩被诛，卢遐后妻，（王慧龙子）宝兴从母也，缘坐没官。宝兴亦逃辟，未几得出。卢遐妻，时官赐度河镇高车滑骨。宝兴尽卖货产，自出塞赎之以归。"第877页。

⑥ 周一良：《魏晋南北朝史札记》，第350页。

⑦ 《魏书·高允传》，第1071页。

皆此类也。”[①]

崔浩之死，表面上是太武帝等鲜卑贵族为之，但崔浩本人失却人心，却并非朝夕之事。他与河北士人之间的深刻矛盾，是导致他最后结局的关键因素。崔浩之死，具有深刻的文学史意义。自崔浩被杀以后，北魏久久不立史官，直到文成帝和平元年（460）六月复置。而如高允等人从此埋首经籍，自称不为文二十年。错失的这二十年时间，对于文学史的发展而言是一段关键时期。这段时期正是宋元嘉末年到泰始时期，南朝都城建康正在酝酿发展新的文学风气。

三、北魏前期文学发展低谷的形成

北魏前期对于从乡里征发而来的士人，大多取其“智”用，而对其文学才能并无期待。陈寅恪曾以一句话评价崔浩在北方士人中的典型性，说：“崔浩者，东汉以来儒家大族经西晋末年五胡乱华留居北方未能南渡者之代表也。”[②] 崔浩的典型性，具体地讲，其实首先体现在他的文化结构上：他继承的是东汉儒者之传统：“浩能为杂说，不长属文，而留心于制度、科律及经术之言。作家祭法，次序五宗，蒸尝之礼，丰俭之节，义理可观。性不好《老》《庄》之书，每读不过数十行，辄弃之，曰：‘此矫诬之说，不近人情，必非老子所作。老聃习礼，仲尼所师，岂设败法之书，以乱先王之教。袁生所谓家人筐箧中物，不可扬于王庭也。’”[③] 他热衷经学经世致用之价值，恪守乡里立法，反对“老庄”。崔浩评论《老》《庄》“不近人情”，其真正的意思应该是指此二者无益于世用。另外一位士人高允“博通经史天文术数，尤好‘春秋公羊’”[④]。早年入朝文人如刁雍等人，虽然也有文学创作，但其主要的文化兴趣仍然在于经术。他与高允之间讨论交流的话题，也大略以此为主。崔浩权势最盛之时，曾在宫中“集诸术士”讨论天文历法。[⑤] 北魏前期的文化风气中，属于文学的发展空间是狭小的。北魏前期文学，为了润色鸿业，有过一些应用文学和场合制作，但其文学水平不会高于十六国文学。从个人创作来看，更能看出此时文学发展的一些特点。

在北魏前期，有一些诗歌类型的创作，几乎停滞在东汉传统之中，与

---

① 《魏书·高允传》，第 1073 页。

② 陈寅恪：《崔浩与寇谦之》，《金明馆丛稿初编》，第 141 页。

③ 《魏书·崔浩传》，第 812 页。

④ 《魏书·高允传》，第 1067 页。

⑤ 《魏书·高允传》：“时浩集诸术士，考校汉元以来，日月薄蚀、五星行度，并识前史之失，别为魏历，以示允。”第 1068 页。

南方诗歌大异其趣。高允所写的《咏贞妇彭城刘氏诗》八首，皆为四言。[①]高允在诗中表彰曰“异哉贞妇，旷世靡畴”。其中写刘氏之情感，写法深有汉末诗歌写法的痕迹，语言十分含蓄，表现的是情、礼谐和，如其四：“率我初冠，眷彼弱笄。形由礼比，情以趣谐。忻愿难常，影迹易乖。悠悠言迈，戚戚长怀。”[②]这些语句并没有逸出北人所能接受的范围。高允又有乐府诗《罗敷行》，其中的语句，都是描写罗敷之形貌。兴膳宏认为，这是学了南方的歌咏[③]。从其内容来看，仍然是相对严肃的，也并不夸张。纵然是同为歌咏妇女，其诗歌趣味与南朝同类诗歌中的趣味很不同。曹道衡曾分析说，北方作为宗法社会，不会允许调情式的男女情歌出现，因为那很可能造成对亲族之间关系的刺激和破坏。在礼法为大的北方乡里宗族社会，是不可能以《桃叶歌》这类民歌背后的男女事件为佳话的。北人歌咏妇女，仍然歌咏其美德、妇容而已。[④]兴膳宏在分析了高允两首诗的声律之后，认为它们在声律上受到了永明体的影响：“这里也可以看到在第一句句末避免了与韵字声调相同的字。由于传世资料稀少，有所谓‘管中窥豹’之难，但似乎可以说：高允相当自觉地避免了上尾之病。如果大胆地设想的话，在五世纪半南齐永明年间沈约、谢朓提倡‘永明体’新风时，上了年纪的高允虽然远在北地，却也很快察知了动静，并且表现了自己的关心。”[⑤]然而，从史实上看，来自乡里社会的高允居住于平城，他似乎并没有直接获得来自南方的消息。他如果在诗歌中确实有一些避免四声八病之处[⑥]，也很难说，这是一种“自觉”的行为。

河西人入朝前后，北魏士人开始产生强烈的与之进行文学交流的愿望，于是北魏前期文学发展似乎一度出现转机。从记载看来，崔浩在对待与河西士人之间的诗文往来之事上十分热心。他的《册封沮渠蒙逊为凉王》[⑦]一文，相对于崔浩本人的其他文章相比，已是甚有文采。这篇作品，仿佛是北魏前期文学发展出现短暂的小繁荣局面之前兆。崔浩明显是带着对凉州文化的谨慎、仰慕的态度，认为面对凉州的文字往来，需要更高文学创作

① 《魏书·列女传·封卓妻刘氏传》，第1978—1979页。

② 《魏书·列女传·封卓妻刘氏传》，第1978页。

③ ［日］兴膳宏：《北朝文学的先驱者——高允》，收于彭恩华译：《六朝文学论稿》，岳麓书社，1986年，第372—373页。

④ 曹道衡：《南朝文学与北朝文学研究》，《曹道衡文集》卷五，第520—523页。

⑤ ［日］兴膳宏著，彭恩华译：《六朝文学论稿》，岳麓书社，1986年，第374页。

⑥ ［日］兴膳宏著，彭恩华译：《六朝文学论稿》，第376页注12提及：“高允与宗钦有赠答的四言诗，宗钦之作九十六句四十八韵中，犯上尾者凡九处……高允之作百四句五十二韵中，犯上尾者仅二处。”

⑦ 《魏书·卢水胡沮渠蒙逊传》：“崔浩之辞也”，第2206页。

水平在文辞上需要更为用心。这篇作品从其艺术价值上来看，并无特别之处。其述北魏先祖之语，与西晋以来述皇考的四言诗风格相类似，其中并不十分用典，只能说是稍有对仗，力求文辞雅正。而这样一篇作品，却是崔浩平生流传至今的唯一一篇骈文。这说明了崔浩对于河西人的重视和仰慕，故而在文辞上颇为用心。而太平真君元年（440）太武帝所颁布的《命崔浩综理史务诏》[①]，颇富文采，但是并不能确定是出于何人手笔。这篇诏书，文辞雅正，气度非凡，与之前太武帝名下的其他某些诏书文字风格大异，应该与参与到史事中的河西士人有关。

河西人善"群"，文士之间颇以文才相得。如"（索）敞在州之日，与乡人阴世隆文才相友。"[②]他们往往是在乡里就已然相互结识。入朝之后，河西士人也善于以文才结交朝士，如"初（胡）叟一见高允，曰：'吴郑之交，以纻缟为美谈，吾之于子，以弦韦为幽贽，以此言之，彼可无愧也。'"[③]河西人保持了一些赠诗、献诗的习惯。"叟既先归国，朝廷以其识机，拜虎威将军，赐爵始复男。家于密云，蓬室草筵，惟以酒自适。谓友人金城宗舒曰：'我此生活，似胜焦先，志意所栖，谢其高矣。'后叟被征至，谢恩，并献诗一篇。"[④]河西人热衷于与朝士结交，也得到了崔浩的诸多认可，敦煌张湛、金城宗钦、武威段承根等皆与之有深交。可见，河西士人加强了与河北士人在文化上的交流、切磋，并附带产生一些文学作品。张湛与崔浩有诗歌往来："湛至京师，家贫不粒，操尚无亏，浩常给其衣食。每岁赠浩诗颂，浩常报答。及浩被诛，湛惧，悉烧之。"[⑤]段承根"有文思，而性行疏薄"，"世咸重其文而薄其行"。[⑥]他赠给李宝的诗歌虽然在文学形式上仍然是四言组诗形式，可以让人看到他的文辞并不像其他河西士人的四言诗那般典重质木，在用语上要较为生活化。如诗中感叹世风之"世道衰陵，淳风殆缅"（其一），感伤自身之"自余幽沦，眷参旧契。庶庇余光，优游卒岁"（其五）。基调沉重，而语句流畅。[⑦]

故而，自河西士人来朝之后，河北士人能够明显感到一种文学的新风

---

① 《魏书·崔浩传》，第 823 页。

② 《魏书·索敞传附阴世隆传》："世隆至京师，被罪徙和龙，届上谷，困不前达，土人徐能抑掠为奴。五年，敞因行至上谷，遇见世隆，语其由状，对泣而别。敞为诉理，得免。世隆子孟贵，性至孝，每向田耘耨，早朝拜父，来亦如之。乡人钦其笃于事亲。"第 1163 页。

③ 《魏书·胡叟传》，第 1151 页。

④ 《魏书·胡叟传》，第 1151 页。

⑤ 《魏书·张湛传》，第 1154 页。

⑥ 《魏书·段承根传》，第 1158 页。

⑦ 《魏书·段承根传》，第 1154—1155 页。

同时来到。如上文已经提到的高允与河西士人宗钦之间有赠答诗，如《赠高允诗》十二章、《答宗钦诗》十三章、段承根《赠李宝诗》七章等。这些河西与河北士人往来之诗文，水平并不高，较为质木。其主要的意图，正如宗钦赠高允所言“文以会友，友由知己。诗以明言，言以通理”。[①] 曹道衡对这些诗歌评价不高：“大抵这些河朔的士大夫们都是在学术和文化上家世相传，外人很少知道。只是由于缺乏交流和互相切磋，水平很难提高，估计崔浩赠答张湛的诗如果保存到今天，大约也不过像宗钦、高允相赠答及段承根赠李宝之作一样质木无文。当他们还在写这种拙稚的四言诗时，南方的陶、谢两大诗人均已去世，鲍照、汤惠休已崭露头角。这说明长期的村居生活和缺乏‘以文会友’的活动，已使河朔的文化与江南相比，拉开了很大的距离。至于凉州文人，在入魏之前，恐怕其文学水平也比入魏前要高。”[②] 当然，这其中也有一定的偶然性因素，那就是宗钦很可能本身文学水平就不高，高允也受限于赠诗的模式和基调。魏收评价宗钦曰：“（宗）钦在河西，撰《蒙逊记》十卷，无足可称。”[③] “无足可称”四字并不是褒奖，可见是魏收认为宗钦在撰写史书方面才能较为平常，这应该也可以反映他本身的文学水平。无论河西士人在和河北士人之间的文学交流水平如何，他们毕竟带来了一些在北方沉寂已久的文学习惯，比如献诗、赠答诗等等。而河北士人对他们在文学才能方面，分明有一定的敬仰之心，乐于附和。这些因素都是改变北魏前期文学发展较为凝滞之局面的有利因素，虽然这些因素寥若晨星。可以说，河北士人与河西士人之间短暂的文友之会，并不能给北魏前期略显低迷的文学发展带来根本的转机。因为这种文学样式，似乎并没有扎根于北朝的社会生活，这类四言诗，显得十分脱离北朝人生活之实际，也并没有太多真情实感。可以说，此时的北朝文学和它的真正产生于社会生活之文学有所隔绝。

河西士人在北魏前期的出仕之途并不平坦。太武帝对于河西士人是有所防备的，比如曾因为一时疑贰，便杀害了最初以之为上客的段承根之父段晖。河西士人之子弟，在之后也大多沉屈，一些在五凉时代极负盛名的乡里宗族，亦不能获免。西凉大儒刘昞子弟，竟然沦为城民，堪称其最。“太和十四年（490），尚书李冲奏：‘昞河右硕儒，今子孙沉屈，未有禄润，贤者子孙宜蒙显异。’”[④] 直到正光四年（523）六月，方才有诏曰：“昞德冠前世，

---

① 《魏书·宗钦传》，第1156页。

② 曹道衡：《南朝文学与北朝文学研究》，《曹道衡文集》卷五，第454页。

③ 《魏书·宗钦传》，第1157页。

④ 《魏书·刘昞传》，第1161页。

蔚为儒宗，太保启陈，深合劝善。其孙等三家，特可听免。”而“河西人以为荣”[①]。崔浩案之后，大量士人在这场政治斗争中或死去或逃亡。河西士人因为国史案而迅速陨落，是造成北魏前期文学发展低谷形成的重要原因之一。“浩诛，承根与宗钦等俱死。”[②]而阴仲达应该是在崔浩案爆发之前就已经去世了。张湛在崔浩案后，尽焚其与崔浩往来之诗文，亦是因为惧祸。可见崔浩案不仅仅杀害和损失了一批士人，也导致了当时人们在创作心理方面进入一种恐惧状态。河西士人之中又有依附源贺者，相比之下要安全得多。“陇西王源贺采佛经幽旨，作《祇洹精舍图偈》六卷，柔为之注解，咸得理衷，为当时俊僧所钦味焉。又凭立铭赞，颇行于世。”[③]这是因为源贺作为秃发氏的后代，其实并不参与文官政治。世祖征凉州，以贺为乡导。贺本名破羌，世祖赐名贺焉。拜殿中尚书，多有加封。[④]

总之，在崔浩国史案发生之后，北魏文学的发展一度陷入僵局。高允晚年，“又以昔岁同征，零落将尽，感逝怀人，作《征士颂》”[⑤]。此番“零落”，正是文学发展之低谷。而他最为感叹的是：“不为文二十年矣，然事切于心，岂可默乎？”[⑥]他虽然从这一场大浩劫中获免，但是，“初与允同征游雅等多至通官封侯，及允部下吏百数十人亦至刺史二千石，而允为郎二十七年不徙官”[⑦]。无论是高允自愿不再参与政治、在仕途中有所作为，还是受到崔浩案的影响，这种文学创作上的沉寂状态，导致了北魏前期文学发展的状态接近冰点。从各地征士的方式，似乎并没有让北魏文学迅速繁荣起来。

葛晓音《八代诗史》中曾经提到此时的复古风气，反映了当时诗歌发展的缓慢脚步。[⑧]在这个过程中值得注意的是，高允为之后北朝文学走出

---

① 《魏书·刘昞传》，第1161页。
② 《魏书·段承根传》，第1159页。
③ 《魏书·赵柔传》，第1162页。
④ 《魏书·源贺传》，第919—920页。
⑤ 《魏书·高允传》，第1078页。
⑥ 《魏书·高允传》，第1081页。
⑦ 《魏书·高允传》，第1076页。
⑧ 葛晓音：《八代诗史》“北魏的文学与儒学同样拘守于汉晋的观念，魏人将四言和五言诗看作最庄重的文学样式，主要用于言志、咏怀、讽劝、颂美政教等严肃的内容，赠答多为刻板典正的四言雅颂体，连大才子常景和高允也只有拙劣模拟的本事，常景曾拟刘琨作《扶风歌》十五首，高允所留下的几首四言诗，不是歌颂王化就是赞美贞妇，乐府如《罗敷行》、《王子乔》等也是模仿汉诗。北魏诗中较有现实意义的是那些在政治斗争中有感而发的作品。虽每人不过一二首，却能反映出北魏后期政治的黑暗……所以令狐德棻在《周书·王褒庾信传后》说：‘有魏之士，词义典正，有永嘉之遗烈焉’，正指出了北朝早期诗歌承袭汉晋遗风的基本倾向”。《八代诗史》（修订版），中华书局，2012年，第260—261页。

低谷，做出了一定的贡献。高允的命运在文明太后诛乙浑之后获得了转机，“引允禁中，参决大政”[①]。文明太后重视建学校，在其倡议之下，高允上表，故而郡国立学自高允时始。在太武帝时期崔浩国史案之后，文学的发展虽然停滞不前，但对于文化之修补工作，并未中断。高允六十九岁之前，除《谏文成帝起宫室》之外，还有《谏文成帝起宫室》《代都赋》等，论当时婚娶丧葬，不依古式，欲匣正风俗，文甚质朴，然屡引经义。高允好论时政得失，但多借人言于文成帝，不上表显谏。高允并非是二十多年没写文章，而可能二十多年之中，甚少写纯文学之类的文章。另外值得注意的是，除却古质的四言诗，其实高允还有一些艺术风格苍凉阔大之作。其写于延和三年（434）的《塞上公亭诗序》[②]描写了当时平城的景象。诗中“负长城而面南山，皋潭带其侧，涌波灌其前，停骓策以流目，抱遗风以依然，仰德音于在昔，遂挥毫以寄言”[③]，这几句情感充沛，胸怀壮大。这些纯然北方的风格，并不是从一开始就在北方士人的文学作品中存在的，而是到了代北边境一带自然涌起的一种边塞豪情，其中其实渗透了胡族统治对于这些士人在情感和意识上的影响。高允还发现和提拔了一批十分重要的文化士人，如高闾。“高允以（高）闾文章富逸，举以自代，遂为显祖所知，数见引接，参论政治。命造《鹿苑颂》《北伐碑》，显祖善之。”“闾好为文章，军国书檄诏令碑颂铭赞百有余篇，集为三十卷。其文亦高允之流，后称二高，为当时所服。”[④]后诏闾与太常采雅乐以营金石。又有索敞作《丧服要记》《名字论》，高允著《名字论》以释其惑。这些同样是高允与其他文化士人之间的重要交流，体现了他此时仍然在默默从事学问传承之工作。

总之，北魏平城政权建立之后一段较长时期内，文学发展受政治、经济条件的限制而陷入荒疏境地，加上崔浩“国史案”这一事件对于北方地区文学发展实际上所起到的破坏作用，北魏前期文学发展甚至不如政权更迭、动荡的十六国时期。北魏前期，政权的先天文化基础薄弱，甚至不如十六国时期，拓跋鲜卑早期的民族性也是限制当时文学发展的重要因素，而崔浩国史案更是将此时的文学发展推入了空前的困境。崔浩“国史案”本质上是一个由多重原因造成的政治事件，崔浩与鲜卑贵族、河北大族争

① 《魏书·高允传》，第1077页。
② ［清］严可均：《全上古三代两汉魏晋南北朝文》之《全后魏文》卷二十八，第3653页。
③ ［清］严可均：《全上古三代两汉魏晋南北朝文》之《全后魏文》卷二十八，第3653页。
④ 《魏书·高闾传》，第1198、1209—1210页。

夺乡里控制权，并因此在朝廷中有结党倾向，这导致了他日渐孤立的政治地位，从而最终告败。但“国史案”的结果，却是以“文字狱”的形式来呈现的，对多个北方大族、河西大族产生的株连和震慑效应极大，对文学发展造成了直接和致命的打击。因此，北朝文学发展低谷期是在北魏太武帝统治时期发生的崔浩“国史案”之后形成的，它是平城政权中一些深刻矛盾的反映。过去的文学史一般认为、战乱频繁文字湮没的十六国时期文学是晋末以后北朝文学发展的低潮时期。但事实上，此时在民间尚存西晋文学遗脉，诸胡主与晋王朝曾多有来往，他们任用了大量汉族士人，熟悉中原地区文学，后人评之曰“永嘉之遗烈”[①]。因此，对北朝文学低谷期加以重新认识，有助于人们对整个北朝文学史发展形成新的印象。

第二节　北魏乡里私学制度的发展与文学力量之衍生

北魏文学的发展并不能摆脱自身作为儒学发展之附庸的地位，因为从人才构成来看，北魏的文人与儒生往往是一体的，因此本书通篇都无法将之概括为文人，而只能称呼为士人。事实上，北魏文学的发展，并不是从一开始就成为这个时代在精神文明方面的主流事业，它是建立在儒学发展的基础之上的衍生之物。于是，了解北魏文学的发展，需要先了解儒学在北魏社会之中的发展。

一、北魏乡里制度变革背景下的私学发展

陈寅恪在其《隋唐制度渊源略论稿》中说：“盖自汉代学校制度废弛，博士传授之风气止息以后，学术中心移于家族，而家族复限于地域。”[②]但实际上，经受战乱和北魏变幻的政局之后，北方城市遭到破坏，士族深受冲击，子弟流播，学术难再像过去那样集中于某些族姓，而是继续下移到更基层的地方，即乡里私学。“横经受业之侣，遍于乡邑；负笈从宦之徒，不远千里”[③]，是当时最为常见的现象。当时，乡里私学风气极盛，《北史·儒林传》曰：“其《诗》《礼》《春秋》，尤为当时所尚，诸生多兼通之。”“《论语》《孝经》诸学莫不通讲。”[④]北魏文化的修复、巩固和发扬，离不开乡里私学的贡献；北魏的政治制度，也与乡里私学形成相互影响。而拥有大量

---

① 《周书·王褒庾信传》，中华书局，1971年，第744页。

② 陈寅恪：《隋唐制度渊源略论稿》，第14页。

③ 《北史·儒林传》，第2706页。

④ 《北史·儒林传》，第2708—2709页。

长期繁荣于乡里的私学，是北魏文化有别于以城市文化为核心的南朝文化的重要特征之一，对北魏文学特征的形成也深有影响。

对于乡里私学，北魏政府一度进行打击，甚至颁诏严禁乡郡私立学校。太平真君五年（444）诏，要求“自王公已下至于卿士，其子息皆诣太学。其百工伎巧、驺卒子息，当习其父兄所业，不听私立学校。违者师身死，主人门诛”。[①] 但即便如此，北魏官方极力扶持的太学、国学和州郡之学，反倒时断时续，若有若无，博士多，学生少，与乡里私学一师座下动辄数千人的教学规模相比，堪称凋零。但是，日益增长的地方吏治人才的需要，与汉化加深后在“创制立事”上对先进汉族文化的渴求，使得北魏政府不得不正视已默默发展将近百年的乡里私学的存在。北魏政权先后通过“征士”、州郡选举等制度，从中择取人才。乡里私学是向中央政权输送汉族人才最多的地方，对北魏文化的传承与发展起到了十分重要的作用。

自十六国时期以来，乡里社会组织如乡里坞壁，具有相对独立性。它们的存在，是中央政权在试图控制地方时必须面对的难题。乡里坞壁具有很强的军事功能，极易发生反抗性动乱，也造成政府无法检括户口，不能真正对之实现有效的管理。北魏入主中原之初，也遇到了相似的情形。特别是献文帝时期，北魏占领了原属刘宋的淮北及青齐地区之后，来自于地方的反抗性暴动就更多了。如皇兴五年（471），（九月壬午），“青州高阳民封辩自号齐王，聚党千余人……（二年春，庚午）连川敕勒谋叛，徙配青、徐、齐、兖四州为营户”[②]；延兴十三年（488），“乙丑，兖州民王伯恭聚众劳山，自称齐王。东莱镇将孔伯孙讨斩之。”[③] 当时，此类暴乱都是以军事镇压的形式告终。“明元以郡国豪右大人蠹害，乃优诏征之。人多恋本，而长吏逼遣之。于是轻薄少年，因相扇动，所在聚结。西河、建兴盗贼并起，守宰讨之不能禁。”[④] 因此，当时禁止私立学校，可能也有防止轻薄少年“聚结”、影响乡里社会治安的意思。然而治州郡，还需依赖州郡人才，而州郡人才大部分是由乡里私学培养的，因此地方乡学很快受到了北魏政权的重视。

天安元年（466），北魏正式在乡里设立官方的乡学，这项工作与乡里户口检括几乎是同时进行的。“（天安元年）己酉初立乡学，郡置博士二人、

① 《魏书·世祖纪第四下》，第 97 页。
② 《魏书·高祖纪第七上》，第 135—136 页。
③ 《魏书·高祖纪第七下》，第 164 页。
④ 《北史·崔宏传》，第 771 页。

助教二人、学生六十人。”[①] “辛丑，诏遣使者十人循行州郡，检括户口。其有仍隐不出者，州、郡、县、户主并论如律。”[②] 检括户口的工作逐步完成之后，北魏在太和年间正式颁行了“三长制”，“十年春正月癸亥朔，帝始服衮冕，朝飨万国。……二月甲戌，初立党、里、邻三长，定民户籍。”[③] 自延兴年间就开始加强的户口检括，自此基本上改变了自十六国以来坞主各霸一方、中央失于管控的局面。周一良《从北魏几郡的户口变化看三长制的作用》比较了北魏实施三长制之后一定时期内的北魏户口消长，罗列了大量表格和数据，他发现淮北州郡户口增加是普遍的、显著的、大幅度的，而这正是三长制推行的结果[④]。户口的增加即意味着朝廷可控人口的增加，基层社会也将有着良性的发展。这对于乡里士人而言，正是相对平稳、健康的大的社会环境。

均田制的实施有利于百姓安居，其实施主要就是为了反抗豪夺。[⑤] 随着纳入版图的地区暴乱的增多，北魏在地方管理人才的选择上做了更多的思考。北魏前期，州郡选官的方式多为前任推荐后任，漏洞比较多。和平六年（465），献文帝即位，对这种选官方式感到不满：“诏曰：‘先朝以州牧亲人，宜置良佐，故敕有司班九条之制，使前政选吏以待后人。然牧司举非其人，愆于典度。’”[⑥] 而直接从乡里私学中拔用人才，则能够避免所举非能的问题。在人才任用上，北魏政权逐步任用当地宗族首领，或曾经从该地区征用到中央的士人，让他们重新回到家乡进行地方治理。同时，开始逐步恢复九品官人法，设置州郡大中正，以“州郡表贡举”的形式，加强地方与中央的联系，此即元英所说的“诸州郡学生，三年一校所通经数，因正使列之，然后遣使就郡练考”。[⑦]

北魏政权在逐步汉化的过程中，急需各类经术研究成果作为制度依据，而这种经学研究的热潮，没有在官方极力扶持的太学、国学中出现，反而是那些在乡里私学中讲学的人们，即一些流播的寒族士人占领了北魏时期经术研究的前沿。从当时诏书中明确规定的“今制自王公已下至于卿士，

---

① 《魏书·显祖纪第六》，第127页。

② 《魏书·高祖纪第七上》，第139页。

③ 《魏书·高祖纪第七下》，第161页。

④ 周一良：《从北魏几郡的户口变化看三长制的作用》，《魏晋南北朝史论集续编》，北京大学出版社，1991年，第62页。

⑤ 《魏书·李孝伯传附祥子安世传》，第1176页。

⑥ 《北史·魏本纪第二》，第74页。

⑦ 《魏书·南安王桢传附子中山王英传》，第497页。

其子息皆诣太学”[1]来看，最早禁止乡里私学的做法，有为官方学校维护权威性的意味。但是，北魏的太学虽然成立很早，在贡献文化人才方面，却很少见到成绩。宣武帝时期再次重立国学时，人们对以往的国学、太学作了如下反思：“伏寻先旨，意在速就，但军国多事，未遑营立。自尔迄今，垂将一纪，学官凋落，四术寝废。遂使硕儒耆德，卷经而不谈；俗学后生，遗本而逐末。进竞之风，实由于此矣。”[2]相反地，乡里私学中的经术宗师却大受追捧，其经术研究成果也十分丰富。如《魏书·刘献之传》称：“魏承丧乱之后，《五经》大义虽有师说，而海内诸生多有疑滞，咸决于献之。六艺之文，虽不悉注，所标宗旨，颇异旧义。撰《三礼大义》四卷，《三传略例》三卷，注《毛诗序义》一卷，今行于世，并立《章句疏》二卷。注《涅槃经》未就而卒。”[3]

北魏太学不立，第一个原因是博士过多、学生寡少，经术讲说、研究难成气候，甚至出现“诸博士率不讲说”[4]的局面。如国子学博士李郁，虽然与乡里私学的讲授者徐遵明相比，似乎更有学问，史载“时学士徐遵明教授山东，生徒甚盛，怀征遵明在馆，令郁问其五经义例十余条，遵明所答数条而已”。[5]但李郁迁国子博士之后，他遇到了十分尴尬的局面：“自国学之建，诸博士率不讲说，朝夕教授，惟郁而已。”[6]后来，这唯一一位讲学的“老师”，也很快归于乡里：“建义中，以兄玚卒，遂抚育孤侄，归于乡里。”还有一些太学博士，欲执讲而不能：“[永熙三年（534）春]释菜，诏延公卿学官于显阳殿，敕祭酒刘廞讲《孝经》，黄门李郁讲《礼记》，中书舍人卢景宣解《大戴礼·夏小正》篇。时广招儒学，引令预听。同轨经义素优，辩析兼美，而不得执经，深为慨恨。”[7]至延昌元年（512），北魏统治者也不得不承认：“迁京嵩县，年将二纪，虎闱阙唱演之音，四门绝讲诵之业。博士端然，虚禄岁祀；贵游之胄，叹同子衿。靖言念之，有兼愧慨。”[8]

北魏太学不立，第二个原因是太学的定位较为功利化。当时，太学生是北魏高门子弟入仕的主要途径之一。北魏在逐步汉化以后，确立了门阀

① 《魏书·世祖纪第四下》，第97页。
② 《魏书·郑羲传附子道昭传》，第1241页。
③ 《魏书·儒林传·刘献之传》，第1850页。
④ 《魏书·李孝伯传附玚弟郁传》，第1179页。
⑤ 《魏书·李孝伯传附玚弟郁传》，第1178—1179页。
⑥ 《魏书·李孝伯传附玚弟郁传》，第1179页。
⑦ 《魏书·李顺传附族人同轨传》，第848—849页。
⑧ 《魏书·世宗纪第八》，第211—212页。

制度，高门士族子弟凭借门阀为起家官成为通例，反映到国子太学上，就是起家、释褐太学博士的人数大为增加。太学生、特别是“国子助教”一类的身份，成为士族子弟获得起家的阶梯。如王猛孙王宪之子王嶷，“少以父任为中书学生，稍迁南部大夫”[①]。另外，虽然太学生的主要职责被定位为皇帝学术顾问、皇太子侍讲、参议国政尤其是礼仪律令的制定、出使和接使、教学和著作等六项[②]，但当时太学生中甚至不乏成为武将者，如“尉拨，代人也。父那，濮阳太守。拨为太学生，募从兖州刺史罗忸击贼于陈汝，有功，赐爵介休男。从讨和龙，迁虎贲帅，转千人军将”[③]。可以明显看出，这位太学生是因其“代人”的身份，而得到这个资历的。种种迹象表明，当时的太学生选拔在制度上是重门阀而不重实学的。

太学生中还有通过“州郡上表贡举”的渠道举秀才对策高第而被任命为博士者。但乡郡所拥有的举荐名额是十分稀少的，而且一般为大家族所操控在孝文帝之前，这项依靠州郡贡举的官方途径，也不是很成功。延兴二年（477），孝文帝在诏书中这样评价过去的州郡贡举：“诏曰：‘顷者州郡选贡，多不以实，硕人所以穷处幽仄，鄙夫所以超分妄进，岂所谓旌贤树德者也！今年贡举，尤为猥滥。自今所遣，皆门尽州郡之高，才极乡闾之选。’”[④]

太学不立、经术调零这一事实，使得急需汉族文化来进行政治、礼仪制度改革的北魏政权，不得不将视线转向民间的经学研究成果。这种“创制立事”的需求，是推动神麚四年（431）征士活动发生的最重要的原因之一。史称：“明元、太武之世，征海内贤才，起自仄陋。及所得外国远方名士，拔而用之，皆浩之由也。至于礼乐宪章，皆归宗于浩。”[⑤]“起自仄陋”一语与“外国远方名士”相对比之下，颇有深意，他们代表了此时北魏在扩充版图的过程中出现的新的文化群体。其实这些人基本都是州郡士人，之前并未有过高位，之后也主要是充当文化顾问、机要秘书类的职务。[⑥]

---

① 《魏书 · 王宪传附子嶷传》，第 775 页。

② 张金龙：《北魏太学与政治、文化》，《北魏政治与制度论稿》，第 231—235 页。

③ 《魏书 · 尉拨传》，第 729 页。

④ 《魏书 · 高祖纪第七上》，第 137 页。

⑤ 《北史 · 崔宏传附子浩传》，第 787 页。

⑥ 据统计，三十五位征士中，有十五人在中央机构任中下级官吏，其中中书省七人、秘书省三人，廷尉、太常寺及司隶府各一人，基本上都从事文秘工作，几乎无权干预政事。影响仅在采纳建议而已。剩下的人担任地方官吏，仅一人担任边州刺史。有爵者十九人，公爵仅三人——范阳卢玄作为首席征士，是其中的特例，其曾祖卢谌，与拓跋鲜卑部较早发生了政治联系。

可以说，最初的征士很重视对他们所掌握的经术加以政治应用。“时（崔）浩集诸术士，考校汉元以来，日月薄蚀、五星行度，并识前史之失，别为魏历，以示（高）允。”[①] 高允即是神䴥三十五名征士中的一位，他在被征之前曾是乡里私学的讲授者。而“集诸术士”则很可能包括那些“起自仄陋”的士人。这些前文已经有所提及。

太和年间（477—494），在漫长的检括户口工作完成的基础上，“三长制”正式确立，乡里社会的开放性较之坞壁、宗主时代有着更大的增强，成为乡里私学呈现繁荣局面的客观因素。曹道衡曾说，北人不能接受来自他人的学术批评，是因为久居坞壁、缺乏交流氛围之故。[②] 事实上，具有军事防御功能和避乱性质的坞壁在北魏时期已经基本上解除，大部分已经演化为宗主督护制下的乡里宗族聚居之村落。而且当时乡里的学术交流还是很丰富的，甚至有着长期的“服、杜之争”，讲学者与受业者之间彼此问难达数十条的例子也很多。从行政区域条件的角度来说，这主要是因为“三长制”促成了北方乡里社会组织中“村”这种聚落的形成，为乡里私学的游学、聚集门生提供了条件。

乡里社会制度在北魏时期完成了从十六国时期的坞壁组织、宗主督护制，到“三长制”的转变，这个转变具有历史性意义。在这之后，“村”这种自然聚落逐渐形成并沿用，至今仍然是中国农村行政区域中的最基层组织。在这种新的乡里社会组织中，北魏人的人身自由度，比之十六国时期、坞壁时期的人们，要大多了。这客观上使乡里私学获得了宽松的发展条件和便利，因为乡里私学中的“游学”形式，以及动辄数百上千的生源，都有赖于此。可以说，直到“三长制”推行，北方统一才破除了各地域之间出入境上的障碍。汉族地主李冲向文明太后献策“三长制”，主观目的是为了改变“民多隐冒，五十、三十家方为一户”[③] 的税收困境，但在客观上也使得乡民获得了更大的人身自由。当时，朝廷多派出使者，以担任简括户口之责。如尧暄，“高宗以其恭谨，擢为中散。奉使齐州，检平原镇将及长史贪暴事，推情诊理，皆得其实。除太尉中给事、兼北部曹事，后转南部。太和中，迁南部尚书。于时始立三长，暄为东道十三州使，更比户籍”[④]。

与以宗法关系为纽带建立起来、具有很强的血缘色彩的乡里坞壁不同

---

① 《魏书·高允传》，第1068页。

② 曹道衡：《南朝文学与北朝文学研究》，《曹道衡文集》卷五，第487—488页。

③ 《魏书·李冲传》，第1180页。

④ 《魏书·尧暄传》，第954页。

的是，“三长制”是以《周礼》乡约制度为蓝本，以家、户为中心而又与均田制、新租调制共为一体的新型乡村基层行政系统，它是半血缘、半地缘性质的新兴乡里组织。这种开放性更强的乡里社会组织，对于基层社会内部的交流，则是十分便利的。故而，给乡里私学带来繁荣的“游学”形式，正是得益于更为宽松的乡里社会制度。徐遵明即是一位典型的“游学”者：“幼孤好学。年十七，随乡人毛灵和等诣山东求学。至上党，乃师屯留王聪，受《毛诗》《尚书》《礼记》。一年，便辞聪游燕、赵，师事张吾贵。吾贵门徒甚盛。遵明伏膺数月，乃私谓友人曰：‘张生名高而义无检格，凡所讲说，不惬吾心。请更从师。’遂与平原田猛略就范阳孙买德。受业一年，复欲去之。”[①] 这类例子在史籍中还有很多。

乡里私学的繁荣以及游学局面的出现，使得乡里私学的讲授者之间出现了竞争关系。如徐遵明的学生上党人李业兴，“渔阳鲜于灵馥亦聚徒教授，而遵明声誉未高，著录尚寡。业兴乃诣灵馥黉舍，类受业者。灵馥乃谓曰：‘李生久逐羌博士，何所得也？’业兴默尔不言。及灵馥说《左传》，业兴问其大义数条，灵馥不能对。于是振衣而起曰：‘羌弟子正如此耳！’遂便径还。自此，灵馥生徒倾学而就遵明。遵明学徒大盛，业兴之为也”[②]。这种竞争局面的出现，说明乡里私学具有很强的独立性，不再依附于宗族势力。总之，学术从国家下移到宗族，再从宗族下移到乡里私学，成为时代势不可挡的趋势。

尽管乡里私学培养了大量人才，北魏采用的以察举为主要操作方式的九品中正制却滞后于人才的发展。征辟名额过少，“才学”与“姓氏”之间的矛盾也随之日益突出。当时的现实情况是：“官员既少，应选者多，前尚书李韶循常擢人，百姓大为嗟怨。（崔）亮乃奏为格制，不问士之贤愚，专以停解日月为断。虽复官须此人，停日后者终于不得；庸才下品，年月久者灼然先用。沉滞者皆称其能。”[③] 当时，崔亮的外甥司空谘议刘景安在信中规劝他说：“殷、周以乡塾贡士，两汉由州郡荐才，魏、晋因循，又置中正。谛观在昔，莫不审举，虽未尽美，足应十收六七。而朝廷贡秀才，止求其文，不取其理。察孝廉唯论章句，不及治道；立中正不考人才行业，空辨氏姓高下。至于取士之途不溥，沙汰之理未精。而舅属当铨衡，宜须改张易调。如何反为停年格以限之？天下士子谁复修厉名行哉！”[④] 而崔亮

① 《魏书·儒林传·徐遵明传》，第1855页。
② 《魏书·儒林传·李业兴传》，第1861页。
③ 《魏书·崔亮传》，第1479页。
④ 《魏书·崔亮传》，第1479页。

的回复是："设令十人共一官，犹无官可授，况一人望一官，何由可不怨哉？吾近面执，不宜使武人入选，请赐其爵，厚其禄。既不见从，是以权立此格，限以停年耳。"[①] 史家对此的评价是："魏之失才，自亮始也。"[②] 至肃宗时，熙平二年（517），又出新规，"诏庶族子弟年未十五不听入仕"[③]。对年龄界限的设置，其实是限制入仕规模。

崔亮此举，其是北魏的人才选用机制造成的。乡里私学的繁荣、人才的倍增，与仕宦职位的有限——何况这种职位仍在参用古老的门第考征而不是公平的考试，构成了一种矛盾关系。魏末羊深在给废帝的上书中说："窃以今之所用，弗修前矩。至若当世通儒，冠时盛德，见征不过四门，登庸不越九品。以此取士，求之济治，譬犹却行以及前，之燕而向楚。"[④] 正是对北魏在人才制度上的忧虑。而这个问题还没有来得及解决，北魏政权就结束了。乡里私学培养了大量的寒族士人，他们从政的呼声越来越高，而北魏的用人制度显然已经无法满足这种要求，这就导致了后来察举制的废除与科举制的产生。学界一般认为，乡里私学的发达，是促成科举制形成的重要因素。[⑤] 而北魏末年因为乡里私学发展而导致人才辈出的情况，应该就是魏收所说的"学者如牛毛"之基础，也正是北魏私学的发展，为沉寂多年的北方文学衍生出新的文化力量。

二、乡里经术研究对北魏制度变革的回馈

北魏拓跋统治者初到中原时，尚存异族之野蛮，对中原文化知之甚少，在统一北方、获取正统地位的过程中，对阴阳、灾异、天象、谶纬之学表示了极大的兴趣。在此期间，北魏政府征用的汉族士人，其中受宠用者，无不是在此方面拥有特长的人。而相应地，这些本来自于乡里的汉族士人，又影响了家乡的私学教育内容，将政治中的文化导向带入了民间的经术研究，当时乡里私学中研究此类文化者，大有人在。后期，随着汉化程度的不断提高、礼制建设的不断完善，北魏统治者开始理解了"教化"的意义。从北魏政府逐年增多的"求遗书于天下"诏令，到朝聘之时，不再像过去仅仅求物品之贡，而是向萧齐增加了借用书籍的要求，等等行为上，可以

---

① 《魏书·崔亮传》，第 1480 页。

② 《魏书·崔亮传》，第 1480 页。

③ 《魏书·肃宗纪第九》，第 226 页。

④ 《魏书·羊深传》，第 1704 页。

⑤ 胡克森：《论北朝私学与科举制的关系》，《贵州社会科学》，2006 年第 4 期，第 139—143、168 页。

看出北魏在汉化程度不断提高的过程中，文化需求也在不断扩大。在经学的研究成果吸收上，北魏摈弃了杂说，而归正到“以礼治民”“以德化民”的阶段。对礼学研究依赖的加深，引起了乡里私学对礼学、特别是对郑氏礼学表现出了更为热忱的研究态度。

这种经术总体追求上的重大转变，与北魏在不同阶段为自身确立的不同政治目标是有关系的。北魏前期统治中心尚在代北，政权体制胡汉糅杂，以拓跋族人组成的内侍、内行、内秘书、内武官等内朝机构掌握了军政大权，以代人为核心的统治集团牢牢控制着北魏政权。在向中原式帝国转变的道路上，北魏走过了漫长的道路。最初的北魏，与东晋关系十分淡漠，不存在太多利害关系，倒是十分讨好后秦政权，如姚苌之公主嫁给了明元帝，“出入居处，礼秩如后焉”[①]。北魏最初并没有吞并南方的野心，到献文帝时期统一南北的目标才逐步确立起来。[②]北魏逐渐树立起成为一个中原帝国的理想，这使得它对待汉族文化的态度不断发生转变。北魏初期，道武帝憎恶儒风。贺狄干出使后秦“回国”，“帝见其言语衣服类中国，以为慕而习之，故忿焉，既而杀之。”[③]道武帝喜欢的是阴阳术数之学。《资治通鉴》对此分析说：“魏入中国以来，虽颇用古礼祀天地、宗庙、百神，而犹循其旧俗，所祀胡神甚众。崔浩请存合于祀典者五十七所，其余复重及小神悉罢之。魏主从之。”[④]由于习俗未改，擅长阴阳数术灾异之学的汉族士人，往往得宠。道武一朝对汉族文化的这种倾向性，也导致了乡里私学对阴阳术数的推崇。当时民间学习灾异之学的不在少数。如刁冲，早孤，“冲免丧后，便志学他方……虽家世贵达，及从师于外，自同诸生。于时学制，诸生悉日直监厨。冲虽有仆隶，不令代己，身自炊爨。每师受之际，发志精专，不舍昼夜，殆忘寒暑。学通诸经，偏修郑说。阴阳、图纬、算数、天文、风气之书莫不关综，当世服其精博。”[⑤]刁冲成名后，“不关事务，惟以讲学为心。四方学徒就其受业者，岁有数百”[⑥]。再如李敷兄弟，“敷兄弟敦崇孝义，家门有礼，至于居丧法度，吉凶书记，皆合典则，为北州所称美”[⑦]。“吉凶书记”应该就是阴阳术数之学。同时，在内容上有这种知识偏向的“春

① 《魏书·明元昭哀皇后姚氏传》，第325页。
② 姚宏杰：《南北朝时期南北政治关系研究》，北京大学博士学位论文，2004年，第32页。
③ 《北史·贺狄干传》，第760页。
④ 《资治通鉴》卷一百二十四《宋纪》六，第3906页。
⑤ 《魏书·儒林传·刁冲传》，第1857—1858页。
⑥ 《魏书·儒林传·刁冲传》，第1858页。
⑦ 《魏书·李顺传附子敷传》，第834页。

秋公羊学”此时也很盛行。如北地泥阳人梁祚，“至祚居赵郡。祚笃志好学，历治诸经，尤善《公羊春秋》、郑氏《易》，常以教授”①。

但是，随着汉化改革的加深，仅以阴阳术数之学来定典则，明显是不够的。从高允后期的官职和职责变化来看，可以发现定礼制律逐渐为北魏所看重：“后敕以经授恭宗，甚见礼待。又诏允与侍郎公孙质、李灵、胡方回共定律令。”② 太平真君五年（444），朝廷开始政策大改，对民间的阴阳术数之学进行了广泛的打击。诏曰：“愚民无识，信惑妖邪，私养师巫，挟藏谶记、阴阳、图纬、方伎之书；又沙门之徒，假西戎虚诞，生致妖孽。非所以壹齐政化，布淳德于天下也。自王公已下至于庶人，有私养沙门、师巫及金银工巧之人在其家者，皆遣诣官曹，不得容匿。限今年二月十五日，过期不出，师巫、沙门身死，主人门诛。明相宣告，咸使闻知。”③ 孝文帝太和九年（485）春，又颁诏曰：“图谶之兴，起于三季。既非经国之典，徒为妖邪所凭。自今图谶、秘纬及名为《孔子闭房记》者，一皆焚之。留者以大辟论。又诸巫觋假称神鬼，妄说吉凶，及委巷诸卜非坟典所载者，严加禁断。”④

而与此步调一致的是，在乡里私学中，曾经很繁荣的阴阳术数之学的教授，很快息声。如“（权会）虽明风角玄象，至于私室，都不及言。学徒有请问者，终无所说。每云：‘此学可知不可言，诸君并贵游子弟，不由此进，何烦问也。’唯有一子，亦不授此术”⑤。北魏政府的这种做法，体现了其在逐步汉化的过程中，希望清除异端思想，尽快实现意识形态统一的愿望。甚至，之后“春秋公羊学”在乡里私学中也屡受排毁：“（刘）兰学徒前后数千，成业者众。而排毁《公羊》，又非董仲舒。”⑥《春秋》公羊学的寝衰，可能与政府的文化趣味与治国方针的改变有关。

迁都洛阳后，随着统治中原之长远目标的确立，北魏政权越来越依赖礼学人才来建立整套的国家制度。礼学在北魏可谓得到了前所未有的发展，迅速成为北魏文化建设的中心。当时，大到汉人“守丧三年”之制，小到依据《周礼》来确定斛之容量大小等等制度，北魏统治者都加以学习。

为了表现对礼制的关注，孝文帝曾亲讲《丧服》。这与在迁都洛阳之前，

---

① 《魏书·儒林传·梁祚传》，第 1844 页。
② 《魏书·高允传》，第 1069 页。
③ 《魏书·世祖纪第四下》，第 97 页。
④ 《魏书·高祖纪第七上》，第 155 页。
⑤ 《北史·儒林传上·权会传》，第 2733 页。
⑥ 《魏书·儒林传·刘兰传》，第 1851 页。

他观经之后而去“讲武”是很不一样的。《魏书·彭城王勰传》载：“高祖亲讲《丧服》于清徽堂，从容谓群臣曰：‘彦和、季豫等年在蒙稚，早登缨绂，失过庭之训，并未习《礼》。每欲令我一解《丧服》。自审义解浮疏，抑而不许。顷因酒醉坐，脱尔言从，故屈朝彦，遂亲传说。’御史中尉李彪对曰：‘自古及今，未有天子讲《礼》。陛下圣睿渊明，事超百代，臣得亲承音旨，千载一时。’”[①] 李彪之语，虽然不过是谄媚之词，放在北魏一朝来看，倒确实是事实。同时，孝文帝也开始注重乡里教化的问题。孝文帝诏曰：“乡饮礼废，则长幼之叙乱。孟冬十月，民闲岁隙，宜于此时导以德义。可下诸州，党里之内，推贤而长者，教其里人，父慈、子孝、兄友、弟顺、夫和、妻柔。不率长教者，具以名闻。”[②]

正始四年（507）的一份诏书中所称的：“播文教以怀远人，调礼学以旌俊造”[③] 一语展示了此时北魏的基本文化立场。从全国各地召选优秀的礼学研究者，不断充实国家的礼仪体制，成为北魏统治者十分关注的一件事情。然而，礼学是一种在“大一统”政治局面下才能繁荣的经学研究，时逢十六国百年有余之丧乱，在屡屡遭到破城之灾的长安、洛阳，这一学问实际上已经将近凋零。而存得礼学发展一脉的，是汉、魏、晋大儒讲学之故地。从《北史·儒林传序》的记载可以看出：郑玄之说，大行于河北；王肃《易》，亦间行焉。杜预注《左氏》，其孙居青州，传其家业，齐地多习之；魏末，大儒徐遵明门下讲郑玄所注《周易》，遵明以传卢景裕及清河崔瑾；景裕传权会、郭茂；权会早入邺都，郭茂恒在门下教授，其后能言《易》者，多出郭茂之门；等等[④]。所以，北魏要进行礼制改革，或者充实文化，都必须要到这些地域寻找能够提供权威学说依据的经术研究人才。而这些人，大都是在乡里私学中受业的。如“（李）祐从子虬，字神虎。少为《三礼》郑氏学，明经有文思。举秀才上第，为中书议郎、尚书殿中郎。高祖因公事与语，问朝观宴飨之礼，虬以经对，大合上旨。转司徒属、国子博士。高祖崩，尚书令王肃多用新仪，虬往往折以《五经》正礼。转尚书右丞，徙左丞，多所纠正，台阁肃然”。[⑤]“平齐民”刘芳是崔浩的亲戚，但因为自幼孤贫，崔浩“耻其流播”，不肯交接。但是，就是这个自幼“佣书自给”的寒人刘芳，通过在乡里私学中完成的知识训练，以丰富的礼学

---

① 《魏书·彭城王勰传》，第 573 页。
② 《魏书·高祖纪第七下》，第 162—163 页。
③ 《魏书·世宗纪第八》，第 204 页。
④ 《北史·儒林传序》，第 2709 页。
⑤ 《魏书·邢峦传附从叔虬传》，第 1450 页。

知识迎合了宣武帝时期的需求。《魏书·刘芳传》记载："宣武以朝仪多阙，其一切诸议悉委芳修正，于是朝廷吉凶大事，皆就谘访焉。转太常卿。"[①]在孝文、宣武时期的礼制改革中，刘芳的礼学知识发挥了很大的作用。继续了孝文帝时期"修理金石及八音之器"[②]，建立本朝乐制之事，"于是学者弥归宗焉。"[③]

北魏末年，汉化的过程仍在继续，并出现了一些新变，即《杜氏春秋》成为官方教材。清河崔氏的后代崔光是这种新变的主要推动者。崔浩被诛后，除了崔氏家族尽遭株连，与其有姻亲关系的几大家族也殄灭殆尽。清河崔氏的另一支崔淡后裔崔逞，也被道武帝赐死，其孙崔睿又因"交通境外伏诛"[④]。崔氏的遭遇，使清河崔氏在北魏政治舞台上一度陷入沉寂，乃至从太武帝末年到孝文帝初年的一个时期内，产生了清河崔氏人物在政治舞台上几乎殆尽的局面，致使清河崔氏不得不南渡黄河，定居于青齐地区。直到魏献文帝时，拓跋弘大将慕容白曜平定三齐，定居于青齐的崔氏家族成员才回归北地，并再次出仕于北魏。

曾在齐地受业的崔光，很可能因为"晋世杜预注《左氏》。预玄孙坦、坦弟骥于刘义隆世并为青州刺史，传其家业，故齐地多习之"[⑤]，而同样学习了《杜氏春秋》。因此，在晚年，他推荐了同样为"平齐民"的贾思伯为"侍讲"，"入授肃宗《杜氏春秋》"[⑥]。贾思伯弟思同，"与国子祭酒韩子熙并为侍讲，授静帝《杜氏春秋》"。[⑦]按说，杜氏后人、居于河北赵郡的杜铨，早在神麚四年，就被征入朝廷。但是《杜氏春秋》却没有因此而进入朝廷关注的经术研究视野，也没有为乡里私学所重。这是因为，杜铨虽然是杜氏后人，但是他没有一个传承家学的载体。当时传承家学的载体，主要是靠私学讲授来完成的。而北魏初期，皇帝所喜者是灾异，故而当时杜铨仅被安置为"宗正，令营护凶事"[⑧]而已。

经过长期的礼制改革，汉族的礼学研究成果不断直接输入到国家政治的肌体之中。而参与礼制改革的，以来源于乡里私学者为主。这些乡里私学的受业者或授业者之所以能够成为当时礼制改革的发言人，是因为在图

① 《北史·刘芳传》，第1545页。
② 《北史·刘芳传》，第1548页。
③ 《北史·刘芳传》，第1548页。
④ 《魏书·崔逞传》，第759页。
⑤ 《魏书·儒林传序》，第1843页。
⑥ 《魏书·贾思伯传》，第1615页。
⑦ 《魏书·贾思伯传》，第1615页。
⑧ 《北史·杜铨传》，第961页。

籍散乱的年代，他们往往来自于一个有着深厚文化积淀和经术研究传统的地区。而这种文化积淀下来的力量，比一个政权仓促成立的研究机构更能获得优秀的传统资源，从而催生出研究人才。而当政权表现出文化的偏向时，这些具备文化积淀的地区中的人才，能够迅速对政策导向做出反应，从而及时调整经术研究的内容，力求为统治者所用。

除了以上经术研究上的互动，乡里私学与中央政权还有在州郡制度上的互动。来源于“仄陋”之乡里的征士，成为乡里官学建立的推动者。曾任乡里私学讲授者的高允，上表要求立乡郡私学，得到了北魏统治者的赞同，“郡国立学，自此始也”①。甚至在偏远地区，也开始兴立学校，太武帝时“后试守鲁阳郡，道元表立黉序，崇劝学教。诏曰：‘鲁阳本以蛮人，不立大学。今可听之，以成良守文翁之化。’”② 这些重视地方教化的举动，除了是因为看到教化对于乡里社会管理的有效作用以外，而另一点，就是希望得到乡里贡献的汉族人才。完善州郡管理，同样可以视作是北魏汉化过程的一部分，毕竟州郡管理在这个游牧民族以往的文化中是相对缺失的。

究其源，北魏乡里私学，实起源于北方士族之家学。遭受战乱之后，士族受到很大的冲击，家学虽然仍在，但学术已经不再像过去那样集中于某些族姓。即使在北魏政权相对稳定的时期，家学的断流、毁灭也不是鲜见的。如崔光，本是清河崔氏后人，遭崔浩之祸，在青、齐之地逃亡，他所学习的文化就是青齐当地的。学校制度废弛之后，学术中心可能移于家族，但是从北方的实际情况来看，也可能继续下移到更基层的地方去，此即乡里私学。乡里私学之所以如此繁荣，首先是因为，经学是保存门第延续的火种，或者是进阶上层社会的必备品。钱穆认为，从东汉以来，因为有“累世经学”，而有“累世公卿”，于是有门第之产生，“门第势力已成，遂变成变相的贵族。自东汉统一政府倾覆，遂变成变相之封建”③。田余庆同样说：“士族的形成，文化特征本是必要条件之一。非玄非儒的纯以武干居官的家庭，罕有被视做士族者。”④ 故而，修习经学，是希望跻身高层阶级的必备条件。另外，“所谓高门，不必以高官为唯一标准……或以具备高官及才学二条件者为其理想之第一等门第。”⑤ 尽管北朝继承了魏晋时期

① 《魏书·高允传》，第1078页。

② 《北史·郦范传附子道元传》，第995页。

③ 钱穆：《国史大纲》，第184—186页。

④ 田余庆：《东晋门阀政治》，第337页。

⑤ 田余庆：《东晋门阀政治》，第337页。

的九品中正制，在选士制度上，可谓专论门第，高位显职，皆为世族子弟所得。但是，这并不妨碍寒人心中的“士族梦”。寒人希望自己能以“才学”获得较高的地位，李冲质问孝文帝“陛下今日何为专崇门品，不有拔才之诏”，力劝孝文帝：“陛下以物不可类，不应以贵承贵，以贱袭贱。”而孝文帝最终也的确在态度上做出了妥协：“若有高明卓尔，才具隽出者，朕亦不拘此例。”①

乡里私学繁荣的第二个原因是，北方战火所毁图籍甚多，而乡里坞壁时期的人们又彼此缺乏往来，一旦等到北魏统一北方、以“村”为单位的聚落渐次形成，士子游学求教的风气就会重新兴盛。道武帝时期，“集博士儒生比，众经文字，义类相从，凡四万余字，号曰《众文经》。”② 区区四万字，且是百衲而为之，可见当时图籍之窘迫。此后虽然北魏政府多次向全国搜求书籍，甚至向萧齐借书，但终究不能满足越来越繁荣的私学需求。故而，当时的士人开始谋求主动的交流，走出坞壁时期的封闭自守。“（李）彪于（高）悦家手抄口诵，不暇寝食。既而还乡里”③；邢峦“峦少而好学，负帙寻师，家贫厉节，遂博览书传”。④ 徐遵明“知阳平馆陶赵世业家有《服氏春秋》，是晋世永嘉旧写。遵明乃往读之，复经数载。因手撰《春秋义章》为三十卷”⑤。

受时代之所需，乡里私学十分注重知识的实用性。北魏小学研究发达，蒙学颇有突破。当时，乡里私学中从事小学研究的人比比皆是。经籍卷帙的残缺，导致了辨经、注音等行为十分流行。如“（李）铉以去圣久远，文字多有乖谬，于讲授之暇，遂览《说文》《仓》《雅》，删正六艺经注中谬字，名曰《字辨》”⑥。北魏的蒙学中，汉代史游所写的《急就章》地位很高，几乎是乡里私学中的必读教材。崔浩的《急就章》二卷、豆卢氏的《急就章》三卷等，都是重要的童蒙教材。如李铉“九岁入小学，书《急就篇》，月余便通”⑦。刘兰刚入小学时，书《急就章》，家人觉其聪敏；李绘六岁未入学，“伺伯姊笔牍之闲，而辄窃用，未几遂通《急就章》”⑧。如此可见《急就章》流行之广。

---

① 《魏书 · 韩麒麟传附子显宗传》，第 1343—1344 页。
② 《魏书 · 太祖纪第二》，第 39 页。
③ 《魏书 · 李彪传》，第 1381 页。
④ 《魏书 · 邢峦传》，第 1437 页。
⑤ 《北史 · 儒林传上 · 徐遵明传》，第 2720 页。
⑥ 《北齐书 · 儒林传 · 李铉传》，第 585 页。
⑦ 《北齐书 · 儒林传 · 李铉传》，第 585 页。
⑧ 《北齐书 · 李浑传附弟绘传》，第 394 页。

北魏乡里私学的实用性很强，医学、算学等实用性较强的学科，在私学中也很有受众。即使在读经、史之作时，追求实用的心理也很强。《魏书·崔亮传》："（崔）亮在雍州，读《杜预传》，见为八磨，嘉其有济时用，遂教民为碾。及为仆射，奏于张方桥东堰谷水造水碾磨数十区，其利十倍，国用便之。"[①] 北魏士人，如刘献之"见名法之言，掩卷而笑，曰：'若使杨墨之流不为此书，千载谁知其小也！'"[②] 他们亦不喜玄学，如李业兴出使萧梁："萧衍亲问业兴曰：'闻卿善于经义，儒、玄之中何所通达？'业兴曰：'少为书生，止读五典，至于深义，不辨通释。'"[③] 在谈到五经时，李业兴侃侃而谈，而当"衍又问：'《易》曰太极，是有无？'业兴对：'所传太极是有，素不玄学，何敢辄酬。'"[④] 而从这次谈话的全部内容看来，李业兴引郑注《仪礼》《周礼》《礼记》多处，应对比较自如，这其实从一个侧面反映了北魏在礼学方面的研究确实是不乏优点的。概括来讲，北方地区的经术研究，其实仍在东汉以来的学术传统这一脉上不断延续。

三、青齐"土民"对北魏文化地域格局的影响

一般地，能够拥有相对充分的条件进行乡里私学活动的区域，是最能够率先完成战后文化修复的地区。而在当时，乡里私学最为繁盛的地区，主要是河北（山东）、河西（原北凉）和河表（青齐地区）。其中，河北为最盛，河西次之，河表又次之。这个排序，恰恰与当时北魏对待这三个地方的态度是十分有关的。河北是汉族士人故地，征士行为是从这里开始的；河西作为北凉政权所在地，曾是中原文化的避难栖息所。而入魏的河西士人是因为卷入了一场政权斗争而获得较高待遇的；至于青、齐等"河表七州"，作为南朝故地收入版图后，地方反抗性叛乱不断，私学发展不够平顺，讲授规模远小于河北与河西，但因为吸收了南朝文化的新鲜因素，别有特色，成为北魏末年文化的生力军。陈寅恪说，"刘芳，崔光皆南朝俘虏，其所以见知于魏孝文帝及其嗣主者，乃以北朝正欲摹仿南朝之典章文物，而二人适值其会，故能拔起俘囚，致身通显也"。[⑤] 关于这三地的文化特征，过去已经有过诸多研究和分析，但是关于它们之间经术研究的差异性，以

---

① 《魏书·崔亮传》，第1481页。

② 《魏书·儒林传·刘献之传》，第1849页。

③ 《魏书·儒林传·李业兴传》，第1863页。

④ 《魏书·儒林传·李业兴传》，第1864页。

⑤ 陈寅恪：《隋唐制度渊源略论稿》，第11页。

及在北魏后期文化格局中的不同地位，还有再讨论的空间。

从乡里私学发展的角度来看，三地因其文化传承差异很大，都形成了各自的文化风格，在河北，“汉世郑玄并为众经注解，服虔、何休各有所说。玄《易》《书》《诗》《礼》《论语》《孝经》，虔《左氏春秋》，休《公羊传》，大行于河北。王肃《易》亦间行焉”[①]。这其实主要是指河北地区而言的；而河西士人史学研究的成绩很突出；在青齐地区，经学研究的最大特点是《杜氏春秋》的传承：“晋世杜预注《左氏》，预玄孙坦、坦弟骥于刘义隆世并为青州刺史，传其家业，故齐地多习之。自梁越以下传受讲说者甚众。”[②]而在地域之间，河北士人与凉州士人地位之争、河北士人与青齐士人在文化传授内容上的“服、杜之争”，都彰显了当时地域文化差异所带来的北魏文化特征，而这些地域文化主要正是以乡里私学为载体的。

北魏太学博士及太学生的分布地域，是以河北地区为主。河北因其私学发达、经学研究源流不断，人才辈出，在北魏前期，这里是北方地域中士人政治出路较好的地区。从本章附表中看，尽管甘于守业于乡里的士人十分多，但是出仕的比例也比较高，特别是早年征士活动中，多位大儒从这里被征辟到朝廷。但是，北魏中后期，这里出仕的乡里私学者则相对减少，居于乡里、无有仕宦之“纯儒”逐渐增多。

在北魏孝文帝迁都洛阳之前，河北地区的私学分布还是比较零散的，有记载的大规模讲学并不是很多。但是，在孝文帝迁都洛阳之后，随着政府对私学人才的肯定，以及“州郡表贡举”“三长制”等制度的推行，私学之风方大行于河北，其游学风气之盛也超越了任何一个地区。例如，徐遵明本是华阴人，但他长期活跃在河北，师承关系复杂，视野宽阔，使得某些经学研究在别处难以为继的情况下，继续得到讲授和传承。史称：

> 《三礼》并出遵明之门。徐传业于李铉、祖俊、田元凤、冯伟、纪显敬、吕黄龙、夏怀敬。李铉又传授刁柔、张买奴、鲍季详、邢峙、刘昼、熊安生。安生又传孙灵晖、郭仲坚、丁恃德。其后生能通《礼经》者，多是安生门人。诸生尽通《小戴礼》。于《周仪礼》兼通者，十二三焉。通《毛诗》者，多出于魏朝刘献之。献之传李周仁。周仁传董令度、程归则。归则传刘敬和、张思伯、刘轨思。其后能言《诗》者，多出二刘之门。河北诸儒能通《春秋》者，并服子慎所注，亦出徐生

① 《魏书·儒林传序》，第1843页。
② 《魏书·儒林传序》，第1843页。

之门。张买奴、马敬德、邢峙、张思伯、张奉礼、张雕、刘昼、鲍长宣、王元则并得服氏之精微。又有卫觊、陈达、潘叔虔，虽不传徐氏之门，亦为通解。又有姚文安、秦道静，初亦学服氏，后兼更讲杜元凯所注。其河外儒生，俱伏膺杜氏。其《公羊》《穀梁》二传，儒者多不厝怀。《论语》《孝经》，诸学徒莫不通讲。诸儒如权会、李铉、刁柔、熊安生、刘轨思、马敬德之徒，多自出义疏。虽曰专门，亦皆相祖习也。[①]

从这个复杂的传承关系中可以看出，河北地区是《三礼》、服注《春秋》十分盛行的地方，而早年讲授者如高允等人擅长的《春秋》公羊学，在此时已经没落了，成了“《公羊》《穀梁》二传，儒者多不厝怀。”至于《论语》《孝经》，则成为当时的蒙学或者必修科目，是“诸学徒莫不通讲”。而从中可以看出，北魏文化中的“服、杜之争”，其实应该就是河北之学与河表之学之间的竞争。

而起自乡里私学的河西士人，其地位、政治出路的起伏，与北魏政权的内部斗争是有一定关系的。这一点上一节已经有所讨论。历史的偶然，既给了河西士人一度的荣耀，但也让他们从此沉沦，不再有避乱北凉时代的丰富著作与讲学。从另一个角度来说，河西士人在学术地位上的迅速没落，和他们的知识结构也有关系。河西并不是经学研究发达的地方，而是史学盛行之地。当地的地方史志、私家修史之风，非常繁荣。如大儒刘昞，“以三史文繁，著《略记》百三十篇、八十四卷，《凉书》十卷，《敦煌实录》二十卷，《方言》三卷，《靖恭堂铭》一卷，注《周易》、《韩子》、《人物志》、《黄石公三略》，并行于世。”[②]他的著作中，史学作品是最多的。再如敦煌人阚骃，“博通经传，聪敏过人，三史群言，经目则诵，时人谓之宿读。注王朗《易传》……撰《十三州志》”[③]。《十三州志》应该是方志著作。史学的研究虽然名义上也获得拓跋政权重视[④]，但是当时在河北地区并不流行。从政治发展的实际层面来讲，史学研究也不是当时形势最急需的文化类别。

---

① 《北史·儒林传序》，第2708—2709页。

② 《魏书·刘昞传》，第1160页。

③ 《魏书·阚骃传》，第1159页。

④ 黄云鹤：《北朝时期对经籍整理与著述概说》探究北朝重史之缘由，颇有见地，兹引其文于下：北魏统治者也与其他进入中原的胡族统治者一样，对史学给予高度的重视。究其原因，一是受魏晋时代发达的史学传统的影响。二是为了更好地统治中原，总结历史的经验教训，发挥史学的借鉴作用；三是利用修撰史书，编造世系，依附古代圣贤，争取正统地位。《古籍整理学刊》，1990年第1期，第8—11页。

河表地区士人的到来，改变了北魏之前的文化格局。献文帝天安、皇兴年间（466—471），北魏朝廷趁刘宋政权内乱之际，获得了河表七州。大量人口被迁到平城附近的桑干，被设置为“平齐郡”。他们带来与北魏本土文化截然不同的南方文化，引起鲜卑统治者的极大兴趣，这使朝廷的注意力更多转向了南方文化。这其中的代表人物，很多都是以往研究反复提及的。如崔光、刘芳等，特受朝廷倚重。直到太和中，一些被迁徙到桑乾的平齐民才逐渐还乡。如房景先“太和中，例得还乡，郡辟功曹。州举秀才”[①]。这些人退还乡里之后，“仍然是当地最有势力的豪强”[②]。

平齐民的文化根源是在青齐地区。慕容氏南燕政权是一个类似于东晋的，由青齐豪强与慕容氏之残部势力结合所建立的政权。这种情况下，他们必然给予这些豪强一定的优待。其中的“迁萌”政策，其实给予了河北迁来的人永不服役的权利。在青齐一隅之内，其实默认了荫户的存在，因循以往旧习，不加追究。[③]唐长孺《北魏的青齐土民》一文对之进行了详细的分析。青齐地区在政策上为北魏社会中所受待遇最低的，这和这里的乡里社会结构有很大关系。作为南燕政权的所在之地，这个地区乡里宗族根深蒂固。这类被史家称作“青齐土民”的乡里宗族，其实本身并非是青齐本地土著，而是随慕容德渡河的河北乡里宗族[④]。这些贵族普遍在南燕政权中获得了一些特权。青齐地区完全是地方豪强掌握的世界。而这些青齐豪强却不是本地土著，他们多半是随慕容德南迁的河北大姓如清河崔氏、渤海封氏和高氏等。他们都拥有以宗族、门附组成的武装，分别参加了刘宋皇室继承之争，招致魏军的是他们，反复于宋、魏之间的也是他们。[⑤]因此，慕容氏政权的灭亡，除了魏军这一外在原因之外，其实其统治者内部矛盾的激化也是十分重要的原因。这种原因就是来源于豪强之间利益的冲突。如唐长孺所说：“青齐地区从南迁割据之日起，迁入了一批河北大姓。他们凭借宗族和乡里关系控制同时南迁的人民，还利用‘迁萌’免役的权利吸引当地破产农民，使大量外来的和本地的人民作为他们的荫户，所谓‘门附’‘门生’。这样就构成了青齐地区最有势力的封建割据力量。南燕灭亡后，这个地区几乎完全由几个大姓支配。他们的私人武装即是州郡镇

① 《魏书·房法寿传附族子景先传》，第978页。
② 唐长孺：《北魏的青齐土民》，《魏晋南北朝史论拾遗》，中华书局，1983年，第100页。
③ 唐长孺：《北魏的青齐土民》，《魏晋南北朝史论拾遗》，第100页。
④ 唐长孺：《北魏的青齐土民》，《魏晋南北朝史论拾遗》，第120页。
⑤ 唐长孺：《北魏的青齐土民》，《魏晋南北朝史论拾遗》，第98页。

戍军，成为守卫青齐的主要军事力量。"[①] 曹道衡在其《河表七州与北魏文化》一文中曾提到过平齐郡在设置之初遭受歧视的问题，认为这与青齐地区在对待投降北魏一事的态度上有所反复有关系。当时宋驻将薛道固、沈文秀等人降而反悔，继而拼死抵抗之事，对北魏有所触怒，故而导致了之后的残酷统治[②]。曹道衡还认为这种歧视一直蔓延到北齐的高欢时期，如高欢在给别人写的信中称"齐人浇薄"[③] 等等。事实上高欢之语与青齐人在北魏时期所遭受的歧视是两回事。齐人自古以来，就颇受歧视，这其中的原因似乎无从说起，但是这方面的例证是很多的。如楚汉相争时期，"韩信使人言汉王曰：'齐伪诈多变，反复之国也。南边楚。请为假王以镇之。'"[④] 齐人伪诈成了韩信要求封王的响当当的借口。再如西汉汲黯诘公孙弘时说："齐人多诈而无情实。"[⑤] 当时，齐人甘忠可诈造《包元太平经》《天官历》，事发，为天下笑，更加增强了人们对齐人的不良印象。所以，高欢之语，是承古而来，与北魏对河表的控制和压榨，似乎关系不大。而无论因为何种原因，北魏在平复青齐地区之后，对这个南北交界的敏感地区的统治，是十分严苛的。河表作为与南朝接壤的重镇，长期作为物资输送之地，百姓赋税沉重，是为了保证军事后勤所需，而并不是因为歧视；青齐地区自属魏后，与拓跋统治矛盾十分尖锐。各地的武装反抗、大小叛乱不断，长期处于治安的不稳定状态，其中的一些人们逃往各地。因此对青、齐之地严加控制，是北魏的必然之举。在这种状态下，青、齐等河表地区显得十分弱势，文化不振，也并非值得惊讶之事。例如，太和六年（482），在对抗萧齐的过程中，平齐郡发挥作用。孝文帝诏曰："萧道成逆乱江淮，戎旗频举。七州之民既有征运之劳，深乖轻徭之义，朕甚愍之。其复常调三年。"[⑥] 太和七年（483），"诏青、齐、光、东徐四州之民，户运仓粟二十石，送瑕丘、琅邪，复租算一年。"[⑦] 在这种残酷统治下，当地人民常有叛乱。至于北魏末年，似乎更见频繁。而领导之人，率多青齐"土民"，孝昌元年（525），"齐州魏郡民房伯和聚众反。""齐州清河民崔畜杀太守董遵，广川民傅堆执太守刘莽反。青州刺史、安乐王鉴讨平之。"[⑧]；孝昌三年（527），"齐

---

① 唐长孺：《北魏的青齐土民》，《魏晋南北朝史论拾遗》，第103页。
② 曹道衡：《河表七州与北魏文化》，《齐鲁学刊》，2003年第1期，第128—132页。
③ 《魏书·侯渊传》，第1787页。
④ 《史记·淮阴侯列传》，第2621页。
⑤ 《史记·平津侯主父列传》，第2950页。
⑥ 《魏书·高祖纪第七上》，第151页。
⑦ 《魏书·高祖纪第七上》，第152页。
⑧ 《魏书·肃宗纪第九》，第239、240页。

州广川民刘钧执清河太守邵怀，聚众反，自署大行台。清河民房须自署大都督，屯据昌国城。"[①] 房、崔、刘是自慕容氏滑台政权以来，盘踞于青齐的几个重要的乡里宗族。这个地区的人们，还有很多在叛乱失败后逃往南方，如"齐州平原民刘树、刘苍生聚众反，州军破走之，刘树奔萧衍。"[②] 又有自河北地区之邢氏，高举逆旗，自立为王，"幽州平北府主簿河间邢杲，率河北流民十余万户反于青州之北海，自署汉王，号年天统。"[③] 从实际的情况看来，青齐之难制，似乎更甚于孝文帝所感叹的"秦难制"。

在这种混乱的社会环境中，青齐地区之私学，似乎并不会比河北、河西更为发达，但是也自有特色和优势。在青齐地区，寒人入乡里私学者极多，是因他们能获得宗族庇佑之故。其中，崔亮就是一位成功地通过私学来改变命运的士人。而他又通过自身的进阶改变了杜氏《春秋》的命运——晚年病痛之余，推荐贾思同侍讲。崔亮对于河表士人的意义是十分重大的。杜氏《春秋》政治地位的改变，激化了原本就已经存在的"服、杜之争"。[④] 当时，"河北诸儒能通《春秋》者，并服子慎所注，亦出徐生之门。张买奴、马敬德、邢峙、张思伯、张奉礼、张雕、刘昼、鲍长宣、王元则并得服氏之精微。又有卫觊、陈达、潘叔虔，虽不传徐氏之门，亦为通解。"[⑤] 故而，服、杜之争的本质，其实是河北与河表的乡里私学之间的争论。但后来是杜氏《春秋》渐渐进入河北，并最终取代了服氏。如河北士人"姚文安、秦道静，初亦学服氏，后兼更讲杜元凯所注"。[⑥] 孝文帝之后，青齐地区之士人，占据了重要的地位，这引起了"杜"学地位的上升。如"贾思伯，字士休，齐郡益都人也"。[⑦] "时太保崔光疾甚，表荐思伯为侍讲，中书舍人冯元兴为侍读。思伯遂入授肃宗杜氏《春秋》。思伯少虽明经，从官废业，至是更延儒生夜讲昼授。"[⑧] "思伯弟思同……仍与国子祭酒韩子熙并为侍讲，授静帝杜氏《春秋》。"[⑨] 思伯之弟思同，在北魏末年堪称杜氏《春秋》之领袖。[⑩] 贾思同所引起的关于杜氏《春秋》之讨论，影响甚深，也说明了青齐之学

① 《魏书·肃宗纪第九》，第 247 页。
② 《魏书·肃宗纪第九》，第 245 页。
③ 《魏书·孝庄纪第十》，第 258—259 页。
④ 《魏书·贾思伯传附弟思同传》，第 1616 页。
⑤ 《北史·儒林传序》，第 2709 页。
⑥ 《北史·儒林传序》，第 2709 页。
⑦ 《魏书·贾思伯传》，第 1612 页。
⑧ 《魏书·贾思伯传》，第 1615 页。
⑨ 《魏书·贾思伯传附弟思同传》，第 1615 页。
⑩ 《魏书·贾思伯传附弟思同传》，第 1616 页。

在北魏后期所占据的分量。

对于青齐地区而言，杜氏《春秋》是河表之学的最大特色，而河北当时流行的是服氏所注《春秋》，而齐地多习杜氏《春秋》[①]一般认为，杜氏《春秋》进入北魏文化的上层，是在贾思同担任侍讲之时，即魏末。这是不对的。《魏书·任城王传》载："顺，字子和。九岁师事乐安陈丰……十六，通杜氏《春秋》，恒集门生，讨论同异。于时四方无事，国富民康，豪贵子弟，率以朋游为乐，而顺下帷读书，笃志爱古。"[②]乐安，正是今天的山东广饶地区，在当时属于河表的齐州。乐安陈丰正是一位河表地区的不知名学者，是正是"齐地多习之"中的一位。河表七州曾是刘宋的疆土，北魏耗费两年多的时间，几经周折才纳入版图，因此河表之学带有更多南朝学术的特点。但是，即使很早就进入了文化上层，杜氏《春秋》在宣武帝时期尚未引起重视，它超越服氏地位的时间却是在北魏末年，是贾思同成为侍讲让杜氏《春秋》声誉日隆。这种转变，与平齐郡在北魏中后期地位的变化是有关系的。

封轨亦是迁居青齐之"土民"。孝文帝之后，其在朝廷礼制改革中发挥了重要作用。当时"议定律令，勰与高阳王雍、八座、朝士有才学者五日一集，参论轨制应否之宜"[③]，可见他居于核心位置。当时参与讨论之规模极为宏大，"司空、清河王怿表修明堂辟雍，诏百僚集议"[④]。"轨长子伟伯，字君良。博学有才思，弱冠除太学博士，每朝廷大议，伟伯皆预焉。雅为太保崔光、仆射游肇所知赏。太尉、清河王怿辟参军事，怿亲为《孝经解诂》，命伟伯为《难例》九条，皆发起隐漏。伟伯又讨论《礼》《传》《诗》《易》疑事数十条，儒者咸称之。寻将经始明堂，广集儒学，议其制度。九五之论，久而不定。伟伯乃搜检经纬，上《明堂图说》六卷。"[⑤]"伟伯撰《封氏本录》六卷，并诗赋碑诔杂文数十篇。"[⑥]

青齐士人没有得到重用的那些人，在孝文帝时期之后文化地位逐渐有所沦落。"刘休宾，字处干，本平原人。祖昶，从慕容德度河，家于北海之都昌县。"[⑦]被《关东风俗传》称为"瀛冀诸刘"的刘休宾及其族人，在魏

---

① 《魏书·儒林传序》，第 1843 页。
② 《魏书·任城王传》，第 481 页。
③ 《魏书·彭城王勰传》，第 581 页。
④ 《魏书·封懿传附封轨传》，第 765 页。
⑤ 《魏书·封懿传附轨子伟伯传》，第 766 页。
⑥ 《魏书·封懿传附轨子伟伯传》，第 767 页。
⑦ 《魏书·刘休宾传》，第 964 页。

末陷入了极大的生活困境。“休宾叔父旋之，其妻许氏，二子法凤、法武。而旋之早亡。东阳平，许氏携二子入国，孤贫不自立，并疏薄不伦，为时人所弃。母子皆出家为尼，既而反俗。太和中，高祖选尽物望，河南人士，才学之徒，咸见申擢。法凤兄弟无可收用，不蒙选授。后俱奔南。法武后改名孝标云。”[①] 法凤、法武的南逃，其实与青齐地区长期受到压迫、人民生活穷困不无关系。

总之，北魏的乡里私学是北魏文化的基础，它的发展与北魏政权的诸多政策深有关系，同时政权中存在的很多历史的偶然，也在对不同地域的私学产生重大影响。北魏的乡里私学从来都不是隐士之学，它的经世作用极强，并以这种特征塑造了游学其中的寒人的性格，成为汉族文明不断进化的一个栖息地。北魏经学之发展，已经渐成超越南方之势。这对于文学史的意义在于，北魏文学发展的基础已经远胜从前。而北方经学的发展，已经形成了具有核心价值的思想。赵翼《廿二史札记》卷十五“北朝经学”论曰：“可见北朝偏安窃据之国，亦知以经术为重。在上既以此取士，士亦争务于此以应上之求；故北朝经学较南朝稍盛，实上之人有以作兴之也。”[②] 皮锡瑞《经学历史》论北学胜于南学之原因，亦述及此义曰：“而北学反胜于南者，由于北人俗尚朴纯，未染清言之风、浮华之习，故能专宗郑、服，不为伪孔、王、杜所惑。此北学所以纯正胜南也。”[③] 北魏末年的文人大多是从乡里私学中获得教育，而后再因为各种机缘向城市集中的。曹道衡曾在《北朝黄河以南地区的学术与文化》[④] 一文中，全面地概括了北朝文化发展中心迁回到黄河以南之后的文学成就。从各个地区来到都城洛阳中的乡里士人，其实带有他们在知识结构和基础上强烈的地域性。随着青齐地区文化逐渐成为孝文帝汉化改革中的主导因素，这个地区的文化士人涌现得最多，受到重用，其中不乏被选举前往通使南朝者，这批原本在青齐地区就接受了南方文化熏陶的士人，接受南朝文学似乎更为容易，他们成为改变北魏文学发展格局的主要力量。关于这其中的具体表现，下一章将进行具体的解释。

---

① 《魏书·刘休宾传附从弟法凤、法武传》，第 969 页。

② ［清］赵翼著，王树民校正：《廿二史札记校正》（订补本），第 314 页。

③ ［清］皮锡瑞著，周予同注释：《经学历史》，中华书局，2004 年，第 127 页。

④ 曹道衡：《北朝黄河以南地区的学术与文化》，《福州大学学报》（哲学社会科学版），2002 年第 2 期，第 5—8 页。

本章小结

北魏入中原之时间晚于十六国胡族政权，其实是当时各少数民族统治者中汉化程度最低者。他们从后燕、河西获得了大量优秀的汉族士人充作官僚，通过征召的方式，将他们从乡里社会中引出。而这些征士往往曾经是在后燕、北凉等政权中出仕的高门大姓、地方豪强。此时的他们，在经历十六国时期与胡族政权的合作之后已然发展壮大了，复又成为北魏统治者的拉拢对象。然而北魏统治者在与这些汉族乡里士人合作的过程中，因为彼此文化差异深刻，故而产生了剧烈的磨合效应。北魏平城政权地处荒僻，实为蛮荒，统治者惯于杀伐，文治略逊。在北魏前期连绵不断的政治事件中，汉族乡里士人一般处于劣势。崔浩案爆发之后，受到牵连的河北大姓甚多，然而，这些人在政治失势之后复又能退还乡里。虽然表面上北魏文化、文学的发展因为这一次的“还居乡里”而重新陷入落寞，在较长时期内没有强有力的文化士人出现，但其文化发展之根基却很难动摇。

与此同时，北魏乡里社会一直在发展。从献文帝之后，统治者加强了对乡里户口的简括，一些自十六国时期即已存在的乡里坞壁受到极大冲击，逐渐被军事力量破除。在渐趋安定的地方基层社会之中，乡里私学的发展不断走向繁荣。乡里私学是培养乡里士人的重要土壤，这些乡里士人成为北魏政权文化发展的重要储备。乡里私学中的经学发展，是北魏文化的重要组成部分。北魏时期乡里私学的发展，是北方文化从破坏走向重建的关键一环，而文学发展的力量也暗孕其中。北齐史家魏收描述魏末文学发展景象时说“学者如牛毛，成者如麟角”之“牛毛”，正是指此时文化发展之普及性。从这个角度来讲，北方文化的这种植根于乡里的、分散的、普及的发展模式，和南方文化发展集中于少数上层精英的模式是完全不同的。

附表：诸燕政权入魏士人列表

姓名	籍贯	祖上职务	仕慕容时职务	仕拓跋时职务、子孙职务
宋洽	西河介休人		慕容垂尚书	洽第四子宣与范阳卢玄、勃海高允及从子愔俱被征，拜中书博士。
宋隐	西河介休人	曾祖奭，晋昌黎太守。后为慕容廆长史。祖活，中书监。父恭，尚书，徐州刺史。	慕容俊徙邺，恭始家于广平列人焉。仕慕容垂，历尚书郎、太子中舍人、本州别驾。	太祖平中山，拜隐尚书吏部郎。车驾还北，诏隐以本官辅卫王仪镇中山。寻转行台右丞，领选如故。
卢鲁元	昌黎徒河人	曾祖副鸠，仕慕容垂为尚书令、临泽公。祖父并至大官。	无职	太宗时，选为直郎。
屈遵	昌黎徒河人	不详	为慕容永尚书仆射、武垣公。永灭，垂以为博陵令。	太祖南伐，车驾幸鲁口，博陵太守申永南奔河外，高阳太守崔玄伯东走海滨，属城长吏率多逃窜。
张蒲	河内修武人	父攀，慕容垂御史中丞、兵部尚书，以清方称。	为慕容宝阳平、河间二郡太守，尚书左丞。	太祖定中山，宝之官司叙用者，多降品秩。既素闻蒲名，仍拜为尚书左丞。（张）蒲子昭，有志操。天兴中，以功臣子为太学生。太宗即位，为内主书。
谷浑	昌黎人	父衮，仕慕容垂，至广武将军。	不详	太祖时，以善隶书为内侍左右。 诏以浑子孙十五以上悉补中书学生。（浑子）阐弟季孙，袭爵。中书学生，入为秘书中散，迁中部大夫。出为吐京镇将。……阐子洪，字元孙。少受学中书。（史书自此未录中书学生之事，洪子颖、颖长子纂……解褐太学博士，领侍御史。）
张济	西河人	父千秋，慕容永骁骑将军。	不详	不详
李先	中山卢奴人	不详	师事清河张御。仕苻坚尚书郎。后慕容永闻其名，迎为谋主。先劝永据长子城，永遂称制，以先为黄门郎、秘书监。垂灭永，徙于中山。	（李先孙）凤子子预，字元恺。少为中书学生。聪敏强识，涉猎经史。太和初，历秘书令、齐郡王友。
贾彝	本武威姑臧人。六世祖敷，魏幽州刺史、广川都亭侯，子孙因家焉。		弱冠，为慕容垂骠骑大将军、辽西王农记室参军。	

姓名	籍贯	祖上职务	仕慕容时职务	仕拓跋时职务、子孙职务
李顺	赵郡平棘人	父系，慕容垂散骑侍郎，东武城令。		太祖定中原，以系为平棘令。神瑞中，中书博士，转中书侍郎。 （李顺）长子敷，字景文。真君二年，选入中书教学。……敷性谦恭，加有文学，高宗宠遇之。
郦范	范阳涿鹿人	不详	慕容宝濮阳太守	太祖定中山，以郡迎降，授兖州监军。
韩秀	昌黎人	祖宰，慕容俊谒者仆射。父昞，皇始初归国，拜宣威将军、骑都尉。	不详	秀历吏任，稍迁尚书郎，赐爵遂昌子，拜广武将军。
刘休宾	本平原人。祖昶，从慕容德度河，家于北海之都昌县。	父奉伯，刘裕时，北海太守。	不详。休宾少好学，有文才，兄弟六人，乘民、延和等皆有时誉。	
杜铨	京兆人，侨居赵郡。	祖胄，苻坚太尉长史。父嶷，慕容垂秘书监。	不详	铨学涉有长者风，与卢玄、高允等同被征为中书博士。
许彦	高阳新城人	祖茂，慕容氏高阳太守。	无职	彦少孤贫，好读书，后从沙门法叡受《易》。
李欣	范阳人	曾祖产，产子绩，二世知名于慕容氏。	无职	不详
公孙表	燕郡广阳人		游学为诸生。慕容冲以为尚书郎。慕容垂破长子，从入中山。	（公孙表）第二子轨，字元庆。少以文学知名，太宗时为中书郎。轨弟质，字元直。有经义，颇属文。初为中书学生，稍迁博士。
韦珍				（韦珍）长子缵，字遵彦。年十三，补中书学生，聪敏明辩，为博士李彪所称。除秘书中散，迁侍御中散。
裴骏	河东闻喜人			子修，字元寄，清辩好学。年十三，补中书学生，迁秘书中散，转主客令。
高允	勃海人		祖泰，在叔父湖《传》。父韬，少以英朗知名，同郡封懿雅相敬慕。为慕容垂太尉从事中郎。	征为中书博士。
尧暄	上党长子人		祖僧赖，太祖平中山，与赵郡吕舍首来归国。	

第四章　魏末乡里士人群体在洛阳的文学活动

自太和十九年（495）文武百官入居洛阳，至永熙三年（534）新立的孝静帝被迫迁都邺城，北魏政权在洛阳建都的时间，近四十年。这四十年中，文教的兴盛主要是在高祖孝文、世宗宣武、肃宗孝明三代。而这之后由于内乱连绵，文学发展开始一蹶不振，正是“自孝昌之后，天下多务，世人竞以吏工取达，文学大衰”[①]。过去对于洛阳迁都对文学的影响，基本上只有一个观点，那就是迁都这一政治举动，促进了北魏后期的文学繁荣，即产生了更多的文学家和作品。这个观点其实是不用证明的，它已经在史书中呈现得十分真切了，例如文人及其文学作品数量的增加和艺术水平的提高等等现象是极为突出的。在此认识的基础上，还需要看到更多深层次的变化。

从外在变化来看，都城洛阳以及其他华北地区城市的崛起，对于曾经植根于乡里社会的文学发展而言，影响很深刻。这四十年间，从乡里私学中培养起来的士人，逐渐向这里集中。分布在各地乡里社会中的文学士人来到洛阳，形成了以不同纽带联结的文人群体。他们或是礼乐改革的参与者，或是担任了聘使、著作郎、史官等等职务，或是依附鲜卑贵族尤其是元氏诸王成为幕僚门客。那些汉化程度不断加深的鲜卑贵族，在洛阳城内实际上充任了文学群体召集人的角色。从乡里社会聚集到洛阳的文人，也往往有自发性的聚合，互相提携帮助，形成了乡里士人内部的文人群体。特别是肃宗之后，一些乡里士人在洛阳城内形成了小型的圈子，造势于文坛。这是北朝文学从分散走向集中的重要表现之一，是迁都洛阳给文学发展带来的最为直观的影响。从西晋末年以来，文学发展是以潜居于乡里为主要模式，而这一时期内，文学发展的力量开始从乡里逐渐集中到城市。而北魏政权通过一些相对稳定的文化机制和体系，来启用这些源源不断从乡里来到城市的士人；这些乡里士人自身也依靠乡间、故旧关系而凝聚。虽然当时在文学活动方面并没有相对稳定的组织，但是北方地区的文学力量仍然因此一度得以相对集中。

---

① 《魏书·邢昕传》，第1874页。

从内在变化来看，在突破地缘、血缘联系的社会空间之后，乡里士人需要经营与其他文学士人之间的关系，并且在群体创作的环境中适应场合性、公文性创作，适应新的文化需要。这种内在的变化过程，对于乡里士人而言具有文化观念上的冲突性，它本质上意味着乡里士人对于洛阳文学发展模式和性质的接受。关于北魏末年所形成的城市与农村的对立，先贤已经从政治、军事角度有过涉及。但是，很少有人提及这个时期城市社会与乡村社会之间所产生的文化、文学上的对立。传统的“乡论”社会，在北魏末年洛阳作为权力集中之城市而崛起时，受到极大的挑战。乡里士人在城市获得了新的群体交流平台之后，必然抛下一些传统的文学观念，从事不同于以往的文学创作。以下具体来看洛阳城中乡里士人的文学活动和创作表现。

第一节　洛阳社会与文人群体的形成

北魏乡里士人承担文化角色，纷纷进入到城市。洛阳开始成为文人聚集之地。而孝文帝迁都洛阳，开启了北魏汉化进程的新阶段，也开启了洛阳文学的新发展模式。在这个阶段中，各项制度的改革不断深化，推动着当时的文化局面发生新的变化。来到洛阳的乡里文人，开始扮演不同的文化角色——从乡里私学的游学士子，变成承担礼乐改革、史书撰写等方面工作的文化士人，或者是成为藩王府邸的“书记”等角色。北魏礼学的发展往往是在礼学论争之中不断被推进，并因此催生出论争之文。北魏末期南北聘问更为频繁，使得南北文学的交流和传播范围有所扩大、程度有所加深。文化的论争和文学交流，使得这个时期所产生的作品开始具有不同于以往的一些特点。从总体上来说，那就是逐渐形成了文学创作的专门化局面。在十六国时期和北魏前期，乡里士人直接参与政治，多为时政之谋臣，文化、文学乃其余事。而在北魏迁都洛阳之后，这个政权在文化建设上树立其发展野心，使得这些乡里士人在纯粹的文化建设上有了更为细密的分工。专职于文化建设的个人经历，使得乡里士人在文学创作方面也更为专职化。在这个时期，担任文化角色的士人数量不断增加，这意味着北方地区“纯文人”群体时代即将到来。北魏时期文人群体的文化特点和性质，值得深入分析。

一、洛阳礼乐文化发展背景下的特殊文学观念

随着拓跋皇权的发展，孝文帝对儒家礼教之服膺、对汉魏制度之师法

更为深入，并以中原正统自居，希望通过培养汉族士人，加强礼制改革和树立正统。故而孝文帝将汉化礼教视为头等重要之事，经常向臣子问询相关的情况。史载："高祖曰：'营国之本，礼教为先。朕离京邑以来，礼教为日新以不？'澄对曰：'臣谓日新。'高祖曰：'朕昨入城，见车上妇人冠帽而著小襦袄者，若为如此，尚书何为不察？'澄曰：'著犹少于不著者。'"[①] 太和十九年（495）《临广川王谐丧诏》："三临之礼"，"欲遵古典，哀感从时。"[②] 文中剖析丧礼中的三临之礼，层次极为明晰，可见孝文帝在礼学方面其实已经有着一定的成就。这类细枝末节之处，皆可表明他汉化之决心。他的个人意志，在推动北魏政权在这段急剧蜕变时期遵循汉化之方向，起到了极大的作用。这种来自上层统治者的个人意志，使得拓跋政权迅速建立起一个适用于礼乐汉化的机制。

吕思勉说，"南北朝儒家，最为后人推服者，曰勤于'三礼'之学。"[③] 礼学在北朝的发展，渗透于北人之日常生活。北人对于一些礼法的遵守，其实超过了南人。《颜氏家训·风操篇》曾提到，"南人宾至不迎，相见捧手而不揖，送客下席而已；北人迎送并至门，相见则揖，皆古之道也，吾善其迎揖。"[④] 又比如："后虽有臣仆之称，行者盖亦寡焉。江南轻重，各有谓号，具诸《书仪》；北人多称名者，乃古之遗风，吾善其称名焉。"[⑤] 南朝因为玄学发展阶段的存在，也因为南渡之后的流寓处境，其礼学发展在日常生活中的痕迹，不如北方深刻。北方宗族社会最为重要的联系纽带，就是这样细微密积的礼法。在这样的生活环境中，人们反复强调的正是"礼为教本"。[⑥]

从上层统治者的情况来看，北朝时期的礼乐制度建设从北魏入主中原开始就一直在推进，直到北魏灭亡之前，它一直都是政权建设的核心要务。史载："拓跋氏乘后燕之衰，蚕食并、冀，暴师喋血三十余年，而中国略定。其始也，公卿方镇皆故部落酋大，虽参用赵魏旧族，往往以猜忌夷灭。爵而无禄，故吏多贪墨；刑法峻急，故人残贼。不贵礼义，故士无风节。货赂大行，故俗尚倾夺。迁洛之后，稍用夏礼。"[⑦] 迁都洛阳，从文化层面来

① 《魏书·任城王云传附子澄传》，第 469 页。

② 《魏书·广川王传》，第 527 页。

③ 吕思勉《两晋南北朝史》，第 1374 页。

④ ［北齐］颜之推撰，王利器集解：《颜氏家训集解·风操篇》（增补本），中华书局，1993 年，第 77 页。

⑤ ［北齐］颜之推撰，王利器集解：《颜氏家训集解·风操篇》（增补本），第 78 页。

⑥ ［北齐］颜之推撰，王利器集解：《颜氏家训集解·勉学篇》（增补本），第 166 页。

⑦ 《魏书》，《旧本魏书目录叙》，第 3065 页。

讲，不像一场革新，而更像是一场复古。迁都洛阳，在文化意义上意味着回到周、汉。当时，韩显宗上书中就说："昔周王为犬戎所逐，东迁河洛，镐京犹称'宗周'，以存本也。光武虽曰中兴，实自创革，西京尚置京尹，亦不废旧。今陛下光隆先业，迁宅中土，稽古复礼，于斯为盛，岂若周汉，出于不得已哉。按《春秋》之义，有宗庙曰都，无则谓之邑，此不刊之典也。况北代宗庙在焉，山陵托焉，王业所基，圣躬所载，其为神乡福地，实亦远矣。今便同之郡国，臣窃不安。愚谓代京宜建畿置尹，一如故事，崇本重旧，光示万叶。"[①] 所以迁都洛阳的主要文化任务是"崇本重旧"，恢复洛阳遭到破坏的文物制度。天赐元年（404）时，北魏就开始着手更定一些朝庙礼仪，奠定了此后北魏五礼制度的基础。当时掌管这类制度更定的，是最早加入到北魏政权中的河北士人。其中有当时硕儒，但人数并不多。这一点前文已经有所提及。孝文帝改革对于礼制的重视，使得更多乡里士人有机会参与到当时礼乐制度建设中来，整个儒学的发展取得了很大进步。《隋书·儒林传序》称其"搢绅硕学，济济盈朝，缝掖巨儒，往往杰出""宋及齐、梁不能尚也"。[②] 这些士人有游肇、邢虬、张普惠、刘献之、刘祎、孙惠蔚、徐遵明等；北魏后期的著名文人祖莹，同样是极为熟悉礼学[③]。《隋书·经籍志》中著录了北朝礼学著作二百〇八种，其中署名者一百七十五家，相比于南朝而言，亦不逊色。这些人曾多在乡里私学有过教育经历或者接受教育的能力。由于孝文帝汉化进程对于文化发展力量的极大需求，当时最先获得启用的，就是这批通晓礼乐制度，或者对礼学有着精深研究的乡里士人。这些乡里士人首先承担的是礼乐建设的文化角色，其次在这礼乐制度角色之下方才担任了推动文学发展的角色。北魏迁都洛阳之后的文化建设总体面貌，决定了当时文学发展的一些特点。汉族乡里士人正是通过这条道路，不断向政权的核心大量集中。而当时由于乡里私学之间本身存在礼学研究方面的分歧，而南北之礼学亦有不同之处，故而这些差异和分歧有待通过论争的形式达成共识。而诸多文学作品，正伴随性地产生于这样的论争环境之中。

从当时的情况来看，在迁都洛阳之初，最重要的文化士人有尚书兼吏部郎崔亮、通直散骑常侍刘芳、事黄门侍郎太原郭祚等人，他们主要承担

---

① 《魏书·韩麒麟传附子显宗传》，第1340页。

② 《隋书·儒林传序》，第1705页。

③ 《魏书·祖莹传》："时中书博士张天龙讲《尚书》，选为都讲。生徒悉集，莹夜读书劳倦，不觉天晓。催讲既切，遂误持同房生赵郡李孝怡《曲礼》卷上座。博士严毅，不敢还取，乃置《礼》于前，诵《尚书》三篇，不遗一字。讲罢，孝怡异之，向博士说，举学尽惊。"第1799页。

了在太和二十年（496）之前“澄清流品”[①]的工作。这批文人“皆以文学为帝所亲礼，多引与讲论及密议政事”，为当时政坛带来诸多变化，而引起鲜卑贵族的反感。“大臣贵戚皆以为疏己，怏怏有不平之色。”[②]这是当时北魏政坛中常会出现的一种现象，即便是任城王澄，也曾对孝文帝重用王肃[③]感到十分不满[④]。但孝文帝对于这些文人不过是利用其才能而已，也向这些鲜卑贵族表明了态度，“帝使给事黄门侍郎陆觊私谕之曰：‘至尊但欲广知古事，询访前世法式耳，终不亲彼而相疏也。’众意乃稍解。”[⑤]而另一方面，他并没有减少对于汉族士人的拉拢。[⑥]这些文化士人容易因为共同的利益和事业理想而成为文学群体。

而还有一些文学群体是在迁都之前的其他政治环境中形成的。如《魏书·袁翻传》中介绍了一个在迁都之前就已经存在的文化士人之集团。袁翻之父袁宣曾担任刘彧青州刺史沈文秀府主簿，东阳城（青州治所）归魏之后，“随文秀入国”[⑦]。因此袁氏的学养和文学才能，很可能在青齐地区养成。刘昶北投之后，以之为近亲，加以提携。“翻少以才学擅美一时”[⑧]颇有文才。景明初，李彪在东观校书，徐纥向李彪推荐了袁翻，袁翻由此曾一度参与了撰史的工作。之后，他来到中书外省参与讨论律令制度，在此与当时最为重要的文化士人聚首：

> 正始初，诏尚书门下于金墉中书外省考论律令，翻与门下录事常景、孙绍，廷尉监张虎，律博士侯坚固，治书侍御史高绰，前军将军邢苗，奉车都尉程灵虬，羽林监王元龟，尚书郎祖莹、宋世景，员外郎李琰之，太乐令公孙崇等并在议限。又诏太师、彭城王勰，司州牧、高阳王雍，中书监、京兆王愉，前青州刺史刘芳，左卫将军元丽，兼将作大匠李韶，国子祭酒郑道昭，廷尉少卿王显等入预其事。[⑨]

这个名单，反映的是孝文帝迁都洛阳之前就已经具备的最高规格的文

① 《资治通鉴》卷一百三十九《齐纪》五，第 4369 页。
② 《资治通鉴》卷一百三十九《齐纪》五，第 4370—4371 页。
③ 《资治通鉴》卷一百四十二《齐纪》八，第 4457 页。
④ 《资治通鉴》卷一百四十二《齐纪》八，第 4443 页。
⑤ 《资治通鉴》卷一百三十九《齐纪》五，第 4371 页。
⑥ 如以崔挺之女为嫔等婚姻举措。《魏书·崔挺传》：“高祖以挺女为嫔。”第 1264 页。
⑦ 《魏书·袁翻传》，第 1536 页。
⑧ 《魏书·袁翻传》，第 1536 页。
⑨ 《魏书·袁翻传》，第 1536 页。

化士人阵容。他们当中如常景、孙绍、祖莹、彭城王勰、京兆王愉、郑道昭等人，皆有文学才能。迁洛后，他们甚至纷纷成为了当时洛都文学集团的重要组织者。

礼制建设是当时孝文帝政治的核心，袁翻当时参与过诸多有关礼制建设的讨论。关于当时“修明堂辟雍”，袁翻所主要引用的，是《周官考工》《周礼》、张衡《东京赋》、郑玄之诂训《三礼》，及释《五经异义》，以汉代为礼制标准，同时否定晋朝，认为“晋朝亦以穿凿难明，故有一屋之论，并非经典正义，皆以意妄作，兹为曲学家常谈，不足以范时轨世”。[①] 他还认为，平城时期的制度并不完善，“北京制置，未皆允帖，缮修草创，以意良多”，因此不必仍旧。[②] 最后他提出的看法，与汉儒十分贴近，“明堂五室，请同周制；郊建三雍，求依故所。庶有会经诰，无失典刑。识偏学疏，退惭谬浪。”[③] 如此可以看到袁翻等人的文化知识建构，主要建立在当时礼制建设的现实需求之上。袁翻还参与讨论“选边戍事”[④]，对于一些根源性问题提出了意见，可以看到当时文化士人参与时政的热情。

张普惠也是洛阳文化士人当中的一个代表人物，这种代表性并不在于他拥有最高艺术水平的文学创作，而是在于他具有典型性的人生经历。他受学于齐地乡里，精通“三礼”[⑤]。“三礼”是整个太和年间（477—498）的显学。“太和十九年，为主书，带制局监，与刘桃符、石荣、刘道斌同员共直，颇为高祖所知。”[⑥] 之后，他又获得了任城王澄和李冲的赏识。[⑦] 张普惠起初多在任城王府活动，为之提供礼学方面的咨询。例如任城王澄曾经打算在七月七日集会文武在北园马射，普惠奏记加以劝阻，其中论及个中原因，循循善诱，层次分明，语言风格舒徐而兼有骈俪之句，如提供建议之句：“伏惟慈明远被，万民是望，举动所书，发言唯则，愿更广访，赐垂曲采，昭其管见之心，恕其谠言之责，则刍荛无遗歌，舆人有献诵矣。”[⑧] 任城王的回应很可能也是书面形式的，虽然这在《魏书》中并没有得到充分的体现，但是，从这段回应之语的篇幅和内容层次来看，绝非口语。张

① 《魏书·袁翻传》，第1537—1538页。
② 《魏书·袁翻传》，第1538页。
③ 《魏书·袁翻传》，第1538页。
④ 《魏书·袁翻传》，第1538—1540页。
⑤ 《魏书·张普惠传》，第1727页。
⑥ 《魏书·张普惠传》，第1727页。
⑦ 《魏书·张普惠传》：“任城王澄重其学业，为其声价。”“仆射李冲曾至澄处，见普惠言论，亦善之。”第1727页。
⑧ 《魏书·张普惠传》，第1728页。

普惠在这一次提供礼学建议的过程中成名。故而之后他的很多文学创作，大部分建立在这类对于礼教习俗、礼仪行为等问题的讨论之上。如："骁骑将军刁整，家有旧训，将营俭葬。普惠以为矫时太甚，与整书论之。"[①] 这说明当时的文人之间，也可以就这类事宜进行公开讨论。而这类文字往来的增加，其本质上也是一种文学思想之交流。另外如："广陵王恭、北海王颢，疑为所生祖母服期与三年，博士执意不同，诏群僚会议。"[②] 这次会议，张普惠亦有参加并发表见解。这场讨论结束之后，仍有余响。有反对张普惠意见者，以书面形式提出了异议。"国子博士李郁于议罢之后，书难普惠。普惠据《礼》还答，郑重三返，郁议遂屈。"[③] 这些讨论某个具体议题的文章，在当时形成了文学交流。礼学论争是北魏文学交流的重要平台之一。让张普惠在乡里士子中获得极大名誉的是参与讨论灵太后父亲司徒胡国珍的赠号是否可用"太上秦公"一词。当时参加这场议论的人，多有屈服，而张普惠坚决反对。灵太后虽未采纳张普惠的建议，但是，她也没有对之有所惩罚。此事在其他的乡里士人之中亦颇有影响，并引起他们申明自己的观念和立场。[④] 当时中山庄弼致书张普惠曰：

> 明侯渊儒硕学，身负大才，秉此公方，来居谏职，謇謇如也，谔谔如也。一昨承胡司徒等，当面折庭诤，虽问难锋至，而应对响出，宋城之带始萦，鲁门之柝裁警，终使群后逡巡，庶僚拱默，虽不见用于一时，固已传美于百代。闻风快然，敬裁此白。[⑤]

这种议论风气对于北魏文坛的文学交流而言，意义重大。这也说明，来自不同地区的士人，对于同一事件的看法皆有较深区别。此后，身居谏诤之责的张普惠写有多篇谏诤文字，直切主题，铺排论证多具故实，因此文风劲健，颇有风骨。

贾思伯是北魏后期重要的文化士人之一，在礼学方面同样有较为突出的贡献。贾思伯乐在乡里，本不愿意出仕。[⑥] 他学问精深，故而能使来自异说纷呈的乡里私学中的人们，服膺其说。"于时议建明堂，多有同异。

---

① 《魏书·张普惠传》，第1729—1730页。
② 《魏书·张普惠传》，第1727页。
③ 《魏书·张普惠传》，第1731页。
④ 《魏书·张普惠传》，第1731—1735页。
⑤ 《魏书·张普惠传》，第1735页。
⑥ 《魏书·贾思伯传》，第1613页。

思伯上议”，而“学者善其议”。[①] 这篇文章在具体问题上统一了人们对礼学的不同看法[②]。这说明，通过在洛阳礼制建设平台上的交流，能够促进解决当时学者在同一问题上所存在的分歧。贾思伯凭借这一才能获得欣赏，正光五年（524）获得崔光的推荐，入授肃宗《春秋》。同时，“思伯少虽明经，从官废业，至是更延儒生夜讲昼授。”[③] 这些士人当中也有具有文学才能者。如贾思伯的助手冯元兴，是从乡里社会中产生的文化士人，他在成为贾思伯助手之前已经有着很好的私学受业经历[④]，而后“尚书贾思伯为侍讲，授肃宗《杜氏春秋》于式乾殿，元兴常为摘句，儒者荣之”。但之后卷入到元叉事件中，“叉既赐死，元兴亦被废”。于是冯元兴乃为《浮萍诗》以自喻曰：“有草生碧池，无根绿水上。脆弱恶风波，危微苦惊浪。”[⑤] 这些诗句表达了乡里士人在洛阳城内变幻政局中的个人情怀。

与礼学探索同样紧密相关的是北魏政权对于乐制的不断完善。魏太和十六年（492），高祖诏中书监高闾与给事中公孙崇考定雅乐，但不久高闾去世，此事未竟。景明中，公孙崇为太乐令，上所调金石及书。此时，公孙崇所面临的文化环境，较之之前要优越很多：“冬十一月，戊午，魏诏营缮国学。时魏平宁日久，学业大盛，燕、齐、赵、魏之间，教授者不可胜数，弟子著录多者千余人，少者犹数百，州举茂异，郡贡孝廉，每年逾众。”[⑥] 正是这些来自乡里私学中的文化士人，可以构成当时礼乐改革主体力量的新支撑。正始元年（504）宣武帝下诏考订雅乐，担任这一重要文化任务的角色是平齐民刘芳。这番经历，在上一章已经有所介绍。在刘芳晚年，其早年经略的乐制改革成果一度引起了北魏上层文化士人的较大争议。永平二年（509）秋，尚书令高肇，尚书仆射、清河王怿等人提出：刘芳等人早年制定的乐制规矩，不符合经学所规定的一些法则，因此应该要更定乐器[⑦]。于是，刘芳上书提出要进行大规模的讨论：“调乐谐音，本非所晓，且国之大事，亦不可决于数人。今请更集朝彦，众辨是非，明取典据，资决元凯，然后营制。”[⑧] 提出异议的高肇和尚书邢峦等人认为此事可行，于

---

① 《魏书·贾思伯传》，第1613—1615页。

② 《魏书·贾思伯传》，第1614—1615页。

③ 《魏书·贾思伯传》，第1615页。

④ 《魏书·冯元兴传》：“元兴少有操尚，随僧集在平原，因就中山张吾贵、常山房虬学，通礼传，颇有文才。”第1760页。

⑤ 《魏书·冯元兴传》，第1760页。

⑥ 《资治通鉴》卷一百四十五《梁纪》一，胡三省注曰：“是年置四门小学。……周之五学于此弥彰。”第4544—4545页。

⑦ 《魏书·乐志》，第2832页。

⑧ 《魏书·乐志》，第2832页。

是当时刘芳组织了以下人员参与改革：

> 于是芳主修营。时扬州民张阳子、义阳民兒凤鸣、陈孝孙、戴当千、吴殿、陈文显、陈成等七人颇解雅乐正声，《八佾》、文武二舞、钟声、管弦、登歌声调，芳皆请令教习，参取是非。[①]

从这个名单上看来，“扬州民张阳子、义阳民兒凤鸣、陈孝孙、戴当千、吴殿、陈文显、陈成等七人”应该都是从乡里来到京城的士人，他们“颇解雅乐正声”，因此刘芳对他们加以教习，以争取获得支持力量，从而在这样的讨论中获得有利地位。这些士人，在史书上很难找到其他相关记载，这说明当时有一批乡里士人是默默存在于当时的历史潮流之中的。由于是讨论乐的问题，因此这场论争并不是纯文学的，而主要是依靠音乐表演来验证刘芳早年所定之乐制的合理性。最终，这场讨论是以刘芳这一方获得了胜利。而在这个过程中，刘芳还新编了鼓吹曲的曲目并编造了新舞。永平三年（510），刘芳五十八岁，奏“所造乐器及教文、武二舞登歌鼓吹曲已成……请于来年元会用之”。诏：“舞可用新，余且仍旧。”[②] 刘芳在孝文帝、宣武帝两代之间所经历的质疑，反映了当时文化发展速度之快。早先受到孝文帝追捧的刘芳之学术，在宣武帝时期魅力大不如前，或者说，宣武帝时期对于礼乐的需求和之前是不完全一样的，已经有了更高的礼学追求。这说明刘芳的学术经历了从孝文帝时之起到世宗时期之落。而在孝文帝统治后期，使得刘芳深受器重的，主要是因为他“才思深敏，特精经义，博闻强记，兼览《苍》《雅》，尤长音训，辨析无疑”[③] 等基本才能，而并非如此艰深的乐律之学。刘芳在这个过程中仿佛经历了一场急剧的变革，而他本人也力求通过修礼乐来改变这种学术境遇。“崔光表求以中书监让（刘）芳，世宗不许。”[④] 刘芳文化地位的衰落，很可能也不仅仅是北魏后期的文化需求否定或者压过了孝文帝时期的文化需求，也可能是因为其中存在一些政治因素，比方说世宗对于孝文帝改革的深化，导致了对前朝礼乐人才的搁置甚至抛弃。北魏政权对于乐事的关注，在很多乡里士人中产生了一定的影响。“正光中，侍中、安丰王延明受诏监修金石，博探古今乐事，令其门生河间信都芳考算之。属天下多难，终无制造。芳后乃撰延明所集

① 《魏书·乐志》，第 2832 页。
② 《魏书·乐志》，第 2833 页。
③ 《魏书·刘芳传》，第 1220 页。
④ 《魏书·刘芳传》，第 1227 页。

《乐说》并《诸器物准图》二十余事而注之，不得在乐署考正声律也。”[①] 又《魏书·祖莹传》载：“初，庄帝末，尔朱兆入洛，军人焚烧乐署，钟石管弦，略无存者。敕莹与录尚书事长孙稚、侍中元孚典造金石雅乐，三载乃就，事在《乐志》。”[②] 可见在战乱流离之中，仍然重视集结士人对遭到战争破坏的乐制加以补救。

当时在洛阳礼制建设这一文化核心周边的文化士人，还有一个重要的任务是对灾异给出更为详细的解释。这种解释，不再是像十六国时期的灾异解释那样简略数语。由于此时的文学创作条件更为充分，这类事宜往往是被写成了完整的篇章。正始元年（504）魏有献四足四翼鸡者，宣武帝诏散骑侍郎赵邕问崔光。于是崔光上表论灾异，其文引据《汉书·五行志》，言及张角之乱的征兆故事，认为“南宫寺雌鸡欲化为雄”，预兆了之后“疲于赋役，民多叛者”，既而过渡到眼前之怪，指出此事需要引起重视，“今之鸡状虽与汉不同，而其应颇相类矣。向、邕并博达之士，考物验事，信而有证，诚可畏也。”然而忽然又笔锋一转，认为此鸡“翅足众多”并不一定是坏事，“明君睹之而惧，乃能招福；暗主视之弥慢，所用致祸”。所以他既而又将之递进到对于皇帝的劝诫，认为出现这样的不祥怪物的情况下，皇帝的行为可以将结果推向好的发展方向：

> 诚愿陛下留聪明之鉴，警天地之意，礼处左右，节其贵越。往者邓通、董贤之盛，爱之正所以害之。又躬飨加罕，宴宗或阙，时应亲肃郊庙，延敬诸父。检访四方，务加休息，爰发慈旨，抚赈贫瘼。简费山池，减撤声饮，昼存政道，夜以安身。博采刍荛，进贤黜佞。则兆庶幸甚，妖弭庆进，祯祥集矣。[③]

这一段话多以四字句出之，节奏朗朗，简明清晰，可见北人之文重于直切的表达。次年（505），有芝生于太极殿之西，宣武帝以之示侍中崔光。崔光上表，大加铺陈，同样引申到对皇帝本人的劝诫上去。当时宣武帝好宴乐，故而崔光之论的落脚点仍然是提醒皇帝防微杜渐，在兵革未息、大旱逾时的时候，多悯恤天下之民。其文引据《庄子》，别出心裁。[④]

北魏对于礼乐、乐制改革的重视程度很高，这对其他相关方面也产生

---

① 《魏书·乐志》，第2836页。
② 《魏书·祖莹传》，第1800页。
③ 《魏书·崔光传》，第1488页。
④ 《魏书·崔光传》，第1490页。

了影响。北朝乐府的经营方面颇有成果，与当时的这些文化风气是相关的。葛晓音曾在《八代诗史》中强调了魏孝文帝时期的采诗，认为这是对北朝诗歌影响很大的举措。她提到《魏书·张彝传》中明确记载了采诗之事，云"（太和二十一年）己亥，遣兼侍中张彝、崔光，兼散骑常侍刘藻，巡方省察，问民疾苦，黜陟守宰，宣扬风化"。[①] 她还提到张彝在其《上采诗表》中说："且臣一二年来，所患不剧，寻省本书，粗有仿佛。凡有七卷，今写上呈，伏愿昭鉴，敕付有司，使魏代所采之诗，不堙于丘井，臣之愿也。"[②] 张彝仅是当时采诗使者中的一员，尚有七卷歌谣的收获，可以想见魏文帝时采诗的规模是相当可观的。而李安世平李波之乱，当时民众作《李波小妹歌》。葛晓音认为，"李安世深为孝文帝所倚重，这样的歌谣很可能是观风使者察访州郡刺史得失时一起收集上来的。"[③] 这一分析不无道理。孝文帝去世之后，"不准古旧"的"随时歌谣"，渐渐不再能入乐府，采诗制度遂又中止。但是，这方面材料很少，所以很难确定到底有哪些民歌是在这个过程中得到了收集。不过可以确定的是，像"童男娶寡妇，壮女笑杀人""公死姥更嫁，孤儿更可怜""流离山下，飘然旷野""剿儿常苦贫"等，表现孤儿寡妇流民乃至因贫沦为剿儿的内容进入乐府，亦与魏孝文帝采风的标准有关。所以《梁鼓角横吹曲》中很可能有相当一部分是因北魏孝文帝时有采诗入乐的制度而保存下来的。世宗宣武帝永平年（508—512）以后，北魏乐府停止以风谣入乐。

北魏末年的学术文化背景，积淀深厚，这导致了他们在这一时期，对于"文人""文学"这一概念的理解与南朝时期已经产生的文笔之论，有很大的不同。所谓"文人"，本来应当是指有文学才能之人，但是在北魏末期，这个概念却比我们通常理解的"文人"要宽。这是因为当时人们对于文学的理解，与之后逐渐形成的"文笔"观念极为不同。此时的"文学"概念的内涵，较为宽泛，几乎泛指一切撰述。因此被视作文人的人，一般不仅仅是长于诗文的创作者，其实包括了一切著作的撰述者。

孝文帝曾对担任著作任务的文人之"著述""文学"能力做过一番评价，并对他们之间"文学"才能的高低加以排序并道出依据：

> 高祖曾谓显宗即程灵虬曰："著作之任，国书是司。卿等之文，朕自委悉，中省之品，卿等所闻。若欲取况古人，班马之徒，固自辽阔。

① 《魏书·高祖纪第七下》，第 181 页。
② 《魏书·张彝传》，第 1430 页。
③ 本段参考了葛晓音《八代诗史》（修订版），第 258—259 页。

> 若求之当世，文学之能，卿等应推崔孝伯。”又谓显宗曰：“见卿所撰《燕志》及在齐诗咏，大胜比来之文。然著述之功，我所不见，当更访之监、令。校卿才能，可居中第。”又谓程灵虬曰：“卿比显宗，复有差降，可居下上。”①

孝文帝在这番讲话中提到了各类著述，包括了史书、“诗咏”，提及了“班马”，也说到了这几位文人在担任著作郎时所撰写的“国书”即公文。韩显宗对于孝文帝的这番评价，提出了自己的看法。他认为自己的文章是“实录时事”，“万祀之后，仰观祖宗巍巍之功，上睹陛下明明之德，亦何谢钦明于《唐典》，慎徽于《虞书》”。② 因此，从孝文帝的这番评价看来，当时北魏文学并没有形成十分明晰的概念，诗文等纯文学体裁与著作郎所撰写之公文等各类著述，被同等看待。又比如，经历过孝文帝、世宗、肃宗等多个时期的张普惠，早年曾经因为触犯礼法而被免冠，之后因为其“文学”才能而特诏拔擢。那么，他的“文学”才能其实又是什么呢？史载：

> 世宗崩，坐与甄楷等饮酒游从，免官。骁骑将军刁整，家有旧训，将营俭葬。普惠以为矫时太甚，与整书论之。事在《刁雍传》。故事：免官者，三载之后降一阶而叙，若才优擢授，不拘此限。熙平中，吏部尚书李韶奏普惠有文学，依才优之例，宜特显叙，敕除宁远将军、司空仓曹参军。朝议以不降阶为荣。时任城王澄为司空，表议书记，多出普惠。③

这条材料事实上说明了在当时北魏人眼中文学才能包括了“表议书记”等方面的应用文章之写作，是十分重视文学的实用功能的。因此，北魏末期产生“文笔”观念的前夕，北魏关于“文学”的概念是很宽泛的。从孝文帝的评价来看，相比诗文而言，有益于实用的著述文章获得了同等重视。这也就意味着，北魏的文人群体本身就具有极大的复杂性，甚至在某种程度上，更为类似于文化群体。他们担任了种种文化角色，并以这种身份来从事相关的著述工作。可以说，诗文从来都不是洛阳文学中最为重要的文学类型，而那些表达政见、申论辨明观点的政疏才是最为重要的。裴延俊的文化观念同样是如此，他是一个因为“举秀才，射策高第”而来到洛京

① 《魏书·韩麒麟传附子显宗传》，第1342页。
② 《魏书·韩麒麟传附子显宗传》，第1342—1343页。
③ 《魏书·张普惠传》，第1729—1730页。

成为“著作佐郎”的文化士人。[1]史称他“涉猎坟史，颇有才笔”。最初的时候，为“太子（恂）友”——这类“友”“客”的身份，其实类似于文学侍从。裴延俊曾经在一篇劝诫世宗不应该“专心释典，不事坟籍”的上疏中，表达了自己的文化观念，强调“《五经》治世之模，六籍轨俗之本”，提出应该“经书互览、孔释兼存、内外俱周”[2]，反映了当时的文化士人忠于周孔的文化观念，而这一直是当时文化观念中最为主体的内容。北魏末期的文学发展，并不是表现在诗文艺术上的进步而已，而是涉及多个方面。这种学术文化背景决定了当时北魏士人对待文学的态度较为模糊。

北魏时期文化士人在文学观念上的进步主要来自于南朝“文笔”说的影响，而这已经是在温子昇等魏末文人活跃的明帝、庄帝时期了。《文心雕龙·总术》篇谓：“今之常言，有‘文’有‘笔’，以为无韵者‘笔’也；有韵者‘文’也。夫文以足言，理兼《诗》《书》，别目两名，自近代耳。”[3]在这里，刘勰将文笔之分说得十分明确。所谓“今之常言”，亦即人们普遍的认识；所谓“近代”，亦即刘宋时期。北魏迁都洛阳的早期，正是刘宋时期。也就是说，当南方人已经开始按照有韵、无韵来区分文章体裁时，北人却还是混沌不分的。“文笔”的概念是到北魏末期才通过南朝使者带入了当时之台阁。如南使“张皋写子昇文笔，传于江外”[4]，意思即是这位南来使者抄写了温子昇的文稿，并将之传播到南方。对于文体有着更为精细的区分，意味着北朝文学在观念上取得了较大的进步。关于南北之间外交、文化交流所导致的文学发展的变化，下一章会详细谈到。北朝文学观念为何在当时落后于南朝文学观念？这是由它当时的学术文化背景决定的。在乡里士人从乡里社会初到洛阳之时，他们的主要责任并不是诗咏唱和、粉饰升平，而是需要切实地担任文化职务、推进北魏汉化进程。通过担任这些文化职务，这些文人聚集成一个新的社会群体，为北魏文学走向下一个阶段奠定了基础。

二、乡里士人与鲜卑贵族的文学集会

拓拔鲜卑自迁都洛阳之后，文学士人集中，文化氛围热烈，而文学活动相对之前也更为频繁。有相当一部分鲜卑贵族都能从事一定的汉文学创

---

① 《魏书·裴延俊传》，第1528页。

② 《魏书·裴延俊传》，第1529页。

③ ［梁］刘勰著，范文澜注：《文心雕龙·总术》，第655页。

④ 《魏书·文苑传·温子昇传》，第1876页。

作，有学者对此作了十分丰富的总结。[①] 而鲜卑贵族对于文学的提倡，其意义远不止他们自身文学水平的提高，而在于通过集结来到洛阳的乡里士人，形成热烈的创作氛围。这种创作氛围为改变太宗时期以来北魏文学发展的长期低迷，起到了很重要的作用。

鲜卑贵族在文学水平上的进步，是影响洛阳重新成为文学发展中心的重要因素。在迁都洛阳之前，孝文帝本人已经具有较好的文学修养。太和十年（486）之后，孝文帝的诏告公文皆为己出[②]。孝文帝本人也有文学创作，这些作品曾一度结集。《魏书·刘昶传》载："（太和）十八年，除使持节、都督吴越楚彭城诸军事、大将军，固辞，诏不许，又赐布千匹。及发，高祖亲饯之，命百僚赋诗赠昶，又以其《文集》一部赐昶。"[③] 这说明，在太和十八年（494），孝文帝曾经有过一次诗文结集。他如此评价自己的《文集》："高祖因以所制文笔示之，谓昶曰：'时契胜残，事钟文业，虽则不学，欲罢不能。脱思一见，故以相示。虽无足味，聊复为笑耳。'其重昶如是。"[④] 他强调自己对于文学有着很强烈的爱好，甚至到了欲罢不能的境地，而另一方面面对南来之刘昶，他又是十分谦虚的，认为自己的文字"虽无足味，聊复为笑"。孝文帝之祖母冯太后亦爱文学。史载，"太后以高祖富于春秋，乃作《劝诫歌》三百余章，又作《皇诰》十八篇，文多不载。"[⑤] 文明太后十分重视鲜卑贵族的文教，曾下令曰："自非生知，皆由学诲。皇子皇孙，训教不立，温故求新，盖有阙矣。可于闲静之所，别置学馆，选忠信博闻之士为之师傅，以匠成之。"[⑥] 孝文帝待子弟读书之事，十分严苛，故孝文帝子嗣之中能文者甚多。比如，太子元恂虽在羁旅，亦被要求"温读经籍"[⑦]。故而，这些鲜卑贵族在冯太后、孝文帝之后已经具备了一定的文化基础。

在北魏洛阳政权最为鼎盛的时期，一些儒生开始为这些具有学文倾向的鲜卑贵族服务。阳尼曾任孝文帝之侍讲。阳尼是北平无终人，与上谷侯天护、顿丘李彪齐名，乃北魏后期乡里经学研习之人中负有盛名者。"时

---

① 何德章：《北魏迁洛后鲜卑贵族的文士化——读北朝碑志札记之三》，《魏晋南北朝隋唐史资料》，2003 年，第 20 辑，第 7—18 页。

② 《魏书·高祖纪第七下》："自太和十年已后诏册，皆帝之文也。自余文章，百有余篇。"第 187 页。

③ 《魏书·刘昶传》，第 1310 页。

④ 《魏书·刘昶传》，第 1310 页。

⑤ 《魏书·文成文明皇后冯氏传》，第 329 页。

⑥ 《魏书·咸阳王禧传》，第 533 页。

⑦ 《魏书·废太子恂传》，第 588 页。

中书监高闾、侍中李冲等以尼硕学博识，举为国子祭酒。高祖尝亲在苑堂讲诸经典，诏尼侍听，赐帛百匹。”[①] 其后，阳尼后兼幽州中正，“未拜，坐为中正时受乡人财货免官。”[②] 于是还乡，遂卒于冀州。阳尼颇有藏书，“有书数千卷。所造《字释》数十篇，未就而卒，其从孙太学博士承庆遂撰为《字统》二十卷，行于世。”[③] 除了皇帝之外，诸王也常有聚集士人者，如“（京兆王）愉好文章，颇著诗赋。时引才人宋世景、李神俊、祖莹、邢晏、王遵业、张始均等，共申宴喜，招四方儒学宾客严怀真等数十人，馆而礼之。”[④] 这其中的祖莹、邢晏，就是当时著名的私学讲授者。“（清河王）怿以忠而获谤，乃鸠集昔忠烈之士，为《显忠录》二十卷，以见意焉。”[⑤] 这里的“鸠集昔忠烈之士”应该也是身在洛阳的远方文士。鲜卑贵族与乡里士人之间，关系密切，而并不一定只限于一般主客的关系。当时鲜卑贵族也有从师于乡里儒师者。如元彝兄顺，“九岁师事乐安陈丰，初书王羲之《小学篇》数千言，昼夜诵之，旬有五日，一皆通彻。……十六，通《杜氏春秋》，恒集门生，讨论同异。……性謇谔，淡于荣利，好饮酒，解鼓琴，每长吟永叹，吒咏虚室。世宗时，上《魏颂》，文多不载。”“顺撰《帝录》二十卷，诗赋表颂数十篇，今多亡失。”[⑥]

当时在一些较为著名的鲜卑王公府上掌管书记文诰之人，亦颇有文学才能，他们也形成了一定的文人群体，而且他们甚至具有一定的流动性。例如，任城王府上就存在一个文学群体，其中著名的人物除了上文提到的张普惠，还有崔孝芬等人。（崔）孝芬“早有才识，博学好文章。高祖召见，甚嗟赏之”[⑦]。崔孝芬先后依附过彭城王勰、尚书令高肇和任城王澄，“任城王澄雅重之”，崔孝芬在任城王府上担任著作，“熙平中，澄奏地制八条，孝芬所参定也。在府久之，除龙骧将军、廷尉少卿。”[⑧] 及普泰元年（531），齐献武王元颢至洛，崔孝芬与尚书辛雄、刘廞等并诛。事实上，王公府上的文人群体环境能够使得文人被培养出与过去不太一样的文学才能，他们往往好议论，而且因为制度、场合的需要，而创作更多的相关文章。如“孝芬博文口辩，善谈论，爱好后进，终日忻然，商搉古今，间以嘲谑，听者

① 《魏书·阳尼传》，第1610页。
② 《魏书·阳尼传》，第1610页。
③ 《魏书·阳尼传》，第1610页。
④ 《魏书·京兆王愉传》，第590页。
⑤ 《魏书·清河王怿传》，第592页。
⑥ 《魏书·任城王云传附彝兄顺传》，第481、485页。
⑦ 《魏书·崔挺传附子孝芬传》，第1266页。
⑧ 《魏书·崔挺传附子孝芬传》，第1266页。

忘疲。所著文章数十篇”[①]。正是北魏洛阳的政治环境，催生出了像崔孝芬这样的士人。

任城王经历了孝文帝、世宗、肃宗这文教最为繁盛的三代，后来成为一个文坛领袖。而他本人的文学才能也是极高，甚至为南朝人所称：“萧赜使庾荜来朝，荜见澄音韵遒雅，风仪秀逸，谓主客郎张彝曰：‘往魏任城以武著称，今魏任城乃以文见美也。’时诏延四庙之子，下逮玄孙之胄，申宗宴于皇信堂，不以爵秩为列，悉序昭穆为次，用家人之礼。高祖曰：‘行礼已毕，欲令宗室各言其志，可率赋诗。’特令澄为七言连韵，与高祖往复赌赛，遂至极欢，际夜乃罢。”[②]太和十八年（494）迁都洛阳时亦与高祖升龙舟而赋诗[③]。任城王澄更为重要的政治作用，体现在宣武帝驾崩之后。“世宗夜崩，时事仓卒，高肇拥兵于外，肃宗冲幼，朝野不安。澄疏斥不预机要，而朝望所属。领军于忠、侍中崔光等奏澄为尚书令，于是众心忻服。又加散骑常侍、骠骑大将军，寻迁司空，加侍中。俄诏领尚书令。”[④]之后，任城王澄曾多次上表，劝诫皇太后，多为奏利国济民所宜者。任城王澄虽然贵为王公，但在文学声誉上几乎为当时翘楚，应该与他的府上聚集了大量文人亦颇有关系。在魏末，另外一位在文学方面颇有召集之力的是元熙，“熙既蕃王之贵，加有文学，好奇爱异，交结伟俊，风气甚高，名美当世，先达后进，多造其门。始熙之镇邺也，知友才学之士袁翻、李琰、李神俊、王诵兄弟、裴敬宪等咸饯于河梁，赋诗告别。”[⑤]此中数人恰好是魏末文坛上较为著名的人物。而且，元熙自己本人也颇有文学，史称其“好学，俊爽有文才，声著于世，然轻躁浮动”。[⑥]他曾指点卢元明多诵《离骚》，以提高其创作水平和境界。这一点在下文中还会提到。

乡里士人集结于贵族府中，一部分人是为了名利之求，而一部分人则可能是为了亲睹藏书。当时求书极难，即便是在洛阳的士人同样如此。《魏书·崔光传鸿附传》亦载崔鸿撰《十六国春秋》，需要参考“常璩所撰李雄父子据蜀时书”，“辍笔私求，七载于今”[⑦]，终无所得，遂上表求敕缘边采求。于是，孝文帝诏天下以求“秘阁所无，有裨益时用者”[⑧]，并加以优赏。

---

① 《魏书·崔挺传附子孝芬传》，第1266、1268页。
② 《魏书·任城王云传附子澄传》，第464页。
③ 《魏书·任城王云传附子澄传》，第465页。
④ 《魏书·任城王云传附子澄传》，第473页。
⑤ 《魏书·南安王桢传附英子熙传》，第504页。
⑥ 《魏书·南安王桢传附英子熙传》，第503页。
⑦ 《魏书·崔光传附敬友子鸿传》，第1504页。
⑧ 《魏书·高祖纪第七下》，第178页。

当时的北魏，还有向南齐借书之举，如《南齐书·王融传》亦有永明年间"虏使遣求书"的记载[①]。这在过去的一些研究中广受征引。《隋书·经籍志总序》记曰："后魏始都燕、代，南略中原，粗收经史，未能全具。孝文徙都洛邑，借书于齐，秘府之中，稍以充实。"[②]事实上，孝文帝之举是在北方的集书风气甚浓的情况下自然而为之，而并非源于一时追慕南方之心。洛阳城中的鲜卑贵族多有藏书。元顺"家徒四壁，无物敛尸，止有书数千卷而已"[③]。数千卷之书，相对于十六国政权时期而言，亦不算是藏书之小数目，但相对于其他善于搜集图书的鲜卑贵族，则不过十分之一："（安丰王猛之子）延明既博极群书，兼有文藻，鸠集图籍万有余卷。"[④]乡里士人前往这些鲜卑贵族府中为客，藏书应该也是诱惑他们的因素之一。基于这样的藏书之量，乡里士人在王府中也能开展相应的图书整理工作。史载元延明"所著诗赋赞颂铭诔三百余篇，又撰《五经宗略》《诗礼别义》，注《帝王世纪》及《列仙传》。又以河间人信都芳工算术，引之在馆。其撰《古今乐事》，《九章》十二图，又集《器准》九篇，芳别为之注，皆行于世。"[⑤]信都芳所纂集的书籍，应该有相当一部分对前人书籍是有所依赖的。而元延明为他提供了相应条件。集书是孝文帝以来发展的风尚，逐渐从中央官办向私人下移，文成皇帝时，高谧"以功臣子召入禁中，除中散，专典秘阁。肃勤不倦，高宗深重之，拜秘书郎。谧以坟典残缺，奏请广访群书，大加缮写。由是代京图籍，莫不审正。"[⑥]高谧于图籍之整理，对于北魏文化之修整，颇有功绩。孝文帝时集书者甚多，如尉羽、卢渊、卢元景等人皆有参与。[⑦]此外，还有一些鲜卑贵族是朝中大臣，也有延用乡里士人以为讲习者。"（陆）丽好学爱士，常以讲习为业。其所待者，皆笃行之流，士多称之。"[⑧]这些集书活动，也就渐次从一种实际需求，变成了风雅之事，成为洛阳上层贵族的文化风尚，而乡里士人从中颇为受益。又如元子正好搜图书，好集宾客，《建义元年元子正墓志》："遂能搜今阅古，博览群书，穷玄尽微，义该众妙，谅以迈迹中山，超踪北海者矣。加以雅好文章，尤爱宾客，属辞摛藻，怡情无惓，礼贤接士，终宴忘疲。致骓马之徒，怀东阁而并至；徐陈之党，

① 《南齐书·王融传》，第818页。
② 《隋书·经籍志总序》，第907页。
③ 《魏书·任城王云传附彝兄顺传》，第485页。
④ 《魏书·安丰王猛传附子延明传》，第530页。
⑤ 《魏书·安丰王猛传附子延明传》，第530页。
⑥ 《魏书·高湖传附子谧传》，第752页。
⑦ 《魏书·广陵王羽传》，第549页。
⑧ 《魏书·陆俟传附馛弟丽传》，第908页。

慕西园以来游。于是声高海内，誉驰天下，当年绝侣，望古希俦。”[①] 这些鲜卑王公贵族，对于当时洛阳都市之中文学群体的形成产生了巨大的推动作用，其中最为重要的是它造成了一种互动频繁的文学风气。

孝文帝提倡礼教文化，还包含了一项非常重要的内容，那就是对南方文士生活的模仿。《南齐书·王融传》称南齐永明十一年（493）北魏房景高、宋弁出使南齐，王融奉命接待，“（房景高）因问：‘在朝闻主客作《曲水诗序》。’景高又云：‘在北闻主客此制，胜于颜延年，实愿一见。’融乃示之。后日，宋弁于瑶池堂谓融曰：‘昔观相如《封禅》，以知汉武之德。今览王生《诗序》，用见齐王之盛。’”[②] 其时犹未迁都，南方文人一篇新作，竟已被北方知晓。应该说，北方人不仅仅是对于王融的作品感兴趣，而同时也对于南方诗歌的创作过程很有兴趣。主客往来之作，更显得文教彬彬然，这也是北人所倾慕的。当时朝中一些南来士人的作派，也验证了北人对于南人生活的想象。如梁祐是南来士人，“从容风雅，好为诗咏，常与朝廷名贤泛舟洛水，以诗酒自娱”[③]。这种风气迅速弥漫至朝廷上下。《魏书》记孝文帝与侍臣宴聚赋诗场所，名为流化渠、流化池、清徽堂等，有池、渠及桐竹芳林，业已显示出这位热爱文学的皇帝生活方式上接近南方文士的情调。这种生活情调在洛阳文风大盛后更进一步被发扬光大。

受此影响，当时的鲜卑王公贵族对于这类诗文集会常有模仿。《元飏墓志》谓其不喜做官，“高枕华轩之下，安情琴书之室，命贤友，赋篇章，引渌酒，奏清弦，追嵇阮以为俦，望异氏而同侣，古由今也，何以别诸……穷达晏如，臧否若一，志散丘园，心游壕水。”[④]《元斌墓志》称其：“君器识闲雅，风韵高奇，澹尔自深，攸然独远。……虽名拘朝员，而心栖事外，恒角巾私圃，偃卧林潮，望秋月而赋篇，临春风而举酌，流连谈赏，左右琴书。性简贵，慎交从，门寮杂游，庭盈卉木，虽山阳之相知少，颍阴之莫逆希，以斯准古，千载共情也。”[⑤] 当时的王公贵族之中甚至有担任著作郎者，如元湛，《元湛墓志》称其“美姿貌，好洁净，望之俨然，状若仙客。爱山水，玩园池，奇花异果，莫不集之。嘉辰节庆，光风冏月，必延王孙，

① 《魏故始平王（元子正）墓志铭》，赵超编：《汉魏南北朝墓志汇编》，第 246 页。

② 《南齐书·王融传》，第 821—822 页。

③ 《魏书·裴叔业传附梁祐传》，第 1579 页。

④ 《魏故使持节冠军将军燕州刺史元使君（飏）墓志铭》，赵超编：《汉魏南北朝墓志汇编》，第 75—76 页。

⑤ 《魏故襄威将军大宗正丞元（斌）君墓志铭》，赵超编：《汉魏南北朝墓志汇编》，第 140 页。

命公子，曲宴竹林，赋诗畅志。性笃学，元好文藻，善笔迹，遍长诗咏。祖孝武，爱谢庄，博读经史，朋旧名之书海。永平四年，旨征拜秘书著作郎。……貂珰紫殿，鸣玉云阁，优游秘苑，仍赏文艺”[①]。元熙临死写信给某位“知故”，感叹说：“今欲对秋月，临春风，藉芳草，荫花树，广召名胜赋诗洛滨，其可得乎。”[②] 这些内容都反映了鲜卑族上层文士化后的生活情趣。“古今文人，类不护细行，鲜能以名节自立。”[③]

孝文帝在洛阳这五年之间，集群僚赋诗，渐成常事。如“（咸阳王）禧将还州，高祖亲饯之，赋诗叙意”[④]。高祖又与侍臣升金墉城，顾见堂后梧桐、竹，宴侍臣于清徽堂。期间二人因此对答，反映了宫廷聚会，常以才思是否机敏为乐[⑤]。至日晏时分，这场聚会又移于流化池芳林之下。高祖因仰观桐叶之茂，曰：“‘其桐其椅，其实离离，恺悌君子，莫不令仪’。今林下诸贤，足敷歌咏。”于是遂令黄门侍郎崔光读暮春群臣应诏诗。[⑥] 崔光正是平齐民。孝文帝又因偶然进贡之小物而赋诗，“时高祖进伞，遂行而赋诗，令人示勰曰：‘吾始作此诗，虽不七步，亦不言远。汝可作之，比至吾所，令就之也。’时勰去帝十余步，遂且行且作，未至帝所而就。诗曰：‘问松林，松林经几冬？山川何如昔，风云与古同？’”彭城王勰此诗虽然短小，但情调隽永，语调极为悠远，仿佛有诗余之妙。这种悠远之情，其实仍然是基于汉魏古风之上的。从这次诗会这首残篇看来，北方贵族的诗歌集会更接近于游戏，较为随兴，没有一定的主题。大约这类文学集会在鲜卑贵族府中是较为流行的，因而咸阳王宫人亦能有妙歌：“其宫人歌曰：‘可怜咸阳王，奈何作事误。金床玉几不能眠，夜蹋霜与露。洛水湛湛弥岸长，行人那得渡？’其歌遂流至江表，北人在南者，虽富贵，弦管奏之，莫不洒泣。”[⑦] 此歌苍凉，犹有魏晋宴饮诗歌之风气，而与南方宴饮丝弦之歌乐截然不同。世宗辅臣元禧，曾因贪贿过度而被赐死，其亲近之人对此十分感伤。这首回味悠长的民歌，仍然是类似于魏晋时期的民歌那样，歌颂的是一种匆匆的、不确定的流逝感。从宫人作歌一事可以看出当时宫廷文化非常繁荣，而文学普及程度甚高。

---

① 《魏故使持节征东将军仪同三司都督青州诸军事青州刺史元（湛）使君墓志铭》，赵超编：《汉魏南北朝墓志汇编》，第 239 页。

② 《魏书 · 南安王桢传附英子熙传》，第 504 页。

③ 《魏书 · 文学传 · 刘斌传》，第 1750 页。

④ 《魏书 · 咸阳王禧传》，第 534 页。

⑤ 《魏书 · 彭城王勰传》，第 571 页。

⑥ 《魏书 · 彭城王勰传》，第 572 页。

⑦ 《魏书 · 咸阳王禧传》，第 539 页。

孝文帝的诗文集会，还透露了一些旧族门阀成为新贵的消息，这其中最为受到重视的便是荥阳郑氏兄弟。[①] 就地域而论，荥阳郑氏属河南大族；但就家族形态而言，魏晋之际的荥阳郑氏似乎与这一时期的河北大族更为接近。他们以经术传家，为官清简务实，与西晋末年时好尚虚谈的洛阳公卿有所区别。荥阳郑氏作为洛阳周边地区的旧族，是孝文帝迁洛之后极力拉拢的对象。郑羲太和年间出使南方，成为郑氏在北魏洛阳时代崛起的关键一步。郑羲因此获得河北士族的青眼，尚书李孝伯以女妻之。李冲之长女适郑道昭。而郑羲之后拜中书令，主要是受到李冲的大力举荐。郑氏子弟还与元魏皇族之间产生了多重姻亲关系。孝文帝纳郑羲女为嫔，纳郑胤伯女为嫔，北海王详纳郑懿女为妃，广阳王元羽纳郑平城女为妃，废太子恂纳郑羲女为孺子，郑幼儒娶高阳王元雍女，郑伯猷娶安丰王延明女等。故郑氏一门，十分显赫。故而，在宫廷之内，孝文帝与郑氏兄弟饮宴赋诗，竟是家宴一般。《魏书·郑羲列传附子道昭传》记载了他们在宴会上的对歌：

> 从征沔汉，高祖飨侍臣于悬瓠方丈竹堂，道昭与兄懿俱侍坐焉。乐作酒酣，高祖乃歌曰："白日光天兮无不曜，江左一隅独未照。"彭城王勰续歌曰："愿从圣明兮登衡会，万国驰诚混内外。"郑懿歌曰："云雷大振兮天门辟，率土来宾一正历。"邢峦歌曰："舜舞干戚兮天下归，文德远被莫不思。"道昭歌曰："皇风一鼓兮九地匝，戴日依天清六合。"高祖又歌曰："遵彼汝坟兮昔化贞，未若今日道风明。"宋弁歌曰："文王政教兮晖江沼，宁如大化光四表。"高祖谓道昭曰："自比迁务虽猥，与诸才俊不废咏缀，遂命邢峦总集叙记。当尔之年，卿频丁艰祸，每眷文席，常用慨然。"[②]

《隋书·经籍志》著录有"《后魏孝文帝集》三十九卷"[③]，其创作量颇为可观。其中称自己"文非屈宋，理惭张贾"[④]。看似十分自谦。而在实际上又将自己与彭城王勰比喻为曹氏兄弟，以文才相得。故而可以推知，孝文帝对于自己的文学水平是十分自信的。

宣武帝即位之后，来到洛阳城中的乡里士人增多。这与宣武帝的号召

---

① 陈爽：《世家大族与北朝政治》，中国社会科学出版社，1998年，第139—151页。
② 《魏书·郑羲传附子道昭传》，第1240页。
③ 《隋书·经籍志》，第1079页。
④ 《魏书·刘芳传》，第1221页。

有关系。正始四年（507）六月己丑朔，诏曰："高祖德格两仪，明并日月，播文教以怀远人，调礼学以旌俊造；徙县中区，光宅天邑，总霜露之所均，一姬卜于洛涘。戎缮兼兴，未遑儒教。朕纂承鸿绪，君临宝历，思模圣规，述遵先志。今天平地宁，方隅无事，可敕有司准访前式，置国子，立太学，树小学于四门。"[①] 国子学的建立之事被反复提出，其实反映了太学不振。但朝廷反复号召，也有利于刺激乡里士人继续向洛阳集中。乡里士人在与贵族游宴的过程中获得了一定的利益。如"季彦弟晏，字幼平。美风仪，博涉经史，善谈释老，雅好文咏。起家太学博士、司徒东阁祭酒。世宗初，为与广平王怀游宴，左迁鄚县令。未之官，除给事中，迁司空主簿、本州中正、汝南王文学"[②]。又如王琼长子遵业，在京师为著作佐郎，与司徒左长史崔鸿同撰《起居注》，曾亲诣代京，采拾遗文，以补《起居》所缺；在洛阳，他还与崔光、安丰王延明等参定服章，及崔光为肃宗讲《孝经》，遵业预讲，延业录义，并应诏作《释奠侍宴诗》[③]。从这里可以看到，京师中的文化活动已经并不是可以一人独秀的，曾经分散于乡里，独处寒窗之下的乡里士人，在他们新的工作中形成了合作和交流。京兆王愉乃世宗之弟，为世宗所爱，常出入宫掖，晨昏寝处，若家人焉。世宗每日华林戏射，衣衫骑从，往来无间。因为这种特殊地位，京兆王愉当时是世宗时期诸王之中最有权势者，他门下集结了大量文人：

> 愉好文章，颇著诗赋。时引才人宋世景、李神俊、祖莹、邢晏、王遵业、张始均等共申宴喜，招四方儒学宾客严怀真等数十人，馆而礼之。所得谷帛，率多散施。[④]

京兆王愉府上的宋世景、李神俊、祖莹、邢晏、王遵业、张始均等人，是当时洛阳最为著名的一批文化士人。又有清河王怿，"博涉经史，兼综群言，有文才，善谈理，宽仁容裕，喜怒不形于色。"[⑤] 后来他一度蒙冤，退而撰书："怿以忠而获谤，乃鸠集昔忠烈之士，为《显忠录》二十卷，以见意焉。"[⑥] 可见清河王怿门下亦有文学集团。

---

① 《魏书·世宗纪第八》，第 204 页。
② 《魏书·邢峦传附弟晏传》，第 1448—1449 页。
③ 《魏书·王慧龙传附琼子遵业传》，第 878—879 页。
④ 《魏书·京兆王愉传》，第 590 页。
⑤ 《魏书·清河王怿传》，第 591 页。
⑥ 《魏书·清河王怿传》，第 592 页。

《魏书·文苑传》称述洛阳城内文学之繁荣时说，“逮高祖驭天，锐情文学。盖以颉颃汉彻，掩踔曹丕，气韵高艳，才藻独构，衣冠仰止，咸慕新风，肃宗历位，文雅大盛。”[①] 唐长孺讲，这种新风其实就是南朝之风，“北土文学的重振，实际上是南朝文学的北传。”[②] 他说，“据此可知太和兴起的所谓‘新风’，也即是苏绰所说‘洛阳后进，祖述不已’的江左华靡的文风。大致稍前有袁翻、袁跃弟兄及常景、祖莹等，稍后有温子昇、邢子才、魏收等，魏末北齐间北方出现了一批代表性的文人。”[③] 他的看法不无道理，而孝文帝迁都洛阳之后北方文学获得了从乡里来到城市的发展契机，这是一切文学风气变化的最根本因素。

由于鲜卑贵族对于在集会上咏诗和诗歌集会的提倡，北魏洛阳时代里的帝后有文才者甚多。胡太后本人具有一定的文学素养，曾让刘廞“以诗赋授弟元吉”[④]。胡太后“与肃宗幸华林园，宴群臣于都亭曲水，令王公已下各赋七言诗。太后诗曰：‘化光造物含气贞。’帝诗曰：‘恭己无为赖慈英。’王公已下赐帛有差。”[⑤] 孝静帝“好文学，美容仪……多命郡臣赋诗，从容沉雅，有孝文风”。临死之前，不堪忧辱，咏谢灵运诗曰：“韩亡子房奋，秦帝鲁连耻。本自江海人，忠义动君子。”[⑥] 这说明他对江南之文典，已然十分熟悉。所引的这首《抒怀》，正是当年谢灵运起兵前的“战斗檄文”。

而与鲜卑贵族之间的文学集会日渐频繁之后，一些乡里士人开始在这样全新的场合中对于文学本身有所反省和思考。其中，祖莹是一个具有代表性的文人。祖莹起自彭城王勰府上，当时担任彭城王勰之法曹行参军。祖莹在吏治上才干略少，孝文帝认为祖莹的才能更在于文学，故而“敕令掌勰书记”[⑦]。祖莹在彭城王勰府上成名，“莹与陈郡袁翻齐名秀出，时人为之语曰：‘京师楚楚，袁与祖，洛中翩翩，祖与袁。’”[⑧] 之后祖莹迁尚书三公郎，开始在禁中省值。当时，省值诸人常有唱和、谈论，其中关于《悲平城》一诗的著名讨论就产生于当时环境：

尚书令王肃曾于省中咏《悲平城》诗，云：“悲平城，驱马入云中。

---

① 《魏书·文苑传》，第1869页。
② 唐长孺：《论南朝文学的北传》，《武汉大学学报》，1993年第6期，第61页。
③ 唐长孺：《论南朝文学的北传》，第60页。
④ 《魏书·刘芳列传附子廞传》，第1227页。
⑤ 《魏书·宣武灵皇后胡氏传》，第338页。
⑥ 《魏书·孝静纪第十二》，第313页。
⑦ 《魏书·祖莹传》，第1799页。
⑧ 《魏书·祖莹传》，第1799页。

阴山常晦雪，荒松无罢风。”彭城王勰甚嗟其美，欲使肃更咏，乃失语云：“王公吟咏情性，声律殊佳，可更为诵《悲彭城》诗。”肃因戏勰云：“何意《悲平城》为《悲彭城》也？”勰有惭色。莹在座，即云：“所有《悲彭城》，王公自未见耳。”肃云：“可为诵之。”莹应声云：“悲彭城，楚歌四面起。尸积石梁亭，血流睢水里。”肃甚嗟赏之。勰亦大悦，退谓莹曰：“即定是神口。今日若不得卿，几为吴子所屈。”[1]

这里说明当时因为南音、北音有所不同，故而彭城王一时闹出了尴尬和笑话。但是，在这样的诗会唱和之中，祖莹反应机敏，用更好的唱和弥补了这场失误。王肃是南来投北之人，他所具有的文学才能是从南方来，他的这首《悲平城》风格悲怆、阔大，只言意象，而情感自出，确实是一首佳作。而彭城王勰也是很懂得欣赏的，而且尤其注意到它的“吟咏情性，声律殊佳”，正是将其音、情看作是最为重要者。祖莹的《悲彭城》乃是即兴之作，相比之下，其内容并不似王肃的《悲平城》那样含蓄隽永，而是语言直白，所用的意象十分惨烈，所描写的是尸与血的战争景象。这首诗歌，之后被视为彭城王勰的人生谶语。这首诗诗味平凡，王肃听后表示嗟赏，也是表达客套而已。文学集会能够增加诗歌的传播机会，也能促进文学思想的进步。祖莹无疑是其中的一个受益者。《魏书·祖莹传》称：“莹以文学见重，常语人云：‘文章须自出机杼，成一家风骨。何能共人同生活也？’盖讥世人好偷窃他文，以为己用。而莹之笔札，亦无乏天才，但不能均调，玉石兼有，制裁之体，减于袁、常焉。”[2]祖莹强调风骨和独特，反对“偷窃他文以为己用”，这些观念虽然并不新颖，但也能够说明当时人们对于文学创作的思考和自觉。而文学评价的标准在当时是比较全面的，不是仅仅针对诗歌创作水平而言，而且也包括了对“笔札”水平高低的看重，甚至可以说，这才是更为受到北方士人重视的部分。因此人们排列当时文人水平和地位的高低，认为祖莹不如袁翻和常景。其中“天才”二字，说明人们在“笔札”之类的文字中同样重视充满灵性的文学风格。

在孝文帝统治时期，乡里士人和鲜卑贵族之间的文化互动极为频繁，产生了较为积极的文学创作风气。《文镜秘府论·四声论》中转载了刘善经《四声指归》所给予的高度评价：

---

① 《魏书·祖莹传》，第1799页。
② 《魏书·祖莹传》，第1800页。

> 及太和任运，志在辞彩，上之化下，风俗俄移。……从此之后，才子比肩，声韵抑扬，文情婉丽，洛阳之下，吟讽成群。及从宅邺中，辞人间出，风流弘雅，泉涌云奔，动合宫商，韵谐金石者，盖以千数，海内莫之比也。郁哉焕乎，于斯为盛！①

这即是说，孝文帝太和盛世成为北朝文学向“气韵高艳，才藻独构”方向发展的转折点，这仿佛是之后北齐文学发展的准备。等到迁都邺城的东魏乃至定都邺城的北齐，北朝文学更是步入了“声韵抑扬，文情婉丽”的境界。而这些成就的获得是建立在乡里士人和鲜卑贵族之间产生互动的基础上的。

刘善经《四声指归》对于太和之后文坛发展气象的描绘，意在表彰孝文帝迁洛前后北魏文学发展到达一个新的阶段，尤其是提到当时文人群落的形成——“洛阳之下，吟讽成群”，这是一幅可以从历史记载中找到依据的文学史画面。而从当时的文学作品来看，文学创作的实绩则并不能说是普遍达到了文情婉丽的境界，而仅仅是出现了这样的倾向。当时虽然鲜卑贵族文人集会很多，但其周遭之文人，率多是起自北方地区之乡里，多因经术研究而闻名，于文学本无造诣，因此，这类文学集会虽然有益于推荐文学士人之间的广泛交流，产生一定数量的作品，但是从文学作品的水平上看当然没有形成盛况。北魏洛阳鲜卑贵族，受乡里士人的影响，在文体的选择和对文体功能的认识上，仍然是相对保守的。可以说，洛阳之繁华，看似已经具备了浓烈的文学复苏之气息，无论从孝文帝至于孝昌年间之前，北魏洛阳城中的贵族诗文集会如何发达，其文学创作却总不能摆脱一种夹生的、疏离的状态，这些场合之作在艺术风格上并不十分饱满。而且，北人大多仍然保持着自己的个性，在场合性的诗歌艺术模拟中，他们还没有找到最为适应的方式。因此，从普遍意义上讲，当时的文学已经取得了很大的发展，但是与南方文学之间的差距仍然比较明显。

三、“雅为乡情所附”：洛阳文人群落的特点

洛阳城中文化的繁荣，为文学的发展提供了一种新的社会空间和秩序。乡里士人之间，以洛阳为平台，获得了交流和对话的机会。在这些来到洛阳的士人中，有一类人值得关注，那就是北朝史研究上所谓的“寒门士人”。

---

① ［日］遍照金刚撰，周维德校点：《文镜秘府论》天卷，人民文学出版社，1975年，第27—28页。

孝文帝定姓族之后，在启用汉族士人的时候，其实并没有滴水不漏地遵照这个姓族标准，相反地，有很多寒人获得出仕机会进入到都城。而国家在礼乐等诸多制度实施等方面的调整，就有可能容纳和消化这部分新出现的人。北朝后期察举在门第等方面颇有松动[①]，通过多样化的考试来用人取士是当时不可避免的大趋势[②]。北魏社会为寒门士人提供了远较南朝宽松的政治环境，北魏后期私学的兴盛也为寒人的上升进一步创造了条件。在这种情况下，唐长孺曾经得出结论认为"寒人的兴起在北不在南"，这个观点如今已经为学界广泛接受。同时，他也发现，北魏的寒人政治地位高于南朝寒人，这主要表现在他们的官品、封爵及为品第人物的中正等方面的差异。北朝寒人基本上都有品级较高的官职，甚至有寒人升迁至宰相的例子。这些"寒人"，其实多为乡里士人中的中下层阶级[③]。太和年间，这样的例子已经层出不穷。而孝文帝迁都洛阳之后，为更多的乡里士人带来了出仕的机会。

在迁都洛阳之前，平齐民蒋少游和渤海人高聪，二人曾配云中为兵，属于寒人出身。蒋少游"有文思，吟咏之际，时有短篇。遂留寄平城，以佣写书为业，而名犹在镇。"因为长于抄写，故而之后被召为中书学的"写书生"。高允爱其文才、加以举荐，与其族孙高聪一并"补中书博士"。蒋少游在中书学之后，"恒庇李冲兄弟子侄之门"[④]。当时人们对于蒋氏的出身颇多非议，"唯高允、李冲曲为体练，由少游舅氏崔光与李冲从叔衍对门婚姻也。"[⑤]通过婚姻来提高蒋少游的地位。但是，平城的文化环境似乎并不能够让蒋少游的文才得到发挥。"虽有文藻，而不得伸其才用，恒以剞劂绳尺，碎剧匆匆，徙倚园湖城殿之侧，识者为之叹慨。而乃坦尔为已任，不告疲耻。又兼太常少卿，都水如故。"[⑥]去世之后，有《文集》十余卷。太和十五年(491)，李彪、蒋少游曾使于南齐。《南北朝文学编年史》称:"北人文化，已颇受南朝重视。又阮籍诗似有佚文，李彪所引，'宴衎'二句不在今存八十二首中。"[⑦]而蒋少游此行的更重要任务是为了观察建康宫殿的建造，并用于之后的洛阳城建设之蓝本[⑧]。高聪同样是来自青齐地区，属

① 唐长孺：《南北朝后期科举制度的萌芽》，《魏晋南北朝史论丛续编》，第131页。
② 阎步克：《察举制度变迁史稿》，第275—280页。
③ 唐长孺认为寒人与寒士不同。唐长孺：《魏晋南北朝史论拾遗》，第253—257页。
④ 《魏书·术艺传·蒋少游传》，第1970页。
⑤ 《魏书·术艺传·蒋少游传》，第1971页。
⑥ 《魏书·术艺传·蒋少游传》，第1971页。
⑦ 曹道衡、刘跃进：《南北朝文学编年史》，《曹道衡文集》卷十，第308页。
⑧ 《魏书·术艺传·蒋少游传》，第1971页。

于没落的乡里宗族中的一员。其“曾祖轨，随慕容德徙青州，因居北海之剧县。”[①] 北魏克东阳之后，高聪和蒋少游一样，皆一度沦为云中兵户，十分困窘。但是高聪早年在青州接受了较好的文化教育，也颇有文才，故而常常得到高允的举荐。史载：“聪涉猎经史，颇有文才，允嘉之，数称其美，言之朝廷，云：‘青州蒋少游与从孙僧智，虽为孤弱，然皆有文情。’由是与少游同拜中书博士。积十年，转侍郎，以本官为高阳王雍友，稍为高祖知赏。”[②]

然而，蒋、高二人这样的情况在当时并不多见。北魏迁都洛阳之前的国子学教育完全是贵族化的，所谓“学生取郡中清望，人行修谨，堪循名教者，先尽高门，次及中第”[③]。魏孝文帝迁都洛阳后，重定姓族，将门阀世族制度化。孝文帝此举的特点，正如唐长孺所说：“它具有明确、具体的官爵标准和明确的四级区分，而这在两晋南朝至多是习惯上的而不是法律上的。以朝廷的威权采取法律形式来制定门阀序列，北魏孝文帝定士族是第一次。”[④] 宣武帝的诏书中甚至声称：“将立国学，诏立三品已上及五品清官之子以充生选。”[⑤] 故而孙绍上表，“且法开清浊，而清浊不平，申滞理望，而卑寒难免。”[⑥] 宣武帝限期恢复国子学的诏书发布于延昌元年（512），而孙绍的上书也在延昌年间，二者的巧合大概也能说明定士族与生源不足的联系。[⑦]

迁都洛阳之后，情况变得十分复杂，有文才者多如繁星，而受到皇帝直接知遇者实为少数。赵翼《陔余丛考》卷十七“六朝重氏族”条载：“可见当时风尚。右豪宗而贱寒畯。南北皆然，牢不可破。高允请各郡立学，而取郡中清望人行修谨者为学生，先尽高门，次及中等。魏孝文帝以贡举猥滥，乃诏州郡慎所举，亦曰门尽州郡之高，才极乡闾之选。……宋弁为本州大中正，世族多所抑降，反为时人所非，张缵、李冲、李彪、乐运、皇甫显宗之徒，欲力矫其弊，终不能挽回万一。”[⑧] 但其下又用小字注曰：“缵为吏部，后门寒素皆见引拔，不为贵门屈意。”[⑨] 这说明寒人一直在与这种

① 《魏书 · 高聪传》，第 1520 页。
② 《魏书 · 高聪传》，第 1520 页。
③ 《魏书 · 高允传》，第 1078 页。
④ 唐长孺：《论北魏孝文帝定姓族》，《魏晋南北朝史论拾遗》，第 90—91 页。
⑤ 《魏书 · 儒林传序》，第 1842 页。
⑥ 《魏书 · 孙绍传》，第 1724 页。
⑦ 梁满仓：《魏晋南北朝五礼制度考论》，社会科学文献出版社，2009 年，第 87 页。
⑧ ［清］赵翼：《陔余丛考》，商务印书馆，1957 年，第 317 页。
⑨ ［清］赵翼：《陔余丛考》，第 317 页。

社会体制做积极的抗争，以赢得出仕机会。以洛阳之大，乡里士人之抗争与立足固是十分艰难，而其出路无非与京中客子结成同好，或者攀附当时势力。如李彪早年就得到鲜卑贵族陆叡的资助。当时，陆叡年未二十，“时人便以宰辅许之。娶东徐州刺史博陵崔鉴女”[①]，颇有才度。“叡婚自东徐还，经于鄴，见李彪，甚敬悦之，仍与俱趋京师，以为馆客，资给衣马僮使，待之甚厚。”[②] 李彪去往平城，便受到了鲜卑贵族的资助。这类“寒人”其实就是乡里士人中的中下层阶级，而他们能够在洛阳获得进身之阶，除了来自于上层阶级的扶持，还有很大的原因是来自于乡里士人之间的彼此结附。如“(李)叔虎好学博闻，有识度，为乡闾所称。太和中，拜中书博士，与清河崔光、河间邢峦并相亲友”[③]。在从平城到洛阳这个历史时期内，李冲是一个十分重要的人物，他提携过多位乡里士人，其中包括了名臣李彪、崔挺、崔光和崔亮。李彪是一个来到京师的典型的乡里士人，他“家世寒微。少孤贫”，“平原王叡年将弱冠，雅有志业，娶东徐州刺史博陵崔鉴女，路由冀相，闻彪名而诣之，修师友之礼，称之于郡，遂举孝廉。至京师，馆而受业焉。高闾称之于朝贵，李冲礼之甚厚，彪深宗附。”[④] 可以说，他完全是由乡里私学培养的士人，孤立无援地来到京师，受到高闾、李冲的提携和帮助。“(李)彪在秘书岁余，史业竟未及就，然区分书体，皆彪之功”，另外在这过程中，也有可观的文学创作，“所著诗颂赋诔章奏杂笔百余篇”。[⑤] 李冲还提携了崔挺，崔挺“家徒壁立，兄弟怡然，手不释卷。时谷籴踊贵，乡人或有赡者，遗挺，辞让而受，仍亦散之贫困，不为畜积，故乡邑更钦叹焉”。“尚书李冲甚重之。”[⑥] 而崔挺为官，“历官二十余年，家资不益，食不重味，室无绮罗，闺门之内，雍雍如也。”[⑦] 这些士人又能振兴其宗族。“挺弟振，字延根。少有学行，居家孝友，为宗族所称。自中书学生为秘书中散，在内谨敕，为高祖所知。”[⑧] 此外，崔亮也获得过李冲的提携。[⑨]

孝文帝定姓族[⑩]之后，寒人李彪变成了官位最高者。李彪与宋弁乃是

---

① 《魏书·陆俟传附丽子叡传》，第 911 页。
② 《魏书·陆俟传附丽子叡传》，第 911 页。
③ 《魏书·李叔虎传》，第 1616 页。
④ 《魏书·李彪传》，第 1381 页。
⑤ 《魏书·李彪传》，第 1398 页。
⑥ 《魏书·崔挺传》，第 1264 页。
⑦ 《魏书·崔挺传》，第 1266 页。
⑧ 《魏书·崔挺传附弟振传》，第 1272 页。
⑨ 《魏书·崔亮传》云：“冲甚奇之，迎为馆客”“冲荐之为中书博士。”第 1476 页。
⑩ 《资治通鉴》卷一四十《齐纪》六，太和二十年定姓族，第 4393—4394 页。

“州里”同乡，彼此之间极为亲厚，号称乃是“管鲍之交”[①]。“才学俊赡，少有美名”的宋弁来到京城，最先希望攀附的，可能是李冲。李冲见过宋弁之后，发现他在一场关于“言论移日”的讨论中表现不错，因此对他加以很好的评价。但他为孝文帝所知，则完全是同乡李彪加以引荐提携的结果：“弁与李彪州里，迭相祗好。彪为秘书丞，弁自中散。彪请为著作佐郎，寻除尚书殿中郎中。高祖曾因朝会之次，历访治道，弁年少官微，自下而对，声姿清亮，进止可观，高祖称善者久之。因是大被知遇，赐名为弁，意取弁和献玉、楚王不知宝之也。”[②]而李彪在宋弁为孝文帝知遇之后，仍以友人待之。之后“（宋）弁为大中正，与高祖私议，犹以寒地处之，殊不欲微相优假。彪亦知之，不以为恨”[③]。宋弁当死于孝文帝立遗诏与驾崩之间的兴安五年（456）。但是，值得注意的是，士庶身份在魏孝文帝定姓族之后，其实也是乡里士人之间不可跨越的一道鸿沟。即便宋弁和李彪是管鲍之交，宋弁对他“犹以寒地处之，殊不欲微相优假”。李彪虽然身居高位，但即使到了他的子女这一代人，也难于摆脱寒人身份，其时，“郭祚为吏部，彪为子志求官，祚仍以旧第处之。”[④]

然而，洛阳的文人群体之间的政治斗争也常有发生。李彪和宋弁共同遭到过李冲的压制。李彪初到京城时，曾经受到李冲的提携。但是，这种互助的关系也因为之后政治利益的问题而产生了分歧。孝文帝南伐时，委任李彪、李冲和任城王澄共掌留务。而这个过程中，李彪和李冲常常产生口角争执，李冲对其不满，甚至上表弹劾，请求“以见事免彪所居职，付廷尉治罪”[⑤]。“始，高祖北都之选也，李冲多所参预，颇抑宋氏。弁有恨于冲，而与李彪交结，雅相知重。及彪之抗冲，冲谓彪曰：‘尔如狗耳，为人所嗾。’及冲劾彪，不至大罪，弁之力也。彪除名为民，弁大相嗟慨，密图申复。”[⑥]李、宋二人联合反抗李冲的排挤，最后李冲恨怨而死[⑦]。而李冲生前，“多授引族姻，私以官爵”[⑧]，以多种方式来拉拢当时士子，故而本是洛阳城中势力极大之人。李彪能在这场反抗中获得胜利，与同为州里的宋弁的帮助

① 《魏书 · 李彪传》，第 1398 页。
② 《魏书 · 宋弁传》，第 1414 页。
③ 《魏书 · 李彪传》，第 1398 页。
④ 《魏书 · 李彪传》，第 1398 页。
⑤ 《北史 · 李彪传》，第 1460 页。
⑥ 《魏书 · 宋弁传》，第 1415 页。。
⑦ 《资治通鉴》卷一百四十一《齐纪》七，第 4423—4424 页。
⑧ 《资治通鉴》卷一百四十一《齐纪》七，第 4424 页。

是密不可分的。"及弁卒，彪痛之无已，为之哀诔，备尽辛酸。"[①] 这里也要注意一下宋弁的门第观念。《魏书》中提到"弁性好矜伐，自许膏腴"，孝文帝曾经以郭祚晋魏名门，并对宋弁说"卿固应推郭祚之门也"，意思是宋氏应在其后。而宋弁对此不以为然，加以否定。孝文帝对此不解，"卿自汉魏以来，既无高官，又无俊秀，何得不推？"而宋弁则认为，宋氏之名望，并不依靠高官、俊秀，而是在于自身立身之名声，称："臣清素自立，要尔不推。"[②] 这种对于门第的理解和对自身立身的自负，其实说明孝文帝定姓族对于当时士人来说并不能起到一些决定性的作用。孝文帝时期寒人的兴起，除了依靠孝文帝等统治层的提携和破例选用，也来自于他们之间深厚的乡里关系，结成了较为牢固的人际网络。这样松弛的门第观念，使得宋弁在担任中正之后，并不以门第为意，在实际的授官标准之执行过程中，孝文帝所定之姓族，其实并没有获得与其姓族地位相匹配的地位："时大选内外群官，并定四海士族，弁专参铨量之任，事多称旨。然好言人之阴短，高门大族意所不便者，弁因毁之；至于旧族沦滞，人非可忌者，又申达之。弁又为本州大中正，姓族多所降抑，颇为时人所怨。"[③] 宋弁等来自乡里社会的文化士人的这种观念，对于寒人的兴起有一定的积极作用。

再比如，魏末的重要文人崔挺、崔光、邢峦和宋弁同样是起自同乡，彼此识于童稚之中，"并谓终当远致"[④]。《魏书·崔挺传》中提到"散骑常侍赵修得幸世宗，挺虽同州壤，未尝诣门"[⑤]，这其中具有褒扬之意，而从侧面可见当时结交"同州壤"之权贵，应当是习以为常之事，而崔挺并不以为然。同时，崔挺对于同乡多加以赈济，"初，崔光之在贫贱也，（崔）挺赡遗衣食，常亲敬焉。"[⑥] 洛阳同乡文人之间甚至相互推荐。如宋弁的职位就曾是崔光推荐的："黄门郎崔光荐弁自代，高祖不许，然亦赏光知人。未几，以弁兼司徒左长史。"[⑦] 这类事件反映出洛阳城中一些文化士人的群体关系与个人声名，往往缔结在深厚的乡里关系的基础上。

从孝文帝到世宗时期，还有一位在定姓族之后获得最高官位的寒人高肇。原是"东夷之俘"[⑧] 高肇在宣武帝即位后以外戚身份获封平原郡公。景

① 《魏书·李彪传》，第 1398 页。
② 《魏书·宋弁传》，第 1416 页。
③ 《魏书·宋弁传》，第 1415 页。
④ 《魏书·崔挺传》，第 1266 页。
⑤ 《魏书·崔挺传》，第 1265 页。
⑥ 《魏书·崔挺传》，第 1266 页。
⑦ 《北史·宋隐传附愔孙弁传》，第 937 页。
⑧ 《魏书·天象志》，第 2432 页。

明二年（501）五月，咸阳王禧诛后不久，高肇升任尚书左仆射、领吏部、冀州大中正。正始三年（506）九月，广阳王嘉拜司空，高肇接替他成为尚书令，并加车骑大将军。[①] 高肇获得顺利升迁，主要是因为他在世宗获得亲政的过程中发挥了作用，因此深得宠用，擅权一时。而当时世宗也有意使高肇成为朝中汉族文人的核心。永平二年（509），高肇弟显卒，"其兄右仆射肇私托景及尚书邢峦、并州刺史高聪、通直郎徐纥各作碑铭，并以呈御。世宗悉付侍中崔光简之，光以景所造为最"[②]。这样的情况迫使当时其他的文人曲意逢迎。如此缔结的文人关系，因为是建立在政治权力的基础上，而非乡党关系的基础上，故而后来他的势力坍塌得也极为迅速。高肇在擅权阶段，一度得罪鲜卑勋贵，"先是高肇擅权，尤忌宗室有时望者，太子太傅任城王澄数为肇所谮，惧不自全，乃终日酣饮，所为如狂，朝廷机要无所关豫。及世宗殂，肇拥兵于外，朝野不安"[③]。高肇将自己推向了险境，也很快遭遇了灭亡，不久为高阳王雍与于忠密谋杀死，对外号称是自杀。肃宗初年，拥戴者崔光等人皆受封，而高肇则婉拒了受封，这也说明高肇主观上是认为自己有别于崔光等人的，这也反映了他在朝中较为孤立的一面。

因此，都城洛阳之中文人群落的最大特点是，在很大程度上，他们之间常凭借乡党关系而产生关联。这种关系其实并非仅仅是因为现实需要而形成的，它来自于乡里社会中的一种人际习惯。这种习惯，正是这些乡里士人"雅为乡情所附"的乡里情结。"雅为乡情所附"这句话，本是形容邢臧的。《魏书·邢臧传》如此记载他的事迹："正光中，议立明堂，臧为裴頠一室之议，事虽不行，当时称其理博。出为本州中从事，雅为乡情所附。永安初，征为金部郎中，以疾不赴，转除东牟太守。时天下多事，在职少能廉白，臧独清慎奉法。"[④] 因此，"雅为乡情所附"的内涵正是重视乡里之情谊，重视乡里关系。洛阳文人群落首先是政治文化纽带联系起来的，而这种政治文化关系的背后，还有更为深刻的乡党关系。北朝文学从分散于乡里社会中的文学发展形态走向集中式的城市文学发展形态的过程中，这种乡党关系的影响始终是十分深刻的。

为何在洛阳都城形成之后，北朝能够迅速出现文人群体？这个群体性文学发展时期的到来似乎格外迅速。《颜氏家训·风操篇》曾经也对北人容

---

① 《魏书·外戚下·高肇传》，第1829—1830页。

② 《魏书·常景传》，第1801页。

③ 《资治通鉴》卷一百四十八《梁纪》四，第4612页。

④ 《魏书·文苑传·邢臧传》，第1871—1872页。

易结为群体表达了困惑之感：

> 四海之人，结为兄弟，亦何容易。必有志均义敌，令终如始者，方可议之。一尔之后，命子拜伏，呼为丈人，申父友之敬；身事彼亲，亦宜加礼。比见北人，甚轻此节，行路相逢，便定昆季，望年观貌，不择是非，至有结父为兄，托子为弟者。[①]

北方人这种“行路相逢，便定昆季”的热情性格，反映了北方的人们人际关系的一些特点。这与北方地区的人们长期在对抗胡汉体制中结成的互助关系是分不开的。这一点，恐怕从西晋末年之后的乡里坞壁时期就已经奠定基础了。

在政治场合之外的文化场合，来自乡里的士人们也深自结附，形成群体，互相提携。《洛阳伽蓝记》卷三城南条记载了“文宗学府”邢子才为时人所推重，

> 是以衣冠之士，辐凑其门；怀道之宾，去来满室。升其堂者，若登孔氏之门；沾其赏者，尤听东吴之句。籍甚当时，声驰遐迩。……罚惰赏勤，专心劝诱，青领之生，竟怀雅术。洙、泗之风，兹焉复盛。[②]

而在北魏后期文学史的图景之中这些文人群体十分常见。另外，当时各大族之间的姻亲关系，也是引起他们之间互相攀比文才的话题之一。如“崔昂妻，即元礼之姊也，魏收又昂之妹夫”，世宗引郑元礼为馆客，“（崔）昂尝持元礼数篇诗示卢思道，乃谓思道云：‘看元礼比来诗咏，亦当不减魏收？’答曰：‘未觉元礼贤于魏收，但知妹夫疏于妇弟。’”[③] 可见当时的文人圈子，因为相互之间具有这种姻亲关系，而容易引起人们对他们的比较。之后，“（崔）昂尝持元礼数篇诗示卢思道，乃谓思道云：‘看元礼比来诗咏，亦当不减魏收？’”[④] 从这里也可以看到当时人们在文场上的竞技。

总之，在都城洛阳形成了一种新的以群体为主体单元的文学发展模式。首先，群体之所以成为群体，是因为北魏政权在礼乐制度建设方面有着强烈的需求。这一群体得以建立的最根本之基础是儒家礼乐学术文化，这构

---

① ［北齐］颜之推撰，王利器集解：《颜氏家训集解 · 风操篇》（增补本），第 123 页。
② ［北魏］杨衒之撰，范祥雍校注：《洛阳伽蓝记》，第 133 页。
③ 《北齐书 · 郑述祖传》，第 398 页。
④ 《北齐书 · 郑述祖传》，第 398 页。

成了当时文学发展的基本背景。这个基本背景决定了当时的文学观念，即文学的发展是从属于这样的文化背景的，文学因此也有着较为宽泛的外延；其次，群体之内之所以能够产生文学活动之往来，与鲜卑贵族对于文学集会的推动有着密切的关系。此时的鲜卑贵族在汉化过程中，表现出与他们的前代人完全不一样的文化追求，这些追求带动了北朝文学集会的繁荣。场合性文学创作的繁荣，直接推动了纯文学——即并非完全是为礼乐建设服务的文学类型的发展；第三，洛阳文人群体的形成，其实和乡里社会之中的基本社会关系仍然有着极为密切的关联。重视乡里关系，仍然是这些来到京城中的乡里士人，尤其是寒门士人（乡里士人中的中下层阶级）获取自我保护的一个基本途径。北魏建立了门阀制度但却是在强有力的专制皇权之下，这种特别的组合"给一度接受了士族政治的北朝，注入了走出士族政治的蓬勃活力"[①]，北魏后期的变化正是这种活力的源头。而事实上产生这一活力的，正是来自乡里的下层寒门士人。

第二节　乡里士人对洛阳文学发展模式的接受

上一节提到了洛阳成为都城之后北朝文学发展所面对的一些新的情况，并将之命名为"洛阳文学发展的模式"。这个模式的核心特征，就是它是由居于都城的鲜卑贵族和来自乡里社会的乡里士人共同构成的，他们彼此之间产生文学创作的需求关系。在这个模式的带动下，文人群体的形成与文学发展之间形成了情况较为复杂的因果关系。那么，对于文学创作而言，洛阳文学发展模式到底起到了何种作用，那还是要从遗留至今的当时的文学作品说开去。

一、"乡论"社会价值观念与城市生活模式的关系

当乡里士人来到都城，在一定程度上，他们的确将重蹈汉代末年乡里士子来到都城之后的心理过程。但是此时他们面对的城市其实远比当初的洛阳更为复杂。这种复杂，是因为洛阳已经处于一个南北对峙、民族交融的历史背景中。南北文化交流以及洛阳城中的胡汉关系等等，都在重塑乡里士人的文化价值观念。曾经长期身处"乡论"社会中的文人，此时要开始面对的是多重的文化价值观念的冲突。这种冲突之下，产生了一些与这种矛盾相关的作品。这些作品往往是对于现实的深刻反思，映射出当时乡

① 阎步克：《士大夫政治演生史稿》，北京大学出版社，1996 年，第 478 页。

里士人的思想世界。

关于洛阳文学的发展，前人极大地强调南朝风气在其中所起到的作用。例如前人多言及孝文帝时期对于南方的崇慕和模仿之心，又举例元略本有文才，后因事南奔梁朝，与南方文士共处，他北返洛阳后，人以为“师模”，当时洛阳文人崇尚南方文化的心态可见一斑。然而，从总体上看，崇慕南方之心，集中在北方地区的上层贵族中，这主要根源于他们吞并南方疆土的迫切心情。此即从献文帝以来提出的“清荡吴会”[①]，到孝文帝所说的南方的一切“会是朕物”[②]等政治观念的推动，所造成的一种争夺正朔立场的文化心理。而对于中下层士人、尤其是来源于乡里之士人而言，他们在观念上缺乏这样的认识。他们对于南方文学乃至文化的学习，存在一个渐进过程，和鲜卑贵族所表现的行为有一定区别。

来到洛阳的乡里士人，对于诗文集会或者其他文化发展方面所体现出来的南方化，透露了极为复杂的情感。《洛阳伽蓝记》中所写的，便是普通乡里士人眼中的洛阳。其中卷二城东条有一段北方士族杨元慎与南朝名将陈庆之的对话，陈庆之酒醉，对北魏加以鄙薄，而杨元慎的反驳可谓“清词雅句，纵横奔放”，令其一时语塞，“杜口流汗，合声不言”。后来他回到南方，担任梁朝司州刺史期间，“钦重北人，特异于常”[③]。杨元慎出自北方一等士族弘农杨氏，《魏书》中虽无列传，但《洛阳伽蓝记》记载了他的生平，称其:“世以学行著闻，名高州里。元慎情尚卓逸，少有高操，任心自放，不为时羁。乐水爱山，好游林泽。博识文渊，清言入神，造次应对，莫有称者。”[④]。另外，杨元慎又有魏晋遗风，“读《老》《庄》，善言玄理。性嗜酒，饮至一石，神不乱。常慷慨叹不得与阮籍同时生。”[⑤]作为北方士人，杨氏多以北方本位的立场来记事。他对北魏政权具有强烈的认同感，在书中但凡涉及南北比较的问题，往往褒北贬南。类似的例子，《洛阳伽蓝记》中还有不少：卷二城东条载，洛阳城南有归正里，“民间号为吴人坊，南来投化者多居其内。近伊洛二水，任其习御。里三千余家，自立巷市，所卖口味，多是水族，时人谓为鱼鳖市也”，车骑将军张景仁曾赐宅于该里，但他“住此以为耻，遂徙居孝义里”。[⑥]更典型者还有卷三关于王肃比较乳酪和茶的

① 《魏书·尉元传》，第1112页。
② 《魏书·卢玄传附孙昶传》，第1055页。
③ ［北魏］杨衒之撰，范祥雍校注：《洛阳伽蓝记》，第117—119页。
④ 《魏书·尉元传》，第1112页。
⑤ ［北魏］杨衒之撰，范祥雍校注《洛阳伽蓝记》，第119—120页。
⑥ ［北魏］杨衒之撰，范祥雍校注《洛阳伽蓝记》，第117页。

记载。给事中刘缟仰慕王肃，专习茗饮，结果招致彭城王元勰的非议："卿不慕王侯八珍，好苍头水厄。海上有逐臭之夫，里内有学颦之妇，以卿言之，即是也。"于是此后朝贵宴会，虽设茗饮，但众人皆以饮茶为耻，"唯江表残民远来降者好之"[①]。这反映出虽然上层社会对于南朝十分崇尚，但是也并不是一味追尚，甚至以饮茶为耻。这条材料如果并不是史实，那恐怕意味更深，说明杨衒之作为一个中下层士人对洛阳新风所持的保守态度。

这些士人来到洛阳之后，他们在传统"乡论"社会中接受的诸多价值观念受到挑战，思想观念于是随之发生了波动或者变化。如前文提到李冲和李彪之间的关系从亲密到破裂，是因为李彪发迹之后对李冲不再尊敬。李冲认为李彪有如门生，而李彪却并不这样认为。而宋弁也是如此："（宋）弁性好矜伐，自许膏腴"。于是，"高祖谓彭城王勰曰：'弁人身良自不恶，乃复欲以门户自矜，殊为可怪。'"[②]他"不肯推祚"自认为"臣清素自立，要尔不推"。这其实是乡里士人从乡居生活中来到城市之后必然发生的心理波折。乡里士人清贫者甚多，故而咏贫之赋，十分常见。如刘芳所著《穷通论》，充满命运之嗟叹。北魏末年，城市生活与传统乡论社会所提倡的观念之冲突更为明显，社会风气转坏。如《资治通鉴》曾提到河间王元琛与元雍斗富："时魏宗室权幸之臣，竞为豪侈。高阳王雍，富贵冠一国。"[③]而同样的豪侈风气当时弥漫整个都城："太后数设斋会，施僧物动以万计，赏赐左右无节，所费不赀，而未尝施惠及民，府库渐虚，乃减削百官禄力。"[④]同时官场风气也十分腐败，买官卖官现象十分常见，担任吏部尚书的元晖，公然收受贿赂，被人们嘲笑为"市曹"。[⑤]前文提到的袁翻虽然成名于与鲜卑贵族的集会之中，曾为人艳羡，但终究因为不能适应城市生活的规则——"独善其身，无所奖拔，排抑后进，惧其凌己，论者鄙之"[⑥]，最终：为洛阳的士人圈子所鄙薄和抛弃。这类士人了解自身的处境，却又对无法摆脱这种处境感到深深困惑。

当时的一些乡里士人通过自己的行为方式或者文学创作，表现或表达

① ［北魏］杨衒之撰，范祥雍校注《洛阳伽蓝记》，第 148 页。

② 《魏书·宋弁传》，第 1416 页。

③ 《资治通鉴》卷一百四十九《梁纪》五，第 4646 页。

④ 《资治通鉴》卷一百四十九《梁纪》五，第 4647 页。

⑤ 《魏书·昭成子孙列传·常山王遵传附忠从子晖传》记载元晖与卢昶皆有宠于魏主，而贪纵，时人谓之"饿虎将军"、"饥鹰侍中"。元晖寻迁吏部尚书，用官皆有定价，大郡二千匹，次郡、下郡递减其半，余官各有等差，选者谓之"市曹"，第 379 页。

⑥ 《魏书·袁翻传》，第 1544 页。

了自己对于城市生活的无从理解。太和二十年（496），经李冲奏闻，崔光绍为孝文帝所知，逐渐升迁。肃宗之后，“时秘书监祖莹以赃罪被劾，光韶必欲致之重法。太尉、阳城王徽，尚书令、临淮王彧，吏部尚书李神俊，侍中李彧，并势望当时，皆为莹求宽。光韶正色曰：‘朝贤执事，于舜之功未闻有一，如何反为罪人言乎！’其执意不回如此。”[①] 这一事件中，祖莹受到了元徽、元彧等鲜卑贵族，和李神俊、李彧等“势望当时”的人物的保护，而崔光韶则坚持立场，认为祖莹之罪不可以宽恕。这个事件中的细微曲折，已经难于描述。但从这个事情上可以看到，崔光绍之耿直，受到了城市生活规则的挑战。或许是因为对此并不适应，也或许是因为当时洛阳多扰乱（元颢入洛），于是“永安末，扰乱之际，遂还乡里”。崔光绍回到乡里之中以后，“博学强辩，尤好理论，至于人伦名教得失之间，榷而论之，不以一毫假物”[②]。而他的生活方式，也完全回到之前在乡里社会中较为简朴的状态：“衣马敝瘦，食味粗薄。”但另一方面，他对于处理乡党关系，又深有道德感。“其家资产，皆光伯所营。光伯亡，悉焚其契。河间邢子才曾贷钱数万，后送还之。光韶曰：‘此亡弟相贷，仆不知也。’竟不纳。”[③] “世道屯邅，朝廷屡变”[④]，是崔光绍选择从洛阳退出的主要原因。而崔光绍所诫子孙之语[⑤]，无不是重申乡里社会中的一些生活准则。

在这种时代背景下，如果从当时文学主体的角度来分析，则可以为北魏末年的文学发展归纳出一些深层的特征。那便是长期分散于乡里的文学，此时在城市交流平台遇到了困境。乡里士人的文学创作，无法满足洛阳这个文人交流平台上的需要，这也可以视作是文学史上出现的城乡矛盾，或曰城乡对立。谷川道雄曾经讨论过北魏末期城市与乡村之间的对立，其着眼点是政治利益[⑥]。从思想层面来讲，城市和乡村社会之间不同的礼法和价值观念，是酝酿于北魏文学中的一组不可调和的矛盾。我们可以

---

① 《魏书·崔亮传附从弟光韶传》，第 1483 页。

② 《魏书·崔亮传附从弟光韶传》，第 1483 页。

③ 《魏书·崔亮传附从弟光韶传》，第 1483 页。

④ 《魏书·崔亮传附从弟光韶传》，第 1484 页。

⑤ 《魏书·崔亮传附从弟光韶传》：“诫子孙曰：‘吾自谓立身无惭古烈，但以禄命有限，无容希世取进。在官以来，不冒一级，官虽不达，经为九卿。且吾平生素业，足以遗汝，官阀亦何足言也。吾既运薄，便经三娶，而汝之兄弟各不同生，合葬非古，吾百年之后，不须合也。然赠谥之及，出自君恩，岂容子孙自求之也，勿须求赠。若违吾志，如有神灵，不享汝祀。吾兄弟自幼及老，衣服饮食未曾一片不同，至于儿女官婚荣利之事，未尝不先以推弟。弟顷横祸，权作松椟，亦可为吾作松棺，使吾见之。”第 1484 页。

⑥ ［日］谷川道雄著，马彪译：《六朝时代城市与农村的对立关系——从山东贵族的居住地问题入手》，《中国中世社会与共同体》，第 286—315 页。

发现，创作于洛阳之歌咏，在其文学功能和艺术价值方面，都迥然有别于乡里士人在乡村生活中的创作。它们或者是个人抒怀之赋，或者是写给宗亲的家诫之书。在《北魏末期的内乱与城民》一文中，谷川道雄论述了当时城市和农村的对立关系[①]，他主要是针对青齐土民的叛乱现象。事实上，当时社会的思想文化层面，也存在乡里社会和洛阳之间的种种不同甚至冲突与隔阂。都城生活方式对乡里士人价值观念的冲击，在文学作品中表现得极为深刻。

在村居生活中成长起来的乡里士人，在生活中一般恪守礼法，崇尚俭朴。如《隋书》载房彦谦“所得体禄，皆以周恤亲友，家无余财，车服器用，务存素俭”[②]。同时，北人还崇尚立身应该“会当有业”，即“人生在世，会当有业，农民则计量耕稼，商贾则讨论货贿，工巧则致精器用，伎艺则沉思法术，武夫则惯习弓马，文士则讲议经书”。[③] 乡里社会的秩序感和社会责任的分工，让乡里士人秉持了务实的生活态度。这其实是因为需要长期经受战乱之挑战，必须面对“父兄不可常依，乡国不可常保，一旦流离，无人庇荫，当自求诸身耳”[④] 的现实，所以养成了北方乡里士人躬自劳动，热衷事务、不废立身的品质。谷川提到卢叔武优游自适的生活，“并没有脱离其家族、宗族以及乡党，还不如说正是处在这种血缘、地缘关系的覆盖之下”。[⑤]

然而，聚集于洛阳城中的乡里士人穿梭于官场或者贵族馆阁，感受到城市与乡里两种社会空间的巨大隔阂。北方士人，因为出自乡里的儒教思想环境，多关切实际之事务，重视文学的讽谏功能。阳固应该是跟随祖父阳尼来到洛阳的，因而常与百官交游。但他明显遇到了一些让他十分不适的状况，因而最终做出了还乡的决定。而洛阳城中的生活样式和世俗伦理，似乎与乡论社会中要求恪守的美德几乎格格不入。比如，洛阳多贪官。“世宗末，中尉王显起宅既成，集僚属飨宴。”[⑥] 面对王显洋洋自得的炫耀和询问，“阳固对曰：‘公收百官之禄四分之一，州郡赃赎悉入京藏，以此充府，未足为多。且有聚敛之臣，宁有盗臣，岂不戒哉！’显大不悦，以此衔固。”阳固后来被王显奏免，于是还乡，“既无事役，遂阖门自守，著《演赜赋》，

① ［日］谷川道雄著，李济沧译：《隋唐帝国形成史论》，第132—159页。

② 《隋书·房彦谦传》，第1566页。

③ ［北齐］颜之推撰，王利器集解：《颜氏家训集解·勉学篇》（增补本），第143页。

④ ［北齐］颜之推撰，王利器集解：《颜氏家训集解·勉学篇》（增补本），第157页。

⑤ ［日］谷川道雄著，马彪译：《六朝时代城市与农村的对立关系——从山东贵族的居住地问题入手》，《中国中世社会与共同体》，第303页。

⑥ 《魏书·阳尼传附从孙固传》，第1604页。

以明幽微通塞之事。”[①]“又作《刺谗疾嬖幸诗》二首。”[②]《刺谗疾嬖幸诗》开篇即以反复之沓句“巧佞！巧佞！”写出作者对于腐败之事的憎恨[③]，其余内容为反对朋党等官场陋习等，妙在说理。视其风格，似乎是直接模拟《诗经》，可见固通于经，故而写诗亦模拟经。“固刚直雅正，不畏强御，居官清洁，家无余财。终殁之日，室徒四壁，无以供丧，亲故为其棺敛焉。初，固著《终制》一篇，务从俭约。临终，又敕诸子一遵先制。”[④]阳固本是一位较有责任感的文人。世宗时，“王畿民庶，劳弊益甚。（阳）固乃作《南北二都赋》，称恒代田渔声乐侈靡之事，节以中京礼仪之式，因以讽谏。辞多不载”[⑤]。这类讽谏之辞在十六国时期尚能得到记载，而此时北魏洛阳时代的文学兴趣早已不是乡里士人所重视的文学讽谏功能。这种脱胎于乡里教化的文学形式，其实已经在频繁而虚浮的文学集会中逐渐黯淡和被人遗忘。所以，洛阳城中，乡里士人与鲜卑贵族之间的文学集会，看似祥和、雍容，也有益于文学的发展，但其中也暗含着这样的新陈代谢。城市生活，最终要求超越一般的血缘、地缘关系，因此，交游显得格外重要。如果说北魏洛阳时代出现了“诗歌唱酬传统的复兴”，那么，这种诗歌唱酬传统是屈服于城市生活的需要。

这里所谓的“城乡冲突”，首先表现为一种生活价值观念的冲突，继而它又反映在文学创作之中。这种冲突，在之后南北朝文学的理论斗争中长期存在。从表面上看它的原则性问题是是否学习南朝的文风、诗风，而从本质上讲，其实是指向是否接受一种全新的文学创作模式。这种模式要求放弃对文学道德功能的利用。当这种矛盾逐渐尖锐起来，乡里士人所需要思考的是，作为乡里社会中的个人如何在洛阳时代保持自己的独立性。北魏末年以及北齐之后，城市中的文学逐渐真正实现繁荣，乡里士人在交游一事上显得更为圆滑和从容。北方士人如成霄“亦学涉，好为文咏……与河东姜质等朋游相好，诗赋间起”[⑥]。邢劭“年未二十，名动衣冠。尝与右北平阳固、河东裴伯茂、从兄罘、河南陆道晖等至北海王昕舍宿饮，相与赋诗，凡数十首，皆在主人奴处”。[⑦]从这些情况来看，那些曾深深植根于北方乡里社会中的一些影响或者说束缚文学发展的观念，在洛阳复兴的

---

① 《魏书·阳尼传附从孙固传》，第1604—1605页。
② 《魏书·阳尼传附从孙固传》，第1610页。
③ 《魏书·阳尼传附从孙固传》，第1610—1611页。
④ 《魏书·阳尼传附从孙固传》，第1612页。
⑤ 《魏书·阳尼传附从孙固传》，第1604页。
⑥ 《魏书·成淹传附子霄传》，第1755页。
⑦ 《北齐书·邢劭传》，第475页。

短短四十年内并没有消失或减退，而是跟随乡里士人进入都城洛阳的脚步，成为此后文学发展的根本思想。于是，在这样的“城乡冲突”模式之下，文学发展一方面需要开始适应城市生活，实现它的场合化，有了更为繁复的唱赠模拟；另一方面，冲突首先影响的是文学主体本身，因此，文学创作作为个人咏怀载体的功能，也得到了加强。

“城乡冲突”表现的另一个层面即是城市的“动荡”与乡里的“稳定”所形成的对立感。魏末之后，洛阳再次成为兵家反复争夺之地，政局动荡，战争冲突此起彼伏，“邢杲起义”“河阴之乱”“元颢入洛”等事件依次发生。文人在动荡时期的政治遭遇更为扑朔迷离，对于人生进退的个人感受十分复杂。此时的文学作品在个人咏怀和历史叙事等功能上有新的发展。从现存作品来看，乡里士人们对洛阳城市生活的态度，可谓千姿百态，有的是加以恍然大悟式的否定，有的是赋予表彰崇慕，有的则是充满矛盾之感，以洛阳生活为凭借，深刻思考人生之进退。

李谐并非寒人出身，他是李奖之弟，并袭父之爵为彭城侯，属于乡里士人中的上层阶级。为人“风流闲润，博学有文辩，当时才俊，咸相钦赏”[①]。《述身赋》是李谐在经历了永安末年政治变故之后所写：“元颢入洛，以为给事黄门侍郎。颢败，除名，乃为《述身赋》。”[②]这篇赋作，全面总结了他在洛阳生活中的经历和遭遇，对于解释魏末乡里士人从乡里到都城这个过程中的思想经历，颇具有价值。这篇“述身”之赋，其实和后来颜之推的《观我生赋》有一定的相似性，具有很强烈的自述性，其中也有较多反映当时社会实况的内容。而这篇赋在艺术上则反映了北魏末年赋作骈俪水平的提高，语言明白简洁，无玄虚深奥之故实，文意贯通，句式多为四六，非常工整。作者开篇就提到自己从乡里私学学成之后来到都城，抱邀宠、进取之心来这里争取荣名：“徒从师以下学，乏游道于上京。洎方年之四五，实始筮之弱龄。爰释巾而从吏，谬邀宠于时明。”[③]在洛阳，作者同样混迹于当时都城中的文人群体：“异人相趋于绛阙，鸿生接武于儒馆。总群雅而同归，果方员而殊贯。伊滥吹之所从，初窃服于宰旅。奉盛王之高义，游兔园而容与。缀鸿鹭之末行，连英髦之茂序。”[④]当时的“儒馆”，以及接纳文化士人的“盛王”之“兔园”，正是鲜卑贵族与文人发生集会的主要场所。

---

① 《魏书·李平传附子谐传》，第 1456 页。

② 《魏书·李平传附子谐传》，第 1456 页。关于元颢入洛，可参考《魏书·尔朱荣传》，第 1652 页。

③ 《魏书·李平传附子谐传》，第 1456 页。

④ 《魏书·李平传附子谐传》，第 1457 页。

而李谐融入这个氛围中似乎并不容易，他感到自己才华笨拙，穿梭于灵巧士子之中时，常觉得自己是“妄涉”，故而“思守位而匪懈，每屏居而自肃”。他进入到洛阳都城的文人群体模式之中，有一种被迫感：“余生口之萧散，本寓名而为仕。好不存于吏法，才实疏于政理。竟火烛之不事，徒博弈其贤已。窃自托于诸生，颇驰骋于文史。通人假其余论，士林察于口理。乃妄涉于风流，遂饰辈于士子。”[①]

李谐曾一度担任过类似著作之职，在东观观群籍，但五年之内没有获得升迁。因此，元颢入洛时他的积极参与，应该也是希望迅速改变自己的身世境遇。其中对京洛生活的描写，极尽繁荣之笔。特别是对当时洛阳文人群体交流文学的场景，有所还原。“座有清谈之客，门交好事之车。或林嬉于月夜，或水宴于景斜。肆雕章之腴旨，咀文艺之英华”[②] 等句，即是讲到当时的诗文集会。而且，这样的集会颇有恢复之前洛阳“金谷”诗会的自拟，并且应该是座上有名妓，以成其风流之名。从这里可以看到，洛阳的社会风气与乡论社会中所崇尚的“自守”是完全不同的。而李谐同样认为此中喧哗，充满了离去之意。

李谐迫于时势之变告别了洛阳生活。他生活在北魏末年，正逢乱世。李谐对战场景象加以想象，《述身赋》中的这一段文字也颇有苍凉之气，对这段北魏急转而下的历史加以十分简明的概括，其中的一些句子甚至仿佛能从中看到唐代边塞诗的风采：

> 及伯舅之西伐，赫灵旗之东举。复奉役于前辕，仍执羁于后距。迫玄冬之暮岁，历关山之遐阻。风激沙而破石，雪浮河而漫野。乐在志其无端，悲涉物而多绪。俄官车之晏驾，改乘辕而归予。[③]

参与到元颢之乱中的李谐，备受争议，不久被免官。故而他感叹说“何古今之一揆，每治少而乱多”，做出了从洛阳退出的决定：“思踽踏于时昏，独沉吟于运闭。遂退处于穷里，不外交于人世。”他清晰表达了还居乡里之意：“得投憩于濮阳，实陶卫之旧壤。望乡村而伫立，曾不遥之河广。闻虏马之夕嘶，见胡尘之昼上。”“乃褫带而来反，驱下泽于故乡。”[④] 而这篇赋的结尾颇有玄意，正是宣扬一种“归去”的人生哲学。这样的性情

① 《魏书·李平传附子谐传》，第 1457 页。
② 《魏书·李平传附子谐传》，第 1458 页。
③ 《魏书·李平传附子谐传》，第 1457 页。
④ 《魏书·李平传附子谐传》，第 1458—1460 页。

之求，是符合儒家对个人道德修养之期待的，而它偏偏和城市生活有很大的冲突。

赵郡李氏在魏末齐初的武定时期又重新活跃起来。出身赵郡李氏的李骞“博涉经史，文藻富盛”，年十四即以国子学生的身份来到洛阳，以聪达见知[①]。李骞早年即混迹于洛阳文场，颇有感受和心得，文字富盛华丽。他的《释情赋》是其早年省直于中书时所写[②]，是对洛阳生活的歌颂。由于它是以抒发感情为主，故而言语之中，写虚的成分多于写实，不像《述身赋》那种容易让人理解当时洛阳生活的具体情况。他对自己这篇赋作的期待是：“含毫有思，斐然成赋。犹潘生之《秋兴》，王子之《登阁》也。”言己之志，而非述己之身，因此在写法上完全不同于《述身赋》。值得注意的是，这篇赋中还有一个自注，反映了李骞在赋中化用他人诗句的能力。赋中云“清风忽其缅邈，启皇祖于庚寅”句后自注：

> 李伯仁《上东门铭》曰：“上东少阳，厥位在寅。条风动物，月值孟春。”
>
> 王武子诗曰：“於显我王，缉乘斯民。俊明有德，严恭惟寅。”[③]

这一点说明了这篇赋主要是基于对北方文化遗产的吸收。赋中同样提到了洛阳城中的文人群体生活，而李骞的写作初衷，并不是为了描写个人在这种都城生活中的体验，而是着眼于还原这座城市当时的繁华。文中提到的“各笑语而卒获，传礼义于不朽”[④]就是指当时的礼乐制度改革之人才，对洛阳礼乐文化的重建工作。这段文字，显示了当时洛阳文化的一片繁荣气象。但是，在这篇赋作的结尾，同样提到归去之意，“思散发以抽簪，愿全真而守朴”，“放言肆欲，无虑无思。何鹪鹩之可赋，鸿鹄之为诗哉！”[⑤]这种结尾和李谐《述身赋》中的结尾其实是不同的，它并不是基于身世之感，而更像是一种模式化的结尾。李骞对于洛阳的真正感情，可以在他的另外一首诗《赠亲友》中得到参证。李骞离开洛阳之后，对于洛阳的一切仍然颇为留恋，尝赠亲友卢元明、魏收诗。诗歌中提到自己在外地居官的体验是：

---

① 《魏书·李顺传附希宗弟骞传》，第836页。

② 《释情赋》：“单阏之年，无射之月，余承乏摄官，直于本省。”《魏书·李顺传附希宗弟骞传》，第837页。

③ 《魏书·李顺传附希宗弟骞传》，第837页。

④ 《魏书·李顺传附希宗弟骞传》，第839页。

⑤ 《魏书·李顺传附希宗弟骞传》，第840页。

> 寒风率已厉，秋水寂无声。层阴蔽长野，冻雨暗穷汀。侣浴浮还没，孤飞息且惊。三褫俄终岁，一丸曾未营。[①]

其中有关自己对洛阳的思念，毫不掩饰："闲居同洛涘，归身款武城。稍旅原思藿，坐萝尹勤懃荆。""益州达友趣，廷尉辩交情。岂若忻蓬荜，收志偶沉冥。"[②] 这首诗真情实感、回味深沉，代表了此时北魏诗人极高的艺术成就。而这种艺术成就需要归功于洛阳文学城市发展模式，它使得文人能够相对集中并共同完成唱酬赠答之作。

曹道衡曾说，"像李骞和李谐的两篇赋，如果孤立地从艺术上加以评价，也许称不上名篇，但它们的历史意义却不可低估。因为这种长赋叙事而主要写自身经历的赋，在过去不多见。"而这种尝试的结果，"是开了后来庾信《哀江南赋》和颜之推《观我生赋》的先河。"曹道衡还认为，这样的赋体在当时甚至超越了南朝赋作的写法，"我们完全可以说庾、颜二家之赋在艺术上超过二李甚多，但二李时代在前，而且南朝赋中也缺乏这种先例，这倒是北人吸取南朝技巧而另辟新路的开始，但最后结出的硕果却是由两个从南方来的人完成的。这也许和北朝人在艺术技巧方面还不如南朝人熟练有关。"[③] 这些看法是正确的。而我们从对这些士人的经历分析开来，可以知道这样的赋体所产生的根源，正在于从乡里到都城的迁徙过程和经历所带来的人生思考。

这种情况在袁翻的《思归赋》中同样出现。袁翻一度被贬而离开洛阳，《思归赋》的创作正是对于当时现实的"不平之论"[④]。从今天的赏读角度来说，文人描述自身政治遭遇之不平，似乎是十分常见的主题，但这种自觉的个人咏怀在魏末的出现，其实反映了当时文学发展的生机。在充满矛盾感的现实背景之下，当时的文人能够对个人遭际加以咀嚼并赋之于文学表达，这种行为，其实远远超过了北魏前期文学承担讽谏功能时所表现出来的艺术水准。这篇赋的主人公自拟为流放者，赋中反复出现的对比是"他乡"与"旧国"的对比，以及穿插了在这二者之间来回往复之所见、所思的内容。这篇赋有《离骚》的影子，而又远远超越对于心中不平之意的抒发，这是文人之赋的归来。这篇赋作在语言艺术上同样追拟《离骚》，极

---

① 《魏书·李顺传附希宗弟骞传》，第 841 页。

② 《魏书·李顺传附希宗弟骞传》，第 841 页。

③ 曹道衡：《南朝文学与北朝文学研究》，《曹道衡文集》卷五，第 458—459 页。

④ 《魏书·袁翻传》，第 1540 页。

尽刻画之能，文字华丽，早已脱去北人文风质朴之态。开篇就言及去国失友之意。其中有一段描写极佳，将一路风景和心境结合为一处。[①] 袁赋有似《离骚》并非当时孤例，当时关于《离骚》等经典作品的研习，似乎颇成风气。《魏书 · 卢元明传》载其“少时常从乡还洛，途遇相州刺史、中山王熙。熙博识之士，见而叹曰：‘卢郎有如此风神，唯须诵《离骚》，饮美酒，自为佳器。’”[②] 卢元明很可能是在获得这番点拨之后，也开始研习《离骚》并加以模仿。而无论是李谐具有写实意义的《述身赋》，还是李骞的《释情赋》和袁翻感慨身世不平的《思归赋》，其实都反映了当时乡里士人与城市生活之间的关系。他们身在洛阳文人群体的新模式中，表现出丰富的精神状态。卢元明的文学创作水平，也获得了南方人的肯定。“天平中，兼吏部郎中，副李谐使萧衍，南人称之。”[③] 卢元明对于纯文学作品的关注，反映了当时文人诗学视野的扩展。这篇《思归赋》其实正是这种诗学的实践。曹道衡评价说，“袁翻的《思归赋》则风格酷似南朝的鲍照和江淹，已有绮艳的色彩，音节也显得和谐流畅，在北朝赋中较少见，但因为过于模仿江、鲍，总不免使人感到缺乏独创性，只是一种因袭模拟之作。”[④] 他在这里所说的“在北朝赋中较少见”的这些特点，其实都是纯文学艺术的特点。

二、乡里士人与洛阳名理之学的复兴

孝文帝迁洛之后，来到洛阳的乡里士人开始承担文化角色，形成了文人群体，展开了关于礼乐制度相关的各种辩论，也形成了论辩风气。这种论辩风气在宣武帝亲政之后也继续存在和深化，但是，辩论的内容开始变得更为多元，不再限于礼学。这主要是因为此时文化风气发生了诸多变化，其中最为明显的一点，就是此时佛教发展极为迅速，渗透到洛阳上层社会之中。《魏书 · 释老志》：“世宗笃好佛理，每年常于禁中，亲讲经论，广集名僧，标明义旨。沙门条录，为《内起居》焉。上既崇之，下弥企尚。至延昌中，天下州郡僧尼寺，积有一万三千七百二十七所，徒侣逾众。”[⑤] 这

---

① 《魏书 · 袁翻传》：“尔乃临峻壑，坐层阿。北眺羊肠诘屈，南望龙门嵯峨。叠千重以耸翠，横万里而扬波。远狎鼯与麏麚，走鳐鳖及龟鼍。彼暧然兮巩洛，此邈矣兮关河。心郁郁兮徒伤，思摇摇兮空满。思故人兮不见，神翻覆兮魂断。断魂兮如乱，忧来兮不散。俯镜兮白水，水流兮漫漫。异色兮纵横，奇光兮烂烂。下对兮碧沙，上睹兮青岸。岸上兮氤氲，驳霞兮绛氛。风摇枝而为弄，日照水以成文。行复行兮川之畔，望复望兮望夫君。”第 1540 页。

② 《魏书 · 卢玄传附昶子元明传》，第 1061 页。

③ 《魏书 · 卢玄传附昶子元明传》，第 1060 页。

④ 曹道衡：《南朝文学与北朝文学研究》，《曹道衡文集》卷五，第 458 页。

⑤ 《魏书 · 释老志》，第 3042 页。

里所提到的"亲讲经论，广集名僧，标明义旨"的活动，意味着过去讨论礼乐制度的氛围，多少被这些讨论佛教义理之事取代。因此北魏末年之后，文化发展不同于孝文帝迁洛之初，而是呈现出更为纷杂繁复的特点。北朝名理之学的复兴，便是发生在这样一个背景之下。此时都城洛阳中的文化士人在文化能力上逐渐羽翼丰满，其交游也日益广泛，慨然成群。人们开始在意自身在文化群体之中的文化形象，争取在群体氛围中获得更好的声名。从晋末以来北方始终没有发展起来的名理之学，此时伴随着文人群体中名士的产生，而开始具有了复兴的空间。

说到这里，也应该对此时洛阳名理之学复兴的根源做出历史分析——缘何这个契机没有出现在之前十六国时期和北魏平城时期呢？第二章、第三章曾经讨论过，北魏前期一些文人对于名理之学、老庄思想其实不能理解，北方地区的哲学抽象思维一直没有获得更好的发展，这主要是因为从十六国到北魏前期，北方文化发展的程度还远未到达能够发展名理之学的条件。因为，名理之学重视口头辩论，它的兴起不但有赖于文化士人个人的哲学素养，而且最终必须是在文人群体环境中实现和完成的。曾经在姚氏后秦都城长安，一度出现过产生类似风气的征兆，但是由于后秦短祚，加上关中地区的文化风气相对保守，故而并没有流行开来。然而，姚氏父子曾对佛理颇有探讨，而且在长安发起过文学聚会，姚兴还亲自撰写过一些与僧朗讨论佛理的文章，而鸠摩罗什在长安逍遥园的译经工作，对于长安佛教文化风气起到了更大的推动作用。对于后秦长安的文化氛围，崔浩还曾加以否定和嘲笑，认为姚氏父子所追求的东西太过蹈虚。而当北魏这个汉化程度更低的民族统一北方之时，它的文化发展空间全部让位于儒家礼乐制度的重建，玄学、佛学的发展则始终处于被搁置甚至打压和排挤的地位。

关于北朝玄学，前贤多有论述[①]，基本都是从北朝玄学发展之"余沫"角度，对其发展之遗迹加以梳理，或者是从南北对比之角度，讨论南北学术之别。但是，洛阳名理之学产生的根源是什么，值得深入探寻。

名理之学的复兴潮流并不是在洛阳城内忽然出现的，而是与乡里士人的人格追求颇有关系。随着北魏文化发展逐渐成熟，乡里社会中的文化气氛也越发浓郁。乡居士人因其生活环境之关系，较为关注物我关系，以此释情。当时的乡里社会之中谈论这些类似于玄理、名物之学等内容的士人

① 唐长孺：《魏晋南北朝隋唐史三论》，第225—237页。王永平：《北朝时期之玄学及其相关文化风尚考述》，《学术研究》，2009年第11期，第101页等。

逐渐增多，且他们在行为方式上也有向魏晋名士靠拢的趋势。玄学曾经在南方获得过十分充分的发展。而直到李业兴访江南，与萧衍对谈时，仍表示自己并不知道玄学为何物，也告诉对方，北方并不流行玄学。但是，从魏末之后的情况来看，乡里士人的文化结构在不断更新。过去一般认为洛阳的玄理之学深受南来文化影响，此种观念的代表者是唐长孺。在魏末之后，的确有不少南来士人投北，以其名理之学影响北方的文人群体。如丹阳人徐之才，在梁朝曾从周舍习《老子》，为太学生，“粗通《礼》《易》”，魏末入北，“聪辩强识，有兼人之敏，尤好剧谈体语，公私言聚，多相嘲戏”[①]。诸葛颖载其为丹杨建康人，“侯景之乱，奔齐，历学士、太子舍人”，对《周易》《庄》《老》等皆有研习，“颇得其要”。[②]从表面上看，源源不断来到京洛的南方士人对此时风气的形成产生了很大影响，这也的确是客观存在的。

然而南来士人的影响并不应该被看作是北方玄学发展的根源性原因。自十六国时期以来，玄学的发展虽然在北方极为衰微，但是其发展脉络一直没有完全切断。洛阳名理之学与乡里士人对自身人格修养的期待颇有关系。那时，善于谈论名理的人才，大多出自博陵崔氏、清河崔氏、河东裴氏、赵郡李氏等大族之中。洛阳的名理之学影响深远。北齐李士谦是赵郡平棘人，他信佛教，通儒学、诸子，“善谈玄理”。入隋后，针对有人“不信佛家应报之义，以为外典无闻”的看法，他曾撰文加以辨析[③]。博陵崔廓“与赵郡李士谦为忘言之友，每相往来，时称崔、李……廓尝著论，言刑名之理，其义甚精，文多不载。”[④]其子崔赜入隋后，“与洛阳元善、河东柳䛒、太原王劭、吴兴姚察、琅邪诸葛颍、信都刘焯、河间刘炫相善，每因休假，清谈竟日。”[⑤]可见玄理的余风始终在文化士人群体之中长期存在，好似联系这些士人的一条文化纽带。如裴伯茂：“好饮酒，颇涉疏傲，久不徙官，曾为《豁情赋》，其序略曰：‘余摄养舛和，服饵寡术，自春徂夏，三婴凑疾。虽桐君上药，有时致效；而草木下性，实萦衿抱。故复究览庄生，具体齐物，物我两忘，是非俱遗，斯人之达，吾所师焉。故作是赋，所以托名豁情，寄之风谣矣。’”[⑥]又如李谧：“不饮酒，好音律，爱乐山水，高尚之情，长而

① 《北齐书·徐之才传》，第444、447页。
② 《北史·文苑传·诸葛颖传》，第2810页。
③ 《隋书·隐逸传·李士谦传》，第1753页。
④ 《隋书·隐逸传·崔廓传》，第1755页。
⑤ 《隋书·隐逸传·崔廓传附子赜传》，第1755页。
⑥ 《魏书·文苑传·裴伯茂传》，第1872—1873页。

弥固，一遇其赏，悠尔忘归。乃作《神士赋》，歌曰：'周孔重儒教，庄老贵无为。二途虽如异，一是买声儿。生乎意不惬，死名用何施。可心聊自乐，终不为人移。脱寻余志者，陶然正若斯。'"[①] 再如前面提到的卢元明，"善自标置，不妄交游，饮酒赋诗，遇兴忘返。性好玄理，作史子新论数十篇，文笔别有集录。""永熙末，居洛东缑山，乃作《幽居赋》焉。于时元明友人王由居颍川，忽梦由携酒就之言别，赋诗为赠。"[②] 卢元明在洛阳与洛东缑山之间来回，过着亦朝亦隐的生活。这种名士风气，似乎一时返回到魏晋，其实仍然是整个北朝时期对魏晋文化进行复古的一些表现，只是这些表现之中还有更为丰富的内涵。这些人虽然开始表现出对于老庄的爱尚，但这并不意味着他们将抛弃儒教。如李谧本身就是一个典型的、以儒教传家的乡里士人。四门小学博士孔璠等学官四十五人在李谧死后上书请谥，其中称："十三通《孝经》《论语》《毛诗》《尚书》。历数之术尤尽其长，州闾乡党有神童之号。"来到洛阳之后，他"鸠集诸经，广校同异，比三《传》事例，名《春秋丛林》，十有二卷。"[③] 可以说，他的文化成就也始终是以儒学为中心的。孔璠等人事奏之后，诏曰："谧屡辞征辟，志守冲素，儒隐之操，深可嘉美。可远傍惠、康，近准玄晏，谥曰贞静处士，并表其门闾，以旌高节。"[④] 从李谧的事件来看，当时的士人对自己的人格有着更多期待。这些逐渐流行起来的新的文化气息，成为洛阳名理之学复兴的前奏。

另外，即便是当时在乡里社会之中，也存在一些风雅之士，体现了此时乡里士人在自身人格塑造方面的追求，只是他们借助了其他的途径和方式，但其本质上所产生的文化意义是相类似的。如以儒学传家的荥阳郑氏也产生了一些风雅之士。如郑道昭之子郑述祖，"少聪敏，好属文，有风检，为先达所称誉"[⑤]。述祖有艺术，以此为乡里所称。[⑥] 又如裴谐，"颇有文学。善鼓琴，以新声手势，京师士子翕然从学。"[⑦] 还有（李）绘之舅河间邢晏，"与绘清言，叹其高远。每称曰：'若披云雾，如对珠玉，宅相之寄，良在此甥。'"[⑧] 可见李绘亦会清言。之后担任齐王萧宝夤主簿记室，专管表檄，不久又为司徒高邕辟为从事中郎，征至洛阳。在洛阳，卢绘主要是掌管军

① 《魏书·逸士传·李谧传》，第 1937 页。
② 《魏书·卢玄传附昶子元明传》，第 1061、1060 页。
③ 《魏书·逸士传·李谧传》，第 1938 页。
④ 《魏书·逸士传·李谧传》，第 1939 页。
⑤ 《北齐书·郑述祖传》，第 397 页。
⑥ 《北齐书·郑述祖传》，第 398 页。
⑦ 《魏书·裴叔业传附玄达从子谐传》，第 1577 页。
⑧ 《北齐书·李浑传附弟绘传》，第 394 页。

礼，“时敕侍中西河王、秘书监常景选儒学十人缉撰五礼，绘与太原王乂同掌军礼。”[①] 可见当时亦以礼乐之事集结了文人群体，这些文化士人常因此类事宜而聚首论议。如“魏静帝于显阳殿讲《孝经》《礼记》，绘与从弟骞、裴伯茂、魏收、卢元明等俱为录议。素长笔札，尤能传受，缉缀词议，简举可观”。[②] 入北齐，天平初年为丞相司马：“每罢朝，文武总集，对扬王庭，常令绘先发言端，为群僚之首。音辞辩正，风仪都雅，听者悚然。”[③] 可见随着北方地区文化的不断修复，北方士人对于个人人格修养的诉求日益明显，而北朝朝廷对这类风雅之士也是非常欢迎的。

这类士人进入到洛阳之后，洛阳的文人群体氛围促进了他们对于名理的切实探讨。如北地三才之一的邢劭，“少在洛阳，会天下无事，与时名胜专以山水游宴为娱，不暇勤业。”[④] 前文已经提到他的府邸是洛阳文人群体集会之所，他在当时颇有名望。而从有关记载来看，他与河东裴伯茂、北海王昕等名士，交相探讨，尤其重视辨析义理，成为一个复兴玄学的重要群体。邢劭在京城的文学群体中擅长组织文学或者玄理之集会，并在这种集会中塑造自身的名士形象。“虽望实兼重，不以才位傲物。脱略简易，不修威仪，车服器用，充事而已。有斋不居，坐卧恒在一小屋。果饵之属，或置之梁上，宾至，下而共噉。天姿质素，特安异同，士无贤愚，皆能顾接，对客或解衣觅虱，且与剧谈。……性好谈赏，不能闲独，公事归休，恒须宾客自伴。”[⑤] 他的作品在当时传播速度很快，“自孝明之后，文雅大盛，劭雕虫之美，独步当时，每一文初出，京师为之纸贵，读诵俄遍远近”[⑥]。这些曾经在两晋时代流行过的文人风气此时获得了重现。

而这个群体中，对玄学义理本身具有极大推动作用的还是杜弼，他是洛阳名理之学复兴的代表人物，影响较为深远。杜弼乃是京兆杜氏，自九世祖骜没赵之后家于河北，属于在永嘉南渡中没有抵达南方的士人。“弼幼聪敏，家贫无书，年十二，寄郡学受业，讲授之际，师每奇之。”[⑦] 他所受教育是从郡学中而来，之后为同郡甄琛简试诸生而被赏识，甄琛之子宽与弼为友。任城王澄时为州牧，“闻而召问，深相嗟赏，许以王佐之才。澄、

① 《北齐书·李浑传附弟绘传》，第 395 页。
② 《北齐书·李浑传附弟绘传》，第 395 页。
③ 《北齐书·李浑传附弟绘传》，第 395 页。
④ 《北齐书·邢劭传》，第 475 页。
⑤ 《北齐书·邢劭传》，第 478—479 页。
⑥ 《北齐书·邢劭传》，第 476 页。
⑦ 《北齐书·杜弼传》，第 346 页。

琛还洛，称之于朝，丞相高阳王等多相招命”。[1] 即便是杜弼这样的文化士人，也是以军功起家，因长于笔札而曾为参军、管记。杜弼在魏末普泰年间，即与东莱太守王昕有过一定交往。[2] 高欢控制朝廷之后，杜弼一度曾在晋阳。杜弼虽然长于文簿，但是即便对答齐高祖，也曾声称：“刀笔小生，唯文墨薄技，便宜之事，议所不及。”[3] 这说明在这个制度更化之时，来自乡里社会、深受儒家传统经学教育的文化士人渴望在时代舞台上有更大作为。杜弼也因为诸多言论不当，得罪齐高祖，一度左迁。但北齐统治者终究有赖汉族士人，故而“又引弼典掌机密，甚见信待”[4]。杜弼行事，颇受齐高祖世子高洋赞赏。但随侍鲜卑左右，仍不时遭遇大恐以至战栗汗流之事。高欢曾经对杜弼谈到江南之事，对其礼乐表示倾慕。而关于杜弼热衷玄学之事的记载，便在这一史事之后。武平六年（575），从高欢破西魏于邙山之后有功加官，于是奉使诣阙（这说明他长期在晋阳而非邺城），在九龙殿面圣，与之在殿堂之上讨论了玄学[5]。在对话中，杜弼其实是将佛、玄看作一体，加以贯通，而使魏静帝能对玄学“体道得真，玄同齐物”的内涵有着更好的理解。通过这番谈论，杜弼奠定了他在洛阳名理之学方面的文化地位。同年，魏静帝“集名僧于显阳殿讲说佛理，弼与吏部尚书杨愔、中书令邢劭、秘书监魏收等并侍法筵。敕（杜）弼升师子座，当众敷演。昭玄都僧达及僧道顺并缁林之英，问难锋至，往复数十番，莫有能屈”[6]。可见，魏静帝利用了都城城市中的丰富资源，以促进此际儒释道文化之交融。而杨愔、邢劭和魏收等人，并非是在邺城中成名的文化士人，他们都是随静帝东迁到邺城的，因此，他们所谈论的仍然是在魏末都城洛阳中所形成的一些佛、玄之理。魏静帝对此评价说：“此贤若生孔门，则何如也？”[7] 可见他的评价标准也仍然是以儒家为基准的，其实体现了当时北方文化对于道家的生疏，也体现了杜弼对于北方名理之学复兴的承担意义。

杜弼本人爱好玄理之推索，“性好名理，探味玄宗，自在军旅，带经从役。注老子《道德经》二卷。”[8] 此书而后上表给魏静帝。这篇上表中认

---

① 《北齐书·杜弼传》，第 346 页。

② 《北齐书·杜弼传》：“普泰中，吏曹下访守令尤异，弼已代还，东莱太守王昕以弼应访。”第 346 页。

③ 《北齐书·杜弼传》，第 347 页。

④ 《北齐书·杜弼传》，第 347 页。

⑤ 《北齐书·杜弼传》，第 348 页。

⑥ 《北齐书·杜弼传》，第 350 页。

⑦ 《北齐书·杜弼传》，第 350 页。

⑧ 《北齐书·杜弼传》，第 348 页。

为“臣闻乘风理弋，追逸羽于高云；临波命钩，引沉鳞于大壑。苟得其道，为工其事，在物既尔，理亦固然。窃惟《道》《德》二经，阐明幽极，旨冥动寂，用周凡圣。论行也清净柔弱，语迹也成功致治。实众流之江海，乃群艺之本根。”也即是说，他崇尚“理”，是因为这是认识一切事物的根本。而《道德经》的妙处正在于引导人获得认识事物的途径，正所谓“情发于中而彰诸外，轻以管窥，遂成穿凿。无取于游刃，有惭于运斤，不足破秋毫之论，何以解连环之结”[①]。杜弼的这些具有概括性的结论，不仅可以让我们认识到当时北方人对于哲学的理解有很大的进步，而且反映了魏末之后北人在文化诉求方面进入了一个全新的境界。魏静帝的答复诏书，同样体现了北魏末年对于文化的包容——而且，这种包容尤其体现在不以一种文化去否定另外一种文化，而是努力促成它们之间的融合。诏书中肯定了道家的地位，称其学说乃是“从中被外，周应可以裁成；自己及物，运行可以资用”，同时表彰了杜弼作为专家注解之功对于弥补此前道家文化发展之不足，称其“户列门张，途通径达，理事兼申，能用俱表，彼贤所未悟，遗老所未闻，旨极精微，言穷深妙”。[②]

《北齐书·杜弼传》本传载其“尝与邢劭扈从东山，共论名理”，邢劭以为“人死还生，恐为蛇画足”。杜弼则认为，“盖谓人死归无，非有能生之力。然物之未生，本亦无也，无而能有，不以为疑。因前生后，何独致怪？”[③]二人对人之生死的具体看法，这里不作评论，但他们反复论辩，所涉及的思想以及进入名理之学的方式，都显示了当时洛阳名理之学的迅速发展。这些辩论最后被写入《与邢劭议生灭论》一文之中[④]，基本上是双方辩论的形式，其议论已经是相当充分，而其后又别与邢书云：“夫建言明理，宜出典证，而违孔背释，独为君子。若不师圣，物各有心，马首欲东，谁其能御。奚取于适衷，何贵于得一。逸韵虽高，管见未喻。”于是，“前后往复再三，邢劭理屈而止”。[⑤]从杜弼这封书信来看，他对于玄学名理之申发，仍然是以“师圣”为前提。

唐长孺认为“杜弼是北朝仅见的玄学家，并非经师”[⑥]这句话是很有道理的，因为杜弼的知识结构与经师不同。杜弼本传载其“性好名理，探味

---

① 《北齐书·杜弼传》，第349页。
② 《北齐书·杜弼传》，第349页。
③ 《北齐书·杜弼传》，第351页。
④ 《北齐书·杜弼传》收有此文，第352页。
⑤ 《北齐书·杜弼传》，第352页。
⑥ 唐长孺：《魏晋南北朝隋唐史三论》，第235页。

玄宗，自在军旅，带经从役。注老子《道德经》二卷”，进奉东魏静帝和高欢父子。“耽好玄理，老而愈笃。又注《庄子·惠施篇》、《易·上下系》，名《新注义苑》，并行于世。”[①] 他从早年即开始研究的，是老庄之学。来到洛阳之后，杜弼等人推崇玄理的主要途径，是从佛理切入到名理所关注的内容，去寻找二者之间的联系。静帝曾对杜弼说：“朕始读《庄子》，便值奏名，定是体道得真，玄同齐物。闻卿精学，聊有所问。经中佛性、法性为一为异？”杜弼以为“佛性、法性，止是一理”，并对此进行深入论述。[②] 为何在北方，玄学和佛学之间有着密不可分的关系呢？唐长孺分析过：“永嘉乱后玄学中心虽然从洛阳南移建邺，但直到石赵时期老庄之学仍在洛阳传习，慧远为诸生时即在洛阳诵习老庄。以后玄学几乎在士人中几成绝响，却得以在僧侣中流传保存，即因玄学命题中的有无本末之辩、方内方外之说与佛教中的空有和真谛俗谛之论可以比附。”[③] 而在杜弼的时代，佛教发展为最盛，其中义理之互通更可想见。

杜弼为臣，常因其耿直之言得罪鲜卑贵主，最后竟然招致杀身之祸，名理之学，并没有让他学会全身远祸。这里可以看出，他对玄理的研习，也并非是为了实现人生之进退，而只是为了获得对玄理理解。杜弼之后人鲜有传承其学者。及周武帝平齐，命尚书左仆射阳休之以下知名朝士十八人随驾入关，杜弼之子并不在其中。次子台卿后虽被征，为其聋疾放归。

当时还有一类和杜弼不同的人，他们并没有留下理论性的著作，而多在行为上崇尚名理。一旦这些行为有荒诞之处，便不能为世人所接受。王昕“雅好清言，词无浅俗”[④]。他的弟弟王晞也为风流名士，“遨游巩、洛，悦其山水，与范阳卢思明、巨鹿魏季景结侣同契，往天陵山，浩然有终焉之志。”[⑤] 魏末动乱，造成了一些士人再次向洛阳周边转移，但是由于这次的动乱规模和晋末太安之乱并不相同，因此这些士人更像是偶然避世，他们的生活本身并没有进入动荡的境地。《北齐书·王昕传》记载当时他与邢劭、李浑、杨愔等人游逸、隐匿于嵩山等地。事实上，从永熙末年之后，退避到洛阳周边隐居的文人就很多，例如还有前文提到的卢元明隐于洛阳附近。[⑥] 这说明，当时的文人群体还形成了共同的文化好尚与追求。王昕

① 《北齐书·杜弼传》，第353页。
② 《北齐书·杜弼传》，第348页。
③ 唐长孺：《魏晋南北朝隋唐史三论》，第232—233页。
④ 《北齐书·王昕传》，第416页。
⑤ 《北齐书·王昕传附弟晞传》，第417页。
⑥ 《魏书·卢玄传附昶子元明传》，第1060页。

在魏末动乱之后，因其担任东莱太守，聚拢名士退隐洛阳周边避乱，因此成为继邢劭、杜弼之后名士集团的重要领袖人物。当时的东莱成为好尚名理之士的云游圣地。邢子良之《与王昕王晖书》，爱王昕之“清悟”，专门写信给当时正在洛阳的王氏兄弟，称：“贤弟弥郎，意识深远，旷达不羁，简于造次，言必诣理，吟咏情性，往往丽绝。恐足下方难为兄，不假虑其不进也。”[①] 另外，裴衍之《请隐嵩高表》同样反映了此时洛阳周边成为文化士人的修养之地。[②] 郑道昭《于莱城东十里与诸门徒登青阳岭太基山上四面及中顶扫石置仙坛诗》[③] 中谈到与之同游的有“三四子”并有门徒数人，一起穿梭于林石之间，共同唱和，并谈论经学与老庄。这首诗从艺术上来说，并不是多么出众，“读起来总觉得是有意识地模仿郭璞的《游仙诗》，而且总觉得有些生硬，不太流畅”[④]，但是它所表现的闲野之趣，是过去的北朝诗文中所不曾抒发的。这说明，这些文士在名理之学复兴的风潮之下，对自身的文化生活已经有了不同的追求。同时郑道昭还作有《与道俗□人出莱城东南九里登云峰山论经书诗》[⑤]，此诗文字多有脱落，但内容上与前面一首诗歌相类似。其《登云峰山观海岛诗》[⑥] 同样有类似大谢之风，但语意疏朗，兼有咏史与谈玄之妙。从郑道昭的诗歌创作实绩看来，当时洛阳玄理之学的复兴已经对诗歌影响很深。

然而，关于前文所提及的王昕，史书中鲜有其辨析义理的记载，留名于世的是他极力模拟南方名士、脱略尘世之形的样态。齐文宣帝曾“以昕疏诞”，在《王昕削爵诏》中责备他：“伪赏宾郎之味，好咏轻薄之篇。自谓模拟伧楚，曲尽风制。推此为长，余何足取？此而不绳，后将焉肃？在身官爵，宜从削夺。”[⑦] 而在另外一则诏书中又表扬李德林说，“至如经国大体，是贾生、晁错之俦；雕虫小技，殆相如、子云之辈。今虽唐、虞君臣，俊乂盈朝，然修大厦者，岂厌夫良材之积也。”[⑧] 可见，当时上层统治者仍以经学为重，而对玄学的发展抱以不屑态度。从这里可以看出，“乡论”社会的底色仍然未变，人们仍然反对那些举止过分荒诞之人。当时更多的文化士人，其实是像杜弼这样，在过去对儒家礼乐的学习和传承基础

---

① 《北齐书·王昕传附弟晞传》，第 417 页。
② 《魏书·裴叔业附裴衍传》，第 1574—1575 页。
③ 逯钦立编：《先秦汉魏晋南北朝诗》，第 2206 页。
④ 曹道衡：《南朝文学与北朝文学研究》，第 270 页。
⑤ 逯钦立编：《先秦汉魏晋南北朝诗》，第 2207 页。
⑥ 逯钦立编：《先秦汉魏晋南北朝诗》，第 2207 页。
⑦ 《北史·王宪传附云子昕传》，第 884 页。
⑧ 《隋书·李德林传》，第 1194 页。

上，开始关注老庄，好尚玄学名理，更多的是在思想层面提升自身的文化内涵，其本质上是一种知识追求。这种情况在乡里社会惯为常见，乡里士人常常将对于名理哲学的研习与个人修养统一起来。从魏末到齐初，北方地区涌现出了很多这样的文化士人。如崔伯谦“少时读经、史，晚年好《老》《庄》，容止俨然无愠色，亲宾至，则置酒相娱，清言不及俗事，士大夫以为仪表”[①]；“羊烈，字信卿，太山巨平人也。……好读书，能言名理，以玄学知名。”[②]。崔赡“（容貌）洁白，美容止，神彩嶷然，言不妄发，才学风流为后来之秀”“性方重，好读书，酒后清言，闻者莫不倾耳。自天保以后，重吏事，谓容止酝籍者潦倒，而赡终不改焉”[③]。这些士人的情况充分说明，当时已经存在较为明显的学玄风气。但是这类风气也并不是十分持久。《北齐书·许惇传》载其在魏末“虽久处朝行，历官清显，与邢劭、魏收、阳休之、崔劼、徐之才之徒比肩同列，诸人或谈说经史，或吟咏诗赋，更相嘲戏，欣笑满堂，惇不解剧谈，又无学术，或竟坐杜口，或隐几而睡，深为胜流所轻”[④]。这种行为，其实和北方乡里社会的一些传统价值观念相违背。故而，在北齐称制之后，这批士人的“雅风”受到打击，文化士人群体的凝聚性受到冲击。《北齐书·卢潜传》载“天保中，尚书王昕以雅谈获罪，诸弟尚守而不坠，自兹以后，此道顿微。（卢）昌衡与顿丘李若、彭城刘泰珉、河南陆彦师、陇西辛德源、太原王修并为后进风流之士”。可见天保以后，北齐玄学风气“自兹以后，此道顿微”。[⑤]

为什么北齐时会对这类学玄行为加以打击呢？恐怕还是因为自魏末以来，对这种玄风的争议一直都在，而复兴儒学的呼声也一直都很高。羊深是前废帝时期的重要人物，普泰初为侍中，废帝甚亲待之。是时“胶序废替，名教陵迟”，儒教废弃，羊深于是上疏，建议恢复学校，重振礼学。[⑥]对于魏末乱象，羊深表达了自己深刻的忧虑：“自兵乱以来，垂将十载，干戈日陈，俎豆斯阙。四海荒凉，民物凋敝，名教顿亏，风流殆尽。世之陵夷，可为叹息。”[⑦]羊深的这番话，代表了当时社会上的一种声音。除此之外，连颜之推这个南来之人，也已经在北朝乡里社会中接受了一些根深蒂固的儒学本位思想。他说：“夫老庄之书，盖全真养性，不肯以物累己也，故藏

① 《北史·崔鉴传附从孙伯谦传》，第1162页。
② 《北齐书·羊烈传》，第575页。
③ 《北史·崔逞传附崔赡传》，第874、876页。
④ 《北齐书·许惇传》，第575页。
⑤ 《北齐书·卢潜传》，第557页。
⑥ 《魏书·羊深传》，第1704页。
⑦ 《魏书·羊深传》，第1705页。

名柱史，终蹈流沙；匿迹漆园，卒辞楚相，此任纵之徒耳。何晏、王弼，祖述玄宗，递相夸尚，景附草靡，皆以农、黄之化，在乎己身，周、孔之业，弃之度外。”[①] 言下之意，同样是对背弃周孔而慕老庄者表达了困惑不解甚至批评。事实上，在当时的情况下，北朝的文化士人往往是在儒家价值观念的前提之下来谈论名理的，并不是对儒学加以抛弃和否定。北朝文人对名理的需要，主要是体现在名理塑造个人人格的作用上，正是“玄为儒用”。

而尤其需要强调的是，当时玄学名理的发展，仍然拘泥于特定的文化圈子，并未蔓延到整个社会。前文提过的李业兴是一个乡里私学中的士人，他精于礼学，而对玄学一无所知，他曾聘于江南，“萧衍亲问业兴曰：‘闻卿善于经义，儒、玄之中何所通达？’业兴曰：‘少为书生，止读五典，至于深义，不辨通释。’”萧衍只好就五经展开了其他讨论，末了“衍又问：‘《易》曰太极，是有无？’业兴对：‘所传太极是有，素不玄学，何敢辄酬。’”[②] 无论李业兴是因为鄙视玄学而故意说完全未曾涉足，还是表明了真实情况，这个例子都说明了当时乡里士人们对于玄学的看法仍然千差万别。而从这个反例也可以看到，因于玄学名理的名义而产生的文学集会，容易推动小型文学群体的形成。而这部分文化精英，正是洛阳社会所培育的，他们对当时文化史的推动作用是极大的。

洛阳名理之学的复兴对于北朝文化、文学的发展有很深的意义。它说明，魏晋之后因为十六国五胡政权所打断的、不同于南朝发展的文化脉络，此时又重新回到了它原来应该往前延续的轨道，并且加入了更多新鲜的文化元素。这样的复兴，应该视作是文化发展结构上的一种补足，对于北方士人关注个人之“适性”，关注内心情感和生活空间等，颇有意义。北方的文学作品过去受“乡论”社会的引导，过分注重教化功能和思想性，阔大有余而纤细不足，因此，洛阳名理之学的复兴将能够为北方乡里士人思维上带来清新细腻的气质。

三、温子昇与魏末文场

所谓“魏末文场”，其实跨越了两个时代，即北魏末年和东魏初年。孝武西迁也导致了实际控制原北魏政权的高氏，之后迁都到邺城。温子昇是北魏末、东魏初的著名文人，位列“北地三才”之一，是讨论北朝文学时不可回避的一个重要作家。他创作的作品类型丰富，现存较为完整的诗

---

① ［北齐］颜之推撰，王利器集解：《颜氏家训集解·勉学篇》（增补本），第186页。

② 《魏书·儒林传·李业兴传》，第1863—1864页。

十一首、文二十八篇，此外还撰有《永安记》《起居注》，以及与窦瑗合撰的《麟趾新制》《甲子元历》。由于他在北魏文学史上地位重要，遂成为各类文学史著作必然提到的一个文学家。关于温子昇的专题研究也已经很多，大多主要是分析他的生平经历与文学艺术成就。而本书重点研究的是他从乡里士人蜕变为洛阳都城中重要的文化角色这个过程中，他对于推动文学史进程所起到的一些重要作用。温子昇对于整个魏末文学发展而言，究竟具有何种意义；又为何被当时的舆论推到一个最突出的地位；他与魏末文人群体之间，存在何种关系等等。这些问题，都是值得深入探索的。

温子昇是一位典型的乡里士人，他在乡里私学接受过较长时期的私学教育。他的老师崔灵恩在《梁书·儒林传》有传[①]。崔灵恩博通经传，尤精《三礼》《三传》。初仕北魏，担任太常博士。天监十三年（514）归梁。累迁步兵校尉兼国子博士。聚徒讲学，听者常达数百人。撰有《集注毛诗》《三礼义宗》等。温子昇的另外一位老师刘兰在《魏书·儒林传》中亦有传[②]。其读《左氏》，五日一遍，兼通《五经》；推阐经传之由，甚为精悉；而且通晓阴阳，博物多识，为儒者所宗；又生徒甚众，海内称焉。温子昇跟从这样的两位名儒接受启蒙教育，饱受儒家思想的浸染与熏陶。两位老师对其终生行事和文学创作活动都产生了极为深远的影响。

温子昇的成名经历与当时的普通乡里士人基本一致。进入青年时代，温子昇“博览百家，文章清婉”。[③]大约在二十岁时，他充当广阳王元渊的贱客，在马房给王府里的诸奴仆讲解书籍，曾在此期间作《侯山祠堂碑》，被名儒常景读到后，即称他为“大才士”，由此声名鹊起。熙平元年（516），温子昇通过北魏选官考试进入到仕途，而这次选官有着明确的标准，即选的是“辞人”[④]。由于这一次选举规模较大，录取之人也较多。“同时射策者八百余人，子昇与卢仲宣、孙搴等二十四人为高第。于是预选者争相引决，匡使子昇当之，皆受屈而去。”[⑤]此后，温子昇开始成为台省之中专职于文笔之人。

温子昇在成为宫廷文人之后，他的人生几乎就与北魏末年最为重要的时政事件相关联。他被裹挟在当时诸多政治事件之中，成为魏末历史的见

---

① 《梁书·儒林传·崔灵恩传》，第676—677页。

② 《魏书·儒林传·刘兰传》，第1851—1852页。

③ 《魏书·文苑传·温子昇传》，第1875页。

④ 《魏书·肃宗纪第九》所言：熙平元年（516）二月“癸亥，初听秀才对策，第居中上已上，叙之。”第223页。朝廷之所以举行这次选取官员的考试，源于“中尉、东平王匡博召辞人，以充御史。”《魏书·文苑传·温子昇传》，第1875页。

⑤ 《魏书·文苑传·温子昇传》，第1875页。

证者和参与者。当时，孝明帝生母胡太后临朝听政，政治斗争激烈。温子昇在其草拟的各类公文中，表现了他参与政治的热情。如元匡奏劾于忠，而温子昇为元匡撰写了《为御史中丞元匡奏劾于忠》。正光元年（520）七月，领军元乂与长秋卿刘腾发动了宫廷政变。这场政变导致北魏政权严重受损，"逼肃宗于显阳殿，闭灵太后于后宫，囚怿于门下省，诬怿罪状，遂害之，时年三十四。朝野贵贱，知与不知，含悲丧气，惊振远近。夷人在京及归，闻怿之丧，为之劈面者数百人"。[①] 清河王怿受牵连遇害之后，温子昇作《相国清河王挽歌》以示哀悼。孝庄时，温子昇担任南主客郎中，负责修撰《起居注》。一日缺席事务，上党王元天穆录尚书事，因欲以捶挞惩罚温子昇，温子昇遂逃遁。元天穆于是奏请由他人代替其职务。孝庄帝答复道："当世才子，不过数人。岂容为此，便相放黜？""乃寝其奏"[②]。这里说明，当时温子昇已经因其才名，颇能获得统治者之宽容。同年九月，朝廷以平定葛荣之故，改元为永安。温子昇被任命为中书舍人，这一年撰写了《为临淮王彧谢封开府尚书令表》。十二月，尔朱兆率兵入洛，大加掠杀，不仅杀皇子，还把孝庄帝转移到晋阳秘密杀害。《北史》载曰："乃令四五十人迁帝于河桥，沉灵太后及少主于河。时又有朝士百余人后至，仍于堤东被围。遂临以白刃，唱云能为禅文者出，当原其命。时有陇西李神俊、顿丘李谐、太原温子昇并当世辞人，皆在围中。"[③] 魏末文人正是在这样极大的政治波动中求生，温子昇在此事中逃匿。[④]

不久，尔朱氏另立前废帝控制朝廷，而高欢于此刻起兵声讨尔朱氏，在信都扶立后废帝。普泰二年（532），这两派之间发生了著名的韩陵之战。高欢在这场战争中，以少胜多，颇获声威。温子昇此时仍然担任高欢所控制之政权下的中书舍人，他最为著名的作品《寒陵山寺碑》即作于此时。温子昇善为碑版，即是从此时开始的。同年（532），孝武帝为高欢所立，温子昇仍为中书舍人。高欢笃信佛教，于是永熙元年（532）在洛阳"造砖浮图一所，是土石之工，穷精极丽，诏中书舍人温子昇以为文也。"永熙三年（534）六月"辛未，帝复录在京文武议意以答神武，使舍人温子昇草敕，子昇逡巡未敢作。帝据胡床，拔剑作色。子昇乃为敕曰……"[⑤] 温子昇在政治势力之间的"逡巡"和犹豫，说明当时高欢与孝武帝之间斗争

① 《魏书·清河王怿传》，第592页。
② 《魏书·文苑传·温子昇传》，第1876页。
③ 《北史·尔朱荣传》，第1754页。
④ 罗国威：《温子昇年谱》，《辽宁大学学报》，1998年第3期，第1—5页。
⑤ 《北齐书·神武下》，第14页。

的复杂性，同样影响和投射到文人身上。同年七月，孝武帝逃奔长安，投靠了宇文泰。而之后高欢另立静帝，迁都邺城，改元天平。迁都之后，温子昇应该是随侍于静帝。在东魏政权建立过程中，他曾撰写过《阊阖门上梁祝文》《迁都拜庙邺宫赦诏》。同时，温子昇大量开始为他人撰写墓表，如《司徒祖莹墓志铭》《西河王谢太尉表》《为司徒高敖曹谢表》和《常山公主碑》等，都是写于天平时期。武定五年（547）正月，高欢去世。其长子高澄为给其父树碑立传，诏温子昇撰作《献武王碑》。就在温子昇奉命写作的过程中，发生了高澄门客元仅、刘思逸、荀济等人图谋杀害高澄的事件。因为曾在温子昇与元仅等人有过交往，高澄便怀疑他参与了这次谋杀活动,《献武王碑》完成之后，投温子昇于晋阳狱。温子昇在狱中饿死，死后被弃尸路隅，全家亦被抄没，死后无嗣。史书称温子昇"事故之间，好预其间"[①]，这句话其实颇有贬义。这其实主要是因为当时的文化士人颇为政治势力所左右，对于人生中的进退之事，缺少主动选择权，甚至茫然不知。

从文学史发展的角度来看，温子昇是整个北魏末年到东魏时期文场中最为重要的人物。然而从当时的记载看来，他对文人群体产生的交游上的影响则极为有限。仔细考察温子昇在当时文人群体中的活动，可以发现，他与这个文场保持着一定的距离，似乎有着高于文人交游的抱负。永熙三年（534），孝武帝释奠，温子昇与李业兴、窦瑗、魏季景并为摘句，后同为侍读，参掌文诏。此中诸人，起家各有不同。如李业兴与温子昇一样，来自乡里，曾"志学精力，负帙从师，不惮勤苦。耽思章句，好览异说。晚乃师事徐遵明于赵魏之间"。[②] 后为王遵业门客。举孝廉，为校书郎，因此步入仕途的道路和方式与温子昇有所类似；窦瑗同样是年十七便荷帙从师，游学十载，之后为尔朱荣所知，颇有军功，平步青云，入《魏书·良吏传》[③]；魏季景乃与魏收同族，文才相亚，曾号为洛阳"二魏"；后出使于萧衍。"天平初，因迁都，遂居柏人西山。内怀忧悔，乃为《择居赋》",《北史》本传载其撰写文章约二百余篇。[④] 魏季景与当时的其他文人颇有交流，《魏书·卢景裕》载："（卢景裕）永熙初，以例解。天平中，还乡里，与邢

① 《魏书·文苑传·温子昇传》，第1877页。

② 李兴业好辩，性耿直，曾因与渔阳鲜于灵馥辩《左传》大义。《魏书·儒林传·李业兴传》："后乃博涉百家，图纬、风角、天文、占候无不详练，尤长算历。虽在贫贱，常自矜负，若礼待不足，纵于权贵，不为之屈。"第1861页。

③ 《魏书·良吏传·窦瑗传》，第1907—1912页。

④ 《北史·魏季景传》，第2043页。

子才、魏季景、魏收、邢昕等同征赴邺。”[①] 温子昇虽然曾与魏季景同为摘句，而到迁邺之时，由于早为高欢所用，名望颇高，故而并不位列于这个名单之中。而这批迁邺文人之间，颇有唱和往来。如裴伯茂死后，“殡于家园，友人常景、李浑、王元景、卢元明、魏季景、李骞等十许人于墓傍置酒设祭，哀哭涕泣，一饮一酹曰：‘裴中书魂而有灵，知吾曹也。’乃各赋诗一篇。李骞以魏收亦与之友，寄以示收。收时在晋阳，乃同其作，论叙伯茂，其十字云：‘临风想玄度，对酒思公荣。’时人以伯茂性侮傲，谓收诗颇得事实。”[②] 这其中所涉及的“十许人”中也没有温子昇。又如邢昕曾“受诏与秘书监常景典仪注事。出帝行释奠礼，昕与校书郎裴伯茂等俱为录义。永熙末，昕入为侍读，与温子昇、魏收参掌文诏”。[③] 邢昕同样与温子昇曾有共事经历，但从现存诗文看来，他们之间也并无唱和关系和交游来往的记录。迁都之后，邢昕“与侍中从叔子才（邢劭）、魏季景、魏收同征赴都。寻还乡里。既而复征。时萧衍使兼散骑常侍刘孝仪等来朝贡，诏昕兼正员郎迎于境上。”[④] 史书称其“既有才藻，兼长几案”，这应该指的便是其文笔的才能。而直到武定五年（547）温子昇去世之前，史书记载中很难看到温子昇与这些文人有其他交流的记载。温子昇被弃尸于道路，只有友人宋游道来收葬，对此，高澄评价说：“吾近书与京师诸贵，论及朝士，卿僻于朋党，将为一病。今卿真是重旧节义人，此情不可夺。子昇吾本不杀之，卿葬之何所惮。天下人代卿怖者，是不知吾心也。”[⑤] 这里高澄概括宋游道性格的话——“僻于朋党，将为一病”，其实也正好可以用于形容温子昇。温子昇在参与政治方面极有热情，在文才方面亦有天分，但他却不是穿梭于洛阳文场中的热闹之人。他对洛阳文场的疏离感，其实有益于他以更高的艺术标准，超越当时洛阳、邺城文人的一般创作水平。温子昇和当时文人群体之间的这种关系，是极为特殊的。温子昇少时就十分谦虚谨慎，杨遵彦作《文德论》称：“以为古今辞人皆负才遗行，浇薄险忌，唯邢子才、王元景、温子昇彬彬有德素。”[⑥] 这里所说的“彬彬有德素”其实反映了温子昇在人格修养上颇为自持，并不因其文才而傲然于众。温子昇在一些文学集会中的表现往往忸怩拘谨，也体现了他较为孤僻、沉郁的性格。如他“尝

---

① 《魏书·儒林传·卢景裕传》，第 1859 页。
② 《魏书·文苑传·裴伯茂传》，第 1873 页。
③ 《魏书·文苑传·邢昕传》，第 1874 页。
④ 《魏书·文苑传·邢昕传》，第 1874 页。
⑤ 《北齐书·酷吏传·宋游道传》，第 655 页。
⑥ 《魏书·文苑传·温子昇传》，第 1876—1877 页。

诣萧衍客馆受国书，自以不修容止，谓人曰：‘诗章易作，逋峭难为。’文襄馆客元仅曰：‘诸人当贺。’推子昇合陈辞。子昇久忸怩，乃推陆操焉”[①]。可见温子昇成名虽早，但是对于文章之事是十分谨慎的，对于文学圈子的交游也是木讷谦恭的。温子昇虽然是文学才子，但其性格却更像一个保守的乡里经师，与人们在后世所描述的温生形象并不相同。温子昇去世之后，将其作品结集的，也并非是洛阳、邺城这些著名的文人群体，而仍然是不知名的宋游道。宋游道将温子昇一生作品集为文笔三十五卷。

关于温子昇其人，历来有所争论，这主要是从魏收将温子昇评价为“深险”开始的。《魏书·温子昇传》称：“子昇外恬静，与物无竞，言有准的，不妄毁誉，而内深险。事故之际，好预其间，所以终至祸败。”[②]《中说》又云：“太原府君曰：‘温子昇何人也？’子曰：‘险人也。智小谋大。永安之事，同州府君常切齿焉，则有由也。’”[③] 这些争议和评价应该是基于一些事实，只是这些事实在史书中没有更为明确的记载。明末张溥的分析是比较详细和客观的。他认为温子昇好参与政事不假，但并非是“深险”之人，而是“柔顺文明”。他说：“史言温鹏举外静内险，好预事故，终致祸败。今据史魏庄帝杀尔荣、元仅等，背齐文襄作乱，鹏举皆预谋。此二事者，柔顺文明，志存讨贼，设令功成无患，不庶几其先大将军之诛王敦乎？《魏书》目为深险，佛助何无识也？……元颢之变，策复京师，计之上也。上党即不能为桓文，鹏举之言，管狐许之矣。北人不称其多智，而徒矜斩将搴旗于文墨之间，犹皮相也。”[④] 张溥十分肯定温子昇的政治识见，但比拟为管狐还是过誉了。而文学创作之才，不过是温子昇的表面之才，其内在之抱负与智慧，仍是投注于政事之上的，而对于这一点，北人不太明了。

温子昇与邢劭、魏收在后世被称为“北地三才”。这个名号，最早出现在《魏书·自序》中：“寻兼中书舍人，与济阴温子昇、河间邢子才齐誉，世号三才。”[⑤] 也就是说，这个名号，在当时就已经有了。之后《隋书·文学传序》也对这一称号加以了肯定，曰：“于时作者，济阳江淹、吴郡沈约、乐安任昉、济阴温子昇、河间邢子才、巨鹿魏伯起等，并学穷书圃，思极人文，缛彩郁于云霞，逸响振于金石。英华秀发，波澜浩荡，笔有余力，

---

① 《魏书·文苑传·温子昇传》，第 1877 页。

② 《魏书·文苑传·温子昇传》，第 1877 页。

③ ［隋］王通撰，［宋］阮逸注：《中说》，《中华再造善本》第 4 卷，北京图书馆出版社，2003 年，第 2 页。

④ ［明］张溥著，殷孟伦注：《汉魏六朝百三家集题辞注·温侍读集》，人民文学出版社，1960 年，第 280 页。

⑤ 《魏书·自序》，第 2324—2325 页。

词无竭源。方诸张、蔡、曹、王，亦各一时之选也。”[①] 而从当时的文名来看，温子昇在南北地区的知名度要远高于邢、魏二人。而邢、魏二人之间，则是邢高于魏。

邢、魏二人之文名首先来自于他们的政治地位。《北齐书》载曰：

> 是时朝臣多守一职，带领二官甚少，劭顿居三职，并是文学之首，当世荣之。……每公卿会议，事关典故，劭援笔立成，证引该洽，帝命朝章，取定俄顷，词致宏远，独步当时，与济阴温子昇为文士之冠，世论谓之“温邢”。巨鹿魏收虽天才艳发，而年事在二人之后，故子昇死后，方称“邢魏”焉。[②]

魏收在魏末齐初同样官职甚高。二十六岁时，即为北主客郎中。“节闵帝立，妙简近侍，诏试收为《封禅书》”，政治地位十分显赫；除了仪同三司，魏收曾受诏与阳休之参议吉凶之礼，并掌诏诰，武定后国家大事文词皆魏收所作，这种政治地位，为邢劭、温子昇所不逮，而其参议典礼与邢相埒。[③] 邢、魏的政治地位，的确比长期担任中书舍人的温子昇要高，而且他们包揽了当时文诰创作之权。邢、魏二人亦有创作，虽然如此，他们的声誉不及温子昇。温子昇的声誉在南北地区皆传播开来。“正光末，广阳王渊为东北道行台，召为郎中，军国文翰皆出其手。于是才名转盛。黄门郎徐纥受四方表启，答之敏速”，王渊独沉思曰：“彼有温郎中，才藻可畏。”[④] 在温子昇的晚年，他的作品传播到江南，获得了极高的声誉。《魏书·温子昇传》载：“萧衍使张皋写子昇文笔，传于江外。衍称之曰：‘曹植、陆机复生于北土。恨我辞人，数穷百六。’阳夏太守傅标使吐谷浑，见其国主床头有书数卷，乃是子昇文也。”[⑤] 温子昇一时成为北方文坛之翘楚。济阴王（元）晖业曾云：“江左文人，宋有颜延之、谢灵运，梁有沈约、任昉，我子昇足以陵颜轹谢，含任吐沈。”[⑥] 这番表达是认为北方终于出现了能够与南方文学相抗衡者。温子昇在南方文人眼中，是北方文学最高成就的代表人物。如庾信对其评价甚高。唐张鷟《朝野佥载》卷六谓：

---

① 《隋书·文学传序》，第1729—1730页。
② 《北齐书·邢劭传》，第478页。
③ 《北齐书·魏收传》，第495页。
④ 《魏书·文苑传·温子昇传》，第1875页。
⑤ 《魏书·文苑传·温子昇传》，第1876页。
⑥ 《魏书·文苑传·温子昇传》，第1875页。

梁庾信从南朝初至北方，文士多轻之，信将《枯树赋》以示之，于后无敢言者。时温子昇作《韩陵山寺碑》。信读而写其本，南人问信曰："北方文士何如？"信曰："唯有韩陵山一片石堪共语。薛道衡、卢思道少解把笔，自余驴鸣犬吠，聒耳而已。"[①]

温子昇在后世文评之中，地位也是极高。特别是在明代鉴赏家笔下，他被推到一个极高的文学地位。明王世贞云："北朝戎马纵横，未暇篇什，孝文始一倡之，屯而未畅。温子昇韩陵一片石足语，及为当途藏拙。虽江左轻薄之谈，亦不大过。"[②] 又说："六季及唐以来，释氏之文仅一王简《栖头陀》，温子昇《寒山碑》而已。"[③] 而魏收并没有获得南方人的认可，"梁常侍徐陵聘于齐，时魏收文学北朝之秀，收录其文集以遗陵，令传之江左。陵还，济江而沉之，从者以问，陵曰：'吾为魏公藏拙'。"[④] 他的文才在北方同样颇受嘲讽，认为距离温子昇程度太远。《北史·李德林传》载：德林"善属文，词覆而理畅。魏收尝对高隆之谓其父曰：'贤子文章，终当继温子昇。'隆之大笑曰：'魏常侍殊已嫉贤，何不近比老彭，乃远求温子！'"[⑤] 虽然魏收的文才在当时被认为是远低于温子昇，但事实上，魏收对当时文学的发展的贡献，也并非无足可称，他针对北朝文学发展提出过一些重要问题。魏收因为"温子昇全不作赋，邢虽有一两首，又非所长"，因此常说："会须作赋，始成大才士。唯以章表碑志自许，此外更同儿戏。"[⑥] 魏收是希望在文体经营方面，北人能够突破"章表碑志"方面的已有成就，而在赋体创作方面有更多的实践。从魏收之论来看，当时北方文人已经注意到北方文学发展的一些困境，并对此有所反思以及实践。

那么，温子昇到底何由高出于邢、魏之上呢？这主要是因为他在文学创作上实现了诸多突破，这些突破，是其高于邢、魏之处。

---

① ［唐］张鷟撰，赵守俨点校：《朝野佥载》，中华书局，1979年，第140页。此事未必属实。曹道衡、沈玉成编著《南北朝文学史》："唐人笔记如《朝野佥载》、《酉阳杂俎》等记载庾信称赞温子昇的《韩陵山寺碑》和魏收所作一些碑文的事，其事实未必可信，但至少说明在唐人心目中，也认为北朝人的应用文字并不比南方逊色。"人民文学出版社，1991年，第497页。

② ［明］王世贞：《弇州四部稿》卷一百四十六，影印《文渊阁四库全书》第一二八一册，台湾商务印书馆，1986年，第377页。

③ ［明］王世贞：《弇州续稿》，影印《文渊阁四库全书》第一二八四册，台湾商务印书馆，1986年，第322页。

④ ［唐］刘餗撰，程毅中点校：《隋唐嘉话》，第55页。

⑤ 《北史·李德林传》，第2504页。

⑥ 《北齐书·魏收传》，第492页。

首先来看温诗。温子昇被视作是北朝诗歌创作中的趋新派。郑宾于在《中国文学流变史》中，将北魏诗歌分为新旧两派："一派就是因袭的，古董式的，'言多胸臆，雕古酌今'派；一派就是创造的，趋新的，表现时代'兴属清华'派。前一派的作者颇多，如宗钦、段承根、郑道昭、常景、阳固、李搴等是；后一派的如：萧综、高允、温子昇等是。"[①] 事实上，温子昇在诗歌方面的创新基础，是他对传统的回归。温子昇在他的诗歌中实现了汉风的直接输入和过渡，这些诗歌由于没有经历南方玄言诗这样一个环节，故而其中意象并不是用来言理，而主要是用以抒情，在艺术特征上保证了意象浑然天成的完整性，使得诗歌具有悠长阔大的艺术韵味。清初王夫之说："江南声偶既盛，古诗已绝，晋宋风流仅存者，北方一鹏举耳。"[②] 王夫之强调温子昇的诗歌不同于"江南声偶"，而类似于"晋宋风流"，是继承传统之"古诗"，其实正是着眼于在玄言诗发展之前的汉魏风气，即意象质朴圆融，语言简明流利。这些特点尤其体现在温子昇所创作的一些乐府或民歌中[③]。这些乐府诗，和北魏初年所流行的冗长滞涩的四言赠答相比，形制短小简约，而意蕴反而悠长深邃。其中所涉及的一些意象场景，常直接从北朝乐府中借用而来，又不见痕迹。他这类作品的成功秘诀，并不是对南朝诗歌加以研习，而是对于汉魏古风的继承和再创作。当洛阳文场提倡撰写骈赋时，温子昇其实在复兴乐府传统方面有了充分的实践。而这些五言体的诗歌，在温子昇之后逐渐演化为短小的绝句。温子昇所撰写的这些乐府或者民歌中所涉及的经典意象，能在唐诗中找出诸多的例证，而且其中诸多写法是直接从温子昇的诗歌中化用而来。值得重点一提的是《捣衣》，清代沈德潜将它选入《古诗源》，且以"直是唐人"视之。[④] 意思是温氏此诗对唐人闺怨诗有一定的影响，而且在艺术水平上已经十分接近。南朝宋谢惠连也有《捣衣》[⑤]，谢惠连早于温子昇数十年，那么温子昇《捣衣》是否吸收了谢惠连《捣衣》中的艺术精华呢？谢诗是五言排律，诗歌之主题同样是闺怨，但是由于刻画过甚，而缺少流利之风情。因此可以看出，温子昇对于南方诗歌如果有所学习的话，也并非是生硬搬用。从这首诗歌的创作来看，当时较为可喜的现象是，北方诗人已经开始关注一些南方人

---

① 郑宾于：《中国文学流变史》（中册），中州古籍出版社（影印北新书局 1936 年），1991 年，第 95 页。

② ［清］王夫之辑，张国星点校：《古诗评选》，河北大学出版社，2008 年，第 320 页。

③ 如《凉州乐歌》《安定侯曲》《结袜子》等，见逯钦立编：《先秦汉魏晋南北朝诗》，第 2220—2222 页。

④ ［清］沈德潜：《古诗源》卷十四，第 339 页。

⑤ 逯钦立编：《先秦汉魏晋南北朝诗》，第 1194—1195 页。

创作过的题材。其实，甚至包括他咏叹清河王怿的《相国清河王挽歌》一诗，也同样具有这样的汉魏乐府气质，诗云："高门讵改辙，曲沼尚余波。何言吹楼下，翻成薤露歌。"短短四句，将哀挽之情置于人去楼空之悲，以曲沼余波这样的"空镜头"来体现深刻和悲凉。而薤露二字，已经表明了其中的无限伤悼之意。简单几笔，已经足以寄情。这种"轻约简从"式的写法，其实在当时的文场并不十分流行。魏收等人此时正以沈约、任昉为规则，而对南方人诗歌所涉的理路尚存在争论。而温子昇其实实践得更多的是他对汉魏传统的回归。不过，除了这些直接追溯汉魏传统的乐府诗歌之外，遗留至今的温子昇的诗歌，也有少数应制场合诗，这些诗歌能够让人看出他对南方场合诗的揣摩。而他的诗歌看上去更为清婉流利，同样是因为他较为尊重诗歌意象的浑然质朴，而不加以更多的刻画雕琢。如《从驾幸金墉城诗》一诗中有这样几句："长门久已闭，离宫一何静。细草绿玉阶，高枝荫桐井。微微夕渚暗，肃肃暮风冷。"这种描写十分简约，而意境不减，作为随扈之诗而能达到如此艺术水平，即便是在初唐诗坛，也难以见到。温子昇诗中也并非毫无雕琢，如他另有残句"桐华引仙露，槐彩丽卿烟"，这句诗如今难于考证是出现在一首怎样的诗歌中，但是从其描摹刻画的华丽风格来看，这种诗歌技艺应该是从南方诗歌中揣摩得到的。在应制诗歌之外，温子昇在创作了一些类似"习作"的作品，推动了个人抒情的归来。今存《春日临池》《咏花蝶》这两首诗，十分清丽。《春日临池》颇有追模阮籍咏怀的风格，在流丽的意象之中，流露着被隐藏起来的情感，含蓄蕴藉。[①]

温子昇"长于碑坂"，其实主要是因为这个时代对碑文有着大量的需求。温子昇的很多碑文，是奉命而作。其中最为著名的《韩陵山寺碑》为骈文，辞藻清丽。其中描写韩陵之战壮观激烈场景的一段话最受历来文章评论者的注意："钟鼓嘈杂，上闻于天。旌旗缤纷，下盘于地。壮士凛以争先，义夫愤而竞起。兵接刃于斯场，车错毂于此地。轰轰隐隐，若转石之坠高崖。硠硠磕磕，如激水之投深谷。"[②] 刘知几在《史通》中曾提到："是以略观近代，有齿迹文章而兼修史传。其为式也……温子昇尤工（一作"喜"）复语，卢思道雅好丽词。江总猖獗以沉迷，庾信轻薄而流宕。此其大较也。"[③] 刘知几所说的"尤工复语"，应该就是指温子昇的这种"轰轰隐隐""硠

① 文中所涉温子昇诗，皆引自逯钦立编：《先秦汉魏晋南北朝诗》，第 2220—2222 页。
② ［清］严可均：《全上古三代两汉魏晋南北朝文》之《全后魏文》卷九，第 3767 页。
③ ［唐］刘知几撰，［清］浦起龙释：《史通通释》卷九，第 250 页。

硠磕磕”之句。吴先宁同样发现了当时魏末文场之中的一些独特性：“在南朝文风弥漫了邺下文坛的时候，体现北朝文学独特风格的作品，还是不断地涌现出来，如魏收《大射赋》诗，有‘尺书征建邺，折简召长安’这样很见气魄的诗句。邢劭则有《冬日伤志篇》……以粗犷的笔调勾勒出阔大的境界，情调苍劲悲凉，其中由个体生命而及世道时事的今昔之感，凝重而深沉。”① 粗犷、阔大、苍劲、悲凉等种种形容词所指向的北朝文学特点，仿佛是它始终不变的“里子”。而从艺术形式上来看，北朝的骈文大体上也是到温子昇等人出现时才趋成熟，虽然之前的文章也间有骈句，但辞采远不及南朝人文章。因此，虽然魏末文场中出现了一个“麟角”一般的温子昇，却仍然未能迎来文学的全面繁荣。北方人在文学方面的摸索和时间，还需要一个较长的时期才能全部完成。

总之，温子昇在乡里社会中受学，通过一些因缘际遇在洛阳城中获得了常景的称誉而扬名。在魏末的政治动乱中，他撰写了一些具有时代意义的书诰之文。在后世对他的诸多评价中，“长于碑坂”仿佛是他的标签。庾信对温子昇的《韩陵山寺碑》评价极高，称“惟有寒山一片石”，而其他皆是“驴鸣狗吠”②。温子昇的诗歌流传广远，为梁武帝所称。温子昇处于洛阳这个群体文学创作的群落中，这个聚集于都城的文学群落给予了温子昇一定的自觉创作意识。温子昇处于一个南北断绝外交往来达四十年的时期，但是他仍然保持了对于南方诗歌的研习，自觉创作了一些并不是应用于场合的诗歌作品。在“学者如牛毛”的魏末社会，温子昇可以当之无愧地被称为是“成者如麟角”的代表。温子昇文化角色的演变对其个人创作特点而言有重要意义，但是温子昇在碑文方面的成就，同样来源于洛阳城给他的依托。是这个对墓志、碑文有着极大需求的社会，造就了他在行文风格上的多变。他对诗歌艺术的自觉揣摩，同样来自洛阳社会中的文学群体之启发。

魏收以一句“学者如牛毛，成者如麟角”概括魏末文场之得失时，他具体是以何种标准来评判的，如今已然较难获知。过去关于魏末文场，一般是通过“北地三才”来理解的。而事实上，在以“北地三才”为中心的洛阳文场，当时还存在一批数量可观的文化士人。其中一些颇有作品、事迹流传，而另外一些则湮没不闻。毕竟，伴随着洛阳文人集会的繁荣，当时应该是产生了大量学习文学创作而终究无所得的人。如卒于武定四年

① 吴先宁：《北朝文化特质与文学进程》，第78—79页。

② ［唐］张鷟：《朝野佥载》，第80页。

（546）冬的裴景融，就是“学者如牛毛”这个群体的一个例子。裴景融混迹文场，却终无所得，魏末“诏撰《四部要略》，令景融专典，竟无所成”，“景融卑退廉谨，无竞于时。虽才不称学，而缉缀无倦，文词泛滥，理会处寡。所作文章，别有集录。又造《邺都晋都赋》云”。[①] 当时制作邺都之类赋作的文人很多，景融之文应该是跟风之作，因其文采不佳而没有得到流传。《魏书 · 邢昕传》称：“自孝昌之后，天下多务，世人竞以吏工取达，文学大衰。司州中从事宋游道以公断见知，时与昕嘲谑。昕谓之曰：‘世事同知文学外。’游道有惭色。”[②] 这里所说的“文学大衰”应该是指文学创作风潮在当时的流行程度有所降低，同时也是指文学成就的相对衰落。

第三节　乡里社会生活对文学的影响：以俗赋、家训和碑铭为中心

在优秀的乡里士人开始向都城集中的过程中，乡里社会基础上原来展开的一切：私学传承、宗族聚居、宗教活动等都还在照常进行。而且，进入到都城的乡里士人，也并非从此放弃了原来在乡里社会生活中所拥有的一切，他们其实仍然按照乡里社会所赋予的价值观念和思考模式，来承担他们新的文化发展任务。在北朝都城文化机制逐渐建立的过程中，乡里社会基础上原有的文化机制则同时在深化。而且，随着历史的发展，此时的乡里社会也开始具备一些新的特点。特殊的社会生活能够给北朝文学的发展带来诸多有别于南朝文学的特点。北方的文体之中，俗赋、家训和造像碑铭这三种，最能说明乡里社会生活对于当时文学发展影响力的深化。这三种文体能够说明北朝文学发展机制中的一些特点，即其文学力量的发展往往是自下而上，它们能充分说明文学的发展此时与乡里士人的乡居生活产生了密切的关联。

一、乡里士人的日常生活与俗赋创作

前文提到过，南朝梁昭明太子萧统十分推崇陶渊明，为这位东晋诗人编集作序，将之推到一个较高的文学地位。从当时的实际情况来看，萧统推崇陶渊明的种种理由之中，应该有这样一条，那就是对陶渊明躬耕生活的敬重。从陶渊明当时的实际生活境遇来看，他不是占有山泽的大地

① 《魏书 · 裴延儁传附仲规从子景融传》，第 1534 页。

② 《魏书 · 文苑传 · 邢昕传》，第 1874 页。

主——像谢灵运那样，也并非依附于他人的门人、奴婢。在辞官之后回到乡里，他的身份变成了一个自耕农。通过自己种得薄田，维持生计。这种躬耕生活，是陶渊明诗歌创作的全部源泉。而这种生活状态，正是身在深宫之中的贵族昭明太子所钦羡和赞叹之处。从整个东晋南朝的发展来看，当时像陶渊明这样居住于乡里、躬自劳作而有盛名的作者非常少。越是到后期，文学的发展越是集中在上层阶级，那些人在社会生活实践上告别了土地。《颜氏家训》曾经反复批评梁代后期的这种社会现象："梁世士大夫，皆尚褒衣博带，大冠高履，出则车舆，入则扶侍，郊郭之内，无乘马者……及侯景之乱，肤脆骨柔，不堪行步，体羸气弱，不耐寒暑，坐死仓猝者，往往而然。"[①] 南方士人远离劳作，故而"文义之士，多迂诞浮华，不涉世务；纤微过失，又惜行捶楚，所以处于清高，盖护其短也"。[②] 这种"迂诞浮华，不涉世务"使得他们的文学创作缺少实际社会生活的支撑。北方士人自十六国时期以来在乡里社会中生活，其中躬自劳作者大有之。北土瘠薄，谋生艰难，不似南方水乡富饶，出产丰富。故而北人节俭而南人奢侈，盖因后者之食物因其季候便利更为易得。《颜氏家训·治家篇》曾如此总结："生民之本，要当稼穑而食，桑麻以衣。蔬果之畜，园场之所产；鸡豚之善，埘圈之所生。爰及栋宇器械，樵苏脂烛，莫非种殖之物也。至能守其业者，闭门而为生之具以足，但家无盐井耳。今北土风俗，率能躬俭节用，以赡衣食。江南奢侈，多不逮焉。"[③] 即便是妇女之劳作，也是十分惊人："河北妇人，织纴组训之事，黼黻锦绣罗绮之工，大优于江东也。"[④]

史称崔浩早年曾自己抄撰编纂过一本《赋集》八十六卷，此书虽不存，但这说明他在文学创作方面早年曾颇有实践，而并非完全是"不长属文"[⑤]。崔浩的作品中，《食经叙》的篇幅非常短小，但片言数语却有真情实感，反映的是北方乡里宗族社会的生活。崔浩《食经》在《隋书·经籍志》中被著录为《崔氏食经》四卷[⑥]，与崔浩自己说的九篇之数有异。这可能是之后人们将篇改为了卷，并且做了内容上的合并，或者是内容有所遗失。《崔氏食经》今已遗佚。从这段尚存在于《魏书》中的《食经叙》中可以看出，《崔

---

① ［北齐］颜之推撰，王利器集解：《颜氏家训集解·涉务篇》（增补本），第 322 页。
② ［北齐］颜之推撰，王利器集解：《颜氏家训集解·涉务篇》（增补本），第 317—318 页。
③ ［北齐］颜之推撰，王利器集解：《颜氏家训集解·治家篇》（增补本），第 43 页。
④ ［北齐］颜之推撰，王利器集解：《颜氏家训集解·治家篇》（增补本），第 51 页。
⑤ 《魏书·崔浩传》，第 812 页。
⑥ 《隋书·经籍志》，第 1043 页。

氏食经》的主体内容应该是由卢氏口述、崔浩整理而成。作为崔氏大族中的主母，卢氏的生平原本极为平凡，但崔浩《食经叙》一一平淡道来，在寥寥几笔中塑造了一个勤俭聪慧、性格坚韧的卢氏形象，其辞曰：

> 余自少及长，耳目闻见，诸母诸姑所修妇功，无不蕴习酒食。朝夕养舅姑，四时祭祀，虽有功力，不任僮使，常手自亲焉。昔遭丧乱，饥馑仍臻，饘蔬糊口，不能具其物用，十余年间不复备设。先妣虑久废忘，后生无知见，而少不习业书，乃占授为九篇，文辞约举，婉而成章，聪辩强记，皆此类也。亲没之后，值国龙兴之会，平暴除乱，拓定四方。余备位台铉，与参大谋，赏获丰厚，牛羊盖泽，赀累巨万。衣则重锦，食则粱肉。远惟平生，思季路负米之时，不可复得，故序遗文，垂示来世。[①]

崔浩所记其实正是乡里宗族生活中的一面。“诸母诸姑”共同参与劳动的大家族生活场景，依然井然有序。崔氏经历过饥荒，因而在饮食方面极为节俭，“昔遭丧乱，饥馑仍臻，饘蔬糊口，不能具其物用，十余年间不复备设”。乡里士人重视礼法尊卑，也更重视亲情敦睦。《魏书》中所记载的弘农杨氏杨播的家族生活，也是恪守礼法，并敦睦亲族之典范，常为研究者提及。家族之间“不集不食”，“每有四时嘉味，辄因使次附之，若或未寄，不先入口”。[②] 这种饮食礼仪，形成于躬耕乡土的生活。理解北人之生活态度，始可了解其在文辞方面不尚浮华和拒绝“无益世用”的态度。

北方人在生活方面和当时的南方人相比，其实有更多真切的心得。曹道衡曾经就说：“像《水经注》和《齐民要术》这样的著作，并不是南方文士所能问津的。因此北方文人写的诗尽管数量较少，在技巧方面也不可能这样丰富和成熟，但他们很少为了作诗，硬凑成篇写什么‘赋得××’或咏一些身边杂物如《咏幔》《镜台》《领边绣》《脚下履》等内容空洞，只靠摆弄辞藻的作品。”[③] 与之相反的是，北方士人的文学作品多关切社会现实，也关注日常社会劳动。

北朝晚期的乡里士人卢思道的《劳生论》具有很高的社会史研究价值，

---

① 《魏书·崔浩传》，第 827 页。

② 《魏书·杨播传附遁弟逸传》，第 1302 页。

③ 曹道衡：《南朝文学与北朝文学研究》，《曹道衡文集》卷五，第 523 页。

它能为我们揭示这个时期文人基本情感的来源。[①]卢思道如今流传下来的大部分诗歌，是一些他和贵族们交游的作品，或者是行聘、宴会、应制的诗篇。光从这些诗的题目和文字的表面内容来看，很难知道卢思道的生活世界。《劳生论》则对当时北方士人在乡里社会中的日常生活有很好反映。这篇文章写于卢思道五十岁时，感叹自己“羸老云至，追惟畴昔，勤矣厥生”。文中谈到自己所担负的日常劳动时说：“若乃羊肠、句注之道，据鞍振策，武落、鸡田之外，栉风沐雨，三旬九食，不敢称弊，此之为役，盖其小小者耳。”又云：“耕田凿井，晚息晨兴，候南山之朝云，揽北堂之明月。氾胜九谷之书，观其节制，崔寔四民之令，奉以周旋。晨荷蓑笠，白屋黄冠之伍，夕谈谷稼，沾体涂足之伦。浊酒盈樽，高歌满席，恍兮惚兮，天地一指。此野人之乐也，子或以是羡余乎？”可见卢思道的躬耕之乐，不亚于陶渊明。而且卢思道指出，按照这样的方式生活的，并不仅仅是北方底层劳动人民，而是整体的社会风尚。在这种躬耕者所构成的乡里社会环境中，产生了一些共同的价值取向，那就是“真人御宇，斫雕为朴，人知荣辱，时反邕熙”[②]。这篇文章虽是作者用来抒发对社会不公的牢骚之论，但事实上仍然反映了他生活中较为真实和感到满足的一面。这些对于社会生活和社会风俗本身的关切，也正是北朝士人不同于深宫之中的南朝文人之处。北朝文人挥之不去的“底层性”，是他们之后能够拥有更为饱满之情感的主要原因。

乡里士人用文学作品来表达自己在日常生活中的情感，其实更多地反映在北朝俗赋之中。何为北朝俗赋？过去一般认为俗赋就是那些具有谐谑意味的赋体。俗赋之“俗”，其实本质上仍然是指其与日常生活极为贴近之俗，比如口语化，以及所描述的对象非常日常生活化。曹道衡曾提到北朝赋的两个贡献，一是产生了结合历史背景来讲述的个人身世之赋，另外就是产生了俗赋。第四章引用过曹道衡关于二李自述自身经历之赋作《释情赋》《述身赋》的评价，他认为这种赋体的开创，是北朝赋的贡献之一。同时，他还提出了北朝赋创作的贡献之二，那就是产生了大量的俗赋，别具一格。[③]

被默认为北朝后期俗赋的，当属姜质《亭山赋》[④]和卢元明《剧鼠赋》[⑤]。

---

① 《隋书·卢思道传》，第1400—1403页。

② 《隋书·卢思道传》，第1403页。

③ 曹道衡：《南朝文学与北朝文学研究》，《曹道衡文集》卷五，第459页。

④ [清]严可均：《全上古三代两汉魏晋南北朝文》之《全后魏文》卷五十四，第3785页。

⑤ [清]严可均：《全上古三代两汉魏晋南北朝文》之《全后魏文》卷三十七，第3702页。

《洛阳伽蓝记》全文引载了姜质的《亭山赋》，它深为杨衒之所欣赏。这篇赋作是因当时贵族之园林而作："司农张纶造景阳山，有若自然，天水人姜质遂造《亭山赋》，行传于世。"关于姜质，《北史·成淹传》中有所谈及："子霄，字景鸾，好为文咏，坦率多鄙俗，与河东姜质等朋游相好，诗赋间起，知音之士所共嗤笑。"[①] 而王利器认为《颜氏家训》中提到的那位"并州士族"就是姜质[②]。但因为材料还是有所缺乏，故而很难作为结论。姜质的《亭山赋》的鄙俗坦率之处，恐怕是因为偶尔有一些句子，过分直白袒露，与赋体之书面语截然不同。例如其中讲到亭山之美，云："嗣宗闻之动魄，叔夜听此惊魂，恨不能钻地一出，醉此山门。"此句十分鄙陋，令人忍俊不禁。《亭山赋》中的写景，也全无用典之意，有些句子确实是家常话语所改，如形容其中曲栋是"纤列之状如一古，崩剥之势似千年"；又云："其中烟花露草，或倾或倒，霜干风枝，半耸半垂，玉叶金茎，散满阶坪。"这些完全犹如口述。姜质如此写作，却是师出有名的，那就是他认为一切应该归于纯朴，开篇他就说："夫偏重者爱昔先民之由朴由纯。然则纯朴之体，与造化而梁津。濠上之客，柱下之史，悟无为以明心，托自然以图志，辄以山水为富，不以章甫为贵，任性浮沈，若淡兮无味。"这说明姜质在粗浅地接受了老、庄之学以后，认为这样的本色语言即是对于"托自然以图志"的实践，其实是他对于荒疏任诞的人生方式的一种表达。《洛阳伽蓝记》中提到姜质为人"志性疏诞"[③]，正可以通过这样的一篇俗赋加以体现。

卢元明《剧鼠赋》全篇以极度憎恶的态度来指责老鼠的有害、丑陋、无用处，而似乎又有一些言外之意。这类文章，在过去一般被看作是俳谐文字，但从此赋内容上看来似乎并非如此。因为篇中并没有谐谑的意思，而是描写得十分直白。老鼠的猥琐之态，跃然纸上。最有意思的是，文章还将老鼠所导致的一些具有偶然性的历史事件串联了起来，以显示老鼠不但是日常生活中让人感到恶心的动物，而且也在历史上充当了黑暗角色；而老鼠的存在，甚至成为让修身养性者颇感烦恼之物，因此老鼠与人之间是不可调和的对立状态。卢元明《剧鼠赋》之前还有元顺《蝇赋》，与之写法略似。其中如"集桓公之尸，居平叔之侧。乱鸣鸡之响，毁皇宫之

---

① 《北史·成淹传》，第1701页。

② ［北齐］颜之推撰，王利器集解《颜氏家训·文章篇》中说："近在并州，有一士族，好为可笑诗赋，誂擎邢、魏诸公，众共嘲弄，虚相赞说，便击牛酾酒，招延声誉。其妻，明鉴妇人也，泣而谏之。此人叹曰：'才华不为妻子所容，何况行路！'至死不觉。自见之谓明，此诚难也。"王利器先生（注九）根据《魏书·成淹传》推论此人乃是姜质。第254、256页。

③ ［北魏］杨衒之撰，范祥雍校注：《洛阳伽蓝记》，第100页。

饰”[①] 这样的用典，与《剧鼠赋》中的用典十分类似。

从以上例子来看，北朝俗赋是一种类似于文字游戏的赋体。它其实是自束皙之俗赋以来发展出来的一种文体形式。这样的文字，其实往往产生于北方人实际的社会生活。北方文人由于居于乡里，大多曾经或者一直坚持参加生产劳动，而且在漫长的动乱史中，保留了在生产上自给自足的习惯。他们的生活空间中举目所能看到的俗常之物，都被纳入了歌咏对象的范围。而在文学艺术特点上，俗赋往往明白易懂，抛弃了雅重繁复的语言表达，但是有时候也过分鄙俗，甚至到了不雅的地步。北朝人在日常生活中，刻薄之事常有之。如《魏书·甄琛传》：“（甄）琛曾拜官，诸宾悉集，峦乃晚至，琛谓峦曰：‘卿何处放蛆来，今晚始顾？’虽以戏言，峦变色衔忿。”[②] 这里“放蛆”的意思应该是相当于“胡说八道”的意思，但在北人如此用词，变得恶俗不堪，讽刺效果达到露骨之致。北人性格豪爽、粗放，这些都是他们在长期从事生产劳动的过程中积留的一些特点。

二、宗族聚居与北朝“家训”的时代反思

经历了十六国时期以来的社会动荡之后，世家大族在如何扎根于乡里这个问题上，已经有着十分成熟的做法，能够适应当时的战乱和政治变迁，并且具有非常强大的招抚能力。乡民自身抵御动乱的能力也在提高，反映在文化发展上，是他们已经从长期所处的胡汉体制中总结出了一套适应它的政治经验。一些势力强大的宗族，更能够获得对乡里社会的实际控制权——这往往是很多乡里士族出仕的一个重要目的，即通过提高自身在朝廷中的地位，来获得对宗族更大的庇护能力。周一良曾说：“北方社会经济落后，更趋向于保守，因而对于魏晋以来旧制改革不如南方之多。南朝多侨州郡县，人士流移，而北方无此情况，当亦是北朝中正犹多少能行使职权之一因。”[③] “北魏孝文帝模仿汉族制度，采取各种措施，以加强王权，中正名望虽高，职权趋于衰落，似亦自此而益甚。”[④] 北朝后期乡里社会走向更为稳定的状态，和当时乡里宗族地位的提高有很大关系。在胡汉合作中，这些宗族的地位逐渐获得巩固。乡里宗族对乡里社会生活的影响也随之不断扩大。在北魏孝文帝改革之后，乡里社会中的世家大族获得了崇高

---

① 《魏书·任城王云传附元顺传》，第 483 页。
② 《魏书·甄琛传》，第 1512 页。
③ 周一良：《魏晋南北朝史札记》，第 367 页。
④ 周一良：《魏晋南北朝史札记》，第 366 页。

的社会地位[1]，不过，他们并没有获得与之相匹配的政治权力和地位，“四姓”人物的官爵都不算高。强大的宗族是世家大族存在和发展的基础。世家大族聚族而居，安土重迁，基本不离开聚居地，入仕者多保持城乡双家制生活方式，在致仕辞官或因其他缘故脱离政坛之后返回原籍，完全融入早已熟悉的生存空间。在魏末的大动乱中，世家大族始终是各方面势力希望拉拢的对象，他们在动乱之中也承担了重要的招抚、赈济等角色。例如河北诸州经此离乱，社会生产遭到极大的破坏，“漠北叛命，陇右构逆，中州惊扰”[2]，生产遭到巨大破坏。但是，由于世家大族力量强大，这种局面很快得到缓解。例如崔挺为州闾亲附，李士谦“振施为务”[3]，李灵曾孙元忠，焚契免债。而崔敬友、崔光韶、卢义僖、李安世之子李玚、卢元明、卢文伟、阳休之等大族之人，亦有类似表现，或者率乡人避居，或者辗转至青州。甚至连因守边而定居武川的上谷寇洛也在正光末年“率乡亲避地于并、肆”[4]。一旦烽火平息，这些乡里宗族又迅速恢复到之前的生活秩序中。自十六国以来的战乱与政变，赋予了这些乡里宗族极为顽强的生命力。

钱穆曾谈及魏晋南北朝时代一切学术文化，必以当时门第背景为中心而研究，方可了解当世学术文化之全貌[5]。当时学术文化，可谓莫不寄存于门第中，由于门第之护持，而得传习不中断，亦因门第之培育，而得生长而发展。当时谱学盛行，并成为一种新的史学。[6]同时，在“乡论”社会中，门第地位的高低，与其道德精神层面之评价有深切关系。这正是因为“一个大门第，绝非全赖于外在之权势与财力，而能保泰持盈达于数百年之久；更非清虚与奢汰，所能使闺门雍睦，子弟循谨，维持此门户于不衰。当时极重家教门风，孝悌妇德，皆从两汉儒学传来”[7]。因此，“社会动荡，官学不盛情况下，教育子弟之责自然全归于家庭，这可从当时诫子书繁多可以看出。”[8]因此，乡里宗族聚居这种社会生活模式，以及乡论社会对于“门

---

① 《资治通鉴》卷一四十《齐纪》六：“魏主雅重门族，以范阳卢敏、清河崔宗伯、荥阳郑羲、太原王琼四姓，衣冠所推，咸纳其女以充后宫。”第 4393—4395 页。

② 《魏书·孙绍传》，第 1725 页。

③ 《隋书·隐逸传·李士谦传》，第 1752 页。

④ 《周书·寇洛传》，第 237 页。

⑤ 钱穆：《略论魏晋南北朝学术文化与当时门第之关系》，《新亚学报》，1963 年总第 5 卷第 2 期，第 77 页。

⑥ 黎子耀：《史学在魏晋南北朝时期的新地位》，《中国史学史研究》，1979 年第 3 期，第 68 页。

⑦ 钱穆：《国史大纲》，第 309—310 页。

⑧ 方碧玉：《东晋南北朝世族家庭教育研究》，王明荪主编“古代历史文化研究辑刊”，台北：花木兰出版社，2009 年，第 3 页。

第”精神遗产的重视，是“家训”这种文体获得发展的直接原因之一。“家训”在其当下的文化功能，也许的确是针对子孙之箴言，但是，从长远来看，它其实是乡里宗族重要成员经历战乱、改朝换代之后，积累起来的丰富的家庭生活经验，同时也是家庭史的一部分。唐长孺在《魏晋南朝的君父先后论》一文中指出：“自晋以后，门阀制度的确立，促使孝道的实践在社会上具有更大的经济上与政治上的作用，因此亲先于君，孝先于忠的观念得以形成。”[①] 因此，来自祖宗的告诫，被视作十分重要的家庭规训。对于家训的遵守，被视作与神灵之事相通。如北朝人在家训中对最为重要的叮嘱，会以“鬼神不享汝祭祀”作为违反之恐吓。如崔亮的训诫中讲：“然赠谥之及，出自君恩，岂容子孙自求之也，勿须求赠。若违吾志，如有神灵，不享汝祀。”[②] 崔休的告诫之书，同样如此：“汝等宜皆一体，勿作同堂意。若不用吾言，鬼神不享汝祭祀。”[③] 因此，家训这种文体在当时乡里社会生活中应该是占据了较高的地位，它是当时家庭教育的重要部分。

家训首先是为了在家庭内部推行教化。在《颜氏家训·序致篇》中，颜之推曾谈到，他九岁时，父亲过世，兄长教育“有仁无威，导示不切”，直接导致了他后来“颇为凡人之所陶染，肆欲轻言，不修边幅”“好饮酒，多任纵，小修边幅，时论以此少之”[④]。而他成年之后，遭逢世乱，几度流离，备尝酸辛。故而，他希望后世子孙能够“追思平昔之指，铭肌镂骨，非徒古书之诫，经目过耳也。故留此二十篇，以为汝曹后车耳”[⑤]。而在所推行的各种教化之中，最受重视的是维持家族关系，尤其表现为对长序关系的充分尊重。如崔亮在家训中特别强调：“吾兄弟自幼及老，衣服饮食未曾一片不同，至于儿女官（疑作“冠”）婚荣利之事，未尝不先以推弟。弟顷横祸，权作松榇，亦可为吾作松棺，使吾见之。”[⑥] 这种兄友弟恭的关系，是保证家族能够一荣俱荣的根本。在家训之中，也有一些针对负面问题的告诫。这与北朝家庭的一些实际情况有关。比如家庭生活内部，会因为一些同居共财、嫡庶问题，产生矛盾。《颜氏家训·后娶篇》：“江左不讳庶孽，丧室之后，多以妾媵终家事。疥癣蚊虫，或未能免；限以大分，故稀斗阋之耻。河北鄙於侧出，不预人流，是以必须重娶，至于三四，母年有少于子者。

① 唐长孺：《魏晋南朝的君父先后论》，《魏晋南北朝史拾遗》，第238页。
② 《魏书·崔亮传附从弟光韶传》，第1484页。
③ 《北史·崔逞传附休弟子憨传》，第879页。
④ ［北齐］颜之推撰，王利器集解：《颜氏家训集解·序致篇》（增补本），第6页。
⑤ ［北齐］颜之推撰，王利器集解：《颜氏家训集解·序致篇》（增补本），第4页。
⑥ 《魏书·崔亮传附从弟光韶传》，第1484页。

后母之弟与前妇之兄，衣服饮食，爰及婚宦，至于士庶贵贱之隔，俗以为常。”[①]“斗阋之耻”在北朝应该较为多见，而且因为嫡庶关系，兄弟之间其实也容易存在裂痕。

在此之外，整个家族远近之关系也受到重视，如杨椿在家训中将使“亲姻朋友无憾”[②]放在重要的位置。自十六国以来，北朝军事和政局动荡的局面常有发生，因此北朝家训中很重要的一点是教会子孙拥有辨别时事的能力，即要看得清历史的兴衰，要有存亡意识。《颜氏家训》对于南朝灭亡有深刻的反思，并且希望子孙能够引以为戒。为了保全家族，杨椿也在家训中告诫说，“又不听治生求利，又不听与势家作婚姻。”[③]“入魏之始，即为上客”[④]的弘农杨氏，一直生活优越，子孙昌盛，虽然如此，杨椿在家训之中宣称自己是“孜孜求退”，并且也是具有十分深切的存亡之忧，他说：“吾今日不为贫贱，然居住宅舍，不作壮丽华饰者，正虑汝等后世不贤，不能保守之，方为势家作夺。”[⑤]《颜氏家训·涉务篇》批评南方文士：“居承平之世，不知有丧乱之祸；处庙堂之下，不知有战陈之急；保俸禄之资，不知有耕稼之苦；肆吏民之上，不知有劳役之勤，故难以应世经务也。”[⑥]

家训之中往往有着丰富的为人处世之准则，其中一些是脱胎于当时的政治斗争经验。杨椿在家训中提到太和年间遇到冯太后严厉对待孝文帝，杨氏兄弟所采取的正确做法。[⑦]杨椿将这一次进退自如之经验，写进了家训：“十余年中，不尝言一人罪过。当时大被嫌责，答曰：‘臣等非不闻人言，正恐不审，仰误圣听，是以不敢言。’于后终以不言蒙赏。及二圣间言语，终不敢辄尔传通。”杨椿兄弟在一次重要的宫廷宴会上获得高祖的极高评价，曰：“北京之日，太后严明，吾每得杖，左右因此是有非言语。和朕母子者，唯杨椿兄弟。”因此，他对子孙的告诫是，“汝等脱若万一蒙时主知遇，宜深慎言语，不可轻论人恶也”。这种对于人际关系的谨慎态度，也反映在杨椿反复强调日常生活中必须重视礼节问题这一点上，告诫子孙说，“汝等若能存礼节，不为奢淫骄慢，假不胜人，足免尤诮，足成名家”。

周一良认为颜之推的本意是回到南方且在《颜氏家训》中表露了对于

---

① ［北齐］颜之推撰，王利器集解：《颜氏家训集解·后娶篇》（增补本），第 34 页。
② 《魏书·杨播传附弟椿传》，第 1289 页。
③ 《魏书·杨播传附弟椿传》，第 1289 页。
④ 《魏书·杨播传附弟椿传》，第 1289 页。
⑤ 《魏书·杨播传附弟椿传》，第 1289—1290 页。
⑥ ［北齐］颜之推撰，王利器集解：《颜氏家训集解·涉务篇》（增补本），第 317 页。
⑦ 下引内容参见《魏书·杨播传附弟椿传》，第 1290—1291 页。

南方教化的尊重[①]。事实上似乎并非如此，《颜氏家训》其实已经抛弃了很多南方社会的生活习惯，转而遵守北方社会的一些规则。其中一点就是杨椿所反复强调的“不可轻论人恶”。《颜氏家训·文章篇》：“江南文制，欲人弹射，知有病累，随即改之，陈王得之于丁廙也。山东风俗，不通击难。吾初入邺，遂尝以此忤人，至今为悔；汝曹必无轻议也。”[②]曹道衡曾经据此谈道：“北朝文人还有一种风气，就是不欢迎别人对自己的作品提出意见。”[③]这其实不仅限于文学作品，而是在任何事情上。建立在乡里宗法关系上的人际关系，其实充满了不平等，也充满了来自于权威地位的压力。而一些权威的产生，并非是因为学识或者其他地位，而可能仅仅是因为血缘、辈分等因素。曹道衡于是也提到：“这是因为在聚族而居的早年坞堡中，真正能传授儒学或文学的，常常只是个别的人，他们的意见成了这个集体中的权威，没有人敢于去批评，也没有人感到应该去批评。久而久之，就形成了一种拒绝批评的意见。这和江南文士的经常聚会，共同评议彼此作品的风气是根本不同的。这种‘固步自封’的态度，自然也会影响到北方文学的进展。”[④]他继而由此认为，“北朝初年文学的不发达，和当时士人的乡居生活的关系，于此可见一斑。”[⑤]的确，《颜氏家训》里面所描画的家庭、宗族关系，透露了颜之推对北方生活心存困惑，尽管他最后采取了折中的态度。

北朝家训在不断向前发展。早期能够留存下来的家训，一般是大家族之家训，内容简短，语言朴实。但是，这种写法在北朝后期有所发展，大部分的家训都是以散文的形式写成的，语言朴实、简短，而魏收对“子侄少年”申以戒厉的《枕中书》[⑥]却是骈文写成的。魏收之文，语言辞藻较多，而且高度理论化概括化，不像其他家训的内容具有充分的叙事性，其实违背了家训文体以实用为第一的原则。

魏收这篇《枕中书》超出了一般意义上对于子侄恪守礼节的期待，而是希望其成为君子，有风雅之度，在人格修为方面有所收获。这样的写法，可谓是打破了之前家训的那种“经验教训”体，尽其所能地对人生怀以畅想。魏收在训诫之书中如此恣意，使得这篇《枕中书》仿佛是当时家训体

---

① 周一良：《魏晋南北朝史札记》，第419页。
② ［北齐］颜之推撰，王利器集解：《颜氏家训集解·文章篇》（增补本），第279页。
③ 曹道衡：《南朝文学与北朝文学研究》，《曹道衡文集》卷五，第487—488页。
④ 曹道衡：《南朝文学与北朝文学研究》，《曹道衡文集》卷五，第238页。
⑤ 曹道衡：《南朝文学与北朝文学研究》，《曹道衡文集》卷五，第239页。
⑥ 《北齐书·魏收传》，第492—494页。

裁中的异类。它其实反映了都城文化发展体制对于乡里文化发展体制的一种渗透。魏收强调树立人格风范之举，这种想法应该是来自都城文人群体的一种生存需要。但是大部分士人仍然恪守乡里社会的行为规范，像自幼在邺城成名立身的北齐李德林，在父亲去世后回到乡里奔丧之时，他仍然践行乡里社会中的道德行为规范："自驾灵舆，反葬故里。时正严冬，单衰跣足，州里人物由是敬慕之。"[①] 从这里不难看到，当时文人受到乡里社会生活的深刻影响，而且这种影响无论在都城之中生活多久，都是难于消除的。

三、乡里社会中的邑社组织与造像碑铭

社邑（社）是中国古代的一种基层社会组织，自先秦至明代在社会生活中始终起着相当重要的作用。社的名称、性质、类型、活动内容及在社会生活中的作用，也随着社会的发展而不断变化。对官府而言，从秦汉时期至明清，社主要是祈年报获的祀典与组织。每年的春二月和秋八月，各级官府按制度都要举行祭社活动。在民间，汉代的里普遍立社，里名即为社名，里的全体居民不论贫富都参加，其主要活动是每年春二月和秋八月上旬的戊日祭社神，并举行聚会饮宴活动。自东晋以来，我国还流行一种由佛教信徒组成的民间团体，这种团体在唐五代时期也时自称或被称为"社""义邑"。[②] 邑社组织是北朝乡里社会中组织造像活动之主体。这些组织的资金来源，一般是乡里社会中的佛教信众，他们之间其实也构成了一种文化产业上的关系。

北朝佛教、道教造像记现存近两千种，以佛教造像记为主，是反映北朝历史、宗教、文化的重要材料，受到研究者的重视。关于造像碑之铭文的内容，阮元的《中州金石记》、陆增祥的《八琼室金石补正》、王昶的《金石萃编》、陆耀通的《金石续编》、顾燮光的《河朔金石目》、包世臣的《艺舟双揖》等对北朝造像碑皆有记录。造像碑是具有多种研究价值的基本材料，作为历史资料曾被前人广泛使用。[③] 以造像记为对象的文学研

---

① 《隋书 · 李德林传》，第 1193 页。

② 郝春文：《从冲突到兼容：中国中古时期传统社邑与佛教的关系》，见收于牟发松主编《社会与国家关系视野下的汉唐历史变迁》，第 144—175 页。

③ 侯旭东：《北朝并州乐平郡石艾县安鹿交村的个案研究》，《史林》，2005 年第 1 期，第 10—20 页。张鹏：《以造像记为对象的北朝佛教本土化考察》，《宗教学研究》，2010 年第 4 期，第 91 页。

究，通常是将之作为文体学分析的对象，从语言艺术的角度去分析其中之铭颂的价值。造像碑的确具有一定的文学价值，但这种价值从文学艺术水平上来说，其实有限。但是，各类造像碑铭对于研究底层文学史而言，意义重大。它的文学水平能够反映当时北方普通民众在文学上的能力。那些围绕这些宗教组织所展开的佛教说唱活动，正是当时底层民众十分重要的文化生活。

乡里社邑之中，有邑主、邑子，仍然存在社会等级上的区分。如“大齐武平九年二月廿八日，邑主马天祥、邑子马天成、邑子马天相、邑子马天庆、道民王成人、道民王大人、道民王强人、道民王恭人投委坛静仲追冥果，造立石像”。[①]可见这主要是马姓和王姓两个家族所共同所立之碑。《都邑师道兴造石像记并治疾方》：“自非倾珍建像，焉可炽彼遗光？若不勤栽药树，无以疗兹聋瞽。然今都邑师道兴，乃抽簪少稔，早托缋门，入相俱闲，五家具晓。”“爰有合邑人等，并是齐国芳兰，乡中昆璧，同契孔怀，和如骨血，人抽妙□敬造释迦石像一躯，并二菩萨□僧侍立。”记文下方及左方还刻有疗上气咳嗽诸方，约三千字。[②]河清四年(565)《朱昙思等造塔颂》：“邑主朱昙思、朱僧利一百人等，于村之前，兆其胜地，绵基细柳，白虎游南，敬造宝塔一躯。”[③]这些都是当时村民合作建造塔寺的证据。

这些塔寺的造像记记颂了当时盛事，而遗憾的是，这些碑文的作者已经不可考证。其中一些铭颂反映了当时的乡里社会中普通士人的文学水平，而且颇有时代感。如《河清四年朱昙思等造塔颂》，河清四年（565）是陈太建十三年，此时南北文学往来密切，可以看到当时的这篇碑文文字富丽，和前代之造像碑铭颇为不同，其中有颂曰：“爵璃往昔，丽宇今兹，弱黛留烟，炎起停晕。瑶草垂露，画树悬系，荷抽紫叶，岭郁青芝。”两年后，又有天统三年(567)所撰《洛阳合邑诸人造像铭颂》，语言工整，雅正含蓄，其祝祷之文，多以四字写成。从中可以看出，河洛地区的碑文中有一些文学水平较高者。

《宋买等造天宫石像碑》[④]则是十分富有描述性的一篇碑铭。它从前、后、左、右等方位写开去，来描述塑像福地之福。其中描写用于造像之石，“乃

---

① 马天祥：《造像碑》，［清］严可均：《全上古三代两汉魏晋南北朝文》之《全北齐文》卷八，中华书局，1977年，第3873页。

② ［清］严可均：《全上古三代两汉魏晋南北朝文》之《全北齐文》卷九，第3875—3876页。

③ ［清］严可均：《全上古三代两汉魏晋南北朝文》之《全北齐文》卷九，第3876页。

④ ［清］严可均：《全上古三代两汉魏晋南北朝文》之《全北齐文》卷十，第3880页。

运玉石于荆山，采浮磬于淮浦，镌勒雕文，并龙鳞而翠璨，镂状圆形，等金锦而竞炎”。这样的石头“既如天上降来，又似地中勇出”。继而感叹，这样的事情不是一般人能够单独做到的：“观状难同，寻刑叵遍，自非高见大士，十力世雄，孰能建私功业者哉。”这样的描写是非常浅俗的，可见造像碑铭的某些特点和俗赋是一致的。这些碑铭不署名的做法，当是北齐风气，或者也有可能是因为这样的小型碑记原本就语意简略，不能作为当时最重要的作品来看待。

北朝造像碑中并非没有语言十分精湛者，但那一般就不是普通乡民的造像碑铭了，而往往属于地方豪族倾财所为，如《刘碑造像铭》[①]《临淮王造像碑》[②]等。刘碑乃是河间刘氏，此碑是以其一人之名义所立，且都是按照骈文的结构来写的，颇有一番思想境界。文中这样矜夸刘碑为人：“宝胄唐资，瓊基汉绪，袭踵前王，衣冠万代，因官随爵，芳柯嵩左。此人善识四非，深解五业，纂募乡邦酋领，怀珠独照。”从这句介绍来看，刘碑应该正是当时在乡里社会中颇有地位的一个宗族首领，而且，他应该是已经迁徙到河洛一带，也即文中所说的因为做官而搬迁到都城，“芳柯嵩左”。碑文之开篇，颇有意境，不同于一般乡民之造像之文，曰：“夫静妙虚凝，圣踪难寻，淡泊无相，非有心能知。虽形言幽绝，诞迹三千，慈悲内发，欲济危拔苦，演十二而晓群情，喻三车以运诸子，权应归空，潜神真境。”这样的语言舒徐有度，典雅非常，它对于人生境界的寄意，其实已经超出了普通乡民的日常祈祷。

总之，北朝文化发展体制之中缺少精英，但不乏中下层文化士人。颜之推认为北方文化精英，不过数人：“洛阳亦闻崔浩、张伟、刘芳，邺下又见邢子才：此四儒者，虽好经术，亦以才博擅名。”[③]而其他的人，则都是俗儒，颜之推加以嗤鄙，称他们是“以外率多田野间人，音辞鄙陋，风操蚩拙，相与专固，无所堪能”。[④]然而，缺少精英，并不意味着就缺少深厚的基础。《颜氏家训》中批评南方的中下层士人过分浮华，而能够步入正途的仅有少数士人。他说：“故江南冠带，有才干者，擢为令仆已下尚书郎中书舍人已上，典掌机要。其余文义之士，多迂诞浮华，不涉世务；织微

---

① ［清］严可均：《全上古三代两汉魏晋南北朝文》之《全北齐文》卷九，第3876—3877页。

② ［清］严可均：《全上古三代两汉魏晋南北朝文》之《全北齐文》卷十，第3881—3882页。

③ ［北齐］颜之推撰，王利器集解：《颜氏家训集解·勉学篇》（增补本），第177页。

④ ［北齐］颜之推撰，王利器集解：《颜氏家训集解·勉学篇》（增补本），第177页。

过失，又惜行捶楚，所以处于清高，盖护其短也。”[①] 这些南方中下层士人往往在社会生活中难于找到自己的价值之所在。而在北方，这些士人在乡里社会中仍然可以有所作为。

本章小结

魏末乡里士人在都城洛阳中的活动使得推动北朝文学发展的力量中终于出现了真正的文学群体。这种现象，在平城政权时尚不具备。这是因为，只有展开了真正的文学活动的文人群落，才可以称之为文人群体。这对于北朝文学的发展而言，是一次新的转折。而来到洛阳并进入到政治体系中的文人往往担负了重要的文化角色。他们主要承担的是孝文帝太和改制之后的一些礼制改革活动，同时还以随侍的身份参加了当时鲜卑贵族的文学集会。在这些活动中，他们展现了自己的文化、文学水平和一定的文学思想。乡里士人在洛阳聚集，彼此之间互相依附。在北魏门阀制度形成之后，出身寒门的乡里士人尤其注重结为群体，以相互扶持。北朝的文人群体首先并非是建立在具有共同的文学水平基础上的，而是建立在较为实际的政治利益基础上。这些文人的文学水平，大多展露于当时的公文之中，而彼此之间的唱和亦有一些佳作传世，故而太和之后北魏文学的发展逐渐呈现一抹丽色，并最终走出了北魏前期的文学发展低谷。

洛阳的经济和文化在北魏末期获得了可观的成果，而这也为乡里士人带来了全新的社会生活环境。面对全新的人际关系和全新的社会生活环境，乡里士人开始面对一些传统乡论社会和城市社会价值观念的冲突。这些冲突表现在当时的一些赋作之中。也有一些文人，对于洛阳文学发展的模式充分接受，并产生出对于城市生活的感情。洛阳城中，随着文人聚集的程度越来越高，文化发展多元性的优势也逐渐获得体现。其中最为明显的就是名理玄学，借着佛学发展的背景，趁势而起，产生了当时著名的玄学家杜弼。然而杜弼并非是纯粹的玄学家，他本质上其实仍然是一个起自乡里、尊奉孔儒的经师。当时的乡里士人颇有对玄风的追求，其实这是对自己人格塑造的一种方式。在这种风气下，乡里士人也开始了在都城与京畿两地的生活，并撰写出颇有文人风雅的诗歌或其他形式的文学作品，为曾经质

---

① ［北齐］颜之推撰，王利器集解：《颜氏家训集解 · 涉务篇》（增补本），第317—318页。

木的、颇为注重文学教化功能的文学创作注入了新的活力。魏末最为重要的文人是温子昇。在整个魏末文场之中，他身处其中，又孤出其外，是北魏文学“成者如麟角”之代表。在都城的文化交流和文化机制繁荣发展的同时，北朝乡里社会的文化、文学活动十分频繁，乡里文人所创作的俗赋、家训和碑铭中不断涌现一些值得称道的作品，并且影响到之后的北齐、北周时期。

第五章　北朝末期都城文学的发展及其对南朝文学的超越

在北朝后期，随着北魏分裂为东魏和西魏，分别定都邺城和长安，整个南北朝的政治局势由南北对峙变成了三国对峙。东魏、北齐政权，西魏、北周政权与南朝之间存在较为复杂的政治关系。在这段维持了四十多年的对峙时间中，北朝文学发展的速度远远超过了它的前期。新的政治关系给北朝文学发展带来了新的刺激，北朝两个政权的都城文化建设开始出现与之前相比更为开放、繁荣的局面。关于这样的开放和繁荣，吴先宁曾认为是建立在对于南方学习的基础上的，他总结说："南北文化交流以及北人对南朝文化的接受，根据可以观察到的事实，大致可有三条途径：其一是书籍的流通，其二是使者的互聘，其三是南人入北带去南朝的文化。"[①] 他的总结是准确的。但对于这三个关键的要素，还可以有更为详细的分析和总结，尤其是可以结合当时南北政治关系的发展这个背景来深入讨论之。南北文化交流的加强，无疑为乡里士人提供了提高文学艺术形式之水平的契机。只有在这样的历史机遇之中，积累了二百多年的北方乡里士人的情感，才有了更好的文字之容器，将自身所具备的文化特质抒发于从南朝文学中学习到的语言艺术形式之中，如此则形成了一种被称为北朝"文学特质"的文学风格。北朝后期文学艺术的提高，有赖于南朝文学力量的加入。但从根本上说，北朝文学对于南朝文学的超越，是一场文学发展机制的胜利。最后能够为文学带来活力的，正是那些深深植根乡里生活的本土士人，他们通过北朝文化发展的机制和出仕途径，从乡里来到都城，在这里接受了南来之文学新风。北朝本土士人如卢思道、薛道衡等人，他们起源于乡里，在都市中接受南朝文学新风，提高了文学艺术水平，并且对南朝文学中过度的形式主义弃而不用，最终形成了一股超越陈代文学的文学力量。本章将对北朝末年的这一文学史进程加以重新梳理。北齐和北周的文学发展正

---

① 吴先宁：《北朝文化特质与文学进程》，第47—48页。

是在处理好北朝文学自身的“内在生机”[①]与南北文学文化交流的相互关系的基础上，从而将南北文学、文化的发展推入了一个新的阶段。以下尤其会着意探讨，北朝人究竟从南朝学习到了什么，庾信与北朝文学之间的相互影响究竟如何，以及“南衰北盛”的格局是如何全面到来等等问题。

第一节　北朝都城的文学新风与文学特质

在孝文帝迁都洛阳之后，南北政治关系不断走向深化。北魏前期及刘宋时期的使者，只是在史书中留下名字，事迹可考者甚少。而南北行聘之事，以南方而言是到萧齐时才比较显著，以北方而言则是到魏末齐初时更见频繁，行人事迹可考者甚多，而且其中尤其以擅长文学者为多。[②]北人从“自隔华风”[③]的文化自卑心理，到讨论辨析南朝文学之优劣高下这种文化心理的变化，与此时南北政治力量的对比、正朔心理的变化颇有关系。随着北方政治军事力量的强大，北方在征服南方政权的过程中连连获胜，不断攻取城池，导致大量南人向北迁徙。特别是侯景之乱，带来的巨大破坏力量，导致建康一度成为死城。这些人转入北方之后，南北文学交流互动更为频繁。太和十七年（493）王肃入魏，孝昌二年（526）徐之才入魏，梁元帝承圣三年（554）江陵亡后沈重入西魏，这类例证，不可胜数。而颜之推、庾信、王褒等文人大量入北，被视作是推动北朝后期文学发展的主要原因。而南人来到北方之后，需要对此时北朝文学发展机制加以适应，因此他们受北方之影响是极深刻的。

但是，必须看到，邺城和长安这两个都城中的人们对于南朝文学的态度是有所不同的。北齐人对于南方之崇慕，几乎是毫不掩饰。在南朝人大量入北之前，东魏、北齐士人已经开始大量主动模仿他们的诗文作品，产生了一些类似宫体诗的文人乐府诗。他们也模拟南方的应制作品，提倡赋的创作。而郦道元《水经注》中的南北地理观念、经学思想观念，以及他对于南方地志的集撰和参考，体现了北朝后期南北文学交流的深化。而在西魏、北周则一直拥有另外一种文质观念，对于南朝文学有着不同的品评和看待。从总体的文化背景来看，北齐当时儒学大衰而文学转盛，“北齐

① 吴先宁：《北方文风的性质内涵及其内在生机》，《辽宁大学学报》，1992年第5期，第19页。

② 吴慧莲：《魏齐之间的和战关系》，《淡江史学》第十一期，淡江大学历史系，2000年，第67页。

③ 《宋书·张畅传》载李孝伯阵前与畅对话：“长史，我是中州人，久处北国，自隔华风……长史当深得我。”中华书局，1974年，第1603页。

诸帝对儒学之重视，远不及北魏，中央国学犹如虚设，地方官学则士风颓废。虽文宣帝天保元年诏书，孝昭帝皇建元年诏书，皆见兴学之义意，惟整体国政既不重此，亦难得其功”[①]。北周则秉持了儒学发展的传统，其对待儒学的发展态度和北齐恰恰相反。《周书·儒林传序》称："及太祖受命，雅好经术。求阙文于三古，得至理于千载，黜魏、晋之制度。"[②]北周也的确产生了诸多儒学士人如斛斯征、令狐熙、于仲文、卢光等；北齐熊安生入周之后，又培养了一批儒生。儒学的风气远较文学为盛。因此，在这样的大背景下，进入到北方的南方文人，如入北齐的颜之推和入北周的庾信、王褒，他们发挥的影响和作用各有不同。颜之推入北时间较早，主事文林馆，将南方抄撰机制中的经验较早引入到北方，极大促进了北方文化发展机制的革新。而庾信和王褒的作品，更多体现了他们对于北方文学艺术的接受。北周人对于南朝文学、文化并不像北齐人那样趋奉，庾信和王褒在当下产生的文学影响应该重新加以审视。

一、南北行人与北齐邺城文学新风的形成

北魏兴起之后，与南朝的边界冲突日渐严重。宋文帝为夺回河南失地，元嘉年间曾二次北伐，一度联合赫连夏、沮渠北凉、吐谷浑、柔然、北燕等势力，形成对北魏的遏制。刘宋此时一度占有长江以北的许昌，以及山东济南、东阳等地，直接威胁北魏的战略腹心。不久，又趁关中盖吴之乱，煽动北魏边民叛魏，北魏政权对此十分愤怒，遂下《与宋主书》，云："顷关中盖吴反逆，扇动陇右氐、羌，彼复使人就而诱劝之，丈夫遗以弓矢，妇人遗以环钏，是曹正欲谲诳取赂，岂有远相顺从。"[③]而太武帝统一北方的过程某种意义上也是打破刘宋主导的反魏联盟的过程。瓜步之战就是北魏对刘宋的一场反击和掠夺战争，有效阻止了宋文帝的北伐。此时的北魏尚无统一南北之意愿，这些战争主要是为了反抗来自于刘宋及其他周边政权的军事压力。北魏虽然在与刘宋交手中屡屡获胜，但对南朝的敬畏之心仍存。太武帝说："我亦不痴，复不是苻坚"[④]，大约是不因起吞并之心而强战的意思。在孝文帝迁洛之前，南北政治关系处于深刻的隔膜之中。例如太武帝时期，并不注意和南方进行外交往来时的措辞。这篇《与宋主书》，当写于瓜步之战时，反映了当时太武帝等人对刘宋勾连周边武

---

① 施拓全：《北朝学术之研究》，第 68 页。
② 《周书·儒林传·序》，第 806 页。
③ 《宋书·索虏传附竺夔毛德祖阳瓒严冲陈宪传》，第 2346 页。
④ 《宋书·索虏传》，第 2347 页。

装力量构成对北魏之威胁等举动的愤怒。其文甚为口语化，语言粗糙，甚至有颠三倒四之语。如云："知彼公时旧臣，都已杀尽，彼臣若在，年几虽老，犹有智策，今已杀尽，岂不天资我也？取彼亦须我兵刃，此有能祝婆罗门，使鬼缚彼送来也。"[①] 其中，"都已杀尽""今已杀尽"这类重复，实不应该。其中的人称代词，皆以"我""彼"等语出之。关于这篇报书的遐想，一直很多，有人认为是因为太武帝本身文化素质较低，有人认为是他故意显示对于南朝的轻视，故而以粗鄙之语对之。事实上，这种外交口径反映了当时太武帝对南朝的情况不甚了解，因此无法获得一个较为恰当的对话方式。

南北政治关系发生变动之时代的到来，无疑为当时的士人提供了一个极为重要的发展机遇。至献文帝时，北魏"清荡吴会"[②] 的战略目标才明确提出。孝文帝甚至预言南方的一切，将来"会是朕物"[③]。太和改制之后，南北关系发生大变动的时代随之到来[④]。在这样的战略指导之下，在外交行聘过程中，北魏充任行人者，多为从乡里社会中选用的士人，其名望、门第、学识、才辩等各方面，都曾是北魏统治者所考虑的层面。而在交聘或者其他形式的南北文化交流中产生的文学作品，是值得关注的。前面我们引了赵翼的话："南北通好，尝借使命增国之光，必妙选行人，择其容止可观，文学优赡者，以充聘使。"[⑤] 事实上，这种情况，应该是在魏齐交聘时期才出现的。在这之前，宋魏之间的外交似乎较少涉及文化交流。[⑥] 这其中，首先是由于魏宋交聘时期的北魏，其礼乐发展尚不充分。《南齐书》卷五七《魏虏传》称："佛狸（按即拓跋焘）已来，稍僭华典，胡风国俗，杂相揉乱。"[⑦] 这一时期，李孝伯在城下和张畅对答，自称"我是鲜卑"，"鲜卑官位不同"，"我是中州人，久处北国，自隔华风"[⑧]，作为汉族士人的李孝

① 《宋书·索虏传》，第 2347 页。

② 《魏书·尉元传》，第 1112 页。

③ 《魏书·卢玄传附渊弟昶传》："太和初，为太子中舍人、兼员外散骑常侍，使于萧昭业。高祖诏昶曰：'卿便至彼，勿存彼我。密迩江扬，不早当晚，会是朕物。卿等欲言，便无相疑难。'"中华书局，1974 年，第 1055 页。

④ 姚宏杰：《南北朝时期南北政治关系研究》，北京大学博士学位论文，2004 年，第 121 页。

⑤ ［清］赵翼撰，王树民校正：《廿二史札记校正》（订补本）卷十四"南北朝通好以使命为重"条，第 294 页。

⑥ 魏宋交聘过程中，北魏士人之可考者有：邓颖，宋宣，卢玄，游雅，高推，邢颖，张伟，高济，宋愔，冯阐，明僧暠，卢度世，游明根，娄内近，许赤虎，李长仁和郑羲。姚宏杰：《南北朝时期南北政治关系研究》，第 61 页。

⑦ 《南齐书·魏虏传》，第 990 页。

⑧ 《宋书·张畅传》，第 1600、1603 页。

伯也流露出仕宦异族的遗憾和自卑。这些都反映了当时北魏文化相对南朝来说较为落后的情况。郑羲是出使刘宋的最后一位北魏使者，他是当时较少在行聘过程中谈到礼乐者。清人陆增祥《八琼室金石补正》卷一四著录有《兖州刺史荥阳文公郑羲下碑》，碑铭有云：

> 又假员外散骑常侍、阳武子，南使宋国。宋主客郎孔道均，就邸设会，酒行乐作，均谓公曰："乐其何如？"公答曰："哀楚有余，而雅正不足，其细已甚矣，而能久乎？"均嘿然而罢。移年而萧氏灭宋。虽延陵之观昔诗，郑公之听宋乐，其若神明矣。朝廷以公使协皇华，原隰斯光，迁给事中、中书令，总司文史敷奏。[①]

这段文字材料详细地记述了郑羲出使刘宋的具体活动情况。关于郑羲此次出使事，于史有征，唯缺论乐事。《魏书·郑羲传》云："高祖初，兼员外散骑常侍，假宁朔将军、阳武子，使于刘准。"[②]《北史》卷三十五本传亦云："孝文初，兼员外散骑常侍、宁朔将军、阳武子，使于宋。"[③] 两传所记相同，唯文字简略，未记其出使南朝之具体活动。两书本传所载与碑文所载即为一事。何以知之？碑文叙其出使刘宋之前，"以才望见陟，迁中书侍郎"，出使刘宋后，"迁给事中、中书令"。[④] 传文记其出使刘宋之前，"淮北平，迁中书侍郎"，使还，先后"征为中书令"，又"加给事中"。[⑤] 传文所记出使前后之官职，与碑文所记相同，所以碑文所记出使事，必是史传所载使宋事。

在北魏孝文帝迁都之前，从南方来到北魏政权的文人担当了很多南北文化交流的角色。除了前文所提到的王肃之外，南来刘宋皇室刘昶，曾与蒋少游共同负责改革朝仪。但是，这之后很快魏齐通好，刘昶这样的刘宋后人旋即被政治抛弃了。《魏书·刘昶传》中，他请求外出效力，透露本人无限的无奈、苦涩和哀怨，北魏统治者则对之尽力安抚。而曾经与刘昶一起改革朝仪的蒋少游则开始了他对南齐的聘问。魏以蒋少游聘齐，意在摹仿南朝宫室制度[⑥]。经牟发松的考证，北魏向南齐借书是在太和十三年（永

---

① ［清］陆增祥：《八琼室金石补正》，文物出版社，1985年，第79页。
② 《魏书·郑羲传》，第1238页。
③ 《北史·郑羲传》，第1303页。
④ ［清］陆增祥：《八琼室金石补正》，第79页。
⑤ 《魏书·郑羲传》，第1238页。
⑥ 《魏书·术艺传·蒋少游传》，第1971页。

明七年，489）[①]，当时群臣反对，王融则上书表示支持。王融以为“经典远被，诗史北流”，北魏政权中汉族人士“必欲遵尚”，北族勋贵则“居致乖阻”，会导致“部落争于下，酋渠危于上”的局面出现，齐可以乘势“一举而兼吞”，十分理想化。[②]至于北魏到底有没有从南齐借到书，则难以得知。《隋书·经籍志》有《（北）魏阙书目录》一卷，被认为是北魏向南齐借书的目录，但这个说法也缺少确凿的依据。太和十五年（491），房景高、宋弁使齐，齐武帝指派王融接待。房景高说在北方曾经听说过王融的作品《曲水诗序》，希望能得具体内容一观，看毕赞叹说：“昔观相如《封禅》，以知汉武之德，今览王生《诗序》，用见齐主之盛。”[③]这里也体现了房氏对于文学之事的不通，竟然以司马相如《封禅》来比拟《诗序》。房、宋二人当时带去南方的主要是南方所需要的马匹。[④]而此时，北方人最为钦羡的是南方诗文。可见，魏孝文帝自亲政以来，锐意改制，力图将北魏塑造成中原正统国家，在此过程中，从南朝输入典制文物受到了重视，求书籍、模宫室就是两个比较显著的事例。这些已经成为他迁都洛阳之前发展南北政治关系的先声。

北魏迁都洛阳前夕，仍然十分缺乏这样的人才。《魏书·卢玄传附子度世传》又载卢度世“使刘骏，遣其侍中柳元景与度世对接，度世应对失衷。还，被禁劾，经年乃释”[⑤]。而卢度世在这场交聘中的表现自是不佳，并非擅长交聘者。又据《宋书·柳元景传》可知柳是南渡仓荒，伐蛮起家，并无学术可言[⑥]。可见当时的“妙简行人”并没有刻意在行人之文化素养上做更多的留意。而北魏在应对来使时，常常如临大敌。如太和十四年（490），文明太后崩，萧赜遣其散骑常侍裴昭明、散骑侍郎谢竣等来吊，欲以朝服行事，“以朱衣入山庭”[⑦]。这番完全违背北人礼法的举动，极大刺击了北魏人。高祖急敕尚书李冲，令选一学识者与直争辩。李冲于是推荐了成淹来说服这些人放弃朱衣。成淹的外交辞令，其实也体现了北朝文人在南北行聘之事上的突出表达能力。次年，李彪报使至齐，主客设燕乐相待，李彪

---

① 牟发松：《王融〈上疏请给虏书〉考析》，《武汉大学学报》哲学社会学科版，1995年第5期，第32页。

② 《南齐书·王融传》，第819页。

③ 《南史·王弘传附曾孙融传》，第576页。

④ 《南史·王弘传附曾孙融传》：“上以魏所送马不称，使融问之曰：‘秦西冀北，实多骏骥，而魏之良马，乃驽不若，将旦旦信誓，有时而爽，駉駉之牧，遂不能嗣？’宋弁曰：‘当是不习地土。’”第576页。

⑤ 《魏书·卢玄传附子度世传》，第1046页。

⑥ 《宋书·柳元景传》云“元景少便弓马，数随父伐蛮，以勇称”，第1981页。

⑦ 《魏书·成淹传》，第1751页。

以丧期未毕而“辞乐”[①]。从南北这次礼仪之争看，北魏这时又不限于输入南朝典制，而且在礼制上另有新创，开始与南人争竞了。太和十六年（492），萧赜遣其散骑常侍庾荜、散骑侍郎何宪、主书邢宗庆朝贡，值朝廷有事明堂，因登灵台以观云物。高祖于是敕成淹接待这批南来行聘之人。成淹在这次事件中与南使的对话[②]，体现了当时的北人在文化上，已经可以和南方人相抗衡。然而，成淹并无出使经历，他只是一个乡里博学之士，临时充任外交事务。他当时家境贫寒，甚至衣衫褴褛，依靠孝文帝的赐予。北魏朝廷上下遍寻辩才而不得的困窘之感，也反映了当时北魏缺少外交经验和专门的外交人才。而这些口辩所涉及之内容也并不深刻，谈不上是重大的文化交流。太和年间北方派出的行人，一开始的时候较为考虑门第因素，如当时他们派出的卢昶。卢昶出使南齐时，“值萧鸾僭立，于是高祖南讨之，昶兄渊为别道将。而萧鸾以朝廷加兵，遂酷遇昶等。昶本非骨鲠，闻南人云兄既作将，弟为使者。乃大恐怖，泪汗交横。”当时一同出访的谒者张思宁“辞气謇谔，曾不屈挠，遂以壮烈死于馆中”。[③] 在这次外交过程中，卢昶表现欠佳，回北魏之后，为孝文帝严厉责备，说他是“俯眉饮啄，自同犬马”，于是马上被罢黜。“久之，复除彭城王友，转秘书丞”。这说明，卢昶之后可能因为其文学才能，还是通过这样一条途径，重新回到官场。[④] 根据这些情况，牟发松认为，《魏书·高推传》所说的“前后南使不称”[⑤]，就是指南北经学差异极大，北朝文学更是远逊南朝。所谓“南使不称”，主要是由于南北文化的差异，使得北魏的使节和南方的文士不能在同一层次上对话，有时难免在唇枪舌剑中失利，被认为有损国威[⑥]。其实，这个时候的南北政治关系，尚未发展到文化交流的深层次，行聘者之间的口舌意气之争，并没有让人看到南北文化交流的显著成果。然而，这一时期，北魏行人仍然带来了有关南朝文学发展的最新消息。《魏书·韩显宗传》提到韩显宗在出使南齐期间有一些诗咏，即孝文帝提到并且夸赞的“在齐诗咏”[⑦]。韩显宗的诗歌作品，目前存留的只有《赠中尉李彪诗》[⑧]，这首诗风

① 《魏书·李彪传》，第1389—1390页。

② 《魏书·成淹传》，第1753页。

③ 《魏书·卢玄传附渊弟昶传》，第1055页。

④ 《魏书·卢玄传附渊弟昶传》，第1055页。

⑤ 《魏书·高允传附弟推传》，第1091页。

⑥ 牟发松：《南北朝交聘中所见南北文化关系略论》，《魏晋南北朝隋唐史资料》第十四辑，武汉大学出版社，1996年，第31页。

⑦ 《魏书·韩麒麟传附子显宗传》：“（高祖）又谓显宗曰：‘见卿所撰《燕志》及在齐诗咏，大胜比来之文。’”第1342页。

⑧ 逯钦立编：《先秦汉魏晋南北朝诗》，第2197页。

格质朴，意思十分浅显，文辞无有雕饰，并不带有南朝艺术特点。韩延之痛失故国，将“飘然独远从”的孤独感表达得很袒露直切，诗云：“贾生谪长沙，董儒诣临江。愧无若人迹，忽寻两贤踪。追昔渠阁游，策驽厕群龙。如何情愿夺，飘然独远从。痛哭去旧国，衔泪届新邦。哀哉无援民，嗷然失侣鸿。彼苍不我闻，千里告志同。”这首诗其实属于十六国时期复古思潮影响之下的作品[①]，颇有汉魏古意。但是，或许是由于这番出使经历，故而在政治主张上，韩显宗是较为亲和南朝的，同情刘昶[②]，这或许是和他对南朝较为了解有关。

与北魏的这种情况相比，使魏齐人的选拔则标准清晰，多强调其容止才学口辩，而且较少派出朝中重要大臣。如《梁书·范缜传》：“永明年中，与魏氏和亲，岁通聘好，特简才学之士，以为行人，缜及从弟云、萧琛、琅邪颜幼明、河东裴昭明相继将命，皆著名邻国。”[③]《梁书·萧琛传》：“琛少而朗悟，有纵横才辩。”[④]《梁书·庾筚传》：“博涉群书，有口辩。齐永明中，与魏和亲，以筚兼散骑常侍报使。”[⑤]。不仅如此，萧齐负责接对北使的主客也多以这样的人才兼任。《南齐书·王融传》：“上以融才辩，十一年，使兼主客，接虏使房景高、宋弁。”[⑥]《南齐书·庾杲之传》载：“杲之风范和润，善音吐。世祖令对虏使，兼侍中。上每叹其风器之美。”[⑦]《梁书·范岫传》：“永明中，魏使至，有诏妙选朝士有词辩者，接使于界首，以岫兼淮阴长史迎焉。”[⑧]萧齐注重聘魏使者及主客的选用，这与刘宋时期大为不同，显示了南朝对于北魏的通使已相当重视。

自太和十九年（495）开始，南北之间常发生战争。太和二十一年（497），孝文帝大举南攻，直至北魏分裂之前南北之间通使的情况不再出现。黄惠贤认为，“孝文帝迁都洛阳之后，夺取南朝在长江北岸的土地，就成为北魏巩固京都的重要战略目标”[⑨]。在战争杀伐之中，一些南来士人投北。《洛

① 从韩显宗《赠中尉李彪诗》的内容看，当是韩显宗因受贬谪而写，非韩延之离国而作。王发国、李彤、蔡艳：《北朝文学人物三考》，《西南民族学院学报》，1995年第6期，第53—57页。

② 逯钦立编：《先秦汉魏晋南北朝诗》，第2179页。《魏书·韩麒麟列传附子显宗传》，“后乃启乞宋王刘昶府谘议参军事，欲立效南境，高祖不许。”第1342页。

③ 《梁书·儒林传·范缜传》，第664—665页。

④ 《梁书·萧琛传》，第396页。

⑤ 《梁书·良吏传·庾筚传》，第766页。

⑥ 《南齐书·王融传》，第821页。

⑦ 《南齐书·庾杲之传》，第615页。

⑧ 《梁书·范岫传》，第391页。

⑨ 朱大渭主编：《中国农民战争史》（魏晋南北朝卷），第五章“北魏末年各族人民大起义”（黄惠贤执笔），人民出版社，1985年，第208页。

阳伽蓝记》卷二、卷三记载了当时洛阳有四夷馆、四夷里、归正里、吴人坊等的设置和称呼，这些地方都是专门用来安置南来士人之处。像萧宝寅这样的南朝宗室投归北魏后，也以居归正里为耻，可见其在观念上受到了舆论的强大压力。

南北双方政治关系最为融洽的是到了梁（东）魏时期。梁武帝派人送回董绍，表达其通好之愿，条件是梁以宿豫还魏，魏将汉中之地归梁。董绍返魏，传递了这一信息，但萧衍与魏通好的呼吁仍然没能得到响应。[①]《资治通鉴》载“魏遣使者刘善明来聘，始复通好”。胡注曰：“自齐明帝建元二年卢昶北归之后，魏不复遣使南聘，至是复通。”[②] 刘善明使梁，《魏书》本纪不载。普通元年（520）即东魏正光元年。此时，东魏争取与梁缓和关系，有着自身的迫切需要。孝武帝的出奔使高欢的政治声望受到重大打击。魏孝武帝西迁极大影响了魏末北方形势的格局。关中实力人物宇文泰突然间获得了巨大的政治资本。而萧梁当时也处在不利的政治局势之下，正所谓“既而齐交北绝，秦患西起。”[③] 周一良认为在这种情况下，南北外交的风气变了，而且南北政治关系的性质也发生了极大的变化。他说：“萧衍时，南北矛盾值得注意者，529 年梁以兵力送魏宗室元颢入洛阳，次年又送元悦北归为魏主。元颢为尔朱荣所攻杀，元悦亦未成功。然此两事为萧衍有意于控制北方之表现，若在东晋宋齐之时，此类事不唯不可能，亦不可想象。就萧衍当时南北矛盾性质而言，显然已不似东晋祖逖击楫中流时，亦不似魏太武帝南征时之明显为民族矛盾。此时已成为南北对立之封建政权间矛盾斗争。所以然者，首先由于北魏孝文帝实行比较有意识亦比较彻底之汉化政策，南方不再目北朝为种族、经济、文化全然不同之异国也。”[④] 文人的文学才能，在报聘往来之中被激发了。在十六国时期，南北往来文书，如今所见者寥寥，而在梁魏建交之后，诸多外事皆以文书出之。东魏与梁建交的正式文书，即元世俊《为东魏与梁请和移文》和何敬容《梁报东魏移文》。在梁魏关系出现起伏时，也有相关文书出现。武定五年（547），杜弼为《檄梁文》，凡二篇。魏收为《檄梁文》五十余纸[⑤]。这一年，梁魏关系因为元颢入洛一事出现摩擦，温子昇被疑叛乱而被投狱中。杜弼、魏收作为当时东魏最为重要的士人，奉命作《檄梁文》。杜弼的《檄梁文》

---

① 《魏书·张衮传附张伦传》，第 618 页。
② 《资治通鉴》卷一百四十九《梁纪》五，第 4662 页。
③ 《周书·庾信传》，第 740 页。
④ 周一良：《魏晋南北朝史札记》“王敦桓温与南北民族矛盾”条，第 105 页。
⑤ 《北齐书·魏收传》，第 486 页。

气势磅礴，言语犀利，“其后梁室祸败，皆如弼言。”①

事实上，自南北政治关系从南北对峙发展为三国彼此制衡之后，南北外交的一些基本特征也产生了很大变化，这些变化是当时文学交流转入深层的重要原因。天平四年(西魏文帝大统三年,537)之后,《资治通鉴》载:“时南、北通好，务以俊乂相夸，衔命接客，必尽一时之选，无才地者不得与焉。每梁使至邺，邺下为之倾动，贵胜子弟盛饰聚观，礼赠优渥，馆门成市。宴日，高澄常使左右觇之，一言制胜，澄为之拊掌。魏使至建康亦然。”②与此同时，当时邺城文学的风气十分兴盛，一改孝昌之后的大衰之相。元象元年（西魏文帝大统四年，538）东魏以高欢之子高澄摄吏部尚书，“魏自崔亮以后，选人常以年劳为制，文襄乃厘改前式，铨擢唯在得人。又沙汰尚书郎，妙选人地以充之。至于才名之士，咸被荐擢，假有未居显位者，皆致之门下，以为宾客，每山园游燕，必见招携，执射赋诗，各尽其所长，以为娱适”③。高澄对于邺城文化风气的重建，产生了很大的作用，而最重要的是他对北魏末年崔亮“年劳”之制的改革④。吴先宁曾说，“到了东魏、北齐时期，北朝士族对南方文化心理又发生一次大的转折……在东魏和北齐，出现了一股模拟南朝文学的风气，这种风气，是北朝士大夫对南朝文化认同心理的产物；而这一认同心理，恰正是以高氏为首的代北豪族敌视汉族文化所激成的。”⑤但这种文化心理不是偶然得来的，而是根植于此时东魏北齐政权在外交上对梁朝有所依赖。北齐派出的使者一般在文学上颇有声誉，而一些人为了进入这一文化阶层，在当时经营虚名，其文学制作，多为应付场合而作。《颜氏家训》中不点名地批评了其中一个只有虚名的人，“朝廷以为文华，亦尝出境聘”，其后遭人怀疑，“遂设宴言，面相讨试。竟日欢谐，辞人满席，属音赋韵，命笔为诗，彼造次即成，了非向韵。众客各自沈吟，遂无觉者”⑥。既然是出入境聘，又是士族，那肯定是可以在史册中留名之人，所以这里我们不知道颜之推嘲笑的是哪位文人。但是可以从这个例子侧面看出两点信息：首先是文华之能是能否担任聘使的重要考量方面，其次是当时邺城已经存在按韵来赋诗的文坛风气。

---

① 《资治通鉴》卷一百六十《梁纪》十六，第4967页。

② 《资治通鉴》卷一百五十七《梁纪》十三，第4879页。

③ 《北齐书·文襄纪》，第31—32页。

④ 《资治通鉴》卷一百五十八《梁纪》十四，“东魏以高澄摄吏部尚书，始改崔亮年劳之制，铨擢贤能；又沙汰尚书郎，妙选人地以充之。凡才名之士，虽未荐擢，皆引致门下，与之游宴、讲论、赋诗，士大夫以是称之。”第4901页。

⑤ 吴先宁：《北朝文化特征与文学进程》，第44—45页。

⑥ ［北齐］颜之推撰，王利器集解：《颜氏家训集解·名实篇》（增补本），第309页。

在东魏与南朝恢复通使之后，文学的交流不断深化。《北史·李谐传》记载说："是时邺下言风流者，以谐及陇西李神俊、范阳卢元明、北海王元景、弘农杨遵彦、清河崔赡为首。初通梁国，妙简行人，神俊位已高，故谐等五人继踵，而遵彦遇疾道还，竟不行。"[①] 李谐等作为东魏正式使节首先至梁，梁派遣范胥接待之，二人之间有一场著名的"紫盖黄旗"之争："胥曰：'金陵王气兆于先代，黄旗紫盖，本出东南，君临万邦，故宜在此。'谐答曰：'帝王符命，岂得与中国比隆？紫盖黄旗，终于入洛，无乃自害也？有口之说，乃是俳谐，亦何足道！'"[②] 这场辩论，其实是关乎南、北孰为正统，李谐的回应，与多年之前李孝伯的"自隔华风"之论，已经是天壤之别，"江南称其才辩"[③]。李谐的《江浦赋诗》，是一首典型的行聘歌咏，应该是一首江上送别之作。诗云："帝献二仪合，黄华千里清。边笳城上响，寒月浦中明。"[④] 从此诗的意象、意境来看，它仍是北人之诗，意境粗犷，苍凉阔大。虽然邺城此时的社会风气受到南朝影响，但北人质朴、刚健的特性，其实是难于改变的。这种个性，和南朝人细腻敏感的特性产生了鲜明的对比。《颜氏家训·风操篇》里举例南人、北人对于送别一事的态度，就能说明一二：

> 别易会难，古人所重；江南饯送，下泣言离。有王子侯，梁武帝弟，出为东郡，与武帝别，帝曰："我年已老，与汝分张，甚以恻怆。"数行泪下。侯遂密云，赧然而出。坐此被责，飘飖舟渚，一百许日，卒不得去。北间风俗，不屑此事，歧路言离，欢笑分首。然人性自有少涕泪者，肠虽欲绝，目犹烂然；如此之人，不可强责。[⑤]

因此，从这样的情况来看，或许更能理解为何当时的邺城虽然文场繁荣，但甚少有这样的离别唱酬之作。而李谐出使归来所作的这首诗，意境萧瑟，但毫无悲戚之感。

兴和元年（539），邺城宫殿始成，邢劭撰写了《新宫赋》[⑥]。自是之后，魏梁之间外交往来更为频繁。这一年，魏收聘梁，作《聘游赋》。当时北

---

① 《北史·李崇传附李谐传》，第1604页。
② 《魏书·李平传附子谐传》，第1460—1461页。
③ 《魏书·李平传附子谐传》，第1461页。
④ 逯钦立编：《先秦汉魏晋南北朝诗》，第2218页。
⑤ ［北齐］颜之推撰，王利器集解：《颜氏家训集解·风操篇》（增补本），第83页。
⑥ ［清］严可均：《全上古三代两汉魏晋南北朝文》之《全北齐文》卷三，第3839页。

使文辞亦为江南文人所重："(魏)收兼通直散骑常侍，副王昕使梁，昕风流文辩，收辞藻富逸，梁主及其群臣咸加敬异。"[①] 魏收、王昕等人与南朝人的文化好尚相接近，在这次文化交流活动中大获认可。

北方士人在主动汲取南学的过程中，所持态度不一。在早期，南人投北对北魏诗歌的影响最为直接。刘昶《断句诗》、萧综《听钟鸣》《悲落叶》，祖莹的《悲平城》是模仿王肃之作，其风格皆是苍劲有力。而葛晓音在《八代诗史》中对魏齐之后南北文学交流的成果，看法较为悲观，"双方都推选最有才华的文人作为外交使者，自然是南北文化交流的最好途径。但邺下文人学习齐梁诗，纯从辞采华艳着眼，对于南朝的好诗并不能欣赏……北齐文人只能掇拾梁诗的余沥入诗，拙劣生硬自不必言，就连北方的本色也一并丢失"[②]。事实上，一些优秀诗人对于这类作品的摸索，是坚持了北方诗歌的本色的"习作"之诗。王德《春词》即仿《子夜春歌》，王容《大堤女》虽然是仿西曲歌，其内容也并非无可称之处。然而，从当时最为主流的模仿倾向来看，当时邺城的文学模拟风气，主要是取法梁中叶以前的作家。这类在萧纲之后才开始流行的南朝文风，在当时其实并不占有重要位置。武定三年(梁大同十一年，545)庾信三十三岁，聘于东魏，当时写作了诸多相关的诗歌，"文章辞令，盛为邺下所称"[③]。虽然庾信在南朝已经声名显著，在邺城之内尚无人真正关注他，史书上所说的"盛为邺下所称"，似乎并不意味着他引起了受人模拟的风潮。从北人当时实际的诗文研习对象来看，庾信的诗歌并没有成为邺城诗人模仿的对象。邢劭与魏收争胜，对南方文学的研习，各有偏好，但他们在武定年间所关注的，仍然是永明文学。这是一件值得注意的事情，它说明，即便南北政治关系加深、外交往来频繁，但北方人仍然停留在对上一个时期的南朝经典作品的回味之中，而对南朝当下的新风气的接受，是缓慢而迟钝的。《北齐书·魏收传》："议论更相訾毁，各有朋党。收每议陋邢劭文。劭又云：'江南任昉，文体本疏，魏收非直模拟，亦大偷窃。'收闻乃曰：'伊常于《沈约集》中作贼，何意道我偷任昉。'任、沈具有重名，邢、魏各有所好。武平中，黄门郎颜之推以二公意问仆射祖珽，珽答曰：'见邢、魏之臧否，即是任、沈之优劣。'"[④] 邢、魏两人之间发生的任沈之争，使得"邺下纷纭，各有朋

---

① 《北齐书·魏收传》，第484页。

② 葛晓音：《八代诗史》(修订本)，第264—265页。

③ 《周书·庾信传》，第733页。

④ 《北齐书·魏收传》，第492页。

党”[①]，这意味着当时产生了实际上的文学阵营。

邢劭、魏收二人文学创作的区别为何？邢劭《萧仁祖集序》中提出：“昔潘陆齐轨，不袭建安之风；颜谢同声，遂革太原之气。自汉逮晋，情赏犹自不谐；江南江北，意制本应相诡。”[②]承认文学的进化，肯定地域的差异。邢劭代表了北齐文人于模仿之中求新变的共同趋向。他的《思公子》[③]言短情长，风格近于齐梁；而他的《冬日伤志篇》又有魏晋的风调，与温子昇寄慨之作不相上下。[④]邢、魏出使期间，亦曾相互赠诗，邢劭《冬夜酬魏少傅直使馆诗》[⑤]一诗，融合了生平经历和情怀，写尽冬夜之中对于人生仕历的反思，情深意长。这首诗并不能说是模拟了南朝语言中的柔婉之味，因为这首诗中的语言，其实来自诗人内心最为真实的情感，已经看不出模拟的痕迹。北人虽然学习南方的诗艺，但甚少为了写诗而写诗，通常言之有物，附之于生平的真实经历。这样一来，诗歌就带有十分饱满的情绪，情能著景，物我难分。如这一句“风音响北牖，月影度南端。灯光明且灭，华烛新复残”，写尽了冬夜的清寒和孤冷，衬托出羁旅之中无所依托的飘摇之心。南朝也有人称他为“北间第一才士”[⑥]，应该主要是和他的作品颇有骨鲠，而又不乏辞藻之美有关系。魏收此时也多从民歌、乐府中学习齐梁之诗风，而在对北人自身的一些文学特色保留的程度上，不如邢劭。如他的《挟琴歌》云：“春风宛转入曲房，兼送小苑百花香。白马金鞍去未返，红妆玉箸下成行。”[⑦]诗歌中塑造的意象颇为风情旖旎，同样是当时北人学习南方诗歌的上乘之作。而以七言写闺情，似乎又是魏晋以来北方本土就已经存在的一种艺术传统。魏收有一些模仿南朝诗风的作品，如他的《永世乐》《看柳上鹊诗》《庭柏诗》[⑧]和《美女篇》两首等。其《后园宴乐》中的一句“树静归烟合，帘疏返照通”，直逼齐梁。魏收明显模拟南朝诗的句子还有，“绮窗斜影入，上客酒须添。翠羽方开美，铅华汗不沾”

---

① ［北齐］颜之推撰，王利器集解：《颜氏家训集解·文章篇》（增补本）：“邢子才、魏收俱有重名，时俗准的，以为师匠。邢赏服沈约而轻任昉，魏爱慕任防而毁沈约……邺下纷纭，各有朋党。”第 273 页。

② ［清］严可均：《全上古三代两汉魏晋南北朝文》之《全北齐文》卷三，第 3842 页。关于此文来历尚且有不明之处，严可均未给出此文出处。

③ 《思公子》诗云：“绮罗日减带，桃李无颜色。思君君未归，归来岂相识。”逯钦立编：《先秦汉魏晋南北朝诗》，第 2263 页。

④ 逯钦立编：《先秦汉魏晋南北朝诗》，第 2264 页。

⑤ 逯钦立编：《先秦汉魏晋南北朝诗》，第 2264 页。

⑥ 《北史·邢峦传附邢劭传》：“南人曾问宾司：‘邢子才故应是北间第一才士，何为不作聘使？’”第 1591 页。

⑦ 逯钦立编：《先秦汉魏晋南北朝诗》，第 2750 页。

⑧ 逯钦立编：《先秦汉魏晋南北朝诗》，第 2268—2270 页。

(《永世乐》)。这其实应该并非北人生活之情态，而加入了很多魏收本人的想象和渲染。而这些诗歌大多丽而不艳，新而不尖，其实和邺城文人此时取法的并不是梁代中叶之后的文学有关系。而在这一点上，邢劭可能比魏收更偏保守一些，在诗文中保留的北人本质也更多一些。虽然我们很难知道邢魏之争，最后是否留下了一些珍贵的文学意见，但可以想见当时对此进行过讨论的人应该不在少数。《颜氏家训 · 文章篇》中提倡了一种保守的文学创作风气，这说明颜之推其实是属于支持邢劭这一类文学的。“每尝思之，原其所积，文章之体，标举兴会，发引兴灵，使人衿伐，故忽于操守，果于进取。今世文士，此患弥切，一事惬当，一句清巧，神厉九霄，志凌千载，自吟自赏，不觉更有傍人。”① 他反对那种因为“一事惬当，一句清巧”这样的“小意思”而对自己的文学作品自我感觉良好的人。而且，他认为当时的舆论环境中，人们对于文学作品的优劣评价，着眼于全篇之“兴会”和“性灵”，这种看法，其水平是高出于南朝诗歌艺术中重视锤炼对句、用典这种摘句之习的。当然，在当时的社会中也有一些偏激之徒，认为辞藻全不重要,《颜氏家训》中记载了一个叫席毗的人，他是从骨子里“嗤鄙文学”的，嘲笑模拟南朝诗歌的刘逖说：“君辈辞藻，譬若荣华，须臾之玩，非宏才也；岂比吾徒千丈松树，常有风霜，不可凋悴矣！”而刘逖反问说：“既有寒木，又发春华，何如也？”席毗对此也只好说“可哉”。② 这说明在当时对于文与质的看法，人们持有不同的意见，而北人其实对南朝辞藻的涌入抱有很大的警觉。而在更多的情况下，提倡“不失体裁，辞意可观”③ 应该是其主流。这种自觉的反思，其实反映了南北文学交流的深化。而这些北齐士人放弃当下之梁诗不学，其实应该也是基于对梁朝当下风气之不齿。而且，他们对于在南朝十分流行的一些作品，也不会盲目崇拜和称好。这当中最为著名的例子，那就是关于对王籍《入若耶溪》诗的那番评价了。④

总之，从北魏末年到东魏再到北齐，南北政治关系不断走向更为复杂的局面，而这种复杂局面为南北文学、文化交流不断转向深入提供了前提

① ［北齐］颜之推撰，王利器集解：《颜氏家训集解 · 文章篇》(增补本)，第238页。

② ［北齐］颜之推撰，王利器集解：《颜氏家训集解 · 文章篇》(增补本)，第265页。

③ ［北齐］颜之推撰，王利器集解：《颜氏家训集解 · 文章篇》(增补本)，第257页。

④ ［北齐］颜之推撰，王利器集解：《颜氏家训集解 · 文章篇》(增补本)：“王籍入若耶溪诗云：‘蝉噪林逾静，鸟鸣山更幽。’江南以为文外断绝，物无异议。简文吟咏，不能忘之，孝元讽味，以为不可复得，至《怀旧志》载于《籍传》。范阳卢询祖，邺下才俊，乃言：‘此不成语，何事于能？’魏收亦然其论。《诗》云：‘萧萧马鸣，悠悠旆旌。’毛传曰：‘言不喧哗也。’吾每叹此解有情致，籍诗生于此耳。”第295页。

条件。北朝在南北行聘之中从缺乏人才到人才辈出并为南朝所重视，正是被外交需要所刺激的结果。南北外交所产生的文化交流成果，往往首先到达京城，京城是南北文化交流最先受益之地。南朝文学中为北人所感兴趣的部分，成为京洛、邺城中汇聚的士人争相学习和模仿的对象。北齐人对于南朝文学的学习，并没有自设太多藩篱，而是多方面加以尝试，并在文人聚会中加以讨论，气氛热烈。北齐在这种文化交流中，熔铸了南方文化的成果，双方开始构成不可割裂的文化联系。

二、萧梁、北齐降人与长安文学环境之关系

永熙三年（534），六镇鲜卑中的少数，由宇文泰、贺拔岳带领西徙，割据关陇，抗衡高氏。西魏、北周政权是由北魏六镇势力中的“武川镇”武装势力所建立，入主关中后，又与当地已经胡化的汉人世族合作，因此，西魏北周的统治阶层，几乎没有汉化改革者存在的空间。宇文泰死前，托孤于宇文护，宇文护虽协助宇文觉建立北周政权，但宇文觉却大权旁落，由宇文护掌控国家朝政。西魏北周的汉人文士，无法形成势力庞大的集团来左右政局，因此，北周的政治局势发展，看似与北齐相似，实质上则有极大区别。虽然孝武帝的出奔，为关陇地区带去了丰厚的政治资本，但此地人才与文化条件，原本远非邺城可比。曹道衡说，从政治上说，北周比北齐要清明得多；而在文学上，北齐却比北周发达。[①] 最明显的事实是《北齐书》中设有《文苑传》，而《周书》中却只有一篇《王褒庾信传》讲到文学问题，王、庾二人又是从南方来到关中的，本非西魏、北周的土著。事实上北周一代也没有产生过什么在文学史上留下影响的北方作家。相反地，在北齐，则至少有邢劭、魏收等名家，又如隋代文人阳休之、卢思道、薛道衡等，也都由齐入隋。《周书 · 王褒庾信传论》里面举出的人物有：苏亮、苏绰、卢柔、唐瑾、元伟和李昶。曹道衡说：“这些人中，只有李昶曾有一两首诗受人注意，其余都没有什么足称的成就。” [②]

西魏统治者汉化程度较低。根据周一良的研究，宇文氏并非出于鲜卑，而是源于匈奴南单于远属 [③]；宇文诸族国亡入慕容氏，辗转入北魏，之后，宇文泰先后迁武川，另一批宇文氏则随孝文帝迁洛，因此在籍贯上又有河

---

① 曹道衡 :《南朝文学与北朝文学研究》,《曹道衡文集》卷五，第 504 页。

② 曹道衡 :《南朝文学与北朝文学研究》,《曹道衡文集》卷五，第 505 页。

③ 关于宇文氏先世的讨论，可参见［日］大泽阳典《宇文姓族考》，收录于《橋本博士喜受記念》，东洋文化论丛，立命馆大学人文学会，1967 年，第 325—328 页；姚薇元《北朝胡姓考》，第 166—169 页，《关陇集团的权力结构演变》，第 25 页。

南洛阳宇文。[①] 王仲荦亦主张宇文氏出于南匈奴，而“宇文”二字，鲜卑称之为“俟汾”，后因音讹之故，称之“宇文”。[②]

关中地区自十六国时期以来，文化氛围就较为保守，长安文学的发展也一直鲜有新风。这一点第二章已经详细介绍过。从十六国时期以来，长安是一个遭到反复破坏的都城。关中高门在西魏北周之前遭到的三次重大打击，分别是石虎入长安攻刘曜（328）、慕容冲入长安攻苻坚（385）、王镇恶入长安平定姚泓（417）。西魏北周之所以能顺利解决关陇士族的问题，主要仍在于关陇士族势力的衰弱。[③] 北魏统一后，关中地区动乱纷起，难于治理，孝文帝时就曾慨叹“秦之难制”[④]。西魏播迁，人才缺乏，其礼乐建设的水平，也不能和建立在北魏汉化基础上的邺城礼乐改革相比。而宇文氏的文化建设之依凭和基础，其实就是建立在关中本地力量之上的。相较于东魏北齐激烈的冲突，西魏北周的胡汉关系并没有那么紧张，原因在于宇文泰的声望，不如南方萧氏在一般人的观念上处于正统地位，因此必须借助关中的门阀来取得支持。[⑤] 此外，秦雍之地原本即是文化多元的区域，对宇文泰而言，内部少了文化上的敌意，为了对付高齐，便采取与当地社会结合的态度。[⑥] 而一旦这样的用人机制形成，就意味着其他地区的士人要进入到这个机制中就会更为困难一些。随着东魏威胁逐渐解除，西魏政权逐渐巩固后，北镇势力大幅扩张，北镇势力中的宇文泰亲信集团也在西魏后期兴起。宇文护专政，弭平赵贵之乱，大量引用宇文宗室人物担任要职，权力核心一再缩小，几乎由宇文氏把持。[⑦] 即使在西魏初期有河西大姓协助，但在北镇强大的势力之下，河西大姓的政治地位仍处于弱势。[⑧]

关中地区多坞壁，民族成分复杂，社会发展较为缓慢，其百年之间的文明成果远不如山东与江左二敌，因此宇文泰必须另辟蹊径，融合关陇地

---

① 周一良：《论宇文周之种族》，《魏晋南北朝史论集》，北京大学出版社，1997年，第239—241页。

② 王仲荦：《北周六典》引《广韵》上声九麌“鲜卑呼草为俟汾，遂号为俟汾氏。后世通称宇文，盖音讹也。”中华书局，2007年，第40页。

③ 史睿：《北周、隋、唐初的士族政策与政治秩序的变迁》，《首都师范大学学报》（社会科学版），1998年第3期，第44页。

④ 《魏书·崔浩传》，第810页。

⑤ 吴先宁：《北朝文化特征与文学进程》，第23—24页。

⑥ 陈明：《儒学的历史文化功能——士族：特殊形态的知识分子研究》，学林出版社，1997年，第375—376页。

⑦ 吕春盛：《关陇集团权力结构的演变》，稻乡出版社，2002年，第218—219页。

⑧ 宋德熹、张文杰：《北朝政权中河西大姓的角色与地位》，《兴大人文学报》第34期（下），2004年，第628页。

区之六镇鲜卑及其他胡汉土著，成为一个整体性很强的集团。宇文泰所采取的途径，陈寅恪称之为“关中本位政策”[①]，即重用关中士人。而且，关陇地区用人，文武不分。而在江左、山东地区，文官、武官肯定是分列的，在北齐末年甚至还产生过以祖珽为代表的文人集团和武官集团之间的剧烈冲突。文武分途的官制，其实意味着更高的文明程度。相较之下关陇地区则显得落后。关陇的落后，还在于他们面对的民族问题，此民族并非鲜卑，而是尚未与汉族融合的氐、羌、山胡。因此，山东士人常常轻视关陇。颜之推便是一例，他先由江陵入周，再冒险奔北齐，即使北齐亡后，仍以北齐为宗，“颜之推的意识形态代表为数不少的北齐遗民，展现出外在的，便是北周末年杨坚执政，尉迟迥起兵反叛，兵力十三万之中，属于关陇府兵者仅一万人，绝大多数为山东人士，他们企图利用尉迟迥的军事行动来达到他们复国的希望”[②]。无论是双方中的哪一方看不上对方，都造成了当时长安政权中鲜有其他地区士人的身影。

为了与东魏、梁朝抗衡，西魏政权的实际操纵者宇文泰在推行政治、经济等改革的同时，也十分注重文化改革。宇文护时代结束之前，北周最大的政治改革，就属宇文泰的周官之制。这场改制，彻底否定了孝文帝汉化改革所秉承的魏晋传统，而是将北周政权的立朝依据推向了三古时代，即所谓的“摈落魏晋，宪章古昔”[③]。王仲荦《北周六典》说:“西周的六官制度，是适应西周当时的社会制度，即奴隶主对奴隶专政的一种制度。”[④]这很容易让人联想到王莽的复古。“但北周的统治者，实际并没有机械地完全把《周礼》一套照搬过来……还有，自总管、刺史、郡守、县令，下至党正、里长那一套自上而下的地方政府组织以及连环保制度，也依旧原封不动的对封建政权起稳定和巩固作用。”[⑤]但这种制度，仍然对当时的权力结构产生多方掣肘的效果，故而，隋文帝代周称帝，首先废除了北周的六官制度，恢复了魏晋以来形成的尚书、门下、中书的三省制度。

宇文泰为何要在文化改革上走与东魏、北齐完全不同的路子？陈寅恪

---

① 陈寅恪 :《唐代政治史述论稿》:“即凡属于兵制及属于官制之周官皆是其事。其改易贺拔岳等西迁有功汉将之山东郡望为关内郡望，别撰谱牒，纪其所承，又以诸功高者继塞外鲜卑部落之后，亦是施行‘关中本位政策’之例证。”“自高祖、太宗创业至高宗统御之前期，其将相文武大臣大抵承西魏、北周以来之世业，即宇文泰‘关中本位政策’下所结集团之后裔也。”生活·读书·新知三联书店，2001 年，第 198—199、202 页。

② 陈冠颖 :《北齐北周早期政争的比较研究》，中国文化大学硕士毕业论文，1999 年。

③ 《周书·文帝纪下》，第 38 页。

④ 王仲荦 :《北周六典》“前言”，中华书局，2007 年，第 2 页。

⑤ 王仲荦 :《北周六典》“前言”，第 3 页。

认为宇文泰若要与高欢对抗，一是需要顺应当时鲜卑反汉化的潮流，二则要有异于高齐的鲜卑化、西胡化，采取汉化的路线，但又必须异于洛阳、建康及江陵的系统：因此采取的办法是以周官之文比附鲜卑部落旧制，行府兵制并将领改从鲜卑姓等。[①]“《周礼》的基本材料来自于三代，保留有较多部落氏族社会的思想内容，与关陇地区胡汉诸族的社会组织多有契合之处。”[②]宇文泰选择从周官制度入手开展革新，既是立足于关中文化之现实状况，同时也对其在现实上能够起到的作用，寄意遥深。在长安遭到反复破坏和重建的一百多年中，它缺少一贯的汉化进程，因此文化发展的特点是较为驳杂的。当西魏、北周政权以此地为都，就必须超越其文化现状这种驳杂性，寻觅到一个更为深厚的文化根源，以之作为立朝的理论依据。而从其长远意图来看，宇文泰实行周官之制度，并非是与东魏北齐、南朝争正统地位，原因有二，其一是从西晋末年到北周时期已二百五十年，文化正统观念在当时早已淡化；其二，在动乱时期，人们首先考虑的是自己的切身利益，文化正统等精神上的口号已无太大号召力。宇文泰行《周官》的主要原因，仍是当时现实环境所迫，迫于李弼、于谨等柱国的位高权重，宇文泰企图借周官改革中央官职，以赵贵等人为六卿，再安排自己的亲信为六少卿，以监督和牵制赵贵等人。[③]而且，对于宇文氏来说，如果他们接续孝文帝汉化之经学传统，恐怕并不容易，因为孝文帝汉化过程中的经学成果十分丰富、深奥，其中名理之研究水平，甚至有超越南朝之处。而北周将《周官》树立为典范，能够起到一种思想上的号召作用，它虽然被看作是经国大法，其实它的实用性并没有那么强。[④]但是，唐长孺看到了这番改革中提倡复古对于社会发展而言所存在的一些积极面。他说，六条诏书中的“擢贤良”条，“在魏孝文帝‘定四海姓族之后，却具有新的意义。苏绰制定的六条是以诏书的形式颁布的，表明宇文泰意在打破选举上的门阀特权。魏恭帝三年（556），宇文泰又仿照周官，在中央废除秦汉以来的官制，实行所谓‘六官制’。看似毫无意义的复古，却也包含着打破门阀制度下清浊分途的意义……自六条诏书的颁布到六官制的实施，都体现了宇文泰有意在政治上打破或者削弱士庶区别的态度。”[⑤]这种新的体制一旦

① 陈寅恪：《魏晋南北朝史演讲录》，第345页。

② 陈明：《儒学的历史文化功能——士族：特殊形态的知识分子研究》，学林出版社，1997年，第390页。

③ 石冬梅：《宇文泰实行六官制的目的新论》，《广西社会科学》，2006年第4期，第104—105页。

④ 周建江《北朝文学史》对此亦有分析，第136—137页。

⑤ 唐长孺：《魏晋南北朝隋唐史三论》，第175—176页。

建立，就意味着魏晋以来清浊分途的官僚体制就被打破。而且，“宇文泰要打破魏孝文帝时品定的‘四海姓族’和鲜卑贵族与汉族高门合流的门阀体制……这些新兴贵族都是府兵制中最上层的将帅”[①]。当时，高门多在河北，这些人在北齐时延续了他们的优越地位，北齐皇室多和他们联姻。而相比之下，关中的高门就要少很多。而北周的皇后没有一个是出于高门的，从此也可以看出北周皇帝对于高门的态度。[②]

这番改制的发展步伐并不算突然，在真正开始之前，已经有过了一些铺垫。大统五年（539），“魏自西迁以来，礼乐散逸，丞相泰命左仆射周惠达、吏部郎中北海唐瑾损益旧章，至是稍备”[③]。西魏大统十一年（武定三年，545），这种托古改制之风终于蔓延到文风改革上。《周书·苏绰传》载:“自有晋之季，文章竞为浮华，遂成风俗。太祖欲革其弊，因魏帝祭庙，群臣毕至，乃命绰为大诰，奏行之。”[④]苏绰撰写的《大诰》，文体完全模仿《尚书》，直接将文学范本推至上古时期的作品。苏绰“建言务存质朴，遂糠粃魏、晋，宪章虞、夏”。[⑤]这种倒退的文学观念，在当时就遭到了反对，因此在实际上，苏绰之文，“矫枉非适时之用，故莫能常行焉”[⑥]。苏绰卒于大统十二年（546），六官之制的完成在魏恭帝三年（556），苏绰无法完成，也无缘亲见宇文泰政改的成果。因此，宇文泰必须寻找苏绰的接班人，以承继自己的改革，继任者为卢辩。卢辩本是范阳卢氏，在孝武帝西迁时，仓促入关，成为之后西魏、政权中较为特殊的一个河北士人。其兄景裕为当时硕儒。卢辩精于《大戴礼》，故而在这个改革时期颇受重用[⑦]，“自魏末离乱，孝武西迁，朝章礼度，湮坠咸尽。辩因时制宜，皆合轨度。性强记默契，能断大事。凡所创制，处之不疑。累迁尚书右仆射。世宗即位，进位大将军。帝尝与诸公幸其第，儒者荣之”[⑧]。而他最为荣耀之事，莫过于成为苏绰之继任者，甚至完成了这场改制过程中的一些核心工作:“初，太祖欲行《周官》，命苏绰专掌其事。未几而绰卒，乃令辩成之。于是依《周礼》建六官，置公、卿、大夫、士，并撰次朝仪，车服器用，多依古礼，革汉、魏之法。事并施行。今录辩所述六官著之于篇。天官府管冢宰等众职，地

① 唐长孺 :《魏晋南北朝隋唐史三论》，第 176 页。
② 唐长孺 :《魏晋南北朝隋唐史三论》，第 177 页。
③ 《资治通鉴》卷一百五十八《梁纪》十四，第 4904 页。
④ 《周书·苏绰传》，第 391 页。
⑤ 《周书·王褒庾信传》，第 744 页。
⑥ 《周书·庾信传》，第 744 页。
⑦ 《周书·卢辩传》，第 403 页。
⑧ 《周书·卢辩传》，第 404 页。

官府领司徒等众职，春官府领宗伯等众职，夏官府领司马等众职，秋官府领司寇等众职，冬官府领司空等众职。史虽具载，文多不录。辩所述六官，太祖以魏恭帝三年始命行之。自兹厥后，世有损益。”[①] 在卢辩之外，还有柳敏、卢柔、薛寘、崔猷等儒士的协助。北周舍弃江左、山东文化，而皈依《周官》这样一个理想化的制度范本，实际上违反了秦汉以来的官僚制度，在现实政治上是行不通的。《周书·卢辩传》中的一些记载，可见其中之混乱：“于时虽行《周礼》，其内外众职，又兼用秦汉等官。今略举其名号及命数，附之于左。其纪传内更有余官而于此不载者，亦史阙文也。”[②] 但无论如何，依照《周官》来改制，是当时长安政权最为突出的特点，反映其施政纲领的保守性质。另外，恢复胡姓，是西魏北周时期统治者处理胡汉关系的做法之一。除了那些曾经被冠以汉姓的胡族，恢复了他们的胡姓之外，一些关中地区的乡里名望，也被赐予了胡姓。而且，他们大多是乡里具有儒学知识者。[③] 不论复姓、赐姓，都是以鲜卑血统关系来巩固其统治势力；从表面上看来，似乎宇文泰是恢复落后的部族军制，掩饰以氏族为单位的军队组织，而其实质则是结合地主武装的宗亲、乡里等因素，承认血缘、地域关系而力图改变分裂情况。[④]

因此，从多个方面来看，长安地区文化保守势力很强大，文化传统驳杂而守旧，文学新风自是难至。西魏北周与江左政权、山东政权也有过一些行聘往来，但是涉及明显的文学交流之事的，并不甚多。真正能够为长安地区带来地域性文化交流的，还是西魏趁侯景之乱攻占了江陵之后，从江陵这个重要的文化发展中心俘虏而来的南朝文人；同时还有在平邺城之后俘虏来的北齐士人。这些士人的入关之路，却并不平顺，他们所遭遇的巨大阻力，来自从西魏以来长安地区所形成的顽固、保守的文化风气。

西魏攻陷江陵之后（554），庾信、王褒等一批江左文士被迁入关。庾信最早被留在西魏，是因为他“多识旧章，为政简静”，符合西魏的要求，“时陈氏与朝廷通好，南北流寓之士，各许还其旧国。陈氏乃请王褒及信等十数人。高祖唯放王克、殷不害等，信及褒并留而不遣。寻征为司宗中大夫”[⑤]。北周值得称道的文人不多，而庾信当为北周文坛第一人。“世宗、

---

① 《周书·卢辩传》，第404页。

② 《周书·卢辩传》，第404页。

③ ［韩］朴汉济：《西魏北周时代胡姓再行与胡汉体制》，《文史哲》，1993年第3期，第18—19页。

④ 谷霁光：《府兵制度考释》，上海人民出版社，1962年，第37页。

⑤ 《周书·庾信传》，第734页。

高祖并雅好文学，信特蒙恩礼。至于赵、滕诸王，周旋款至，有若布衣之交。群公碑志，多相请托。唯王褒颇与信相埒，自余文人，莫有逮者。"[①]一般认为，齐梁文风也随南来士人而获得北传。而庾信将自己的乡关之思、国破之痛和流离之哀，写进文学作品，昭示着南北文风融合的前景。然而庾信的文学成就，并不是在北周中天然获得，而是经历了一段极为蹉跎、曲折的岁月，这同样与当时北周与其他政权之间的政治关系是密不可分的。

由于西魏、北周在军事力量十分强大，在文化发展上又以宗周、复古自居，且明令反对浮华文风——而这正是齐梁文风当时给北人之主要印象，故而南来士人入关中之后其实要面临诸多压力。庾信、王褒等南来士人在此的发展并不顺利，他们的境况可谓与入北齐的梁朝文人形成了一些鲜明对比。根据牛贵琥的考证，庾信一到北方，马上就经历了三年囚于别馆的痛苦经历。在这三年中，他创作了《和张侍中述怀》《拟咏怀二十七首》等作品，"言梁运之将终也"[②]，充满了对梁王室的伤悼、对自身处境的忧虑和不安。而庾信在入北后的十年中，没有担任什么重要官职，没有受到北周统治者的信任。萧永卒后，庾信写了《思旧铭》，对之加以深切的怀念。保定二年（562）周弘正回南，庾信写了《别周尚书弘正》，此时当是其故国之思最为强烈之时。[③]

从保定四年（564）到建德四年（575）年之间，初滞北方的庾信，只是断断续续服务于各个藩王军幕之中。当时他经济状况不佳[④]，依靠当时北周贵族的赈济，自道"某比年以来，殊有缺乏"[⑤]。这是因为没有实际官职便没有享受俸禄的机会。公元557年，宇文护杀略阳公，宇文毓称帝，北周政权建立；而在南方，梁敬帝禅位于陈，庾信的故国从此覆亡。这一段时期内，政权尚不是十分巩固的北周政权，急于发展文化来提升统治力，于是，北周武成二年（560），将庾信与王褒等一干南来士人归至麟趾殿，成为麟趾殿学士，其实是负责图书副本抄撰之普通文人，这之外再不见有什么活动。而且，当时的麟趾殿在人员准入方面标准模糊不清，庾信、王褒等文人是和被称为卑鄙之徒者一齐做麟趾殿学士的，于翼觉得这样的安

---

① 《周书·庾信传》，第734页。

② ［清］倪璠注：《庾子山集注》，第253页注一。

③ 牛贵琥：《庾信入北的实际情况及与作品的关系》，《文学遗产》，2000年第5期，第40页。

④ 牛贵琥：《庾信入北的实际情况及与作品的关系》，第34页。

⑤ 《谢明皇帝赐丝布等启》，严可均：《全上古三代两汉魏晋南北朝文》之《全后周文》卷十，第3931页。

置十分不妥，曾对周明帝说："恐非尚贤贵爵之义。"[①] 但周明帝对此没有立即做出加以修正的举动。而这之后由南入北之文人，地位更为低下，沦为奴婢者，大有人在。《隋书·杨素传》称杨素家中"家僮数千，后庭妓妾曳绮罗者以千数。第宅华侈，制拟宫禁。有鲍亨者，善属文，殷胄者，工草隶，并江南士人，因高智慧没为家奴"[②]。此等状况，可见入北南人实际境遇之一斑。

庾信担任官职是在他的晚年，真正通显只能从周武帝建德四年（575）任司宪中大夫算起，而且真正为北周贵族所接受和认可，也经历了一个缓慢的过程。保定四年（564）到天和三年（568）这一时期，庾信在担任弘农郡守不久就去宇文护幕府服务[③]。应该是得益于这样的便利，天和元年（566）起，庾信一度参与制作北周的六代之乐。天和二年（567）宇文直南伐失败被免官，其僚属自然也都遣散，所以庾信在天和三年（568）没有任何活动一直闲居在家。在这种情况下，他才又感到特别落寞，慨叹如今不过是咸阳的一布衣而已。庾信的《哀江南赋》正好作于这一年。这篇赋作虽然是同样起于故国之思，但其真正的文意却是向北周统治者求官的，特别是赋结句"岂知灞陵夜猎，犹是故时将军；咸阳布衣，非独思归王子"[④]，向来都是支撑这个观点的关键论据。"故时将军"与"咸阳布衣"，意思都是说自己没有官职。陈寅恪《读〈哀江南赋〉》中认为，举此典故其实是"今典"，即是暗示自己现下之处境[⑤]。庾信入北之后，先后授有散官（右金紫光禄大夫）、勋官（大都督、仪同三司、开府仪同三司）、戎号（抚军将军、车骑大将军、骠骑大将军），这些都不是实职，所谓"从官非官，归田不田"正是当时庾信的两难处境。由于北周时期，任职与否俸禄相差很大，因此《哀江南赋》中出现这样的求职呼吁，应该也是因为他当时生活非常贫困窘迫，这些也是长安求仕环境给庾信带来的压力。

庾信的礼乐工作、墓志铭的撰写等工作，顺应了长安以复古为主的文化风气，也在艺术上暗暗保留了南朝文化的一些特点。天和四年（569）之后的一段时期，庾信在长安开始写作一些歌颂性质的公文，[⑥] 与统治者关系逐渐亲密，开始有一些扈从的机会。其《三月三日华林园马射赋》就

---

① 《周书·于翼传》，第524页。
② 《隋书·杨素传》，第1288页。
③ 鲁同群：《庾信入北仕历及其主要作品的写作年代》，《文史》第19辑。
④ 《周书·庾信传》，第742页。
⑤ 陈寅恪：《读〈哀江南赋〉》，《金明馆丛稿初编》，第241页。
⑥ 《周书·齐炀王宪传》，第187页。

作于建德二年（573）。建德四年（575）之后，庾信对返归南方不抱希望，这段时期，他撰写了《贺平邺都表》。又在《奉报寄洛州》、《同州还》等诗歌中，表露了羁留之无奈。现存庾信碑志文约三十一篇，其中十二篇为神道碑，十九篇为墓志。这些墓志，全部是入北之后受托而作，这一数字远远超过北朝时期的任何一位作家。以王褒为例，同样是由南入北的作家，却仅存四篇同类作品，而且只有墓碑文，没有神道碑。“绝大多数篇目中都对墓主得姓之始作了叙述，并且往往追溯到羲皇时期。特别是对于宇文氏，在《周上柱国齐王宪神道碑》和《周车骑大将军赠小司空宇文显和墓志铭》中都对其姓出自姬周也加以了附会。”[①] 庾信撰写大量这样的碑铭，一方面可能是人情世故所迫，但另一方面也很可能是经济条件所迫。虽然史料记载中没有说他是否收受报酬，但从庾信当时的经济状况，以及当时的社会风俗来看，庾信很可能从中收取费用，以解决生活困窘之状。封演《封氏闻见记》卷六“碑碣”条：“近代碑稍众，有力之家，多辇金帛以祈作者之谀，虽人子罔极之心，顺情虚饰，遂成风俗。”[②] 庾信所为撰写墓志之家者，多为王公贵族，应该算是“有力之家”了。在这些墓志之中，庾信其实大量利用了骈俪化的写作手法，这种手法越到后期越是明显。一般除了对墓主的姓氏、籍贯及生平历官等内容用散体进行必要的说明之外，墓志的其余部分几乎全以骈文写成，工于偶对、典故之运用。这是庾信在复古气氛浓烈的北周所保留的南方特征，而且，这一点应该在当时是深受北周人欢迎的。例如《吴明彻墓志》的最后一节更连续使用了项羽、田横、毛修之、陆机等人典故来与吴氏的生平遭际相比附，对墓主的褒扬到了十分夸张的地步。因此，曹道衡、沈玉成在《南北朝文学史》中对这些墓志铭评价不是很高，说：“庾信的骈文绝大部分是碑、铭、书、赞之类的应酬之文、谀墓之作。”[③]

庾信只有一些他扈从赵王娱乐时的诗歌，仍然在艺术风格上显得很南朝化，如《奉和赵王春日美人诗》《和赵王看伎诗》等。庾信的例子，可以用来说明很多入北文人后来的写作境况：以庾信为例，他现存的诗歌，大部分作于入北以后，而在南朝时所作诗文，存者已经为数不多。但是，庾信在北周的处境仍然是十分孤独的。除了宇文王室的滕王、赵王之外，庾信后来倒是和一批来到北周的北齐文人，获得了更多的共鸣。《隋书·卢思道传》：“周武帝平齐，授仪同三司，追赴长安，与同辈阳休之等数人作

① 徐宝余：《庾信研究》，学林出版社，2003年，第44页。
② ［唐］封演著，张耕注评：《封氏闻见记·碑碣》，学苑出版社，2001年，第140页。
③ 曹道衡、沈玉成编著：《南北朝文学史》，《曹道衡文集》卷六，第455页。

《听蝉鸣篇》。思道所为，词意清切，为时人所重。新野庾信遍览诸同作者，而深叹美之。”[①] 另外，在入北周的文人中，魏澹后来编辑过庾信的集子：“废太子勇深礼遇之，屡加优锡，令注《庾信集》，复撰《笑苑》《词林集》，世称其博物。”[②] 此人撰写的一些咏物诗，体现了他对南方诗歌艺术的揣摩。

北周重视外来士人中的儒者，过于文人。关中当时几乎没有本地出产的经学家，因而极为重视从关东引进儒者。《周书·沈重传》中载有《致梁沈重书》：“常思复礼殷周之年，迁化唐虞之世。”“知卿学冠儒宗，行标士则。卞宝复润于荆阴，随照更明于汉浦。是用寤寐增劳，瞻望轸念。爰致束帛之聘，命翘车之招。”[③] 这里所表达的，都是对其经学水平的认可和推崇。沈重在南朝时并不是一个文学水平很高的文人。北周重视发展儒学，因此在保定年间，北齐的重要儒士被引入到北周。这其中最为著名的便是熊安生。故而，迄于北周之后，推行儒学者极多，呈“难比之况”；其次是如陈寅恪所说，“宇文泰、苏绰等人并非拘泥于周官旧文，而是利用周官的名号，以适应鼎立时期关陇的胡汉的特殊需要。”[④] 一些原来北魏的士人，随波逐流，在江左和关右皆曾有过流离经历。如李彪之孙李昶，曾有名于洛下，十余岁即能撰《明堂赋》。属尔朱之乱，与兄长李志奔江左。李昶流离于江左之后，又寓关西，身居要职。“昶于（周）太祖世已当枢要，兵马处分，专以委之，诏册文笔，皆昶所作也。及晋公护执政，委任如旧。”[⑤] 其《答徐陵书》，应该是写在北周时期，其中有一些内容，其实是对江南经历之回忆。李昶性格峻急，不杂交游，却与徐陵之间颇有来往，这说明随着南北政治关系的发展，文人之间的交往在不断拓宽。在《答徐陵书》中说：“悬豫章之床，置长安之驿，厚筑墙垣，思逢郑侨之聘，工歌周颂，伫奏延陵之乐。书缯有复，道意无伸。”[⑥] 但是，李昶的文学观念仍然是实用主义的，他常说：“文章之事，不足流于后世，经邦致治，庶及古人。”[⑦] 故其所作文笔，了无稿草，唯留心政事。这大概与李昶幼年的学文经历有关系，因为在北魏洛阳时期，经学的研习是置于文学之前的：“仆世传经术，才谢刘歆，家有赐书，学匪班嗣。弱年有意，颇爱雕虫；岁月三余，无忘

① 《隋书·卢思道传》，第 1398 页。
② 《隋书·魏澹传》，第 1416 页。
③ 《周书·儒林传·沈重传》，第 809 页。
④ 陈寅恪著，万绳楠编：《魏晋南北朝史讲演录》，第 357 页。
⑤ 《周书·李昶传》，第 687 页。
⑥ ［清］严可均：《全上古三代两汉魏晋南北朝文》之《全后周文》卷六，第 3913 页。
⑦ 《周书·李昶传》，第 687 页。

肄业。户牖之间，时安笔砚，颦眉难巧，学步非工，恒经牧孺之讥，屡被陈思之诮。”[①] 因此，这些原来的经历使得李昶能够更好地适应长安时期文化风气的复古之需。

总之，北齐和北周文化、文学发展的不同，是一个过去常被提到的问题。究其根源，还是与他们和南朝政治关系不同有很大的关系。另外，限于篇幅，尚有一个问题无法展开讨论，接待聘使者要写报告“语辞”，聘使也要撰写报告，这就是“行记”。《陈书·文学·江德藻传》：“兼散骑常侍，与中书郎刘师知使齐，著《北征道理记》三卷。”[②]《隋书·经籍志二》记有“《聘北道里记》三卷，江德藻撰。”[③] 这两种书，当是一书。另外《隋志》中还有《魏聘使行记》六卷，《李谐行记》一卷，《聘游记》三卷（刘师知撰），《朝觐记》六卷、《封君义行记》一卷（李绘撰）《江表行记》一卷[④]，据章宗源《〈隋书经籍志〉考证》、姚振宗《〈隋书经籍志〉考证》，这些都是当时聘使的撰述。[⑤] 这些行聘之记，影响北方士人最大者，莫过于郦道元。郦道元在其《水经注》中引用过大量南方著作，如《会稽记》《东阳记》《南康记》《豫章记》《庐山记》《河阳记》《襄阳记》《宜都记》《荆州记》《湘川记》《湘中记》等等。郦道元终生未能亲历南方，《水经注》对南方水系的叙述大多是经过抄撮、提炼上列著作而成。而这其中有很多应该是属于当时行聘者之行记。周一良曾指出：“《水经注》中于刘裕之西征长安、北征广固，亦屡次道及，流露崇敬赞叹之意。……论者每推测崔浩虽仕北朝，而对南朝颇多眷恋。高欢则明言吴儿老翁萧衍为北方士大夫向往，目为衣冠礼乐所在之地。郦道元之态度颇可与高欢之言相印证。”[⑥] 这些问题，其实同样可以从南北政治关系着眼。

三、乡里士人的“底层性”与隋代北方文学特质的形成

“北朝文学特质”这个概念，早在吴先宁《北朝文学特质与文学进程》中已经被提出，并为学界所接受。学界所认可的“北朝文学特质”，是指北朝文学中一些独特的特点，在之后的文学传承中，成为构成唐代诗歌之“风骨”的根源。然而，关于北朝文学特质究竟是什么，它又究竟是如何

---

① ［清］严可均：《全上古三代两汉魏晋南北朝文》之《全后周文》卷六，第 3913 页。

② 《陈书·文学传·江德藻传》，第 457 页。

③ 《隋书·经籍志》，第 986 页。

④ 《隋书·经籍志》，第 985—986 页。

⑤ 姚宏杰：《南北朝时期南北政治关系研究》，第 145 页。

⑥ 周一良：《魏晋南北朝史札记》，第 382 页。

形成的，以及它在文学史上的地位，则还可以有更为丰富的诠释。从本文的研究角度来看，北朝文学特质的内涵可以这样解释，北齐、北周文学赋予了文学作品对于社会和人生更为饱满、深刻、宽阔的思想情感，这些情感在受到南方语言艺术影响的文学形式中获得了充分的表达。而北朝末年乡里士人情感认知能力不断深化，是促成北朝文化特质形成的重要因素；而都城之中劲吹的文学新风，对乡里士人完善自身的情感表达起到促进作用。

北朝前期以及更早的十六国时期，乡里士人利用文学形式表达的情感十分有限，一般以讽谏、讥刺类的作品为多，这体现了经学社会背景之下，人们对于文学价值功能的体认。而且，在那个时期，文学作者的个人主体性，没有获得充分发挥。到了北朝后期，乡里士人的人生经历更为丰富，而文学创作的氛围和条件更为成熟。乡里士人在乡里社会中受学，并通过选举途径进入都城，承担当时文化体制改革之角色。乡里士人的个人奋斗，对其命运的改变产生了很大作用。他们大多是在乡里私学中苦读，或者曾在乡里劳苦的躬耕生活中度过早年岁月。当他们来到都城，士人群体交往之欢欣，政治时局之变幻莫测，以及末世亡国之酸辛等等经历，交错而来，构成了此时乡里士人复杂而饱满的人生。这种人生经历的复杂程度，远远超过了在十六国时期和胡族政权短暂合作的、大部分时间蛰居于乡里的那些士人，也是南朝士人所不能想象的。北朝文人挥之不去的“底层性”，是他们之后能够拥有更为饱满之情感的主要原因。

人生经历的不平凡，促成乡里士人对自身的关注程度不断提高。关于从乡里到都城过程中的情感表达，前文在谈到李谐《述身赋》等作品时已经有所涉及。在北魏末期，文坛已经开始流露出对于《离骚》去国怀乡等情感表达的欣赏，并且熔铸于赋作之中。到了北朝末年，这种对于人生生存空间变化的情感，为一种强烈的功名之心和得失之心所取代。这种功名之心和得失之心，给北朝文学作品带来更为充沛的情感和宽阔的视野。入隋之后在文学创作上最为优秀的几位文学士人：李德林（530—590）、卢思道（531—582）、孙万寿（？—608）、薛道衡（540—609）都是乡里士人，有过在乡里社会中的实际生活经验。功名意识和人生得失之感往往属于向上寻求出仕的寒人或中下层士人，而很难属于或出身门阀或身在深宫的南朝贵族文人。北朝文学特质的生成，一方面和乡里士人在从乡里到都城的人生际遇中所凝结的对自身更为深刻的情感认知有密切的关系，另一方面，也和乡里士人在都城中从南方文学中学到的情感表达的文学形式密不可分。北朝文学对思想和情感的强烈关注，以及对于南朝文学艺术加以巧妙借用，于是在思想和形式之间获得了良好的平衡。建立在充沛情感基础上的文学气质，是北朝文学在艺术品质上能够超越南朝文学的根本因素。

北朝乡里士人往来于乡里和都城之间，往往拥有实际的社会生活经历，而且他们的经术研究往往被视作是更为重要的文化才能，因经史之学而陶铸了强烈的功名事业之心。北人的文化角色，与南朝文人的文化角色十分不同。他们大多承担了胡汉体制之下的文化改革工作，参与到了当时北朝政治的实际事务之中。因此，文学艺术在北朝其实一直是被看作次要之事，人们对它的审美和艺术追求远未达到南朝文学对于诗歌技艺的痴迷程度。例如，李德林在邺城的文学环境之中，成名极早。而且被认为可以超过温子昇。而李德林在因父丧回到乡里之后，也颇得乡里士人的敬重。李德林在天保八年（557）举秀才入邺，当时任城王湝对他的评价是，“李德林者，文章学识，固不待言，观其风神器宇，终为栋梁之用。至如经国大体，是贾生、晁错之俦；雕虫小技，殆相如、子云之辈。今虽唐、虞君世，俊乂盈朝，然修大厦者，岂厌夫良材之积也？吾尝见孔文举《荐祢衡表》云：‘洪水横流，帝思俾乂。’以正平比夫大禹，常谓拟谕非伦。今以德林言之，便觉前言非大。”[①] 从任城王的这番评价看来，当时对于文章中的纷绘小才是不太重视的。李德林的这一次中选，虽然获得了较高赞誉，但是，他当时却因为所受官职非其所好而谢病还乡。“德林射策五条，考皆为上，授殿中将军。既是西省散员，非其所好，又以天保季世，乃谢病还乡，阖门守道。”[②] 虽然李德林在诗歌中的情感并不外露，但他的人生选择也能反映出他强烈的功名之心，一旦官职不称意，则谢病还乡。直到“皇建初，下诏搜扬人物，复追赴晋阳。撰《春思赋》一篇，代称典丽。”[③] 李德林现存诗歌数首，其中《咏松树诗》是其自身人格之写照，颇有骨鲠，体现了北朝文学中端庄老成的艺术取向。[④] 在当时关于李德林的评价中，可以看到北人的审美和南人极为不同。他们所欣赏的人格魅力，是更为阔大的，对于功业的期待，远远高于文学技艺的期待。在文学艺术倾向上，北人所欣赏的是“浩浩如长河东注”，而不是“涓浍之流”。[⑤]

---

① 《隋书 · 李德林传》，第 1194 页。

② 《隋书 · 李德林传》，第 1194 页。

③ 《隋书 · 李德林传》，第 1194 页。

④ 逯钦立编：《先秦汉魏晋南北朝诗》，第 2645 页。

⑤ 《隋书 · 李德林传》，陆印赞赏李德林的《让尚书令表》：“已大见其文笔，浩浩如长河东注。比来所见，后生制作，乃涓浍之流耳”，第 1194 页。

北齐时的造像碑铭《临淮王造像碑》[1]，可以为北朝士人这种功名之心作注。此碑乃武平四年（573）之作，署名作者为临淮王娄才，乃是娄昭之子，属于鲜卑贵族。这篇造像碑文，以临淮王口吻写出，其中完全是抒发一己之志，而对于福报祷告之事较为疏略，和乡里社会中普通村民的造像碑铭完全是两种写法。非常值得注意的是，其中的一些句子，其气势已经开了初唐"四杰"登临之赋的风气，例如："其能阐清化于将沦，振玄风于已坠，千年一有，非我而谁？"又如文中曰，同样灵动有飞驰之势，曰："毗楞宝冠，带左而驰耀；钵摩肉髻，据右而飞光。望舒之迴处星中，须弥之孤映海外，仅堪方此，何以尚兹？"这样的傲然之气和飞驰之势，是过去北方文学中所没有的，也是南方文学所没有的。那么，这就说明，在当时的文学土壤中，已经开始在酝酿生成一种新的文学精神。碑铭结尾说："前长史解叔宝、司马李元骥、别驾宇文幼鸾、治中崔文惠及诸僚佐等，并餐□下筵，赞成高义，状鳞波之递得，剧风毛之互举，恐炎凉遽徙，缣竹难存，便勒美于贞石，庶永永于乾坤。"可见这篇碑铭是产生于饮宴场合，并且是产生于文学群体之中，也就是说，这篇作品中所反映的这种价值取向，当时已经在小范围的群体中获得交流和接受。前长史解叔宝、司马李元骥、别驾宇文幼鸾、治中崔文惠这几位文人，虽然他们的经历已经不可考，在史书中没有留下事迹，但从这里的记载看来，他们的官职都很低，他们很可能是来自于乡里社会的中下层乡里士人。这篇碑文所表达的精神，是颇具底层性的人生奋发精神，因此它很可能并非娄昭之作，而是出于这些与之同游的底层乡里士人之手。

北朝乡里士人很多都拥有较为曲折的人生经历，这些经历本身能够赋予北朝乡里士人更为丰富的情感。前文提到过卢思道的《劳生论》，这篇作品反映了他在乡里社会中的躬耕生活。卢思道的学诗经历，也在北朝文人中具有很大的典型性。他在文学上的启蒙老师，是一个为乡里撰写碑铭墓志的乡里士人。由于在文学学习上的不满足，他之后又游学到京城，师从当时的北地三才之邢劭、魏收。《隋书》载其"年十六，遇中山刘松，松为人作碑铭，以示思道。思道读之，多所不解，于是感激，闭户读书，师事河间邢子才。后思道复为文，以示刘松，松又不能甚解。思道乃喟然叹曰：'学之有益，岂徒然哉！'因就魏收借异书，数年之间，才学兼著"[2]。卢思道为人"通倪不羁"，故而在出仕的过程中颇遇挫折，"每居官，多

---

① ［清］严可均：《全上古三代两汉魏晋南北朝文》之《全北齐文》卷十，第3881—3882页。

② 《隋书·卢思道传》，第1397页。

被谴辱”。[①] 卢思道有两次较重要的人生际遇，都是因为参加了都城中的文学聚会。一次是在文宣帝崩后的挽歌竞技中，成为独撰八首、超过众人的“八米卢郎”[②]，另一次是周武帝平齐之后，“授仪同三司，追赴长安，与同辈阳休之等数人作《听蝉鸣篇》，思道所为，词意清切，为时人所重。新野庾信遍览诸同作者，而深叹美之。”[③] 而卢思道不甘以文学获得名声而已，于是，“未几，以母疾还乡，遇同郡祖英伯及从兄昌期、宋护等举兵作乱，思道预焉。周遣柱国宇文神举讨平之，罪当法，已在死中。”[④] 这种对于政事的积极参与，也反映了卢思道急切地希望获得功名的心理。这种心理为何在南朝士人身上并不多见？这或许是因为南朝门阀制度根深蒂固，寒人或者门第衰落的士人很难获得进身之阶有关系，而在北朝乡里士人却能够拥有通过选举来到都城改变命运的机会。然而这样的机会不是人人都可以得到的，故而在这种追求过程中，又会产生强烈的得失之心。故而，人们能够在北朝末年的文学作品中深刻地感受到他跌宕起伏、阔大悲凉的情感。《听鸣蝉篇》云：

> 听鸣蝉，此听悲无极。群嘶玉树里，回噪金门侧。长风送晚声，清露供朝食。晚风朝露实多宜，秋日高鸣独见知。轻身蔽数叶，哀鸣抱一枝。流乱罢还续，酸伤合更离。暂听别人心即断，才闻客子泪先垂。故乡已超忽，空庭正芜没。一夕复一朝，坐见凉秋月。河流带地从来崄，峭路干天不可越。红尘早弊陆生衣，明镜空悲潘掾发。长安城里帝王州，鸣钟列鼎自相求。西望渐台临太液，东瞻甲观距龙楼。说客恒持小冠出，越使常怀宝剑游。学仙未成便尚主，寻源不见已封侯。富贵功名本多豫，繁华轻薄尽无忧。讵念嫖姚嗟木梗，谁忆田单倦土牛。归去来，青山下，秋菊离离日堪把，独焚枯鱼宴林野。终成独校子云书，何如还驱少游马。[⑤]

卢思道写《听鸣蝉篇》时，正值北齐故国亡没，他客寓长安。诗歌中提到“故乡已超忽，空庭正芜没。一夕复一朝，坐见凉秋月”，正是流离写照。而他的情感没有停留在这种故国之思上，而是更多地谈到自己在长

① 《隋书·卢思道传》，第1397—1398页。

② 关于此事考证，可参见李士彪《“八米卢郎”考》，《文学遗产》，2004年第1期，第135—136页。

③ 《隋书·卢思道传》，第1398页。

④ 《隋书·卢思道传》，第1398页。

⑤ 逯钦立编：《先秦汉魏晋南北朝诗》，第2637页。

安中继续人生追求时所遭遇的迷茫和艰难。他联系史事，其实是将自身的境遇，放在了与古人相比较、对话的时空之中。而他最终得出来的结论是躬耕、归隐，云“归去来，青山下，秋菊离离日堪把。”因此，这首诗视野阔大，情感充沛，笔法倏忽于古今之间，正是北人所谓的“浩浩如长河东注”。当时不乏入北江南文人，也表达故国之思，但其感情，往往为排律、对偶之体和过分精湛、堆砌的语词所消解。[①] 其中的个人情感之表达，也不过是对光阴过往之焦虑，缺少卢思道这样对于人生归宿的深沉思考。卢思道的《游梁城》《春夕经行留侯墓》[②] 等怀古诗，都属于感喟人生之作。卢思道在《游梁城》中对梁孝王广筵宾客：“宾游多任侠，台苑盛簪裾”的想象，与对今日古迹之“亭皋落照尽，原野沍寒初。鸟散空城夕，烟销古树疏”场景的刻画，树立成鲜明对比，其实仍然是对现实生活中自己被孤立和排除于都城热闹生活之外的自拟。

北朝末年的著名文人当中，有多位都是出身小吏者，而并不像是在东魏和北齐时温子昇、邢劭和魏收等人一样，掌管国家文诰，一时显赫。这是当时文学史暗暗发生的一场转变。像薛道衡这样在文帝朝“拖青纡紫”的“一代文宗”[③]。在隋代著名文人的群体中并不多见。与薛道衡长年掌管枢密、身居高位相比，卢思道在开皇初已经年过半百，也不过只是担任武阳太守这样较低的职位。“自恃才地”而“官途沦滞”的卢思道，创作了《孤鸿赋》，其序曰：“若其雅步清音，远心高韵，鹓鸾以降，罕见其俦，而锻翮墙阴，偶影独立，唼喋粃粺，鸡鹜为伍，不亦伤乎！余五十之年，忽焉已至，永言身事，慨然多绪，乃为之赋，聊以自慰云。”[④] 沉沦穷愁的卢思道，也会以同样的感受，推己及人。在东魏时，他曾这样评价清河崔瞻（519—572），“文词之美，实有可称，但举世重其风流，所以才华见没。”[⑤] 从这番话来看，他认为崔瞻的文学水平已经有可称之处，但是，因为崔瞻的名声太高，为世所重，故而其才华不能获得充分的施展。这其实是反映卢思道认为人生处境和诗歌思想感情的表达颇有关系。崔㥄、崔瞻父子，在东魏末年位望极高，是东魏之宫廷文人，在当时的诗坛中获得过较好的

---

① 周若水《答江学士协》：“弱龄爱丘壑，与子亟忘归。开襟对泉石，携手玩芳菲。忽闻朝市变，斯乐眇难追。意气酒中改，容颜镜里衰。祁寒伤暮节，落景促余辉。野旷蓬常转，林遥鸟倦飞。故友轻金玉，万里嗣音徽。乡关不可望，客泪徒沾衣。”逯钦立编：《先秦汉魏晋南北朝诗》，第 2731 页。

② 逯钦立编：《先秦汉魏晋南北朝诗》，第 2634—2635 页。

③《北史·房法寿传》，第 1418 页。

④《隋书·卢思道传》，第 1398—1399 页。

⑤《北齐书·崔㥄传附子瞻传》，第 336 页。

评价。“魏孝静帝以人日登云龙门，其父㥄侍宴，又敕瞻令近御坐，亦有应诏诗，问邢劭等曰：‘此诗何如其父？’咸云：‘㥄博雅弘丽，瞻气调清新，并诗人之冠。’宴罢，共嗟赏之，咸云：‘今日之宴并为崔瞻父子。’”[①] 而卢思道却表达了类似于文章憎命达的意思，其实和他本人鲜明的底层性颇有关系。

与卢思道经历、地位相类似的乡里士人是孙万寿。孙万寿早年跟从熊安生受五经，“略通大义，兼博涉子史。善属文，美谈笑，博陵李德林见而奇之。在齐，年十七，奉朝请。”[②] 可谓是早年闻名。“高祖受禅，滕穆王引为文学，坐衣冠不整，配防江南。行军总管宇文述召典军书。”[③] 孙万寿是当时鲜见的被流放江南的诗人，“本自书生，从容文雅，一旦从军，郁郁不得志”[④]，其失落感是在于“学宦两无成，归心自不平。故乡尚千里，山秋猿夜鸣。（《东归在路率尔成咏诗》）”[⑤]，自感违背了在乡里受学时的初衷。然而从客观上看，这一番人生经历成就了他的诗歌。他的名篇《远戍江南寄京邑亲友》，以贾谊自比，又追慕王粲、陆机、郗超等魏晋名士，借古人之遭遇，言说一己之块垒。其中对于都城生活之流连，是其中的一段重要内容：“昔时游帝里，弱岁逢知己。旅食南馆中，飞盖西园里。河间本好书，东平唯爱士。英辩接天人，清言洞名理。凤池时寓直，麟阁常游止。”[⑥] 都城生活曾是这些文人向往的功名之地，激起过他们的功名之心。或许也唯有与流落生活所构成的反差，方才能促成作品中骨鲠之气的产生。这首诗歌后来传入京城，“盛为当时之所吟诵，天下好事者多书壁而玩之。”[⑦] 可见它在当时就产生了较大影响。卢思道、孙万寿等沉沦下僚的文学士人，与唐初的一些身处底层但文名颇壮的文学士人十分相似。例如一生坎坷的骆宾王，又如早年不过是县尉的李颀，以及最初仅是校书郎的綦毋潜等等。这种文学才能为中下层士人所掌握的情况，其实正是北朝文学发展机制是以乡里社会为基础所造成的。文学发展下移到普通士人或者中下层士人当中，是文学史发展的积极趋势，它意味着文学创作将要从台阁出去，从此告别贵族文学的创作模式，成为个人化的歌咏。

入隋之北方士人中的不得志者，还有辛德源和李孝贞。辛德源本是北

---

① 《北齐书·崔㥄传附子瞻传》，第 336 页。
② 《隋书·文学传·孙万寿传》，第 1735 页。
③ 《隋书·文学传·孙万寿传》，第 1735 页。
④ 《隋书·文学传·孙万寿传》，第 1735 页。
⑤ 逯钦立编：《先秦汉魏晋南北朝诗》，第 2642 页。
⑥ 逯钦立编：《先秦汉魏晋南北朝诗》，第 2638 页。
⑦ 《隋书·文学传·孙万寿传》，第 1736 页。

齐人，在邺城时曾经为风雅之士，曾在当时的一个文人群体中颇有地位："（卢）昌衡与顿丘李若、彭城刘珉、河南陆彦师、陇西辛德源、王循并为后进风流之士。"[①] 周文帝平齐之后，辛德源征入到关中。[②] 然而他在隋文帝朝不得仕进，"隐林虑山，郁郁不得志，著《幽居赋》以自寄"[③]，可惜此文已佚，未知其详。李孝贞在平定尉迟迥的叛乱中立功，授上仪同三司，却未能获得应有的奖赏，而是迁蒙州刺史（今河南南召县东南），"自此不复留意于文笔，人问其故，慨然叹曰：'五十之年，倏焉而过，鬓垂素发，筋力已衰，宦意文情，一时尽矣，悲夫！'"[④]，其对人生的体验具有极强的悲剧意味。然而他"每暇日，辄引宾客，弦歌对酒，终日为欢"。[⑤] 其《园中杂咏橘树诗》诗云："嘉树出巫阴，分根徙上林。白华如散雪，朱实似悬金。布影临丹地，飞香度玉岑。自有凌冬质，能守岁寒心。"[⑥] 唐代诗人张九龄《感遇》二首中的第一首，借用了这首诗歌中所表达的意思。

隋代诗人薛道衡，被当时称为是"一代文宗"，和以上隋代文人的人生经历有所不同。隋文帝在位时，薛道衡"位望清显，所与交结，皆海内名贤"[⑦]。其实，薛道衡出身于河东薛氏，同样是乡里士人。第一章介绍十六国时期乡里坞壁时，已提及过薛氏的坞壁，以及他们曾经不与刘、石合作之事。入魏之后，薛氏宗族一度有所沦落，不复如前。[⑧] 薛道衡即是从河东地区产生的乡里士人。在北齐时，因早年丧父而出身清寒的薛道衡，几经辗转，也曾待诏文林馆，"与范阳卢思道、安平李德林齐名友善"[⑨]。在北周时，薛道衡没有获得重用，而是沦为乡里小官，这一命运，和当时大部分从山东、江左来到关中的文人是一样的："及齐亡，周武引为御史二命士。后归乡里，自州主簿入为司禄上士。"[⑩] 入隋之后，卢思道地位下降，

---

① 《北史·卢玄传附道虔子昌衡传》，第 1078 页。

② "周武帝平齐，与吏部尚书袁聿修、卫尉卿李祖钦、度支尚书元修伯、大理卿司马幼之、司农卿崔达拿、秘书监源文宗、散骑常侍兼中书侍郎李若、散骑常侍兼给事黄门侍郎李孝贞、给事黄门侍郎卢思道、给事黄门侍郎颜之推、通直散骑常侍兼中书侍郎李德林、通直散骑常侍兼中书舍人陆乂、中书侍郎薛道衡、中书舍人元行恭、辛德源、王劭、陆开明十八人同征，令随驾后赴长安。"《北齐书·阳休之传》，第 562—564 页；《北史·阳尼传附杨休之传》，第 1727—1728 页。

③ 《北史·辛雄传附术族子德源传》，第 1825 页。

④ 《隋书·李孝贞传》，第 1405 页。

⑤ 《隋书·李孝贞传》，第 1405 页。

⑥ 逯钦立编：《先秦汉魏晋南北朝诗》，第 2653 页。

⑦ 《北史·房法寿传》，第 1418 页。

⑧ 《资治通鉴》卷一四十《齐纪》六，第 4395 页。

⑨ 《隋书·薛道衡传》，第 1406 页。

⑩ 《隋书·薛道衡传》，第 1406 页。

而薛道衡的地位则获得了很大的提高。薛道衡一度“兼散骑常侍，聘陈主使”[①]，出使江南。薛道衡的诗歌，在当时就引起了江南诗人的重视，“江东雅好篇什，陈主尤爱雕虫，道衡每有所作，南人无不吟诵焉。”[②]这反映了薛道衡的诗歌，能够迎合陈代诗人的审美趣味。“及（开皇）八年伐陈，授淮南道行台尚书吏部郎，兼掌文翰。”[③]不久，又和李德林共事，为隋文帝掌管文诰。作为一个宫廷核心文人，薛道衡在行文时十分谨慎，他的性格不像卢思道那样不羁。“河东薛道衡才高当世，每称构有清鉴，所为文笔，必先以草呈构，而后出之。”[④]因此，和卢思道完全不同的是，薛道衡在长安获得了很好的声誉和环境：“道衡久当枢要，才名益显，太子诸王争相与交，高颎、杨素雅相推重，声名籍甚，无竞一时。”[⑤]薛道衡与当时长安城内的文人，颇有交往，比如房彦谦，“重彦谦为人，深加友敬，及兼襄州总管，辞翰往来，交错道路。”[⑥]薛道衡创作了大量的乐府，关于这些诗歌，过去已经有了充分的分析。这里想着重讨论的是他与杨素的交游。薛道衡与杨素之间颇有诗歌创作往来，尤其是在仕途失意时，颇以诗歌唱酬作为给彼此之安慰。其《重酬杨仆射山亭诗》[⑦]云：

> 寂寂无与晤，朝端去总戎。空庭聊步月，闲坐独临风。临风时太息，步月山泉侧。朝朝散霞彩，暮暮澄秋色。秋色遍皋兰，霞彩落云端。吹旌朔气冷，照剑日光寒。光寒塞草平，气冷咽笳声。将军献凯入，蔼蔼风云生。

这首诗，其实是将一些边塞诗歌的质素融入其中，构成了一种广阔的气象，而这种意境的塑造，正是为表达作者心中的郁愤、不平之气而设立的。诗篇开头描述的人物形象，孤寂低沉，但是转而走到泉边，看到远处烟霞，联想到友人杨素尚在边疆征伐，顿时心中气象为之一开，转入“吹旌朔气冷，照剑日光寒。光寒塞草平，气冷咽笳声”的边塞想象，颇有清壮之境界。虽然诗人用于描述情绪发生转折时的笔墨，尚不是十分细腻，但是比北朝前期的诗歌，这首诗歌已经开始在有限的篇幅中表现诗歌情绪

---

① 《隋书·薛道衡传》，第1406页。
② 《隋书·薛道衡传》，第1406页。
③ 《隋书·薛道衡传》，第1406页。
④ 《隋书·高构传》，1557页。
⑤ 《隋书·薛道衡传》，第1408页。
⑥ 《隋书·房彦谦传》，第1563页。
⑦ 逯钦立编：《先秦汉魏晋南北朝诗》，第2683页。

的发展变化，这是当时诗歌艺术表达的一种进步。值得注意的是，薛道衡在诗歌的后半部分，完全是模拟隋朝的武人之诗，“将军献凯入，蔼蔼风云生”这个结句也是如此，他在这首诗里，甚至很可能就是借用杨素本人的诗歌创作风格来体现唱酬之乐。于是，当时的唱酬之作中通过这样的诗歌艺术手法之对换，丰富了两个唱和者的诗歌技艺。杨素在文学史上颇以《塞外》[①]一诗闻名，而他在这首薛道衡回赠诗歌之前写的《山斋独坐赠薛内史诗二首》[②]，却仿佛是模拟了薛道衡平时的创作风格，采摘清藻，颇似南人之诗，但是其中的疏放之感，仍能让人看出这并非出自一般文人之手，而是颇有英气在。其一云：“居山四望阻，风云竟朝夕。深溪横古树，空岩卧幽石。日出远岫明，鸟散空林寂。兰庭动幽气，竹室生虚白。落花入户飞，细草当阶积。桂酒徒盈樽，故人不在席。日落山之幽，临风望羽客。”

这首诗中“日出远岫明，鸟散空林寂”一句已经有盛唐隐逸诗歌的幽明境界，“桂酒徒盈樽，故人不在席”颇有留白之感，意味悠长。两首诗歌相比较，似乎杨素这一首在情感的表现方面，更胜过薛道衡。杨素的《赠薛播州》十四首、《赠薛内史诗》[③]采用了类似的南朝诗歌作法。其中《赠薛内史诗》以“待君”“明月”“汉阳”三个词的重复，反复申说自己的情感，是对于南朝诗歌艺术形式的一次实践。在这样唱和过程中，北方诗人完成了对南方诗歌技艺的学习，同时也加深了对于自身情感的认知，使得诗歌中不仅仅表现强烈的功名之心，也表现关于人生得失的重重感喟。

第一章在讲述乡里坞壁与文学发展关系时，曾经提到乡里坞壁的特点，导致凉州士人“兼资文武”，这个特点在隋初的关陇豪族士人中又获得了重现。“杨素少而轻侠，俶傥不羁，兼文武之资，包英奇之略，志怀远大，以功名自许。”[④]和杨素一样，当时还有一些武将，也有文学才能。如贺若弼“少慷慨，有大志，骁勇便弓马，解属文，博涉书记，有重名于当世”[⑤]，曾在平陈时担任“吴州总管”，与寿州总管源雄并为重镇，“弼遗雄诗曰：‘交河骠骑幕，合浦伏波营。勿使麒麟上，无我二人名。’”[⑥]这首诗寥寥几句，前两句用汉代名将霍去病、马援之典，在当时也是比较常见的，可以说毫无文学技巧可言，它所表达的也是强烈的功名之心，透露的是积极豪壮的

---

① 逯钦立编：《先秦汉魏晋南北朝诗》，第 2675 页。
② 逯钦立编：《先秦汉魏晋南北朝诗》，第 2676 页。
③ 逯钦立编：《先秦汉魏晋南北朝诗》，第 2678 页。
④ 《隋书·杨素传附从父文纪传》，第 1296 页。
⑤ 《隋书·贺若弼传》，第 1343 页。
⑥ 《隋书·贺若弼传》，第 1344 页。

人生情怀，富有强烈的感染力。这种“画图麒麟阁”的功名之心，其实同样反映了底层士人建功心切的一种焦灼的心态。“麒麟阁”这个表达范式，后来为唐代塞外诗人所继承。

事实上，北朝末年著名的诗人并不多，也并没有产生比南朝更多的作品[①]。但其胜过南朝之处，正在于此时形成的文学特质，影响隋唐文学之处更为深远。不妨在这里总结一下北方乡里士人在产生文学自觉的过程。十六国时期和北魏前期，乡里社会之中的文学发展还十分缓慢。当时的乡里士人热衷经学，以迎合胡汉体制初步建立之时的文化需要。随着北魏孝文帝迁都洛阳之后胡汉体制的成熟，逐渐消弭了明显的民族差别，实现文化发展上的统一，这种经术追求不再是政权最为看重的了。这其实也就是为什么北齐政权殊不重视儒学发展的原因。于是，乡里士人对于经学的研习逐渐减少，而对于其他的精神追求更为看重。当文学发展失去了经学发展所规定的那些价值追求——比如实现讽谏功能和教化功能等，它才开始真正成为情感表达的载体。北朝乡里士人对于自身情感的认知，是逐渐展开的。他们从乡里到都城过程中获得的功名、得失之心，是此时文学作品中表达得最为丰富的情感。这种功名之心，往往是乡里士人对于社会民生之关切，为国家建功立业的宏大心愿，格局阔大。吴先宁曾总结说：“儒家文艺思想中关于热诚地关注世道人心的主张，关于作家应揽一国之心以为己心，总天下之心、四方风俗以为己意，从而以一己性情之正和真发而为文，使社会群体感动共鸣的主张，确实是伟大作品产生的基本条件。而这些基本条件，恰恰就存在于北方文风之中，在‘讹而新’、‘失体成怪’、‘逐奇失正’的南朝文学中是找不到的。”[②]这番分析是正确的，然而也不能否认，南朝文学艺术的北传，促使北方士人在情感、情绪表达上更为细腻，南朝文学在此时融入北方之后的贡献，是不可否认的。

第二节　官方图书抄撰：北朝末期都城文学发展的新机制

南北朝是一个写本时代。由于其时未有印刷术，故而手工抄写几乎是

---

① 这一点从《隋书·经籍志》集部所著录的作家作品数量就可见一斑：《经籍志》所著录之隋代作家共十五人，作品总计二百七十卷，较之南朝之陈代也颇有不及。《经籍志》著录陈代作家二十五人，作品二百七十一卷，考虑到金陵沦陷时南陈文献的损毁，其数量还应该更多一些。并且，归入隋人中的江总作品三十二卷，其中绝大多数亦为南陈时所作，一般将之作为南朝最后一位大家。江总之外，南陈还有徐陵、阴铿、沈炯等几位著名文人。

② 吴先宁：《北朝文化特质与文学进程》，第180页。

获得文献副本的唯一途径。当时文化阶层无论贵贱，均热衷此事，聚集和抄撰图书成为一股时代潮流。这股风气在南朝和北朝均是存在的，但官方图书抄撰机制的建立首先是在南方。《周书·王褒庾信传论》载："（徐）摛子（徐）陵及（庾）信，并为抄撰学士。父子在东宫，出入禁闼，恩礼莫与比隆。"[①]《南北朝文学编年史》将徐陵（507—583）、庾信（513—581）二人担任此职的时间，系于梁武帝中大通三年（531），此即萧统（501—531）卒年，也即晋安王萧纲（503—551）成为太子，从荆州前往建康入主东宫时[②]。"抄撰学士"这一职名的产生，反映了抄撰活动充分的官方化。由于关于"抄撰学士"的直接材料很少，因此它的职责内涵尚不太清楚，需要作出考证。太清三年（549），台城沦陷之后，庾信奔往江陵，之后出使西魏，从此滞留在长安，在那里为北周政权主持抄撰编修之事。二人一生都与抄撰活动关系密切。在徐陵、庾信之外，当时朝廷所设馆阁、藩王府以及重要大臣府中都存在被称为"学士"的抄撰者。南北朝学士制度的实际内容，其实是官方抄撰体制。而太清之乱后，一些抄撰者如颜之推、萧放等也由南入北，到北方地区从事官方抄撰活动。

曹道衡曾提出北朝文学的发展最后超越了南朝文学，而抄撰者群体性的地域流播正是造成文学发展格局深刻变化的原因之一。抄撰机制本身，也是北朝文化发展机制中最为重要的部分。本节希望能够通过了解南北朝"抄撰"文化的内涵、官方抄撰体制的形成和抄撰者群体性的地域流播等情况，来考察它们对南北朝文学发展所产生的一定影响。

一、抄撰辨义

考证"抄撰学士"为何，需先明了"抄撰"之意义。曹之解释"抄撰"说："抄撰就是边抄边撰，抄撰一体，抄中有撰，撰在其中。抄书就是著书。"[③]意思是说，抄撰作者是在抄写的过程中，加入了自己撰写的内容。又有学者联系南北朝"史钞"一体，将"抄撰"与"抄撮"相联系，将二者解释为"当学者按某一个主旨有选择地进行抄写时就成了'抄撮'，当学者以著书为目的有计划地抄写时，就变成了'抄撰'"[④]。这些定义都有其合理性，但只是针对单个概念进行的阐释，实际上当时在"抄""撰""抄撰"等概

---

① 《周书·庾信传》，第 733 页。

② 曹道衡、刘跃进：《南北朝文学编年史》，《曹道衡文集》卷十，第 497 页。

③ 曹之：《古代抄撰著作小考》，《河南图书馆学刊》，1996 年第 2 期，第 9 页。

④ 刘全波：《魏晋南北朝时期的抄撮、抄撰之风》，《山西师大学报》（社会科学版），2011 年第 1 期，第 70 页。

念之外，还有“写”“撰录”“撰治”等，它们之间的异同，值得辨析。

“抄撰”包括“抄”和“撰”。“抄”一般是指符合原貌的抄写。如北朝韩显宗与沙门法抚比试“抄”的功夫，“抄百余人名，各读一遍，随即覆呼，法抚犹有一二舛谬，显宗了无误错”[①]。这里的“抄”即原样抄写，能符合原样、不出谬误，即是上乘。与“抄”意思相近但更为常见的是“写”。如晋康帝建元二年（344），“（石）季龙……遣国子博士诣洛阳写石经，校中经于秘书”[②]。“写石经”是指原文抄写石经，“写”完之后，再行送往秘阁校订，可见是较为初级的工作。南北朝时有一批“工书人”，从事“写”的工作。如张率“撰妇人事二十余条，勒成百卷，使工书人琅邪王深、吴郡范怀约、褚洵等缮写，以给后宫”[③]。还有一些贫寒士子，通过“佣书”即代人抄写来获得生活资费。如刘芳“常为诸僧佣写经论，笔迹称善，卷直以一缣，岁中能入百余匹，如此数十年，赖以颇振。由是与德学大僧，多有还往”[④]。崔光“家贫好学，昼耕夜诵，佣书以养父母。太和六年，拜中书博士，转著作郎，与秘书丞李彪参撰国书”[⑤]。释僧肇早年也是因家贫而以佣书为业，“遂因缮写，乃历观经史，备尽坟籍”[⑥]。“写”是复制图书的基本方式。

“撰”一般是指主观的创作，或者出自主观的对文献的改造。如：“（彭城王元）勰……撰自古帝王贤达至于魏世子孙，二十卷，名曰《要略》。”[⑦]《要略》言及“魏世子孙”的部分应当是作者独立整理和撰写的本朝史。又如：“（徐遵明）复经数载，因手撰《春秋义章》，为三十卷。”[⑧]乡里私学讲授者徐遵明的《春秋义章》，可能是他在讲义基础上形成的一个《春秋》公羊学方面的注本，“手撰”正是强调其为亲笔所书。

结合了抄、撰两个概念层次的“抄撰”即是按照一定编纂目的产生的“节抄”“集抄”等文献整理工作。《隋书·经籍志》（以下简称《隋志》）目录中，有一部分书籍是节抄而成的。如《隋志》录范宁有《礼杂问》十卷，另有《礼杂答问》八卷、《礼杂答问》六卷，何佟之则有《礼杂问答钞》一卷、《礼

---

① 《魏书·韩麒麟列传附子显宗传》，第1338页。
② 《晋书·石季龙载记上》，第2774页。
③ 《梁书·张率传》，第475页。
④ 《魏书·刘芳传》，第1219页。
⑤ 《魏书·崔光列传》，第1487页。
⑥ ［南朝梁］慧皎撰，汤用彤校注、汤一玄整理：《高僧传》卷六《晋长安释僧肇传》，第249页。
⑦ 《魏书·彭城王勰传》，第582页。
⑧ 《魏书·儒林传·徐遵明传》，第1855页。

答问十卷》（梁二十卷）。何佟之的一卷本《礼杂问答钞》，和原书《礼杂答问》八卷相比，卷数减少了很多，应是一个节抄本。[①]《隋志》录何承天《礼论》三百卷之后，又录庾蔚之《礼论钞》二十卷、王俭《礼论要钞》十卷、贺玚《礼论要钞》一百卷、《礼论钞》六十九卷、《礼论要钞》十卷[②]。可见，原来多达三百卷的《礼论》，几乎在每个人的抄写中都改变了面目。不同的人对特定图书的抄撰，所产生的新著面目不同。而这些"新著"，《隋志》皆属之于抄撰者的名下，被认为是抄撰者的作品。

可以举一钞本的具体例子来对"抄撰"加以说明。《隋志》载："陈时顾野王抄撰众家之言，作《舆地志》。"有学者认为《隋志》所云"抄撰众家之言"这种说法并不公允，因为顾野王此书中虽然一部分是前人的有关著作，即所谓"众家之言"，但也有他亲履其地而搜集的资料[③]。其实，《隋志》所谓"抄撰"，并没有抹煞顾野王的自创之功。因为"抄撰"不等于原文照抄，"抄撰"意味着加入了抄撰者的主观自创或者整理。顾野王所著《舆地志》原有三十卷，至宋时已散佚难寻，大量内容散佚在《太平御览》《方舆胜览》等书，至清末《玉函山房辑佚补编》仅录一卷。从目前被整理出来的《舆地志辑注》七百一十条内容来看，的确是以集众家之言为多，而又有一些内容当是出自顾氏的亲身考索，或者亲身耳闻、目睹的当下之事。因此，《隋志》称顾野王《舆地志》是"抄撰众家之言"，当并不是说他原样照抄，而是加入了顾野王自己的撰述。

"抄撰"出来的"新著"，其书名多被命名为"钞"。"抄"是"钞"之俗字。《说文解字》释云："钞，叉取也。从金，少声"，是将之作为动词用，段玉裁注曰："手指突入其间而取之。"[④] 正有"选取"之意。"钞"一般是作为名词，"钞本"是抄撰的成果。日本汉学家长泽规矩也等人发现，在中国，使用"钞（抄）本"这个说法的较多，这主要是因为在中国抄和写的意义渐渐接近，逐渐混同了"抄"和"写"的概念，而在汉魏六朝时期二者则有很大不同。关于"抄"与"写"之区别，童岭曾有过详细区别和考订，认为："六朝隋唐学术界之汉籍纸卷文化中，照本不动而誊录者谓之'写'；

---

① 《隋书·经籍志》，第923—924页。

② 《隋书·经籍志》，第923页。

③ 李迪：《顾野王〈舆地志〉初步研究》，《内蒙古师大学报》（哲学社会科学版）1998年第3期，第65—69页。

④ ［汉］许慎撰，清段玉裁注：《说文解字注》，上海古籍出版社，1981年，第714页。

部分摘录且可作改动者谓之‘钞’。”[①] 而“抄（钞）”的意思之所以和“写”区别甚大，主要是因为“抄”与“撰”是连缀在一起的，包含了“撰”的主观成分，有着改动抄写原件的可能。

钞本在南北朝数量可观，可以大体分为两类：第一是集抄的资料汇编。如《隋志》载[②] 任昉有《地理书钞》九卷，陆澄《地理书钞》二十卷。而他们二人又分别著有《地记》二百五十二卷、《地理书》一百四十九卷，可见卷数很多、规模庞大，联系《隋志》所记录的，不免让人推想，《地理书钞》很可能是其中被摘抄出来的一部分，作为之后撰写《地记》的材料基础。同样，王僧孺有《东南谱集钞》十卷，可能是王僧孺按照一定收录标准加以抄撰汇纳的材料，很可能正是其所著《百家谱》三十卷的前期资料汇编；而即便是搜集资料式的集抄，因为加入了抄撰者的主观编纂意图，也被视作为“撰”。《隋志》载韩杨《天文要集》四十卷，又有《天文集要钞》二卷[③]；有《九宫行棋经》三卷，又有《九宫行棋钞》一卷及多种一卷本[④]；有《遁甲囊中经》、《遁甲立成》、《遁甲法》、《遁甲术》等书，其后又有《杂遁甲钞》四卷[⑤]。有《百忌历术》一卷、《百忌通历法》一卷、《历忌新书》十二卷等，又有《百忌大历要钞》一卷等等[⑥]。此所谓“要钞”、“杂钞”，应该都是为了方便阅读和流通，而精简了原来的著作，然而被归之于抄撰者的名下，而不署原作者之名。因此，“抄撰”所形成的图书，不再恪守图书的原貌，而是加入了抄撰者的更定，当时的书志、目录，是肯定抄撰者的独立著述性质的。

梁元帝在《金楼子》中谈到自己从六岁到四十六岁之间的聚书，其实就是一个南朝各地不断抄写和复制图书，以及抄撰成新书的过程。其工作量很大，其中应该有一部分是由他府中有类于“抄撰学士”的人们来完成的，如“又值吴平光侯广州下，遣何集沔写得书”[⑦]。他在《金楼子》的《著书》篇中，罗列了自己所撰的六百七十七卷各类书籍，并分之为甲乙丙丁四部[⑧]。其中如“《安成炀王集》一秩四卷、《集》三秩三十卷、《碑集》十

---

① 童岭：《“钞”、“写”有别论——六朝书籍文化史识小录一种》，《汉学研究》第二九卷第一期，2011年，第265页。

② 《隋书·经籍志》，第983—984页。

③ 《隋书·经籍志》，第1018—1019页。

④ 《隋书·经籍志》，第1027—1028页。

⑤ 《隋书·经籍志》，第1029页。

⑥ 《隋书·经籍志》，第1035页。

⑦ ［南朝梁］萧绎撰、许逸民校注：《金楼子校笺》，第517页。

⑧ ［南朝梁］萧绎撰、许逸民校注：《金楼子校笺》，第995—1101页。

秩百卷、《诗英》一秩十卷”[1]等集部著作中，“《安成炀王集》”是他整理抄撰的文集。这些由萧绎本人经年抄撰的著述，都被列入了他本人的著书列表。

好的“抄撰”成果，往往能体现抄撰者优异的主观识见。如《南齐书·孔稚珪传》载：“咨审司徒臣子良，禀受成规，创立条绪，使兼监臣宋躬、兼平臣王植等抄撰同异，定其去取。”[2]这里的“抄撰同异”，也意味着对原材料进行比对和整理，很可能需要改动语言结构或者顺序等，而用以方便“去取”或“裁正”，这就需要抄撰者有着很高的知识水平。陈代史家姚察之抄撰，史载：“（姚察）且专志著书，白首不倦，手自抄撰，无时暂辍，尤好研核古今，諟正文字，精采流赡，虽老不衰。”[3]史书号为“精采”。如此评价说明人们所谓的“抄撰”并不是抄写的重复劳动，可见，“手自抄撰”的过程之中，还有“研核古今，諟正文字”等文献整理、校对等工作。僧佑《抄经录》又云：“抄经者，盖撮举义要也。”[4]并非是原样照抄，而是需要有提炼文章精要部分的能力。

“撰并”“撰录”“撰集”是指节抄或集抄，名之为“撰”，也是肯定抄撰者的作用。如：“梁祚……撰并陈寿《三国志》，名曰《国统》。”[5]“撰并《三国志》”，很可能是将之加以节抄。“（刘）昞以三史文繁，著《略记》百三十篇、八十四卷”[6]，即删削“三史”中“文繁”之处，缩略为《略记》。“（常）景……删正晋司空张华《博物志》及撰《儒林》《列女传》各数十篇云。”[7]张华的《博物志》篇幅巨大，常景加以节抄，名为“删正”。节抄虽不过是一种节略，但也意味着新书籍的产生。“撰录”则意味着对零散材料加以整理：“（元）晖颇爱文学，招集儒士崔鸿等撰录百家要事，以类相从，名为《科录》，凡二百七十卷，上起伏羲，迄于晋、宋，凡十四代。”[8]不难理解，“撰录”在此有汇编资料之意思。而“撰录”一词在南方地区的使用，常与当世文献的搜集整理有关。南齐萧子良热衷搜集当世的“文教士子文章及朝贵辞翰”[9]；西省学士是梁代专门负责撰史的，《梁官》同样是当

---

① ［南朝梁］萧绎撰、许逸民校注：《金楼子校笺》，第 1028—1030 页。
② 《南齐书·孔稚珪传》，第 836 页。
③ 《陈书·姚察传》，第 353 页。
④ ［南朝梁］释僧祐撰，苏晋仁、萧炼子校：《出三藏记集》，第 217 页。
⑤ 《魏书·儒林传·梁祚传》，第 1845 页。
⑥ 《魏书·刘昞传》，第 1160 页。
⑦ 《魏书·常景传》，第 1808 页。
⑧ 《魏书·昭成子孙列传·常山王遵传附忠从子晖传》，第 380 页。
⑨ 《南齐书·武十七王传·竟陵文宣王子良传》，第 694 页。

代史籍[1]；徐陵所编的《玉台新咏》"撰录艳歌"，包括了对当时的宫体诗的撰录[2]。殷景仁撰录"国典朝议，旧章记注"，应该也包括了当时的文献材料[3]。这些文献搜集工作，在当时的史料中均被称为"撰录"。

"撰治"指的是具有研究性意味的图书抄撰工作。永明二年（484），"太子步兵校尉伏曼容表定礼乐，于是诏尚书令王俭制定新礼，立治礼乐学士及职局，置旧学四人，新学六人，正书令史各一人，干一人，秘书省差能书弟子二人。因集前代，撰治五礼：吉、凶、宾、军、嘉也。"[4]"撰治"一词，即是对这项工作的概括。永明三年（485），"省总明观，于俭宅开学士馆，悉以四部书充俭家。"[5]众学士以王俭为首"制定新礼"，仍以集前代之礼学经典为务。所谓"新学"，应是相对于刘宋礼乐而言，"治"即是研究之义。在此过程中，"（王）俭集学士何宪等盛自商略，（陆）澄待俭语毕，然后谈所遗漏数百千条，皆俭所未睹，俭乃叹服。"[6]"所遗漏数百千条"，不但说明了他们抄撰材料的体例是以条目别之，也说明对于大量材料内容的核定和相关重要问题的讨论，是"撰治"的重要部分。

总之，"抄撰"是一种主观性很强的抄写，存在抄撰者对原文的体例再造、内容删节还有文字校勘，是对文献的再创造。抄撰有"撰集"、"撰录"和"撰并"等，其最高层次是"撰治"，具有研究性和高度系统化的特点。抄撰是南北朝士人的一种获取知识的方式。张融在《门律自序》中说，"丈夫当删《诗》《书》，制礼乐，何至因循寄人篱下！"[7]这种抄撰的理想，可谓既有儒学渊源，又有深刻的时代烙印。《金楼子·立言》亦曰："嗟我后生博达之士，有能品藻异同，删整芜秽，使卷无瑕玷，览无遗功，可谓学矣。"[8]"品藻异同、删整芜秽"的工作，能让抄撰者获得相关知识和对传统进行选择性接受的能力，这也是他们自己认为的功业所在。但抄撰使文本有被篡改的风险，而在主观性很强的抄撰行为之下，文本内容在细枝末节上有出入，在当时的抄撰工作中应该并不鲜见。南朝文学的繁荣，即是建立在这个知识财富迅速膨胀的社会基础之上的，而知识膨胀首要的原因便

---

① 《梁书·儒林传·沈峻传》："时中书舍人贺琛奉敕撰梁官，乃启峻及孔子袪补西省学士，助撰录。"中华书局，1972年，第679页。

② ［南朝陈］徐陵编，［清］吴兆宜笺注：《玉台新咏笺注》，中华书局，1985年，第2页。

③ 《宋书·殷景仁传》，第1681页。

④ 《南齐书·礼志上》，第118—119页。

⑤ 《南齐书·王俭传》，第436页。

⑥ 《南齐书·陆澄传》，第685页。

⑦ 《南齐书·张融传》，第729页。

⑧ ［南朝梁］萧绎撰、许逸民校注：《金楼子校笺》，第852页。

是图书抄撰的繁荣。

二、南北朝官方抄撰体制形成的社会基础

抄撰图书的主要目的是为了集书和聚书。所谓集书就是将散乱的资料进行编整，而聚书则是为了制作图书副本、别本加以收藏或使用。因此，图书抄撰与社会的各个层面均有关联，成为南北朝时期的一个文化语境，也将手抄图书的产生、积聚、繁荣和传播之事推向空前的高潮。“抄撰学士”以及南北朝官方抄撰体制的产生，离不开这样的社会基础。

《隋书·经籍志序》称:“惠、怀之乱，京华荡覆，渠阁文籍，靡有孑遗。”[①]牛弘将之称为中国图书史上之“第四厄”，他说，“属刘、石凭陵，京华覆灭，朝章国典，从而失坠。此则书之四厄也。”[②]这样的情况下，重新搜求图书，是南北朝一直持续进行的事业。江左草创之时，书籍匮乏，东晋建立之初，《中经新簿》所著录的图书剩下的还不到原来的十分之一。因此，当时朝廷上下积极搜求典籍，虽仅存图书三千一十四卷，但也撰为《晋元帝四部书目》，之后徐广校书“三万六千余卷”，并撰《晋义熙四年秘阁四部目录》[③]。而东晋末年，一些隐士也在所居住之处，自发抄撰审定儒学经籍。《昭明太子集·陶渊明传》提到周续之“与学士祖企、谢景夷三人，共在城北讲《礼》，加以雠校”[④]。南朝士家大族子弟，更以抄撰作为基本学习方式。宋武帝刘裕宠臣刘穆之“裁有闲暇，自手写书，寻览篇章，校定坟籍”[⑤]。谢灵运幼年抄撰赋集、诗集，王筠于经史子集无所不抄；齐高帝第十一子萧钧，以细字亲手抄写《五经》，置于巾箱，以其能够“于检阅既易，且一更手写，则永不忘”[⑥]。这说明，南方学风伴着流行的图书抄撰行为，发生了一些转变。南齐王俭对南朝的图书抄撰风气，影响尤为深刻。王俭“少撰《古今丧服集记》并文集，并行于世”[⑦]。自二十二岁之后，王俭以其门第学问，把持修撰五礼一职，又私撰《七志》。永明四年（486），王俭三十五岁，以本官领吏部。他长于礼学，谙究朝仪。于是衣冠翕然，并尚经学，儒学由此大兴。王逡之即是受其影响，在王俭《古今丧服集记》的

① 《隋书·经籍志序》，第906页。

② 《隋书·牛弘传》，第1299页。

③ 唐明元：《魏晋南北朝目录学研究》，巴蜀书社，2009年，第104页。

④ ［南朝梁］萧统撰，俞绍初校注：《昭明太子集校注·陶渊明传》，中州古籍出版社，2001年，第192—193页。

⑤ 《宋书·刘穆之传》，第1306页。

⑥ 《南史·衡阳元王道度传附继子钧传》，第1038页。

⑦ 《南齐书·王俭传》，第438页。

基础上加以修订，“更撰《世行》五卷”。[①] 王俭还影响了当时的谱学抄撰：“先是谱学未有名家，（贾）渊祖弼之广集百氏谱记，专心治业。晋太元中，朝廷给弼之令史书吏，撰定缮写，藏秘阁及左民曹。渊父及渊三世传学，凡十八州士族谱，合百帙七百余卷，该究精悉，当世莫比。永明中，卫军王俭抄次《百家谱》，与渊参怀撰定。”并且“（贾渊）撰《氏族要状》及《人名书》，并行于世”[②]。南朝人比之东晋人，对经学的关注稍深，这或许与东晋以来玄学清谈所致的学问虚空为有识者不满有关。

南朝的图书抄撰活动十分发达，促进了诗文作品结集。首先，南北朝文人十分重视对传统文学作品的整理和抄撰。如《隋志》载谢灵运的《赋集》多达九十二卷，此外又有《诗集》五十卷，《诗集钞》十卷、《诗英》九卷（梁十卷）等[③]。谢灵运本人创作的赋作，当难以达到九十二卷之数。而《隋志》认可这个谢灵运整理出来的集子，是属于他本人的著作成果，亦属之为“撰”。其《诗集钞》十卷、《诗英》十卷，虽然有“钞”“英”这类抄撰性质的标记，但是无法知道是他对自己作品的整理，还是对前人作品的整理，《隋志》皆归之于他的名下。赵翼《陔余丛考》卷二十二“诗文以集名”条曰：“然经籍志云：别集之名，汉东京之所创也，灵均以降，属文之士多矣。后之君子，欲观其体势而见其心灵。故别聚焉，名之为集。则集之名，又似起于东汉。然据此则古所谓集，乃后人聚前人所作而名之。非作者之自称为集也。”[④] 按照这种说法，谢灵运所纂之赋集，是他纂集前人之集，而并非是自集手稿。

其次，当代文学作品的结集速度和数量也不断提升或增加。谢灵运移居会稽之后，“每有一诗至都邑，贵贱莫不竞写，宿昔之间，士庶皆遍，远近钦慕，名动京师”[⑤]。又如刘孝绰“每作一篇，朝成暮遍，好事者咸讽诵传写，流闻绝域”[⑥]。刘孝绰还曾享有为太子撰录文章的殊荣：“昭明太子好士爱文，孝绰与陈郡殷芸、吴郡陆倕、琅邪王筠、彭城到洽等，同见宾礼。太子起乐贤堂，乃使画工先图（刘）孝绰焉。太子文章繁富，群才咸欲撰录，太子独使孝绰集而序之。”[⑦] 随着南方诗人多如牛毛，南齐时，人

---

① 《南齐书 · 文学传 · 王逡之传》，第 902 页。
② 《南齐书 · 文学传 · 贾渊传》，第 907 页。
③ 《隋书 · 经籍志》，第 1082、1084 页。
④ ［清］赵翼《陔余丛考》，第 424 页。
⑤ 《宋书 · 谢灵运传》，第 1754 页。
⑥ 《梁书 · 刘孝绰传》，第 480 页。
⑦ 《梁书 · 刘孝绰传》，第 480 页。

们编选了《江左文章录》，此书已散失不存，（丘）灵鞠为作序[①]。梁武帝天监四年（505），江淹自撰为前、后集，并《齐书》十志。沈约编撰了一部选集名为《宋世文章志》，在《隋志》中著录为二卷，在《南齐书》本传中则著录为三十卷。沈约又另有十卷本的《集钞》。关于《集钞》和《宋世文章志》的关系，傅刚曾认为此二书之间是整体和部分的关系，他说："沈约则有《集抄》十卷，故所谓《晋江左文章志》《宋世文章志》或为这些总集的附录部分。"[②]其实，也存在另外一种可能，就是在抄撰者早年搜集的，那么到了晚年可能会重新编订，另立书名。《玉台新咏》的编撰和结集非常重视当代诗文。傅刚曾在讨论《玉台新咏》之编纂时间时认为，徐陵具有资格编选这样的集子，应该是他获得萧纲重视之后。徐陵早年未入"高斋十学士"，而是在萧纲进入都城之后才与庾信成为"文德省学士"。这之后，他累积了个人的政治资本，最终获得了编选这一诗集的机会。《玉台新咏》编成于中大通四年（532）至大同元年间，而其中第九、十两卷中多是当代诗人的作品。[③]这部诗歌总集，还被拿来和当时众多的妇女抄撰编集的例子相联系，被认为产生于同一文化潮流背景之下。当时还有殷淳编撰了《妇人集》三十卷，徐勉编撰了《妇人集》十卷，临安公主有文集三卷，萧纲亲自为之作序。这些说明当时有关妇女题材的作品或者妇女创作的作品都十分丰富。由于南朝音乐文学创作发达，废帝光大二年（568），释智匠撰《古今乐录》十三卷，起汉讫陈[④]。这部总集如今已佚，散落在《乐府诗集》中，但对南朝时期乐府诗歌及事件的记载，是很丰富的。当代作品的迅速结集，无疑是为抄撰风气甚浓的文化环境所催生。

抄撰活动刺激了南朝士人的聚书、藏书之好。《隋书》称"梁武敦悦诗书，下化其上，四境之内，家有文史"[⑤]。当时任昉藏书超过一万卷——仅这一人藏书之数，就超过了我们前文所提到的保定年间北周府库的藏书量。任昉去世后，梁武帝命沈约、贺踪检视任昉的书目，把皇家图书馆没有的书收罗进来。《玉海》卷五七"艺文"记载梁《述异记》："《书目》，任昉二卷，梁天监二年撰。（小字：《崇文总目》二卷）昉家书三万卷，多异闻，又采

① 《南齐书·文学传·丘灵鞠传》"著《江左文章录序》"，第890页。

② 傅刚：《昭明文选研究》，社会科学文献出版社，1999年，第43页。

③ 傅刚：《再论玉台新咏的编纂时间》，《北京大学学报》（哲学社会科学版），2002年第3期，第53—61页。

④ ［北宋］王应麟《玉海》卷一〇五"音乐"引《中兴书目》，江苏古籍出版社，1987年，第1921页上栏。

⑤ 《隋书·经籍志序》，第907页。

于秘书，撰此记。”[①] 沈约的私人藏书更多，达二万卷；王僧孺的藏书中也有很多异本；孔休源家有七千卷藏书，据说他曾一一亲自校勘过。皇室之中，萧统和萧励都各自拥有三万卷藏书，而梁元帝的聚书可谓南朝聚书之最。他利用自身权力地位，搜集各地之间的抄本，并加以复写或者抄撰，使得他的藏书数量迅速激增。皇子之中，萧统和萧励都各自拥有三万卷藏书，萧绎最后竟达到八万卷之数，远远超过了他们。不过也有人认为，这八万卷之中，还有大量直接从建康运去的图书。[②] 繁荣的图书抄撰，带来知识财富的迅速膨胀，也引发了当时贵重知识的风气，可以说，“与聚书风气的兴起约略同时，从晋宋之际开始，整个学术风气也渐渐发生了变化。通观前后，这个变化具有划时代的意义。如果说此前是一个玄学时代，那么此后就是一个知识至上的时代了。”[③] 梁代图书的激增，正是产生于这种文化背景之下。个人抄撰与官方抄撰往往是紧密关联的。在南朝，私人抄撰类书的成功，直接刺激了统治者编纂大型类书的需求。如梁武帝天监七年（508）到天监八年（509），刘峻为安成王萧秀户曹参军，开始抄录事类，编撰《类苑》。直到天监十五年（516）刘峻编成《类苑》，作《答刘之遴借类苑书》。“及峻《类苑》成，凡一百二十卷，帝即命诸学士撰《华林遍略》以高之。”[④] 是年，刘勰参与了朝廷的《众经要抄》的编撰。同年，张率除中权将军建安工记室参军，寻有敕直寿光省，治内、丁部书抄。刘杳受其影响，撰《寿光书苑》二百卷[⑤]。梁武帝又敕庄严寺主释僧旻于定林上寺赞众经理义，号曰《义林》八十卷。可见，天监十五年（516）这一年之中，刘峻《类苑》编纂的前后，梁代多部类书也陆续问世。

北朝特别是北朝前期文化的发展，在过去常被视为乏善可陈。实际上，在北方的战乱环境中，一些士人常自发抄撰整理经籍，其文化精神火种不灭。例如河间人邢臧，“撰古来文章，并叙作者氏族，号曰《文谱》。”[⑥] 燕国蓟人平恒，“自周以降，暨于魏世，帝王传代之由，贵臣升降之绪，皆撰录品第，商略是非，号曰《略注》，合百余篇。好事者览之，咸以为善焉。”[⑦] 冀州人阳尼，“有书数千卷。所造《字释》数十篇，未就而卒。其从

① ［北宋］王应麟《玉海》卷七五“艺文”，“梁述异记”条，第 1092 页上栏。
② 田晓菲：《烽火与流星：萧梁王朝的文学与文化》，中华书局，2007 年，第 55 页。
③ 胡宝国：《知识至上的南朝学风》，《文史》2009 年第 4 期，第 157 页。
④ 《南史 · 刘怀珍传附从父弟峻传》，第 1220 页。
⑤ 《隋书 · 经籍志》，第 1009 页。
⑥ 《魏书 · 文苑传 · 邢臧传》，第 1872 页。
⑦ 《魏书 · 儒林传 · 平恒传》，第 1845 页。

孙太学博士承庆遂撰为《字统》二十卷，行于世”[①]。这些说明当时士人对文化的渴求，而北方文化没有在战火中完全覆灭，应归功于这些普通士人存续其脉。

而乡里私学中的士人们为保存图籍也付出了诸多努力。前文已经讨论过，北朝乡里私学发达，也与十六国以来异族统治者重视选任汉族人才有关。咸和元年（319），后赵石勒（274—333）典定九流，始立秀孝试经之制[②]。南燕慕容超（384—410）继位亦尝“大集诸生，亲临策试”[③]。这类乡贡与考试制度刺激了乡里私学和图书抄撰的发展。北朝士人研习讲授的过程中，以抄撰得来的图书作为私学传授的底本，学子则加以复制。如赵郡李谧在成为私学讲授者之后，“鸠集诸经，广校同异，比三《传》事例，名《春秋丛林》，十有二卷。为璠等判析隐伏，垂盈百条。”[④]称之为“丛林”，正是一种集抄。为求得更好的书籍，游学之人到处搜访、抄撰。徐遵明十七岁便随乡人毛灵和等诣山东求学，后又遍游燕、赵求师。后来寻访“晋世永嘉旧写”、藏于阳平馆陶赵世业家的《服氏春秋》[⑤]；又有李彪因高悦“家富典籍，彪遂于悦家手抄口诵，不暇寝食。既而还乡里”。[⑥]受此感召，李彪的后学甄琛“惕然惭感，遂从许叡、李彪假书研习，闻见益优”[⑦]。游学方式带来了书籍在民间的广泛交流，于是也常有关于书中经义的问难和重新勘定。如渤海人刁冲放弃家学而游学乡里，“学通诸经，偏修郑说，……当世服其精博。”[⑧]李铉先后师从多位大儒，有浮阳李周仁、章武刘子猛，常山房虬、渔阳鲜于灵馥等。李铉比较所学之不同，自行撰定了各种讲疏，进行文献的整理，“撰定《孝经》《论语》《毛诗》《三礼义疏》及《三传异同》《周易义例》合三十余卷。”[⑨]凉州“（索）敞遂讲授十余年。敞以《丧服》散在众篇，遂撰比为《丧服要记》。”[⑩]可见，私学讲授带来的经籍整理，在北方地区较为常见。总而言之，北方地区的文化修复之路虽然看似十分艰难，但是在人们的诸多努力之下，其抄撰活动仍然有所收获。

---

① 《魏书·阳尼传》，第1601页。
② 《晋书·石勒载记下》，第2743页。
③ 《晋书·慕容德载记》，第3170页。
④ 《魏书·逸士传·李谧传》，第1938页。
⑤ 《北史·儒林传上·徐遵明传》，第2720页。
⑥ 《魏书·李彪传》，第1381页。
⑦ 《魏书·甄琛传》，第1509页。
⑧ 《魏书·儒林传·刁冲传》，第1858页。
⑨ 《北齐书·儒林传·李铉传》，第584页。
⑩ 《魏书·索敞传》，第1162—1163页。

当时的北方社会，出现了“佣书”产业，成为贫困士子立身之依靠。这种情况似乎在平齐户中十分常见，如蒋少游在平城“以佣写书为业”[①]；刘芳“昼则佣书，以自资给，夜则读诵，终夕不寝”[②]；崔亮“时年十岁，常依季父幼孙，居家贫，佣书自业”[③]；房景伯“生于桑干，少丧父，以孝闻。家贫，佣书自给，养母甚谨”[④]；崔光“家贫好学，昼耕夜诵，佣书以养父母”[⑤]。这些佣书者，有些是为僧侣抄写经书的，如其中的刘芳，“常为诸僧佣写经论，笔迹称善，卷直以一缣，岁中能入百余匹，如此数十年，赖以颇振。由是与德学大僧，多有还往”[⑥]。刘芳通过这样的方式获得经济来源，而且从事佣书行业之事，颇为稳定，还能够获得一个与众僧侣相交往的文化圈子。另外如赵彦深，“初为尚书令司马子如贱客，供写书。子如善其无误，欲将入观省舍。隐靴无毡，衣帽穿弊，子如给之。用为书令史，月余，补正令史。”[⑦] 赵彦深因为擅长抄写而被发现才能，之后平步青云。可见从事抄撰工作，是当时官吏产生的一个重要管道。

于是，从洛阳时期开始，北朝开始出现了一些拥有大量私家藏书的士人。如《洛阳伽蓝记》卷一中记载：“（常）景人参近侍，出为侯牧，居室贫俭，事等农家，唯有经史，盈车满架。”[⑧] 裴诹之曾从常景处借书，“尝从常景借书百卷，十许日便返。景疑其不能读，每卷策问，应答无遗。景叹曰：‘应奉五行俱下，祢衡一览便记，今复见之于裴生矣。’”[⑨] 崔鸿自弱冠时起便有著述之志，撰《十六国春秋》，勒成百卷。延昌五年（565）正月，崔鸿奉命以本官修缉国史。他上表谈到了自己的撰史思想，并透露了他的资料来源情况。他说：“始自景明之初，搜集诸国旧史，属迁京甫尔，率多分散，求之公私，驱驰数岁。”从这番话可见当时藏书的官私分散之状。

总之，南北朝社会虽然文化发展程度不一，但是整个社会都有一定的好书、藏书风气。从藏书、复制图书的成果上来看，北朝在漫长的历史发展过程中，都远不及南朝。这种不及南朝的根本原因，就是北朝缺乏一个官方抄撰机制，无法形成大规模的抄撰。北朝文人仍然是分散于乡里，都

---

① 《魏书·术艺传·蒋少游传》，第1970页。
② 《魏书·刘芳传》，第1219页。
③ 《魏书·崔亮传》，第1476页。
④ 《魏书·房法寿传附族子景伯传》，第977页。
⑤ 《魏书·崔光传》，第1487页。
⑥ 《魏书·刘芳传》，第1219页。
⑦ 《北齐书·赵彦深传》，第505页。
⑧ ［北魏］杨衒之撰，范祥雍校注：《洛阳伽蓝记》卷一，第4页。
⑨ 《北齐书·裴让之传附诹之传》，第466页。

城中有限的基本政治官僚体制，这种体制不足以让更多的士人集中到文化事业之中。

三、南朝官方抄撰体制的形成及其相关活动

清代学者赵翼曾从“于时诸王皆有学士”“藩王亦得置学士”“节帅亦得置学士”“隋文帝令段文操督秘书省学士”而段文操常鞭挞之等多个证据出发，得出结论说：“盖其时所谓学士，不过如文人云尔。”[①] 虽然南朝众多的学士之名中，难免有芜杂和泥沙俱下的情况，但官方抄撰往往还是集结了当时的文化精英，其主要途径是来源于征辟或者充选，或者通过试策由普通文人成为学士。《钦定历代职官表》对此交代甚明：“学士者，乃指选择才学之人，以资访问，预编辑，如今纂修供奉之比，原不以为分职之正名。即唐初秦王府诸学士，犹同斯例。自景龙中，置大学士、学士、直学士诸名，始有员额。元宗因置翰林学士，设学士院以居之，于是学士始以入衔为儒臣，一定之官秩矣。”[②] 这里所梳理的，正是说学士有员额、官秩，是到唐玄宗时期了。

南朝时抄撰事业为朝廷所关注的最早记载，是在宋元嘉末年。上文已经举引：“宋元嘉末，文帝令尚书仆射何尚之抄撰‘五经’，访举学士，县以驎士应选。”[③] 沈驎士充选为学士，为朝廷抄撰经籍，是南朝搜罗民间士人从事文化活动之前期阶段中的例子。鉴于经学发展的需要，宋文帝继而于元嘉十五年（438）开设玄、儒、史、文四馆。许嵩《建康实录》载：“立儒学于北郊，延雷次宗居之，辞入宫掖，乃自华林东阁入讲于延贤堂。明年，丹杨尹何尚之立玄学，著作郎何承天立史学，司徒参军谢元立文学，各集门徒，多就业者。”[④] 这其中，何尚之、何承天均有抄撰著作存录于《隋书·经籍志》，且何尚之还是元嘉末年抄撰五经工作的主持者。与何尚之一起应选的，还有民间士人沈驎士：“宋元嘉末，文帝令尚书仆射何尚之抄撰‘五经’，访举学士，县以驎士应选。”[⑤] 这位沈驎士是当时隐居的硕儒，讲经教

---

① ［清］赵翼：《陔余丛考》卷二十六“学士”条，第523页。王立群认为赵翼的这番话适用于先秦两汉魏晋时期的“学士”之称，但不适用于南北朝“学士”之号的使用情况。《魏晋南北朝学士研究的几个问题》，《阜阳师范学院学报》，2004年第2期，第2页。

② ［清］纪昀等奉敕撰：《钦定历代职官表》卷二十三，影印文渊阁四库全书第601册，台湾商务印书馆，1986年，第446页。

③ 《南齐书·高逸传·沈驎士传》，第943页。

④ ［唐］许嵩《建康实录》卷十二《太祖文皇帝》，第432页。

⑤ 《南齐书·高逸传·沈驎士传》，第943页。

授，从学者数十百人。[1] 从宋明帝泰始六年（470）至齐永明三年（485），朝廷专设总明观，招纳“玄、儒、文、史四科，科置学士各十人”等[2]，从其聚集人物来看，主要是从事礼学著作抄撰的官员。如总明观学士傅昭，是傅咸七世孙，“祖和之，父淡，善三礼，知名宋世”[3]。可见，在官方抄撰体制中，朝廷所征募或者任命的抄撰人员，并非粗通文字者，而往往是资质较深的学者。而宋齐之交，朝廷馆阁中学士的抄撰对象仍是以礼学著作为主。总明观解散之后，众学士归于王俭家，称为“家学士”。后来，梁代于天监二年（503）立文德省学士，陈代立西省学士、嘉德殿学士，皆是官方馆阁抄撰的延续，所充选之人大部分来自于这种征募。而其中的一些无名者，可能要通过考试才能成为一名官方所授的“学士”，如徐伯阳十五岁便试策高第，授东宫学士。[4] 因此，从刘宋时代开始，朝廷充选之学士，其主体皆是当时文化之栋梁。

南朝藩王府的抄撰成果十分丰富，是南朝官方卓有成效的抄撰之地。从刘宋时期开始，藩王们开始集结了自己的文化群体，抄撰图书。例如宋元嘉十二年（435），刘义庆在荆州聚集了自己的文士团体。之后齐代萧子隆从永明八年（490）开始驻守荆州，府中抄撰图书的士人很多：“庾于陵……随王子隆为荆州，召为主簿，使与谢朓、宗夬抄撰群书。”[5] 而荆州地区又是一个佛教传播中心，是当时南方地区除了建康之外的佛经翻译重镇，故而佛经是荆州地区藩王府学士的重要抄撰对象。晋穆帝升平三年（359）因慕容隽破陆浑，释道安因此远适襄阳，在此译经长达十年[6]。太元四年（379），前秦克襄阳，习凿齿、道安入前秦，而荆州名僧流落长江中下游地区，但后来又返回了荆州。如宋元嘉二十三年（446），求那跋陀罗随谯王刘义宣赴荆州，一居十年，期间出经百余卷。[7] 宋明帝刘彧泰始元年（465）释慧球从京师返回荆州：“讲集相继，学侣成群，荆楚之间，终古称最。使西夏义僧，得与京邑抗衡者，球之力也。中兴元年（501）敕

---

① 《南齐书·高逸传·沈驎士传》：“隐居余不吴差山，讲经教授，从学者数十百人”，第943页。

② 《南齐书·百官志》，第315页。

③ 《梁书·傅昭传》，第392页。

④ 《陈书·文学传·徐伯阳传》，第468页。

⑤ 《梁书·文学传上·庾于陵传》，第689页。

⑥ 关于《高僧传》卷五《晋长安五级寺释道安传》，曹道衡、刘跃进著：《南北朝文学编年史》，《曹道衡文集》卷十，第27页，前后文有误。“案：释道安在襄阳十一年，至379年为苻坚所俘”，后云“释道安四十六岁，此后十五年在襄阳译经，并著有《经录》”，当是笔误。

⑦ ［南朝梁］慧皎撰，汤用彤校注、汤一玄整理：《高僧传》卷三《宋京师中兴寺求那跋陀罗传》，第131页。

为荆土僧主。”[①] 荆州于是成为人才荟萃之地，也是珍贵钞本的聚集之地。

藩王府抄撰规模的扩大和模式的定型是在总明观解散的同一年——永明二年（484），竟陵王萧子良镇守西州，“移居鸡笼山西邸”。当时，他“集学士抄五经、百家，依《皇览》例，为《四部要略》千卷，招致名僧，讲语佛法，造经呗新声，道俗之盛，江左未有也”。[②]《略成实论记》记载了当时萧子良集结五百余名僧抄比《成实论》，略为九卷，写百部以流传天下，规模浩大。林家骊以为西邸学士除所谓“竟陵八友”外，更有王僧孺、徐夤、虞义、丘国宾、萧文琰、丘令楷、刘孝孙、孔休源、江革、谢璟、王亮、宗夬、刘绘、何昌寓、谢颢、张融、何宪、孔广、虞炎、何间、周颙、王摛等人。[③] 这些学士的工作，涉及抄撰图书，整理类书，翻译佛经，贡献卓著。这样的文化阵容，可谓是江左第一。永明五年（487），萧子良抄经三十六部：“从《华严经》至《贫女为国王夫人》凡三十部，并齐竟陵文宣王所抄。凡抄字在经题上者，皆文宣所抄也。”[④] 可见其抄撰活动之规模十分浩大。而藩王领导学士和亲自参与抄撰活动的基本模式，在此时得以形成，尤其是为之后梁代诸王所继承。建康地区作为南朝图书抄撰中心的地位，也是通过官方馆阁抄撰和萧子良的藩王府抄撰等力量的推动，得以牢固树立。

由于馆阁之中文士众多，遂有了馆阁唱和。抄撰者热衷于对抄撰活动本身或者抄撰环境中某些事物的歌咏。这类诗歌的价值在于开辟了一种诗歌类型，这类诗歌的优容心态，是极为别致的。如沈约《和竟陵王抄书诗》，内容关于永明年间在西邸的抄撰工作，用典十分华丽：“教微因弛辔，维峻属贞期。义乖良未远，斯文焕在兹。超河综绝礼，冠楚缀沦诗。披縢辨蠹册，酌醴访深疑。澄流黜往性，泛略引前滋。汉壁含遗篆，名山多逸词。绿编方委阁，素简日盈辎。空幸参鸳鹭，比秀恧琼芝。挹流既知广，复道还自嗤。”[⑤] 王融写有《抄众书应司徒教诗》，也如同此类，诗存四句：“说礼固多才，惇诗信为善，岩笥发仙华，金縢开碧篆。”[⑥] 这类金玉之词堆砌的

① ［南朝梁］慧皎撰，汤用彤校注、汤一玄整理：《高僧传》卷八《梁荆州释慧球》，第333—334页。

② 《南齐书·武十七王传·竟陵文宣王子良传》，第698页。

③ 林家骊：《竟陵王西邸学士及活动考察》，《文史》，第四十五辑，中华书局，1998年，第235—253页。

④ ［南朝梁］释僧祐撰，苏晋仁、萧炼子校：《出三藏记集》卷五《新集抄经录第一》，第220页。

⑤ 逯钦立编：《先秦汉魏晋南北朝诗》，第1642页。

⑥ 逯钦立编：《先秦汉魏晋南北朝诗》，第1404页。

秘阁典故，突出抄撰活动的清雅贵重。当时还有一批产生于抄撰活动的游戏之作。再如沈约、王融、范云同赋的《奉和竟陵王郡县名诗》[①]，沈约《奉和竟陵王药名诗》《和陆慧晓百姓名诗》[②] 等，将所见同类之词，连比为诗，是诗人扩充诗歌素材的尝试。这几首仅存的物名之诗，能够让我们明了南朝诗人获得诗歌典故的过程和方式。诗歌中的意象，是从文本得来，而不是从现实生活得来。

晋安王萧纲继承了萧子良的西邸抄撰模式和馆阁唱和，并发展了专事抄撰的职位——抄撰学士。在其出镇雍州期间，"高斋十学士"的抄撰阵容已经初具规模。史称："(庾肩吾)在雍州被命与刘孝威、江伯摇、孔敬通、申子悦、徐防、徐摛、王囿、孔铄、鲍至等十人抄撰众籍，丰其果馔，号'高斋学士'。"[③]"高斋学士"中的"高斋"是在雍州，今襄阳城内尚有遗址[④]。"高斋学士"应是在襄阳时就已存在并有相关活动，入建康之后也犹以故地名来命名。《法苑珠林》录《法宝连璧》一部二百卷，称乃"梁简文帝萧纲在储宫日，躬览内经，指扮科域，令诸学士编写连成，有同《华林遍略》"[⑤]。虽然"在储宫"意思是指在太子东宫，但这其中的"诸学士"，应有不少来自原来的晋安王府中抄撰经籍的学士群体，可见他们还从事类书编纂。萧纲府中的文士唱和十分频繁，和竟陵王萧子良相比较，萧纲直接参与到诗文唱和活动之中的频次大大提高。宫体诗的兴起，即是在此时文化氛围极为浓厚的荆雍地区。[⑥]

随着晋安王成为皇太子，徐陵、庾信遂在东宫"并为抄撰学士"[⑦]。徐陵、庾信的父亲徐摛、庾肩吾都是晋安王萧纲幕中的文人，入幕极早，前后跟随萧纲数十年。徐陵、庾信虽号称是"抄撰学士"，但其本质仍是藩王府幕中文人。《陈书·徐陵传》又载："中大通三年(晋安)王立为皇太子，东宫置学士，陵充其选。"[⑧] 这些材料很容易让人误以为他们从此便是"东宫学士"了。而实际上"抄撰学士"应该在地位上是要低于"东宫学士"的。从二人履历上看，庾信是在"累迁尚书度知郎中、通直正员郎。出为郢州

① 逯钦立编：《先秦汉魏晋南北朝诗》，第 1643 页。

② 逯钦立编：《先秦汉魏晋南北朝诗》，第 1643 页。

③ 《南史·庾易传附子肩吾传》，第 1246 页。

④ 李有让、刘柄：《襄樊地名与名胜丛考》，襄樊市地名办公室出版，1985 年。

⑤ [唐] 释道世撰，周叔迦、苏晋仁校注：《法苑珠林校注》卷第一百，中华书局，2003 年，第 2877 页。

⑥ 蔡丹君：《荆雍地域与宫体诗的兴起》，第 133 页。

⑦ 《周书·庾信传》，第 733 页。

⑧ 《陈书·徐陵传》，第 325 页。

别驾。寻兼通直散骑郎常侍，聘于东魏。文章辞令，盛为邺下所称”，有了足够的资历之后，“还为东宫学士，领建康令。”[①] 在担任“东宫学士”的同时，他还领有“建康令”这一实职，而之前担任“抄撰学士”，并非实职。徐陵、庾信后来宦途的真正起点，是成为朝廷的文德省学士。文德省是天监二年（502）所立，此时“肩吾子信、摛子陵，吴郡张长公，北地傅宏，东海鲍至等充其选”[②]，应当是专门从事抄撰工作。张长公、傅宏和鲍至这三人中，傅宏、张长公失考，而鲍至曾官至“通直常侍”朝于北魏[③]，其经历与徐陵、庾信相似。故而可见，“抄撰学士”的地位低于“东宫学士”，是对馆阁或者藩王府中充选文人的称呼，而可能并非朝廷颁授的固定称号。

“东宫学士”的职能要比“抄撰学士”更为丰富，兼具了文化顾问与抄撰之职，属于南北朝官方抄撰体制中的重要部分。早在刘宋孝建元年（454），谢超宗、何法盛校书东宫[④]。又有昭明太子“恒自讨论篇籍，或与学士商榷古今；闲则继以文章著述，率以为常。于时东宫有书几三万卷，名才并集，文学之盛，晋宋以来未之有也”[⑤]。但是，虽然门下学士堪称精英辈出，且曾可能参与了《文选》等集部的文献编纂[⑥]，但只称“昭明太子十学士”，并没有被称为“东宫学士”。从相关史料来看，这一职名的确立，应是梁武帝普通至大同年间。“东宫学士”最早还被模糊地称作“东宫学士省”。《梁书》记载普通六年（525）殷芸曾“直东宫学士省”，在此之前殷芸曾经担任过“昭明太子侍读”，之后“累迁通直散骑常侍、秘书监、司徒左长史”等官职[⑦]。而其中“秘书监”一职，正是掌三阁图书。

“东宫学士”的充选办法并无明文规定，从史料上看，可以对有才能之士加以补选。中大通元年（529），“梁武帝幸同泰寺舍身，敕勉撰仪注，勉以台阁先无此礼，召（杜）之伟草具其仪。乃启补东宫学士，与学士刘陟等钞撰群书，各为题目。所撰《富教》《政道》二篇，皆之伟为序。”[⑧] 值得注意的是，这里杜之伟被“启补东宫学士”，“与学士刘陟等钞撰群书”，也并非徒有“东宫学士”之职，而是“兼太学限内博士”。故南朝东宫学

---

① 《周书·庾信传》，第733页。
② 《梁书·文学传上·庾于陵附弟肩吾传》，第690页。
③ 《魏书·岛夷萧衍传》：“通直常侍鲍至朝贡。”第2179页。
④ 《宋书·自序·林子弟子伯玉传》，第2465页。
⑤ 《梁书·昭明太子传》，第167页。
⑥ 屈守元：《“昭明太子十学士”和〈文选〉编辑的关系》，《四川师范大学学报》，1991年第3期。
⑦ 《梁书·殷芸传》，第596页。
⑧ 《陈书·文学传·杜之伟传》，第454页。

士大多以本官兼学士，学士本身并无官秩。被引为“东宫学士”的人，虽然出身不一、职位地位有所区别，但在文化方面的资历或声望一般都是比较高的。殷钧贵为梁武帝永兴公主驸马，“天监初，拜驸马都尉，起家秘书郎，太子舍人，司徒主簿，秘书丞。钧在职，启校定秘阁四部书，更为目录。又受诏料检西省法书古迹，别为品目。迁骠骑从事中郎，中书郎，太子家令，掌东宫书记。顷之，迁给事黄门侍郎，中庶子，尚书吏部郎，司徒左长史，侍中。东宫置学士，复以钧为之”[①]。可谓地位不凡且资历深厚。而纪少瑜于大同七年（541）被引为东宫学士，之前仅担任过一般藩王的记室、参军一类的官职。不久，“邵陵王在郢，启求学士，武帝以少瑜充行”[②]。东宫学士不一定在官位上很高，但是在文化方面往往颇有声名。如杜之伟在补选为东宫学士时，是以其经学和文才先后为徐勉、萧衍所赞赏，但他直到大同七年（541）才当上“安前邵陵王田曹参军，又转刑狱参军”，“年位甚卑”[③]。

总之，南方征辟式的人才集中为官方抄撰带来了十分优良的文化条件。从朝廷、藩王到大臣家，学士人数皆众多，士子们往往从这样一个“无定员，无定品”的过渡阶段，继而进入官僚体系再行升迁。故南朝各类官方抄撰机构，容纳抄撰学士群体，正是形成了一个培养和利用人才的预备性机构。学士群体内部的交流和文化积累，是形成南朝文化财富的生力军。

四、北朝官方抄撰体制的形成与南朝抄撰士人北徙的意义

北朝前期的官方图书抄撰相对于南朝来说，较为凋零。这方面的研究并不是很多，但也有一些值得注意者，如殷雪征《北朝的官私藏书与书目编纂》[④]、陈德弟《北朝官府藏书活动述论》[⑤]等文章曾对北朝最基本的一些官方图书整理的情况有过概述。十六国后期，后秦和北凉这两个政权中是存在有一定规模和组织性的官方抄撰的。

后秦定都关中，儒风颇盛，统治者酷爱讲学和诗文唱和、集会，但晋义熙十三年（417）王镇恶破长安，从府库中收后秦图书四千卷，并不能算是一个大的数目。距离后秦灭亡最近的南朝官方书目《宋元嘉八年秘阁

---

① 《梁书·殷钧传》，第407—408页。

② 《南史·文学传·纪少瑜传》，第1786页。

③ 《陈书·文学传·杜之伟传》，第454页。

④ 殷雪征：《北朝的官私藏书与书目编纂》，《山东图书馆季刊》，1995年第2期，第15—20页。

⑤ 陈德弟：《北朝官府藏书活动述论》，《高校图书馆工作》，2004年第2期，第27—29页。

四部目录》，录当时有书“一千五百六十有四帙，一万四千五百八十二卷”，小注“五十五帙，四百三十卷，佛经。”[①]可见两个地区的藏书之数，相差悬殊。但是，值得肯定的是后秦佛经抄撰十分繁荣，应该远远超过南朝此时的“四百三十卷”之数。当时，其中名僧辈出。后秦弘始三年（401），鸠摩罗什离开姑臧至长安，姚兴待以国师之礼，请入西明阁、逍遥园，即译出众经，得“诸论三十三部，三百余卷”。[②]鸠摩罗什又“于长安草堂寺集义学八百人，重译经本”[③]。为此，姚兴供养沙门三千余人。[④]鸠摩罗什、僧肇等人的“撰译”，成就辉煌，所得佛经总数，应在南朝“四百三十卷”之上。而王镇恶从关中府库中所得到的四千卷图书是否包含了佛经，已经无从可考。

在十六国晚期，悬于西北的北凉沮渠蒙逊政权，出现了专门校书抄撰的文吏群体。北凉阚骃领文吏三十人“典校经籍，刊定诸子三千余卷”[⑤]。而凉土文士辈出，如前文所举刘昞、常爽、江式等人，都在图书抄撰方面颇有成果。凉州著述丰富，遂与南朝以图书为媒介进行外交往来。宋文帝元嘉十四年（437），河西王茂虔向东晋封表献方物，并献图书二十种一百五十四卷，这些著作代表了河西著述的前沿水平。根据《宋书》卷九八《氐胡传·胡大且渠蒙逊传》所载，这些书包括：“《周生子》十三卷，《时务论》十二卷，《三国总略》二十卷，《俗问》十一卷，《十三州志》十卷，《文检》六卷，《四科传》四卷，《敦煌实录》十卷，《凉书》十卷，《汉皇德传》二十五卷，《亡典》七卷，《魏驳》九卷，《谢艾集》八卷，《古今字》二卷，《乘丘先生》三卷，《周髀》一卷，《皇帝王历三合纪》一卷，《赵畋传》并《甲寅元历》一卷，《孔子赞》一卷”。[⑥]同时，河西人也求书于宋。“茂虔又求晋、赵《起居注》诸杂书数十件，太祖赐之。”[⑦]河西与南朝之间的文化对话，说明河西文化的程度和水准是北方地区中较高的。

---

① ［梁］阮孝绪撰，［清］臧庸辑考：《七录》，《七录序》所附《古今书最》著录。续修文渊阁四库全书本影印清钞本第919册，上海古籍出版社，1995年，第4页。

② ［南朝梁］释僧祐撰，苏晋仁、萧炼子校：《出三藏记集》卷十四《鸠摩罗什传》，中华书局，2008年，第354页。

③ 《魏书·释老志》，第3031页。另参［南朝梁］释僧祐撰，苏晋仁、萧炼子校：《出三藏记集》卷九《关中出禅经序》，第342—343页；卷十《大智释论序》、《大智论出论后记》，第388—389页。

④ ［南朝梁］释僧祐撰，苏晋仁、萧炼子校：《出三藏记集》卷十四《鸠摩罗什传》，第534页。

⑤ 《北史·阚骃传》，第1267页。

⑥ 《宋书·氐胡传·胡大且渠蒙逊传》，第2416页。

⑦ 《宋书·氐胡传·胡大且渠蒙逊传》，第2416页。

北凉地区自是佛国，一直以来有大量的抄经群体。至北周时，河西地区的抄经传统被进一步官方化。敦煌写经题记中，可以找到抄写人一百 多人，其中专业书工就有三十四人，这三十四个专业书工的活动年代，从北魏时期一直延伸到唐代。其中，北魏时期的敦煌令狐家族是这种专业抄写佛经的底层知识分子集团中最具代表性的一个群体。在敦煌卷子中，共有二十五条写经题记、石塔铭记载了从事佛经抄写的敦煌令狐家族成员。[①]在魏末之后，河西地区出现了典经师。根据敦煌《写经题记》，令狐崇哲在永平五年（512）之后的三年中，一直是敦煌的典经师。他的职位应该是具有官方性质的。典经师所掌控的经生集团，应该是具有官方背景的一个依附于佛教寺院的底层文人集团。从有纪年的敦煌卷子来统计，除了令狐家族成员外，敦煌卷子中记载的北朝敦煌镇经生还有曹法寿、刘广周、马天安、张显昌、张乾护，他们都是官经生，可见北朝敦煌的佛经抄写规模是不小的，存在一个比较固定且职业化的、由底层知识分子组成的具有官方背景的佛经抄写集团，当然在以凉州为中心的其他地区以及佛教传播所达到的广大北方，从事佛经抄写的职业化知识阶层的存在也是毫无疑问的，如在麦积山 78 窟就有北魏“仇池镇经生王□供养佛时”的题记和“清信士”等题记，无年号，与第 74 窟“仇池镇经生王□□供养十方诸佛”洞窟形制相似。另外，敦煌卷子中所见的经生如张凤鸾、氾亥仁、李道胤及张阿宜、尚生、翟安德等人，都是从事佛经抄写的底层知识分子。这些底层知识分子，是构成北凉文化发展的基础力量，他们大多是凉州本地的乡里士人。

北凉与南朝交换图书，时为魏太武帝太延三年（437），河西同样称臣于彼，却未见有官方图书交流方面的记载。北魏官方抄撰当时并不兴旺，当时宫中亦有学士，但没有专门予以收纳的馆阁或者体制，从事的活动也较为驳杂。如道武帝问灾异事，“诏浩与学士议之”。[②]文明太后不豫，“集诸学士及工书者百余人，在东宫撰诸药方百余卷”[③]。北魏还有一种“中书学士”，其实是指北魏中书学中的学生。他们主要是研究经籍而不是专事抄撰。在前面的章节中，我们曾提到过，道武帝时期曾“集博士儒生比众经文字，义类相从，凡四万余字，号曰《众文经》。”[④]《众文经》四万余字，较为短少，也反映

---

① 孔令梅、杜斗城：《十六国北朝时期敦煌令孤氏与佛教关系探究》，《敦煌研究》，2010 年第 5 期。

② 《魏书 · 崔浩传》，第 822 页。

③ 《魏书 · 术艺传 · 李修传》，第 1966 页。

④ 《魏书 · 太祖纪第二》，第 21 页。

出此时北方官方藏书之窘迫。无书可抄，恐怕是最大的问题。

这种情况在北魏太武帝时期恶化。太延五年（439），北魏平北凉，“徙凉州民三万余家于京师”[①]。大量凉州地区的文人被转移到平城，受到崔浩礼遇。崔浩与凉州人张湛交好，有诗歌唱和往来。凉州文人中几位佼佼者，被崔浩委任“撰录”《国史》。修史之职，虽然官秩不高，但甚为重要。而不久之后，受到崔浩举荐的金城宗氏，武威段氏、阴氏等家族的士人，在“国史案”中备受牵连，罹灭族之罪，河西文化一脉遂惨遭打击，走向没落。这些我们在第三章已经有所提及。除此以外，河西人世信佛教，而太武帝却要求灭佛：“凉州自张轨后，世信佛教。敦煌地接西域，道俗交得其旧式，村坞相属，多有塔寺。太延中，凉州平，徙其国人于京邑，沙门佛事皆俱东，象教弥增矣。寻以沙门众多，诏罢年五十已下者。”[②]于是，大量凉州僧侣逃往南方，如释弘充到南方后，“宋太宰江夏文献王义恭雅重之。明帝践祚，起湘宫寺，请充为纲领，于是移居焉”[③]。直到文成帝初复佛法之前，北方的文化环境都是不太利于佛经翻译和抄撰的。而佛经抄撰中心的南移，正是在此际造成的。

北方人对聚书之事开始感兴趣，是在道武帝拓跋珪时，拓跋珪曾“命郡县大索书籍，悉送平城”。[④]但是几次重大政治事件之后，北魏太武帝时期北方文化发展进入低谷，官方大规模图书抄撰之事鲜有闻。但当时还是出现了各地图书向平城集中的情况，《资治通鉴》卷一百一一《晋纪》三十四载拓跋珪曾问“博士李先曰：‘天下何物最善，可以益人神智？’对曰：‘莫若书籍。’珪曰：‘书籍凡有几何，如何可集？’对曰：‘自书契以来，世有滋益，以至于今，不可胜计。苟人主所好，何忧不集！’珪从之，命郡县大索书籍，悉送平城”[⑤]。

直到明元帝泰常八年（423），北魏方遣使到南方求《周易》《搜神记》等书，合四百七十五卷。这些书在到达北方之后，供秘省抄撰。但多年之后，至齐永明七年时（489），北魏人前来南齐借书则希望得到更多，使者房景高、宋弁还表现出对王融的新作的熟悉和向往，曾谈道：“在北闻主客此制（《曲水诗序》），胜于颜延年，实愿一见。”[⑥]这可以说明北魏人对南朝

① 《魏书 · 世祖纪第四上》，第 90 页。

② 《魏书 · 释老志》，第 3032 页。

③ ［南朝梁］慧皎撰，汤用彤校注、汤一玄整理：《高僧传》卷八《齐京师湘宫寺释弘充传》，第 308—309 页。

④ 《资治通鉴》卷一百一十一《晋纪》三十三，第 3488 页。

⑤ 《资治通鉴》卷一百一十一《晋纪》三十三，第 3488 页。

⑥ 《南齐书 · 王融传》，第 821 页。

文学图书的兴趣有所增强。孝文帝时，在整理政府藏书的基础上，编撰了《魏阙书目录》一卷，并据此目录向当时南方的萧齐政权借书。《魏阙书目录》是北朝唯一一部被《隋书·经籍志》著录的目录[①]，从其称“阙书目”来看，则当时北魏已编撰有官修目录，而此录是据这个官目与另一目录对照而撰成。北魏既然是向萧齐借书，参考的肯定是南朝官修目录，且很可能是王亮、谢朏编撰的《齐永明元年秘阁四部目录》，这也说明，南北对峙的双方，在文化上深有交流。而用于对照的北魏官目，则很可能是卢昶编撰的《甲乙新录》，史书中虽无卢昶撰目的明确记载，但却说卢昶于孝文帝时曾“转秘书丞”[②]，则卢昶确可能孝文帝时期以秘书丞身份主持校书并编撰了《甲乙新录》一书。

但是，南北之间的文化隔阂，也在此次图书交流未遂事件中得到了充分体现。王融针对此事的上表中，出现了大量对北方文化蛮荒的想象，而以图书的渗透来获得不战而胜之功，天真的书生心态溢于言表：“今经典远被，诗史北流，冯、李之徒，必欲遵尚；直勒等类，居致乖阻……于是风土之思深，愎戾之情动，拂衣者连裾，抽锋者比镞，部落争于下，酋渠危于上，我一举而兼吞，卞庄之势必也。”[③] 这说明当时南北之间的文化交流由于长期停滞，而出现了较深隔阂。

北魏文化环境逐渐变得更为宽容，是以太和十九年（495）孝文帝的诸多举措为标志。是年，孝文帝诏求遗书：“秘阁所无，有裨益时用者加以优赏。”[④]（宣武帝时，又重诏求遗书于天下[⑤]）同年又幸徐州白塔寺，命道登法师讲《成实论》，谓左右曰：“朕每玩《成实论》，可以释人染情。”[⑥] 这意味着太武帝灭佛以来所造成的佛经抄撰受到的阴影，得到正式解除。同时，北魏鲜卑贵族在搜集和抄撰图书以及征集文士方面成果显著，（安丰王猛）子延明甚至“鸠集图籍万有余卷”[⑦]。这些都说明北方的文化在走向复苏。但即便如此，北魏在灭亡之前也没有形成有规模的官方抄撰体制。北朝官方抄撰体制的形成，是在南人大量入北之后产生的。

北魏宣武帝时，又进行了一次较大规模的校书活动。宣武帝继位之初，

① 《隋书·经籍志》，第 991 页。
② 《魏书·卢玄传附渊弟昶传》，第 1055 页。
③ 《南齐书·王融传》，第 819 页。
④ 《魏书·高祖纪第七下》，第 178 页。
⑤ 《魏书·世宗纪第八》：“六月壬寅，诏重求遗书于天下。”第 209 页。
⑥ 《魏书·释老志》，第 3040 页。
⑦ 《魏书·安丰王猛传附子延明传》，第 530 页。

时任秘书丞的孙惠蔚见“典籍未周”，于是上书请求校书。[①] 他说，“观阁旧典，先无定目，新故杂糅，首尾不全。有者累帙数十，无者旷年不写。或篇第褫落，始末沦残；或文坏字误，谬烂相属。篇目虽多，全定者少。臣今依前丞臣卢昶所撰《甲乙新录》，欲裨残补阙，损并有无，校练句读，以为定本，次第均写，永为例程。其省先无本者，广加推寻，搜求令足。然经记浩博，诸子纷纶，部帙既多，章篇纰缪，当非一二校书，岁月可了。今求令四门博士及在京儒生四十人，在秘书省专精校考，参定字义。如蒙听许，则典文允正，群书大集。”[②] 可见，这次校书规模较之以往有很大的扩增。另外，天文类图书在永熙年间颇获整理，是当时北方官方抄撰的一次重要尝试。“永熙中，诏通直散骑常侍孙僧化与太史令胡世荣、张龙、赵洪庆及中书舍人孙子良等，在门下外省校比天文书。集甘、石二家《星经》及汉魏以来二十三家经占，集为五十五卷。后集诸家撮要，前后所上杂占，以类相从，日月五星、二十八宿、中外官图，合为七十五卷。”[③]

《隋书·经籍志序》称：“后齐迁邺，颇更搜聚，迄于天统、武平，校写不辍。”[④] 天保七年（556），北齐文宣帝诏令校定群书，以供皇太子阅览与其事者凡十一人，有樊逊上书论校书事，议取邢劭、魏收、辛术、穆子容、司马子瑞、李业兴家藏书参校[⑤]。这是一次将北方官方抄撰建立在北方乡里士人家藏图书基础上的重要文化举动。据刘知几《史通·书志篇》引宋孝王所撰《关东风俗传·坟籍志》载：“其所录皆邺下文儒之士……所列书名，唯取当时撰者。”[⑥] 并对此大加赞赏，可见北齐时期的抄撰之事为民间所重视之程度。

侯景之乱以后大量南人北徙，南方的人才和图书都遭到毁灭性打击。颜之推《观我生赋》云：“民百万而囚虏，书千两而烟炀，溥天之下，斯文尽丧”，并自注云：“北于坟籍少于江东三分之一，梁氏剥乱，散逸湮亡。唯孝元鸠合，通重十余万，史籍以来，未之有也。兵败悉焚之，海内无复

① 《魏书·儒林传·孙惠蔚传》，第 1853 页。

② 《魏书·儒林传·孙惠蔚传》，第 1853—1854 页。

③ 《魏书·术艺传·张渊传附徐路、高崇祖传》，第 1954 页。

④ 《隋书·经籍志序》，第 907—908 页。

⑤ 《北齐书·文苑传·樊逊传》录樊逊之《刊定秘府书籍议》，其文曰：“按汉中垒校尉刘向受诏校书，每一书竟，表上，辄言：臣向书，长水校尉臣参书，大夫公、太常博士书，中外书合若干本，以相比校，然后杀青。今所雠校，供拟极重，出自兰台，御诸甲馆。向之故事，见存府阁，即欲刊定，必借众本。太常卿邢子才、太子少傅魏收、吏部尚书辛术、司农少卿穆子容、前黄门郎司马子瑞、故国子祭酒李业兴并是多书之家，请牒借本，参校得失。”第 614 页。

⑥ ［唐］刘知几撰，（清）浦起龙释：《史通通释》，上海古籍出版社，1978 年，第 62 页。

书府。”[1] 这里提到，江北在藏书方面原本逊于江东，但是梁末侯景之乱造成的图书散亡，和梁元帝兵败于西魏之后焚毁图书，从此使得“海内无复书府”。

在对南朝的战争中不断获得成功的同时，为了安置由梁、齐入齐、周的文士，北周和北齐都发展了自身的官方抄撰机制。对于南来士人，北周起初没有授予政治实权，这段时间大约有十年之久。而之后也主要是使之担负文化职能，发挥其文化优势，置麟趾殿，集合南来士人从事抄撰活动。《周书·萧㧑传》载“武成中，世宗令诸文儒于麟趾殿校定经史”。[2] 主持北方官方抄撰的南来文化士人，皆有从事官方抄撰之经历。北齐文宣帝天保三年（西魏废帝元钦元年，552），梁元帝平侯景，藏书到江陵，颜之推、王褒、庾信等校之。庾信、王褒等入麟趾殿是在武成二年（560），麟趾殿的设立时间很可能就是在这之前[3]。《周书·武帝纪上》云：“初置太子谏议员四人，文学十人；皇弟、皇子友员各二人，学士六人。”[4] 除庾信、王褒外，其余有宗懔、萧大圆、萧㧑、明克让、姚最、颜之仪、元伟等，主要是从南朝和北齐入周的文人，约三十多人得入麟趾殿。明帝即位后，麟趾殿规模扩大，“集公卿已下有文学者八十余人于麟趾殿，刊校经史，又捃采众书，自羲、农以来，讫于魏末，叙为《世谱》，凡五百卷云。所著《文章》十卷。”[5] 而南朝士人在麟趾殿中也颇有收获，甚至看到了南方失传或鲜见的图书副本。如萧大圜来到北周之后，“俄而开麟趾殿，招集学士。大圜预焉。《梁武帝集》四十卷，《简文集》九十卷，各止一本，江陵平后，并藏秘阁。大圜既入麟趾，方得见之。乃手写二集，一年并毕，识者称叹之”[6]。抄撰群体的地域流播，使得在南北战乱中的一些集部图书，得以传抄。

北齐人充分吸收了南朝官方图书抄撰经验。北齐武平三年（572），祖珽采纳阳休之、颜之推的建议，奏立文林馆，又奏撰《修文殿御览》[7]。在实际工作中，颜之推与“性好文咏、颇善丹青”[8] 的萧放、“工于诗咏”的

① 《北齐书·文苑传·颜之推传》，第 622 页。

② 《周书·萧㧑传》，第 752 页。

③ 任冬善：《北周麟趾殿的设立构成及其历史意义》，《社科纵横》，2007 年第 6 期。

④ 《周书·武帝纪上》，第 84 页。

⑤ 《周书·明帝纪》，第 60 页。

⑥ 《周书·萧大圜传》，第 757 页。

⑦ 《北齐书·文苑传序》，第 603 页。

⑧ 《北齐书·萧放传》：“放性好文咏，颇善丹青，因此在宫中披览书史及近世诗赋，监画工作屏风等杂物见知，遂被眷待。”第 443 页。

萧慤[1]等南方士人同任撰例，《观我生赋》自注云："齐武平中，署文林馆待诏者仆射阳休之、祖孝征以下三十余人，之推专掌，其撰《修文殿御览》《续文章留别》等，皆诣进贤门奏之。"[2]颜之推之所以十分积极地投入到这项事业中，恐怕和他在江陵之乱中的一段遗憾经历很有关系。颜氏一家，曾有过多次诗文结集，但都是因为缺少图书副本，而在遭受困厄之后不复存在。颜之推记载说："吾家世文章，甚为典正，不从流俗，梁孝元在蕃邸时，撰《西府新文》，讫无一篇见录者，亦以不偶于世，无郑、卫之音故也。有诗赋铭诔书表启疏二十卷，吾兄弟始在草土，并未得编次，便遭火荡尽，竟不传于世。衔酷茹恨，彻于心髓！操行见于《梁史文士传》及孝元《怀旧志》。"[3]因此，在其后来投入到文林馆的类书编纂或其他图书抄撰工作中，这番经历给他带来的深切体会一定是很多的。

文林馆体系完备，如修文殿负责抄撰的人员有监撰、撰例和撰书三类，还派其他文职要员"续入待诏"等，延揽了诸多名士，但其中滥竽充数者亦是不少。如身为主持者之一的阳休之，起到了一定的负面作用："及邓长颙、颜之推奏立文林馆，之推本意不欲令耆旧贵人居之，休之便相附会，与少年朝请、参军之徒同入待诏"，又延入"性疏脱、无文艺"的儿子阳辟疆，"为时人嗤鄙焉"。[4]由于当时"武职疾文人"[5]，政治斗争激烈，曾"待诏文林馆监撰御览"、爱好图籍且奖掖文士后进的崔季舒因谏被诛。至此，文林馆的中坚力量受到很大打击。文林馆中，人员驳杂，甚至也有蛮族宦官担任内参。颜之推介绍了一个叫做田鹏鸾的宦人，他十分勤奋，称他是"以学成忠"。[6]随着祖珽失势外贬，文林馆风光不再，但至少在武平末年仍然存在。《北齐书·郑颐传》记载："（郑颐弟抗）颇有文学，武平末兼左右郎中，待诏文林馆。"[7]北周灭北齐之后，从北齐仅收得图书五千卷，而保定年间北周官方藏书已经超过万卷，牛弘在南方搜得图书三万余卷。五代十国之王锴《上蜀主奏记》中说："后魏道武立台省、兴儒学，五经各置博士，讲问如市，塾序成林。北齐有文林学馆，周武帝保定中书盈万卷。平齐所得，才至五千卷。置麟趾殿学士，以掌著述。隋平陈之后，牛弘分遣搜访异书，经史渐备，

① 《北齐书·文苑传·萧悫传》："荀仲举、萧悫工于诗咏。"第628页。
② 《北齐书·文苑传·颜之推传》，第624页。
③ ［北齐］颜之推撰，王利器集解：《颜氏家训集解·文章篇》（增补本），第269页。
④ 《北齐书·阳休之传》，第563、564页。
⑤ 《北齐书·文苑传·颜之推传》，第624页。
⑥ ［北齐］颜之推撰，王利器集解：《颜氏家训集解·勉学篇》（增补本），第202页。
⑦ 《北齐书·杨愔传附郑颐传》，第461页。

凡三万余卷。”[①] 对比之下，可见北齐藏书数目与后二者相差悬殊。然而文林馆的成立及其相关活动，仍促进了北朝官方抄撰体制的形成与丰富，意义重大。北齐编纂《修文殿御览》，是以南朝徐勉所编七百卷《华林遍略》为蓝本[②]。总之，此时北朝官方抄撰已经自成规模和系统，拥有较为丰富的抄撰成果，为北朝文化带来新的发展态势，大有与南朝相抗衡的局面。

而抄撰群体由南入北，不仅带去了抄撰经验，也带去了馆阁唱和传统。庾信入北之后，与其他麟趾殿学士常常有诗文唱和，如《预麟趾殿校书和刘仪同诗》，是优雅舒徐的台阁之体，写尽抄撰之事的贵重、清要：“止戈兴礼乐，修文盛典谟。壁开金石篆，河浮云雾图。芸香上延阁，碑石向鸿都。诵书征博士，明经拜大夫。璧池寒水落，学市旧槐疏。高谭变白马，雄辩塞飞狐。月落将军树，风惊御史乌。子云犹汗简，温舒正削蒲。连云虽有阁，终欲想江湖。”[③] 又有自江陵入北的宗懔所写的《麟趾殿咏新井诗》，反映的是对抄撰环境中某些事物的歌咏，诗云：“当为醴泉出，先令浪井开。铜新九龙殿，石胜凌云台。”[④] 虽然残存之句，难于判断其总体的艺术价值，但它说明了当时麟趾殿的唱和活动中不乏咏物题材，这也是从南方承袭的文学传统。在北齐，文林馆的文士唱和，被结集为“《文林馆诗府》八卷”[⑤]。对文林馆阁唱和专门结集并题署馆阁之名的做法，是南朝所没有的。唐初馆阁承袭了这种传统，对学士唱和加以结集，如《珠英学士集》《景龙文馆记》等皆为其例。南朝入北诗人在北方地区的抄撰活动和诗文唱和，对于融汇南北文学风气是具有积极意义的。

南方抄撰群体入北之后，南北文化力量对比发生变化。经历了梁末陈初诸多战乱之后，文人流寓北方，陈朝再无凝聚学士之力。故其所立西省学士、嘉德殿学士人数寡少，成果不丰。《隋书·经籍志序》称：“陈天嘉中，又更鸠集。考其篇目，遗阙尚多。”“及平陈已后，经籍渐备。检其所得，多太建时书，纸墨不精，书亦拙劣。”[⑥] 可见当时的抄撰成果，精品渐少。而抵达北方的著名文士，却在抄撰活动中崭露才华，推动了北方地区文化的发展。

总之，北朝官方抄撰从凋零到发达的过程中，南方抄撰群体的迁徙起到了重要作用，这对南北朝文学格局产生了巨大影响。对于地区性文化发

---

① ［清］董诰等编：《全唐文》卷八百九十，第 9299 页。

② 《华林遍略》传至北方屡被贩卖，说明当时它在北方并不多见，颇有市场。《北齐书·祖珽传》，第 515 页。

③ 逯钦立编：《先秦汉魏晋南北朝诗》，第 2373—2374 页。

④ 逯钦立编：《先秦汉魏晋南北朝诗》，第 2327 页。

⑤ 《隋书·经籍志》，第 1084 页。

⑥ 《隋书·经籍志序》，第 907—908 页。

展而言，官方抄撰体制利弊皆存。它将本地人才加以聚集，号为学士，以馆阁、王府或幕府为载体，使之从事图书抄撰。学士人数众多，并无固定员额。因此，这一体制为南朝士子提供了发展、上升的平台，让南朝文学、文化的发展空间变得较为宽松。其弊端是，一旦政权颠覆，这些被聚集起来的士人，非常容易向另一个政权所在之地发生整体迁徙，从而造成原地区文化的急剧衰落。南北文化、文学力量的此起彼伏、消长抗衡，与这种人才、图籍等物质载体的地理迁徙是深有关系的。

本章小结

这一章是本书的最终章，意在讨论南北政治关系不断深化的背景下，北齐和北周如何从南方文化、文学中吸收先进经验，用于自身文化发展机制之建设。在南北行人与南北文学交流的环节中，我们通过分析得出的结论是，北齐时期的士人虽然学习南方，大部分取法的是梁中叶之前的作家。虽然也有部分士人模拟过南方较为绮艳的宫体风格，但这种模仿在当时并非主流。北齐人始终能够在学习南方文化的过程中，不失却作为北人的判断力。这种情况，其实和当时南北双方政治对等是有关系的。而在北周而言，情况则并非如此。北周军事力量强大，而且在文化风气上十分保守。在对待南方降人时态度一开始较为疏慢，而且对文学士人并不是很感兴趣，而是更器重儒士。在这样的求仕环境中，庾信等入北文人的实际境遇较为窘迫、贫困，少数诸王与之交好，其实并没有彻底改变这种情况。因此，庾信的文风融合北方关中地区之风气，是受这种政治地位之局限，但客观上造就了一位穷南北之胜的伟大文学家。而乡里士人在南朝风气的浸染之下，对自身情感认知的能力获得极大的提升。乡里士人从乡里到都城的曲折生活经历，塑造了他们的功名之心和得失之心，这些情感在深受南朝文学风气影响下的文学艺术形式中，获得了充分的表达，并且形成了思想感情充沛的北朝文学特质，最终实现了北朝文学对南朝文学“质”的超越。而南北文学力量，也存在“量”的超越。南北文化文学交流，是此时两个都城成为新的文化中心的重要因素，而其中最为核心的机制，就是北朝官方抄撰机制的形成。北朝官方抄撰机制的经验虽然不乏本土之社会基础，但其基本经验完全来自南方。颜之推和庾信分别加入文林馆和麟趾殿，意味着文学力量发生了从南方向北方的根本性转移。这样稳定的文化发展机制，有利于使北齐、北周的文化士人更为集中，并产生相应的文化、文学成果。

结束语

南北朝时代的历史发展波澜壮阔，看似纷杂的历史现象之中，又自有其清晰的发展脉络。很多年前，曹道衡以及继承其研究成果的很多学者，在寻找南北朝文学发展的脉络时，都曾强调过南北朝文学发展力量，在其后期呈现出南衰北盛的趋势这个问题。这本书的写作，其实也是从这个问题出发的。南衰北盛的局面究竟如何形成，这个问题的答案其实不在诗文作品之中，而是在产生这些诗文作品的历史进程和社会秩序之中。因此，这本书选择从历史进程和社会发展这两个角度来看十六国北朝文学、文化的发展。

长期的南北对峙，导致南北之人生活状况差异极大，社会组织形式极为不同。北朝乡里社会空间以乡里坞壁和乡里编制为单位，分散于整个北朝疆域版图之上，但又体现了相对集中的地域性。在永嘉之乱的巨大历史转折之下，留在北方的人们分别在凉州、关中、河北和山东等地区形成了新的文化圈。而也有一些人隐匿在南北战斗或胡汉冲突较为激烈的河表一带，甚至在故都洛阳的周边，也仍然有人们的藏身之处。在乡里坞壁、乡里宗族聚居的宗主督护制之基础上，之后又产生了乡里编制。

北方经历了由五胡内迁而导致的历史脱轨，南方却是沿着魏晋之后的历史发展步伐继续前进。北方的历史出现过多次反复，那就是军事力量强大、文化力量薄弱的少数民族政权，征服了刚刚开始汉化的少数民族政权，原先汉族士人居住的地区不断面临着文化建设的重新开始，并且需要展开和新入中原之政权的新的合作。为了追求更为稳定的统治，这些胡族政权不断回到魏晋传统，并且发展出与汉族士人相对稳定的合作方式。汉族士人在与胡人合作的关系中，其实保持了一定的距离。他们并不是时刻环绕在胡族政权的周围，而是根植于乡里社会中，以应对政权反复更迭、都城反复遭到破坏的历史现状。因此，“乡里社会”成为北朝文学发展进进退退过程中的一个稳定的栖息地，是北朝文学发展机制获得延续和丰富的原始根基。

立足于乡里社会的文学发展机制之所以对北朝文学的发展极为重要，是因为承担北朝文学发展的历史主体是乡里士人。而乡里士人，又分为乡里高门大姓和乡里寒族士人。前者一般还被称为“北朝士族”。北朝士族的处境，在孝文帝迁都洛阳前后，有很大变化[①]。北朝乡里社会之中聚集了大量的门阀、宗族。他们起初是原来西晋社会中处于中下层地位的地方族姓，文化、文学水平与曾经在西晋末年繁荣于洛阳的精英士人，有着很大的不同。自永嘉之乱以后他们屯居于河北、山东或者关中等地，在乡里坞壁的保护下延续族姓，又与胡族政权合作，巩固和发展其在地方上的势力，不断壮大。而北魏孝文帝定四姓并与高门通婚等行为，曾将这些门阀推到一个空前崇高的地位，并且从实际上促成了他们在乡里社会中的盘踞。乡里社会中的门阀、宗族大姓，与南方的大地主所有制下的大地主不同，他们不是乡里社会中的所有者，而往往是组织者。他们类似近代历史上出现的乡绅，对于乡里社会的文化引导，具有非常重要的意义。他们重视门第之风，热衷赈济，甚至一般有能够向寒门士人公开的藏书，并以儒家传统文化为核心价值观念，传承门风。因此，在这种组织模式之下，乡里社会对于乡里士人来说，首先是一个具有安全性和稳定性的存在空间。

北朝乡里社会之中，除了大姓高门中的上层乡里士人发挥了文化作用，那些中下层乡里文化士人同样对推动文化发展做出了贡献。和南朝寒人难于获得进阶之途相比，北朝的寒人却在一个更近似于汉魏人才选拔制度构成的官僚机制中，登上了他们的历史舞台。一些受学于乡里的寒门士人，能够因为其学识获得少数民族统治者的注意甚至重用，通过选举制度获得官职。有些寒门士人，甚至经历过在贵族府邸担任“贱客”的阶段，同样能够因为文学才华而在都城成为名士，在历史上发挥重要的作用。北朝具有文学才能的士人起初极少，在北齐之后也仍然在数量和文学造诣上远不及南朝。但是，他们获得重视的程度，其实高于南方的寒人。北方寒人在进入都城之前，也在北朝乡里社会之中承担了底层文化的发展任务。在这个宗教社会发展呈现多元化的时期，宗教邑社组织或者其他乡里社会组织中与宗教相关的文化、文学之传播，也有赖于乡里中下层士人。其中最为普遍的形式，莫过于墓志铭和造像记。这些属于乡里社会生活本身的文化形式，其实是北朝文化、文学成就的基本语境，而其活动之主体，正是乡里中下层士人。

基于乡里社会的北朝文化发展机制，使得北朝乡里士人能够在“乡里”与“都城”之间进退自如，它也使得北朝文学发展的脉络和传统能在诸多历史动荡中获得保存和延续。从晋末的永嘉之乱到十六国时期诸胡族政权

① 曹道衡：《南朝文学与北朝文学研究》，《曹道衡文集》卷五，第494页。

之纷乱，再到北魏时期的崔浩国史案，魏末河阴之乱，再到北周和北齐对峙时期等等，北朝乡里士人在历次动乱中基本上能够自全，很少会出现突然集体性沦没之情况。因于乡里社会的这种保存力量，北朝文学的发展在二百多年的历史过程中，逐渐由弱转强。即便是在“从乡里到都城”迁徙机制中，北朝乡里士人也从未丧失这个原始的文化栖息地。与此同时，北朝的民族问题经由数个发展阶段之后——包括少数民族统治集团的数度“汉化”与“反汉化”，逐渐得到解决。陈寅恪所谓“当北朝民族问题尚未解决之时，则南北分；一旦解决，则南北合。因为这个问题一解决，北朝内部便无民族冲突，北朝潜在的强有力的经济与武备力量，遂能发挥出来。这是南朝抵挡不住的”[①]。这里所谓的“抵挡不住”的意思，正是指北朝文化最终将南朝文化吸纳和融汇进去。侯景之乱以后，南来士人增多，以庾信为代表的南来士人，其实无法抗拒北朝已经建立起来的坚固的文学环境，在文学创作的功能选择和艺术风格上，主动顺应和融合北方。在北朝末期，随着南北政治关系的发展，北朝文化加速了对南朝文化的吸收。这种吸收，从大处着眼的话，那就是在文化发展机制中灌注了新的活力。北朝政权学习南方，在都城中建立起官方图书抄撰机制，集中乡里士人或者南来降附之士人，从事图书编纂，这是打破过去北方文学具有分散性这一弱点的关键。北朝文学质朴刚健的内在生机，经过都城文化氛围的支撑和烘托，在北朝末年获得绽放。而如果从细处着眼，那就是此时摸索和模仿南方文学者逐渐增多，并且在这个过程中更化了文学观念，促进了北朝文化、文学在理论上的进步。这个时期，北朝文学仿佛从“冬眠”中醒来，形成了它的文化发展中心，文人们得到了“以文会友”的机会，广泛借鉴南方的文学。与此同时，他们从未失去一个可进可退的文化发展根据地——乡里社会，在此中始终拥有丰富的社会实践，保有文学、文化发展的生机和动力之源泉。来自底层的历史（History from below），永远是最为充满生机的历史。

胡汉文化的冲突与融合，乡里社会的稳定发展和进步，为北朝文学的发展带来层次更为丰富的变化。第一，这段历史中反复出现的战争、政权更迭和民族融合，是产生北朝民歌的土壤。关于这一点，前人已经有过丰富论述。而我们主要着眼的是，这段时期内的民歌，有很多是反映乡里社会中的人际关系、社会组织关系和人们的社会情感。社会和人的关系，是所有民歌表达的最为重要的讯息。第二，热衷复古和回到汉魏传统的胡族

① 陈寅恪著，万绳楠编：《魏晋南北朝史讲演录》，第235—236页。

政权，不断恢复针对乡里社会的人才选举制度，这对乡里士人而言意义重大。这些士人在乡里私学中受学，一部分人始终在乡里社会中完成传承文化之使命，另一部分人则通过政权选举制度进入都城，承担其他文化角色。进入都城的乡里士人，也很少完全放弃乡里社会之根基。北朝政治发展的波折性，已经造就了他们回旋于都城和乡里社会之间的特点。而制度的复古，也造成了文化潮流的复古。北朝文化、文学的展开，没有经历南朝那样一个玄学发展的阶段，而是直接在汉魏时期的古朴、质直等特点上加以延续。第三，乡里社会对于乡里士人来说，还是一个精神归属之地。这表现在“乡论”社会传递的精神价值观念，一直牢固地存在于乡里士人的观念之中。这使得北朝文学作品，相对于南朝而言，总是有更为深切的社会责任感和济世、务实之心。而“家训”这种文学形式，更是北朝乡里社会价值观念之凝结。第四，乡里社会的生活为乡里士人带来了丰富的社会生活实践，这一点加强了北方诗歌重视内容和思想的特点。他们在学习南方文化、文学的过程中，其实保持了自己较为敏锐的判断力。越到后期，曾经在南北行聘中盲目学习南朝齐梁文风的北方士子，越是难于看到。北朝文学基于乡里再集中于城市的发展秩序，对其文学创作产生的实际影响，在作品中直接坦露，理明质直，刚健朴素。第五，乡里经学之深芜，乡里宗族生活之种种特点，也赋予了北朝文学不同于南朝的特点。这其实是导致北朝文章的发展胜过北朝诗歌发展程度的重要原因。乡里经学发展所具有的自由论辩空气，之后被带入胡族政权反复进行的礼制改革过程中，并凝结为北朝文学中擅长理性思考的文学惯性。总而言之，以乡里社会为基础的北朝文化发展机制具有高度的务实性和社会性，它使得北朝文学重视思想和价值观念的表达，对内容展现的兴趣，甚过对于文学形式和艺术表现的单纯追求。

隋开皇九年（589），南北合一，历史开始进入到一个新的时代。我们说北朝文学的发展是通向隋唐文学的关键一环，并不是因为北朝文学的发展走在隋唐文学发展的历史必经之路上，而是因为北朝文学发展机制在隋唐时期获得了充分的传承。基于乡里，集中于城市，正是隋唐文学能够走向繁荣所依靠的一个基本的发展秩序。而承认这一点，并不是说南朝文学的发展不重要。事实上，南方文化发展机制在北朝后期的融入，至关重要。北朝文学对隋唐文学产生有力影响的实质，其实是一场有关体制的胜利。北朝后期文化超越南方，由衰转盛，正是从属于当时历史发展潮流的表现。

隋唐时期，科举制度的发展，唐初弘文馆［前身为武德四年（621）

门下省之修文馆］等一类官方抄撰机构的相继建立，其实皆是因循北朝文学发展机制而来。科举制度为当时的朝廷选录人才，实现乡里到都城的集中，其作用自不待言。公元 700 年，武后诏学士四十七人修《三教珠英》，这一抄撰群体中有多人是当时著名的诗人，编纂《三教珠英》的同时，他们的诗歌创作得到了促进。次年《三教珠英》最终修成之际，崔融编集的五卷《珠英学士集》也同时问世。官方抄撰促成诗文结集的这种发展体制，进一步获得深化。在长安京畿展开的文人活动同样十分活跃。例如初唐诗人陈子昂与宋之问、杜审言、卢藏用、司马承祯、赵贞固等人曾于公元 684—696 年之间结成“方外十友”。这是因崇信道教而交游多年的文人群体，友情深笃，来往密切，产生了一些彼此之间唱酬的诗篇。乡里到都城这样的文学发展体制之中，不断产生着“归去”的诗学。何为“归去”的诗学？就是隋唐诗歌中反复表现的去留之心，这是游徙于乡里、都城两端的士人常常歌咏的主题。他们在“归去”之心中发现自然，又或者在离都之时伤逝，甚至赋予其宗教体悟，名之为“方之内外”。甚至武后在其统治后期，也常展开京畿宗教文化活动，常在洛阳附近登临寺观，命扈从赋诗。而这类诗篇中常会出现隐逸之雅言。这种“归去”的诗学，丰富了隋唐诗学的内涵。而究其根源，其实是在此前数百年间常常出现的“还居乡里”，乡里社会成为人们的自足、自全之地，也成为寄托精神的归属之地。盛唐诗人孟浩然作为襄阳布衣，在乡里社会中进行文学创作，而其价值仍然深受当时社会的尊重和重视。他游历到都城之后，广受当时高层文化圈子的认可和推崇。这种情况，还发生在大量的唐代著名诗人身上。乡里社会中的个人文化价值受到承认，这是唐代文学走向繁荣的重要表现之一。

乡里社会对于文化的存续而言意义非凡，这一点或许在很多时代都能说得通。本书之所以将乡里社会对于北朝文学发展的重要意义，单独拿出来作为专题的文学史研究，是因为这是一个文学史发展处于重大转折的时期，而社会空间和发展秩序对于这一转折又意义非常重大。放眼当今，城市化浪潮的兴起，不断地在吞噬乡村原有的文化生命力。若干年后，专家学者思考的问题，或许是如何重建乡里社会中的文化。而不像是在北朝时期那样，依靠乡里社会中不竭的文化源泉，来重建城市社会中的文化发展机制。站在这样的现实面前，回望一千多年前的文化，文学发展力量因为永嘉之乱，而由城市还居乡里，其实为北朝文学发展之幸。

在学习和研究北朝文学史的过程中，有一个问题始终存在。那就是，文学史研究是类似艺术史的对象研究——只关注作家和作品，还是应该去做文学的历史研究，重在呈现发展之源流演变？这个问题所涉及到的方法论意识，在绪论中已经有所阐释，提出“走出文学成就史”，其实是基于十六国北朝文学研究的现状和研究难度等等而考虑的。将历史研究与文学研究更为紧密地结合起来，最终是为了解除文学发展过程中的那些疑惑。对研究属性问题的顾虑，是应该让位于以问题为本位的研究态度的。正如曹道衡曾说:“对于南北朝文学史上许多重要的问题，我们现在还没有作过比较详细的调查考察，更谈不上深入的研究。我们似不必去划定禁区，认为这不是文学，那不需要研究。”[①] 如果要尽量多地看到一些问题，那当然就需要尽量打开研究视野。打开这样的研究视野，当然不是一朝一夕可以完成的，但这不失为一个好的方向。

---

① 曹道衡 :《南朝文学与北朝文学研究》,《曹道衡文集》卷五，第 532 页。

参考文献

一、原典

［汉］班固:《汉书》，中华书局，1974年。

［南朝宋］范晔:《后汉书》，中华书局，1965年。

［晋］陈寿:《三国志》，中华书局，1974年。

［唐］房玄龄等:《晋书》，中华书局，1974年。

［南朝梁］沈约:《宋书》，中华书局，1974年。

［南朝梁］萧子显:《南齐书》，中华书局，1972年。

［唐］姚思廉:《梁书》，中华书局，1973年。

［唐］姚思廉:《陈书》，中华书局，1972年。

［唐］李延寿:《南史》，中华书局，1975年。

［北齐］魏收:《魏书》，中华书局，1974年。

［唐］李百药:《北齐书》，中华书局，1972年。

［唐］令狐德棻等:《周书》，中华书局，1971年。

［唐］李延寿:《北史》，中华书局，1974年。

［唐］魏征等:《隋书》，中华书局，1973年。

［后晋］刘昫等:《旧唐书》，中华书局，1975年。

［东汉］许慎撰，［清］段玉裁注:《说文解字注》，上海古籍出版社，1981年。

［东汉］崔寔撰，石声汉校注:《四民月令校注》，中华书局，1965年。

［后秦］王嘉撰，王根林等校点:《拾遗记（外三种）》，上海古籍出版社，2012年。

［北魏］杨衒之撰，范祥雍校注:《洛阳伽蓝记》，上海古籍出版社，2011年。

［北魏］郦道元撰，陈桥驿校注:《水经注校注·洛水注》，中华书局，2007年。

［北魏］崔鸿撰,［清］汤球辑补:《十六国春秋辑补》，商务印书馆,1937年。

［北齐］颜之推撰，王利器集解：《颜氏家训集解》（增补本），中华书局，1993 年。

［南朝宋］刘义庆撰，［梁］刘孝标注，杨勇校笺：《世说新语校笺》，中华书局，2006 年。

［南朝梁］慧皎撰，汤用彤校注，汤一玄整理：《高僧传》，中华书局，1992 年。

［南朝梁］刘勰著，范文澜注：《文心雕龙·总术》，人民文学出版社，1958 年。

［南朝梁］萧统编，李善注：《文选》，上海古籍出版社，1992 年。

［南朝梁］萧统撰，俞绍初校注：《昭明太子集校注》，中州古籍出版社，2001 年。

［南朝梁］萧绎撰，许逸民校注：《金楼子校笺》，中华书局，2011 年。

［南朝梁］释僧祐撰，苏晋仁、萧炼子校：《出三藏记集》，中华书局，2008 年。

［南朝陈］徐陵编，吴兆宜注，程琰删补，穆克宏点校：《玉台新咏笺注》，中华书局，1985 年。

［隋］王通撰，［宋］阮逸注：《中说》，《中华再造善本》，北京图书馆出版社，2003 年。

［唐］房玄龄等撰，［清］吴士鉴、刘承幹注：《晋书斠注》，中华书局，2008 年。

［唐］欧阳询：《艺文类聚》，上海古籍出版社，1982 年。

［唐］李匡乂：《资暇集》，中华书局，1985 年。

［唐］杜佑：《通典》，中华书局，1988 年。

［唐］张鷟：《朝野佥载》，中华书局，1979 年。

［唐］刘知几撰，［清］浦起龙释：《史通通释》，上海古籍出版社，1978 年。

［唐］刘餗著，程毅中点校：《隋唐嘉话》，中华书局，1979 年。

［唐］慧立撰，彦悰补，贾二强校注：《大唐慈恩寺三藏法师传》，巴蜀书社，1990 年。

［唐］释道世撰，周叔迦、苏晋仁校注：《法苑珠林》，中华书局，2003 年。

［宋］欧阳修等：《新唐书》，中华书局，1975 年。

［宋］司马光等：《资治通鉴》，中华书局，1956 年。

［北宋］晁公武：《郡斋读书志》，江苏古籍出版社，1988 年。

［北宋］陈振孙：《直斋书录解题》，商务印书馆，1937 年。

［北宋］王尧臣等：《崇文总目》上册卷二《传记类上》，商务印书馆，

1937 年。

[北宋] 王应麟:《玉海》，江苏古籍出版社，1987 年。

[南宋] 郑樵编，王树民点校:《通志二十略》，中华书局，1995 年。

[元] 马端临:《文献通考》，商务印书馆，1936 年。

[明] 王世贞:《弇州续稿》，文渊阁《四库全书》影印本，台湾商务印书馆，1986 年。

[明] 张溥著，殷孟伦注:《汉魏六朝百三家集题辞注 · 温侍读集》，人民文学出版社，1960 年。

[明] 胡应麟:《少室山房笔丛》卷十六,《文渊阁四库全书》第 886 册，台湾：商务印书馆，1983 年。

[清] 顾炎武:《顾亭林诗文集》，中华书局，1959 年。

[清] 王夫之辑:《古诗评选》，李英侯总勘、张告吾等辑校:《船山遗书》本，上海太平洋书店，1935 年。

[清] 王夫之:《读通鉴论》，中华书局，1975 年。

[清] 沈德潜:《古诗源》，中华书局，1963 年。

[清] 赵翼:《陔余丛考》，商务印书馆，1957 年。

[清] 赵翼著，王树民校正:《廿二史札记校正》（订补本），中华书局，1984 年。

[清] 纪昀等:《钦定四库全书简明目录》,《文渊阁四库全书》第 6 册，台湾：商务印书馆，1983 年。

[清] 吴士鉴、刘承幹注:《晋书斠注》，中华书局，2008 年。

[清] 王谟:《汉唐地理书钞》，中华书局影印本，1961 年。

[清] 陆增祥:《八琼室金石补正》，文物出版社，1985 年。

[清] 彭定求:《全唐诗》（增订本），中华书局，1999 年。

[清] 严可均辑:《全上古三代两汉魏晋南北朝文》，中华书局，1977 年。

[清] 俞越:《九族考》,《春在堂全书》“俞楼杂纂”，刊本，1899 年。

[清] 皮锡瑞著，周予同注释:《经学历史》，中华书局，2004 年。

[日] 遍照金刚著，周维德校点:《文镜秘府论》，人民文学出版社，1975 年。

二、中文论著（以姓氏拼音为序）

白纲:《中国农民问题研究》，人民出版社，1993 年。

白纲主编、黄惠贤著:《中国政治制度通史》第四卷《魏晋南北朝卷》，人民出版社，1996年。

蔡丹君:《荆雍地域与宫体诗的兴起》,《文学遗产》，2010年第1期。

曹道衡:《曹道衡文集》，中州古籍出版社，2008年。

曹道衡、沈玉成:《中国文学家大辞典·先秦汉魏晋南北朝卷》，中华书局，1996年。

曹道衡:《"五凉"文化的历史地位》,《文史知识》，1997年第6期。

曹道衡:《北朝黄河以南地区的学术与文化》,《福州大学学报》(哲学社会科学版)，2002年第2期。

曹道衡:《北朝社会环境对学术和文艺的影响》,《周口师范学院学报》，2005年第1期。

曹道衡:《东晋南北朝时代的凉州文化》,《中古文学史论文集续编》，台北，文津出版社，1994年。

曹道衡:《河表七州和北朝文化》,《齐鲁学刊》，2003年第1期。

曹道衡:《困学纪程》，辽宁教育出版社，2001年。

曹辛华:《论中国诗歌的补亡精神——以〈文选〉补亡诗为例》,《文史哲》，2004年第3期。

曹之:《古代抄撰著作小考》,《河南图书馆学刊》，1996年第2期。

陈德弟:《北朝官府藏书活动述论》,《高校图书馆工作》,2004年第2期。

陈冠颖:《北齐北周早期政争的比较研究》，博士论文。

陈寒:《东晋南北朝时期印度来华僧人与汉地佛教》,《佳木斯师专学报》，1997年第4期。

陈明:《儒学的历史文化功能——士族：特殊形态的知识分子研究》，学林出版社，1997年。

陈桥驿:《水经注研究》，天津古籍出版社，1985年。

陈爽:《世家大族与北朝政治》，中国社会科学出版社，1998年。

陈序经:《匈奴史稿》，中国人民大学出版社，2007年。

[法]施舟人原编，陈耀庭改编:《道藏索引———五种版本道藏通检》，上海书店，1996年。

陈寅恪:《金明馆丛稿初编》，生活·读书·新知三联书店，2001年。

陈寅恪:《隋唐制度渊源略论稿》，生活·读书·新知三联书店，2001年。

陈寅恪:《魏晋南北朝史讲演录》，黄山书社，1987年。

陈勇:《汉赵论史稿——匈奴屠各建国的政治史考察》，商务印书馆，2009年。

陈垣:《跋西凉户籍残卷》,《陈垣学术论文集》第二集，中华书局，

1982年。

陈仲安、王素:《汉唐职官制度研究》,中华书局,1993年。

程应璆:《南北朝史话》,北京出版社,1979年。

程应璆:《四世纪初至五世纪末中国北方坞壁略论》,《上海师范大学学报》,1979年第1期。

杜斗城:《北凉佛教研究》,台北:新文丰出版公司,1998年。

杜玉生等:《北魏洛阳外廓城和水道的勘查》,《考古》1993年第7期。

杜正胜:《城垣发展与国家性质的转变》,收入《高晓梅先生八秩大庆论文集》,中正书局,1991年。

程章灿:《墓志文体起源新论》,《学术研究》,2005年第6期。

程章灿:《墓志铭的结构与名目——以唐代墓志为例》,《古籍整理研究学刊》,1997年第6期。

程章灿:《论"碑文似赋"》,《东方丛刊》,2008年第1期。

杜晓勤:《初盛唐诗歌的文化阐释》,东方出版社,1997年。

杜晓勤:《齐梁诗歌向盛唐诗歌的嬗变》,北京大学出版社,2009年。

段鹏琦:《再现古都历史的辉煌》,《文史知识》,1994年第3期。

方碧玉:《东晋南北朝世族家庭教育研究》,王明荪主编"古代历史文化研究辑刊",台北:花木兰出版社,2009年。

冯尔康、常建华:《中国宗族社会》,浙江人民出版社,1994年。

傅刚:《昭明文选研究》,中国社会科学出版社,2000年。

傅刚、蔡丹君:《曹道衡先生的文学史成就与启示》,《中国典籍与文化》,2012年第5期。

甘肃文物考古研究所编:《酒泉十六国墓壁画》,文物出版社,1989年。

高敏:《北魏"宗主督护"制的始行时间试探——兼论此制废除后的社会影响》,载《庆祝何兹全先生九十岁论文集》,北京师范大学出版社,2001年。

高敏:《魏晋南北朝史发微》,中华书局,2005年。

高人雄:《北朝民族文学叙论》,中华书局,2010年。

高人雄:《试论北朝文学研究的框架与视角》,《文学评论》,2010年第6期。

高似孙:《子略》,《丛书集成初编》第19册,中华书局,1985年。

高贤栋:《〈魏书·李冲传〉"旧无三长,唯立宗主督护"辨析》,《魏晋南北朝史研究:回顾与探索——中国魏晋南北朝史学会第九届年会论文集》,湖北教育出版社,2007年。

高贤栋:《北朝豪族家庭规模结构及其变迁》,《许昌学院学报》，2003年第3期。

高贤栋:《南北朝乡村社会组织研究》，山东大学出版社，2008年。

葛剑雄:《中国人口史》，复旦大学出版社，2002年。

葛晓音:《八代诗史》（修订版），中华书局，2012年。

谷霁光:《府兵制度考释》，上海人民出版社，1962年。

顾颉刚:《从古籍中探索我国古代民族——羌族》,《社会科学战线》，1980年第1期。

韩昇:《南北朝隋唐士族向城市的迁徙与社会变迁》,《历史研究》2003年第4期。

韩昇:《魏晋隋唐的坞壁和村》,《厦门大学学报》（哲学社会科学版），1997年第2期。

韩树峰:《青齐士族在南北朝的变迁》,《国学研究》第五卷，1998年。

韩献博:《汉代遗嘱所见女性、亲戚关系和财产》，李天虹译,《简帛研究》，2001年，广西师范大学出版社，2001年。

郝春文:《东晋南北朝佛社首领考略》,《北京师范学院学报》，1991年第3期。

郝春文主编:《英藏敦煌社会历史文献释录》，科学出版社，2001年。

何德章:《北魏迁洛后鲜卑贵族的文士化——读北朝碑志札记之三》,《魏晋南北朝隋唐史资料》，2003年。

何启民:《五胡乱华时期中的中原郡姓》,《台湾政治大学学报》，第32期。

何清谷:《〈三辅黄图〉的成书及其版本》,《文博》，1990年第3期。

何兹全:《读史集》，上海人民出版社，1982年。

侯旭东:《北朝村民的生活世界——朝廷、州县与村里》，商务印书馆，2005年。

侯旭东:《十六国北朝时期僧人游方及其作用述略》,《中国史研究》1997年第1期。

侯旭东:《十六国北朝时期战乱与佛教发展关系新考》,《中国史研究》1998年第4期。

侯旭东:《五、六世纪北方民众佛教信仰——以北朝造像记为中心》，中国社会科学出版社，1998年。

胡阿祥:《魏晋本土文学地理研究》，南京大学出版社，2001年。

胡道静:《晋代道家书〈苻子〉成书年代考》,《文史哲》1984年第3期。

胡克森:《论北朝私学与科举制的关系》,《贵州社会科学》,2006年第4期。

胡旭:《20世纪北朝文学研究综论》,《信阳师范学院学报》(哲学社会科学版),2003年第1期。

黄宝实:《中国历代行人考》,台湾中华书局,1969年。

黄惠贤:《试论中国三至六世纪坞营组织的性质》,《武汉大学学报》,1960年第5、6期(合刊)。

黄金明:《汉魏晋南北朝诔碑文研究》,人民文学出版社,2005年。

黄宽重、刘增贵:《从坞壁到山水寨——地方自卫武力》,收于《中国文化新论——吾土与吾民》,台北联经出版事业公司,1982年。

黄宽重、刘增贵主编:《家族与社会》,中国大百科全书出版社,2005年。

黄烈:《中国古代民族史研究》,人民出版社,1987年。

黄文弼:《吐鲁番考古记》,中国科学院出版社,1954年。

黄应贵:《空间、力与社会》,台湾"中央研究院"民族研究所,1995年。

黄云鹤:《北朝时期对经籍整理与著述概说》,《古籍整理学刊》,1990年第1期。

季羡林:《季羡林文集》第七卷,江西教育出版社,1998年。

贾小军:《魏晋十六国河西社会生活史》,甘肃人民出版社,2011年。

贾应逸:《〈且渠安周造寺功德碑〉与北凉高昌佛教》,《西域研究》,1995年第2期。

姜必任:《论关陇、山东文化圈的嬗变及其文学创作》,北京大学博士学位论文,1999年。

蒋福亚:《刘渊的"汉"旗号与慕容廆的"晋"旗号》,《北京师范学院学报》,1979年第4期。

蒋文光:《孤本〈北凉且渠安周造佛寺碑〉研究》,《新弧文物》1984年第2期;

蒋文光:《谈清拓孤本〈北凉且渠安周造佛寺碑〉》,《社会科学战线》,1979年第4期。

金发根:《坞堡溯源及两汉的坞堡》,《台湾"中央研究院"历史语言研究所专刊》之三七本上册,1967年。

金发根:《永嘉乱后北方的豪族》,台北,学术著作奖助会,1964年。

科大卫、刘志伟:《宗族与地方社会的国家认同——明清华南地区宗族发展的意识形态基础》,《历史研究》,2000年第3期。

劳榦:《居延汉简·考释之部》,《台湾历史语言研究所专刊》之四十,

1986 年。

劳榦:《劳榦学术论文集》，台北，艺文印书馆，1976 年。

李步嘉:《一份研究西凉文化的珍贵资料——建初四年秀才对策文书考释》,《武汉大学学报》，1990 年第 6 期。

李德芳:《北朝民歌的社会风俗史研究》,《北京师范大学学报》（社会科学版），1984 年第 5 期。

李迪:《顾野王〈舆地志〉初步研究》,《内蒙古师大学报》（哲学社会科学版）1998 年第 3 期。

李海叶:《慕容鲜卑的汉化与五燕政权——十六国少数民族发展史的个案研究》，北京大学博士毕业论文，2005 年。

李梅田:《魏晋北朝墓葬的考古学研究》，商务印书馆，2009 年。

李凭:《北魏平城时代》，上海古籍出版社，2011 年。

李雄飞:《〈木兰辞〉是十六国时期陕北地区的民间叙事诗》,《西北民族学院学报》（哲学社会科学版），1999 年第 1 期。

李智君:《五凉时期移民与河陇学术的盛衰 : 兼论陈寅恪“中原魏晋以降之文化转移保存于凉州一隅”说》,《中国史研究》，2006 年第 1 期。

梁庚尧、刘淑芬主编:《城市与乡村》，中国大百科全书出版社，2005 年。

梁满仓:《魏晋南北朝五礼制度考论》，社会科学文献出版社，2009 年。

朱大渭主编:《中国农民战争史》（魏晋南北朝卷），人民出版社，1985 年。

林甘泉:《汉帝国的民间社区和民间组织》，收入所著:《中国古代政治文化论集》，安徽教育出版社，2004 年。

林家骊:《竟陵王西邸学士及活动考察》,《文史》，第四十五辑，北京：中华书局，1998 年版。

林耀华:《义序的宗族研究》，生活 · 读书 · 新知三联书店，2000 年。

刘光华:《汉代西北屯田研究》，兰州大学出版社，1988 年。

刘景云:《西凉刘昞注〈黄石公三略〉的发现》,《敦煌研究》，2009 年第 2 期。

刘全波:《魏晋南北朝时期的抄撮、抄撰之风》,《山西师大学报》（哲学社会科学版），2011 年第 1 期。

刘守华:《〈贤愚经〉与中国民间故事》,《民间文学研究》,2007 年第 4 期。

刘淑芬:《从民族史看太武灭佛》,《台湾“中央研究院”历史语言研究所集刊》第 72 本，第 1 分册，2005 年。

刘淑芬:《五至六世纪华北乡村的佛教信仰》，载林富士主编 :《礼俗与宗教》，中国大百科全书出版社，2005年。

刘纬毅:《汉唐方志辑佚》，北京图书馆出版社，1997年。

刘跃进:《〈陇头歌〉为汉人所作说》，《文学评论》，2003年第6期。

刘跃进:《六朝僧侣：文化交流的特殊使者》，《中国社会科学》，2004年第6期。

刘跃进:《回归中的超越：文学史研究的多种可能性》，凤凰出版社，2011年。

卢建荣:《从造像铭记论五至六世纪北朝乡民社会意识》，《历史学报》23期，1995年。

鲁同群:《庾信入北仕历及其主要作品的写作年代》，《文史》第19辑。

逯耀东:《从平城到洛阳——拓跋魏文化转变的历程》，台北联经出版社，1981年。

吕春盛:《关陇集团权力结构的演变——西魏北周政治史研究》，台北：稻乡出版社，2002年。

吕绍纲、张羽:《释“九族”》，《东南文化》1999年第1期。

吕思勉:《两晋南北朝史》，上海古籍出版社，1983年。

吕思勉:《吕思勉读史札记》，上海古籍出版社，1982年。

吕思勉:《中国制度史》，上海教育出版社，1985年。

吕一飞:《匈奴汉国的政治与氐羌》，《历史研究》，2001年第2期。

罗新、叶炜:《新出魏晋南北朝墓志疏证》，中华书局，2005年。

罗新:《十六国时期的政治形势和民族整合》，北京大学博士学位论文，1995年。

罗振玉、王国维:《流沙坠简》，中华书局，1993年。

马长寿:《乌丸与鲜卑》，上海人民出版社，1962年。

马立军:《北朝墓志文体与北朝文化》，中国社会科学出版社，2015年。

马新:《两汉乡村社会史》，齐鲁书社，1997年。

马忠理:《磁县北朝墓群——东魏北齐陵墓兆域考》，《文物》，1994年第11期。

毛丹:《一个村落共同体的变迁——关于尖山下村的单位化的观察与阐释》，学林出版社，2000年。

毛汉光:《北魏东魏北齐之核心集团与核心区》，《中国中古政治史论》，上海书店出版社，2002年。

毛汉光:《中国中古政治史》，台湾联经出版社，1990年。

明恩溥著，午晴等译:《中国乡村生活》，时事出版社，1998年。

缪钺:《北魏立三长制年月考》,《读史存稿》，生活·读书·新知三联书店，1963 年。

牟发松:《南北朝交聘中所见南北文化关系略论》,《魏晋南北朝隋唐史资料》第十四辑，武汉大学出版社，1996 年。

牟发松主编:《社会与国家关系视野下的汉唐历史变迁》，华东师范大学出版社，2006 年。

宁可:《述社邑》,《北京师范学院学报》，1995 年第 1 期。

聂溦萌:《从“匈奴五部之众”到“五部领屠各”——对汉赵族群演变的考察》,《中国中古史研究》(第三卷)，中华书局，2013 年。

齐涛:《魏晋隋唐乡村社会研究》，山东人民出版社，1995 年。

钱穆:《国史大纲》，商务印书馆，1991 年。

屈守元:《“昭明太子十学士”和〈文选〉编辑的关系》，四川师范大学学报，1991 年第 3 期。

仁怀国:《论魏晋南北朝北方坞壁地主经济》,《烟台师范学院学报》，1997 年第 2 期。

尚永琪:《3—6 世纪佛教传播背景下的北方社会群体研究》，吉林大学博士学位论文，2006 年。

邵正坤:《民间谣言与北朝政治》,《陕西师范大学学报》,2007 年第 5 期。

施拓全:《北朝学术之研究》，林庆彰主编中国学术思想研究辑刊，花木兰文化出版社，2009 年。

史念海:《河西与敦煌》(上、下),《中国历史地理论丛》，1988 年第 4 期、1989 年第 1 期。

史念海:《黄河流域诸河流的变迁与治理》，陕西人民出版社，1999 年。

史睿:《北周、隋、唐初的士族政策与政治秩序的变迁》,《首都师范大学学报》(社会科学版)，1998 年第 3 期。

宋德熹、张文杰:《北朝政权中河西大姓的角色与地位》,《兴大人文学报》，第 34 期(下)，2004 年。

宋燕鹏:《籍贯与流动：北朝文士的历史地理学研究》，河北大学出版社，2011 年。

宿白:《北魏洛阳城和北邙陵墓》,《文物》，1978 年第 7 期。

孙达人:《中国农民变迁论》，中央编译出版社，1996 年。

孙光:《河北士族对北朝文学的影响》,《北方论丛》，2007 年第 2 期。

谭其骧:《晋永嘉丧乱后之民族迁徙》,《燕京学报》，1934 年第 15 期。

汤用彤:《汤用彤学术论文集》，中华书局，1983 年。

汤用彤:《魏晋玄学论稿》，上海古籍出版社，2002年。

唐长孺:《北凉承平七年写经题记与从凉州去建康的道路》,《魏晋南北朝史研究资料》，武汉大学历史系编，第1辑。

唐长孺:《从吐鲁番出土文书中所见的高昌郡县行政制度》,《文物》，1978年第6期。

唐长孺:《读李波小妹歌论北朝大族骑射之风》,《北朝研究》第一卷，1989年。

唐长孺:《读颜氏家训后娶篇论南北嫡庶身份的差异》,《历史研究》，1994年第1期。

唐长孺:《南朝文学的北传》,《武汉大学学报》，1993年第6期。

唐长孺:《山居存稿》，中华书局，2011年。

唐长孺:《魏晋南北朝史论丛》，生活·读书·新知三联书店，1955年。

唐长孺:《魏晋南北朝史论丛续编》，中华书局，1959年。

唐长孺:《魏晋南北朝史论拾遗》，中华书局，1983年。

唐长孺:《魏晋南北朝隋唐史三论》，武汉大学出版社，1993年。

唐明元:《南北朝目录学研究》，巴蜀书社，2009年。

陶希胜:《齐民要术里田园的商品生产》,《食货》第3、4期,1936年1月。

田昌五、马志冰:《论十六国时代坞堡壁垒组织的构成》,《中国史研究》，1992年第2期。

田梅英:《魏晋南北朝时期坞壁的类型及内部机制》,《山东师范大学学报》，1998年。

田余庆:《东晋门阀政治》，北京大学出版社，2005年。

仝晰纲:《中国古代乡里制度研究》，山东人民出版社，1999年。

万绳楠:《魏晋南北朝史论稿》，安徽教育出版社，1982年。

汪受宽:《谥法研究》，上海古籍出版社，1995年。

王洪信:《石勒与北方士族》,《邢台师范高专学报》，1996年第1期。

王立群:《魏晋南北朝学士研究的几个问题》,《阜阳师范学院学报》，2004年第2期。

王玫:《建安文学在十六国及北朝的接受状况》,《沈阳师范大学学报》，2006年第3期。

王铭铭:《社会人类学与中国研究》，生活·读书·新知三联书店，1997年。

王青:《魏晋南北朝时期佛教信仰与神话》，中国社会科学出版社，2001年。

王晴慧:《六朝汉译佛典偈颂与诗歌之研究》，台北，花木兰出版社,2006年。

王崧兴:《汉人的家族制——试论“有关系、无组织”的社会》,《台湾研究院第二届国际汉学会议论文集》，台湾研究院，1989年。

王素:《高昌至西州寺院三纲制度的演变》,《敦煌学辑刊》，1985年第2期。

王晓玲:《汉魏六朝诗文中的“陇首”意象及其文学意蕴》,《中南大学学报》(社会科学版)，2012年第2期。

王仲荦:《北周地理志》，中华书局，2007年。

王仲荦:《北周六典》，中华书局，2007年。

王仲荦:《敦煌石室地志残卷考释》，中华书局，2007年。

王仲荦:《魏晋南北朝史》，中华书局，2007年。

韦正:《关中十六国考古的新收获——读咸阳十六国墓葬简报札记》,《考古与文物》，2006年第2期。

魏宏立:《北朝碑志文研究》，中国社会科学出版社，2016年。

魏明孔:《北魏立三长、行均田孰先孰后》,《西北师范大学学报》，1991年第2期。

吴海燕:《魏晋南北朝乡村社会及其变迁研究》，郑州大学历史系博士学位论文，2003年。

吴慧莲:《魏齐之间的和战关系》,《淡江史学》第十一期，淡江大学历史系，2000年。

吴俐雯:《王嘉〈拾遗记〉研究》，台北，花木兰出版社，2006年。

吴先宁:《北朝文化特质与文学进程》，东方出版社，1996年。

吴先宁:《北朝文学研究》，文津出版社，1993年。

吴先宁:《北方文风的性质内涵及其内在生机》,《辽宁大学学报》，1992年第5期。

武守志:《一字轩谈学录》，甘肃人民出版社，1993年。

谢宝富:《北朝婚丧礼俗研究》，首都师范大学出版社，1998年。

谢重光、白文固:《中国僧官制度史》，青海人民出版社，1990年。

邢田:《从战国至西汉的族居、族葬、世业论中国古代宗族社会的延续》,《新史学》，第6卷第2期。

徐宝余:《庾信研究》，学林出版社，2003年。

徐传武:《左棻墓志及其价值》,《文献》，1996年第2期。

徐复观:《中国姓氏的演变与社会形式的形成》，收入《周秦汉政治社会结构之研究》，新亚研究所，1972年。

徐乐尧:《居延汉简所见的市》,《秦汉简牍论文集》，甘肃人民出版社，

1989年。

严耕望:《中国地方制度史》上篇,《历史语言研究所专刊》之四五,1961年。

严耕望:《中国地方行政制度史》,台北,荣泰印书馆,1963年。

严耀中:《北魏前期政治制度》,吉林教育出版社,1990年。

阎步克:《北朝对南朝的制度反馈——以萧梁、北魏官品改革为线索》,《传统文化与现代化》,1997年第3期。

阎步克:《北魏北齐“职人”初探》,收入所著:《乐师与史官:传统政治文化与政治制度论集》,生活·读书·新知三联书店,2001年。

阎步克:《察举制度变迁史稿》,辽宁大学出版社,1997年。

阎步克:《品位与职位——秦汉魏晋南北朝官阶制度研究》,中华书局,2002年。

阎步克:《士大夫政治演生史稿》,北京大学出版社,1996年。

姚宏杰:《南北朝时期南北政治关系研究》,北京大学博士学位论文,2004年。

姚薇元:《北朝胡姓考》,中华书局,1962年。

殷光明:《北凉石塔研究》,台湾觉风佛教艺术文化基金会,2000年。

尤成民:《汉代河西的豪强大姓》,《敦煌学辑刊》,1991年第1期。

余嘉锡:《余嘉锡论学杂著》,中华书局,1963年。

余英时:《儒家“君子”的理想》,《中国思想传统的现代诠释》,江苏人民出版社,1998年。

俞伟超:《中国古代公社组织的考察》,文物出版社,1988年。

袁敏:《东晋氐族苻朗及其寓言体子书〈苻子〉》,《民族文学研究》,2010年第2期。

张宝玺编:《甘肃佛教石刻造像》,甘肃人民美术出版社,2001年。

张宝玺编:《嘉峪关酒泉魏晋十六国墓壁画》,甘肃人民美术出版社,2001年。

张承宗、魏向东:《魏晋南北朝时期的宗族》,《苏州大学学报》,2000年第3期。

张春树:《汉代边地上乡和里的结构——居延汉简集论之二》,《大陆杂志》第32卷第3期,1966年。

张甫荣:《北魏中央集权过程研究》,中国社会科学院博士学位论文,2002年。

张继海:《汉代城市社会研究》,北京大学博士学位论文,2002年。

张金龙:《北魏政治与制度论稿》，甘肃教育出版社，2003 年。

张俊飞:《从年号看十六国政权之文化与政治取向》,《江苏教育学院学报》(社会科学版)，2007 年第 1 期。

张鹏:《北魏儒学与文学》，西北大学博士学位论文，2008 年。

张鹏:《北朝石刻文献的文学研究》，中国社会科学出版社，2015 年。

张旭华:《后赵九品中正制杂考》,《许昌学院学报》，2003 年第 [illegible]

章权才:《魏晋南北朝隋唐经学史》，广东人民出版社，199[illegible]

赵超:《汉魏南北朝墓志汇编》，天津古籍出版社，20[illegible]

赵克尧:《论魏晋南北朝坞壁》，载《历史研究》[illegible]

赵雷:《坞堡的社会组织形式对北朝学术、[illegible]》,《社会科学辑刊》，2007 年第 6 期。

赵万里:《汉魏南北朝墓志集释》，科[illegible]年。

赵秀玲:《中国乡里制度史》，社会[illegible]社，1998 年。

郑炳林:《敦煌地理文书汇辑校[illegible]出版社，1989 年。

郑钦仁:《宋魏交聘表》,《大[illegible]，1961 年。

郑欣:《魏晋南北朝史探索》[illegible]版社，1989 年。

周长山:《汉代城市研究》[illegible]，2001 年。

周建江:《北朝文学史》，[illegible]学出版社，1997 年。

周一良:《魏晋南北朝史[illegible]京大学出版社，1997 年。

周一良:《魏晋南北朝史[illegible]中华书局，2007 年。

周铮:《西魏巨始光造像碑考释》,《中国历史博物馆馆刊》第 7 期，1985 年。

朱大渭、梁满仓:《魏晋南北朝宗族组织试探》,《中国史研究》，2009 年第 4 期。

朱雷:《吐鲁番出土北凉赀簿考释》,《敦煌吐鲁番文书论丛》，甘肃人民出版社，2000 年。

朱绍侯:《魏晋南北朝土地制度与阶级关系》，中州古籍出版社，1988 年。

祝总斌:《材不材斋文集：祝总斌学术研究论文集(下集)》，三秦出版社，2006 年。

邹礼洪:《论中原士大夫对前燕慕容氏封建化的影响》,《新疆师范大学学报》(哲学社会科学版)，1985 年第 1 期。

左华明:《刘裕北伐后秦考》,《武汉理工大学学报》(哲社版)，2007 年第 2 期。

三、汉学文献

［日］越智重明:《东晋南朝の村と豪族》,《史学杂志》第79编第10号，1970年10月。

［日］池田雄一:《中国古代聚落的展开》,《历史学研究》, 1981年别册，特集。

［日］川胜义雄著，徐谷芃、李济沧译:《六朝贵族制社会研究》，上海古籍出版社，2007年。

[illegible]重明:《汉魏晋南朝の乡·亭·里》,《东洋学报》第53卷第1号，[illegible]

［日］堀[illegible]》，《中国古代の家と集落》，汲古书院，19[illegible]

［日］爱宕元:《唐代前半期华北の村落の[illegible]场合》,《人文》25号，1979年，收入《唐代地域社会史研究》，同朋舍，1997年。

［日］白须净真:《在地豪族·名族社会——1—4世纪河西》,《敦煌历史》，“讲座敦煌2”，大东出版社，1981年。

［日］池田温:《高昌三碑略考》,《敦煌学辑刊》总第十三、十四期。

［日］大泽阳典:《宇文姓族考》，收录于《橋本博士喜受記念》东洋文化论丛，京都，立命馆大学人文学会，1967年6月，第325—328页。

［日］东晋次:《后汉时代の政治と社会》，名古屋大学出版会，1995年。

［日］福岛繁次郎:《北周の村落制》,《中国南北朝史研究》（增订本），明筑出版，1979年。

［日］冈崎文夫:《魏晋南北朝通史 · 内編》，平凡社“东洋文库”506、1989年。

［日］宫川尚志:《六朝时代的村》，收入《日本学者研究中国史论著选译》，第4卷，中华书局，1992年。

［日］宫崎市定:《宫崎市定论文选集》（上册），商务印书馆，1963年。

［日］宫崎市定:《中国聚落における形体の变遷について》、《中国における村制の成立》等论文，见收于《アジア史論考》中卷，东京，朝日新闻社，1976年。

［日］谷川道雄著，李济沧译:《隋唐帝国形成史论》，上海古籍出版社，2004年。

［日］谷川道雄著，马彪译:《中国中世纪社会与共同体》，中华书局，2002 年。

［日］谷川道雄:《六朝时代的名望家支配》,《日本学者研究中国史论著选译》第 2 卷，中华书局，1993 年。

［日］磯部彰编集:《台東区立書道博物館所蔵中村不折旧蔵禹域墨書集成》卷下，文部科学省科学研究费特定领域研究《東アジア出版文化の研究》総括班，2005 年。

［日］吉川忠夫:《六朝精神史研究》，江苏人民出版社，2010 年。

［日］江头广:《姓考——周代の家族制度》，风间书房，1980 年。

［日］井口泰淳:《丝路与佛教文化》之《丝路出土的佛典》，台北业强出版公司，1987 年。

［日］堀敏一:《魏晋南北朝时代の“村”をぬぐって》,《中国古代の家と集落》，汲古书院，1966 年。

［日］内藤湖南著，夏应元等译:《近世史的意义》,《中国史通论》上册，社会科学文献出版社，2004 年。

［日］内藤湖南著，黄约瑟译:《概括的唐宋时代观》,《日本学者研究中国史论著选译》第一卷，中华书局，1992 年。

［日］旗田巍:《中国村落と共同体理论》，岩波书店，1973 年。

［日］西嶋定生:《二十等爵制》，武尚清译，国际文化出版公司，1992 年。

［日］兴膳宏著，彭恩华译:《六朝文学论稿》，岳麓书社，1986。

［日］伊藤正彦:《乡村制の性格——理论的再检讨》，第 1 回，中国史学国际会议研究报告集《中国の历史世界——统合のシスラムと多元的发展》。

［日］佐藤佐治:《北朝の市》,《魏晋南北朝社会研究》，八千代出版，1998 年。

［日］佐藤智水:《北朝造像铭考》,《史学杂志》第 77 卷第 10 期，1977 年。

［日］越智重明:《里から村へ》,《九州大学东洋史论集》一，1973 年。

［日］塚本善隆:《魏晋佛教的展开》,《日本学者研究中国史论著选译》第七卷，中华书局，1993 年。

［日］光田雅男:《梁元帝“金楼子”にみる魏晋南北朝时代の集书と整理》,《大阪府立図书馆纪要》，第 37 号，2008 年。

［韩］池培善:《就封裕上书论前燕慕容皝政权时期的经济政策》,《文史哲》，1993 年第 3 期。

［韩］池培善:《中世东北亚史：慕容王国史》，一潮阁，1991 年。

［韩］具圣姬:《两汉魏晋南北朝时期的坞壁》，北京民族出版社，2004年。

［韩］朴汉济:《西魏北周时代胡姓再行与胡汉体制》,《文史哲》，1993年第3期。

［韩］朴汉济:《侨旧体制的展开与东晋南朝史》,《北朝研究》，1995年第4期。

［美］Cary G. Hamilton，张维安等译:《天高皇帝远：中国的国家结构及其合法性》，收入所著《中国社会与经济》，台北联经出版事业公司，1990年。

［美］Owen：*The Making of Early Chinese Poetry*，Harvard University Press，2007.

田晓菲:《烽火与流星——萧梁王朝的文学与文化》，中华书局，2010年。

［美］刘易斯·芒福德著，倪文彦、宋俊岭译:《城市发展史——起源、流变和前景》，中国建筑工业出版社，1989年。

［美］太史文著，侯旭东译:《幽灵的节日：中国中世纪的信仰与生活》，浙江人民出版社，1999年。

［马来西亚］郭思韵:《假经史以骋思，稽经史以征实，补经史之阙失——由经史角度论〈拾遗记〉的著、录与接受》，胡月霞主编《2008年中国古典文学国际学术研讨会论文集》，2009年。

后记

这本书，是在我的博士论文基础上修改成的。因为篇幅的关系，修改时去掉了附录《北朝文学史事编年》约二十万字，同时删减了正文内容大概十万字。

我的博士论文和我博士期间的学习成果，都是在我的导师傅刚教授指导下完成的。在我的心中，傅老师不仅是一流学者，也是难得的良师。从入门伊始，傅老师就曾建议我从事北朝文学研究，但他并不规定题目，而是希望我自寻角度，有所发现。而我当时对这个领域还一无所知。在我犹疑之时，傅老师指导并与我合作完成了《曹道衡先生文学史研究的方法与启示》一文，还让我以此文参加了2009年度北京大学的“文学史学科百年学术研讨会”。曹道衡先生是北朝文学研究的先驱，撰写与他相关的综述文章，对于一个还没踏进古代文学研究门槛的学生来说，意义很大。这之后，我开始树立研究方法意识，也树立了文学史研究的正确观念，即一切从史料、文本等文献出发，扎扎实实，言必有据。这种将一切建立在材料基础上的基本治学观念，应该会成为此后学术道路上的持久根基，不因一时风潮而立场迁移。

傅老师是文学文献学专家，对于史料和文献极为看重。他常鼓励我阅读典籍，要求我学会将常见材料运用到极致。例如他多次叮嘱我反复深入阅读《资治通鉴》，我虽然懵懂，但也照做不误，直到后来我才明白了他的良苦用心。《资治通鉴》本身就是一份极为清晰的大事年表，资料丰富，叙述缜密，是研究文学史的基础。傅老师是希望我夯实基础，从一个高屋建瓴的角度来研究文学，拥有广阔的视野。在此引导下，我博士期间选的课，也多半是历史系的课程。此外，傅老师常耳提面命，要学生注重文献版本考据。他常说：不要离开了研究文学之初心，要学会用文献研究的方法解决文学研究的问题，处理好二者的关系。我一向没有文献学基础，而博士期间，有幸在傅老师的指导下，对版本目录学有了深深的爱好。2011年，我以《南北朝写本文献与文学研究》这个课题申请到了北京大学“才斋”奖学金，逐渐在这条道路上有了一些缓慢的起步。这些年，傅老师研究《左传》颇有心得，常带着我们读书。这也启发我在考察北朝文学的过程中，开始重视北朝文学的经学背景。所谓春风化雨，就是这样的无声渗透，让我这几年的学习充实而快乐。等到这些步骤完成后，我方才真正进入到对北朝文学的系统学习和研究上来。

我博士论文的写作过程十分曲折，因为它并不是从一开始就确定下来的研究任务。在综合考试时，我想从文学地理学的角度来做，起名为《南北朝文学的地理迁徙》。但我大致了解了基本材料之后，担心这个框架下内容过分空疏，于是很快就放弃了。次年开题时，我又恰好对南北朝文献有了巨大的兴趣，就想从文献的角度来做，起名为《南北朝写本经营与文学发展之关系》，而当时傅老师的担忧是，从这个角度来论文学发展，恐怕无法论到深处，而且格局太小，不好用力，加上材料稀缺，容易产生臆断。最后我才回到研究的初衷：做平实的文学史研究。平实，是傅老师最为崇尚的研究风格。在平实中创新，是曹先生成功的秘诀。但此时我还是眼空心大，我对傅老师说，做北朝文学不能割裂南朝，于是我交出来的第一稿提纲，洋洋洒洒，分为南朝篇和北朝篇，体系宏大。傅老师认为，如果南北朝文学史要合在一处来讨论，就难以在控制篇幅和挖掘深度方面做到兼顾，时间上也完全来不及。他希望这项文学史研究，是带有专题性质的，论述上更为集中。最后，我在交了十几稿的提纲之后，落实到从乡里社会来看北朝文学发展这个专题性质的角度。傅老师十分重视实证，因此嘱咐我必须要做编年的功课。但这次的文学史事编年并非是在撰写论文之初就做好的，而是在撰写过程中同步逐卷完成，并且不断回头补充而形成的。这个艰难的写作过程，傅老师全程指导，付出了太多心血。他总是在关键时刻提出犀利的意见，但又并不是强加干预，而是特别注意保护学生自己独立的思考。事实上，他对于北朝文学研究的设想，和我如今写成的样子，深有区别，甚至可能是两回事。但是，他仍然同意、支持和指导我写成现在的样子。这就是为人师者的优秀与高尚之处。

傅老师治学，恪守八个字："辨章学术，考镜源流"。他也常说，从事研究工作，一定要心里清楚自己在做什么，要有明确的研究目标。从目前来看，如今我的这本书，还仅仅完成了老师最初构想很小的一部分，即已经讨论了北朝文学的一些发展根源问题，但对于北朝文学对隋唐文学发展而言所形成的"流"，则尚未展开深入探讨。南北朝文学所牵涉的方方面面非常多，问题都埋藏得很深。面对过去青涩的研究，我会将这本书当作一个开端，此后不断努力，去完成并且超越最初的目标。

傅老师为人清肃雅正，一身洁白，不慕荣利，真诚自然。傅老师门下诸弟子，互相敬爱，团结和谐，学习氛围很好。对我个人而言，傅老师和师母王海文老师是对我最有信心的长辈。虽然我有很多不成熟的地方，但是，就好比父母永远喜爱自己的孩子，老师们也永远欣赏自己的学生。所以直至如今，我仍然能够自由、安心地去追求自己的学术理想，因为知道自己身后有老师、师母温暖目光的关注和支持。

我曾是北京大学中文系培养的学生，永远感谢已故的孟二冬老师，感谢给我学术启蒙的葛晓音老师、杜晓勤老师，感谢待我如门生的刘玉才老师，感谢经常为我答疑解惑的常森老师和对我鼓励有加的潘建国老师、李鹏飞老师等师长。感谢顾晓玲老师、魏赤老师多年的帮助。

博士毕业后，我到中国社会科学院文学所做博士后。深深感谢我的导师刘跃进老师的悉心培养，深深感谢陆建德老师、吴光兴老师、刘宁老师、王秀臣老师、孙少华老师、陈君老师、李芳老师等师友的热忱帮助。

在中国人民大学文学院工作期间，深受文学院的指导和关照，尤其感谢陈剑澜老师、朱冠明老师、孙郁老师、胡玲莉老师、朱万曙老师、徐正英老师、郑志良老师、徐建委老师、徐楠老师、吴真老师、曾祥波老师、李猛老师等老师的殷切鼓励与长期支持。

博士论文答辩时，还得到了吴先宁老师的指导和帮助，在此特别致谢。

求学路上朋友很多，可惜后记不能全部列举。感谢郭思韵、田媛、张珊、罗静、吴沂澐、车弘道、孙玲玲、高薇、吴相锦、冉雪立、沈相辉、程苏东、祝鹏程、郜同麟、谷卿、罗姝鸥、于溯、孟庆媛、陈甜，感谢多年挚友李艳、铁婵、孔健、逯铭昕、高慧芳、杨清越、郑海娟、胡婧和陶思遥。

感谢中国人民大学古代文学专业2016级硕士研究生许鑫辉同学为本书做的初校工作。

感谢卫纯为本书编辑付出的汗水。感谢常绍民老师、朱利国老师给予的大力支持，感谢三联书店的编校老师们。

感谢我的家人。

蔡丹君
戊戌年秋于北京